HERMES

在古希腊神话中，赫耳墨斯是宙斯和迈亚的儿子，奥林波斯神们的信使，道路与边界之神，睡眠与梦想之神，亡灵的引导者，演说者、商人、小偷、旅者和牧人的保护神……

西方传统　经典与解释
Classici et Commentarii
HERMES
古典学丛编
Library of Classical Studies
刘小枫◎主编

神谱 [笺注本]
Hesiodus. Theogonia

[古希腊] 赫西俄德 ｜ 著
吴雅凌 ｜ 译

华夏出版社

古典教育基金·蒲衣子资助项目

"古典学丛编" 出版说明

近百年来，我国学界先后引进了西方现代文教的几乎所有各类学科——之所以说"几乎"，因为我们迄今尚未引进西方现代文教中的古典学。原因似乎不难理解：我们需要引进的是自己没有的东西——我国文教传统源远流长、一以贯之，并无"古典学问"与"现代学问"之分，其历史延续性和完整性，西方文教传统实难比拟。然而，清末废除科举制施行新学之后，我国文教传统被迫面临"古典学问"与"现代学问"的切割，从而有了现代意义上的"古今之争"。既然西方的现代性已然成了我们自己的现代性，如何对待已然变成"古典"的传统文教经典同样成了我们的问题。在这一历史背景下，我们实有必要深入认识在西方现代文教制度中已有近三百年历史的古典学这一与哲学、文学、史学并立的一级学科。

认识西方的古典学为的是应对我们自己所面临的现代文教问题：即能否化解、如何化解西方现代文明的挑战。西方的古典学乃现代文教制度的产物，带有难以抹去的现代学问品质。如果我们要建设自己的古典学，就不可唯西方的古典学传统是从，而是应该建设有中国特色的古典学：恢复古传文教经典在百年前尚且一以贯之地具有的现实教化作用。深入了解西方古典学的来龙去脉及其内在问题，有助于懂得前车之鉴：古典学为何自娱于"钻故纸堆"，与现代问题了不相干。认识西方古典学的成败得失，有助于我们体会到，成为一个真正的学人的必经之途，仍然是研习古传经典，中国的古典学理应是我们已然后现代化了的文教制度的基础——学习古传经典将带给我们的是通透的生活感觉、审慎的政治观念、高贵的伦理态度，永远有当下意义。

本丛编旨在译介西方古典学的基本文献:凡学科建设、古典学史发微乃至具体的古典研究成果,一概统而编之。

古典文明研究工作坊
西方典籍编译部乙组
2011 年元月

目　录

前言 ··· 1

中译本导读
一　赫西俄德："众人的教师" ······························ 2
二　《神谱》的政治神话叙事 ······························ 13
三　提坦神族 ··· 32
四　潘多拉与诗人 ·· 45
五　厄庇米修斯的哲学 ··································· 59
六　宙斯的天平 ·· 71
七　版本源流 ··· 82

神谱［诗文］ ··· 89

笺释
序歌（行 1–115） ·· 161
最初的神（行 116–122） ································ 189
浑沌和大地（行 123–132） ······························ 194
天神世家（行 133–210） ································ 199
夜神世家（行 211–232） ································ 220
海神世家（行 233–336） ································ 227
提坦世家（行 337–616） ································ 252
提坦大战（行 617–719） ································ 309

地下神界（行 720 – 819） ………………………… 322
提丰大战（行 820 – 880） ………………………… 340
奥林波斯世家（行 881 – 1018） …………………… 351
结语（行 1019 – 1022） …………………………… 388

神谱图 ……………………………………………… 390
附录：对驳 ………………………………………… 394
译名与索引 ………………………………………… 411
后记 ………………………………………………… 421
再版记言 …………………………………………… 422

前　言

　　用如今的话说，赫西俄德和荷马的诗作是古希腊最早的宗教经典（接着是品达和埃斯库罗斯）。赫西俄德的《神谱》是迄今仅存的完整神谱诗，最早系统地记叙了古希腊诸神的统绪，在系统性上胜过荷马的诗。"神谱"的篇名虽非原有，但确乎恰切，因为，诗中主要讲的不是宇宙或世界的形成，而是宙斯神族的家世，即便涉及宇宙的形成，也附着于宙斯神族的诞生这一主题。换言之，古希腊的宗教不是崇拜自然神（天地、山川），而是崇拜个体性的神，他们是一个大家族，相互之间有爱情（亲情、共契、姻缘），更有政治（倾轧、冲突、争纷）。因此，《神谱》的长度虽然大约只有《伊利亚特》一卷的篇幅，却不失为一部伟大的诗篇。

　　《神谱》内容庞杂，主题跳跃，变换不断，内在关联隐晦玄妙，不少段落意思含混，好些诗句充满歧义，与荷马诗作的明晰显得不可同日而语。对《神谱》这类既具有重要经典地位又看似文意"断烂"的典籍，仅仅有汉译，难免会让读者无从识读，对研究这部经典文本帮助不大，与我国故书一样，必须有注疏才能通读。掌握经典的注疏，其实应与翻译同时进行，否则原典汉译也不一定有把握。

　　西方学界的《神谱》译注和研究层出不穷。这部《神谱》汉译稿仿我国著名文史学家吴林伯先生注疏中国文典的方式，集章句、笺注、义疏为一体。本稿共分三个部分，首先介绍诗人赫西俄德的身世以及《神谱》的主要思想内容和版本流传，其次是完整流畅的原诗译文，仅以脚注形式附随语词考释性注释，不至于让读者丧失欣赏赫西俄德诗歌的纯粹乐趣；最后是尽可能详细的笺注和义疏，以供细读者参考。

　　笔者在翻译《神谱》和采编西人注释时，参考了多种西人注释本，主要依据 M. L. West 的权威笺注本 *Hesiod：Theogony*（Oxford

1966/1971/1997）和 Hesiod: Works and Days（Oxford 1978）。West 随后亦有译本问世（Oxford 1988/1999/2009）。

其他主要参考和采编注释的西人译本有（按出版年代先后为序）：

Jean‐Marie‐Louis Coupé, *Hésiode. Les Travaux et les jours, poème didactique*, avec analyse, sommaires, notes et les imitations de Virgile par E. Lefranc（Paris：A. Delalain 1834）；

Anne Bignan, *La Théogonie*（Paris 1841）；

Hugh G. Evelyn White, *The Theogony of Hesiod*（Harvard University Press 1914）；

Paul Mazon, *Hésiode. Théogonie. Les travaux et les jours. Le Bouclier*（Les Belles Lettres 1928，简称 M 本）；

Richmond Lattimore, *Hesiod*（The University of Michegan Press 1959，简称 L 本）；

Apostolos N. Athanasskis, *Hesiod Theogony. Works and Days. Shield*（Johns Hopkins Universitu Press 1983，简称 AA 本）；

R. M. Frazer, *The Poems of Hesiod*（University of Oklahoma Press 1983）；

Robert Lamberton, *Hesiod*（Yale University Press 1988）；

M. L. West, *Hesiod. Theogony. Works and Days*（Oxford 1988/2008，简称 W 本）；

Annie Bonnafé, *Théogonie, La naissance des dieux*（Rivages 1993，简称 AB 本）；

Claude Terreux, *Les Jours et les travaux, précédé de la Théogonie*（Arlea 1995）；

Philippe Brunet, *La Théogonie, Les Travaux et les jours, Le Bouclier, Fragments*（Librairie Générale Française 1999，简称 PB 本）；

Jean Louis Backès, *Théogonie et autre poèmes suivis des Hymnes homériques*（Gallimard 2001，简称 JLB 本）；

Catherine M. Schlegel & Henry Weinfield, *Hesiod. Theogony. Works* and Days（Michigan University Press 2006）；

Glenn W. Most, *Hesiod. The complete works* （Cambridge/London 2006 – 2007）。

Stephanie Nelson, *Hesiod. Theogony. Works and Days* （Richard Caldwell 2009）；

C. S. Morrissey, *Hesiod. Theogony. Works and Days* （Talonbooks 2012）。

中译本有张竹明先生和蒋平先生的散文体译本（北京：商务印书馆，1996年）。

Walter Marg 的德文译本 *Sämtliche Gedichte, Theogonie. Erga. Frauenkataloge*（Darmstadt 1970/1984），Aurelio Pérez Jiménez / Alfonso Martinez Diez 的西班牙语译本 *Obras y fragmentos Theogonia Trabojos y dias Escudo Fragmentos*（Gertamen Editorial Gredos 1978，收录作品最全），G. Arrighetti 的意大利语译本 *Esiodo. Oper*（Turin 1998）亦为善本，但笔者语言能力不及，未能采编笺注。

本书做法是一种尝试，不当之处，盼方家指正。

中译本导读

一　赫西俄德："众人的教师"

赫西俄德是古希腊伟大的叙事诗人，早在古希腊时代，就与荷马并称——希罗多德说，"赫西俄德与荷马……把诸神的世家教给希腊人"（《历史》卷二，53）；赫拉克利特也别有用意地说，赫西俄德是众人的教师——"他们听信民众的吟游诗人，围住这教师（指赫西俄德）" [δήμων ἀοιδοῖσι πείθονται καὶ διδασκάλῳ χρείωνται ὁμίλῳ...]（残篇104）。关于赫西俄德的生平，我们今天可以看到自述和传说两个版本。

诗人自述

赫西俄德之父，本住爱奥尼亚地区的库莫，以航海为生，生活颇艰难。一日，他驾舟穿过爱琴海，回到彼俄提亚老家。他在赫利孔山南麓的阿斯克拉村落户，以耕几亩薄田度日。赫西俄德生于斯，长于斯。本地气候极劣，田地荒芜，诗人在诗中抱怨"没一天好过"。其父名不详，有笺释者误读《劳作与时日》行299 Πέρση, δῖον γένος [佩耳塞斯，神的孩子]，称其名为δῖος- Dios[狄俄斯]，显然没有根据。

赫西俄德有一弟，名佩耳塞斯（Perses），生性顽劣。当初兄弟二人分家产，有分歧。本地法官偏袒佩耳塞斯，使他不仅分得大头，还额外拿走很多。赫西俄德极不满，指责法官王爷们贪心受贿。佩耳塞斯疏于耕作，常在集会上看热闹，惹是非，久而入不敷出。他向哥哥求助，遭拒绝。走投无路之下，他扬言要控告赫西俄德。这起纠纷具体如何，我们一无所知，唯从《劳作与时日》的两行诗出发，略做猜测：

亲兄弟谈笑立约，但要有证人。

信赖和疑忌一样准会害人。(371 – 372)

兄弟二人或在无人证时,达成协议。不料佩耳塞斯事后否认。这起纠纷成为《劳作与时日》的缘起:赫西俄德写诗奉劝弟弟,莫再对簿公堂,友好了断纠纷(35 – 36)。结果如何,我们同样不得而知。

赫西俄德一边务农一边作诗。一日,他穿过爱琴海,前往奥利斯的优卑亚。他在卡尔基斯城参加纪念新逝英雄安菲达玛斯的诗歌竞技。赫西俄德战胜在场的所有诗人,赢得头奖,带回一只带柄三角鼎。他把奖品献给"赫利孔的缪斯们"。当时赫利孔山麓有敬拜女神的神庙。

原来,更早些时,赫西俄德在山中牧羊时遇见缪斯女神。宙斯的女儿们对赫西俄德说话,并从开花的月桂树上摘下美好的杖枝送给他,把神妙的言辞吹进他的心中,使他成为诗人,从此能够传颂过去和未来。

以上所述均来源于赫西俄德本人的诗作,也就是分散于《神谱》和《劳作与时日》的四个段落:

《劳作与时日》行 631 – 640:父亲和祖籍

《劳作与时日》行 27 – 41:和弟弟佩耳塞斯的纠纷

《劳作与时日》行 650 – 662:诗歌竞技得头奖

《神谱》行 22 – 34:遇见缪斯

这是赫西俄德生平的"一手文献",也是诗人自述的全部段落。这些具有自传性质的文字极为珍贵,也颇不寻常,在古希腊早期诗人中算得上绝无仅有。比如,我们就无从了解荷马的生平:他究竟是出身卑微、四处流浪的盲歌手,还是身世显贵的"宫廷诗人"? 荷马本人没留一点信息。一切成了传说,如今我们只好凭借《奥德赛》第八卷中神妙的歌人得摩多科斯(Demodokos),想象荷马的神采:

缪斯宠爱他,给他幸福,也给他不幸,

夺去了他的视力,却让他甜美地歌唱。(63 – 64)①

俄耳甫斯(Orpheus)亦然。这个传说中的缪斯之子,能以歌声感动天地,硬石和流水为之动容,橡树为之走下高山。他还游历冥间,以哀美的歌唱征服冥王冥后,②让人怀疑他究竟是一个真实的诗人还是神话里的人物。至于缪塞俄斯(Mousaios)、阿里斯特阿斯(Aristeas)、埃庇米得尼斯(Epimenides)这些作品早已佚失的古希腊诗人,留给我们的,更是仅剩一个个魂影般的名字……

但我们了解赫西俄德。这个古希腊农夫依山而居,在阿斯克拉村中讨生活。他懂得造犁车、种麦子和葡萄,听鹤在云上的鸣叫,看星辰隐现、蓟菊花开,熟知季节的变迁。他日夜操劳,记挂一只去年储粮的坛子,日子是艰难的,但他也会在夏日的树阴下,对着西风和山泉,享用毕布利诺斯美酒和佳肴(散见《劳作与时日》各处)。赫西俄德让我们感到别样的亲近,以为可以穿越时光,了解那个古代的彼俄提亚世界。

然而,赫西俄德不仅仅是一个平常的古希腊农夫,他还是一个诗人,他的故事不可避免地和其他古代诗人一样接近传奇。在《神谱》开篇的自传性叙事中,赫西俄德居然在赫利孔山上遇见缪斯!阿斯克拉的牧羊人亲眼看见,九位神女突然现身人间的乡野,在阿波罗的树下,把象征诗歌权力的月桂交到他手中(22 – 34)③。如何理解赫西俄德的这段"真实"经历,迄今是个问题。从某种程度而言,古人的世界不再为今天的我们开放。在赫西俄德与我们之间,不仅实实在在隔着近三千年的时光,还隔着埃斯库罗斯、索福克勒斯、欧里庇得斯,隔着柏拉图与亚里士多德,隔着从罗马帝国时期起层出不穷的历代读家和写家。

---

① 书中荷马诗文,若无特殊说明,均引自《伊利亚特》,罗念生、王焕生译,1994 年,北京:人民文学出版社;《奥德赛》,王焕生译,北京:人民文学出版社,1997。
② 参见吴雅凌编译,《俄耳甫斯教辑语》,北京:华夏出版社,2006,页 13 – 34。
③ 《神谱》开篇诗人遇见缪斯,参见下文"《神谱》的政治神话叙事"和"潘多拉与诗人"。

诗人之争

在诗人自述之外,坊间还流传着不少赫西俄德生平的传说。这些传说主要有两类,一是与荷马之争,一是诗人之死,其文献来源主要包含:

古代无名氏著,《对驳》(Ἀγών);

拜占庭时期学者策泽斯(Johnnes Tzetzes)的《赫西俄德生平》(Vie d'Hésiode);

拜占庭时期苏达辞典(Suidas)中的"赫西俄德"词条;

普鲁塔克在《道德论丛》(Moralia, 162b)中的一段叙事;

此外《道德论丛》还有三段文字隐约提及赫西俄德:153f 和 674f 影射与荷马之争;969e 影射洛克里德的诗人之死。[①]

在一份有关荷马生平的古抄件(Laurentianus, 56.1)里,学者们发现了短文《对驳》[②]。因文中提到古罗马皇帝阿德里安(Hadrien),故抄写年代不可能早于公元2世纪。然而,《对驳》的成文年代要早很多。阿里斯托芬的《和平》在公元前421年上演,剧中有四行诗(1282-1283,1286-1287)影射诗人之争,可见早在公元前5世纪,雅典人已经流传相关轶事。公元前3世纪初的一份埃及莎草文献中也有相关内容的残篇(Papyrus Flinders Petrie, XXV, 1)。随着时间的推移,人们不断给这篇短文添加新的内容。在现今所能读到的版本里,居然还援引了公元前4—前3世纪的作者阿尔西达玛斯(Alcidamas)和埃拉托斯特尼斯(Eratosthenes)(见附录)。

文中写道,荷马与赫西俄德在同一时代取得盛名,并曾在优卑亚的卡尔基斯城相逢,共竞诗艺。这显然是在引申赫西俄德的自述(《劳作与时日》行650-662:诗歌竞技获头奖),把两大诗人放到一处比较,把

[①] 参见 Wilamowitz, *Vitae Homeri et Hesiodi*, Bonn, 1916。

[②] 参看附录。

一场真实的诗歌赛会转化成一个流传千古的纷争。在古代无名氏作者的假想中,赫西俄德连连向荷马提问,其中第一个问题是这样的:

> 墨雷斯之子荷马啊,诸神赐给你智慧,
> 请告诉我,对人类来说什么最好?

荷马巧妙地回答:

> 不要出生,这是最好的;
> 一旦出生,越快踏进冥府大门越好。

经过十几轮问答,在场的希腊人纷纷认定荷马占了上风。于是,君王要求两位诗人吟诵诗篇。赫西俄德先吟诵了《劳作与时日》第383 - 392行,荷马则吟诵了《伊利亚特》第13卷第126 - 134行 和第339 - 344行。"在场的希腊人赞叹不已,荷马在英雄诗唱中超越了自己,胜利的荣耀理应归他。"

赫西俄德选诵的诗行,正是《劳作与时日》中"农夫的一年时光"这一小节的开篇:当阿特拉斯之女普勒阿得斯姐妹(即昴星座)在天空出现时开始收割,在她们即将隐落时播种,这是田间的法则。只有小心遵守,勉力耕作,才能收获德墨特尔的累累果实。

荷马吟诵的两段诗则描绘阿开亚人迎战特洛亚人的场面:屠人的战场,投枪林立,盾牌连片,英雄们再也不想别的,只想着用铜刃把对手杀死(338)。荷马的英雄赞歌果然感染了在场的希腊人。然而,君王最终把桂冠判给赫西俄德,颂扬农作与和平的诗人胜过了描述战争与屠杀的诗人。赫西俄德在赢得的奖品,也就是传说中献给缪斯的带柄三角鼎上刻了两行字:

> 赫西俄德献给埃利孔的缪斯们,
> 他在卡尔基斯凭一曲颂诗胜了神圣的诗人荷马。

《对驳》宛如一个学术神话,以寓言形式提出哲学问题:在荷马与赫西俄德之间,城邦应把诗人的桂冠戴在谁的头上？希腊人热爱荷马,但君王选择赫西俄德,因为后者更有益于城邦的教化。看来,诗人之争必然要引出诗与哲学之争这一古老话题。就某种程度而言,两大诗人的问答指向公元前5世纪雅典智识人的典型话题,所谓诗人对驳仿佛是彼时人爱对驳的反映。我们如今认识理解赫西俄德乃至荷马,始终跳脱不了古典时期作者对这些早期诗人的传承思省的框架。

诗人之死

亚里士多德记载过,赫西俄德去世不久,阿斯克拉人受外族侵犯,纷纷逃往俄尔喀墨涅(Orchomene)。俄尔喀墨涅人遵照神谕,不仅收容阿斯克拉人,还请来赫西俄德的骨灰,安葬在城邦广场中心,紧邻本邦英雄的坟墓。也就是说,他们把诗人尊为本邦的创建人(*Constitution d'Orchomene*:普罗克洛斯,361.25 = 亚里士多德残篇524 Rose;参见泡赛尼阿斯,9.38.3)。通过这段记载,我们至少可以确定一点:赫西俄德在故乡阿斯克拉终老,而不是死于外乡。

不过,在Laurentianus古抄件中,还有赫西俄德之死的其他传说,这些说法呼应了普鲁塔克、苏达辞典和策泽斯等所记录的逸闻。

传说,在德尔斐神庙,赫西俄德得到如下神谕:

> 向我的神庙走来的人有福了,
> 受神圣缪斯喜爱的赫西俄德呵!
> 他的荣耀将如朝霞之光长在,
> 但他要避开涅墨亚宙斯圣林,
> 命运女神安排他在此地丧生。[①]

[①] 参看附录。

于是,赫西俄德有意避开伯罗奔半岛一带,以为那是神谕中的涅墨亚所在地。他去了欧诺(Oinoe)地区,在洛克雷德人中住了一段时间。在那里,他引诱主人家的年轻女儿——据普鲁塔克的记录,他是无辜的(162b),但策泽斯说他是真正的勾引家(p. 50 *Wilamowitz*, 1, 24)。洛克雷德人在某个名叫"涅墨亚"的地方设下埋伏,杀了他,把尸体丢进海里。第三天,海豚负着他的尸体,直到科林斯海湾。当地人正在举行祭献瑞娅女神的庆典,在海边认出了诗人的遗体。他被葬在涅墨亚附近,具体方位不详:原来,瑙帕克人(naupacte)有意保守秘密,以免俄尔喀墨涅人抢走尸骨。据泡赛尼阿斯的记载,俄尔喀墨涅人去求德尔斐的神谕,终于在一只乌鸦的带领下找到坟墓,把诗人的遗体迁葬到自己城里。

这个传奇故事里的主人翁也可以是俄耳甫斯、品达或任何被神化的诗人。被误解的神谕、海豚奇迹般现身、节庆海边的尸体、被掩藏的坟墓,这些带有神话色彩的细节,是寓言故事的常见元素。不过,我们从中看到,赫西俄德在古时确实享有非凡的盛誉,几乎就是被神化的人物,以至于古代的瑙帕克与俄尔喀墨涅两个城邦会去争夺"拥有赫西俄德之坟"这项荣誉。传说在俄尔喀墨涅城中,有赫西俄德的墓志铭:

> 他的故乡是丰饶的阿斯克拉,
> 他长眠在米利阿斯人的马群繁荣的大地,
> 这是赫西俄德,他的荣耀超过世人,
> 他的智慧常驻,直至海枯石烂。①

在策泽斯(p. 50 *Wilamowitz*, 1, 25)和斐洛科斯(Philochore,参普罗克洛斯,188.12)的记载中,赫西俄德甚至还与那个被引诱的洛克雷德女子生下一子,也就是公元前7世纪末6世纪初的抒情诗人斯忒西科(Stesichore)。这个父子关系的说法当然不靠谱,但从赫西俄德到斯忒西科确实存在诗人之间的传承。其实何止斯忒西科?品达、西蒙尼得斯、阿

---

① 参看附录。

尔刻俄斯、维吉尔、奥维德、薄伽丘……无不深受赫西俄德的影响。就连古希腊的小孩子也通过诵读《神谱》，学习认识他们的神。所以，赫拉克利特的残篇尽管表现出了对早期诗人及其诗教影响的反省，却不得不承认，"赫西俄德是众人的教师"（διδάσκαλος δὲ πλείστων Ἡσίοδος，残篇57）。

年代①

有关赫西俄德年代的最早文字记录，大约出自公元前6世纪的雅典人奥诺玛克利托斯（Onomaklyton），比希罗多德的记录早一世纪。奥诺玛克利托斯是个占卜师，缪塞俄斯神谕的通述者，也曾出现在希罗多德的笔下（7.6）。据他的说法，赫西俄德是比荷马还要古远的诗人：

我们已知的最古老的诗歌是荷马史诗，事实上，再没有比这更古老的诗篇……然而，并非所有的人都认为，荷马是最古老的诗人；有些人说了，赫西俄德在他之前，此外还有利努斯、俄耳甫斯、缪塞俄斯和其他许多人。（*Onomaklyton Orphen*，frag. 17 Diehl）

再来看看希罗多德在《历史》中的这段经过多方援引的文字：

我想，赫西俄德与荷马的时代比我早四百年，不会更早了；他们把诸神的世家教给希腊人，赋予神们各自的名字、荣耀和技艺，并且描绘神们的模样。传说中比这两个人还早的诗人，在我看来都生活在他们之后。（2.53）

---

① 主要参考文献：West, *Hesiod. Theogony*, Oxford University Press, 1966, pp. 40 – 48；Paul Mazon, *Hésiode. Théogonie. Les travaux et les jours. Le Bouclier*, Les Belles Lettres, 1928, pp. xiv – xv。

希罗多德称"赫西俄德与荷马",而不是"荷马与赫西俄德",看来不是偶然。公元前5—前4世纪的希腊作家一般把"俄耳甫斯、缪塞俄斯、赫西俄德和荷马"依次视为辈分最高的古代诗人,其中俄耳甫斯和缪塞俄斯早于赫西俄德,而赫西俄德又早于荷马。比如,苏格拉底在雅典当众为自己申辩,带着一如既往的诙谐,谈论即将来临的"远行":

> 倘若能在冥府与俄耳甫斯、缪塞俄斯、赫西俄德和荷马为伍,你们还有什么不满意的?要说我,我可情愿为此死上好几回,倘若真有这么一回事。(柏拉图《苏格拉底的申辩》,41a)

阿里斯托芬在《蛙》中细数高古的诗人们的教诲,依次提到俄耳甫斯、缪塞俄斯和赫西俄德,反而没有提到荷马:

> 试看自古以来,那些高贵的诗人们多么有用啊!俄耳甫斯把秘密的教仪传给我们,教我们不可杀生;缪塞俄斯传授医术和神示;赫西俄德传授农作术、耕种的时令、收获的季节。(《蛙》,1033,罗念生译文)

一般认为,公元前7世纪的希腊诗人们都有模仿赫西俄德的痕迹。西蒙尼得斯(Smonides Amorginos)谈论女人的残篇6,显然模仿了《劳作与时日》行702 – 703(οὐ μὲν γάρ τι γυναικὸς ἀνὴρ ληίζετ' ἄμεινον/ τῆς ἀγαθῆς, τῆς δ' αὖτε κακῆς οὐ ῥίγιον ἄλλο[男人娶到贤妻强过一切,/有个恶婆娘可就糟透了])。他还留下另一个残篇(7.94 – 97),也有模仿《神谱》行592和行600的痕迹。

我们还可以举出如下这些例子:

阿耳刻俄斯(Alcaeus)残篇347,仿《劳作与时日》行582 – 589;

埃庇米尼得斯(Epimenides)残篇1,仿《神谱》行26;

弥诺姆斯(Mimnermus)残篇6.1,仿《劳作与时日》行91;残篇12.3,仿《神谱》行670;

提耳塔俄斯(Tyrtaeus)残篇 6.3 – 6,仿《劳作与时日》行399 – 400;
残篇 9.43,仿《劳作与时日》行 291;

阿尔基劳斯(Archilochus)残篇118,仿《神谱》行120 – 122。①

可见,赫西俄德的诗作在当时已有相当广泛的传播,他本人生活的年代也可以确定早于公元前 650 年。赫西俄德虽然与荷马一样采用六音部格律作诗,但一般认为,荷马是口述传统的典范,赫西俄德则和相传生活于公元前 8 世纪的诗人欧莫卢斯(Eumelus)、卡利努斯(Kallinos)一起,最早使用了文字书写②。从古希腊文字书写的发展史来看,这基本上不早于公元前 8 世纪末。

赫西俄德不曾提及自己生活的年代。但从《神谱》和《劳作与时日》的字里行间,我们还是可以觅得一些蛛丝马迹。

《神谱》提到,宙斯把从克洛诺斯腹中吐出的石头立在德尔斐,"帕尔那索斯山谷的神圣的皮托",作为永恒的圣物(498 – 500)。德尔斐神庙在古希腊世界享有盛誉,是在公元前 750 年以后的事。③赫淮斯托斯为潘多拉亲手做的金发带:"上头有缤纷彩饰,陆地和海洋的许多生物全镂在上头,成千上万——笼罩在一片神光之中:宛如奇迹,像活的一般,还能说话。"(581 – 584)据专家的考证,这条金发带上的雕饰与在雅典发现的一件陪葬品极为相像,上面雕有狮子和公羊等野生动物,制作年代为公元前 8 世纪。④

从赫西俄德在当时所具备的地理天文知识,我们也能获得一些启发。《神谱》列出二十五条河流(337 – 345),不算那些传说中的河名,比如普法希斯、斯特律门等,有几条是黑海西南方向的支流,如珊伽里乌斯、阿耳得斯科斯等,古希腊人对这些河的勘探年代不会早过

---

① 参见 West, *Hesiod. Theogony*, p. 40。
② 同上, pp. 40 – 41。
③ 参见 P. Amandry, *La Mantique apollonienne à Delphes*, 1950, p. 209 起; W. G. Forrest, *Histotia*, 1957, p. 172。
④ 参见 D. Ohly, *Griechische Goldbleche des 8 Jahrhunderts vor Chr.*, Berlin, 1953, p. 106。

公元前750年。《劳作与时日》记录了牧夫星座中的大角星第一次出现天际的情形:"自太阳回归以来的六十个冬日由宙斯划上了句号,大角星作别神圣的大洋水流,头一回在暮色中闪亮升起"(564-547),这段记叙引起包括开普勒和牛顿在内的历代科学家展开各种时间测算,一般认为不会早于公元前850年。[1]

另外,赫西俄德在《劳作与时日》中说自己参加的诗歌赛会是为了纪念"英勇的安菲达玛斯"(654)。据 Certamen 中的记载,安菲达玛斯是优卑亚的王($αβασιλεὺς Εὐβοίας$,64)。普鲁塔克则说,安菲达玛斯战死于公元前8世纪的利兰廷(Lelantine)战役(《道德论丛》,153f)。

这样,我们可以非常粗略地推算出赫西俄德的生平和创作年代。《神谱》大约写于公元前730至前700年。从诗中谈论婚姻利弊的内容出发(590起),我们可以推测他当时至少处于适婚年龄,也就是三十岁左右。他的出生年代因而不可能晚于前730年。从《劳作与时日》的记载来看,赫西俄德的父亲放弃航海生涯,返回故乡,应在三十岁以后(650-651)。当时赫西俄德尚未出世,因为他生在阿斯克拉,一生只有一次航海经历,就是成年以后去卡尔基斯参加诗歌赛会。赫西俄德的父亲的出生年代因而在前750年以前,也有可能在前760年或前770年。《劳作与时日》写于父亲去世、兄弟分家产之际,可以粗略地推测在前720至前690年间。

倘若这一推算无误,那么《神谱》就是迄今发现的最古老的古希腊诗歌,比《伊利亚特》和《奥德赛》的成文时间(一般认为不早于前700年)还要早。这也是公元前4世纪希腊人的普遍说法。[2]

---

[1] 参见 T. W. Allen, *Homer, The Origins and the Transmission*, pp. 86-88, 92-97。

[2] 尽管色诺芬残篇中有"荷马与赫西俄德"($Ομηρόσ \vartheta' Ἡσίοδος τε$)这样的说法(残篇11),但诗人的生活年代与诗作成文年代还是有差别的。何况色诺芬的说法同时也表明,当时还存在相反的说法。

二　《神谱》的政治神话叙事

从迄今留存下来的诗歌文本看，《神谱》共计1022行。若与荷马史诗相比，《伊利亚特》和《奥德赛》各含二十四卷，每卷短则四五百行，长达八九百行，各卷环环相扣，气势恢弘，似非《神谱》所能比拟。

直至20世纪初，不少西方学者依然否认《神谱》内在的完整结构，主张删改包括"序歌""提丰大战"等被判定为后人篡插的章节。但笔者认为，不仅赫西俄德诗歌的整体结构极有讲究，《神谱》的单篇结构也非常精妙。《神谱》不仅通过诸神的诞生反映宇宙或世界的形成，是一部带有宇宙起源（Cosmogonie）意味的宗教神话诗，还讲述了乌兰诺斯—克洛诺斯—宙斯父子三代争夺王权的故事，是一部重要的政治神话诗。在这部具有多重意图的诗作中，赫西俄德展现了极为高超的叙事技巧。在下文中，我们将先看赫西俄德全部诗作的内在关联，再看《神谱》单篇的叙事与结构，从政治神话叙事线路出发重述诗篇，探讨我们从中可能收获的消息或汲取的教诲。

整体谋篇

一般认为，赫西俄德作品由三部诗作组成：《神谱》《劳作与时日》和《列女传》（仅存残篇）。《神谱》讲述"诸神的世家"，从世界的起源、天地的分离，讲到乌兰诺斯—克洛诺斯—宙斯三代神王统治下的王朝世家，以及宙斯最终如何确立奥林波斯神族的权力和秩序。《劳作与时日》关注人类的世界，不仅追溯人类从黄金时代渐次沦落至当下的黑铁时代，还耐心传授农夫在一年时光中应遵循的农作与节气法则。《神谱》篇末记录女神与凡间男子的爱情，《列女传》接着讲述那些与神们相爱的凡间女子，以及她们所生下的英雄后代——最著名的英雄当属赫拉克勒斯,现今还能读到的《赫拉克勒斯的盾牌》正是《列女传》残篇的重要组成部分。这三部诗作看似彼此独立,主述内容不同,相互沾不上边,其实却有不容忽视的关联。

在《神谱》的序歌中,赫西俄德以预言般的形式说到缪斯的永恒之唱:

> ……她们以不朽的和声,
> 最先歌咏那可敬的神们的种族,
> 从起初说起:大地和广天所生的孩子们,
> 以及他们的后代、赐福的神们;
> 她们接着歌咏神和人的父宙斯,
> [缪斯总在开始和结束时歌唱他,]
> 在神们之间如何出众,最强有力;
> 她们最后歌咏人类种族和巨人族。
> 如此,她们在奥林波斯使宙斯心生欢悦,
> 奥林波斯的缪斯,执神盾宙斯的女儿们。(43 – 52)

在这个预示中,缪斯之唱包含三大主题。一般认为,这也是对《神谱》正文内容的预示:

1. 最初的神及其后代;
2. 宙斯及其王权;
3. 人类与巨人。

前两大主题与《神谱》的中心内容吻合。诗中还有另一处重申了这两大主题:在序歌结尾、进入正文前,诗人呼唤缪斯,请求宙斯的女儿们赐他一支"动人的歌",这支歌(即《神谱》)要赞颂"永生神们的神圣种族",说说"他们如何产生","如何分配世界财富,派定荣誉,占领奥林波斯"(104 – 115)。

自《神谱》行 965 起,继以《列女传》,诗人转入第三大主题:人类(与巨人)。从现有残篇看,《列女传》没有提及巨人。不过,赫拉克勒

斯即是本诗主角,我们很难想象佚文中丝毫不提巨人之战。因为,据阿波罗多洛斯在《书藏》中的记载,宙斯得到该亚的指示,只有在某个凡人的协助下才能打败巨人,于是赫拉克勒斯参加巨人之战,立下功勋,最终还步入神族的行列(参见阿波罗多洛斯,1.6.1;品达《涅墨厄竞技凯歌》,1.67;诺努斯《狄俄尼索斯纪》,4.45 起)。

如果说《神谱》篇末和《列女传》中的人类还与神们相爱,共同生育子女,《劳作与时日》则讲述了一个远离诸神的人类世界、一个惟有求诉正义与劳作的黑铁时代。没有《劳作与时日》,赫西俄德笔下的人类世界将是不完整的。

这样看来,缪斯的永恒之唱不仅是对《神谱》的预示,更可以理解为对赫西俄德整体作品的预示。

1. 最初的神及其后代 →《神谱》;
2. 宙斯及其王权 →《神谱》+《列女传》;
3. 人类 →《神谱》行 965 起 +《列女传》+《劳作与时日》;
   巨人 (→《列女传》)。

换言之,我们可以把《神谱》《列女传》和《劳作与时日》连在一起,当成一部作品来读。赫西俄德在其中完整地呈现了对世界的思考和关怀。这部作品不仅贯穿神的世界和人的世界,也印证了缪斯的歌唱权能:"述说现在、将来和过去。"(38)——真正的诗人之唱岂非就是对缪斯之唱的忠实模仿?

这种做法其实古来有之,只不过如今被遗忘罢了。直到公元前 3 世纪,亚历山大里亚的学者们才开始分开抄写、分别命名"神谱"与"列女传";在此之前,人们把两部诗连在一块儿,中间没有过渡,简直就像是一部诗。把三部诗作重新放到一起读,有利于建立所谓的多文本的呼应和联系。这里试举三例为证。

第一,不和女神(Eris)的两种说法。在《神谱》中,赫西俄德只提到一个邪恶固执的不和女神(Ἔρις καρτερόθυμος, 225),她是夜神的女儿,有一群邪恶的子女:遗忘、饥荒、混战、杀戮、争端、谎言、违法、蛊惑等等(225–232)。但在《劳作与时日》中,诗人更正自己的说法,提出有两个不和女神,"心性相异":一个滋生可怕的战争,应受谴责;另一个几乎被世人忽略,但值得尊敬,代表良性竞争(11-26)。可见,赫西俄德并不顾忌随文修改神的谱系,以适应描绘人类世界的需求。两个不和女神的说法也印证了有关书写的推断。在创作《劳作与时日》时,《神谱》的定稿显得已经存在,书写中反复斟酌和修订的痕迹清晰可见,有别于荷马所代表的口述传统。

第二,普罗米修斯和潘多拉神话的多重叙事。《神谱》和《劳作与时日》都讲述了普罗米修斯与宙斯之争,以及最初的女人的诞生,但讲法很不同。《神谱》讲到普罗米修斯连连挑战神王宙斯(521-569,613-616),从墨科涅分配牛肉,直到为人类盗火,最后才相对简洁地提到宙斯作为还击,造出最初的女人(570-612)。《劳作与时日》似乎接在《神谱》之后把故事讲完,大篇幅叙述了潘多拉诞生,并给人类带来不幸(57-105),普罗米修斯盗火(47-56)只是一个引子,顺带提过。只有把两部诗作中的相关叙事连起来,才是一个完整的普罗米修斯和潘多拉神话。这种写法与不同诗作的不同叙事重点有关:《神谱》的叙事关键在于解决神与人的分裂问题;《劳作与时日》则在于解决人类在与神分裂以后的生存处境。

第三,两篇序歌的异同。两部诗作的序歌均与托名荷马颂诗(Homeric Hymns)相似,带有传统序歌的风貌,与此同时又秉持创新的态度,体现了典型的赫西俄德风格。《神谱》开篇吟诵缪斯,《劳作与时日》开篇歌颂宙斯。若按常见的颂诗做法,赫西俄德本该在《劳作与时日》的序歌中讲述宙斯的出生,以及他如何获得神权,但这样一来必将重复《神谱》已讲过的内容。因此,最终呈现在读者眼前的序歌只有短短十行,简洁有力,强调宙斯面对人类时的至高无上的地位。这似乎意味着,赫西俄德悄然规定了自己的读者:阅读《劳作与时日》的人,必然也要熟悉《神谱》。

除此以外还有一些例子,比如《劳作与时日》中诗人自述(658-659)呼应《神谱》开篇与缪斯相遇(22-34),《神谱》中的"石头"先在神的世界完成职责,替代宙斯被克洛诺斯吞进腹中又吐出,再在人的世界里充当信物和奇迹(485－500),等等,均值得细细体味。凡此种种说明,在创作过程中,赫西俄德并非只考虑一部诗作,而是考虑到了全部作品。作为有心的创作者,他审慎、耐心,处心积虑地搭建自己全部作品的写作框架。即便描绘诸神的世家,诗歌也始终不离对人类本身的关怀。只有在这个前提条件下,我们才能充分地认识和理解《神谱》的叙事和结构。

政治神话重述

古希腊有各种版本的神谱,但流传下来的完整"神谱"文本,只有赫西俄德这一部。初读《神谱》,我们首先读到一个冗长的神的"家谱",以神们的世家为基本线索,从最初的神讲到最后的神,从浑沌和大地,讲到天神世家、夜神世家、海神世家,一直讲到提坦世家和奥林波斯世家。

若从我国古代融合欧阳修、苏洵二体而形成的传统谱式来看,赫西俄德的《神谱》有"谱序"(即序歌),有"世系"(又称世系图等,《神谱》算得上"牒记式图谱",以文字叙述历代事迹),有"传记"(又称行状、志略等,如诗中阿佛洛狄特、斯梯克斯等家族成员事迹),有"字辈谱"(又称行第、排行等,如诗中涅柔斯的女儿们,大洋女儿等),是一份合乎规范的家谱。

但《神谱》不是一个单纯的神的家谱。首先,《神谱》以神话形式描绘宇宙或世界的形成,从起初的浑沌状态讲到天地的分离,是一部宇宙起源神话诗,这一特征在天地分离神话(133起)以前尤其明显。其次,《神谱》还是一部重要的政治神话诗,从天神家族的乌兰诺斯,到提坦家族的克洛诺斯,再到奥林波斯家族的宙斯,父子三代争夺王权的叙事占据诗篇最重要的位置,以至于在某些时候,赫西俄德不惜中断诸神的家谱,让位给政治神话。多种主题决定了《神谱》具有错综复杂的叙事结构,也充分展示了赫西俄德高妙的叙事技艺。从下面的图表中,我们大致可以了解《神谱》的多重叙事路线。

	谱系叙事	神话叙事
行 1 – 115	序歌	缪斯的三次歌唱
		诗人遇见缪斯
		缪斯神话
行 116 – 122	最初的神	宇宙起源神话
行 123 – 125	浑沌的后代	
行 126 – 132	大地的后代	
行 133 – 210	天神世家	天地分离神话
	提坦神	阿佛洛狄特神话
	库克洛佩斯	
	百手神	
行 211 – 232	夜神世家	
行 233 – 336	海神世家	
[240 – 264]	涅柔斯家族	
[265 – 269]	陶马斯家族	
[270 – 336]	刻托和福耳刻斯家族	
	墨杜萨及其子女	珀尔塞斯杀墨杜萨
		赫拉克勒斯杀革律俄涅
	厄客德娜及其子女	赫拉克勒斯杀俄耳托斯、许德拉
		柏勒罗丰和佩伽索斯杀客迈拉
		赫拉克勒斯杀斯芬克斯和涅墨厄的狮子
行 337 – 616	提坦世家	
[337 – 370]	俄刻阿诺斯和特梯斯家族	
[371 – 374]	许佩里翁和忒娅家族	
[375 – 403]	克利俄斯家族	斯梯克斯神话
[404 – 452]	科伊俄斯和福柏家族	赫卡忒颂诗

	谱系叙事	神话叙事
[453–506]	克洛诺斯和瑞娅家族	宙斯诞生
		克洛诺斯被黜
[507–616]	伊阿佩托斯家族	普罗米修斯神话
		最初的女人神话
行617–719		提坦大战
行720–819	地下神界	宙斯重整宇宙秩序
[744–757]	黑夜和白天	
[758–766]	睡神和死神	
[767–774]	冥府的看门犬	
[775–806]		斯梯克斯神话
行820–868		提丰大战
行869–880	提丰的子女	
行881–964	奥林波斯世家	宙斯建立神权
[886–929]	宙斯的联姻	墨提斯神话;雅典娜诞生
[930–962]	诸神的联姻	
	波塞冬家族	
	阿瑞斯和阿佛洛狄特家族	
	赫淮斯托斯	
	狄俄尼索斯	
	赫拉克勒斯	
	赫利俄斯家族	
行965–1018	女神的人间爱情	
行1019–1020	呼唤缪斯;过渡至《列女传》	

在赫西俄德神谱诗中,政治神话叙事最是深刻根本,最能体现诗篇的教诲意味,也往往最为人所忽略。若从政治神话叙事出发,整部诗作可以分成五个部分:

(一)序歌(行 1 – 115);

(二)最初的生成(行 116 – 132);

(三)乌兰诺斯时代(行 133 – 336);

(四)克洛诺斯时代(行 337 – 719);

(五)宙斯时代(行 720 – 1022)。

由于多重主题交叉所限,加上赫西俄德采取一种有别于我们今天的时间叙述法,三代神王统治时代的叙事划分只能是大致的,而不可能完全精确。比如,夜神世家和海神世家的叙事时间模糊地处在乌兰诺斯时代和克洛诺斯时代,有时还延伸到宙斯时代(如赫拉克勒斯斩除妖怪等);提坦世家中的普罗米修斯神话和最初的女人神话显然发生在宙斯时代;地下神界不是自宙斯时代才有,某些处所甚至可以追溯至最初的浑沌,只是诗中强调宙斯重整秩序以后的地下世界,才归到第五部分。

(一)序歌(行 1 – 115)

表面看来,《神谱》的序歌就像一首献给缪斯的长篇祷歌,与传统的"托名荷马颂诗"无异,符合古希腊叙事长诗的开篇方式。赫西俄德在祷歌中讲到缪斯的诞生、命名,她们与父神宙斯的关系,她们守护王者和歌手的职能。这一切看来严格遵循传统。但赫西俄德又不局限于传统。他在序歌中讲述自己遇见诗神缪斯的经历,从而强调了自己的诗人身份。他还三次提到缪斯的吟唱,从而传达了自己对诗歌的理解和认识。

缪斯三次歌唱,内容迥然不同,犹如提供了三份神的谱系清单,或创作神谱诗的三种可能:第一次与赫西俄德本人的神谱系统迥异,反而接近荷马的神谱传统;第二次提出了神谱诗的三大主题(最初的神及其后代、宙斯及其王权、人类的巨人);第三次则预示《神谱》正文将要谈及的内容(永生神们的神圣种族如何产生,如何分配世界财富、派定荣誉、占领奥林波斯)。

在第一次歌唱和第二次歌唱之间,赫西俄德讲到自己在赫利孔山上遇见缪斯。缪斯女神亲口对他说了几句谜般的话:"我们能把种种谎言说得如真的一般。但只要乐意,我们也能述说真实。"(26-28)"把种种谎言说得如真的一般",与《奥德赛》卷十九行203描述奥德修斯的说法接近:"他说了许多谎话,说得如真事一般。"赫西俄德先透过缪斯的歌唱影射荷马的神谱传统,再透过缪斯的话影射奥德修斯的言语欺骗能力,这使我们很难不把《神谱》的序歌与"荷马与赫西俄德之争"联系起来。在真正的歌唱之前,赫西俄德确立好了自己的诗人身份,他不仅在诗神缪斯身边也在诗人荷马身边找到了自己的位置。

(二)最初的生成(行116-132)

最初的繁衍与世界的形成有关,体现了某种宇宙起源学说。这些最初的生成包括最初的神、浑沌和大地的后代,他们代表世界秩序的最初样貌。

在赫西俄德的神谱中,最初的神有三个:浑沌卡俄斯、大地该亚和爱欲爱若斯。塔耳塔罗斯也许是第四个神,也许只作为永生者的住所之一,没有定论(118-119)。无论如何,在最初的神中,只有浑沌和大地生养了后代(塔耳塔罗斯也只有一个后代,即提丰,但提丰大战出现在诗篇的后半部分),爱欲仅仅作为结合的本原,保证世代的繁衍,本身没有后代。

浑沌生虚冥和黑夜;虚冥和黑夜又生天光和白天。第二代是黑暗元素,第三代是光明元素。虚冥对天光,黑夜对白天,两两相对,一暗一明,从浑沌的无序之中产生了明暗的界限和对称。

大地生天空,大地一片昏暗,天空则闪烁着"繁星无数"(127),一明一暗,同样形成对比。大地又生丛山,有山必有谷,那是水仙的栖处。大地最后生下大海。

浑沌和大地最初的后代均系自然元素,宇宙的基本构成成分。最初的繁衍还具有二元对称的特点:浑沌生下的后代两两对称;大地则与自己的子女形成对比。

(三)乌兰诺斯时代(行 133 – 336)

从神话叙事时间来看,乌兰诺斯统治时代从大地生下天空开始算起,一直到克洛诺斯反叛、割下乌兰诺斯的生殖器结束。从神的谱系家族来看,则有天神世家、夜神世家和海神世家。其中天神和海神世家是大地的嫡系,由大地分别与自己所生成的天空和大海结合,渐渐成为两大家族。夜神世家则是浑沌的嫡系,由浑沌之女黑夜通过单性繁衍所生成。

与浑沌家族不同,大地孕育了她自己的配偶,即天神乌兰诺斯。这就使得大地和天神的家族演变呈现为三元的累积形式,永远向未来开放。先是十二个提坦神,六个男神,六个女神,除了最小也最特殊的克洛诺斯外,在其他十一位提坦中,最先提到的俄刻阿诺斯和最后提到的忒梯斯恰是夫妇,此外还有许佩里翁和忒娅夫妇、科伊俄斯和福柏夫妇、娶外家女子为妻的克利俄斯和伊阿佩托斯、克洛诺斯的妻子瑞娅,以及宙斯未来的两个妻子忒弥斯和谟涅摩绪涅。接着是三个单眼的库克洛佩斯,心灵手巧,为宙斯制造了雷电武器,与《奥德赛》卷九中那些荒蛮的牧羊巨人颇有不同(139 – 146)。最后还有三个力大无比的百手神,将在提坦大战中给予宙斯决定性的援助(147 – 153)。我们看到,库克洛佩斯和百手神均系伏笔,为下文中宙斯与克洛诺斯争夺王权的叙事做准备。

那时天地未开。广天紧贴大地,不留一丝空隙,一切尽在黑暗中。天神的孩子们"从一出世就不能见天日,被尽数掩藏在大地的隐秘处"(157 – 158),换言之,他们被迫停留在自己受孕育的母腹之中,没有出路。大地该亚承受不住天神无时无刻的求欢,"在内心悲号"(159)。倘若她没有"想出一个凶险的计谋"(160),摆脱这个困境,终止天神没有休止的性交欲求,那么整个世界的形成将永远地停滞下来,或者说将永久处于繁衍状态:在爱欲的原始冲动中,天神仇恨自己的子女,因为这些子女的出生和长大意味着空间的需求，最终将迫使他与大地分离；然而，天神异乎寻常的创生能力若不被阻止，繁衍将没完没了地进行，别说大地，整个世界都要受到无序的威胁。

于是，在永是漆黑的夜里，小儿子克洛诺斯用一把坚不可摧的大镰刀，割下父亲的生殖器，往身后一扔（178－181）。丧失生殖器的天神乌兰诺斯，也就丧失了性交和繁衍的能力，再不可能如前地覆盖在大地之上。天地就此分开，提坦神们得见天日。原本被压迫的生命，从此得以在时间和空间里延展。

然而，与此同时，克洛诺斯的行为作为一种不可否认的背叛，也使不和、仇恨和暴力从此出现在世界上。乌兰诺斯诅咒自己的孩子（207－210），这个诅咒将随着宙斯的复仇而得到实现（472）。正如在埃斯库罗斯笔下阿特柔斯兄弟相互背叛，从而开启阿特里得斯家族几代人（包括阿伽门农、俄瑞斯忒斯）被诅咒的命运，从克洛诺斯背叛父亲乌兰诺斯的那一刻起，父子几代争夺神权的战争也就吹响了号角。从天神乌兰诺斯的血滴生下三类后代：复仇女神厄里倪厄斯、癸干忒斯巨人族和自然神女墨利亚。天神的生殖器漂流在海上，阿佛洛狄特从中诞生。她在塞浦路斯岛上岸，爱若斯和欲望女神伊墨若斯前来相伴——又是三个一组！在天神最后的子女中，前三个代表仇恨、暴力和战争，最后一位阿佛洛狄特则对应性地代表爱情、温存和美好。这似乎在暗示，天地分离，从此世上不仅有"爱欲"，还有"不和"，善恶、福祸的对峙就此生成。爱若斯的原始结合本原，从此将让位给阿佛洛狄特的异性相吸原则。

这样一来，我们不难理解，赫西俄德为何要紧接着讲到夜神的一群邪恶子女。在反叛的暴力事件发生之后，邪恶应运而生，散布世间。黑夜延续浑沌的单性繁衍模式，她的后代是浑沌家族的唯一支系。复仇女神和报应神涅墨西斯对应厄里倪厄斯，不和神及其子女混战、争斗、杀戮、暴死等神对应癸干忒斯巨人族和自然神女墨利亚，"欺瞒"和"承欢"二神对应阿佛洛狄特分得的"欺瞒"和"承欢"两种荣誉。暴力的结局对应黑暗的子女，看来不是偶然。

乌兰诺斯时代还有一个显赫的世家没有交代。作为大地的嫡系后代,海神世家的影响力将延续到克洛诺斯时代和宙斯时代。海神家族有五个子女,整个家族可以追溯五代。长子涅柔斯及其五十个女儿代表了大海的各种美好品质:诚信、救难、恩赐、美好等。陶马斯的女儿伊里斯和长发的哈耳皮厄姐妹有快如飞鸟的行动能力。欧律比厄与提坦神克利俄斯联姻,此处未表。福耳库斯和刻托的后代则代表了大海的负面特点:无形、无常、无序。他们是一些游离于永生和有死之间的怪物。第三代中,格赖埃姐妹白发童颜,戈耳戈三姐妹中只有墨杜萨是凡人,厄客德娜人面蛇身,最小的是一条可怖的蛇妖;第四代中,墨杜萨生下克律萨俄耳和神马佩伽索斯,厄客德娜和提丰生下牧犬俄耳托斯、冥府的看门犬刻尔柏若斯、勒尔纳的蛇妖许德拉和吐火的克迈拉;第五代中,克律萨俄耳生下三个脑袋的革律俄涅,厄客德娜和俄耳托斯生下斯芬克斯和涅墨厄的狮子。这个妖怪家族将在宙斯时代走向衰败,他们几乎面临着共同的命运:死于赫拉克勒斯等英雄手下。随着宙斯王权确立,宙斯的英雄儿子们将负责铲除世间妖孽,以重整世界秩序。

(四)克洛诺斯时代(行337–719)

克洛诺斯反叛成功,从父亲乌兰诺斯那里夺得王权,成为第二代神王。然而,在整个统治期间,克洛诺斯面临着同样的威胁:总有一天,他的强大儿子将击败他,一如他当初反叛自己的父亲。克洛诺斯通过两大事件渐次退出天庭的政治舞台。首先是他受蒙骗,让最小的儿子宙斯顺利出生长大,并实现乌兰诺斯当年的诅咒:儿子击败父亲,克洛诺斯被迫吐出肚子里的子女;其次是在提坦大战中惨败,从此受囚于幽暗的塔耳塔罗斯地牢。

提坦世家包含神王克洛诺斯及其同胞兄弟的六大家族。提坦神们彼此联姻,或在表亲中选择伴侣,他们生养众多,逐渐建立起庞大而繁复的关系网。首先是大洋家族。大海与大洋同为水,却不同源:前者由大地所生,后者是天地之子。提坦世家从大洋讲起,衔接海神家族,过渡自然。荷马曾称俄刻阿诺斯和特梯斯为"众神的始祖"(《伊利亚特》

卷十四，200–201），这里提到他们的子女，三千名河神和三千名大洋女儿，均系滋养众生的水流。许佩里翁和忒娅生下太阳、月亮和黎明，黎明又与克利俄斯之子阿斯特赖俄斯生下西风、北风和南风。可见，提坦族的后代依然带有宇宙起源的意义：河流、星辰、大风……大洋女儿斯梯克斯最早在提坦大战中支援宙斯，她和克利俄斯之子帕拉斯的四个孩子成为宙斯的忠实随从：荣耀、胜利、权力和力量——还有什么比这更能保证宙斯的最终胜利呢？相形之下，伊阿佩托斯的四个儿子注定要做宙斯的劲敌：阿特拉斯、墨诺提俄斯、普罗米修斯和厄庇米修斯。科伊俄斯和福柏生有两女：勒托和阿斯忒里亚，后者为克利俄斯的小儿子佩耳塞斯生下赫卡忒。文中有一曲献给赫卡忒的颂诗，这位独一无二的女神同时拥有提坦时代和奥林波斯时代的特权，并在神与人之间扮演中介的角色。我们看到，赫西俄德巧妙地通过斯梯克斯叙事，为确定神的世界的秩序埋下伏笔，又利用赫卡忒叙事，预示人的世界的法则以及人与神的关系。

最小的提坦神克洛诺斯和瑞娅生下三男三女。这位新神王不同于老天神，不仅"狡猾多谋"，为了确保统治，还"毫不松懈地窥伺，保持警戒"（466）。克洛诺斯得到大地和天神的暗示，"命中注定他要被自己的儿子征服，哪怕他再强大"（464–465）。为了逆转这样的命运，他把所有的孩子吞进肚里。但瑞娅同样在大地和天神的帮助下，让最小的儿子宙斯秘密出生长大，并以一块石头替代宙斯蒙骗了克洛诺斯（477–491）。不久以后，宙斯向克洛诺斯设下圈套，逼他吐出腹中之物，"他敌不过自己儿子的技巧和力量，最先吐出那块最后吞下的石头"（496–497）。在征服克洛诺斯的过程中，不再有暗夜的镰刀和暴力的偷袭，而是一系列计谋的运用，赫西俄德笔下的神权战争在逐步升级。

普罗米修斯神话作为神权神话不可或缺的篇章，出现在这个时候，显得自然不过：宙斯的胜利不仅要依靠力量，更要有计谋（496），正如埃斯库罗斯后来在诗剧中所揭示的，要有普罗米修斯的参与（《被缚的普罗米修斯》，212–213）。自墨科涅事件以来，狡黠的普罗米修斯与宙斯展开一系列计谋之争。他挑战神王的公平秩序，不公平地分配一头牛，接着又为人类盗取火种。作为还击，宙斯送给人类一件不幸的礼物，也就是最初的女人。普罗米修斯神话揭示了与人类起源相关的诸种问题，赫西俄德从中引申出的有关人类生存状况的哲学沉思，直至今天依然有效。

但宙斯尚未完全征服自己的父亲，提坦神与奥林波斯神之间还有一场大战。克洛诺斯的孩子们一从父亲腹中得到解放，就带领众神驻守奥林波斯山，与俄特吕斯山上高傲的提坦们展开对峙。从斯梯克斯最先到奥林波斯支援宙斯算起，十年苦战已然过去，双方势均力敌，直到宙斯运用库克洛佩斯的武器，又获得百手神的支援，才打败对手。库克洛佩斯和百手神是老提坦们的同胞兄弟，看来，想要重整旧世界的秩序，单凭奥林波斯新神并不够，还要有库克洛佩斯的技巧和百手神的力量，也就是要有新神和老神联手。

（五）宙斯时代（行720－1022）

宙斯打败克洛诺斯之后，重整地下神界的秩序，肃清提丰等反叛势力，终于坐上奥林波斯神王的宝座。

在提坦大战中，天上地下无不受牵连，一切回归原始的浑沌状态。这种浑沌状态恰与塔耳塔罗斯的精确方位解释（720－728）形成对比。依照神王宙斯的意愿，战败的提坦神们被囚禁在幽暗的阴间，诗人的笔触也随之在"广袤大地的边缘，发霉的塔耳塔罗斯"（731）游历了一番。在此之前，诗篇几乎只提地上世界。曾有校勘家以今臆古，把八十来行描绘地下神界的诗当成后人篡插全部删除，但缺了这些诗行，赫西俄德完整描绘世界的计划将大打折扣。在地下神界里住着一些已经提过的神，夜与昼循环交替，睡神和死神兄弟俩一个漫游大地一个常驻冥间，并有可怕的刻尔柏若斯看守在死神哈得斯的门前，长生的斯梯克斯水见证神们的重大誓言。最后，百手神以看守的身份，和提坦神一块儿回到塔耳塔罗斯，毕竟光明的奥林波斯山不是老神的家园。

提坦被黜,大局似乎已定。但大地该亚和塔耳塔罗斯生下最后一个孩子提丰。提丰不仅与蓬托斯的孙女厄客德娜生下一群妖怪子女,他本身也是妖怪中的妖怪,有一百个怪异的脑袋,发出无法形容的声音。该亚所代表的无序的原生力量再次发挥作用,对已完成的世界构成了灾难性的威胁。提丰是浑沌和无序的回归,一出现便打乱宙斯刚刚整顿的世界秩序,"差点儿统治有死的人和不死的神"(837)。幸亏神王及时击毙他,把他打回塔耳塔罗斯。提丰身后留下一群狂风,不仅给海上的水手带来风暴,还败坏大地上的劳作与生活。浑沌和无序被赶出神的世界,却从此进入人的世界。

终于,宙斯取得王权,但神权战争尚未画上句号。为了更新克洛诺斯的旧有政权,宙斯为诸神重新分配了荣誉,并通过一系列政治联姻巩固王权。他首先娶墨提斯为妻。历史再次重写,这位绝顶聪明的女神注定要生下"一个狂傲无比的儿子:人和神的王"(898)。但宙斯抢先把她吞进了肚里。我们看到,三代神王为了避免子承父业的命数,都在努力改变传统的繁衍模式:乌兰诺斯在遭到致命打击的瞬间,用血滴和生殖器创造后代,仿佛在挑战该亚的生殖能力;克洛诺斯先吞下自己的子女,又被迫吐出;仿佛在模仿瑞娅的怀孕和分娩过程;但宙斯的做法最绝也最有效,他吞下怀着雅典娜的墨提斯。这个做法至少有三个好处:一是彻底避免新一代神王的诞生;二是改变繁衍模式,成功地独自生下雅典娜,三是有墨提斯"帮他出主意,分辨好坏"。由此,神王宙斯比"狡猾多谋的"克洛诺斯走得更远,他直接与智慧合为一体,成为智慧本身。宙斯吞下怀孕中的墨提斯,呼应了该亚当初孕育乌兰诺斯又与之结合,因而也就终结了天地家族繁衍所独具的开放性的无序。

在宙斯的十个妻子中,还有代表法则的忒弥斯,她生下时辰女神和命运女神,从而巩固王权的秩序和稳定,象征王朝的繁荣。宙斯的妻子有的与他同代,有的比他早一辈,有的则是他的晚辈。这保证了神王对过去、现在和未来的掌控。不仅如此,宙斯还通过和人类世界的女子联姻,保证王权无所不在,在神的世界和人的世界都有效。

除了宙斯,其他奥林波斯诸神的婚配与后代也一一得到交代:波塞冬与大洋女儿联姻,驻守海底宫殿;宙斯把女儿珀耳塞福涅许配给自家兄弟哈得斯,从而保证天庭和地府的友好往来;宙斯的子女如阿瑞斯、赫淮斯托斯、狄俄尼索斯和赫拉克勒斯等,还有赫利俄斯等老提坦世家的本亲……最后,赫西俄德记叙了十起女神与凡间男子的爱情事件,既呼应宙斯的十次政治联姻,也预示了后续诗篇《列女传》中凡间女子与神相爱的主题。女神们的爱情不仅打破了人神的分界,也开拓了诗歌的空间:女神与凡间男子的后代,往往与人类世界某个地区或民族的起源神话有关。这样,人类的生存处境再次进入诗人的沉思范畴。

小结

如果说神的家谱叙事是《神谱》的明线,政治神话叙事则是一条隐约可见的暗线,笔者尝试着提出一个有别于传统意见的看法。《神谱》主要讲述的不是宇宙或世界的形成,而是古希腊诸神的家世,即便涉及宇宙的形成,也是附着于诸神的诞生这一主题。序歌以后,最初的神和最初的繁衍反映了世界的形成与格局,在克洛诺斯背叛乌兰诺斯以前,世界已然形成最初的秩序。随着父子争权故事登场,诗中上演了一幕幕政治神话的好戏:该亚的启示、库克洛佩斯的雷电武器、百手神的支援、斯梯克斯的子女加盟、瑞娅蒙骗克洛诺斯、宙斯诞生、普罗米修斯的计谋、提坦大战、提丰大战、宙斯吞下墨提斯、雅典娜诞生……整部《神谱》的叙事都在为宙斯最终获取神权做准备,换言之,《神谱》从头至尾就是一个政治神话。

不仅如此,《神谱》严格遵循的两种诗歌创作手法,即环形结构和三元结构,也与政治神话叙事息息相关。

所谓环形结构(composition annulaire ou circulaire),就是叙事者依次谈及一系列话题(A-B-C-…),在某个关键话题停下,以相反的顺序依次重复刚才的话题(…-C-B-A)。这样一来,同一话题对称式地分布于叙事的首尾,两两呼应,环环相扣。"环形结构"在比如荷马史诗①和希伯来圣经中尤是典型手法,《神谱》初看虽不明显,但事实上,我们可以把整部诗篇看成一个庞大的"环形结构"。在赫西俄德的叙事中,宙斯诞生神话是重中之重,在这个中心事件前后,分别嵌入涉及人类世界的赫卡忒颂诗和普罗米修斯神话、宣告战争开端的斯梯克斯事件和交代战争结局的提坦大战。往外层层推进,依次还有:刻托和福耳刻斯的妖怪子女被英雄所杀,对应宙斯击毙忤逆的妖怪王提丰;最初的神王的婚配(该亚和乌兰诺斯)标志某种无序繁衍的开始,最后的神王的婚配(宙斯和墨提斯)则终结了这种繁衍形态;乌兰诺斯遭到偷袭,丧失自然生殖能力,并导致阿佛洛狄特诞生,而宙斯使计吞下墨提斯,改变自然生殖模式,并导致雅典娜从神王的脑袋出生;最初的神和繁衍,对应最后的奥林波斯新神家族;最后,序歌中诗人与缪斯相遇,结语中女神与凡间男子相爱,首尾呼应,对称性地强调了神与人的关系。

G　序歌:诗人与缪斯相遇

F　最初的神;最初的繁衍

E　该亚和乌兰诺斯;阿佛洛狄特诞生

D　英雄杀死刻托和福耳刻斯的妖怪后代

C　斯梯克斯最先支援神王宙斯

B　赫卡忒颂诗

A　宙斯的诞生

B′　普罗米修斯神话

C′　百手神助阵宙斯大战提坦

D′　宙斯与提丰之战

E′　宙斯和墨提斯;雅典娜诞生

F′　奥林波斯新神

G′　结语:女神与凡间男子相爱

---

① 参见程志敏,《缪斯之灵——荷马史诗导读》,北京:华夏出版社,2021,页112起。

由此,整部《神谱》是一个以政治神话为中心的"大环",环环相扣,其严谨和巧妙,令人叹服。其中的关键人物和中心事件,正是赫西俄德笔下永恒而绝对的主角:神王宙斯。一切都在为政治神话叙事服务,为这样的中心思想服务:宙斯最终将获得神权,重整神的秩序,开启人的世界——与人类世界相关的政治神话在《列女传》和《劳作与时日》中得到延续。

在赫西俄德笔下,如果说环形结构为政治神话服务,那么三元结构或似体现诗人的政治理想。所谓三元结构,指数字3(或3的倍数)在《神谱》叙事结构中的重要作用。天神与大地的后代,也就是产生神王的三代家族,即天神家族、提坦家族和宙斯家族,一致遵循三元叙事规则。比如,在天神家族中,有六个提坦男神六个提坦女神,三个库克洛佩斯,三个百手神,三个由天神精血生成的族群;在提坦家族里,大洋家族有三千个河神儿子和三千个大洋女儿,许佩里翁家族有日、月、黎明三个子女,克利俄斯家族有三个儿子,克洛诺斯家族有三男三女(唯一不遵循这个规则的是伊阿佩托斯家族①);在宙斯家族中,有三个时辰女神,三个命运女神,三个美惠女神,九个缪斯等等,不仅如此,宙斯的每一次联姻叙事基本占三行诗。此外,我们还可以举出好些与三元叙事结构有关的别的例子,比如序歌中有缪斯的三次歌唱;真正的诗歌有三大主题,等等。但在笔者看来,赫西俄德《神谱》中最为根本的三元结构,照旧与政治神话有关:乌兰诺斯、克洛诺斯和宙斯的三代神王与三次神权斗争。在《柏拉图与神话之镜》中,马特如此分析这种三分学说:

> 这个三分学说,无论表现为某种职能形式(杜梅齐尔)、神学形式(戈尔德施米特),还是结构形式(韦尔南),都更多地代表诸神之数,而非人类之数。这样,我们再次接近黑格尔的说法:在三(Dreihei)之中存在着普遍的精神力量,而古希腊的精神力量表现

---

① 参见下文"厄庇米修斯的哲学"。

于乌兰诺斯—克洛诺斯—宙斯三代王权。①

3是属神的数字,而不是属人的数字。在《神谱》之后,《劳作与时日》讲述了人类起源神话(106 - 201),也就是人类所经历的五个时期:黄金时代、白银时代、青铜时代、英雄时代和黑铁时代。赫西俄德声称"但愿自己不是生活在黑铁时代"(174 - 176),并区分了当下的黑铁时代和未来的黑铁时代(174 - 201)。因此,人类五纪实为人类六纪,对应了《神谱》中的三元叙事结构。赫西俄德以神话形式描述了远离诸神、面临有死必然的人类生存状态,从而表达了人努力接近神的政治理想。毕竟,和所有古代神谱诗人一样,赫西俄德通过描绘神族,目的在于展示古人眼里的世界起源(神的起源)和人的起源,从而传达人类的自我认知。从政治神话叙事的三元结构,我们再次印证了《神谱》和《劳作与时日》的相互呼应,以及上文对赫西俄德全部作品谋篇的判断。稍后,毕达哥拉斯学派发展了三元学说,把数字3看作万物之数(开始、中间、结束)。亚里士多德也在《天象论》中提到数字3与宇宙生成的神奇关联(268a11 - 13)。柏拉图更是在赫西俄德神话叙事的基础上,对数字3做出极其丰富的运用,仅以《理想国》为例,我们可以举出三种灵魂功能、三种城邦模式、三种政治制度、三种社会等级、三种模仿状态等例子。正如我们所知,柏拉图生活的公元前4世纪,正是希腊人面临精神困惑的年代,如何在城邦人民中树立一个有关灵魂与社会的正义秩序的范式(诸如荷马式的英雄贵族荣誉范式不再有效),成为哲人面临的生死攸关的问题。而有关这些问题的探讨,早在几个世纪前赫西俄德的政治神话叙事中已见端倪。

---

① 马特,《柏拉图与神话之镜》,吴雅凌译,上海:华东师范大学出版社,2008,页77。

三　提坦神族

在古希腊神话里,提坦是至关重要的一族神。他们是大地和天神的孩子,又生下以宙斯为首的奥林波斯诸神。《神谱》以大量篇幅叙述与提坦有关的神话:提坦的诞生(133 – 138),提坦与天神之争(154 – 181),提坦的后代(337 – 616;其中尤以宙斯的诞生及其与克洛诺斯之争[453 – 506]、与普罗米修斯之争[507 – 616]最引人关注),提坦大战(617 – 719)。换言之,在这部讲述诸神的诞生和谱系的千行诗篇里,有近一半篇幅与提坦有关。

西方学界研究赫西俄德的神话诗,晚近多将关注点放在若干基本神话的解释上,比如神权神话、普罗米修斯神话、潘多拉神话、提坦大战、人类起源神话,等等。笔者认为,上述神话之间隐藏着一个共同的联系纽带,即作为群体的提坦神族。一直以来,"提坦"往往被局限地理解为一个个作为个体的神,比如克洛诺斯、伊阿佩托斯,乃至普罗米修斯。作为群体的提坦始终是含糊不清的概念。有关神权神话里的克洛诺斯、人类起源等神话里的普罗米修斯,都有细致深入的分析与解释。相比之下,作为群体的"提坦"似乎还停留在从古人开始对《神谱》四行诗的疑惑之上:

> 于是父亲给他们一个诨名叫提坦,
> 广大的天神恨自己所有的孩子们。
> 他说,这些苗子死命地往坏里长,
> 总有一天,他们要为此遭到报应。(207 – 210)

赫西俄德在这四行诗里交代了提坦名称的由来。这是天神乌兰诺斯给自己的孩子们的一个"诨名"($ἐπίκλησιν$)。"提坦"($Τιτῆνας$)一词含义不明。West 提到了该词的几种可能性来源解释:维拉莫维茨(Wilamowitz)认为(*Kl. Schr. v* 2,181),该词源于古代色雷斯语中某个指称"神"的词,某个提坦女神、克洛诺斯之妻,甚而名叫 Thrace[色雷斯](*St. Byz. S. v.*);而据 Choeuroboscus 的说法,有个色雷斯女神名叫Τιτίς(G. Choeroboscus, Grammatici Graeci, IV. I. 328. 12);Pohlenz 则认为,τιτᾶν本是一个用来修饰θεός[神]的常用表达法(*N. Jb.*,1916, p. 577)。总之,Τιτῆνας与古代语言里的"神"的最初概念密切相关。①

从字面上看,第 207 行的"提坦"(Τιτῆνας)一词与第 209 行和第 210 行中的两个谐音字相连:Τιταίνοντας[紧张、紧绷、努力]和Τίσιν[代价、报应]②。前一个谐音字(209)影射提坦的无度、混乱,后一个(210)则预示他们最终被宙斯颠覆的"复仇时刻"。类似的文字游戏似乎加深了"提坦"群体的扑朔迷离的印象。就连伊利亚德也说,"我们永远也不会知道克洛诺斯的'历史'"。③古希腊人几乎没有什么奉献给包括克洛诺斯在内的提坦的崇拜仪式。④ 作为群体的提坦仿佛被罩上一层神秘的面纱,历经千年始终不可靠近。

在赫西俄德笔下,提坦扮演了不容置疑的重要角色;然而,提坦形象从一开始就具有某种根本的含糊性。这一看似相悖的现象是否隐藏着某种原因或教诲意味?面对高明的作者,我们不能草率行事。20 世纪有西方译者以今臆古,主张删除《神谱》中的百十来行诗句,

---

① 古代赫提神话中也有一群"早一代的神",《近东开辟史诗》记载了类似于宙斯征服并囚禁提坦的神话故事。West 认为,"提坦"之说要么沿袭了东方神话,要么是迈锡尼时代希腊本土的产物,与近东神话极为接近。这一问题与本文没有直接关联,不再赘述。参见 West, *Hesiod. Theogony*, p. 200。

② 这是古代诗人们常常使用的文字游戏,比如,《奥德赛》卷一中把 ὀδυσσεύς 分解成 ὀδύρεσθαι 和 ὀδύσσασθαι (55 – 62),现代语言无法传译,只能音译。

③ 伊利亚德,《宗教思想史》,晏可佳等译,上海:上海社会科学院出版社,2004,第 10 章,页 215。

④ 同上。

理由看似充分,终究未果①,这再次说明,今人未必比古人高明。事实上,矛盾和例外往往利于揭示本质,古代文本中的难点和争议,如同作者有意无意留下的记号,是读者接近文本奥秘的良机。

本文将从提坦概念的含糊性出发,通过揭示诗歌有意成就的叙事含糊性,深入了解《神谱》中的提坦群体形象,进而探讨诗人可能隐藏于神话诗歌背后的教诲。

含糊的概念

"提坦"概念的含糊性主要表现在如下几个方面:

首先,命名的含义隐晦不明,这一点上文已解释过了。这里还需补充一点,在赫西俄德作品中,命名具有非同寻常的意义。《神谱》开篇讲述了牧羊的赫西俄德如何遇见缪斯女神,从而获得诗人的身份和诗歌的权力(22-34)。对观《创世记》里上帝赋予亚当"给万物命名"(2:19-20)的权力,我们不难理解,命名的过程亦是定义的过程,赫西俄德极为看重这一"给诸神命名"的权力和时机。事实上,他在《神谱》中开创了无数先例,比如最早给九个缪斯命名(77-79),给阿佛洛狄特多种名称(195-200),更不用说列出五十个涅柔斯的女儿(240-264)、四十一个大洋女儿(349-361)这样长长的名单。

其次,提坦的成员。赫西俄德在《神谱》第133-138行列出了六个女神和六个男神:

> 她与天神欢爱,生下涡流深沉的俄刻阿诺斯、
> 科俄斯、克利俄斯、许佩里翁、伊阿佩托斯、
> 忒娅、瑞娅、忒弥斯、谟涅摩绪涅、
> 头戴金冠的福柏和可爱的特梯斯,

---

① 参见 West, *Hesiod. Theogony*, p. 381—382。

最后出生的是狡猾多谋的克洛诺斯,
在所有孩子中最可怕,他憎恨淫逸的父亲。

这十二个神很难形成明晰而统一的提坦群体。除了下文将详细提到的克洛诺斯和伊阿佩托斯这两个典型的提坦神以外,俄刻阿诺斯从来不是一个"地道的"提坦,他曾鼓励女儿斯梯克斯帮助宙斯打败提坦(338、398等),在荷马史诗里被称为"众神的始祖",在克洛诺斯被宙斯征服以后成为赫拉的避难所(《伊利亚特》卷十四,200-204);科俄斯、克里俄斯和忒娅这几个神的形象非常含糊,在古代作品里极少提到;许佩里翁常常又被混同为日神赫利俄斯;瑞娅曾保护最小的儿子宙斯不受克洛诺斯伤害,极有可能也从未参加反抗宙斯的战斗(468起);忒弥斯和谟涅摩绪涅最终成为宙斯的妻子(886-900,915-917)。换言之,这里提到的大多数提坦神,要么没有显著的"提坦特色",要么在以"提坦"命名的反抗宙斯的神权战争里不站在提坦阵营里与宙斯为敌。

再次,提坦的数目。赫西俄德列出了六个男提坦和六个女提坦,然而,提坦神究竟有几个,在古希腊神话里从来没有定论。此处仅以作为古希腊神话三大源头的荷马、赫西俄德、俄耳甫斯的不同说法为例。普罗克洛斯(Proclus)在注疏柏拉图的《理想国》(II,94.15-22;II,345.4-6)和《蒂迈欧》(40e6-41a1)时指出,在俄耳甫斯神谱传统中,提坦共有七男七女(多了狄俄涅和福耳库斯):

七个美貌的女儿
和七个年轻的神主。
女儿们中有忒弥斯、善心的特梯斯、
大发卷的谟涅摩绪涅、极乐的忒娅,
还有美丽动人的狄俄涅、
福柏,和宙斯之母瑞娅。
她还生下同样数量的儿子:
科俄斯、伟大的克利俄斯、强大的福耳库斯

克洛诺斯、俄刻阿诺斯、许佩里翁和伊阿佩托斯。①

至于荷马,除了克洛诺斯和伊阿佩托斯以外,似乎没有提到提坦的其他成员。比如在《伊利亚特》卷八中,许佩里翁显然不属于提坦神之一:

> 那里居住着伊阿佩托斯和克洛诺斯,
> 他们困处在塔耳塔罗斯深坑里面,
> 不能坐下来享受许佩里翁太阳神的
> 光线或和风……(478 – 482)②

最后,提坦族群的含糊性还表现在提坦与人的关系之上。作为最古老的神之一,提坦似乎和人类(尤其人类的起源)有着某种奇特的渊源。比如,在《神谱》中,克洛诺斯割下父亲乌兰诺斯的生殖器,从溅出的血滴里生下梣木女神墨利亚(187),响应人类种族的某种祖先说法,因为,赫西俄德在《劳作与时日》第145行说到,青铜时代的人类生于梣木。另外,提坦之子普罗米修斯(在许多神话版本里则是提坦神)直接导致了人与神在墨科涅的分离(535起),他的兄弟厄庇米修斯更是代表人类从宙斯那里接受了最初的女人这个"不怀好意的"礼物(512 – 513;《劳作与时日》,85起),甚至因此还得了个"最初的男人"的名号③。

凡此种种,让人心生疑问,究竟提坦是谁?提坦既为神,为何又与人类有如此多的牵扯?有关提坦概念的种种含糊性,究竟如何才能得到澄清?

---

① 参见《俄耳甫斯教辑语》,前揭,页267。
② 另参《伊利亚特》卷十四,272 – 280等。
③ 参见德拉孔波等,《赫西俄德:神话之艺》,吴雅凌译,北京:华夏出版社,2021,页134等。

含糊的叙事

笔者认为，认清提坦群体的关键，首先在于赫西俄德的命名方式。正如上述引文所示，赫西俄德在《神谱》第133-138行列出了天神和大地所生下的十二个孩子，每个孩子各有各的名字。然而，奇怪的是，与紧接着提到的库克洛佩斯（139起）不同，这十二个孩子并没有马上获得一个群体名称。直到七十行以后，也就是在克洛诺斯实现大地该亚的计谋，偷袭父亲乌兰诺斯之后，他们才被正式称为"提坦"。这在赫西俄德的叙事过程中堪称绝无仅有的一例。其他的群体神总是同时出现群体名称和个体名称，无论戈尔戈姐妹（274起）、格赖埃姐妹（271起），还是涅柔斯的女儿们（240起）、大洋神所生的"少女神族"（346起）。唯一例外的也许是缪斯，诗人从开篇第1行就呼唤她们，却直到第77-79行才在正式讲述她们的出生时列出每个女神的名字。但缪斯的命名情况显然与提坦不同，而更接近其他群体神。每个缪斯的名字来源于她们各自施行的职责，比如克里俄（Κλειώ）的意思是"赞美、给予荣耀"，呼应她们"赞美永生者"（67）；欧忒耳佩（Εὐτέρπη）的意思是"使心欢悦"，呼应她们"使父神心生欢悦"（37和51），等等。每个缪斯的名字都在强化、协调作为群体的缪斯女神的形象。同样情况亦见于别的群体神的命名，此处不再赘述。相比之下，赫西俄德笔下的十二个提坦神并不能形成和谐一致的群体形象，反而造成了这个群体的含糊性。加上群体名称的滞后出现，让人禁不住对诗人的意图产生疑惑。

依据传统所延续下来的说法，"提坦"象征原初的宇宙倾覆力量，是过度（ὕβριν）、暴力的化身。这一点从克洛诺斯身上得到很好的反映：他在"害怕得发抖"的兄弟姐妹们中答应施行母亲的复仇计划（167起）；他趁天神向大地求欢，用一把镰刀割下了父亲的生殖器，并随手往后抛（176起）；他的孩子们刚刚出生，就被他全部吞到肚里（459起）；稍后他居然中了该亚的计，毫不考虑地吞下一块石头，以为那是最小的儿子宙斯（485）；最终，他败在宙斯手下，被迫吐出腹中的孩子们,而最后吞进去的石头最先吐出(494起)。在赫西俄德的神话叙事中,克洛诺斯的暴力和过度得到最精彩的呈现(石头的部分是点睛之笔)。最终,他在获得"提坦"这个称号的同时也遭到父亲的诅咒:提坦的称号宛如一个诅咒的烙印,永远刻在他的身上。

还有一点值得注意,"提坦"($Τιτῆνας$)一词在第207行第一次出现以后,直到提坦大战的章节(617起)以前——也就是说,在《神谱》中间的四百多行里(其中包含"提坦的后代"这一关键章节)——几乎没有再出现过。仅有的两次出现分别在第392行(宙斯向跟随他与提坦作战的斯梯克斯承诺)和第424行(赫卡忒在最初的神提坦中得到份额)。换言之,赫西俄德在交代提坦和提坦后代的近三百行诗中,几乎只字未提"提坦"一词,更不用说在这些神和"提坦"一词之间建立任何直接联系。直到在追溯提坦神与奥林波斯神的前十年战况时,诗人才在第630行重新使用了"提坦"($Τιτῆνας$):

> 他们苦战多年,历尽辛劳,
> 双方对峙,激战连绵,
> 提坦神们和克洛诺斯的孩子们,
> 高傲的提坦们在俄特里斯山,
> 赐福的神们在奥林波斯山——
> 秀发的瑞娅和克洛诺斯同欢生下的孩子们。(629–634)

赫西俄德写提坦及其后代,却在用词上有意回避"提坦"一词,实在令人困惑。如何理解这种刻意造就的"提坦"群体命名的淡化和含糊化?有必要重新审视有关提坦家族的近三百行诗歌文本的谋篇:

(一)行337–370:俄刻阿诺斯和特梯斯的后代
(二)行371–374:许佩里翁和忒娅的后代
(三)行375–403:克利俄斯和欧律比亚的后代
(四)行404–452:科俄斯和福柏的后代
(五)行453–506:克洛诺斯和瑞娅的后代

(六)行 507—616:伊阿佩托斯和克吕墨涅的后代

综述 M. -C. Leclerc 和 West 的分析与解释:大洋神俄刻阿诺斯最先出场,衔接前文的海神家族,起到承前启后的过渡作用。克利俄斯和欧律比亚的后代引出斯梯克斯神话(383—403),科俄斯和福柏的后代则以歌颂赫卡忒为重心(411—452)。最后讲到克洛诺斯和伊阿佩托斯,正是两个最具有典型"提坦特色"的神。[1]

最后出现的最为重要,这是赫西俄德在《神谱》中的一大叙事特点,比如缪斯中的卡利俄佩(79)、大洋女儿中的斯梯克斯(361)、宙斯(457)等。大部分研究都注意到了克洛诺斯和伊阿佩托斯是最后也最重要的两个提坦神,然而,为什么伊阿佩托斯放在克洛诺斯之后?研究者们纷纷从诗歌结构、叙事脉络等等角度做出令人信服的解释。[2]不过,笔者还想大胆地做出进一步的判断:在提坦家族的章节里,伊阿佩托斯(而非克洛诺斯)的后代最后出现,那是因为,伊阿佩托斯的后代具有非同寻常的意义,对理解诗歌可能传递的消息而言最为重要。

伊阿佩托斯有四个儿子:阿特拉斯(Ἄτλαντα)、墨诺提俄斯(Μενοίτιον)、普罗米修斯(Προμηϑέα)和厄庇米修斯(Ἐπιμηϑέα)(509—511)。这四兄弟有以下共通处:

首先,他们都采取反叛宙斯的姿态:阿特拉斯"刚强不屈"(509);墨诺提俄斯"恣肆"无忌(514),"傲慢和勇气无与伦比"(516);普罗米修斯更是直接挑战宙斯,在墨科涅分配羊肉,为人类盗火;厄庇米修斯代表人类接受宙斯的礼物,也就是最初的女人。与宙斯为敌,一直是提坦的"传统遗风"。无独有偶,阿特拉斯和普罗米修斯往往也被直接当

---

[1] 参见勒克莱尔,《赫西俄德〈神谱〉的叙事结构》(M. -C. Leclerc, Héiode. La Théogonie. Les Travaux et les jours, traduction de Ph. Brunet & commentaires de Leclerc, Livre de poche, 1999),中译本见"经典与解释"第 14 辑《政治哲学中的摩西》,北京:华夏出版社,2006,页 154—177,吴雅凌译;West, Hesiod. Theogony, 页 259 起。

[2] 参见 West, Hesiod. Theogony, 行 290 起;Paul Mazon, Héiode, 页 50;勒克莱尔,《赫西俄德〈神谱〉的叙事结构》。

成提坦神、克洛诺斯的兄弟。据 Hyginus 的记载(*Fabulae*, 150),阿特拉斯是提坦与宙斯之战的领袖,而据俄耳甫斯神谱传统,阿特拉斯是把狄俄尼索斯撕成碎片的提坦之一(残篇215)。据阿波罗多洛斯的记载(1.2.3),墨诺提俄斯也参加了提坦大战。

其次,他们的反叛都遭到宙斯的惩罚:阿特拉斯被迫永远支撑着天(517–520);墨诺提俄斯遭到宙斯雷电轰击,被抛入虚冥(514–515);普罗米修斯受困在柱子上,忍受鹰的啃食,白天被鹰吃掉的肝脏夜里又再长出(521–529);厄庇米修斯接受最初的女人,也就开始了吃五谷的人类的灾难生活(590起)。伊阿佩托斯的几个孩子的结局反映了人类的命运,痛苦且无望化解,可谓人类生存状态的写照。有趣的是,墨诺提俄斯更像是人的名字而不是神的名字;普罗米修斯和厄庇米修斯则从根本上更接近于人而不是神。在古代作者的笔下,他们往往还是人类的始祖。

凡此种种足见赫西俄德借助伊阿佩托斯的四个儿子,有意强化提坦与人类之间的渊源。这在普罗米修斯神话叙事中尤其显著。在墨科涅以前,黄金种族的人类"像神一样生活"(《劳作与时日》,112),直到普罗米修斯使用计谋,不公平地分配一头牛,从此人类享用牛肉,而把白骨焚烧在馨香的圣坛上祭拜神灵,人和神就此分离(557)。普罗米修斯与宙斯展开一系列计谋与反计谋之争,以全新的方式延续着乌兰诺斯—克洛诺斯—宙斯的权力之争:人类获得火种,又丧失火的神圣用法;最初的女人来到人间,既带来灾祸又促使繁衍成为可能。

我们可以看到,赫西俄德在提坦家族叙事章节中着意解决两个根本主题:神权确立和人神分离。换言之,宙斯与神的征战,在克洛诺斯家族叙述中达到高潮;宙斯与人的纷争,则在伊阿佩托斯家族叙述中得到解决。

这样一来,在提坦及其后代的完整叙述之后(337–616),诗人紧接着展开的提坦大战篇章(617–719),不再可能只是传统意义里宙斯推翻克洛诺斯的神权征战,而必然具有全新的含义。

细心的读者不难发现,在提坦大战的一百行诗里,诗人在指称新老两代的敌对双方时,秉持了一贯的审慎风格。

一方面,诗中统一用"提坦们"(Τιτῆνες)或"提坦神们"(Τιτῆνές τε θεοί)来指称老一代神,只字不提任何提坦的单独名字。换言之,在这场战争叙事中,提坦再次以含糊的集体概念出现。

另一方面,诗中多次强调,新一代神,也就是以宙斯为首的奥林波斯神,是"克洛诺斯的孩子们"。第 630 行和第 668 行重复使用"提坦神们和克洛诺斯的孩子们"(Τιτῆνές τε θεοὶ καὶ ὅσοι Κρόνου ἐξεγένοντο),作为敌对双方的称谓;第 625 行和第 634 行又有近似的说法,"秀发的瑞娅和克洛诺斯因爱/同欢生下的孩子们"(οὓς τέκεν ἠύκομος Ῥείη Κρόνου ἐν φιλότητι/εὐνηθεῖσα)。事实上,奥林波斯诸神远远不全是克洛诺斯的后代,诗中有意做出如此限定,用意何在?

敌对双方的称谓,一方过于含糊,另一方却过于精确。这是否在暗示,伊阿佩托斯的四个儿子不属于"克洛诺斯的后代",在战争之中站在"提坦"的阵营里与宙斯为敌?这样一来,"提坦"不仅象征古老的神的暴力,也代表现世的人类的无度。宙斯通过提坦大战,不仅要解决神的世界的秩序问题,也要解决人的世界的秩序问题,使人类面临普罗米修斯之后的现有生存状况。在墨科涅之后,人类必须接受黑铁时代的生存现实,建立全新的政治道德法则。从前提坦的混乱和过度,如今必须转为服从宙斯的秩序和清明。

诗歌的潜在教诲

《神谱》有意成就"提坦"概念的含糊性。我们可以把第 207 行出现"提坦"一词视为第一阶段,而把第 630 行再次出现"提坦"视为第二阶段。

在第一阶段中,乌兰诺斯诅咒自己的孩子们,"提坦"这个名称即如诅咒的烙印。尽管传统语境把"提坦"局限于以克洛诺斯为主的十二个神,但伏笔已然埋下。诗中说,"广大的天神恨自己所有的孩子们"(208)。这些"所有的孩子们",可以指克洛诺斯等提坦神,也可以指天神的所有后代,甚至包括人类本身,因为"从前,神和人有同一个起源"(《劳作与时日》,108)。

在第二个阶段,经过三百多行诗歌的准备,赫西俄德在不知不觉中巧妙地赋予"提坦"新的含义。参加战争的"提坦",不再局限于以克洛诺斯为主的十二个神,还包括伊阿佩托斯的四个与人类休戚相关的儿子。天神的诅咒最终要实现,无论代表原始暴力的混乱和不义,还是人类从黄金时代渐次沦落入黑铁时代的过度,都要在正义的宙斯的雷鸣闪电中受罚。盲目和过度的下场,正是提坦们被刺瞎的双眼(698-699)。

事实上,这种表面赋予传统语汇某种含糊性,实际却提出全新的双重含义,正是赫西俄德的典型笔法。《劳作与时日》中的两个不和女神便是绝好的例子(11-46)。法国学者 Jean-Claude Carrière 在解读《劳作与时日》中的人类起源神话时,提出把英雄种族分成两个部分:伊利亚特式的英雄主义与奥德赛式的英雄主义,或荷马式好战的英雄主义与赫西俄德式和平的英雄主义:

> 布拉沃(B. Bravo)①曾经强烈否认《劳作与时日》具有隐微的特点,亦即我们所说的含糊性。我认为,与其如布拉沃所言根本不存在含糊性,不如说这种含糊性是合理构建的,它具有双重意义。一方面,赫西俄德必须把某些概念(例如不和、义愤、英雄等)原有的荷马式传统含义修改为新的含义。另一方面,他必须使新的含义仍然具有含糊性,使这些概念能够承载不同的甚而是矛盾的社会含义。②

在荷马史诗里,提坦作为被征服的老一代神,似乎彻底退出"历史

---

① B. Bravo, *Les Travaux et les Jours et la Cité*, in *Annali della scuola Normale Superiore di Pisa* 15, 1985, 页707-765。

② 参见《赫西俄德:神话之艺》,前揭,页73,卡里埃尔文。

舞台"，以宙斯为首的奥林波斯诸神，欢欢喜喜地引领着希腊英雄们，演出了一场激情不止却也残酷无比的战争戏剧。然而，提坦的"身躯"虽然被永久地关在黑暗的塔耳塔罗斯，提坦的"精神"却无时无刻不存在于荷马所钟爱的英雄们身上。荷马式的英雄具有和提坦如出一辙的过度（hubris）本性。① 在《对驳》所记载的诗人之争中，"神圣的诗人"荷马当场吟诵了特洛亚战争中的英雄们相互屠杀、热血沸腾的场面，他激昂地喊道：

谁看到这样的场面欣喜而不悲痛，
那他真是一副无动于衷的硬心肠。②

荷马的英雄赞歌感染了在场的希腊人。但君王最终把桂冠赐给"硬心肠"的赫西俄德。当年的这场诗歌比赛是否真实存在并不重要。赫西俄德对以荷马为代表的诗歌传统的反思和辩驳，一再隐现于《神谱》的字里行间。赫西俄德的教诲也再明白不过地体现于《劳作与时日》中。他以提坦式的无度（ὕβριν）对比统治理想城邦的宙斯式的正义（δίκης），奉劝世人"要追求正义，别放任过度"（σὺ δ' ἄκουε δίκης, μηδ' ὕβριν ὄφελλε）！倘若冷静审慎在某种场合下可以被理解为"无动于衷"，那么《神谱》的作者确实活该遭到《伊利亚特》的作者的责备和嘲讽。

让我们再次重申有关提坦的可能性教诲。赫西俄德在近五百行的诗歌里，悉心成就了提坦概念的含糊性，用意或在否决传统的荷马式的英雄主义，规劝人们放弃身上这种提坦式的过度。普鲁塔克也曾提到，

---

① 参见伊利亚德，《宗教思想史》，前揭，第 11 章，页 246。
② 《伊利亚特》卷十三，343 - 344。

古人把人身上非理性的暴力疯狂的部分称为"提坦"。①普罗米修斯的反叛开启了人类的世界,从此,在黑铁的年代里,喜忧参半,祸福参半,希望与疾病参半,流放于黄金时代之外的人类,必须遵循劳动和正义的法则,抛弃懒惰和过度,在不平等中建立平衡。这一教诲不仅印证了从《神谱》到《劳作与时日》的过渡,也将在古典时期民主城邦的寻索中得到响应。

---

① 普鲁塔克,*De esu carnium*, I. 7. 996 c = 俄耳甫斯残篇 210。俄耳甫斯神话传统认为,人类从提坦的灰烬里生成。这些说法从根本上决定了公元前5—前4世纪兴盛一时的俄耳甫斯教教义。

四　潘多拉与诗人

"一切在女人身上是个谜,一切在女人身上有个谜底……"①

有人说,在男人和女人这个话题上,尼采的著作充满无稽之谈。②这样的评判让人尴尬。女性主义者们可以附和波伏瓦,批判男人们出于自私而有意成就女人的神秘神话,让女人成为男人的"他者",却永远成不了"自我"。③尼采借扎拉图斯特拉之口,在对老妪谈少女时讲了上面那句话以后,又借老妪之口讲了一句更有争议的话:"你到女人那儿去吗?别忘记带上鞭子。"④

在女人话题上,尼采曾经公开宣称"支持赫西俄德的判断"(《人性的,太人性的》,第1卷,第412小节标题)。赫西俄德与尼采相隔两千多年,据说不像另一位古希腊诗人忒奥尼格斯(Theognis)那样与尼采性情相投。尼采和赫西俄德的相同之处,大概就在女人话题。他俩都背负轻视女人的恶名,起因大抵一样,就是赫西俄德最先讲起并影响西方文明两千多年的女人神话。

---

① 尼采,《扎拉图斯特拉如是说》,"少女与老妪",中译本见黄明嘉、娄林译,上海:华东师范大学出版社,2008,页122。译文略有改动。

② 这个观点并非一人之见,而是得到普遍响应。参 Rémy de Gourmont, Nietzsche et l'amour, Promenades littéraires. [Première série]. Reproduit à partir de la 17e édition : Paris, Mercure de France, 1929, pp. 89–95。尼采有关女人的著述不少,尤见《人性的,太人性的》第1卷第4章"妇女与儿童"和《善恶的彼岸》。

③ 波伏瓦,《第二性》,中译本见陶铁柱译,中国书籍出版社,2004,页289 等。

④ 尼采,《扎拉图斯特拉如是说》,前揭,页124。有关尼采这句话引起的争议和解释,参见 Ernest, Joos, "Nietzsche et les femmes", Laval théologique et philosophique, vol. 41, n. 3, 1985, pp. 305–315。

在赫西俄德的两部传世诗作中,《神谱》(简称《神》)叙述古希腊诸神的世家,《劳作与时日》(简称《劳》)探讨人类世界的正义和劳作。表面看来,两部诗篇的内容和立意均有极大差别。然而,《神谱》(507 - 616)和《劳作与时日》(42 - 105)讲了同一个神话:普罗米修斯挑战奥林波斯神王宙斯,并为人类盗取火种;作为反击,宙斯送给人类一件不幸的礼物,也就是潘多拉,或最初的女人。

在赫西俄德笔下,最初的女人潘多拉是"美妙的不幸"(《神》,585),"专为人类而设的玄妙的圈套"($δόλον\ αἰπύν, ἀμήχανον$, 589),"让人心中欢喜,从此依恋自身的不幸"(《劳》,58):

> 从她产生了女性的女人种族,
> 从她产生了害人的妇人族群。
> 女人如祸水,和男人一起过日子,
> 熬不住可恨的贫穷,只肯享富贵。(《神》,590 - 593)

这四行诗似乎明显不过地表明了诗人对女性的轻视乃至敌视态度。不仅如此,赫西俄德还通过潘多拉随身带着的那只神秘的瓶子,以寓言的方式描述了人类从此遭遇的不幸:

> 但女人用手揭去瓶上的大盖子
> 散尽一切,给人类造成致命灾难。
> 唯有希望留在它坚牢的住所,
> 还在瓶口内,还没来得及
> 飞出去,因为她抢先盖上瓶盖。(《劳》,94 - 98)

因为潘多拉,不幸才散布人间;同样因为潘多拉,希望才长伴人类。希望是人类唯一的寄托,还是最大的不幸?它若是善的,为何被放在装满不幸的瓶中?它若是恶的,还有什么能够抗对世间苦难?潘多拉留住了希望,这是对人类的好意还是恶意?赫西俄德又如何看待这最初的女人？所有这些疑问，一再印证了尼采所说的女人是个谜的观点。笔者在译释赫西俄德作品时反复阅读女人神话的相关文本，起初只觉疑难重重，每一行诗都隐藏着值得推敲的细节——毕竟，赫西俄德是个心思细密、审慎严谨的写家，绝无废笔和虚笔。但读到最后，所有的难点和疑问竟然融会贯通。在笔者看来，解读潘多拉之谜，关键在于解决两个看似简单然而根本的问题：潘多拉是谁？诗人的意图何在？

在下文中，我们将从这两个问题出发，通过阅读女人神话的文本，在错综复杂的叙事迷宫里找寻真相，探究从赫西俄德到尼采的这场女人神话的千年之谜。

潘多拉是谁？

在普罗米修斯盗走火种之后，宙斯决定送给人类一件让其欢喜又带来不幸的礼物（《神》，570；《劳》，56）。

"显赫的跛足神赫淮斯托斯遵照宙斯的意愿，用土塑出一个含羞少女（παρθένῳ αἰδοίῃ）的模样。明眸的雅典娜亲自装扮她，为她系上轻带和白袍，用一条刺绣精美的面纱从头往下罩住（κατέσχεθε），并戴上用鲜花编成的迷人花冠，饰以一条金发带——那是跛足神的杰作，上头有缤纷彩饰，神妙无比。"（570 - 584）这是《神谱》中的叙事，比较简洁。

《劳作与时日》的叙事分成三部分，先是宙斯的宣称（56 - 58），接着宙斯吩咐诸神，最后才是诸神付诸实施。

宙斯"命显赫的赫淮斯托斯赶紧把土掺和水，揉入人类的声音和气力，使她看似不死的女神（ἀθανάτῃς δὲ θεῇς εἰς ὦπα ἐίσκειν），如惹人怜的美丽少女；命雅典娜教她各种花样的编织针线活儿；命金色的阿佛洛狄特往她头上倾注魅力、愁煞人的思欲和伤筋骨的烦恼；且安上无耻之心和诈诡习性，他命弑阿尔戈斯的神使赫耳墨斯"（60 - 68）。

于是众神听从宙斯的吩咐。"显赫的跛足神立刻用土造出一个含羞少女的模样；明眸女神雅典娜为她系上轻带，美惠女神和威严的媚惑女神在她颈上戴金链子，一边又有秀发的时序女神为她辫上春花，帕拉斯·雅典娜整理她的全身装扮；弑阿尔戈斯的神使在她胸中造了谎言、巧言令色和诈诡习性，又赐她声音($\varphi\omega\nu\acute{\eta}$)。"(69-80)

这时(也仅仅在这个时候)，最初的女人得到命名：

> ……替这个女人取名为
> 潘多拉($\Pi\alpha\nu\delta\acute{\omega}\rho\eta$)，所有住在奥林波斯的神
> 给了礼物，那吃五谷人类的灾祸。(《劳》,80-82)

对观赫西俄德的几次叙事，相同之处主要在开头三行，包括宙斯的吩咐、赫淮斯托斯和雅典娜的参与、以土塑成少女模样。《神谱》571-573三行诗与《劳作与时日》70-72三行诗如出一辙。不同之处较多：《神谱》中只有赫淮斯托斯和雅典娜在场，《劳作与时日》中有更多的神参与；《神谱》中的女人没有声音，不能言语，反倒是金带上镂的生物"像活的一般，还能说话"(584)，《劳作与时日》中的潘多拉则有声音能说会道。此外，《劳作与时日》的前后两次叙事也存在好些出入，比如赫淮斯托斯本该给最初的女人声音(61)，结果却是赫耳墨斯完成这一使命(79)，雅典娜本该教给她编织技艺(63-64)，结果却是装扮她(72,76)，阿佛洛狄忒(65-66)换成了美惠、媚惑和时序等女神(73-75)。

同一个故事，赫西俄德为什么给出不同的叙事版本，这些叙事差异所传递的消息何在？还有，最初的女人为什么仅在《劳作与时日》第81行得到命名？同样在《神谱》中，阿佛洛狄忒诞生时一连得了好些个称呼(195-200)，赫西俄德用了近五十行诗来叙述最初的女人的诞生，却压根儿没提她叫什么名，实在叫人费解。

与《劳作与时日》里的潘多拉相比，《神谱》里的女人没有言语能力(谎言、花言巧语)，不具备自然天性(无耻、狡诈、魅力)，甚至没有任何生命的迹象(欲望、烦恼)。她出自匠神赫淮斯托斯之手，又由同样精通手艺的雅典娜精心装扮。她不哭不笑，不说不唱，没有心性。听上去，这最初的女人竟然不像一个人，而像一件人偶，一件被造出来的

"手艺品"!

不仅如此,从一开始,这件美丽的人偶就被从头到脚地罩上面纱,让人看不见她的真实面目。她被掩藏起来。自墨科涅事件以来(535起),普罗米修斯与宙斯的每次计谋之争均与掩藏真实($Kαλύψας$)有关:普罗米修斯用牛肚"藏"牛肉(539),用脂肪"藏"白骨(541);宙斯"藏"起火种不再给人类(563—564);普罗米修斯盗走火"藏"在阿魏杆内(567)。我们看到,用面纱藏起的最初的女人,恰恰就是最后一个类似的计谋。

普罗米修斯与宙斯的纷争,也是人神逐渐走向分离的过程。在古老的世界里,神和人共同生活,共同用餐,赫西俄德笔下的墨科涅聚会便是一例。但墨科涅成为神和人最后的晚餐。正如刚才所说,普罗米修斯在聚会上用计谋不公平地分配牛肉:丰肥的牛肉盖着牛肚,其貌不扬;白骨却涂着光亮的脂肪,鲜美无比。宙斯代表诸神选择了白骨,而把牛肉分给人类。从此人不再和神平等地分享食物,也就不再像神一样生活。人类开始祭祀神灵:

> 从那以后,生活在大地上的人类
> 为永生者们在馨香的圣坛上焚烧白骨。(《神》,556—557)

宙斯受到蒙骗,在愤怒之中"不再把不熄的火种丢向梣木"(563),以阻止人类用火煮熟分配中得到的牛肉。但普罗米修斯再次出手,把天上的火盗走,带给大地上的人类(565—566)。远远看见人间的火的父神宙斯,"心里似被虫咬"(568),使出了这最后一招。

在这一连串计谋与反计谋中,最初的女人仅仅是一颗棋子,被摆在一张棋盘上,这局棋的命数是神与人的最终分离。她与被分配的牛肉、被盗走的火种在本质上没有什么两样,她是被造出的灾祸(585),是一件"物品",一个"玄妙的圈套"(589)。

仔细阅读《神谱》的这一段描述(570—589),我们发现,最初的女人除了被称为"像"($Kελος$)含羞少女(572)以外,没有任何称谓或指代——注意,赫西俄德说她"像"而不说她"是"一个含羞少女!相比之下,《劳作与时日》中至少两次明确称她为"女人":一次在第80行($\gamma\upsilon\alpha\tilde{\iota}\kappa\alpha$),一次在第94行($\gamma\upsilon\nu\acute{\eta}$)。此外,《劳作与时日》还说她看起来"像不死的女神"($\dot{\alpha}\vartheta\alpha\nu\acute{\alpha}\tau\eta\varsigma$ $\delta\grave{\epsilon}$ $\vartheta\epsilon\tilde{\eta}\varsigma$ $\epsilon\grave{\iota}\varsigma$ $\tilde{\omega}\pi\alpha$ $\epsilon\check{\iota}\sigma\varkappa\epsilon\iota\nu$, 62)。在《伊利亚特》卷三中,特洛亚的将领们看着美人海伦悄悄品评道:"看起来她很像不死的女神。"(158)只有人类才会被形容为"像神一样",当赫西俄德在《劳作与时日》中特意称潘多拉"像不死的女神"时,他的言下之意是不是说潘多拉和海伦一样,"是有死的女人"?

同是根据宙斯意愿造出来的女人,同样戴着春天的花冠,穿着柔美的轻袍,同样具有人类所不能抵挡的魅惑力,在《神谱》里犹如一件不自然的物品,在《劳作与时日》里却是真实的女人。赫西俄德煞费苦心的遣词用字背后,究竟藏着一个怎样的谜般的潘多拉?

在两部诗篇中,赫西俄德都把潘多拉神话与普罗米修斯神话放在一块儿讲,但讲法很不同。《神谱》以普罗米修斯神话(521 – 569,613 – 616)为主,女人神话(570 – 612)为辅,女人的故事被镶嵌在普罗米修斯反叛宙斯的故事之中,如同后者的一个章节,叙事的目的在于解决神与人的分裂问题。《劳作与时日》却反过来,以潘多拉神话(57 – 105)为主,普罗米修斯神话(47 – 56)为辅,交代普罗米修斯事件只是为了引出潘多拉的故事,叙事的目的在于解决人类在与神分裂以后的生存处境。

不同的叙事为不同的写作意图服务。从叙事结构来看,在描述神的世界的《神谱》里,唯有神的谱系才是叙事重点,人类仅仅作为与神对立的概念出现,而不可能再细分,只有到了《劳作与时日》的人的世界里,男人和女人的分立才有意义,女人的出现促使男人面临自身生存的灾难,由此彰显劳作的必要性。从叙事时间来看,《神谱》的人类在经历了如神一般的黄金时代以后,面临与神分裂的处境,《劳作与时日》的人类则处于渐渐远离众神的黑铁时代,甚至连羞耻和义愤二神也将抛弃人间,回到奥林波斯神们的行列(198 – 200)。这也是为什么女人在《神谱》中被送到人和神同在的地方(586),而没有像在《劳作与时日》中那样被送到人间(85);她带在身旁的那只装有不幸和希望的瓶子,也只出现在《劳作与时日》中(94-104)。

有关女人的不同叙事版本,不但可以并列对照地读,更可以连接成一个完整的叙事相互参补着读。这么一来,我们不仅解决了不同叙事版本的疑问,也弄清楚了赫西俄德为什么在《神谱》中始终没有给女人命名:当她作为神的计谋出现时,没有命名的必要;直到她作为影响人类生存状况的决定力量出现时,诗人才给予她正式的定义。披戴着面纱的潘多拉在特定的时刻现身,背负特定的秘密,那就是从神的谱系到人的起源的过渡,从永生的神到必死的人的过渡。

$Πανδώρην$[潘多拉]的词源本身就如一个难释的谜:$Παντής$-[所有人或神]+ $-δώρην$[礼物]。"潘多拉"作为"所有礼物的",既可能是"收到所有礼物的",也可能是"送出所有礼物的"。有关这个问题,西方学者历来有着各种说法①。然而,通过上文的分析,我们看到,赫西俄德本人其实已经清楚地解释了这个命名的含义:潘多拉既收到所有居住在奥林波斯的神们的礼物,又给吃五谷的人类送去礼物(《劳》,81-82,引文见上文)。女人的出现,标志着人类从此与诸神分离,面对必死性的困境。从这层意义而言,赫西俄德笔下的潘多拉起到了与《创世记》中的夏娃相似的作用——只需把从与神同在的黄金时代沦落到苦难的黑铁时代,换作从伊甸园被赶到人间。这样,我们就完成了有关最初的女人的基本定义。

但新的疑问应运而生:成为"祸水"的女人,不仅促使人类直面有死的命运,也带给人类解决永生问题的唯一方式,即繁衍的能力。在圣经的叙事版本里,这个关键因素通过夏娃所受的第一个惩罚得到明确的强调:生孕的苦楚。② 然而,无论《神谱》还是《劳作与时日》,赫西俄德的神话叙事对此只字不提。我们仿佛在解开潘多拉的身份之谜时,又不觉陷入诗人的叙事之谜。

---

① 参见《赫西俄德:神话之艺》,前揭,页45,卡里埃尔文。
② 《创世记》,5:16。

诗与诗人

那么,潘多拉就是神给人的一件灾祸?赫西俄德似乎是这么说的,而且还说过不止一次,语气酸楚而无奈,让人印象深刻,久久不能遗忘。直到今天,人们要么同情这位两千多年前的苦哈哈的希腊农夫,要么不满他仇视女人的"大男子态度"。《神谱》中短短二十行诗(590-612),似乎说尽男人面对女人的辛酸:

> 女人如祸水,和男人一起过日子,
> 熬不住可恨的贫穷,只肯享富贵。
> 这就好比在蜜蜂的巢房里,工蜂
> 供养那些个处处打坏心眼的雄蜂。
> 它们整天忙碌,直到太阳下山,
> 日日勤勉不休,筑造白色蜂房。
> 那帮家伙却成日躲在蜂巢深处,
> 拿别人的劳动成果塞饱自己的肚皮。
> 对于男人来说,女人正是这样的祸害。(592-600)

这样一种厌恶的姿态,在《劳作与时日》中一再得到呼应:

> 莫让衣服紧裹屁股的妇人蒙骗你,
> 她花言巧语,盯上了你的谷仓。
> 信任女人,就如信任骗子。(373-375)

在《人性的,太人性的》中,尼采以一则名为"寄生虫"的箴言,近乎忠实地再现了赫西俄德的说法:

> 所谓寄生,是指高尚观念的完全缺失,比如为逃避劳动而倚赖

别人,靠别人生活,而且通常还对所倚赖者暗怀怨恨。——相比男人,这种想法在女人那里更为常见,也更为情有可原(出于历史原因)。(第 1 卷第 356 小节)①

尼采所说的"高尚观点",无疑就是"做最好的"($\dot{\alpha}\varrho\iota\sigma\tau\varepsilon\dot{\upsilon}\varepsilon\iota\nu$)的贵族理念。有趣的是,"逃避劳动而倚赖别人,靠别人生活,而且通常还对所倚赖者暗怀怨恨",怎么读起来就像我们从小阅读的文学作品中典型的贵族形象呢?在《劳作与时日》中,赫西俄德批评的这些丧失高尚观点的"寄生虫",除了女人,还有贵族本身,也就是那些"贪心受贿、败坏正义"的王爷们(39 等)。我们也许搞不清楚,尼采究竟是批判贵族的高尚观点,还是批判败坏高尚的贵族。但我们知道,赫西俄德不仅批评"寄生"的女人,更批评女人身上的这种"寄生"特性。因为,他还说过这样的话:

男人娶到贤妻比什么都强。(《劳》,702)

不是所有的女人都是被厌恶的寄生虫。男人的世界还有"贤妻"这种可能。女人令男人绝望,但远不仅仅是绝望。赫西俄德看待女人的方式,秉承了他一贯的二元思考方式,比我们想象的要微妙许多。在这一点上,最著名的例子莫过于两个"心性相异的"不和女神($\H{E}\varrho\iota\varsigma$),一个"应遭谴责","滋生可怕的战争",另一个"敦促不中用的人也动手劳作","带来很多好处"(《劳》,11 - 26)。同样,誓言($\H{O}\varrho\kappa o\varsigma$)虽"给大地上的人类带来最大不幸"(《神》,231),却也"随时追踪歪曲的审判"(《劳》,219);报应($N\acute{\varepsilon}\mu\varepsilon\sigma\iota\varsigma$)既是"有死凡人的祸星"(《神》,223),却也在所有神中最后放弃世人重返神界(《劳》,197 - 200);羞耻($A\grave{\iota}\grave{\omega}\varsigma$)"对人类有弊也有益"(317 - 319);希望($\acute{E}\lambda\pi\acute{\iota}\varsigma$)虽然美好,却也有可能

---

① 尼采,《人性的,太人性的》,"交往中的人",中译本见魏育青等译,上海:华东师范大学出版社,2008,上卷,页 265。

是"懒人指靠的虚浮的希望"(498),或"潦倒的人相伴的可悲的希望"(500)。女人也是如此:"既让人心里欢喜,又让人迷恋不幸。"(《劳》,57-58)男人若是"有个恶婆娘可就糟糕透了,好吃懒做的女人,就算丈夫再强,也会被白白榨干,过早衰老"(《劳》,702-705;《神》,610-612),但无论如何,"进入婚姻生活,又碰巧遇见称心如意的贤妻"(《神》,608-610),这种可能性也还存在。赫西俄德写到冬日躲在家中的少女时,笔触里充满柔情,她肌肤娇嫩,不怕严酷的北风,只想依偎在母亲身边(《劳》,519-524)。如此美好的少女,岂非就是未来潜在的贤妻?

说到"少女",《神谱》中的一处细节值得推敲,赫西俄德说厄庇米修斯从一开始就是吃五谷的人类的灾难——

> 最先接受宙斯造出的女人:
> 一个处女。(513-514)

"女人"(Γυναῖκα)和"处女"(παρθένον)通常是相互对立的字眼,这里却连用在一起,很奇特。赫西俄德是想说,宙斯最初创造了一个处女,而不是一个女人(572),直到成为厄庇米修斯的妻,她才是真正的女人(590)。从处女到女人的过渡之间,必然包含"性"和"繁衍"的含义。然而,问题恰恰在于,无论《神谱》还是《劳作与时日》,赫西俄德只字不提潘多拉和厄庇米修斯的结合,更不用说任何影射"性的结合"或"繁衍后代"的字眼。[1]叙事从厄庇米修斯模糊地"收下礼物"(《劳》,89)跳开,在下一场景,娇嫩的少女已然成为那个叫做"祸水"的妇人(《劳》,94;《神》,592)。

我们知道,赫西俄德从不讳避任何性交或生孕的描述,毫不夸张地

---

[1] 参见《赫西俄德:神话之艺》,前揭,页153,泽特兰文。泽特兰正确地指出赫西俄德在文本中绝口不提女人的繁衍功能,却没有进一步寻求此种缺失背后的意义。

说,《神谱》通篇都在讲神们干这些好事。我们还知道,赫西俄德是一个极其精密的写家,结构严整和文字精审是他的一贯作风。从处女到女人的奇特跳跃性写法,不可能是"失误",只能是诗人一种有意的做派。

回到本文开篇的那条引文。其实,尼采给出了女人之谜的谜底:"一切在女人身上是个谜,一切在女人身上有个谜底:怀孕。"

如果尼采没有弄错的话,那么赫西俄德有意成就从处女到女人的跳跃,无非是想隐藏"怀孕"这个女人之谜的谜底。潘多拉一出世,雅典娜就用一条刺绣精美的面纱从头到尾罩住她(《神》,574-575)。读到这里,我们不得不再次叹服赫西俄德笔法的精妙:雅典娜是出了名的处女神,由她亲手掩藏与女人的"怀孕"之谜有关的真相,真是再恰当不过。

那么,"怀孕"意味着什么?诗人赫西俄德在这个问题上显得莫测高深。我在诗中找来找去,始终没有发现任何有关女人怀孕、繁衍后代的明确说法。唯一还能沾上边的是《劳作与时日》中提到两种子女,一种是在正义的理想城邦中,"女人生养众多酷似父亲的孩子"(235),另一种则是在黑铁时代里,"子弟不肖父"(182)。看来,子女是否肖似父亲,与城邦的兴衰和人类的命运休戚相关,在赫西俄德眼里尤为重要。柏拉图在《会饮》中就此给了我们一个很好的提示:

……看看荷马、赫西俄德以及其他了不起的诗人,他们留下的子女多么让人欣羡!这些子女自己就是不死的,还让父母的声名不死,永世长存。(柏拉图《会饮》,209d)①

原来,狄俄提玛在向苏格拉底传授爱的教诲时,讲到灵魂怀孕的秘密:美好、高贵的灵魂亲密相交,就能受孕分娩,这样生育下来的子女比肉身生下的子女更美、更长久(《会饮》,209c-d)。狄俄提码所说的

---

① 引自刘小枫译,《柏拉图的会饮》,北京:华夏出版社,2003,页88。

"赫西俄德的子女",显然不是通过潘多拉的母腹降生的孩子,而是诗人的灵魂受孕、创生而出的传世歌唱。只有灵魂所繁衍下来的子女,才能在精神上实现真正的"肖似"。

如果柏拉图没有弄错的话,那么,赫西俄德不是一味轻视女人,而是拒斥女人所代表的繁衍方式的有效性:沉重的黑铁后代,不仅"子弟不肖父",兄弟也"不似从前彼此关爱"(《劳》,184)——比如赫西俄德本人的弟弟佩耳塞斯。黑铁时代的人类,单单维系肉身的延续,而不考虑精神的传承,不但无法拯救人类,反而会造成"以拳头称义","城邦彼此倾轧"(《劳》,189),"羞耻"和"义愤"沦丧的人间绝境(《劳》,200-201)。

赫西俄德绝口不提女人的生孕,他看重另一种繁衍方式,那就是诗人的教诲能力,灵魂上的生儿育女。只有这种繁衍方式,才能把宙斯的正义永久地传播在人间。《神谱》一开篇就讨论了诗人的身份问题,这时看来,更加耐人寻味。从第22行起,赫西俄德讲述自己遇见诗神:

> 从前,她们教给赫西俄德一支美妙的歌,
> 当时他正在神圣的赫利孔山下牧羊。
> 女神们首先对我说了这些话,
> 奥林波斯的缪斯,执神盾宙斯的女儿们:
> "荒野的牧人啊,可鄙的家伙,只知吃喝的东西!
> 我们能把种种谎言说得如真的一般。
> 但只要乐意,我们也能述说真实。"(22-28)

类似的自我叙述在文学中史无前例。先是第22行出现了第三人称表述:"赫西俄德"(Ἡσίοδον)。诗人之名出现在诗中,在荷马叙事诗中是很难想象的。从词源上看,Ἡσίοδον由Ἡσί-[派出,送出;发出声音]和-Οδος[人声,话语;咏唱,神谕]组成,恰如其分地体现了诗人的身份。接着,第24行出人意料地转为第一人称表述:"女神对我说了这些话"(θεαὶ πρὸς μῦθον ἔειπον),第25行紧随以缪斯最隆重的全

称:"奥林波斯的缪斯,执神盾宙斯的女儿们"($Mo\tilde{v}\sigma\alpha\iota$ $'O\lambda\nu\mu\pi\iota\acute{\alpha}\delta\varepsilon\varsigma$, $\varkappa o\tilde{v}\varrho\alpha\iota$ $\Delta\iota\grave{o}\varsigma$ $\alpha\acute{\iota}\gamma\iota\acute{o}\chi o\iota o$)。一切似乎表明,诗人在诗神的身旁,发现了自己。从此,他成为真正意义的诗人,他的存在发生彻底改变。这种改变首先在于,他在心中牢记缪斯"述说真实"的教诲。从此,他的诗不是"说得如真事一般"的谎言,而是"真实"本身。从《神谱》的开篇起,赫西俄德就为自己的诗歌做好了坚实的定位。

在笔者看来,缪斯的教诲还有第二层含义。女神对诗人的训斥出人意料:"可鄙的家伙,只知吃喝的东西。"(26)在古希腊诗文里,神对人说话,确乎严肃凛然,比如《奥德赛》中雅典娜突然现身在特勒马科斯面前。但如此严厉而轻蔑,很是罕见。德墨特尔为了赐给凡人的孩子德墨芬不死的身体,每天夜里把他放在火里烧,不料被人发现,计划失败,即使盛怒之下,地母神的语气也没有尖锐至此(参见《献给德墨特尔的托名荷马颂诗》,256起)。缪斯召唤赫西俄德,反倒让人想起阿里斯托芬笔下的鸟。无独有偶,阿里斯托芬也讲述了一个神谱故事,据说带有俄耳甫斯神谱传统的特点。鸟作为最早出生的神之一,用轻蔑的语气把人类大大戏弄了一番(《鸟》,684起)。[1]事实上,女神的训斥让人不由得联想到《劳作与时日》中,黑铁时代的农夫也遭到同样严厉的批评(182起)。在荒野中获得诗神灵感的赫西俄德,不仅是一位对诗歌技艺做出缜密思考的诗人,还是一个必须面对温饱问题的普通农夫。他清楚地知道,阿斯克拉的乡下日子不好过,储藏粮食的坛子等不到来年春天就空了,无望的冬日里饥饿随时会来袭。然而,就在这个残酷无比的现实面前,他清醒地选择歌唱神族,赞美宙斯的正义秩序。我们从中了解到诗人赫西俄德的真实,也就是《神谱》和《劳作与时日》这些诗作有可能传递的不死消息。正如柏拉图所言,这些灵魂孕生的子女确实做到了让诗人"声名不死,永世长存"。

在一则名为"完美的自私"的箴言里,尼采如此描述那些促使灵魂生孕的人们:

---

[1] 参见《俄耳甫斯教辑语》,前揭,页 139 – 141。

> 对于任何一种我们期待的成就,无论它是一个观念还是一项行动,除了孕育者和孕育物的基本关系外,我们都不可能有其他关系;所有狂妄自大的"意愿"和"创造"都不过是一些胡言乱语。这是一种完美的自私:不停地看管和照顾我们的灵魂之树,保持它的安静,以便它最终结出幸福的果实!因此,作为一个监护者和中介者,我们是在看管和照顾所有人的果实,而我们作为孕育者生活于其中的那种心态,那种骄傲和温柔的心态,也会在我们周围扩散开去,给那些躁动不安的灵魂带去安慰和平静。——然而,孕育者的样子是古怪的!(《朝霞》,552)①

如果我们没有误解上述的几位大师,那么,有关赫西俄德和尼采笔下的女人神话,更好的理解方式不在于追究女人与男人的关系,而在于探讨"灵魂的孕育者",也就是诗人的身份问题。诗人孕育着自身的灵魂之树,也是在孕育着流传后世、属于所有人的果实。他骄傲而温柔,平静而幸福,完美又自私。他看上去古怪而疯狂,却是灵魂真实的慰藉。在接触赫西俄德作品的漫长时光中,我曾经感到深切的苦恼。这个生活在两千多年前的古希腊人,不轻易对我说话,也不让我看见他的样子。关于这位难以捉摸的诗人,我们只知道,他在山中牧羊时遇见了缪斯!我们究竟要相信这匪夷所思的事件真的发生过,还是把赫西俄德和尼采一样看成疯子呢?对于一个认真的读者来说,这一切实在是莫大的折磨。

然而,在某个孤寂的暗夜里,他终于姗姗朝我走来。我想我看清楚了。一个怀孕中的赫西俄德的古怪模样。

---

① 尼采,《朝霞》,田立年译,上海:华东师范大学出版社,2007,页424。

五　厄庇米修斯的哲学

普罗米修斯的故事流布很广。我们很早就知道,普罗米修斯不仅创造人类,还是人类的教师,他为人类造福,不惜反抗神王宙斯,牺牲自我。从赫西俄德起,这位"天庭的盗火者"出现在西方历代无数写家的笔下,柏拉图、埃斯库罗斯、品达、萨福、伊索、路吉阿诺斯、奥维德等古代作者纷纷追述普罗米修斯在人类起源神话中的重要作用。到了近代,卢梭在1751年《论科学与艺术》卷首放了一张执火把的普罗米修斯的插画,曾引起各路评议和众说纷纭。歌德、席勒、贝多芬分别以文字和音乐的形式颂赞过这位启蒙斗士。马克思更是多次借用普罗米修斯的形象,力主反对宗教束缚,为人类争取自由。毫不夸张地说,几个世纪以来,普罗米修斯这个启蒙斗士的形象早已深入人心,作为古希腊诸神之一,他的风头远远盖过奥林波斯的神王宙斯。

然而,在迄今所知最古老的叙事版本里,也就是在赫西俄德的神话诗里,普罗米修斯的形象与此截然不同。作为最早讲述普罗米修斯神话的人,赫西俄德在《神谱》和《劳作与时日》中留下的神话叙事,与流传后世的说法至少有两个根本区别:

第一,普罗米修斯不像是扮演一个"英雄角色"而更像一个"反面角色"。在赫西俄德笔下,人类本来"只要劳作一天,就能得到一整年的充足粮食"(《劳》,43-44),但由于"狡猾多谋的普罗米修斯企图蒙骗宙斯",惹恼了神王,"宙斯心中恼恨,才为人类安排下致命的灾难"(47-49)。普罗米修斯救人不成,还害苦了自己,他"无法逃避宙斯的意志","也逃脱不了他的愤怒",反倒"被制伏,困在沉重的锁链里,足智多谋也无用"(《神》,613-616)。

第二,普罗米修斯有个弟弟叫厄庇米修斯。厄庇米修斯接受了宙斯的礼物,也就是最初的女人潘多拉,从而给大地上的人类带来巨大的不幸（《神》,512－554;《劳》,84－89）。在后来的版本里极少提及厄庇米修斯;换言之,赫西俄德只有半个神话故事流传后世。

普罗米修斯原来不是人类的解救者;盗火原来没有解决人类的生存问题,反倒使得"人类将来要有大祸"(《劳》,56);哥哥普罗米修斯"做坏事",却由弟弟厄庇米修斯担当后果……在赫西俄德笔下,有关普罗米修斯的种种叙说,实在让熟悉那个革命英雄形象的后现代的我们不知所措。据说,普罗米修斯的启蒙斗士形象并不起源于启蒙时代,早在一般认为出自埃斯库罗斯手笔的诗剧《被缚的普罗米修斯》中就已初露端倪。在这部诗剧中,普罗米修斯盗火,给人类带来技术文明,虽受重罚却不以为意,反而公开炫耀自己的功劳。① 同样,重述普罗米修斯神话也不起源于近代,在柏拉图的《普罗塔戈拉》中,公元前5世纪的智术师普罗塔戈拉第一次去雅典,为了向苏格拉底证明"美德是可教的",曾讲过一个有别于赫西俄德版本的人类起源神话故事:诸神派普罗米修斯和厄庇米修斯去分配地上生物的秉性,厄庇米修斯不小心把所有生存能力分配给各种生物,单单剩下赤条条的人类无所依赖,普罗米修斯只好从天庭偷走火和赫淮斯托斯的技艺给人类。② 从赫西俄德的年代到《被缚的普罗米修斯》和《普罗塔戈拉》问世的几个世纪里,恰好经历了希腊民主城邦的兴衰过程。看来,想要弄清楚普罗米修斯形象从古至今的嬗变,关键还在于古希腊的这几个世纪里的民主政治变迁,而重新阅读赫西俄德文本,还原普罗米修斯的最初形象,无疑是至关重要的基础工作之一。

在下文中,我们将通过阅读和分析赫西俄德的诗歌文本,揭示普罗米修斯和厄庇米修斯这两个神话形象的辩证关系,努力领会神话诗歌对人类生存处境的哲学沉思。

---

① 参见刘小枫,《昭告幽微》,香港:牛津大学出版社,2008,页1－94。
② 柏拉图,《普罗塔戈拉》,320c8－322d5。

神话的数学

赫西俄德讲到,普罗米修斯家有四个兄弟。

> 伊阿佩托斯娶美踝的大洋女儿
> 克吕墨涅。他俩同床共寝,
> 生下刚硬不屈的阿特拉斯。
> 她还生下显傲的墨诺提俄斯、狡黠的
> 普罗米修斯和缺心眼的厄庇米修斯。(《神》,507–511)

老大是阿特拉斯,在大地边缘迫不得已地支撑着无边的天(《神》,517–518),宙斯判他与生俱来的力气反过来对抗自身。据有些晚期神话学家的记载,阿特拉斯是提坦之一,和克洛诺斯一起搞过反叛,罪状包括密谋反抗宙斯、把狄俄尼索斯撕成碎片等。①

二哥是墨诺提俄斯,参加过提坦大战②,傲慢而勇气十足,最后遭到宙斯的冒烟霹雳的打击,被抛入虚冥(《神》,515–516)。

三弟四弟就是大名鼎鼎的普罗米修斯和厄庇米修斯。这哥俩一个"狡黠无比",一个"缺心眼儿"。从名字的词源看,一个"先行思考"($Προμηϑέα$),一个"太迟思考"($Ἐπιμηϑέα$)。光看这个,读者不免会心一笑:这是赫西俄德故意的安排,背后必有文章。

普罗米修斯最为人熟知的事迹就是挑战神王宙斯。在赫西俄德笔下,这一切始于墨科涅聚会。在古老的世界里,神和人共同生活,共同用餐。但是,普罗米修斯在墨科涅聚会上使用计谋,不公平地分配牛肉,一份是用光亮的脂肪裹好的骨头,一份是丰肥的牛肉和内脏,宙斯

---

① 俄耳甫斯残篇 215;Hygiene, *Fable*, 150。参见《俄耳甫斯教辑语》,前揭,页 377。

② 阿波罗多洛斯,《书藏》,1.2.3。

代替诸神选取骨头,人类则分到牛肉(《神》,538－541)。这次聚会以后,人不再像神一样生活。人在下界,神在天庭,就此分离。"从那以后,生活在大地上的人类为永生者们在馨香的圣坛上焚烧白骨",祭祀神灵(《神》,556－557)。

宙斯遭到这一次蒙骗,愤怒之中,"不再把不熄的火种丢向梣木"(《神》,563),以阻止人类用火煮熟分配中得到的牛肉。但普罗米修斯第二次蒙骗他,盗走天上的火,藏在一根空阿魏杆里,带给大地上的人类(《神》,565－566;《劳》,50－52)。

宙斯远远看见人间的火,"心里似被虫咬"(《神》,568),使出了最后一招,也就是把最初的女人潘多拉送给厄庇米修斯,从而给人类带去不幸(《劳》,56－58)。

普罗米修斯挑战宙斯,上演了一场接一场的斗智好戏,但最终还是败下阵来。宙斯为了惩罚他,把他缚在一根柱子上,又派一只长翅的鹰"啄食他那不朽的肝脏:夜里它又长回来,和那长翅的鸟白天啄去的部分一样"(《神》,521－525)。鹰的吞噬日复一日,没个尽头,令人绝望。普罗米修斯忍受的苦楚远甚于两个兄长。后来,在宙斯的授意下,英雄赫拉克勒斯杀死这头鹰,才免除了他的不幸(《神》,527－528)。但宙斯的愤怒没有完全平息,普罗米修斯始终被"困在沉重的锁链里"(616)。在《神谱》中,只有神王的强敌才会被困在沉重的锁链里,比如克洛诺斯所忌惮的百手神(618,652,659),还有宙斯历时十年才战败的提坦神(718)。

在四兄弟中,厄庇米修斯显得最独特。他仿佛脱离了神族,更像是一个有死的凡人。虽然普罗米修斯曾经吩咐他,不要接受宙斯的任何礼物,他还是从赫耳墨斯手中接下了潘多拉,最初的女人,这使他在某种意义上成为最初的男人。一般认为,《劳作与时日》中的这段描述(84－89)是古希腊人对婚姻的最早记述:神的使者赫耳墨斯护送穿着"白袍"(《神》,574)的新娘到新郎家中。人类的历史似乎在宙斯实现计谋的那一瞬间展开了。厄庇米修斯和潘多拉双双进入人的世界,成为人类的祖先。

然而,据许多古代作者的记载,在人类祖先的神话叙事中扮演重要角色的不是厄庇米修斯而是普罗米修斯。古希腊人广泛流传着一个与人类起源有关的传说:洪水①之后,丢卡利翁(Deucalion)和妻子皮拉(Pyrha)成为唯一幸存的人类,他们往身后不停地丢土块,土块纷纷落地,化作人形②。许多古代作者均称,普罗米修斯和潘多拉是丢卡利翁的父母③,还有的干脆说普罗米修斯就是丢卡利翁本人④。我们从现存的《列女传》残篇中看到,潘多拉甚至被称为普罗米修斯的妻子!⑤那么,为什么这里一反通常的说法,缺心眼的厄庇米修斯取代兄弟普罗米修斯,娶潘多拉为妻,成为人类的祖先?

为了回答这个问题,必须从《神谱》的叙事手法谈起。在天地家族叙事中,继第一代的大地该亚和第二代的天神乌兰诺斯之后,由天地生下的第三代子女包括:

六男六女的提坦神(133 – 138);

三个库克洛佩斯(139 – 140);

三个百手神(147 – 149);

厄里倪厄斯,癸干忒斯巨人族,自然神女墨利亚(183 – 187);

阿佛洛狄特,有爱若斯和欲望神为伴,仍系三个一组(201 – 202)。

---

① 品达最早讲到远古时代的洪水,参见《奥林匹亚竞技凯歌》,9.49 – 53。

② 参 Acusilaos 残篇 2 F35;斯特拉波,9.5.23;阿波罗多洛斯,《书藏》,1.7.2,3.14.5。完整叙述见拉丁诗人奥维德的《变形记》,1.383。

③ Hesychius 残篇 2;斯特拉波,9.5.23。

④ 赫西俄德残篇 2;参 Epich. 残篇 114 – 122。另外,据品达的记载,厄庇米修斯是皮拉的父亲(《奥林匹亚竞技凯歌》注疏,9.68);柏拉图的注疏者则声称,厄庇米修斯是普罗米修斯之子、丢卡利翁的兄弟(柏拉图《蒂迈欧》,22a)。

⑤ 参见 West, *Hesiode. Works and Days*, Oxford University Presses, 1978, pp. 164 – 167。

第四代子女,仅以提坦神后代为例:

俄刻阿诺斯和特梯斯生有"三千个细踝的女儿"(364)和"三千个水波喧哗的河神"(367);

许佩里翁和忒娅有三个子女:太阳、月亮和黎明(371-374);

克利俄斯有三个儿子:阿斯特赖俄斯、帕拉斯和佩耳塞斯(375-377);

科伊俄斯和福柏虽生有两个女儿:勒托和阿斯忒里亚,但加上本节重点提及的赫卡忒,同样是三个一组(404-411);

克洛诺斯和瑞娅生下三女三男(453-457)。

在第五代中,宙斯家族更加鲜明地遵循了这个叙事结构。诗中提及宙斯的9次婚姻和21组子女。这些子女有的是三个一组,比如时辰女神(901)、命运女神(217,904)、美惠女神(907),有的是九个一组,比如缪斯(76-79),还有的是三个兄弟姊妹,比如赫柏、阿瑞斯和埃勒提亚(922)。凡此种种,我们不难得出如下结论:赫西俄德在叙述天神乌兰诺斯和大地该亚的后代时,严格遵循了三元(或3的倍数)的叙事规则。

但是,唯独伊阿佩托斯的孩子们没有遵循这个规则。我们在疑惑之余不禁要提出一个大胆的假设:四兄弟,莫非其实只是三兄弟?正如上文所述,阿特拉斯和墨诺提俄斯是传统意义的提坦神,都反叛宙斯,也都受到惩罚。这两个神具有明显的相似性和统一性,作为老提坦伊阿佩托斯的儿子再合适不过。剩下的两个,也就是普罗米修斯和厄庇米修斯,才是问题所在。

有一点可以肯定,倘若没有普罗米修斯,厄庇米修斯的存在将毫无意义。因为,厄庇米修斯从始至终都以普罗米修斯为自身的存在依据。无论命名、天性,还是实际行动,他宛如普罗米修斯分身而出的一个影子,始终站在普罗米修斯的反面。兄弟俩一实一虚,一正一反,让人不由想起柏拉图在《会饮》中曾经借阿里斯托芬之口讲过一个奇异的神话:从前的人类与如今不同,有"四只手,四条腿",颈上有两张"一模一样的脸,属于同一个脑袋,只不过方向刚好相反;耳朵有四个,生殖器则有一对,可以想象,所有别的器官也都是双的"(《会饮》,189d – 190a);然而,宙斯为了限制人类的力量,"让人虚弱","就把人们个个切成两半"(190d):

> 我们个个都只是人的一块符片,像被切成两片的比目鱼。所以,人人都总在寻求自己的另一片。(《会饮》,109d)①

普罗米修斯和厄庇米修斯犹如一个苹果的两半,彼此认同为对方的残缺。只有合二为一,他们才能成就一个完整的个体。从这个角度来看,诗人果然没有违背诗中设定的叙事规则,伊阿佩托斯的孩子们不是四个,而是三个:刚硬的阿特拉斯、恣肆的墨诺提俄斯、双生的普罗米修斯和厄庇米修斯。

厄庇米修斯与普罗米修斯的关系一经得到解决,我们也就面临新的问题:为什么要把同一个体分成两半来写?厄庇米修斯与普罗米修斯的并存,究竟要解决人神分离这一关键时刻的何种分歧?

或此或彼

无论在《神谱》还是在《劳作与时日》中,厄庇米修斯的使命仅止于一个动作,那就是接受宙斯送来的女人。《神谱》中仅有两行半的介绍:

> 他从一开始就是吃五谷人类的不幸,
> 最先接受宙斯造出的女人:
> 一个处女……(512 – 514)

《劳作与时日》略微详细些,共六行诗:

> [父神]派光荣的弑阿尔戈斯者给厄庇米修斯

---

① 参见刘小枫译,《柏拉图的会饮》,前揭,页47 – 55。

> 送去礼物,那迅捷的神使。厄庇米修斯
> 偏忘了,普罗米修斯吩咐过他莫要
> 接受奥林波斯宙斯的任何礼物,送来了
> 也要退回去,以免使有死种族蒙受不幸。
> 他收下礼物,等遭遇了不幸才明白。(84 – 89)

除此之外,赫西俄德诗中再无对厄庇米修斯的任何叙述。《劳作与时日》中接着讲到,最初的女人潘多拉来到人间,随身带着一个神秘的瓶子。她用手揭去瓶上的大盖子,瓶中的不幸从此散布在人间,充满整个大地和海洋,"各种疾病夜以继日地纠缠人类",唯有希望留在瓶口内,没有飞出去(94 – 104)。

尽管在赫西俄德笔下,神王宙斯才是独一无二的正角,普罗米修斯至多算个反串的配角——最终的胜利英雄是宙斯,普罗米修斯所象征的革命性颠覆与胜利并不存在于早期神话诗中——但长久以来,听故事的人只要比较"先行思考"的普罗米修斯和"太迟思考"的厄庇米修斯,难免叹息连连,仿佛哥哥苦心"为人类谋福",弟弟一个不小心,竟至败坏了大事。如果说盗火乃至对宙斯的一系列挑战让普罗米修斯有倨傲的理由,并且随着时光的流逝和历代的解读,逐渐成为众人眼里的英雄,人类的解放者,那么,厄庇米修斯和潘多拉却似乎分别因为一个极其简单的动作而成为历史的罪人:他接受不幸的潘多拉,而她揭开不幸的瓶盖。只是,在希腊古人的眼里,人类的祖先真的和亚当夏娃①一样带着原罪吗?两千多年来,在人类的记忆里,厄庇米修斯始终一脸蠢相,站在尘土飞扬的大地之上。我们几乎能想象,他就像西班牙人布努埃尔的《欲望的隐晦目的》(*Cet obscur objet du désir*)等影片中那些扛着麻布袋的奇异陌生路人一样,不仅肩上负荷沉重,连肉身也一并是沉重的。相形之下,普罗米修斯始终以轻盈的姿态飞翔在暴风雨的夜里,拥抱闪电和霹雳,质问诸神和世人,一如

---

① 《创世记》,3:16 – 24。

青年马克思在诗中歌颂的革命者形象①。这样两个反差巨大的人物形象,既是出自同一个"苹果"的两半,就不能分开理解成两个独立的苹果。接下来的问题或许就是,如何在赫西俄德的文本里重新把他们还原为一个完整的个体?

赫西俄德写道,普罗米修斯曾经吩咐厄庇米修斯:

> 莫要接受奥林波斯宙斯的任何礼物,
> 送来了也要退回去。(《劳》,87 – 88)

这里的表述发人深省,值得再三推敲。从普罗米修斯的吩咐看来,人类似乎还有选择的权利,似乎还能够拒绝宙斯的礼物,把它退回去。换言之,人和神似乎还是墨科涅以前的平等关系——在墨科涅之后,人类只剩祭祀神灵的权利,哪里可能还有拒绝神意的权利? 然后,正是在这个似乎可能拒绝的前提下,厄庇米修斯收下致命的礼物。《神谱》中连续两行使用"一开始"(512)和"最先"(513),仿佛在暗示读者,起决定性作用的恰恰是"太迟思考"的厄庇米修斯的行为,而不是"先行思考"的普罗米修斯的思虑。在思与行之间存在往往被我们忽略不计的差距,而这差距有可能是世界本身。

又或许可以这样理解诗人的遣词:普罗米修斯先为人类创造了一个似乎可能的选择,厄庇米修斯再在有可能拒绝的时候选择接受。接受神的礼物,也就是接受神和人不再平等的事实,接受人类自身的脆弱和有死的必然。在那个人神分离的关键时刻,普罗米修斯和厄庇米修斯一个拒绝神意,一个接受人性,一个代表先见,一个强调责任。兄弟二人的分歧,如苹果的两半儿般不离不弃,在彼此的张力之中重建了正

---

① 有关普罗米修斯的意象取自马克思的诗歌《暴风雨之歌》。马克思在博士论文中曾引用《被缚的普罗米修斯》中的一句告白:"我恨所有的神灵",从而把反叛上帝的历史追溯至古希腊时期。另参沃格林著,张新樟、刘景联译,《没有约束的现代性》,上海:华东师范大学出版社,2007,页36 – 40。

义的尺度(Dike),也成就了人类的历史。

几乎就在同一瞬间——厄庇米修斯接受礼物在行83 - 89,潘多拉打开瓶子自行94讲起,赫西俄德犹如手法高超的电影导演,不仅运用蒙太奇,还在两段叙事之间插入了一段画外音般的追溯(90 - 93)——我们的耳边响起了一段对从前美好时光的咏唱:

> 从前,人类族群生活在大地上,
> 远离一切不幸,无须辛苦劳作,
> 也没有可怕疾病把人带往死亡。(《劳》,90 - 92)

这是收下礼物的人类心中的歌唱,如凤凰的悲歌,不无伤感,并且不得不坚定。从前的好时光宛然还在眼前,却就此远去,远去了。在那个瞬间,紧紧拉住潘多拉的手的人,不只是行动中的弟弟,还是思虑中的哥哥。当普罗米修斯和厄庇米修斯分别代表的思与行重新交集时,人类才成为真正意义的大地上的人类。

荷马在《奥德赛》第十一卷中讲到奥德修斯在冥府遇见各种各样的魂灵:提梯奥斯被罚横躺在地,两只秃鹰停在两侧啄食他的肝脏和内腑;坦塔洛斯全身淹没在湖中,却喝不到湖水,他站在果实累累的树下,却摘不到果子;西绪福斯一次次推动巨大的石头上山,又一次次眼看着石头从山顶滚下。① 这些人的命数与伊阿佩托斯的儿子们何其相似!阿特拉斯在大地边缘支撑着天,他天生刚硬不屈,却不得不屈服于自己与生俱来的力气;墨诺提俄斯有无与伦比的傲慢和勇气,却无法逃脱永久地消失于大地之下的命数;普罗米修斯在忍受过老鹰吞噬的苦楚之后,还有坚实的枷锁长久相伴。事实上,这些古老的神的遭遇与现代语境中的人类何其相似! 20 世纪法国作家加缪曾解读西绪福斯神话,阐释哲人与荒诞的关系。在《西绪福斯神话》中,他想象一个从山顶走回山脚的西绪福斯,汗水淋淋,浑身沾满了尘土,却近乎是幸福的:这个传

---

① 参荷马,《奥德赛》卷十一,576 - 581、581 - 592、593 - 600。

说中最有才智的人清醒地意识到自己荒诞而绝望的处境,他安详而沉默地接受了命中注定的那块石头。加缪没有想象一个幸福的提梯奥斯或坦塔洛斯,而想象一个有勇气宣布"一切皆善"的西绪福斯,①个中原因,大概与赫西俄德让厄庇米修斯而不是普罗米修斯接受神的礼物一样。

柏拉图说,普罗米修斯从天庭偷走火和赫淮斯托斯的技艺给人类,但宙斯小心藏在身边的政治技艺却无从偷起。② 在黄金时代远去之后,人类需要火,需要生存的诸种技艺,但尤其需要哲学,以弥补宙斯的技艺的缺失,弥补神的不在。神终于离去,人反而要努力趋向神。③ 在黑铁时代的苦难人类中,恰恰是看似"缺心眼儿的"厄庇米修斯,而不是"狡黠无比的"普罗米修斯,沉默地担当起哲学的重任,这实在是再耐人寻味不过的诗歌表述了。

这样,最初的男人主动接受了潘多拉,也接受了她所带来的神秘的希望(或"等待")。当不幸散布人间时,唯有希望留在瓶中。希望是什么?古往今来的人们努力解释它,却始终无法有一个完满的答案。希望是苦难的人类的唯一寄托,还是人类灾难里的最大不幸?面对希望,人类不知所措。诗人说,黑铁时代初生的婴儿,两鬓斑白,沧桑如老人(《劳》,181)。从此,在永远倾斜的天平上,人类所能求诉的要么是哲学的慰藉,要么是赫西俄德所信奉的"宙斯的正义"。

当年卢梭在《论科学与艺术》卷首加进普罗米修斯的插画,做了图注:"萨图尔,你不懂!"(Satyre, tu ne le connois pas)并在正文中加注说明。④

---

① Albert Camus, *Le mythe de Sisyphe*, Gallimard, 1942, pp. 161 – 166.
② 柏拉图,《普罗塔戈拉》,321c – d。
③ 参见马特,《柏拉图与神话之镜》,前揭,页 94 – 95。
④ 这张插画是 J.-B. Pierre 的铜版作品。在《论科学与艺术》正文的第五条注释中,卢梭为了解释这幅插画及其图注,讲了一则古老的寓言:萨图尔第一次看见火时,想要拥抱和亲吻它,普罗米修斯告诉他:"萨图尔,你的胡子会着火,哭都来不及。"另参迈尔,《卢梭论哲学生活:〈孤独漫步者的遐思〉的修辞和意图》,中译本见"经典与解释"第 11 辑《回想托克维尔》,北京:华夏出版社,2006,页 188 – 216,朱雁冰译。

如果说插画表明《论科学与艺术》的作者以普罗米修斯自居,行将发表惊动世人的真知灼见,那么注释则以厄庇米修斯的经验告诫读者,不要轻率碰触智慧。卢梭就此仿效了普罗米修斯和厄庇米修斯所象征的一次思行重合,无愧哲人的名号。或许他还以此告诫世人,普罗米修斯形象从古至今的嬗变,恰恰发端于厄庇米修斯在赫西俄德之后的不在场,或者说某种哲学审慎的缺失。在审视当下的历程中我们发现,重拾赫西俄德教诲的时机悄然来临。

六　宙斯的天平

　　神王宙斯策马来到神圣的伊达山顶,当太阳升至中天时,人和神的父架起黄金天平,秤盘一边放着特洛亚人的命数,另一边放着阿开亚人的命数。宙斯提起天平,称来称去,结果总是阿开亚人的命数沉一些,降到养育万物的大地,特洛亚人的命数轻些,升到无边的广空。这是《伊利亚特》卷八的著名篇章:十年的特洛亚战争,成败就在那一刻决定了下来(68-74)。

　　这一回,命运之神倾向阿开亚人。但宙斯心中思绪万分。他想到对女海神忒提斯的允诺,要给她的儿子阿喀琉斯应有的荣誉。原来,忒提斯从前救过宙斯,使他免遭以波塞冬和赫拉为首的奥林波斯诸神的反叛(《伊利亚特》卷一,391-398),这让宙斯欠了很大的情。如今阿喀琉斯与阿开亚人的将领阿伽门农发生争执,拒绝出战。忒提斯为此"抱住宙斯的双膝","请他重视她那劫掠城市的英雄儿子"——荷马在诗中多次重复宙斯对忒提斯的承诺(如卷一,512-513;卷八,370-371;卷十五,76-77等)。这意味着,阿开亚人得先尝点儿苦头,才能明白他们的英雄的好处,在最终的胜利以前,他们还得在特洛亚人的刀枪下遭遇一连串失利。①

　　与此同时,宙斯也明白,满足忒提斯的心愿,就是在满足一个"充满灾难的祈求"(卷十五,598-599):

　　　　这件事真有害,你会使我与赫拉为敌,

---

　　① 事实上,阿开亚人确实一度失利,直到阿喀琉斯的好友帕特罗克洛斯死于特洛亚将领赫克托尔手下,这促使阿喀琉斯再度出手,杀死赫克托尔,最终自己也战死沙场。这些事件串成了整部《伊利亚特》的叙事线索。

> 她会用一些责骂的话使我生气。
> 她总是在永生的天神当中同我争吵。(卷一,518-520)

天父对付男神们很有一套,波塞冬、阿瑞斯、阿波罗来挑衅,他都应付自如。比如《伊利亚特》卷七中,波塞冬抱怨阿开亚人在特洛亚城门前造了一座新城,宙斯对自家兄弟说,回头你"把壁垒弄塌扔进海里"得啦,波塞冬听了不再言语(454-463)。再比如卷五中,阿瑞斯跑来哭诉雅典娜在战场上伤害自己,宙斯反而狠狠教训他一顿,声称"在所有奥林波斯神中最恨这个小厮"(888-898)。但女神们不一样,总让他战战兢兢。为了缓和雅典娜与阿佛洛狄特的紧张关系,他必须充满技巧、非常谨慎地说话(卷五,426-430)。尤其庇护阿开亚人的赫拉总来腻烦他,一会儿甜、一会儿酸,软硬兼施,相当不好对付。在卷十四中,赫拉在伊达山顶大施美人计,让宙斯忘乎所以深陷在爱情的罗网里,波塞冬乘机帮助阿开亚人打伤了特洛亚英雄赫克托尔……毕竟,从一开始,阿开亚人与特洛亚人的这场战争就不只是人间的战争,[1]它与奥林波斯神界息息相关,在诸神纷纷投身参战、形成两大阵营之后,天庭的政治舞台受到了直接影响。宙斯当然不怕赫拉,但怕赫拉"总是在永生的天神当中同他争吵"。看来,当众争吵已然与夫妻之间的爱情无关,而与政治有关。

总之,这场战争要有个输和赢,特洛亚人覆灭的命数已然注定。但在一切完结以前,正义的天平在宙斯的手心儿里,颤颤巍巍。每抖动一次,都要有一个神的孩子或人的英雄流血牺牲。无数英雄死在长枪下。在前一刻里,他们还美好如神样,坐在首领的帐中,切割新杀的牛羊,虔诚地祭献诸神,再把肉串烤好,佐着美酒,与甜蜜的伴侣们一道享用。[2]

---

[1] 在忒提斯和英雄珀琉斯的婚礼上,未受邀请的不和女神扔下一颗"献给最美的女神"的金苹果。不久以后,特洛亚城的王子巴里斯在赫拉、雅典娜和阿佛洛狄特之间,选择把金苹果献给后者;作为回报,他从希腊带走了美人海伦,这成为特洛伊战争的祸源。

[2] 参见达那奥斯人向阿波罗奉献的百牲祭(《伊利亚特》卷一,457-474)。

在遥远的家乡,还有庄严的宫殿,慈爱的父母,忠实的妻子,美好的财富,十年中痴痴等待着他们。①但他们就这么倒下了。荷马时代的希腊英雄们很早就明白,这些"悲伤的死亡"(卷八,69),尽管充满暴力和苦痛,却没有违背宙斯的正义。《伊利亚特》开篇就唱起英雄阿喀琉斯的愤怒——

> 这毁灭性的愤怒带给阿开亚人多少苦痛。
> 把多少勇士的英魂送给
> 冥神,使他们的尸体成为野狗和各种
> 飞禽的食物:宙斯的意愿得以实现。②(卷一,2-5),

荷马歌唱英雄的愤怒、相互的暴力屠杀,乃至尸身不得安葬的命数,称之为"宙斯的意愿",是在强调英雄们所代表的贵族荣誉。在古希腊人眼里,"宙斯的意愿"无疑是至高无上的法则。赫西俄德在《神谱》和《劳作与时日》中也不停重复着同一句话:一切都是宙斯的意愿。不算那些间接的表述,我们至少可以举出以下十五处例子:

> 伟大宙斯的意愿如此(《神》,465 =《劳》,122);
> 宙斯计划从不落空(《神》,550 = 561);
> 克洛诺斯之子的意愿如此(《神》,572 =《劳》,71);
> 宙斯的意志难以蒙骗,也无法逃避(《神》,613);
> 聚云神宙斯的意愿如此(《神》,730 =《劳》,99);
> 伟大宙斯的意愿就此实现了(《神》,1002);
> 全凭伟大宙斯的意愿(《劳》,4);
> 雷神宙斯的意愿如此(《劳》,79);

---

① 奥德修斯就是一个好例子,另参阿喀琉斯哀悼好友帕特罗克洛斯时所说的话(《伊利亚特》卷十九,315-337)。
② 引自刘小枫,《昭告幽微》,前揭,页4。

> 宙斯的意志没有可能逃避(《劳》,105);
> 奥林波斯的宙斯意愿如此(《劳》,245);
> 执神盾宙斯的意愿因时而异(《劳》,483)。

在这十五处例子中,有三点值得我们注意:

首先,《神谱》第465行提及"宙斯的意愿",诗中说道:"大地和繁星无数的天空告诉克洛诺斯,命中注定他要被自己的儿子征服,哪怕他再强大:伟大宙斯的意愿如此"(463-465)。这段叙事发生在宙斯诞生以前。从常理上来说不免可疑:宙斯如何能够在出生之前就决定世界的命运?我们由此看到,尽管《神谱》的诗歌主题是神的世代繁衍,但在关键时刻,赫西俄德总是把对宙斯的信仰置于一切之上,为此他甚至不惜在叙事中让宙斯的意愿存在于宙斯本身之前。

第二,在十五处例子中,有八次出现在普罗米修斯与宙斯斗智的叙事中。《神谱》的普罗米修斯神话叙事约八十来行(535-616),《劳作与时日》约六十行(42-105),在一百多行诗中,诗人极为频繁和密集地强调"宙斯的意愿"。

第三,如果遵循一般的说法,即宙斯与普罗米修斯之争是提坦大战的一部分,那么,在《神谱》中出现的七处例子,除最后一处(1002,美狄娅和伊阿宋的故事)以外,均与乌兰诺斯—克洛诺斯—宙斯三代神王的争权神话有关。

由此看来,赫西俄德强调"宙斯的意愿",也是与政治有关。只是他不厌其烦,显得比荷马还啰嗦,唯恐听故事的人忘了似的,到底想说明什么?

让我们从头看起。普罗米修斯不愧"狡黠"($ποικίλον$)的美称(《神》,521,546,559,616;《劳》,48,54)。神王宙斯作为正义的化身,本来无可指摘,不料普罗米修斯抓住了他的弱点并指摘他。宙斯就是正义,普罗米修斯偏偏在正义上大做文章。

于是,在人神同欢的墨科涅,他有意分配一头牛:一份是丰肥的牛肉,却盖着牛肚,其貌不扬;另一份是骨头,却涂着脂肪,光鲜无比。普

罗米修斯一边摆出两份不平等的牛肉,一边轻笑着说:

> 至上的宙斯,永生神里最伟大者,
> 请遵照你心里的意愿,挑选一份吧。(《神》,548 – 549)

普罗米修斯这一招着实厉害。在墨科涅众目睽睽之下,老宙斯心里该是什么滋味!谁都知道,宙斯"心里的意愿"是公正。但如今,摆在面前的两份选择都不公正,不管宙斯"挑选"哪一份,都无异于在承认自相矛盾。正义的宙斯原来不正义,宣传迄今的口号原来也虚妄!自神有谱系以来,这几乎是最严重的政治事件了。

宙斯很生气。赫西俄德用了各种辞令来表达他如何生气:"心里恼火"(《神》,533),"气上心头,怒火中烧"(554),"不快"(558),"时时把愤怒记在心里"(562),"心里似被虫咬,愤怒无比"(568),"心中恼恨"(《劳》,47),"呼风唤雨的宙斯心中气恼"(53)……宙斯越是生气,越是让人觉得不妙。果然——

> ……宙斯计划从不落空,
> 面对骗术心下洞然。他心里考虑着
> 有死的人类的不幸,很快就会付诸实现。
> 他用双手拿起那堆白色的脂肪,
> 不由得气上心头,怒火中烧,
> 当他看见牛的白骨,那诡诈的计谋。(《神》,550 – 555)

细心的读者读到这一段,不免生出疑问。赫西俄德在前三行还讲到,没有什么骗术能瞒过神王,宙斯的计划从不落空,他甚至开始考虑如何对付人类,给他们带去不幸。宙斯既然胸有成竹,怎么在后三行里又像中了普罗米修斯的圈套般,一副才刚醒悟的愤怒模样?

任何战争若无愤怒(或无度 [ὕβϱις])作为引子,恐怕都打不起来。荷马的《伊利亚特》从头到尾贯穿着阿喀琉斯的愤怒。然而,愤怒是阿喀琉斯作为英雄的真性情的表露,宙斯不是英雄,而是王者。愤怒不应该是王者的真性情。赫西俄德曾如此定义那些"被宙斯宠爱的"大地上的王者:

> 明智的王者正是如此,若在集会上
> 有人受到不公正对待,他们懂得
> 以温言相劝,轻易地扭转局面。
> 当他走进集会,人们敬他如神明,
> 他为人谦和严谨,人群里最出众。(《神》,88 – 92)

审慎清明(或适度[δίκη])才是王者的真性情。① 神王宙斯不可能不明白这一点,也不可能做不到这一点。那么,宙斯的愤怒是佯装吗?毕竟,作为天庭里最出色的政治家,在恰当的时机把愤怒(还有悲伤、痛苦等等)表现得尽善尽美,也是一项重要的政治技艺。

宙斯愤怒之下,宣布了一个重大决定:给人类送去潘多拉(《劳》,54 – 58)。看来,愤怒是假,女人(不参与政治的人)参与政治是真。"人和神的父说罢,哈哈大笑。"(59)大事已定,宙斯怎能不露出满意的表情呢?普罗米修斯的计谋给了宙斯佯装的理由:佯装愤怒,佯装不得不实行一个更大的计谋。赫西俄德的话真真一点不错:一切都是宙斯的意愿。

只是,宙斯为什么费心策划这一系列计谋,甚至不惜牺牲自己的公众形象,把女人推上天庭的政治舞台?这一切还得从乌兰诺斯家族的

---

① 在《奥德赛》卷八中,奥德修斯讲到神明把各种美质赐给人类,其中一种美质就是像奥德修斯本人所拥有的言辞能力。荷马对"言辞优美,富有力量"的人的描述,与赫西俄德对王者的描述极为相似:"人们满怀欣悦地凝望他,他演说动人,为人虚心严谨,超越汇集的人们,当他在城里走过,人们敬他如神明。"(171 – 173)只是,荷马不是强调王者的审慎和言辞能力,反而暗示一个善于言辞的人也可以像王者一样。这也是"荷马与赫西俄德之争"的主题之一。

天庭权力争斗史讲起。事实上,赫西俄德的《神谱》有大半篇幅都在交代这些事件。

在乌兰诺斯统治天庭的时代,天与地尚未分开,天神乌兰诺斯的所有孩子"从一开始便背负父亲的憎恨,刚刚出世就不能见天日,被尽数掩藏在大地的隐秘处"(156-158),宽广的大地该亚"深受压抑,在内心悲号,想出一个凶险的计谋"(159-160)。于是,在漆黑的夜里,小儿子克洛诺斯割去父亲的生殖器(178-181)。丧失生殖器的天神乌兰诺斯,也就丧失了性交和繁衍的能力,天地就此分开。与此同时,从克洛诺斯背叛父亲乌兰诺斯的那一刻起,不和、仇恨和暴力开始出现在世界上,父子几代争夺神权的战争也就此吹响号角。从乌兰诺斯的血滴生下复仇女神厄里倪厄斯,乌兰诺斯诅咒自己的孩子的背叛(207-210),这个诅咒最终将以复仇的形式得到实现(472)。

轮到克洛诺斯当神王,依据大地和天神的预言,"命中注定他要被自己的儿子征服"(463-465)。为了逆转这样的命运,克洛诺斯"囫囵吞下"自己刚刚出生的子女们(459)。但瑞娅在大地和天神的帮助下,让最小的儿子宙斯秘密出生长大,并以一块石头替代宙斯蒙骗了克洛诺斯(477-491)。不久以后,宙斯向克洛诺斯设下圈套,逼他吐出腹中之物,"他敌不过自己儿子的技巧和力量,最先吐出那块最后吞下的石头"(494-497)。

宙斯紧接着打败提坦神和提丰,把对方丢进塔耳塔罗斯的地下神界,取得了王权。但神权战争尚未画上句号。宙斯通过一系列联姻巩固王权,他首先娶墨提斯,"她注定要生下绝顶聪明的孩子","一个狂傲无比的儿子:人和神的王"。但在大地和天神的指示下,"当她正要生下明眸的雅典娜时,宙斯将她吞进了肚里,以避免王权为别的永生神取代"(888-900)。

从乌兰诺斯到克洛诺斯再到宙斯的三代争权事件具有惊人的相似之处:

首先,命数的派定。依据预言(一般来自该亚和乌兰诺斯),当权的神王将为自己的后代所颠覆:乌兰诺斯注定被克洛诺斯偷袭,克洛诺斯注定误入宙斯的圈套,宙斯也差点儿被墨提斯生下的儿子取代。

其次,该亚的指示。大地该亚是所有政变的幕后操纵者。她为克洛诺斯制造了锋利无比的镰刀(161-162,175),安排他埋伏在一旁行刺父亲。她答应瑞娅的请求(474),让宙斯秘密出生长大(479,492),并以一块石头替代宙斯蒙骗了克洛诺斯(485起);她建议宙斯向克洛诺斯设下圈套,逼他吐出腹中的兄弟姐妹们(494起);最后,她告诉宙斯一个稳固王权的办法,也就是吞下墨提斯,连同她肚里的孩子(888起)。

最后,神王的生孕能力。生孩子本是女人的事儿,不归男人管。然而,历代神王均致力于改变传统的繁衍模式,以避免子承父业的命数:在遭到致命打击的瞬间,乌兰诺斯用血滴和生殖器创造了后代,宛如向该亚的生殖能力做出挑战;克洛诺斯先是吞下自己的孩子们,最终又被迫把他们吐出来,这个过程像在模仿瑞娅的怀孕和分娩;宙斯的做法更绝,他吞下怀孕中的墨提斯,再"独自从脑袋生出明眸的雅典娜"(924)。这个做法至少有三个好处:一是彻底避免新一代神王的诞生;二是改变繁衍模式,成功地独自生下雅典娜,三是有墨提斯"帮他出主意,分辨好坏"(900)。由此,神王宙斯比"狡猾多谋的"克洛诺斯走得更远,他直接与智慧合为一体,成为智慧本身。宙斯吞下怀孕中的墨提斯,呼应了该亚当初孕育乌兰诺斯又与之结合,因而也就终结了天地家族所独具的开放性繁衍。

宙斯很快建立新的政治秩序,为诸神平均分配荣誉(881-885)。然而,奥林波斯的秩序一旦确立,神们的时间也就处于某种凝滞与永恒的矛盾状态,再无发展的可能。一个没有合法继承人的政权,必然是停顿而无前途的政权。神的世界必须获得开放式的补充,该亚式的传统繁衍能力必须重建:当初宙斯把墨提斯一口吞进肚里时,光想着这么做的好处,却没承想,有些事情单靠男人是办不成的。

正是在这个关键性的政治时刻,神王构想出潘多拉的计划:最初的女人不仅要延续神的世界的开放,还要避免成为大地该亚的单纯翻版,也就是毫不节制地繁衍力量,否则一切将从头来过,无济于事。

从前普罗米修斯分牛肉、盗火,宙斯都独力应对(《劳》,47;《神》,535-569)。但这一回,出于审慎,他决定让一些亲近的奥林波斯神们参与——赫淮斯托斯、雅典娜、阿佛洛狄特、赫耳墨斯都是平常的心腹(《劳》,60-68)。不料消息传开,许多神都来了,比预想的还多(不知为什么,美神阿佛洛狄特那天没来:69-80)。奥林波斯山上如此团结,除了大战提坦那次以外,实在少见,看来宙斯伴装愤怒的政治策略很有成效。

众神合力,很快把女人造好。神王宙斯的"计划从不落空"(《神》,550),他满意地看一眼刚刚造好、纯净而无辜的女人——

> 他带她去神和人所在的地方,
> 伟大父神的明眸女儿把她打扮得很是神气。
> 不死的神和有死的人无不惊叹
> 这专为人类而设的玄妙的圈套。(《神》,586-589)

值得注意的是,直到这个时候,神和人的区别才清楚地得到揭示:"不死的神和有死的人"(ἀθανάτους τε θεοὺς θνητούς τ' ἀνθρώπους,596)。宙斯不仅赋予女人繁衍后代的能力,同时也决定了人类必死的命运。这样一个"专为人类而设的玄妙的圈套",堪称宙斯领导奥林波斯以来最漂亮的政绩,如何不让在场者惊叹?在神和人面前,神王宙斯只表彰雅典娜,赞扬她为女人的装扮做出杰出贡献(587),却丝毫不提造出女人真身、在一旁埋头苦干的赫淮斯托斯,因为,潘多拉的美丽必须为民众所认知,潘多拉的秘密(或真相)却只为王者宙斯服务。

还剩最后一个问题:如何处置普罗米修斯?赫西俄德在《神谱》中讲到——

> ……宙斯用牢固的绳索
> 和无情的锁链把他缚在一根柱子上,
> 又派一只长翅的鹰停在他身上,啄食

> 他的不朽的肝脏:夜里它又长回来,
> 和那长翅的鸟白天啄去的部分一样。(《神》,521 – 525)

宙斯惩治普罗米修斯分两部分:先是用"牢固的绳索和无情的锁链"剥夺自由,再用鹰的可怕吞噬加强折磨。大鹰吞噬肝脏的苦楚,正因为去了又来,没有止境,才显得令人绝望,难以忍受,更像一种精神的折磨。事实上,这一"精神折磨"的警世作用也超过了"绳索和锁链":一直以来,人们不是往往着迷于解释大鹰的象征寓意,反而忽略自由才是根本吗?

在普罗米修斯深受吞噬之苦这一政治策略充分发挥警世作用之后,宙斯派赫拉克勒斯去杀死大鹰(《神》,526 – 528)。神王这么做,是想让自己的英雄儿子"在丰饶大地上享有比以往更好的荣誉"(531)。所谓"更好的荣誉"($τίμα\ ἀριδείκετον$),就是"做最好的,最优秀的"($ἀριστεύειν$),与"贵族"(Aristocrate)一词同源。换言之,在宙斯的安排下,赫拉克勒斯和荷马笔下的英雄们一样,通过杀死大鹰这一英勇的暴力行为,获得了更大的贵族荣誉。

与此同时,还有一个细节不应忽略:宙斯对普罗米修斯的"愤怒"始终没有消退(615),普罗米修斯最终没有逃脱"困在沉重的锁链里"的命数(616)。看来,赫拉克勒斯的英雄行为治标不治本,"精神折磨"是解除了,但作为人类的祖先,普罗米修斯的自由从此更微妙地操纵在宙斯的手心。人类的命运从此与宙斯的正义牢牢牵系一起。我们终于明白赫西俄德"显得比荷马还啰嗦"的缘故了!当荷马在《伊利亚特》开篇把"英雄的荣誉"(或贵族荣誉)歌唱为宙斯的正义时,赫西俄德在诗中重复十五次"宙斯的意愿",就是在发出十五次反驳,并十五次重申在他心目中何谓真实的宙斯的正义。[1]

---

[1] 潘多拉神话叙事开始于神的计谋纷争,终止于人的荣誉失败;《劳作与时日》从两个不和女神(行 11 起)讲起,在一个谣言女神(即坏的荣誉,760 – 764)结束。这不是偶然。

那天正午,宙斯在伊达山顶摆罢天平,把雷电的强光送到获得命运之神垂青的阿开亚人军中。荷马的英雄们"感到惊异,苍白的恐惧笼罩着他们"(《伊利亚特》卷八,76 - 77),宙斯的正义在那一刻照亮了他们自身的无度。在黑铁的时代里,荷马的贵族式荣誉(或贵族政制)无法解救人类。黑铁时代的赫西俄德惟有一改荷马的做法,主动去呼唤"在高处打雷的宙斯"(《劳》,8),呼唤宙斯的正义:从此,唯有劳作才能获得命运之神的垂青,公正合理地分配社会财富,才是走向必死之路的人类的生存准则。一个多世纪以后,梭伦为了缓和贵族与平民的冲突,提出根据收入来裁定城邦民的权利和义务等民主改革措施①,恰恰呼应了赫西俄德的这一理想。

---

① 参刘小枫编修,《凯若斯》,上海:华东师范大学出版社,2005,页329起。

七　版本源流[*]

古代底本

如果赫西俄德确实亲笔写下或口授下自己的诗篇，那么这份很可能刻在木板或写于兽皮的文本，就是后世所有版本的母本。在这个母本中，"神谱"紧接以"列女传"，没有任何过渡段落。现有的《神谱》结语第 1019 - 1022 行，以及《列女传》开篇（残篇见莎草文献 P. Oxy. 2354），均系后来的添补。

大约自公元前 6 世纪起，新的版本逐渐取代母本，并在古典时期广泛传播。这个新版本将《神谱》与《列女传》首尾相接，加上过渡文字。这种做法与"英雄诗系"（Epic cycle）的兴起有关。所谓"英雄诗系"，就是把一系列描绘特洛亚战争或忒拜战争等史诗首尾相接，形成连篇的一套套诗史。比如，雅典的奥诺玛克利托斯把缪塞俄斯的全部神谕串成首尾相接的"诗系"；仅存残篇的《塞浦路亚》（Cypria）结尾讲到海伦被拐走等事件，与《伊利亚特》的故事开篇相接；《赫拉克勒斯的盾牌》和《献给阿波罗的托名荷马颂诗》也前后衔接在一起……

新版本在公元前 3 世纪流传至亚历山大里亚的学者们手中。自亚历山大里亚时代起，人们分开抄写"神谱"与"列女传"，并分别冠名：

---

[*] 主要参考文献：West, *Hesiod. Theogony*, pp. 48 - 69; Paul Mazon, *Hésiode. Théogonie. Les travaux et les jours. Le Bouclier*, p. xvii-xxvii; M. -C. Leclerc, *La Parole chez Hésiode. A la recherche de l'harmonie perdue*, Paris, 1993, pp. 9 - 23。

《神谱》在第 1020 行结束,《列女传》从同一处开篇。——尽管希罗多德早就使用过Θεογονίη这个词,但最早把"神谱"确认为正式标题的,却是公元前 3 世纪的廊下派哲人克里希庇斯(Chrysippus,前 280—前 207,2.256)。亚历山大里亚学者的编纂工作对后世影响深远。如今的《劳作与时日》在第 828 行结束,便是延续佩尔格的阿波罗尼奥斯(Apollonius of Perga)的做法。荷马史诗的情况与此相似,比如,拜占庭的阿里斯托芬(Aristophanes of Byzantium)和阿里斯塔库斯(Aristarchus)指出,《奥德赛》应在第 23 卷第 296 行处结尾,一度得到广泛响应。

亚历山大里亚时期还出现了大量笺释和评注。阿波罗尼奥斯、阿里斯托芬、阿里斯塔库斯、狄迪姆斯(Didymus)、塞勒科斯(Seleucus)、克拉特斯(Crates)均对赫西俄德作品做过笺释。廊下派哲人们也进行了系统性的哲学评注。值得一提的是,这些笺释和评注一开始并不是诗歌的附加部分,而是独立的著作,因而没有影响到原文文本。抄写者随文诂证,随意修改文本中自认为有误之处,从而相应地导致篡改或增删文本的现象,主要发生在中古拜占庭时期。

到了古罗马时代,人们逐渐习惯性地认为,所谓的赫西俄德作品由三部诗篇组成:《神谱》《劳作与时日》和《盾牌》(*Theogony, Works and Days, Scutum*)。这种编排方式最早见于 1 世纪的一份莎草文献(P. Mich. inv. 6828)和 2 世纪的两份莎草文献(P. Vindob. G 19815 和 P. Achmim 3)。据 Hesychius 的记载,到了拜占庭时期,苏达辞典编入的赫西俄德作品目录也是先提这三部主要诗作,再补充《列女传》和其他作品。

古人归于赫西俄德的其他作品为数不少,但是否出自赫西俄德之手很值得怀疑。据泡赛尼阿斯的记载(9.41.4),"缪斯谷"(Val des Muses)地区只承认《劳作与时日》。不过,《神谱》和《列女传》一般也公推在诗人名下。《列女传》又称《小赫埃》,现存两百多条残篇。其他作品有:*Grands travaux*(《大劳作》),*Grandes Ehées*(《大赫埃》),*Ornithomantie*,*Mélampodie*,*Vers mantiques*(占卜诗),*Explications de prodiges*(神迹解答），*Astronomie*（天象），*Leçon de Chiron*（训诫诗"西罗的教海"），*Dactyles de l'Ida*（早期冶金学），*Aigimios*（多里安王的史诗，据更常见的说法，作者是 Kercops de Milet）等。这些作品均已佚失，仅存标题或个别残篇。

拜占庭抄本

赫西俄德的文本源流状况与大多数古典作者一样。从古代流传下来的仅有一份约为 9 世纪的"原始稿本"（hyparchetype），这成为所有拜占庭抄本的底本。换言之，流传迄今的所有《神谱》《劳作与时日》和《盾牌》的抄本，均出自同一古代底本。这可以从以下四个方面得到证明：

1. 各抄本中存在相同的拼写谬误，有些谬误非常明显，任何略受教育的抄写者都有能力自行更正，除非他们对古代底本的敬畏达到迷信的程度，如《劳作与时日》行 736 紧接着行 758 的内容，《神谱》行 148 掉了一个 $τε$。

2. 这些抄本中还存在一些相同的变体，如《劳作与时日》行 288 写作 $ὀλίγη$，公元前 4 世纪的雅典人却写作 $λείη$；《神谱》行 93 误写作 $οἶα\ τε$，实际应为 $τοίη$。

3. 这些抄本中均漏掉了个别古代校勘者判定有误的诗行（单行或多行），如《神谱》行 111 和《盾牌》209b–211a。

4. 这些抄本中的某些分歧之处也反过来说明它们出自同一底本。比如《神谱》行 721–725，由于底本的抄写人犯了一个常见的错误，并在发现错误之后在当页下方做出修正，致使后来不同的抄写员有的漏抄，有的误抄，由此形成不同抄本之间的分歧（详见正文笺释）。

迄今发现的《神谱》抄本共计 69 份，有的仅存残篇断章，有参考价值的约 34 份。这些抄本的年代，最早在 13 世纪末，最迟 15 世纪以后。古典学者们首先要借助这些抄本还原"原始稿本"，也就是流传于 9 世纪以前拜占庭帝国时代的那份唯一的底本，同时参照现存的各种莎草文献(Papyrus)，还原赫西俄德的文本真相。目前主要有四个原始版本：原始稿本 k(hyparchetype k)、原始稿本 a(hyparchetype a)、原始稿本 b(hyparchetype b)和原始稿本 r(hyparchetype r)。此外还有几个重要的合抄本和校订本也值得关注：

B 本 = Parisinus Supplément grec 663(C Rzach)：由 11 世纪末阿索斯山的某僧侣抄录，含《神谱》行 72 – 145 和行 450 – 504，以及《盾牌》部分诗行；

P 本 = Parisinus supplément grec 679：12 世纪的合抄本，含《神谱》行 746 – 859；

S 本 = Laurentianus 32.16(D Rzach)：1280 年的合抄本，除赫西俄德外，还包含 Nonnus 的 Dionysiaca，以及阿波罗尼奥斯等人的著作；

Q 本 = Vaticanus graecus 915(G Rzach)：1311 年，含《神谱》混合校订本。

Triclinius 本：由 Demetrius Triclinius 抄录于 1319 年 8 月 20 日至 1319 年 11 月 16 日，含《神谱》校订本，经辨读为篡改过的版本。

赫西俄德文本的抄本不少，不同诗作的抄写质量也不一致，比如《劳作与时日》的文本信息要比《神谱》确切得多，这与古代笺释者解释这些诗作强度不同有关。《劳作与时日》的笺释和评注文献明显较多，有些出自 12 世纪的拜占庭学者策泽斯和语法学家莫斯库普罗斯(Moschopoulos)，有些是对基督教语法学家科洛伯斯库斯(Choeroboscos)或 5 世纪的新柏拉图派哲人普罗克洛斯(Proclus)的摘录。普罗克洛斯本人还大量参考了普鲁塔克的赫西俄德笺释：普鲁塔克对《劳作与时日》的记载在许多方面具有极高价值，单凭这一点，《神谱》和《盾牌》确实无法媲美。

勘本、注疏与刊本

最早的《神谱》刊印本不是希腊文，而是拉丁文，1474 年由米兰出版家 Boninus Mombritius 在费拉拉刊印。直到二十年后，也就是 1495

年,著名的出版家老阿尔都斯(Aldus Pius Manutius)才在威尼斯刊印了第一个《神谱》希腊文勘本。

16世纪初又相继出现了几个勘本:1516年,Eufrosyno Bonini 在佛罗伦莎刊印第一个 Juntine 版本,以老阿尔都斯勘本和原始稿本 c 为底本;1521年,Ioannes Frobenius 在巴塞尔刊印 *Scriptores aliquot gnomici*,以老阿尔都斯勘本和 Juntine 本为底本;1537年,Io. Franc. Trincavelli 在威尼斯刊印首个注疏本,以老阿尔都斯勘本和三个威尼斯抄本为底本;1542年,科隆出版家 Ioannes Birchman 在巴塞尔刊印了公认最重要的早期勘本之一;1544年,法国出现首个勘本(*apud iacobun Bogardum*)。

16世纪下半叶至18世纪期间又出了好些勘本:Stephanus(Paris 1566)、Winterton(Cambridge 1635)、Graevius(Amsterdam 1667)、Robinson(Oxford 1737)和 Wolf(Halle 1783)等。

19世纪后期和20世纪,西方学界对赫西俄德文本的校勘和注疏都获得新的成效。晚近公推 M. L. West 的 *Hésiod: Theogony*(Oxford 1966)为权威笺注本,19世纪以来的著名勘本有:

Goettling, *Hesiodi Carmina*(Leipzig 1831/1834/1878);

Parley, *The Epics of Hesiod*(London 1861/1883);

Schoemann, *Die hesiodische Thegonie ausgelegt und beurteilt*(Berlin 1868);

Flach, *Glossen und Scholien zur hesiodischen Theogonie*(Leipzig 1876);

Rzach, *Hesiodi quae feruntur omnia*(Leipzig 1884); *Hesiodi carmina*(Leipzig 1902/1908/1913);

Evelyn-White, *Hesiod, Homeric Hymns and Homerica*(London Loeb 1914/1920/1936);

Friedländer, *Hesiodi Theogonia, Opera et Dies*(Berlin 1921);

Mazon, *Hésiode Théogonie. Les travaux et les jours. Le Bouclier*(Paris Les Belles Lettres 1928);

Jacoby, *Hesiodi Theogonia*(Berlin 1930)。

现代研究状况

西方的赫西俄德研究一度处在荷马研究的阴影之中。这和赫西俄德采用与荷马一样的格律不无关系。人们习惯把赫西俄德当作"农民诗人",带着些许稚拙和淳朴,在诗中留下勤劳良善的道德训诲。但赫西俄德作为思想家的面貌长期模糊不清;诗人遣词造句上的创新、谋篇结构上的严谨,长期受到忽视。

19世纪和20世纪初的研究重点集中在辨识文本真伪。Rzach(1902)和Mazon(1914/1928/1972)删除了不少判为后人篡插的章节;Jacoby(1930)和Schwenn(1934)质疑《神谱》开篇,把一百多行诗删得只剩两行;Allen(1915)和Heitsch(1966)等援引泡赛尼阿斯的说法(9.31.4),甚至声称《神谱》的作者不是赫西俄德。不过,古典学界也有另一种声音:Meyer(1910)指出,赫西俄德没有得到应有的评价;Wilamowitz(1916)为《神谱》开篇的原创性辩护;Bellessort(1923)指责删除文本的做法是今人的自以为是;Friedländer(1931)在评论Jacoby勘本时,通过解读九位缪斯的命名,分析了赫西俄德的诗歌技艺,证明了其作品的完整协调性。

20世纪下半叶,赫西俄德作为思想家的意义开始得到认可和关注。作为记叙诸神的起源和谱系的诗人,赫西俄德也许算不上独一无二的先驱,但他的确完整地描绘了诸神的世界(《神谱》),并深切关注人类生活的品质(《劳作与时日》),致力于完整地领会天、地、神、人的世界(cosmos),这正是后来的哲人们所走的道路。赫西俄德的思想及其表述明显有很强的逻辑性,这让不少研究者们入迷。Walcot(1961)、Van Groningen(1958)、Schwabl(1966)和Hamilton(1989)着力于研究赫西俄德的诗歌形式;Sellschopp(1934)、Krafft(1963)、Troxler(1964)、Blusch(1970)、Edwards(1971)和Neitzel(1975)从语文学角度比较赫西俄德与荷马的语言;Dornseiff(1934)、Dussaud(1949)、Thomson(1955)和Walcot(1956)致力于考察赫西俄德神话与东方起源神话的联系;

Pucci(1976)、Loraux(1978)和 Arthur(1982/1983)试图论证赫西俄德作品的含糊性;Vernant(1960)对人类起源神话的结构主义分析影响极大,但也有人说影响恶劣;Detienne(1967)在考察古希腊人的饮食与想象时,称赫西俄德为"真理的大师",这是典型结构主义的做法;Calame(1986)分析《神谱》的第一人称叙事,可见出当今叙事论的影响;Carrière(1987)从民主政制角度出发思考赫西俄德的哲人身份,读来颇让人感到新鲜。Bonnafé(1985)、Arrighetti(1987/1998)和 Leclerc(1993)的研究著作,Hardt(1962)、Ernest Heitsch(1966)和 Arrighetti(Milan1975)编辑的研究论文集,集中反映了西方学界的晚近研究成果。1989年,法国里尔大学古典语文研究中心举办"赫西俄德:语文学、人类学、哲学"国际研讨会,并将与会论文结集成册(*Le métier du mythe. Lecture d'Hésiode*,1996,中译本见德拉孔波等编,《赫西俄德:神话之艺》,前揭)。从这些研究成果中,我们大致可以归纳出这么几种更踏实、更有吸引力赫西俄德解释路向:传统的古典语文学研究路向,风行于20世纪下半叶的结构主义和后结构主义研究路向,以及晚近明显的政治哲学研究路向。

神谱［诗文］

序　歌

　　　　让我们最先咏唱赫利孔的缪斯们，①
　　　　那高岸圣灵的②赫利孔山的主人。③
　　　　她们轻步漫舞，在幽幽水泉边，
　　　　伴着强大的克洛诺斯之子的圣坛。
5　　　她们沐浴玉体，在珀美索斯水、
　　　　马泉或圣洁的俄尔美俄斯河；
　　　　又翩翩而起，在赫利孔山顶，
　　　　轻盈步子变幻着美妙的圆舞。

（缪斯第一次歌唱）
　　　　随后她们渐渐远去，裹着云雾④，
10　　　走在夜里，用极美的歌声⑤颂吟
　　　　执神盾的宙斯和威严的赫拉

---

① 第一行开头第一个字是"缪斯"（Μουσάων Ἑλικωνιάδων...），但除非呼格，汉语无法还原这一语序。现代西文译本大多面临相似问题。

② 圣灵的（ζαθέων）：M 本和 PB 本译作 divine（神圣的）；JLB 本译作 inspirée（受神灵启发的）；W 本和 L 本译作 holy（神的）。但据 West 的解释，该词更强调 numinous（神圣的、神秘的），而非 holy（神的）。

③ 类似从句用法，参见《劳》，2-3；《列女传》残篇 1；《伊》（指《伊利亚特》，下同），1.1-2；《奥》（指《奥德赛》，下同），1.1 等。

④ 裹着云雾：参见《伊》，3.381，11.752，16.790，17.269，20.444；《奥》，7.15、140 等。

⑤ 歌声（ὄσσαν）：描绘缪斯的歌唱，参见 43，65，67。在荷马诗中，ὄσσα 表示"传闻"（比如《奥》，1.282，2.216）。

那脚穿金靴的阿尔戈斯女神,
执神盾宙斯之女明眸的雅典娜①,
福波斯阿波罗和弓箭女神阿尔特弥斯,
15 波塞冬那大地的浮载者和震撼者,
庄严的忒弥斯、笑眼的阿佛洛狄特,
金冠的赫柏、美丽的狄俄涅、
勒托、伊阿佩托斯、狡猾多谋的克洛诺斯,
厄俄斯、伟岸的赫利俄斯、明泽的塞勒涅,
20 该亚、伟大的俄刻阿诺斯、黑暗的纽克斯,
还有所有永生者②的神圣种族。

(遇见诗神)

从前③,她们教给赫西俄德一支美妙的歌,
当时他正在神圣的赫利孔山中牧羊。
女神们首先对我说了这些话,
25 奥林波斯的缪斯,执神盾宙斯的女儿们④:

---

① 明眸的雅典娜(γλαυκῶπιν Ἀθήνην):雅典娜的眼睛有不同译法:"水蓝眼眸"(aux yeux pers, M 本);"如猫头鹰般"(Yeux-de-chouette, JLB 本和 PB 本);"灰色眼眸"(gray-eyed, L 本;L 本;或 pale – eyed, W 本);"明眸"(aux yeux clairs, AB 本)罗念生先生和王焕生先生译作"目光炯炯的";此处同张竹明先生和蒋平先生的译法"明眸的"。

② 我们统一以"永生者"译 ἀθανάτων-ἀθανάτος,以"永生神"译 ἀθάνατος θεός,以"神"译 θεός;以"有死的人类"或"有死的人"译 θνητός ἄνθρωπος,以"人类"或"人"译 ἄνθρωπος,以"凡人"译 βροτός。

③ 从前(αἵ νύ ποθ'):同《伊》,2.547,4.474,6.21,132;《奥》,11.322;《献给阿佛洛狄特的托名荷马颂诗》,307;Bacch.,11,40 等。

④ 执神盾宙斯的女儿们(κοῦραι Διὸς αἰγιόχοιο):参见《伊》,2.598(同样指缪斯),6.420;《奥》,6.105,9.154(指水泽女仙)。

"荒野的牧人①啊,可鄙的家伙②,只知吃喝的东西!③
我们能把种种谎言说得如真的一般。
但只要乐意④,我们也能述说真实⑤。"
伟大宙斯的言辞确切的⑥女儿们这样说。
30 她们为我从开花的月桂摘下美好的杖枝,
并把神妙之音吹进我心,
使我能够传颂将来和过去。
她们要我歌颂永生的极乐神族,
总在开始和结束⑦时咏唱她们!

(缪斯第二次歌唱)
35 但是,为什么还要说起这些橡树和石头?

---

① 荒野的牧人($ποιμένες\ ἄγραυλοι$):参见《伊》,18.162。
② 可鄙的家伙($κάκ'\ ἐλέγχεα$):典型的责骂用语,参见《伊》,2.235,5.787,8.228。
③ 只知吃喝的东西($γαστέρες\ οἶον$):直译为"自顾自的肚皮";参见《奥》,18.53。
④ 只要乐意($εὖτ'\ ἐθέλωμεν$):参见《伊》,4.41,10.556;《奥》,3.231,5.48,10.22,14.445,16.198,23.186;《献给阿佛洛狄特的托名荷马颂诗》,38。
⑤ 述说真实($ἀληθέα\ γηρύσασθαι$):参见《劳》,260;《献给赫耳墨斯的托名荷马颂诗》,436。有些抄件里有变体 $μυθήσασθαι$,显然是借用荷马诗中的 $ἀληθέα\ μυθήσασθαι$,参见《伊》,6.382《奥》,14.125,17.15,18.342;《劳》,10 等。
行 27 - 28 的句型 $ἴδμεν... ἴδμεν\ δ'$(能……也能),参见《伊》,7.237 - 242,20.201 - 203、432 - 434;《奥》,12.189 - 191;《献给德墨特尔的托名荷马颂诗》,229 - 230。
⑥ 言辞确切的($ἀρτιέπειαι$):参见《伊》,22.281($ἀρτιεπής$,贬义),14.92;《奥》,8.240($ἀρτιαβάζειν$,褒义:"有智慧地说话")。
⑦ 开始和结束($πρῶτόν\ τε\ καὶ\ ὕστατον$):同《伊》,9.97。

来吧,①让我们从缪斯们开始,父神宙斯②
为之心生欢悦,在奥林波斯的住所里;
她们述说现在、将来和过去,
歌声多么和谐,那不倦的③蜜般言语
40　　从她们唇间流出。轰隆作响的父神宙斯的
殿堂在微笑,④每当女神百合般的⑤歌声
飘扬⑥,回荡⑦在积雪的奥林波斯山顶⑧
和永生者的殿堂。她们以不朽的和声,
最先歌咏那可敬的神们的种族,
45　　从起初说起:大地和广天所生的孩子们,
以及他们的后代、赐福的神们;
她们接着⑨歌咏神和人的父宙斯,
[缪斯总在开始和结束时歌唱他,]
在神们之间如何出众,最强有力⑩;

---

① 来吧(τύνη):古老的第二人称呼语用法,亦见《劳》,10,641。《伊利亚特》中共有六次。另参《奥》,20.18;Archilochus,67;忒奥格尼斯残篇,1029等。

② 父神宙斯(Διὶ πατρὶ):这是修饰神王的最早用语,梵文为 dyāus poāt;拉丁文为 Iupiter;古翁不里亚语为 Iupater。

③ 不倦的(ἀκάματος):同519,824,《伊》,2.490。

④ "轰隆作响的宙斯"在原文行41开头,由于语序所限,与"殿堂在微笑"互换位置。

⑤ 百合般的(λειριοέσση):参见《伊》,3.152,13.830,18.570 – 571;这里形容声音,有"娇嫩""纤细"之意。

⑥ 飘扬(σκιδναμένη):荷马从未用该词形容声音,参见《伊》,7.451(传扬名声)。

⑦ 回荡(ἠχεῖ):同835;《献给德墨特尔的托名荷马颂诗》,38。

⑧ 积雪的奥林波斯山顶(κάρη νιφόεντος Ὀλύμπου):同62,118,953;从未见于荷马史诗。

⑨ 接着(δεύτερον):同214,310。

⑩ 最强有力(κάρτει τε μέγιστος):指意志强大,参见《伊》,2.118。

50 　　她们最后歌咏人类种族和巨人族。
　　这样,宙斯在奥林波斯为之心生欢悦,
　　奥林波斯的缪斯,执神盾宙斯的女儿们。①

(缪斯诞生)
　　在皮埃里亚与克洛诺斯之子相爱之后,
　　住在厄琉塞尔山丘的谟涅摩绪涅生下她们。
55 　　她们是不幸②中的遗忘,苦痛里的休憩。
　　连续九夜,大智的宙斯与她同寝,
　　远离永生者们,睡在她的圣床上。
　　随着一年结束,四季回返,
　　随着月起月落,长日消逝,③
60 　　她生下同心同意的九个女儿,
　　天生只爱歌唱,心中不知愁虑④,
　　就在积雪的奥林波斯山顶旁边。

　　那里有她们的闪亮舞场和华美住所。
　　美惠女神和伊墨若斯与之为邻,
65 　　在节庆中。当她们口吐可爱的歌声,
　　且歌且舞,赞美永生者们的法则和
　　高贵习性,那歌声多么讨人喜爱!

　　于是,她们走向奥林波斯,为那妙音和

---

① 同 25,966,1022。
② 不幸(κακῶν):同 219,512,527,552,570,585,602,609,612,906。
③ 行 58－59 多次出现在《奥德赛》中,比如 10.469－470 等。
④ 心中不知愁虑(ἀκηδέα θυμὸν ἐχούσαις):在《神谱》和《劳作与时日》中,至少有 57 处使用后缀-οις 和-ης(-αις),这或许表明赫西俄德有意采取比荷马更自由也更"现代"的写法。

　　　　　不朽吟唱自喜，一路歌舞。黑色大地
70　　　在四周回响轻吟，可爱的音符从脚下升起，
　　　　　当她们向父神走去。他统治天庭①，
　　　　　手中持有雷鸣和火光灿耀的霹雳②，
　　　　　先前他用强力战胜父亲克洛诺斯，
　　　　　又为永生者们公平派定法则和荣誉。
75　　　住在奥林波斯的缪斯们吟唱这一切，
　　　　　伟大宙斯所生下的九个女儿：
　　　　　克利俄、欧特耳佩、塔莱阿、墨尔珀墨涅、
　　　　　忒耳普克索瑞、厄拉托、波吕姆尼阿、乌腊尼亚，
　　　　　还有卡利俄佩：她最是出众，
80　　　总陪伴着受人尊敬的王者。

（缪斯与王者）

　　　　　伟大宙斯的女儿们若想把荣誉③
　　　　　在出世④时给予哪个宙斯养育的王者，
　　　　　就在他的舌尖滴一滴甘露，
　　　　　使他从口中倾吐好言语。众人
85　　　抬眼凝望他，当他施行正义，
　　　　　做出公平断决。他在集会上讲话⑤，
　　　　　迅速巧妙地平息最严重的纠纷。

---

① 统治天庭(οὐρανῷ ἐμβασιλεύει)：同《劳》，111。

② 雷鸣和火光灿耀的霹雳(βροντήν ἠδ' αἰθαλόεντα κεραυνόν)：参见504，707，854。

③ 把荣誉……(τιμήσουσι)：参见《伊》，2.4，15.612；《奥》，3.379；萨福残篇112.5；Thgn.，169；Bacch.，5.193。

④ 出世(γεινόμενον)：参见202，219；《伊》，10.71，20.128，23.70，24.210；《奥》，7.198。

⑤ 在集会上讲话(ἀγορεύων)：同《劳》，280，402；《伊》，2.250、256。

明智的王者们正是这样,若有人
在集会上遭遇不公,他们能轻易
90　　扭转局面,①以温言款语相劝服。
当他走进集会②,人们敬他如神明,
他为人谦和严谨,人群里最出众。
这就是缪斯送给人类的神圣礼物!

(缪斯与歌手)

因为缪斯,因为强箭手阿波罗,
95　　大地上才有歌手和弹竖琴的人③,
因为宙斯,大地上才有王。缪斯
宠爱的人有福了:蜜般言语从他唇间流出。④
若有人承受从未有过的心灵创痛,
因悲伤而灵魂凋零⑤,只需一个歌手,
100　　缪斯的仆人⑥,唱起从前人类的业绩
或住在奥林波斯山上的极乐神们,
这人便会立刻忘却苦楚⑦,记不起
悲伤:缪斯的礼物早已安慰了他。

---

① 由于语序原因,译文调整了"轻易"和"扭转局面"的位置。
② 集会(ἀν' ἀγῶνα):同《伊》,18.376。
③ 弹竖琴的人(κιθαρισταί):参见《伊》,2.599,13.731;《奥》,1.159,21.406。
④ 参见《伊》,1.249。
⑤ 荷马诗中也曾描述人心凋零好比植物,如《伊》,1.491,18.446。
⑥ 缪斯的仆人(Μουσάων θεράπων):参见 Bacch.,5.13;Archilochus,1;《伊》,2.110;《奥》,11.255。
⑦ 苦楚(δυσφροσυνέων):同528(普罗米修斯受鹰吞噬的苦楚)。

(缪斯第三次歌唱)
    宙斯的女儿们啊,请赐我一支动人的歌,
105 赞颂永生者们的神圣种族,
    他们是大地①和繁星无数的②天空的孩子,
    是黑夜纽克斯的子女和咸海蓬托斯③生养的④后代!
    首先:请说说他们如何产生:神们和大地、
    诸河流、怒涛的⑤无边大海、
110 闪烁的群星⑥、高高的广天⑦,
    [以及他们的后代、赐福的神们。]
    [他们]如何分配世界财富,派定荣誉,
    当初如何占领千峰万谷的奥林波斯。
    住在奥林波斯的缪斯啊,请从头说起,
115 告诉我这一切,告诉我最初诞生的神!

---

 ① 大地($Γῆς$):赫西俄德常用写法$Γαῖα$(共 23 次),也用$γῆ$指$Γαῖα$(《神谱》9 次;《劳作与时日》3 次)。
 ② 繁星无数的($ἀστερόεντος$):同 127,414,463,470,737,808,897。
 ③ 咸海蓬托斯($ἁλμυρὸς...Πόντος$):深海神,同 964。"大海"(la mer)在法文中系阴性名词,但蓬托斯是男神,因此各法译本均避免直接使用 mer 一词,AB 本作 Flot marin, JLB 本作 Pontos, M 本作 Flot, PB 本作 Abîme。
 ④ 生养的($ἔτρεφε$):蓬托斯的后代大多住在海里。$Τρέφει$一般形容鱼类等海里生物。
 ⑤ 怒涛的($οἴδματι θυίων$):同 131;参见《伊》,21.234,23.230。
 ⑥ 闪烁的群星($ἄστρά τε λαμπετόωντα$):同 382(闪闪群星)。
 ⑦ 高高的广天($οὐρανὸς εὐρὺς ὕπερθεν$):参见 702,840;《伊》,15.36。

最初的神

> 最早生出的是浑沌①，接着便是
> 宽胸的大地那所有永生者永远牢靠的根基②
> ——永生者们住在积雪的奥林波斯山顶，
> 道路通阔的大地③之下幽暗的④塔耳塔罗斯，
> 120　还有爱若斯，永生神中数他最美，
> 他使全身酥软，让所有神所有人类
> 意志和思谋才智⑤尽失在心深处。

浑沌和大地

> 虚冥和漆黑的夜从浑沌中生。
> 天光和白天又从黑夜中生，
> 125　她与虚冥相爱交合，生下他俩。
>
> 大地最先⑥孕育与她一样大的
> 繁星无数的天，他整个儿罩住大地，

---

① 浑沌(Χάος)：这个意象很难传译，各本译法不同，比如 W 本作 Chasm；AB 本和 AA 本作 Chaos；JLB 本作 Faille；PB 本作 le Vide；M 本作 Abîme。

② 牢靠的根基(ἕδος ἀσφαλὲς αἰεί)：参见 128（指天神乌兰诺斯）；《奥》，6.42（指奥林波斯山顶）。

③ 道路通阔的大地(χθονὸς εὐρυοδείης)：同 620，717。含义不明，唯一能确定的是与赫西俄德时代人们对地下神界的认知有关，另参《献给德墨特尔的托名荷马颂诗》，16。

④ 幽暗的(ἠερόεντα)：同 682，721，736 = 807；参见《伊》，8.13；忒奥格尼斯残篇，1036 等。

⑤ 思谋才智(ἐπίφρονα βουλήν)：同 906（雅典娜）。

⑥ 最先(πρῶτον)：同 309，886，895；对应 132 的"后来"(ὐτὰρ ἔπειτα)。

　　　　　是极乐神们永远牢靠的居所。
　　　　　大地又生下高耸的丛山,
130　　那是山居的水仙们喜爱的栖处。
　　　　　她又生下荒芜而怒涛①不尽的大海
　　　　　蓬托斯,她未经交欢生下这些后代。后来——②

天神世家

(提坦神)

　　　　　她与天神欢爱,生下涡流深沉的俄刻阿诺斯、
　　　　　科伊俄斯、克利俄斯、许佩里翁、伊阿佩托斯、
135　　忒娅、瑞娅、忒弥斯、谟涅摩绪涅、
　　　　　头戴金冠的福柏和可爱的③特梯斯,
　　　　　最后出生的是狡猾多谋的克洛诺斯,
　　　　　在所有孩子中最可怕,④他恼恨淫逸的⑤父亲。

(库克洛佩斯)

　　　　　她还生下狂傲无比的⑥库克洛佩斯:

――――――――

① 同109。

② 后来(αὐτὰρ ἔπειτα):对应行126的"最先"(πρῶτον)。

③ 可爱的(ἐρατεινήν):同909(美惠女神)。参见65,70,78。荷马诗中出现22次,其中21次修饰处所,只有一处形容人(《奥》,4.13:海伦之女赫尔弥奥涅)。

④ "乌兰诺斯的所有孩子"不只指提坦,但提坦最可怕(δεινότατος παίδων):参见155。类似表述方式参见234(涅柔斯),478(宙斯)。

⑤ 淫逸的(θαλερὸν):含"多产"之意,W本作 lusty;AB本作 vigoureux;JLB本作 la vigueur;PB本作 fertile;M本作 florissant。天神没有节制的繁衍,压迫着大地,造成大地的极大痛苦。

⑥ 狂傲无比的(ὑπέρβιον ἦτορ ἔχοντας):同898(墨提斯未出生的儿子)。参见《奥》,1.368,16.410。《奥德赛》中有库克洛佩斯的相似说法,参见9.275起。

140　　布戎忒斯、斯特若佩斯和暴厉的①阿耳戈斯。
　　　　他们送给宙斯鸣雷,为他铸造闪电。②
　　　　他们模样和别的神一样,
　　　　只是③额头正中长着一只眼。
　　　　他们被唤作库克洛佩斯,
145　　全因额头正中长着一只圆眼。
　　　　他们的行动强健有力④而灵巧。

（百手神）

　　　　该亚和乌兰诺斯还生下别的后代,
　　　　三个硕大无朋、难以称呼⑤的儿子,
　　　　科托斯、布里阿瑞俄斯和古厄斯,全都傲慢极了。
150　　他们肩上吊着一百只手臂,
　　　　粗蛮不化,还有五十个脑袋
　　　　分别长在身躯粗壮的肩膀上。
　　　　这三兄弟力大无穷⑥让人惊骇。

（天地分离神话）

　　　　原来,该亚和乌兰诺斯的所有孩子,

----

① 暴厉的（ὀβριμόθυμον）:三个名词并列,最后一个往往加修饰语,参见18,227,246,250,255,276,338–340,342–343,345,353–354,358–359,714,902,909,976。

② 鸣雷……闪电（βροντήν ... κεραυνόν）:参见504–505,690–691,707,845–846。

③ 只是（μοῦνος）:同《劳》,11;《伊》,24.453 等。

④ 有力（ἰσχύς）:同153（百手神:"力大无穷"）,823（提丰:"干起活来使不完劲"）。

⑤ 难以称呼（οὐκ ὀνομαστοί）:含"连名字称呼都让人厌恶"之意;参见《奥》,19.260。

⑥ 力大无穷（ἰσχύς）:同146,823。

诗文 101

155　　可怕的孩子们,从一开始①便背负
　　　父亲的憎恨。他们才刚刚出世,
　　　他就不让见天日②,把他们尽数掩藏③
　　　在大地的隐秘处,他还挺满意这恶行④,
　　　那天神乌兰诺斯,宽广的大地⑤却在内心悲号,
160　　深受压抑⑥。她想出一个凶险的计谋⑦,
　　　很快造出一种坚不可摧的灰色金属,
　　　制成一把大镰刀。她对孩子们说话,
　　　心中充满悲愤⑧,却尽力鼓舞他们:
　　　"我的孩子们,你们的父亲太蛮横,
165　　听我的话,惩罚他那可恶的冒犯吧,
　　　谁让他先做出这些无耻的行径来。"⑨

　　　她这样说,所有的孩子都害怕得发抖⑩,

---

① 从一开始(ἐξ ἀρχῆς):参见《奥》,11.436 起。原文在行 156 开头,与"父亲的憎恨"互换位置。

② 见天日(ἐς φάος):一般用于出生时候的描写,参见《伊》,16.188,19.103、118;《献给阿波罗的托名荷马颂诗》,119;《献给阿佛洛狄特的托名荷马颂诗》,12。

③ 掩藏(ἀποκρύπτασκε):参见《伊》,8.272;《奥》,14.521,20.7。

④ 满意这恶行(κακῷ δ' ἐπετέρπετο ἔργῳ):类似的矛盾表述(满意—罪恶),参见《劳》,57-58;《奥》,15.399。

⑤ 宽广的大地(Γαῖα πελώρη):同 173,479,821,858。

⑥ 深受压抑(στεινομένη):参见《伊》,21.220。

⑦ 计谋(τέχνην):同 770;参见 540,555;《奥》,4.529;另参 547,560。

⑧ 心中充满悲愤(φίλον τετιημένη ἦτορ):参见《奥》,4.804。

⑨ 申辩用语,参见《伊》,3.351(墨涅拉奥斯报复阿勒珊德罗斯时向宙斯祷告)。

⑩ 害怕得发抖,参见《奥》,24.450 = 533(众人"陷入灰白的恐惧")。

　　　　不敢出声，只有狡猾强大的克洛诺斯①
　　　　有勇气用这些话回答可敬的②母亲：
170　　"妈妈，我答应你去做这件事，
　　　　我瞧不起咱们那该诅咒的③父亲，
　　　　谁让他先做出这些无耻的行径来。"

　　　　他这样说，宽广的该亚④心中欢喜。
　　　　她安排他埋伏起来，亲手交给他
175　　有尖齿的镰刀，又把计谋告诉他。

　　　　广大的⑤乌兰诺斯带来了夜幕，
　　　　他整个儿覆盖着该亚，渴求爱抚，
　　　　万般热烈。那个埋伏在旁的儿子⑥
　　　　伸出左手，右手握着巨大的镰刀，
180　　奇长而有尖齿。他一挥手割下⑦

------

① 狡猾强大的克洛诺斯（μέγας Κρόνος ἀγκυλομήτης）：同473，495。μέγας多修饰乌兰诺斯（176："广大的"）、克洛诺斯（参见459，465，473，486，495）和宙斯（参见4，476）。

② W本作good（好的）；AB本和M本作noble（可敬的）；JLB本作qui l'aimait（爱他的）；PB本作vaillante（强悍的）；AA本作prudent（谨慎的）。

③ 该诅咒的（δυσωνύμου）：参见《伊》，6.255（不祥的名字），12.116（不祥的命运）；《奥》，19.571（该诅咒的黎明）。

④ 同159，479，821，858。

⑤ 广大的（μέγας）：同168（强大的克洛诺斯）。

⑥ 儿子（πάις）：同746（阿特拉斯：伊阿佩托斯的儿子）；参见《劳》，376；《伊》，22.492；《奥》，24.192。

⑦ 割下（ἤμησε）：参见《奥》，21.300（拉皮泰人"割下"马人欧律提昂的双耳和鼻梁，从而引发马人与人类的冲突）。原文在行180，译文与"父亲的生殖器"互换位置。

父亲的生殖器①，随即往身后②一扔。

那东西也没有平白③从他手心丢开。
从中溅出的血滴，四处散落，
大地悉数收下，随着时光流转，
185　生下④厄里倪厄斯和癸干忒斯巨人族
——他们穿戴闪亮铠甲手执长枪，⑤
还有广漠上的自然仙子墨利亚。

（阿佛洛狄特神话）
话说那⑥由坚不可摧之刃割下，
从坚实大地扔到喧嚣不息的大海⑦，
190　随波漂流了很久⑧。一簇白色水沫⑨
在这不朽的肉⑩周围漫开。有个少女
诞生了，她先是经过神圣的库忒拉，
尔后去到海水环绕的塞浦路斯，

---

① JLB 本作 les couilles,；M 本作 les bourses；AB 本和 PB 本作 le sexe；W 本和 AA 本作 genitals。
② "往身后"原文在行 182 开头，译文无法还原语序。
③ 平白（ἐτώσια）：一般指武器的效果，比如《伊》，14.407 = 22.292（赫克托尔向埃阿斯"白"投了一支长枪）。
④ 参见《奥》，11.248（凡女提罗得到海神爱抚，"一年后生下"高贵的后代）。
⑤ 参见《伊》，4.533（色雷斯人）；9.86（阿开亚年轻人）。
⑥ 话说那（δ' ὡς τὸ πρῶτον）：同一用法见 617。
⑦ 喧嚣不息的大海（πολυκλύτῳ ἐνὶ πόντῳ）：参见《奥》，4.354，6.204，19.277。
⑧ 很久（πουλὺν χρόνον）：χρόνος 在赫西俄德和荷马诗中共出现 34 次，以单数形式表示一段时间。
⑨ "水沫"在原文行 191，译文与"在周围"互换位置。
⑩ 不朽的肉（ἀθανάτου χροός）：参见《献给德墨忒尔的托名荷马颂诗》，278。

美丽端庄的女神在这儿上岸,茵草
195　　从她的纤足下冒出。阿佛洛狄特,
［水沫所生的女神,发环华美的库忒瑞娅,］
神和人都这么唤她,因她在水沫中生成；
或库忒瑞娅,因她从库忒拉经过；
或塞浦若格尼娅,因她生于海浪环护的塞浦路斯；
200　　或爱阴茎的,因她从天神的生殖器生成。
爱若斯和美丽的伊墨若斯与她做伴,
自从她降生,随即走向神的行列①。
她从一开始就享有属于自己的荣誉,
从人类和永生神们那里得到的份额:
205　　少女的絮语、微笑和欺瞒,
享乐、甜蜜的承欢和温情②。

于是父亲给他们一个诨名叫提坦,
广大的天神恨自己所有的孩子们。
他说,这些苗子死命地往坏里长,③
210　　总有一天,他们要为此遭到报应④。

---

① 神的行列（θεῶν τ' ἐς φῦλον ἰούση）:参见《劳》,199；《伊》,15.54、161、177等。
② 温情（μειλιχίην）:参见托名荷马颂诗10,2。
③ 此为意译。W本作straining tight in wickedness they had done a serious thing；AB本作à force de tendre et tendre à toujours plus；M本作à tendre trop haut le bras；L本作they stretched their power outrageously。
④ 遭到报应（τίσιν μετόπισθεν ἔσεσθαι）:参见《奥》,1.40,2.76,13.144；《献给德墨特尔的托名荷马颂诗》,367。

夜神世家

　　　　黑夜生下可怕的厄运神、黑色的横死神
　　　　和死神,她还生下睡神和梦呓神族,
214　　接着①又生诽谤神、痛苦的②悲哀神,
213　　黑暗的夜③未经交合生下他们。
215　　还有赫斯佩里得斯姐妹,在显赫大洋的彼岸
　　　　看守美丽的金苹果和苹果树林。
　　　　她还生下命运女神和无情惩罚的复仇女神。
　　　　[克洛托、拉刻西斯和阿特洛珀斯
　　　　为将要出世的凡人安排幸和不幸,]
220　　她们追踪神们和人类犯下的罪恶。
　　　　这些女神决不会停息④可怕的愤怒,
　　　　直到有罪者受到应得的严酷处罚。
　　　　她还生下报应神,那有死凡人的祸星,
　　　　可怕的夜神⑤啊,还有欺瞒神、承欢神、
225　　要命的衰老神和固执的⑥不和神。

---

① 接着($\delta\varepsilon\acute{\upsilon}\tau\varepsilon\rho o\nu$):同 47,310。

② 痛苦的($\dot{\alpha}\lambda\gamma\iota\nu\acute{o}\varepsilon\sigma\sigma\alpha\nu$):同 226。

③ 黑暗的夜($N\grave{\upsilon}\xi\ \dot{\varepsilon}\rho\varepsilon\beta\varepsilon\nu\nu\acute{\eta}$):用 $\dot{\varepsilon}\rho\varepsilon\beta\varepsilon\nu\nu\acute{\eta}$ 修饰夜神,参见《劳》,17;《伊》,5.659,8.488,9.474,13.580,22.466。这个形容语未见于《奥德赛》。

④ 停息($\pi o\tau\varepsilon\ \lambda\acute{\eta}\gamma o\upsilon\sigma\iota$):《伊》,9.191(阿喀琉斯停止抚琴歌唱);《奥》,8.87(神妙的歌人得摩多科斯停止歌唱)。

⑤ 可怕的夜神($N\grave{\upsilon}\xi\ \dot{o}\lambda o\acute{\eta}$):同 757;《奥》,11.19。形容语 $\dot{o}\lambda o\acute{o}\varsigma$(可怕的)一般修饰夜神的后代。

⑥ 固执的($\kappa\alpha\rho\tau\varepsilon\rho\acute{o}\vartheta\upsilon\mu o\nu$):同《伊》,20.48。

（不和神之家）

  可怕的不和神生下痛苦的①劳役神、
  遗忘神、饥荒神、哀泣的悲伤神、
  混战神、争斗神、杀戮神、暴死神、
  争端神、谎言神、抗议神、
230 相近相随的违法神和蛊惑神，
  还有誓言神，他能给大地上的人类
  带来最大灾祸，若有谁存心设假誓。②

海神世家

  蓬托斯生下涅柔斯，诚实有信，
  在所有孩子中最年长。③ 人称"老者"④，
235 因为⑤他可靠又良善，从不忘
  正义法则，只想公正良善的事。
  他和该亚相爱⑥，还生下高大的陶马斯、
  勇猛的福耳库斯、美颜的刻托，

---

① 痛苦的（ἀλγινόεντα）：同 214。
② 参见《劳》,282 起（谁若存心设假誓……）。
③ 同样句型见 138。
④ 人称"老者"（καλέουσι γέροντα）：也可以理解成"人称这位'老者'为涅柔斯"。
⑤ 因为（οὕνεκα）：亦见 144（汉译本见 145）。
⑥ 他和该亚相爱（Γαίῃ μισγόμενος）：本系插叙，原文在行 238，汉译出于语序上的考虑，移至行 237，与"勇猛的福耳库斯"对换。看来，涅柔斯也是蓬托斯和该亚所生，但诗人强调涅柔斯的父系蓬托斯。译文带来另一个不足之处，即男神和女神在同一行（福耳库斯和刻托），这并不符合赫西俄德的写法，参见 922 相关笺释。

还有心硬如铁石的欧律比厄。

(涅柔斯的女儿们)
240 涅柔斯有一群最讨人喜爱的神仙女儿,
在荒芜的大海里,她们的母亲是秀发的多里斯,
环流大洋神俄刻阿诺斯的女儿:
普洛托、欧克昂特、萨俄、安菲特里忒、
奥多若、忒提斯、伽勒涅、格劳刻、
245 库姆托厄、快速的斯佩俄、妩媚的哈利厄、
帕西忒亚、厄拉托、玫瑰手臂的欧里刻、
优雅的墨利忒、欧利墨涅、阿高厄、
多托、普罗托、斐鲁萨、狄纳墨涅、
涅萨伊厄、阿克泰厄、普罗托墨狄阿、
250 多里斯、潘诺佩阿、好看的伽拉泰阿、
妩媚的希波诺厄和玫瑰手臂的希波托厄、
库摩多刻——在雾般迷蒙的海上,①
她和库玛托勒革一起轻易地平息
狂风暴浪,美踝的②安菲特里忒也来相助——
255 库摩、厄伊俄涅、发环华美的阿利墨德、
爱笑的格劳科诺墨、蓬托珀瑞娅、
勒阿革瑞、欧阿戈瑞、拉俄墨狄亚、
波吕诺厄、奥托诺厄、吕西阿娜萨、
风姿绰约、美丽无瑕的欧阿尔涅、
260 优雅的普萨玛忒、圣洁的墨尼珀、
涅索、欧珀摩泊、忒弥斯托、普罗诺厄、

---

① 库摩多刻——在雾般迷蒙的海上($Kυμοδόκη ... κύματ'...$):利用从句解释名字的含义,参见 141,231,346,901;《劳》,253;《伊》,13.299,19.91。
② 美踝的($ἐυσφύρῳ$):同 961(美狄娅)。

生性如她那永生的父亲的涅墨耳提斯。
这些就是①无可挑剔的涅柔斯所生下的
五十个精通技艺、无可挑剔的女儿们。

265　陶马斯娶水流深远的②大洋女儿
厄勒克特拉,生下快速的伊里斯、
长发的哈耳皮厄姐妹:阿厄洛和俄库珀忒。
她们可比飞鸟,更似驰风,
快速的翅膀,后来也居上③。

(格赖埃姐妹)

270　刻托为福耳库斯生下一双娇颜的老妇人,
一出生就白发苍苍:她们被称为格赖埃,
在永生神和行走在大地上的人类之间:④
美袍的彭菲瑞多和绯红纱衣的⑤厄倪俄。

(墨杜莎神话)

她还生下戈耳戈姐妹,住在显赫大洋的彼岸,

---

① 这些就是($α\~υται\ μὲν$):同336(福耳库斯和刻托的子女),《劳》,822(大地上的人类的吉日)。

② 水流深远的($βαθυρρείταο$):该词仅在荷马诗中出现一次:《伊》,21.195(俄刻阿诺斯)。

③ 后来也居上($μεταχρόνιαι$):形容速度快于疾风,参见《伊》,12.207,16.149,19.415。路吉阿诺斯、Galen 和 Triphiodorus 指"过后,延迟的"。

④ 参见197 相关笺释。

⑤ 绯红纱衣的($κροκόπεπλον$):同358(大洋女儿)。各译本的颜色译法不同,比如 AB 本和 M 本作 safrané;W 本和 L 本也作 saffron;JLB 本作 jaune;PB 本作 pourpre。

275 　夜的边缘,歌声清亮的赫斯佩里得斯姐妹①之家。
　　　她们是斯忒诺、欧律阿勒和命运悲惨的墨杜萨。
　　　只有她②是有死的,别的姐妹不知死亡
　　　也永不衰老。③ 但也只有她与黑鬃神
　　　躺在青草地上的春花④里同欢共寝。
280 　当珀尔塞斯砍下墨杜萨的头颅时,
　　　高大的克律萨俄耳和神马佩伽索斯跳将出来。
　　　说起他俩名字的由来,一个生于大洋
　　　水涛的边缘,另一个手握金剑出世。
　　　佩伽索斯飞离大地那盛产绵羊的母亲,
285 　来到永生者中,住在宙斯的殿堂。
　　　他为大智的宙斯⑤运送鸣雷和闪电。

(革律俄涅神话)
　　　克律萨俄耳和显赫的大洋神之女
　　　卡利若厄生下三个脑袋的革律俄涅。
　　　大力士赫拉克勒斯杀了他,

----

① 歌声清亮的赫斯佩里得斯姐妹('Εσπερίδες λιγύφωνοι):同518。
② 指墨杜萨。
③ 不知死亡也永不衰老(αἱ δ' ἀθάνατοι καὶ ἀγήρῳ):同305,949,参见赫西俄德残篇25,28;《伊》,2.447、8.539、12.323、17.444;《奥》,5.136、218、7.94、257、23.336;《献给德墨特尔的托名荷马颂诗》,242、260;《献给阿波罗的托名荷马颂诗》,151;《献给阿佛洛狄特的托名荷马颂诗》,214。
④ 春花(ἄνθεσιν εἰαρινοῖσι):参见《劳》,75;《伊》,2.89;《献给德墨特尔的托名荷马颂诗》,401。此行曾被篡插于《伊利亚特》卷二十的223和224两行之间。
⑤ 大智的宙斯(Διὶ μητιόεντι):参见56相关笺释。

290　　　就在海水环绕的厄律提厄,蹒跚的①牛群边。
　　　　当时②,赫拉克勒斯赶着这群宽额的牛③
　　　　去往神圣的梯林斯,他刚刚穿过大洋,
　　　　刚刚杀了俄耳托斯和牧人欧律提翁,
　　　　在显赫大洋的彼岸,幽暗的牧场中。

(厄客娜德神话)

295　　　她还生下一个难以制伏的④怪物,
　　　　既不像有死的人也不像永生的神,
　　　　在洞穴深处:神圣无情的⑤厄客德娜,
　　　　一半是娇颜而炯目的少女⑥,
　　　　一半是怪诞的蛇⑦,庞大而可怕⑧,
300　　　斑驳多变,吞食生肉⑨,住在神圣大地的深处⑩。

————————

① 含"走得七扭八弯,摇摇晃晃"之意。AB 本作 tourne-pieds;PB 本作 à la marche torse;M 本作 à la démarche torse;W 本和 L 本作 Shambling;JLB 本作 cagneuses(指马的脚内向)。

② 当时(ἤματι τῷ, ὅτε):或"那天",参见 390;《伊》,2.351。

③ 宽额的牛(βοῦς ἤλασεν εὐρυμετώπους):参见《献给赫耳墨斯的托名荷马颂诗》,102;《伊》,1.154。

④ 难以制伏的(ἀμήχανον):同 310(刻尔柏若斯)。

⑤ 无情的(κρατερόφρον'):同 308(厄客德娜和提丰的后代:"无所畏惧的")。

⑥ 炯目的少女(ἑλικώπιδα κούρην):同 998(美狄娅)。

⑦ 蛇(ὄφιν):同 322,334,825;参见赫西俄德残篇,33(a)17,204,136;《伊》,12.208。

⑧ 庞大而可怕(δεινόν τε μέγαν τε):同 320(客迈拉),《献给阿佛洛狄特的托名荷马颂诗》,401。

⑨ 吞食生肉(ὠμηστήν):同 311。L 本作 varacious(贪婪的);M 本和 PB 本没有译出这个意思。据 West 的解释,厄客德娜可能是素食的蛇,译作 ravening。

⑩ 神圣大地的深处(ζαθέης ὑπὸ κεύθεσι γαίης):同 483,参见 334;《伊》,22.484;《奥》,24.204。

在那里,她有一个住穴在岩洞中,
远离永生的神们和有死的人类①。
神们分配给她这个华美的栖处②。
可怕的厄客德娜住在阿里摩人的地下国度,
305　这个自然仙子不知死亡也永不衰老。③

传说可怕恣肆无法无天的提丰
爱上这炯目的少女,与她做爱,④
她受孕⑤生下无所畏惧的后代⑥。
最先⑦是俄耳托斯,革律俄涅的牧犬。
310　接着是难以制伏⑧、不可名状的怪物,
食生肉的刻尔柏若斯、声如铜钟的冥府之犬,
长有五十个脑袋,强大而凶残。

(许德拉神话)

第三个出生的是只知作恶的许德拉,
那勒尔纳的蛇妖,白臂女神赫拉抚养它,

---

① 参见《劳》,169(英雄们死后住的幸福岛)。
② 华美的栖处(κλυτὰ δώματα):同777(斯梯克斯的家);《奥》,24.304(奥德修斯的家)。
③ 参见277-278(戈尔戈姐妹),955(赫拉克勒斯);《奥》,8.539等。
④ 行306-307直译为:"传说提丰爱上她,与她做爱,/那可怕恣肆、无法无天者与炯目的少女。"译文调整为正常语序。
⑤ 受孕(ἡ δ' ὑποκυσαμένη):参见411;残篇7.1,16.17,205.1;《伊》,6.26;《奥》,11.254。
⑥ 无所畏惧的后代(κρατερόφρονα τέκνα):参见509(阿特拉斯:κρατερόφρονα...παῖδα);《奥》,11.299。
⑦ 同126,886,895。
⑧ 同295。

315 只因她对勇敢的赫拉克勒斯愤怒难抑。
但宙斯之子用无情的剑杀了它①,
安菲特律翁之子有善战的伊俄拉俄斯相助,
赫拉克勒斯听从带来战利品的雅典娜吩咐。

(客迈拉神话)

她还生下口吐无敌火焰②的客迈拉,
320 庞大而可怕,强猛又飞快。③
它有三个脑袋:一个眈眈注目的狮头、
一个山羊头和一个蛇头或猛龙头④。
[它头部是狮,尾巴是蛇,腰身是羊,
嘴里喷出燃烧一切的火焰的威力。]
325 英勇的柏勒罗丰和佩伽索斯杀了它。

(涅墨厄的狮子)

她受迫于俄耳托斯,生下毁灭
卡德摩斯人的斯芬克斯和涅墨厄的狮子,⑤
宙斯的高贵妻子赫拉⑥养大这头狮子,

---

① 参见289。
② 两个常用修饰词连用。口吐火焰的($πῦρ πνείουσα$):参赫西俄德残篇,43 a 87;《伊》,6.182。无敌的($ἀμαιμάκετος$),参《伊》,6.179,16.329。
③ 庞大而可怕,强猛又飞快($δεινήν τε μεγάλην τε ποδώκεά τε κρατερήν τε$):类似的形容语汇集,是祷歌的常见用法,参见925;《奥》,15.406;《献给赫耳墨斯的托名荷马颂诗》,13-15,436;托名荷马颂诗19.2,23.2,28.2-3等。
④ 蛇头或猛龙头($ὄφιος κρατεροῖο δράκοντος$):参见825(提丰)。
⑤ 行326-327直译为:"她生下毁灭卡德摩斯人的斯芬克斯,/受迫于俄耳托斯,还生下涅墨厄的狮子。"译文调整为正常语序。
⑥ 宙斯的高贵妻子赫拉($Ἥρη...Διὸς κυδρὴ παράκοιτις$):参见《伊》,18.184;《奥》,11.580(指勒托)。

让这人类的灾祸住在①涅墨厄的山林。
330　它在那儿杀戮本地人的宗族,
　　　称霸涅墨厄的特瑞托斯山和阿佩桑托斯山,
　　　最终却被大力士赫拉克勒斯所征服②。

(蛇妖与金苹果)
　　　刻托和福耳库斯交欢生下最后的孩子,
　　　一条可怖的蛇妖,在黑色大地的深处,
335　世界的尽头③,看守着金苹果④。
　　　这些就是福耳库斯和刻托的后代。

提坦世家

(大洋家族)
　　　特梯斯为俄刻阿诺斯生下骚动的诸河之神:
　　　尼罗斯、阿尔费俄斯、旋流深沉的厄里达诺斯、
　　　斯特律门、马伊安得洛斯、水流清丽的伊斯托斯、
340　普法希斯、赫瑞索斯、银色涡流的阿刻罗伊俄斯、
　　　涅索斯、荷狄俄斯、哈利阿克蒙、赫普塔珀鲁斯、
　　　格赖尼科斯、埃塞浦斯、神圣的西摩乌斯、
　　　珀涅俄斯、赫耳莫斯、水浪滔滔的卡伊科斯、

---

① 住在($\kappa\alpha\tau\acute{\epsilon}\nu\alpha\sigma\sigma\epsilon$):参见 620;《劳》,168。

② 征服($\acute{\epsilon}\delta\acute{\alpha}\mu\alpha\sigma\sigma\epsilon$):参见《伊》,18.119(赫拉克勒斯被命运和赫拉的妒恨所征服)。

③ 世界的尽头($\pi\epsilon\acute{\iota}\rho\alpha\sigma\iota\nu\ \acute{\epsilon}\nu\ \mu\epsilon\gamma\acute{\alpha}\lambda o\iota\varsigma$):此从 West 的读法 at its vasty limits (pp. 258–259),AB 本作 ses confins;L 本作 limits of the earth;AA 本作 in the gloom of earth's vast limits。M 本、PB 本和 JLB 本则采用另一种读法 $\sigma\pi\epsilon\acute{\iota}\rho\eta\sigma\iota\nu\ \mu\epsilon\gamma\acute{\alpha}\lambda\eta\varsigma$,模糊译作 ses immenses anneaux(似指蛇的身躯)。

④ $\mu\tilde{\eta}\lambda o\nu$一词多义,此从 AB 本、JLB 本和 L 本,PB 本和 M 本译作"金绵羊"。

宏伟的珊伽里乌斯、拉冬、帕耳忒尼俄斯、
345 欧厄诺斯、阿耳得斯科斯和神圣的斯卡曼得若斯。

(大洋女儿)

她还生下一个少女神族,在大地上
和阿波罗王①、诸河神一起抚养年轻人,
宙斯分派给她们这样的任务。②
她们是佩托、阿德墨忒、伊安忒、厄勒克特拉、
350 多里斯、普律摩诺、神样的乌腊尼亚、
希波、克吕墨涅、荷狄亚、卡利若厄、
宙克索、克吕提厄、伊底伊阿、帕西托厄、
普勒克骚拉、伽拉克骚拉、可爱的狄俄涅、
墨罗波西斯③、托厄、漂亮的波吕多拉、
355 妩媚的刻耳刻伊斯、牛眼睛④的普路托、
珀尔塞伊斯、伊阿涅伊拉、阿卡斯忒、克珊忒、
灵秀的珀特赖亚、墨涅斯托、欧罗巴、
墨提斯、欧律诺墨、绯红纱衣的⑤忒勒斯托、
克律塞伊斯、亚细亚、非常诱人的卡吕普索、
360 奥多若、梯刻、安菲洛、俄库诺厄,
还有在她们中最受尊敬的斯梯克斯。
这些是俄刻阿诺斯和特梯斯的

---

① 和阿波罗王(σὺν Ἀπόλλωνι):参见253。
② 参见520(阿特拉斯)。
③ 墨罗波西斯(Μηλόβοσις):词源Ἐπιμηλίδες,参见《伊利亚特》古代注疏,20.8;《阿尔戈英雄纪》古代注疏,4.1322;泡赛尼阿斯,8.4.2;*Ant. Lib.*,31.3。
④ 大洋女儿的眼睛大而温柔,以动物相喻:JLB本作gazelle(瞪羚);AB本和PB本作génisse(小牝牛);M本作vache(母牛);L本作ox-eyed(牛眼的);W本作big dark eyes。
⑤ 同273。

长女们。此后还有众多神女出世,
总共有三千个细踝的大洋女儿。
365 她们分散于大地之上和海浪深处①,
聚所众多,女神中最是出色。
此外还有三千个水波喧哗的河神,
威严的特梯斯为俄刻阿诺斯生下的儿子。
细说所有河神名目超出我凡人所能,
370 不过每条河流岸边的住户都熟知。

(许佩里翁家族)

忒娅生下伟岸的赫利俄斯、明泽的塞勒涅
和厄俄斯——她把光带给大地上的生灵
和掌管广阔天宇的永生神们。
忒娅受迫于许佩里翁的爱,生下他们。

(克利俄斯家族)

375 最圣洁的欧律比厄与克利俄斯因爱结合,
生下高大的阿斯特赖俄斯、帕拉斯,
还有才智出众的佩耳塞斯。
厄俄斯为阿斯特赖俄斯生下强壮的风神:
吹净云天的泽费罗斯、快速的玻瑞厄斯
380 和诺托斯——由她在他的欢爱之床中所生。
最后,②黎明女神又生下厄俄斯福洛斯,
以及天神用来修饰王冠的闪闪群星③。

---

① 海浪深处($\beta \acute{\epsilon} \nu \vartheta \epsilon \alpha\ \lambda \acute{\iota} \mu \nu \eta \varsigma$):参见《伊》,13.21、32、24.79;《奥》,3.1。
② 同137(克洛诺斯诞生)。
③ 同110(闪烁的群星)。

(斯梯克斯神话)

　　　　大洋女儿斯梯克斯与帕拉斯结合,
　　　　在她的宫殿生下泽洛斯和美踝的①尼刻,
385　　克拉托斯和比阿,出众的神族后代。
　　　　他们远离宙斯就没有家也居无定所,②
　　　　除了父神引领的道路,哪里也不去。
　　　　他们无时无刻不在雷神③宙斯的身边。
　　　　长生的大洋女儿斯梯克斯④意愿如此。

390　　有一天,奥林波斯的闪电神王
　　　　召集所有永生神们到奥林波斯山,
　　　　宣布任何神只要随他与提坦作战,
　　　　将不会被剥夺⑤财富,并保有
　　　　从前在永生神们中享有的荣誉。
395　　在克洛诺斯治下⑥无名无分⑦者
　　　　将获得公正应有的财富和荣誉。
　　　　长生的斯梯克斯最先来到奥林波斯,

---

①　美踝的($καλλισφύρου$):同507(克吕墨涅),526,950(阿尔克墨涅)。
②　否定句法,参见《伊》,11.648(没时间就坐),23.205(没时间闲坐);《劳》,572(没时间给松土)。
③　雷神($βαρυκτύπῳ$):"发出巨响的,大打霹雳的",同《劳》,79;Sc. 318;《献给德墨特尔的托名荷马颂诗》,3,334,441,460;这一针对宙斯的修饰语从未见于荷马史诗。该词也形容波塞冬,参见818(发出巨响的)。
④　长生的……斯梯克斯($Στὺξ ἄφθιτος$):同397,805。
⑤　剥夺($ἀπορραίσειν$):同《奥》,1.404(剥夺家产),16.428(剥夺生命);恩培多克勒残篇,128.10。
⑥　克洛诺斯治下($ὑπὸ Κρόνου$):参见《劳作与时日》,111。
⑦　无名无分($ἄτιμος ἠδ' ἀγέραστος$):对应396的"财富和荣誉"($τιμῆς καὶ γεράων$),参见393-394。

和孩子们一起,遵循她父亲的建议。

宙斯给她荣誉,加以额外的恩赐。

400　他任命她监督神们的重大誓言,

她的孩子们从此永远和他住在一起。

就这样,他履行了全部的承诺;

并掌有最高王权,主宰一切。

(科伊俄斯家族)

福柏走近科伊俄斯的爱的婚床①,

405　她在他的情爱中②受孕生下

身着黑袍的勒托,她生性温柔,

对所有人类和永生神们都友善。

她生来温柔,在奥林波斯最仁慈。③

她还生下美名遐迩的阿斯忒里亚,佩耳塞斯

410　有天引她入高门,称她为自己的妻子。

(赫卡忒颂诗)

她受孕生下赫卡忒,在诸神之中,

克洛诺斯之子宙斯最尊重她,给她极大恩惠:

她在大地和荒海④拥有自己的份额,

---

① 爱的婚床($πολυήρατον...ἐς εὐνήν$):参见《奥》,23.354(渴望的婚床)。

② 参见380相关笺释。

③ 温柔($μείλιχον$),仁慈($ἀγανώτατον$):近义词叠用,参见《伊》,9.113;《奥》,4.442;希罗多德,3.101.2,5.110.1;柏拉图《理想国》,518a。

④ 大地和荒海($γαίης...καὶ ἀτρυγέτοιο θαλάσσης$):同《伊》,14.204。另参427,847。

在繁星无数的天空同样获得荣誉，
415　　因而在永生神中享有最高尊崇。

　　直到今天，凡是①大地上的人类
依礼法向神们敬献美好的祭品②，
呼唤赫卡忒，便有万般荣誉
轻松而来，只要女神乐意③接受他的祈求。
420　　她赐给这人财富，她恰有这种能力。

　　原来，该亚和乌兰诺斯的所有孩子
从各自的荣誉中分给她一份。
克洛诺斯之子从不伤害她，不拿走
她在提坦那当初的神④中的份额，
425　　她依然拥有⑤起初分配的一切。
身为独生女儿，女神并不缺少荣誉：
［她同时在天上、地上和海上分得一份，］
由于宙斯的敬重，她反而得到更多。

---

①　凡是（ὅτε πού τις）：参见《奥》，18.7（不管谁盼咐）。
②　敬献美好的祭品（ἔρδων ἱερὰ καλά）：参见赫西俄德残篇 283.3；《奥》，11.130。
③　乐意（ᾧ πρόφρων γε）：参见《伊》，22.303；《奥》，8.498，13.359；《献给德墨特尔的托名荷马颂诗》，487，494。
④　当初的神（προτέροισι θεοῖσιν）：同486；参见希罗多德，1.84.3，1.186.1，2.161.2，3.1.3。
⑤　依然拥有（ἀλλ' ἔχει, ὡς τὸ πρῶτον）：参见《伊》，23.27（诸神想让赫耳墨斯从阿喀琉斯处取回赫克托尔的尸体，但赫拉和雅典娜不同意，因为她们"依然"对赛美一事耿耿于怀）。

429	她带给她欢喜的人极大庇护和帮助①。
434	在法庭上,她坐到尊严的王②身旁,
430	使她所欢喜的人在集会中超群出众。
	当人类拿起武器在战争中互相杀戮,
	女神会在那里帮助她所欢喜的人,
433	使胜利充斥其心,荣耀归于其身。
439	她还慷慨地帮助她所欢喜的骑兵。
435	在竞技赛场上,女神也会慷慨
	带给竞争的人极大庇护和帮助③,
	凭能力和威力④获胜的人满心欢喜
438	轻松赢回头奖,把荣耀带给父母。
440	那些在翻腾⑤而黯淡的海上谋生的人,
	向赫卡忒和喧响的撼地神⑥祈求庇护,
	高贵的女神⑦能轻易赐他捕鱼丰收,
	又能凭着喜好轻易使他得而复失。
	她还和赫耳墨斯在牧棚里使牲口繁殖:
445	成群的奶牛,大批的山羊
	和众多绵羊,全凭她心里乐意,
	她可以从少变多,又从多变少。

---

① 庇护和帮助(παραγίγνεται ἠδ' ὀνίνησιν):同 436。
② 尊严的王(βασιλεῦσι παρ' αἰδοίοισι):同 80,含"不可靠近"之意。
③ 同 429。
④ 能力和威力(βίῃ καὶ κάρτει):参见 385(斯梯克斯的两个同名儿子)。
⑤ 翻腾的(δυσπέμφελον):参见《伊》,16.748。
⑥ 喧响的撼地神(ἐρικτύπῳ Ἐννοσιγαίῳ):指波塞冬,同 456,930。
⑦ 高贵的女神(κυδρὴ θεός):同《献给德墨忒尔的托名荷马颂诗》,179,292;托名荷马颂诗 28.1。相似用法δεινὴ θεός在《奥德赛》中出现过七次,参见《伊》,18.394。《劳作与时日》行 764,θεός同样指女神(谣言女神)。

赫卡忒虽是她母亲的独生女儿，
却在永生者中拥有一切荣誉。
450 克洛诺斯之子派她抚养年轻人，在她之后，①
他们看见把万物尽收眼底的黎明之光。
她从起初就抚养年轻人，享有这个荣誉。

（克洛诺斯家族）

瑞娅被克洛诺斯征服②，生下光荣的后代：
赫斯提亚、德墨特尔和脚穿金靴的赫拉③，
455 强悍的④哈得斯，驻守地下，冷酷无情⑤，
还有那喧响的撼地神⑥，
和大智的⑦宙斯，神和人的父⑧，
他的霹雳⑨使广阔的大地也战栗。

强大的克洛诺斯⑩囫囵吞下这些孩子，

---

① Arrighetti 本(1998)译作"跟随着她"，也就是"对她忠诚"，JLB 本译作"多亏了她"。
② 被……征服($\delta\mu\eta\vartheta\epsilon\tilde{\iota}\sigma\alpha$)：见 1000（美狄娅被伊阿宋所征服），1006（忒提斯被佩琉斯所征服），$Sc.$ 48。参见另一用法：受迫($\dot{\upsilon}\pi o\delta\mu\eta\vartheta\epsilon\tilde{\iota}\sigma\alpha$)，比如 327，374，962；$Sc.$ 53；赫西俄德残篇 23(a)28，35；托名荷马颂诗 17.4。
③ 脚穿金靴的赫拉("$H\varrho\eta\nu\ \chi\varrho\upsilon\sigma o\pi\acute{\epsilon}\delta\iota\lambda o\nu$)：同 952。
④ 强悍的($\check{\iota}\varphi\vartheta\iota\mu\acute{o}\nu$)：荷马一般用来形容女性，但赫西俄德的用法更自由，参见 698，987；《劳》，704；残篇 22.7，37.12。
⑤ 无情($\nu\eta\lambda\epsilon\grave{\epsilon}\varsigma\ \tilde{\eta}\tauo\varrho\ \check{\epsilon}\chi\omega\nu$)：同《伊》，9.497（无情的心）。
⑥ 指波塞冬，同 441，930。
⑦ 大智的($\mu\eta\tau\iota\acute{o}\epsilon\nu\tau\alpha$)：在荷马诗中仅用于灵药，参《奥》，4.227。
⑧ 神和人的父($\vartheta\epsilon\tilde{\omega}\nu\ \pi\alpha\tau\acute{\epsilon}\varrho'\ \dot{\eta}\delta\grave{\epsilon}\ \varkappa\alpha\grave{\iota}\ \dot{\alpha}\nu\delta\varrho\tilde{\omega}\nu$)：同 47。
⑨ 他的霹雳($\dot{\upsilon}\pi\grave{o}\ \beta\varrho o\nu\tau\tilde{\eta}\varsigma$)：参见《伊》，13.796。
⑩ 强大的克洛诺斯($\mu\acute{\epsilon}\gamma\alpha\varsigma\ K\varrho\acute{o}\nu o\varsigma$)：参见 168 相关笺释。

460　　当他们从神圣的母腹落到膝上。
　　　他心里恐怕,在天神的可敬后代里,
　　　另有一个在永生者中获享王权。
　　　大地和繁星无数的天空告诉过他,
　　　命中注定他要被自己的儿子征服,
465　　哪怕他再强大:伟大宙斯的意愿如此。
　　　他毫不松懈地窥伺,保持警戒,
　　　吞下了自己的孩子。瑞娅伤痛不已。

(宙斯诞生)

　　　然而,当神和人的父宙斯
　　　快要诞生时,她去恳求①自己的
470　　父母,大地和繁星无数的天空,
　　　一起出计谋,使她不为人知地②
　　　生下这个儿子,为她父亲报仇,
　　　也为强大狡猾的克洛诺斯③吞下的孩子们。
　　　他们听亲爱的女儿说完,答应了她,④
475　　他们告诉她所有注定要发生在
　　　神王克洛诺斯和他的强大儿子⑤身上的事。

---

① 恳求(λιτάνευε):参见《伊》,9.581,22.414,23.196;《奥》,7.145。
② 不为人知地(λελάϑοιτο):参见《阿尔戈英雄纪》,3.779。在荷马诗中一般指"遗忘、忘记"。
③ 同168,495。
④ 参见《伊》,7.379(他们听取,表示服从)。
⑤ 和他的强大儿子(καὶ υἱέι καρτεροϑύμω):参见《伊》,13.350(忒提斯和阿喀琉斯)。

他们送她去吕克托斯,在丰饶的克里特①,
就在那天她生下最小的儿子,
伟大的宙斯。宽广的大地②接收这孩子,
480 在辽阔的克里特③抚育他长大④。
她怀着他,穿过飞速消逝的黑夜,
来到吕克托斯。她亲手把他藏在
神圣大地深处⑤的一个隐秘巨穴里,
就在那林木繁茂的埃该昂山中。
485 然后,她把一块大石头裹好,交给
天神之子,强大的统领⑥,当初的神王。
他一把手抓过石头,吞进肚里。⑦
这倒霉蛋! 他没曾想⑧,亏得这石头,
他那战无不胜、无所挂虑的儿子
490 得了救,不久将凭力量和双手⑨打败他,
剥夺他的名号,当上诸神的王。

---

① 在丰饶的克里特($K\varrho\acute{\eta}\tau\eta\varsigma\ \acute{\epsilon}\varsigma\ \pi\acute{\iota}o\nu\alpha\ \delta\tilde{\eta}\mu o\nu$):同 971;参见《伊》,16.514;《奥》,14.329;托名荷马颂诗 27.14。

② 同 159,173,821,858。

③ 辽阔的克里特($K\varrho\acute{\eta}\tau\eta\ \acute{\epsilon}\nu\ \epsilon\dot{\upsilon}\varrho\epsilon\acute{\iota}\eta$):同《伊》,13.453。

④ 抚育他长大($\tau\varrho\alpha\varphi\acute{\epsilon}\mu\epsilon\nu\ \dot{\alpha}\tau\iota\tau\alpha\lambda\lambda\acute{\epsilon}\mu\epsilon\nu\alpha\acute{\iota}\ \tau\epsilon$):参见《伊》,14.202,24.60;《奥》,11.250。

⑤ 神圣大地深处($\zeta\alpha\vartheta\acute{\epsilon}\eta\varsigma\ \dot{\upsilon}\pi\grave{o}\ \varkappa\epsilon\acute{\upsilon}\vartheta\epsilon\sigma\iota\ \gamma\alpha\acute{\iota}\eta\varsigma$):同 300。

⑥ 强大的统领($\mu\acute{\epsilon}\gamma'\ \breve{\alpha}\nu\alpha\varkappa\tau\iota$):参见《献给阿波罗的托名荷马颂诗》,181;《伊》,1.78 等。

⑦ 同 890,899。

⑧ 没曾想($o\dot{\upsilon}\delta'\ \acute{\epsilon}\nu\acute{o}\eta\sigma\epsilon$):一般指致命的无知或忽略,参见《伊》,9.630(无视伴侣们的友爱);《奥》,4.729(没有一个人想到),21.28,23.150。

⑨ 力量和双手($\beta\acute{\iota}\eta\ \varkappa\alpha\grave{\iota}\ \chi\epsilon\varrho\sigma\acute{\iota}$):同《伊》,3.431。

(克洛诺斯被黜)

　　　　那以后,这王子①的气力和出众体格②
　　　　很快长成了。随着时光流逝,
　　　　在大地该亚的提议下,他受蒙骗
495　　吐出③腹中之物,狡猾强大的克洛诺斯④,
　　　　他敌不过自己儿子的技巧和力量,
　　　　最先吐出那块最后吞下的石头。
　　　　宙斯将它立在道路通阔的大地上,
　　　　帕尔那索斯山谷⑤,神圣的皮托,
500　　成为永恒的信物,世间的奇观。

　　　　他还释放了他父亲的兄弟们,
　　　　天神之子⑥,被其父疯狂缚在可恨的枷锁中。
　　　　他们不忘⑦这善举,想要答谢他,
　　　　送给他闪电、燃烧的霹雳和鸣雷⑧,
505　　从前这些由宽广的大地收藏。

---

① 王子($τοῖο\ ἄνακτος$):同859("浑王"提丰)。
② 气力和出众体格($μένος\ καὶ\ φαίδιμα\ γυῖα$):同《伊》,6.27(力气和膝头)。
③ 吐出($ἀνένκε$):一般又指分娩,参见《奥》,12.105;埃斯库罗斯,《报仇神》,183。
④ 同168,473。
⑤ 帕尔那索斯山谷($γυάλοις\ ὕπο\ Παρνησσοῖο$):参见《献给阿波罗的托名荷马颂诗》,396。JLB 本作"在帕尔那索斯岩洞旁";PB 本和 M 本较为接近:"在帕尔那索斯山坡下";此从 AB 本。
⑥ 天神之子($Οὐρανίδας$):同486。
⑦ 不忘($ἀπεμνήσαντο$):同《伊》,24.428。
⑧ "和鸣雷"原本在行505,译文移至行504。参见141,690-691,707,845-846。

　　　　这使他做了人类和永生者的统领。①

(伊阿佩托斯家族)

　　　　伊阿佩托斯娶美踝的大洋女儿
　　　　克吕墨涅。他俩同床共寝②，
　　　　生下刚硬不屈的③阿特拉斯。
510　　她还生下显傲的④墨诺提俄斯、狡黠的
　　　　普罗米修斯和缺心眼的⑤厄庇米修斯。
　　　　他从一开始就是吃五谷⑥人类的不幸⑦，
　　　　最先接受宙斯造出的女人：
　　　　一个处女。远见的⑧宙斯把恣肆的墨诺提俄斯
515　　抛入虚冥，用冒烟的霹雳打他⑨，
　　　　只因他的傲慢和勇气无与伦比。

　　　　阿特拉斯迫不得已支撑着无边的天，
　　　　在大地边缘⑩，面对歌声清亮的赫斯佩里得斯姐妹⑪，

---

　　① 做了人类和永生者的统领($\vartheta\nu\eta\tau o\tilde{\iota}\sigma\iota\ \varkappa\alpha\grave{\iota}\ \dot{\alpha}\vartheta\alpha\nu\dot{\alpha}\tau o\iota\sigma\iota\nu\ \dot{\alpha}\nu\dot{\alpha}\sigma\sigma\varepsilon\iota$)：同《伊》，12.242。
　　② 同床共寝($\dot{o}\mu\grave{o}\nu\ \lambda\acute{\varepsilon}\chi o\varsigma\ \varepsilon\dot{\iota}\sigma\alpha\nu\acute{\varepsilon}\beta\alpha\iota\nu\varepsilon\nu$)：同《伊》，8.291。
　　③ 刚硬不屈的($\varkappa\rho\alpha\tau\varepsilon\rho\acute{o}\varphi\rho o\nu\alpha$)：参见《伊》，14.324(赫拉克勒斯)；《奥》，11.299(廷达瑞奥斯之子)。
　　④ 显傲的($\dot{\upsilon}\pi\varepsilon\rho\varkappa\acute{\upsilon}\delta\alpha\nu\tau\alpha$)：同《伊》，4.66和71(阿开亚人)。
　　⑤ 缺心眼的($\dot{\alpha}\mu\alpha\rho\tau\acute{\iota}\nu o o\nu$)：参见《奥》，7.292。
　　⑥ 吃五谷($\dot{\alpha}\lambda\varphi\eta\sigma\tau\tilde{\eta}\sigma\iota$)：同《劳作与时日》，82。
　　⑦ 不幸($\varkappa\alpha\varkappa\grave{o}\nu$)：同527,552,570,585,602,609,612,906。
　　⑧ 远见的($\varepsilon\dot{\upsilon}\rho\acute{\upsilon}o\pi\alpha$)：同884。
　　⑨ 用冒烟的霹雳打他($\beta\alpha\lambda\grave{\omega}\nu\ \psi o\lambda\acute{o}\varepsilon\nu\tau\iota\ \varkappa\varepsilon\rho\alpha\upsilon\nu\tilde{\omega}$)：参见赫西俄德残篇51.2；《奥》，23.330；《献给阿佛洛狄忒的托名荷马颂诗》，288。
　　⑩ 大地边缘($\pi\varepsilon\acute{\iota}\rho\alpha\sigma\iota\nu\ \dot{\varepsilon}\nu\ \gamma\alpha\acute{\iota}\eta\varsigma$)：参见335。
　　⑪ 同275。

他站着,不倦的①头颅和双臂[托着天]。
520　大智的宙斯分派给他这样的命运。

他还用牢固的绳索缚住狡黠的普罗米修斯,
用无情的锁链②,缚在一根柱子上,
又派一只长翅的鹰停在他身上,啄食
他那不朽的③肝脏:夜里它又长回来,
525　和那长翅的鸟④白天啄去的部分一样。
美踝的阿尔克墨涅的勇敢儿子⑤
赫拉克勒斯杀了这鹰,免除这不幸⑥,
伊阿佩托斯之子才脱离残忍的苦楚⑦。
统治天庭的奥林波斯宙斯同意这么做,
530　为了使出生忒拜的赫拉克勒斯
在丰饶大地上享有比以往更大的荣誉。
他心里如此盘算,敬重他的高贵儿子。
尽管心里恼火,还是捐弃了先嫌⑧:
愤慨的克洛诺斯之子曾连连遭谋反⑨。

---

① 同39,824。

② 无情的锁链(δεσμοῖς ἀργαλέοισι):参见718;《奥》,11.293,15.444。

③ 不朽的(ἀθανάτον):一般修饰神的某个身体部位,比如191(天神乌兰诺斯的生殖器),842(诸神的脚下)。

④ 长翅的鸟(τανυσίπτερος ὄρνις):同《劳》,212(鹞鹰);参见《奥》,5.65。"长翅的",同见523。

⑤ 美踝的阿尔克墨涅的勇敢儿子('Αλκμήνης καλλισφύρου ἄλκιμος υἱός):同950。

⑥ 同512,552,570,585,602,609,612,906。

⑦ 同102。

⑧ 先嫌(ὃν πρὶν ἔχεσκεν):参见《伊》,5.472(从前富有的力量),13.257(原先带去的长枪)。

⑨ 此处省略"普罗米修斯",类似用法参见112-113。

(普罗米修斯神话)

535　　当初神们和有死的人类最终分离在
　　　　墨科涅,为了蒙蔽宙斯的心智①,
　　　　普罗米修斯殷勤地分配一头大牛。
　　　　一堆是牛肉和丰肥的内脏,他却
　　　　裹在牛皮中,外面用牛肚藏好;
540　　另一堆是白骨②,他出于诡诈的计谋③
　　　　整齐堆起,用光亮的脂肪④藏好。
　　　　这时人和神的父对他这样说:
　　　　"伊阿佩托斯之子,最高贵的神明⑤,
　　　　老朋友,你分配⑥得多么偏心啊!"
545　　宙斯这般戏责,他的计划从不落空。
　　　　这时,狡猾多谋的普罗米修斯回答,
　　　　他一边轻笑,心里想着那狡猾的计谋:
　　　　"至上的宙斯,永生神⑦里最伟大者,
　　　　请遵照你心里的愿望,挑选一份吧。"
550　　他心怀诡计这样说,但宙斯计划从不落空⑧,
　　　　面对骗术心下洞然。他心里考虑着

---

① 蒙蔽宙斯的心智($Διὸς\ νόον\ ἐξαπαφίσκων$):参见《伊》,14.160;《献给阿波罗的托名荷马颂诗》,379。
② 白骨($ὀστέα\ λευκὰ$):同557,参见《伊》,16.347,23.252,24.793等。
③ 诡诈的计谋($δολίῃ\ ἐπὶ\ τέχνῃ$):同555。
④ 光亮的脂肪($ἀργέτι\ δημῷ$):参见《伊》,11.818,21.217。
⑤ 神明($ἀνάκτων$):参见《奥》,12.290;俄耳甫斯残篇114.2;品达,《奥林匹亚竞技凯歌》,10,49;西蒙尼得斯残篇18.2;忒奥克里托斯,25,78。
⑥ 分配($διεδάσσαο$):同606,885;参见《伊》,5.158,9.333。
⑦ 永生神($ϑεῶν\ αἰειγενετάων$):本诗共出现两次,另一处在行893,我们统一和$ἀϑανάτων...ϑεῶν$一起译作"永生神"。
⑧ 宙斯计划从不落空($Ζεὺς\ δ'\ ἄφθιτα\ μήδεα\ εἰδώς$):同561。

有死的人类的不幸,很快就会付诸实现。

  于是,他用双手拿起那堆白色的脂肪,
  不由得气上心头,怒火中烧,
555 当他看见牛的白骨,那诡诈的计谋①。
  从那以后,生活在大地上的人类②
  在馨香的圣坛③上为永生者焚烧白骨④。
  聚云的宙斯⑤心中不快这样说:
  "伊阿佩托斯之子啊,你谋略超群,
560 老朋友,你至今还是没忘那诡计!"
  他这样激动说罢⑥,宙斯计划从不落空⑦。

  从此,他时时把愤怒⑧记在心里,
  不再把不熄的⑨火种⑩丢向梣木,
  给生活在大地上的有死人类使用。

---

① 同540。

② 生活在大地上的人类($\dot{\epsilon}\pi\iota\ \chi\vartheta o\nu\iota\ \varphi\tilde{u}\lambda'\ \dot{\alpha}\nu\vartheta\varrho\omega\pi\omega\nu$):典型的赫西俄德用语,亦见《劳》,90; Sc. 162;残篇23(a)25,30.11,291.4。荷马史诗仅出现一次,《奥》,7.307。

③ 馨香的圣坛($\vartheta\upsilon\eta\dot{\epsilon}\nu\tau\omega\nu\ \dot{\epsilon}\pi\dot{\iota}\ \beta\omega\mu\tilde{\omega}\nu$):典型的荷马用语为$\vartheta\upsilon\eta\dot{\epsilon}\nu\tau\omega\nu\ \tau\epsilon\ \beta\omega\mu\tilde{\omega}\nu$,见《伊》,8.48,23.148;《奥》,8.363。

④ 白骨($\dot{o}\sigma\tau\dot{\epsilon}\alpha\ \lambda\epsilon\upsilon\kappa\dot{\alpha}$):同540。"白色"是骨头的固定修饰语,参见《伊》,16.347;《奥》,11.221等。

⑤ 聚云的宙斯($\nu\epsilon\varphi\epsilon\lambda\eta\gamma\epsilon\varrho\dot{\epsilon}\tau\alpha\ Z\epsilon\dot{\upsilon}\varsigma$):参730,944。

⑥ 他这样激动说罢($\dot{\omega}\varsigma\ \varphi\dot{\alpha}\tau o\ \chi\omega\dot{o}\mu\epsilon\nu o\varsigma$):亦见《奥》,2.80。

⑦ 同550。

⑧ 此从West和AB本的读法:$\chi\dot{o}\lambda o\upsilon$(愤怒);M本、PB本、L本和JLB本读作:$\delta\epsilon\lambda o\upsilon$(计谋)。

⑨ 不熄的($\dot{\alpha}\kappa\alpha\mu\dot{\alpha}\tau o\iota o$)同39("不倦的")。

⑩ 火种($\pi\upsilon\varrho\dot{o}\varsigma\ \mu\dot{\epsilon}\nu o\varsigma$):参见《伊》,23.238。

565　　但伊阿佩托斯的英勇儿子蒙骗他,①
　　　　盗走那不熄的火种——火光②远远可见,
　　　　藏在一根空阿魏杆里。在天上打雷的
　　　　宙斯心里似被虫咬③,愤怒④无比,
　　　　当他看见人间的火——火光远远可见。

(最初的女人)

570　　他立刻⑤造给人类一个不幸⑥以替代火种。
　　　　显赫的跛足神用土塑出一个
　　　　含羞少女的模样:克洛诺斯之子的意愿如此。
　　　　明眸女神雅典娜为她系上轻带
　　　　和白袍,用一条刺绣精美的面纱
575　　亲手从头往下⑦罩⑧住她:看上去神妙无比!
　　　　[帕拉斯·雅典娜为她戴上
　　　　用草地鲜花编成的迷人花冠。]
　　　　她还把一条金发带戴在她头上⑨,
　　　　那是显赫的跛足神的亲手杰作,

---

① 对观《劳》,48(狡猾多谋的普罗米修斯蒙骗他)。
② 火光(αὐγήν):同《伊》,9.206,18.610,22.134;《奥》,6.305。参见699(宙斯的闪电光)。
③ 心里似被虫咬(δάκεν δ' ἄρα νειόθι θυμὸν):参见《劳》,451(心焦灼)。
④ 愤怒(ἐχόλωσε):参见《伊》,1.78,18.111;《奥》,8.205,18.20。
⑤ 立刻(αὐτίκα δ'):同《劳》,70。
⑥ 同512,527,552,585,602,609,612,906。
⑦ 从头往下(κατὰ κρῆθεν):参见残篇23(a)23;《伊》,16.548;《奥》,11.588。
⑧ 罩(κατέσχεθε):参见《伊》,3.419;《献给德墨特尔的托名荷马颂诗》,197起;《奥》,1.334。
⑨ ……戴在她头上(ἀμφὶ δέ οἱ... κεφαλῆφιν ἔθηκε):同《伊》,10.261(把头盔戴在奥德修斯头上)。

580　　他巧手做出,以取悦父神宙斯。
　　　　那上头有缤纷彩饰:看上去神妙无比!
　　　　陆地和海洋的许多生物全镂在上头,
　　　　成千上万——笼罩在一片神光之中:
　　　　宛如奇迹,像活的一般,还能说话①。
585　　宙斯造了这美妙的不幸②,以替代好处③。
　　　　他带她去神和人所在的地方,
　　　　伟大父神的明眸女儿④把她打扮得很是神气。
　　　　不死的神和有死的人无不惊叹⑤
　　　　这专为人类而设的玄妙的圈套。
590　　从她产生了女性的女人种族,
　　　　从她产生了害人的妇人族群⑥。
　　　　女人如祸水,和男人一起过日子,
　　　　熬不住可恨的贫穷,只肯享富贵。
　　　　这就好比在蜜蜂的巢房里,工蜂
595　　供养那些个处处打坏心眼⑦的雄蜂。

---

① 能说话($\varphi\omega\nu\acute{\eta}\varepsilon\sigma\sigma\iota\nu$):参见《奥》,9.456(巨人洞里奥德修斯藏身的那头公羊)。

② 同512,527,552,570,602,609,612,906。

③ 替代好处($\dot{\alpha}\nu\tau'\,\dot{\alpha}\gamma\alpha\vartheta\sigma\tilde{\iota}\sigma$):参见570及相关笺释。此处好处依然指"火种"。

④ 伟大父神的明眸女儿($\gamma\lambda\alpha\upsilon\kappa\acute{\omega}\pi\iota\delta\sigma\varsigma\,\dot{\sigma}\beta\varrho\iota\mu\sigma\pi\acute{\alpha}\tau\varrho\eta\varsigma$):雅典娜;同《奥》,3.135,24.540。

⑤ 无不惊叹($\vartheta\alpha\tilde{\upsilon}\mu\alpha\,\delta'\,\check{\varepsilon}\chi'$):参见《奥》,10.326(基尔克感到惊讶,因为她的迷药没有迷倒奥德修斯);赫西俄德残篇,278.1。

⑥ 妇人族群($\gamma\acute{\varepsilon}\nu\sigma\varsigma\,\kappa\alpha\grave{\iota}\,\varphi\tilde{\upsilon}\lambda\alpha\,\gamma\upsilon\nu\alpha\iota\kappa\tilde{\omega}\nu$):参见《伊》,9.130、272;残篇,180.10,251(a)9。

⑦ 处处打坏心眼($\kappa\alpha\kappa\tilde{\omega}\nu\,\xi\upsilon\nu\acute{\eta}\sigma\nu\alpha\varsigma\,\check{\varepsilon}\varrho\gamma\omega\nu$):图谋作恶,而不是专长作恶,参见601(女人)。

　　　　　它们整天忙碌,直到太阳下山①,
　　　　　日日勤勉不休,筑造白色蜂房。
　　　　　那帮家伙却成日躲在②蜂巢深处,
　　　　　拿别人的辛劳成果塞饱自己肚皮。

600　　　对男人来说,女人正是这样的祸害,
　　　　　在天上打雷的宙斯造出她们,处处惹
　　　　　麻烦。他又一次传播不幸以替代好处③,
　　　　　若有谁逃避婚姻和女人带来的麻烦④,
　　　　　一辈子不成家,直到要命的⑤晚年,
605　　　孤独无依。他若活着不愁吃穿,
　　　　　死后必要遭远亲瓜分财产。
　　　　　话说回来,若有谁进入婚姻生活,
　　　　　又碰巧遇见称心如意的贤妻,
　　　　　那么终其一生,他的幸与不幸
610　　　混杂不休;若碰上胡搅的家眷,
　　　　　那么苦难要一世伴随他胸中的
　　　　　气血五脏⑥,这般不幸无从弥补。

　　　　宙斯的意志⑦难以蒙骗,也无法逃避,

---

① 整天忙碌,直到太阳下山(πρόπαν ἦμαρ ἐς ἠέλιον καταδύντα):同《伊》,1.601(他们整日宴饮,直到日落时分)。
② 躲在(ἔντοσθε μένοντες):同《劳》,520(冬日里的少女)。
③ 同585。
④ 女人带来的麻烦(μέρμερα ἔργα γυναικῶν):《伊利亚特》(6.289)和《奥德赛》(7.97)中,ἔργα γυναικῶν指妇女做编织活儿。
⑤ 要命的(ὀλοόν):同225;参见《献给阿佛洛狄特的托名荷马颂诗》,224。
⑥ 气血五脏(...θυμῷ καὶ κραδίῃ):同《奥》,4.548(心灵和精神)。
⑦ 宙斯的意志(Διὸς ...νόον):同1002;《劳》,105,483,661。

就连伊阿佩托斯之子,好助人的普罗米修斯

615　　也逃脱不了他的愤怒,①反倒是被制伏,

困在沉重的锁链里,足智多谋也无用。

提坦大战

(百手神)

话说那②布里阿瑞俄斯③,当初父亲妒恨他,

还有科托斯和古厄斯,用坚实的锁链捆住他们。

他顾忌他们超凡的傲气④、相貌

620　　和高大身材⑤,把他们藏在道路通阔的大地之下⑥。

在那儿,他们在地下住所里苦不堪言,

受困于世界的尽头⑦,广袤大地的边缘,

长久以来⑧历尽折磨,心灵饱受创伤。

然而,克洛诺斯之子和所有永生神们⑨——

---

① 就连……也($οὐδὲ\ γὰρ$):一般引出某个特别明显的例证,参见《伊》,6.130(就连强壮的吕库尔戈斯也活不长),18.117(就连赫拉克勒斯也逃脱不了死亡)。

② 同188。

③ 此处写作 Ὀβριάρεως。

④ 超凡的傲气($ἠνορέην\ ὑπέροπλον\ ἀγώμενος$):参见516。

⑤ 相貌和高大身材($εἶδος/καὶ\ μέγεθος$):参见《献给德墨特尔的托名荷马颂诗》,275。

⑥ 道路通阔的大地之下($ὑπὸ\ χθονὸς\ εὐρυοδείης$):同717,787;《奥》,11.52;参见《劳》,198。

⑦ 尽头($ἐπ'\ ἐσχατιῇ$):同《奥》,2.391,9.182,10.96。

⑧ 长久以来($δηθὰ\ μάλ'$):同《伊》,5.587。

⑨ 和所有永生神们($καὶ\ ἀθάνατοι\ θεοὶ\ ἄλλοι$):同《伊》,3.308。

625　　秀发的瑞娅和克洛诺斯因爱生下的孩子们,
　　　　在大地该亚的忠告①下,使他们重见天日。
　　　　因为,她从头告诉神们所有真相:
　　　　他们与三神联手将获得胜利和辉煌的荣耀②。

629　　他们苦战多年,历尽辛劳③,
631　　双方对峙,激战连绵④,
630　　提坦神们和克洛诺斯的孩子们,
632　　高傲的提坦们在俄特吕斯山,
　　　　赐福的神们在奥林波斯山——
　　　　秀发的瑞娅和克洛诺斯同欢生下的孩子们。⑤
635　　彼此为敌,心中愤怒难消散,
　　　　他们苦战不休已整整十年,
　　　　这场恶战难以脱身⑥也看不到头,
　　　　双方势均力敌,天平上难定成败。

　　　　但是,当他给他们⑦合宜之物⑧,

---

①　大地该亚的忠告(Γαίης φραδμοσύνησιν):同 884,891;《劳》,245。
②　获得胜利和辉煌的荣耀(νίκην τε καὶ ἀγλαὸν εὖχος ἀρέσθαι):参见《伊》,7.203。不定过去时用于预言,参见《伊》,13.667-668;《奥》,22.35;希罗多德,1.53.3。
③　辛劳(πόνον):同 881(辛苦操劳)。
④　激战连绵(διὰ κρατερὰς ὑσμίνας):同 663,712;参见《伊》,2.40。
⑤　参见 625。同欢(εὐνηθεῖσα):参见 380。Wolf 建议删此行。
⑥　难以脱身(οὐδέ λύσις):参见《劳》,404(困境);《伊》,24.655;《奥》,9.421。
⑦　他们,即百手神。
⑧　合宜之物(ἄρμενα πάντα):参见忒奥格尼斯残篇,275,695;品达《涅墨厄竞技凯歌》,3,58。

640　　　只供神们食用的琼浆玉液①,
　　　　当他们胸中重新涌起豪气,
　　　　[在吃过琼浆和甜美的玉液②之后,]
　　　　人和神的父对他们说道:
　　　　"听我说,该亚和乌兰诺斯的③出色儿子,
645　　　我要告诉你们心里的话。
　　　　大家相互作对实在太久了,
　　　　为了胜利和权力,天天打个不停,
　　　　提坦神和我们这些克洛诺斯的后代。
　　　　你们有强大的威力和不可征服的手臂④,
650　　　在苦战中⑤对峙⑥提坦吧,好好展示出来。
　　　　莫忘了我们的友好情谊⑦,从前你们
　　　　困在残酷的锁链里,如今得见天日,
　　　　全靠我们的好意才从幽暗的阴间⑧得救。"

---

① 琼浆($νέκταρ$):参见《伊》,4.3,19.38、347;《奥》,5.93;《献给德墨特尔的托名荷马颂诗》,49;《献给阿佛洛狄特的托名荷马颂诗》,206;《献给阿波罗的托名荷马颂诗》,10。玉液($ἀμβροσίην$):参见《伊》,5.777;《奥》,5.93;《献给阿波罗的托名荷马颂诗》,124。

② 琼浆和甜美的玉液($νέκταρ\ τ'…καὶ\ ἀμβροσίην\ ἐρατεινήν$):同《伊》,19.347、353。

③ 该亚和乌兰诺斯的($Γαίης\ τε\ καὶ\ Οὐρανοῦ$):同147,154=421,《伊》,5.769=8.46。

④ 强大的威力和不可征服的手臂($μεγάλην\ τε\ βίην\ καὶ\ χεῖρας\ ἀάπτους$):同《劳》,148。$ἀάπτους$在早期史诗中专用于修饰$χεῖρας$。

⑤ 在苦战中($ἐν\ δαὶ\ λυγρῇ$):参见674;《伊》,13.286,24.739。

⑥ 对峙($ἐναντίοι$):参见631。

⑦ 友好情谊($φιλότητος\ ἐνηέος$):同《伊》,3.354;《奥》,15.55。

⑧ 幽暗的阴间($ζόφου\ ἠερόεντος$):同658,729;参见《献给德墨特尔的托名荷马颂诗》,337;《伊》,21.56,23.51;《奥》,11.57 等。

他说罢,无懈可击的科托斯回答道:

655 "哎呀,好神王,你说的咱们都懂。
我们老早就晓得,论才智①和见识你比谁都强。
你是永生者逃离冰冷厄运的救星。
亏得你明智,我们才能离开幽暗的阴间②,
扭转自己的命运,摆脱无情的锁链,
660 意想不到地回到这里,克洛诺斯的王子啊!
所以,我们认真想过,拿定了主意,
要强力支援你们这场苦斗③,
和那些提坦展开连绵激战④。"

(最后一战)

他说罢,赐福的神们称许⑤
665 这些话,他们的心渴望作战,
比先前更强烈⑥,他们发起⑦可怕战争,
所有的男神和女神,就在那一天,
提坦神们和克洛诺斯的孩子们,
还有宙斯从虚冥送到阳光里的三神。
670 他们强大可怕,气力无与伦比⑧。

---

① 才智($\pi\rho\alpha\pi\iota\delta\varepsilon\varsigma$):即"横膈膜",古希腊人眼里心智的所在,相当于我们说的"脑瓜子好使"。
② 同653。
③ 这场苦斗($\dot{\varepsilon}\nu\ \alpha\dot{\iota}\nu\tilde{\eta}\ \delta\eta\iota o\tau\tilde{\eta}\tau\iota$):参见《伊》,13.207等。
④ 同631,712。
⑤ 称许($\dot{\varepsilon}\pi\dot{\eta}\nu\eta\sigma\alpha\nu$):参见《伊》,7.344 = 9.710(他这样说,在场的国王表示赞成)。
⑥ 比先前更强烈($\mu\tilde{\alpha}\lambda\lambda o\nu\ \ddot{\varepsilon}\tau'\ \ddot{\eta}\ \tau\dot{o}\ \pi\dot{\alpha}\rho o\iota\vartheta\varepsilon$):同《奥》,1.322。
⑦ 发起($\ddot{\varepsilon}\gamma\varepsilon\iota\rho\alpha\nu$):参见713;《伊》,5.496,20.31等。
⑧ 气力无与伦比($\beta\dot{\iota}\eta\nu\ \dot{\upsilon}\pi\dot{\varepsilon}\rho o\pi\lambda o\nu\ \ddot{\varepsilon}\chi o\nu\tau\varepsilon\varsigma$):参见516(墨诺提俄斯)。

他们肩上吊着一百只手臂,
全都一样,还有五十个脑袋
分别长在身躯粗壮的肩膀上。
他们深入战场,与提坦苦战,
675 用粗壮有力的手扔投巨石。
提坦们在对面①也加强战线,
双方使出浑身解数全力以赴。

一时里,无边的海浪鸣声回荡②,
大地轰然长响③,连广天④也动撼
680 呻吟。高耸的奥林波斯山底
在永生者们重击之下颤动。强烈的振鸣
从他们脚下传到幽暗的塔耳塔罗斯,
还有厮杀混战声,重箭呼啸声。
双方互掷武器,引起呜咽不绝。
685 两军呐喊,呼声直冲上星天。
短兵相接,厮杀与喧嚷不尽。

这时,宙斯不再⑤抑制内心的激情,
顿时胸中充满豪气⑥,便要使出

---

① 在对面(ἑτέρωθεν):同《伊》,1.247(阿伽门农"在对面"发怒)。
② 回荡(περίαχε):海浪回响,参见《伊》,1.482 =《奥》,2.428。
③ 轰然长响(ἐσμαράγησεν):同693。
④ 广天(οὐρανὸς εὐρύς):同110,702,840,参见《伊》,3.364。
⑤ 不再(ἴσχεν):参见《伊》,2.247,11.848(鲜血不再外流),21.303;《献给阿波罗的托名荷马颂诗》,128。
⑥ 胸中充满豪气(μένεος πλῆντο φρένες):参见 sc.429;《伊》,1.103–104,17.499(内心充满勇气和力量)。μένεος一般更指精神勇气而非气力。

浑身解数。他同时①从天空和奥林波斯山

690　　一路接连不断地扔出闪电。串串霹雳
直中目标②,伴随电光雷声③从他矫健的手中
频频飞出④,引着火焰处处盘旋,
浓烈无比——周遭孕育生命的大地⑤轰然长响⑥,
燃烧不尽,无边的森林也在火中大声怒哮。

695　　整个大地一片沸腾,还有大洋的流波⑦
和荒芜的深海。至于别的……灼热的蒸汽困住⑧
地下的提坦;大火蹿升至神圣的云天,
他们再强壮,还是被刺瞎了双眼,
鸣雷闪电的光亮实在太强烈。

700　　漫漫灼热⑨席卷了整个浑沌世界。
举目看那火光,侧耳听那声响,
仿佛大地和高高的广天⑩撞在一起:

---

① 同时($ἄμυδις$):参见《奥》,5.467;《阿尔戈英雄纪》,1.961,2.47。

② 直中目标($ἴκταρ$):本意为"接近",此处意译为"接近靶子,命中目标",参见柏拉图,《理想国》,575c。

③ 参见141,504-505,707,845-846。

④ 从他矫健的手中($χειρὸς ἄπο στιβαρῆς$):参见《伊》,14.455,23.843。频频飞出($ποτέοντο$):一般用于飞箭,参见《伊》,5.99、282,20.99。译文调整了两组短语的语序。

⑤ 孕育生命的大地($γαῖα φερέσβιος$):参见《献给阿波罗的托名荷马颂诗》,341;《献给德墨特尔的托名荷马颂诗》,450-451,469;托名荷马颂诗,39.9。宙斯的雷电对大地的影响,另见839。

⑥ 同679。

⑦ 大洋的流波($Ὠκεανοῖο ῥέεθρα$):参见《伊》,23.205。

⑧ 困住($ἄμφεπε$):描写火焰,参见《伊》,16.124,18.348;《奥》,8.437。

⑨ 灼热($καῦμα$):参见844;《劳》,415,588。荷马史诗仅出现一次:《伊》,5.865。

⑩ 大地和高高的广天($Γαῖα καὶ Οὐρανὸς εὐρὺς ὕπερθε$):参见110;《伊》,15.36。

　　　　　大地若崩溃于天空下,或天空
　　　　　坍塌在大地上,声响也不过如此。
705　　　神们鏖战也发出一样大的声响。①
　　　　　大风同时震摇地面,搅乱尘烟,
　　　　　还有响雷、闪电和燃烧的霹雳,②
　　　　　伟大宙斯的箭矢。大风传送厮杀与喧嚷,
　　　　　在两军之间的阵地③,可怕的④轰隆声
710　　　响彻这场殊死之战,双方力以尽竭。

　　　　　这时战局渐显端倪⑤。在此之前,
　　　　　双方不停地相互攻击,激战连绵⑥。
　　　　　然而,三神在最前线重新发起⑦猛攻,
　　　　　科托斯、布里阿瑞俄斯和好战的古厄斯,
715　　　他们强壮的大手抓着三百块巨石,
　　　　　接二连三扔出去,铺天盖地困住
　　　　　提坦,在道路通阔的大地⑧之下
　　　　　囚禁他们,捆绑在无情的锁链⑨里。
　　　　　提坦们再胆气十足,终不敌这些神手——

---

① 参见《伊》,20.66:"神明们参战引起如此巨大的轰鸣。"
② 参见 141,504 - 505,690 - 691,845 - 846。
③ 在两军之间的阵地(ἐς μέσον ἀμφοτέρων):同《伊》,6.120,20.159。
④ 可怕的(ἄπλητος):或"难以想象的,让人惊骇的",一般指灾难或悲伤,参见 153(百手神)。
⑤ 对观 638(天平上难定成败)。
⑥ 同 631,663。
⑦ 同 666。
⑧ 同 498,620,787。
⑨ 同 522。

地下神界

(提坦的囚禁地)

720　从那里到地面和从天到地一样远,
　　　因为,从大地到幽暗的塔耳塔罗斯也一样远。
　　　一个铜砧要经过九天九夜,
　　　第十天才能从天落到地上。

723a 从大地到幽暗的塔耳塔罗斯也一样远。
　　　一个铜砧也要经过九天九夜,

725　第十天才能从大地落到塔耳塔罗斯。
　　　塔耳塔罗斯四周环绕着铜垒,三重黑幕①
　　　蔓延圈着它的细颈,从那上面
　　　生②出了大地和荒凉大海之根。

　　　在那里,幽暗的阴间③深处,提坦神们④

730　被囚困住,聚云神宙斯的意愿如此,⑤
　　　在那发霉的⑥所在,广袤大地的边缘。
　　　他们再也不能出来:波塞冬装好
　　　青铜大门,还有一座高墙环绕四周⑦。
　　　在那里,住着古厄斯、卡托斯和大胆的

---

① 黑幕(νύξ):不是夜神纽克斯,而是宇宙的基本组成元素。参见《伊》,5.23;《奥》,23.372。
② 生(πεφύασι):对应根(ῥίζαι)的譬喻。
③ 同653,658。
④ 提坦神们(θεοί Τιτῆνες):同630。
⑤ 聚云神宙斯的意愿如此(βουλῇσι Διὸς νεφεληγερέταο):参见465相关笺释。
⑥ 发霉的(εὐρώεντι):同739。
⑦ 对观726(塔耳塔罗斯四周环绕着铜垒)。

735　　布里阿瑞俄斯,持神盾宙斯的忠实护卫。

　　　　在那里,无论迷蒙大地还是幽暗的塔耳塔罗斯,
　　　　无论荒凉大海还是繁星无数的天空,
　　　　万物的源头和尽头并排连在一起。
　　　　可怕而发霉的①所在,连神们也憎恶②。
740　　无边的浑渊,哪怕走上一整年,
　　　　从跨进重重大门算起,也走不到头。
　　　　狂风阵阵不绝,把一切吹来吹去,
　　　　多么可怕,连永生神们也吃不消。

(阿特拉斯、黑夜与白天)
　　　　何等奇观! 幽深的夜叫人害怕的③家
745　　裹着黑色的云雾隐隐矗立在那里。
　　　　在那前面,伊阿佩托斯的儿子④支撑着天,
　　　　他站着,不倦的头颅和双臂[托着天],
　　　　巍然不动⑤,黑夜和白天在此相会,
　　　　彼此问候,在青铜的门槛上交班:
750　　一个降落进门,另一个正要出门。
　　　　她俩从不会一块儿待在家里,
　　　　总是轮番交替,一个走在宅外⑥,

---

①　同 731。
②　连神们也憎恶(τά τε στυγέουσι θεοί περ):参见《献给阿佛洛狄特的托名荷马颂诗》,246。
③　叫人害怕的(δεινὰ):同 769(哈得斯的看门狗)。
④　儿子(πάις):同 178。
⑤　巍然不动(ἀστεμφής):同 812。
⑥　宅外(δόμων ἔκτοσθεν):同《奥》,23.148。

穿越大地①,另一个守在家里,
等待轮到她出发的时候来临;
755 一个给大地上的生灵带来把万物尽收眼底②的光,
另一个双手拥抱死亡的兄弟③睡眠:
那就是裹在云雾中的④可怕的夜神⑤。

(睡神和死神)

在那里还住着幽深的夜的儿子们,
睡眠和死亡,让人害怕的神。
760 灿烂阳光从不看照在他们身上,
无论日升中天,还是日落归西。⑥
他们一个漫游在大地和无边海上,
往来不息,对人类平和又友好;
另一个却心如铁石性似青铜,
765 毫无怜悯。人类落入他手里
就逃脱不了,连永生神们也恼恨他。⑦

(冥府的看门犬)

在那前面⑧有地下神充满回音的殿堂,

---

① 穿越大地(γαῖαν ἐπιστρέφεται):参见忒奥格尼斯残篇,648。
② 把万物尽收眼底(πολυδερκές):同451。
③ 死亡的兄弟(κασίγνητον Θανάτοιο):同《伊》,14.231。参见《劳》,116;《伊》,11.241,16.454、672;《奥》,13.80,18.210-212;泡赛尼阿斯,5.18.1。
④ 裹在云雾中的(νεφέλῃ κεκαλυμμένη):参见745。
⑤ 同224。
⑥ 对观《奥》,11.16-18:"明媚的太阳从来不可能把光线从上面照耀他们,无论是当它升上繁星满布的天空,或者是当它重又从天空返回地面。"
⑦ 参见739和743。
⑧ 前面(πρόσθεν):参见813。哈得斯的住所在死神睡神住所的前面。

　　　　住着强悍的哈得斯①和威严的珀耳塞福涅，
　　　　一条让人害怕的狗守在门前，
770　　冷酷无情，擅使阴险的计谋②：
　　　　它摇耳又摆尾，逢迎人们进来，
　　　　却阻止他们折回去。它窥伺着③，
　　　　抓住并吃掉那些企图夺门逃走的人——
　　　　[那里]住着强悍的哈得斯和威严的珀耳塞福涅。

(斯梯克斯之水)

775　　在那里住着永生者们憎恶④的女神，
　　　　可怕的斯梯克斯⑤，环流大洋神的
　　　　长女。她远离神们⑥，住在华美的寓所⑦，
　　　　巨大的岩石堆砌成拱穹，
　　　　银柱盘绕而起直上云霄。
780　　陶马斯之女，捷足的伊里斯⑧很少⑨
　　　　在无垠的海面上来往传信。
　　　　然而，每当永生者中起了争吵和冲突，⑩
　　　　住在奥林波斯山的某个神撒了谎，

---

① 同455。
② 同160。
③ 它窥伺着(ἀλλὰ δοκεύων)：参见466(克洛诺斯)。
④ 永生者们憎恶(στυγερὴ ἀθανάτοισι)：参见739。
⑤ 可怕的斯梯克斯(δεινὴ Στύξ)：参见 Sc. 129；《伊》，17.211。
⑥ 远离神们(νόσφιν δὲ θεῶν)：参见302(厄客德娜)。
⑦ 同303。
⑧ 捷足的伊里斯(πόδας ὠκέα Ἶρις)：《伊利亚特》出现九次，未见于《奥德赛》，详见266相关笺释。
⑨ 很少(παῦρα)：参见《献给赫耳墨斯的托名荷马颂诗》，577；《伊》，3.214。
⑩ 起了争吵和冲突(ἔρις καὶ νεῖκος... ὄρηται)：参见《奥》，20.267。

宙斯就派伊里斯去找神们的重大誓言，
785　　从大老远取来这著名的水，盛在金杯里，
那是一股冰冷的水，从巨崖高高淌下。
远远的①，在道路通阔的大地之下，②
它源自神圣的大河，流过黑色的夜，
俄刻阿诺斯的一个分支③，第十支流：
790　　另外九条支流环绕着大地和无垠的海面，
银色的涡流最终汇合于咸涩的浪中。
只这支流从崖石淌下，是神们的大灾祸。

若有谁以这水浇奠并故意发伪誓
——拥有积雪的奥林波斯山顶的永生者，
795　　便要断了呼吸，躺倒整整一年，
不得④接近⑤琼浆和玉液⑥，
他要没声没气地⑦躺倒在
床榻上，不祥沉睡笼罩全身。
这病要捱完长长一年⑧才算数，
800　　更严酷的新惩罚又相继而来。

---

① 远远的（πολλὸν）：参见《奥》，6.40。此从 West 的读法（p.373）；Lennep 本、Paley 本、M 本和 PB 本作"大量的"，AB 本作"长久以来"。
② 同 498，620，717。
③ 分支（κέρας）：参见品达残篇，201；修昔底德，1.110；《阿尔戈英雄纪》，4.282；斯特拉波，458；奥维德，《变形记》，9.774。
④ 不得（οὐδέ ποτ᾽）：同 802。
⑤ 接近（ἔρχεται ἆσσον）：参见《奥》，11.147（死者接近牲血就会说实话）。
⑥ 琼浆和玉液，参见 639－640 相关笺释。
⑦ 没声没气地（ἀνάπνευστος καὶ ἄναυδος）：参见《奥》，5.456（气喘吁吁难以言语）。
⑧ 长长一年（μέγαν εἰς ἐνιαυτόν）：此处不指"一个大年"，而指"一年的结束，一年的最后一天"，参见 West，p.376。

>   他要和永生神们断绝往来九年,
>   不得出席议会,参加欢宴,①
>   如此整整九年,到第十年才重回②
>   奥林波斯山顶的永生者的聚会。
> 805 神们这样以长生的斯梯克斯③水立誓,
>   那流经丛石之地的古老的水。

(提坦的囚禁地)

>   在那里,无论迷蒙大地还是幽暗的塔耳塔罗斯,
>   无论荒凉大海还是繁星无数的天空,
>   万物的源头和尽头并排连在一起。
> 810 可怕而发霉的所在,连神们也憎恶。
>   在那里有锃亮的大门④和青铜门槛,
>   门槛巍然不动⑤,有连绵的老根⑥,
>   浑然如天成⑦。在那前面,⑧众神之外
>   住着提坦们:就在黑暗的浑渊彼岸。
> 815 雷声轰轰的宙斯那些闻名遐迩的盟友
>   住在大洋最深处⑨的住所里——

---

① 神们的活动,参见《伊》,5.575、579,4.1 等。
② 类似句型,参见 646 相关笺释。
③ 同 389,397。
④ 大门(πύλαι):参见 741 相关笺释。
⑤ 同 748。
⑥ 连绵的老根(ῥίζῃσι διηνεκέεσσιν):参见《伊》,12.134;《献给阿波罗的托名荷马颂诗》,254 起。根的譬喻,参见 161 相关笺释。
⑦ 浑然如天成(αὐτοφυής):参见《劳》,433;《伊》,23.826;埃斯库罗斯,《被缚的普罗米修斯》,300–301。
⑧ 同 767。
⑨ 最深处(θεμέθλοις):参见 728,932。

科托斯和古厄斯;布里阿瑞俄斯生来英勇,
发出巨响的①撼地神选他做女婿,
把女儿库墨珀勒阿许给了他。②

提丰大战

(提丰)

820 宙斯把提坦们赶出天庭③之后,
宽广的该亚④生下最小的孩子提丰,
金色的阿佛洛狄忒⑤使她和塔耳塔罗斯相爱。
他有干起活来使不完劲⑥的双手和
不倦的⑦双脚:这强大的神。他肩上
825 长着一百个蛇头或可怕的龙头⑧,
口里吐着黝黑舌头⑨。一双双眼睛映亮
那些怪异脑袋,在眉毛下⑩闪着火花⑪。

---

① 发出巨响的($\beta\alpha\rho\upsilon\kappa\tau\upsilon\pi\omega$):同 388("雷神"宙斯)。
② 把女儿[许给他]($\vartheta\upsilon\gamma\alpha\tau\acute{\epsilon}\rho\alpha\ \mathring{\eta}\nu$):参见《伊》,6.192(柏勒罗丰)。
③ 天庭($\mathring{\alpha}\pi'\ o\mathring{\upsilon}\rho\alpha\nuo\tilde{\upsilon}$):同《劳》,111;提坦在天庭,参见 632 相关笺释。
④ 同 159,173,479,858。
⑤ 金色的阿佛洛狄忒($\chi\rho\upsilon\sigma\tilde{\eta}\nu\ A\varphi\rho o\delta\acute{\iota}\tau\eta\nu$):同 962,975,1005;《劳》,65。"金色的"($\chi\rho\upsilon\sigma\acute{\eta}\nu$),参见 12,578,785;《劳》,109。
⑥ 使不完劲($\mathring{\iota}\sigma\chi\grave{\upsilon}\varsigma$):同 146,153。
⑦ 同 39,519。
⑧ 参见 322(客迈拉)。
⑨ 舌头($\gamma\lambda\acute{\omega}\sigma\sigma\eta\sigma\iota\nu$):形容蛇,参见《伊》,11.26;Sc.235;欧里庇得斯,《酒神的伴侣》,698;忒奥克里托斯,24.20;卢克莱修,3.657;维吉尔,《农事诗》,3.439;《埃涅阿斯记》,2.211。
⑩ 在眉毛下($\mathring{\upsilon}\pi'\ \mathring{o}\varphi\rho\acute{\upsilon}\sigma\iota$):一般用于人的眼眉,比如《伊》,14.236(宙斯),15.607(赫克托尔)。
⑪ 闪着火花($\pi\tilde{\upsilon}\rho\ \mathring{\alpha}\mu\acute{\alpha}\rho\upsilon\sigma\sigma\epsilon\nu$):参见《献给赫耳墨斯的托名荷马颂诗》,278,415;萨福残篇 16,18。

[他的每个注视在所有脑袋上喷溅火光。]
每个可怕的脑袋发出声音,
830　说着各种无法形容的言语,
时而像在对神说话,时而又
如难以征服的①公牛大声咆哮,
时而如凶残无忌的②狮子怒吼,
时而如一片犬吠:听上去奇妙无比,③
835　时而如回荡于高高群山的呜咽④。

(宙斯大战提丰)

那一天,无可挽回的事差点儿来临,
提丰差点儿统治有死的人和不死的神,
若不是⑤人和神的父亲及时察觉。

他打雷,猛烈又沉重。周遭大地
840　发出可怕回响⑥,还有高高的广天⑦、
大海、大洋和大地深处的塔耳塔罗斯。
崇高的奥林波斯山在神王进攻时

---

① 难以征服的($μένος\ ἀσχέτου$):用于声音,《奥德赛》中共有五次:三次形容特勒马科斯,一次形容阿开亚人,一次形容巨人库克洛佩斯。
② 凶残无忌的($ἀναιδέα$):参见312(刻尔柏若斯)。
③ 参见575和581(看上去神妙无比)。
④ 呜咽($ῥοίζεσχ'$):一般指蛇的嘶嘶声,比如《阿尔戈英雄纪》,4,129,138,2543;Oppius, His. ,1.563。
⑤ 类似句型,参见《伊》,3.373,5.679,7.273等。
⑥ 发出可怕回响($σμερδαλέον κονάβησε$):参见《伊》,15.648,16.276,21.255、592;《奥》,10.398,17.542;《献给赫耳墨斯的托名荷马颂诗》,420;托名荷马颂诗,28.10。
⑦ 同110,702。

　　　　　不朽的脚下震颤,①大地随之呻吟。
　　　　　从双方散出的灼热,笼罩着幽深②大海:
845　　这方鸣雷闪电,那方怪物喷奇火,
　　　　　举目但见灼热的风和燃烧的霹雳。③
　　　　　整个大地一片沸腾,还有天空和海洋。
　　　　　长浪从四面八方翻腾而起直扑悬崖,
　　　　　在永生者们重击之下,颤动久久难息。
850　　下界掌管亡灵的哈得斯也心惊胆战,
　　　　　还有和克洛诺斯一道住在④塔耳塔罗斯的提坦:
　　　　　争战如此激烈,呐喊之声延绵不绝。

　　　　　于是宙斯凝聚浑身气力,紧握武器
　　　　　鸣雷、闪电和燃烧的霹雳,⑤
855　　从奥林波斯山跃起,猛力进攻⑥,
　　　　　遍烧那可怕怪物的所有怪异脑袋。
　　　　　宙斯连连把他鞭打得再无还手之力,⑦
　　　　　遍身残疾⑧,宽广的大地⑨为之呻吟。

------

① 参见《伊》,8.443:"崇高的奥林波斯山在他的脚下震颤"。宙斯一边打雷,一边大步向前走,参见690;赫西俄德残篇,30.15。"在神王进攻时"和"不朽的脚下"互换位置。

② 幽深(ἰοειδέα):同3(修饰泉水)。

③ 参见141,504 – 505,690 – 691,707,845 – 846。

④ 和克洛诺斯一道住在(Κρόνον ἀμφὶς ἐόντες):同《伊》,14.274,15.225。

⑤ 参见72,504,707。

⑥ 进攻(πλῆξεν):参见品达,《涅墨厄竞技凯歌》,10,71。

⑦ 参见《奥》,4.244;《伊》,12.37。

⑧ 遍身残疾(γυιωθείς):参见《伊》,6.265,8.402、416。

⑨ 同159,173,479,821。

　　　　　这浑王受雷电重创,浑身喷火①,
860　　倒在阴暗多石的山谷②里,
　　　　　溃败不起。无边大地整个儿③起火,
　　　　　弥漫着可怕的浓烟,好比锡块
　　　　　被棒小伙儿有技巧地丢进熔瓮里
　　　　　加热,又好比金属中最硬的铁块
865　　埋在山谷中经由炙热的火焰锤炼,
　　　　　在赫淮斯托斯巧手操作下熔于神圣土地。
　　　　　大地也是这么在耀焰的火中熔化。
　　　　　宙斯盛怒之中把他丢进广阔的塔耳塔罗斯④。

(提丰的孩子们)
　　　　　从提丰产生了各种潮湿的疾风⑤,
870　　不算诺托斯、玻瑞厄斯和吹净云天的泽费罗斯:
　　　　　他们属于神族,给人类极大的好处⑥。
　　　　　别的全是些横扫海面的狂风。
　　　　　他们骤然降临在云雾迷蒙的海上⑦,
　　　　　激起无情的风暴,真是人类的大灾祸⑧。

---

①　参见845。
②　倒在……山谷(οὔρεος ἐν βήσσῃσιν):同865;参见《劳》,510;《献给赫耳墨斯的托名荷马颂诗》,287。
③　整个儿(πολλή):参见《伊》,7.156(一大堆东西),20.490(一团烈火)。
④　广阔的塔耳塔罗斯(Τάρταρον εὐρύν):参见《献给赫耳墨斯的托名荷马颂诗》,374。同一形容词也修饰天空,如见110,373,673等。
⑤　潮湿的疾风(ἀνέμων μένος ὑγρὸν ἀέντων):同《劳》,625;《奥》,5.478,19.440。
⑥　好处(ὄνειαρ):参见《劳》,41,346,822。
⑦　云雾迷蒙的海上(ἐς ἠεροειδέα πόντον):同《劳》,620。
⑧　人类的大灾祸(πῆμα μέγα θνητοῖσι):参见329,792。

875　　他们时时出其不意,覆灭船只,
　　　　殃及①水手。出海的人若遭遇
　　　　这些狂风,便无法逃脱灾难。
　　　　他们还侵袭繁花的无尽大地②,
　　　　败坏生于大地的③人类的美好劳作④:
880　　农田覆满尘土,造成恼人的混乱。

奥林波斯世家

(宙斯获取神权)

　　　　话说极乐的神们辛苦操劳完毕,
　　　　用武力解决了与提坦的荣誉纷争⑤,
　　　　他们推选出统治永生者们的王⑥,
　　　　奥林波斯远见的宙斯⑦:在该亚的忠告⑧下。
885　　他为神们重新公正地分配了荣誉。

---

①　殃及($\varphi \vartheta \varepsilon i \varrho o \upsilon \sigma \iota$):同879(败坏)。荷马诗中仅出现两次:《伊》,21.128(遭殃);《奥》,17.246(摧残)。

②　繁花的无尽大地($\gamma a \tilde{\iota} a v\ \dot{a} \pi \varepsilon i \varrho \iota \tau o v\ \dot{a} v \vartheta \varepsilon \mu \acute{o} \varepsilon \sigma \sigma a v$):荷马诗中的大地从不曾"繁花似锦";"无尽"($\dot{a}\pi\varepsilon i\varrho\iota\tau o v$)在行109修饰大海;另参《奥》,10.195;《献给阿佛洛狄特的托名荷马颂诗》,120。

③　生于大地的($\chi a \mu a \iota \gamma \varepsilon v \varepsilon \omega v$):同《献给德墨特尔的托名荷马颂诗》,352;《献给阿佛洛狄特的托名荷马颂诗》,108;参见忒奥格尼斯残篇,870。

④　美好劳作:参见《伊》,5.92,16.392。

⑤　荣誉纷争($\tau \iota \mu \acute{a} \omega v\ \varkappa \varrho \acute{\iota} v a v \tau o$):参见535(墨科涅聚会上,人神解决纷争)。

⑥　统治永生者们的王($\beta a \sigma \iota \lambda \varepsilon \upsilon \acute{\varepsilon} \mu \varepsilon v\ \dot{\eta} \delta \grave{\varepsilon}\ \dot{a} v \acute{a} \sigma \sigma \varepsilon \iota v$):参见403;残篇308,195,144;《奥》,20.194。赫西俄德单独使用$\beta a \sigma \iota \lambda \varepsilon \acute{\upsilon} \varepsilon \iota v$,见71;《劳》,111;单独使用$\dot{a}v\acute{a}\sigma\sigma\omega$,见403,491,506。他用两个词指天上的君王身份,但只用$\beta a \sigma \iota \lambda \varepsilon \acute{\upsilon} \varsigma$(486,886,923)指神王宙斯,而不用$\check{a}v a \xi$。荷马从未称宙斯为$\beta a \sigma \iota \lambda \varepsilon \acute{\upsilon} \varsigma$。

⑦　远见的宙斯($\varepsilon \dot{\upsilon} \varrho \acute{\upsilon} o \pi a\ Z \tilde{\eta} v$):同514。

⑧　该亚的忠告($\Gamma a \acute{\iota} \eta \varsigma\ \varphi \varrho a \delta \mu o \sigma \acute{\upsilon} v \eta \sigma \iota v$):同626。

（墨提斯神话）

  众神之王宙斯①最先②娶墨提斯，
  她知道的事比任何神和有死的人都多，
  可她正要生下明眸神女雅典娜③，
  就在那时，宙斯使计哄她上当，
890 花言巧语，将她吞进了肚里，④
  在大地和繁星无数的天空的忠告下。
  他们告诉他这个办法，以避免王权
  为别的永生神取代，不再属于宙斯。
  原来，她注定要生下绝顶聪明的孩子：
895 先⑤是一个女儿，明眸的特里托革涅亚，
  在豪气和思谋才智⑥上与父亲相等；
  但接着，看吧，她还将生下一个儿子——
  神和人的王⑦，一个狂傲无比的⑧儿子。
  可是，宙斯抢先把她吞进肚里，
900 好让女神帮他出主意，分辨好坏。

---

① 众神之王宙斯（Ζεὺς δὲ θεῶν βασιλεὺς）：参见《塞浦路亚》残篇 7.3；《献给德墨特尔的托名荷马颂诗》，358。
② 同 126，309，895。
③ 明眸神女雅典娜（θεὰν γλαυκῶπιν Ἀθήνην）：参见 13，573，587，895，924。
④ 同 487。
⑤ 同 126，309，886。
⑥ 同 122。
⑦ 同 923。原文在行 897，译文移至下行。
⑧ 同 139。

（宙斯的六次联姻）
  第二个，他领容光照人的忒弥斯入室，生下时辰女神，
  欧诺弥厄、狄刻和如花的厄瑞涅，
  她们时时关注有死的凡人的劳作；
  还有命运女神，被大智的宙斯赋予至高荣耀，
905 克洛托、拉刻西斯和阿特洛珀斯，
  为有死的人类安排种种幸与不幸①。
  美貌动人的大洋女儿欧律诺墨
  为他生下娇颜的美惠女神，②
  阿格莱娅、欧佛洛绪涅和可爱的③塔利厄，
910 她们的每个顾盼都在倾诉爱意
  使全身酥软④，那眉下眼波多美⑤。

  他又和生养万物的⑥德墨特尔共寝，
  生下白臂的珀耳塞福涅，她被哈得斯
  从母亲身边劫走，大智的宙斯应允这桩事。

915 他还爱上秀发柔美的谟涅摩绪涅，

---

① 同219。
② 行907-908直译为："欧律诺墨为他生下娇颜的美惠女神，/那美貌动人的大洋女儿。"译文调整了语序。
③ 同136（特梯斯）。
④ 同121（爱若斯）。
⑤ 以眼波表达爱意，是古代诗人们的常见手法，如见阿尔克曼，1.20-21；萨福残篇，2138.2；《献给德墨特尔的托名荷马颂诗》，276；《献给阿佛洛狄特的托名荷马颂诗》，174；柏拉图《斐德若》，251c 等。
⑥ 生养万物的（πολυφόρβης）：一般修饰大地；比如《伊》，9.568，14.200、301；《献给阿波罗的托名荷马颂诗》，365。

生下头戴金冠的①缪斯神女,
共有九位,都爱宴饮和歌唱之乐②。

勒托生下阿波罗和神箭手阿尔特弥斯,③
天神的所有后代④里数他们最优雅迷人,
920 　她在执神盾宙斯的爱抚之中生下他们。

最后,他娶赫拉做娇妻⑤。
她生下赫柏、阿瑞斯和埃勒提伊阿,
在与神和人的王⑥因爱结合之后。

(雅典娜、赫淮斯托斯)

他独自从脑袋生出明眸的雅典娜,
925 　可怕的女神,惊起战号又率领大军⑦,
不倦的⑧女王,渴望喧嚷和战争厮杀。

赫拉心里恼怒,生着自家夫君的气,

---

① 头戴金冠的($χρυσάμπυκες$):参见 578 相关笺释。在第 6 首托名荷马颂诗中指时辰女神。荷马诗中出现四次,全指马的额佩:《伊里亚特》,5.358、363、720、8.382。

② 宴饮和歌唱之乐($θαλίαι καὶ τέρψις ἀοιδῆς$):会饮与歌唱连在一起,参见 65,77;残篇 305;《献给赫耳墨斯的托名荷马颂诗》,55 – 56,454,489,色诺芬残篇,1,12。

③ 参见《献给阿波罗的托名荷马颂诗》,14 起。

④ 天神的所有后代($πάντων Οὐρανιώνων$):参见 929。

⑤ 做娇妻($θαλερὴν ποιήσατ' ἄκοιτιν$):参见《伊》,3.53;《奥》,7.66;托名俄耳甫斯祷歌序歌,16。

⑥ 神和人的王($θεῶν βασιλῆι καὶ ἀνδρῶν$):同 897;参见 886。

⑦ 率领大军($ἀγέστρατον$):首次出现,参见 318(带来战利品的雅典娜)。

⑧ "不倦的"原文在行 925,译文移至下行。

>　　她未经相爱交合,生下显赫的①赫淮斯托斯,
>
>　　天神的所有后代里属他技艺最出众②。

(波塞冬、阿瑞斯和阿佛洛狄特)

930　　安菲特里忒③和喧响的撼地神④

　　　　生下高大的特里同,他占有大海

　　　　深处,在慈母和父王的身边,

　　　　住在黄金宫殿:让人害怕的神⑤。至于阿瑞斯,

　　　　毁盾神,库忒瑞娅为他生下普佛波斯和代伊摩斯,

935　　这可怕的兄弟让坚固的士兵阵队也溃散,

　　　　和毁城者阿瑞斯⑥一起,在使人心寒的战争中;

　　　　另有阿尔摩尼亚,勇敢的卡德摩斯娶了她。

(宙斯的三次凡间姻缘)

　　　　阿特拉斯之女迈亚在宙斯的圣床上⑦

　　　　孕育了光荣的赫耳墨斯,永生者的信使⑧。

940　　卡德摩斯之女塞墨勒与宙斯因爱结合,

　　　　生下出色的儿子,欢乐无边的狄俄尼索斯。

---

① 显赫的($\kappa\lambda\upsilon\tau\grave{o}\nu$):同《劳》,70;《献给赫耳墨斯的托名荷马颂诗》,115;《伊》,18.614。

② 出众($\kappa\varepsilon\kappa\alpha\sigma\mu\acute{\varepsilon}\nu o\nu$):参见《伊》,4.339;《奥》,4.725=815。

③ 安菲特里忒('Αμφιτρίτη):涅柔斯的女儿,参见243相关笺释。

④ 波塞冬,同441,456。

⑤ 让人害怕的神($\delta\varepsilon\iota\nu\grave{o}\varsigma\ \vartheta\varepsilon\acute{o}\varsigma$):同759(死神和睡神);《伊》,4.514(阿波罗)。

⑥ 毁城者阿瑞斯(Ἄρηι πτολιπόρθῳ):参见《伊》,20.152。

⑦ "在宙斯的圣床上"原文在行939,译文与"光荣的赫耳墨斯"对调。

⑧ 永生者的信使($\kappa\widetilde{\eta}\rho\upsilon\kappa'\ \grave{\alpha}\vartheta\alpha\nu\acute{\alpha}\tau\omega\nu$):参见《劳》,80;残篇170。赫耳墨斯,见444相关笺释。

她原是凡人女子,如今母子全得永生。

阿尔克墨涅生下大力士赫拉克勒斯,
在她与聚云神宙斯①相爱结合之后。

(赫淮斯托斯)

945　显赫的跛足神赫淮斯托斯娶阿格莱娅,
　　　最年轻的美惠女神,做他的如花娇妻。

(狄俄尼索斯)

　　　金发的②狄俄尼索斯娶弥诺斯的女儿,
　　　栗发的阿里阿德涅做他的如花娇妻,
　　　克洛诺斯之子赐她远离死亡和衰老③。

(赫拉克勒斯和赫柏)

950　美踝的阿尔克墨涅的勇敢儿子④、强大的
　　　赫拉克勒斯在完成艰辛任务后⑤,迎娶赫柏⑥,

---

① 聚云神宙斯(Διὸς νεφεληγερέταο):同730,参558。
② 金发的(χρυσοκόμης):不是金色的,而是黄金的,参见 Archilochus, 121 Bergk。在托名荷马颂诗(7,5)中,狄俄尼索斯却是黑色头发。其他神的金发,参见《献给阿波罗的托名荷马颂诗》,205(勒托);欧里庇得斯,《腓尼基妇女》,191(阿尔特弥斯)。神们的黄金住所,参见933;《伊》,8.42,13.24。
③ 远离死亡和衰老(ἀθάνατοι καὶ ἀγήρων):参见277(戈尔戈姐妹),305(厄客德娜)。
④ 同526。
⑤ 完成艰辛任务后(τελέσας στονόεντας ἀέθλους):同994;《奥》,3.262;品达《涅墨厄竞技凯歌》,1.69起。στονόεντας直译为"使人呻吟叹息的"。
⑥ "赫柏"原文在行950开头,译文无法还原这一语序。

伟大的宙斯和脚穿金靴的赫拉①之女,
做他端庄的②妻,在积雪的奥林波斯山顶③。
——多么快活,他立下了不朽功勋,
955 从此生活在永生者中,远离苦难和衰老!

(赫利俄斯)

不倦的赫利俄斯④和显赫的⑤大洋女儿
珀尔塞伊斯生下基尔克和国王埃厄忒斯。

给凡人带来光明的太阳⑥之子埃厄忒斯
娶环流大洋神俄刻阿诺斯的女儿,
960 美颜的伊底伊阿,遵照神们的意愿。
她在欢爱中生下美踝的⑦美狄娅,
金色的阿佛洛狄特⑧帮助他征服了她。

就此再会吧,居住在奥林波斯的神们!
还有坚实的岛屿、陆地⑨及环绕的咸海⑩!

---

① 同454。
② 端庄的($αἰδοίη$):同194(阿佛洛狄特)。
③ 同42。
④ 不倦的赫利俄斯($Ἠελίῳ\ δ'\ ἀκάμαντι$):参见《伊》,18.239、484;托名荷马颂诗,31.7;Mimnermus., 10.1 – 3。
⑤ 显赫的($κλυτός$):参见《伊》,2.742;《奥》,5.422。该词形容大洋神本身,参见215,274,288,294 等。
⑥ 给凡人带来光明的太阳($φαεσιμβρότου\ Ἠελίοιο$):同《奥》,10.138。
⑦ 同254(安菲特里忒)。
⑧ 同822,975,1005。
⑨ 岛屿、陆地($νῆσοί\ τ'\ ἤπειροι$):参见《献给阿波罗的托名荷马颂诗》,138。
⑩ 同107。

965　　现在,再来咏唱女神们吧,言语甜蜜的①
　　　　奥林波斯的缪斯、执神盾宙斯的女儿们!
　　　　这些女神和有死的男子结成姻缘,
　　　　为他们生下如神一样的美丽子女。

(德墨特尔和伊阿西翁)

　　　　最圣洁的女神德墨特尔生下普路托斯,
970　　她得到英雄伊阿西翁的温存爱抚,
　　　　在丰饶的克里特②,翻过三回的休耕地上。
　　　　他处处③慷慨④,漫游在大地和无边海上。
　　　　他若遇见谁,碰巧降临在谁的手上,
　　　　这人就能发达,一辈子富足有余。⑤

(阿尔摩尼亚和卡德摩斯)

975　　金色阿佛洛狄特⑥之女阿尔摩尼亚为卡德摩斯
　　　　生下伊诺、塞墨勒、美颜的阿高厄、
　　　　奥托诺厄——长髯的阿里斯泰俄斯娶她为妻,
　　　　还有波吕多洛斯,就在城垣坚固的忒拜⑦。

---

① 言语甜蜜的($ἡδυέπειαι$):同《伊》,1.248(涅斯托尔)。
② 同477。
③ "处处"本在行973,译文移至行972。
④ 慷慨($ἐσθλόν$):同439(赫卡忒)。
⑤ 参见《伊》,9.483。
⑥ 同822,962,1005。
⑦ 城垣坚固的忒拜($ἐυστεφάνῳ ἐνὶ Θήβῃ$):同《伊》,19.99。参见 Anacr.,
46;品达《奥林匹亚竞技凯歌》,8.32;索福克勒斯《安提戈涅》,122;欧里庇得斯
《赫卡柏》,910;《特洛亚妇女》,784;埃斯库罗斯残篇764,897。

(卡利若厄和克吕萨俄耳)

  大洋女儿与顽强不屈的克律萨俄耳
980 相爱结合,在金色阿佛洛狄特的安排下,
  卡利若厄生下一个儿子,在凡人中最强大:
  革律俄涅,但大力士赫拉克勒斯杀了他,
  就在四面环海的厄律提厄,蹒跚的牛群边。

(厄俄斯和提托诺斯、刻法罗斯)

  厄俄斯为提托诺斯生下戴铜盔的门农
985 那埃提奥匹亚人的王,和王子厄玛提翁。

  她还为刻法罗斯生下一个光荣的儿子,
  强悍的① 普法厄同,虽是人类却有如神样②。
  他还处在令人钦羡的如花年华,③
  还是纯真少年,爱笑的阿佛洛狄特
990 捉住④他,让他住在她的神殿里,
  做夜里的守卫,神圣的⑤精灵。

(美狄娅和伊阿宋)

  宙斯宠爱的国王埃厄忒斯之女
  被埃宋之子——遵照神们的意愿——

---

① 强悍的(ἴφθιμον):同 455(哈得斯)。
② 有如神样(θεοῖς ἐπιείκελον):同 968。
③ 参见赫西俄德残篇 132;《伊》,11.226,13.484 等。
④ 捉住(ἀνερειψαμένη):这个动词一般用于哈耳皮厄姐妹(267)或狂风神(869 起)。West 列出该词在古代作品中的 24 处用法(p.428)。
⑤ 神圣的(δῖον):一般指女神,很少指高级别的男神。

　　　　从埃厄忒斯身边带走,在完成艰辛任务后①。
995　这些任务发自傲慢无比的国王,
　　　　恣肆的珀利厄斯,疯狂又残暴②。
　　　　在此之后,他历尽苦难③回到伊俄尔科斯④,
　　　　乘着快船,身旁是那炯目的少女⑤。
　　　　埃宋之子娶她做如花的娇妻,
1000　她为人民的牧者伊阿宋所征服,
　　　　生下墨多俄斯,由菲吕拉之子喀戎
　　　　在山里养大:伟大宙斯的意志就此实现⑥。

(普萨玛忒和埃阿科斯)

　　　　在海中长者涅柔斯的女儿们中,
　　　　最神圣的普萨玛忒生下福科斯,
1005　金色的阿佛洛狄特使埃阿科斯爱抚她。

(忒提斯和佩琉斯)

　　　　银足女神忒提斯被佩琉斯所征服,
　　　　生下冲破军阵的狮心的阿喀琉斯。

---

① 同951。
② 疯狂又残暴(ἀτάσθαλος ὀβριμοεργός):参见《伊》,22.418(阿喀琉斯)。
③ 历尽苦难(πολλὰ μογήσας):参见《奥》,23.338;《伊》,1.162,2.690,9.492。
④ 伊俄尔科斯(ἐς Ἰωλκὸν):参见《伊》,2.712;《阿尔戈英雄纪》,3.1135,3.289,4.1163。
⑤ 同298(厄客德娜)。
⑥ 参见613;《献给赫耳墨斯的托名荷马颂诗》,10;《伊》,1.5;《塞浦路亚》残篇1.7。

(阿佛洛狄特和安喀塞斯)

  美冠的库忒瑞娅生下埃涅阿斯,
  她得到英雄安喀塞斯的温存爱抚,
1010 在林木繁茂而崎岖的伊达山顶①。

(基尔克和奥德修斯)

  许佩里翁之子赫利俄斯的女儿②基尔克,
  钟情于坚忍的奥德修斯,生下
  阿格里俄斯和完美强大的拉提诺斯。
  [还有特勒戈诺斯,在金色阿佛洛狄特的安排下。]
1015 他们在遥远的神圣岛屿的尽处,
  统治着光荣无比的图伦尼亚人。

(卡吕普索和奥德修斯)

  圣洁的神女卡吕普索和奥德修斯相爱结合,
  生下瑙西托俄斯和瑙西诺俄斯。

结语

  以上这些女神和有死的男子结成姻缘,
1020 为他们生下如神一样的美丽子女。
  现在,咏唱凡间的女子吧,言语甜蜜的
  奥林波斯的缪斯、执神盾宙斯的女儿们!

---

① 崎岖的伊达山顶(Ἴδης ἐν κορυφῇσι πολυπτύχου):参见《伊》,22.171。
② 许佩里翁之子赫利俄斯的女儿(Ἡελίου θυγάτηρ Ὑπεριονίδαο):参见 955–962。

笺

释

题解

从现存文献看,公元前 3 世纪的廊下派哲人克里希珀斯(Chrysippus)最早使用Θεογονία[神谱]这个标题(Stoic. ,2. 256)。至于赫西俄德自己有没有使用标题,用什么标题,如今已无从考证。古代版本中的"神谱"与"列女传"没有分篇,连在一起抄写。亚历山大里亚的学者们开始分开抄写这两部诗作,并很可能最早把Θεογονία[神谱]作为前一部诗作的正式标题。——早在公元前 5 世纪下半叶,包括《伊利亚特》和《奥德赛》在内的一些诗作的标题就已确定。希罗多德为了把赫西俄德的这部诗作与其他作品区分开来,以"赫西俄德的Θεογονίη",称颂诗人为神们命名留谱(《历史》,2. 53. 2),但在当时,这还不能算是正式标题。

赫西俄德的《神谱》是同类题材中唯一保存完整的诗篇。除赫西俄德以外,还有不少古希腊诗人也写过神谱诗,比如俄耳甫斯、缪塞俄斯、阿里斯特阿斯、埃庇米得尼斯等,可惜这些诗篇均已佚失。因此,我们今天说《神谱》,必指赫西俄德的这部神谱诗。

一般认为,古希腊神话诗有三大源头:荷马、赫西俄德和俄耳甫斯,分别代表不同的神谱传统。在赫西俄德的神谱系统里,奥林波斯诸神是大地该亚(Γαῖα)的后代,而在荷马和俄耳甫斯的神谱传统里,诸神的始祖分别是大洋神俄刻阿诺斯(Ὠκεανός)和夜神纽克斯(Νύξ)。古代作者经常援引这三位神话诗鼻祖。比如,柏拉图在《会饮》(178b)中引用赫西俄德《神谱》(行 116 - 120),追述最初的神的诞生,在《泰阿泰德》(152e)里却是参照荷马《伊利亚特》(卷十四,201,246,302)的说法,称诸神有一个源自大洋的水上始祖。有关这三个神谱传统的关联和影响,笺释还将随文提到。

序 歌
（行 1 – 115）

在正式讲述"诸神的世家"之前，赫西俄德在序歌里先要解决两个根本问题：一是他的诗人身份，二是他与诗神缪斯的关系。换种说法，诗人在创作之前必须弄清楚两件事：他为何歌唱？又歌唱什么？

《神谱》以献给缪斯的祷歌开篇，共计115行。献给某个神明的祷歌，是古希腊诗人常用的开篇形式，最典型的莫如流传下来的"托名荷马颂诗"（Homeric Hymns）。《劳作与时日》开篇就是一段简短的宙斯祷歌，仅十行，风格与"托名荷马颂诗"接近。《伊利亚特》和《奥德赛》没有类似的序歌，为何如此有不少解释，其中一种解释是：这两部叙事诗最初并非作为连续作品来吟诵。《神谱》的序歌遵循传统，又不局限于传统。赫西俄德与其他古希腊诗人的不同之处在于，他在这篇献给缪斯的祷歌里强调自己的诗人身份。叙述缪斯的吟唱和思想，是为了解释诗人自己的观点。

序歌围绕缪斯的三次歌唱展开，可以分成六个部分：

（一）行1 – 21：缪斯第一次歌唱；

（二）行22 – 34：诗人遇见缪斯；

（三）行35 – 52：缪斯第二次歌唱；

（四）行53 – 80：缪斯诞生；颂拜父神宙斯；

（五）行81 – 103：王者与歌手；

（六）行104 – 115：缪斯第三次歌唱（过渡至正文）。

第四、第五部分也可以合并成一个完整的缪斯神话。这个神话先讲女神的诞生，再讲她们在神界的职责，即歌唱父神宙斯，最后讲她们在人间的职责，即庇护王者和歌手。这样一来，整个序歌的结构更加清晰：三次歌唱，间隔以两次叙事，并且这两次叙事均涉及缪斯与诗人的关系。"诗人为何歌唱"这个问题通过两次叙事得到解决；

"诗人歌唱什么"这个问题则通过三次歌唱得到解决。

赫西俄德说,诗人是"缪斯的仆人",歌唱"从前人类的业绩"和"奥林波斯山上的极乐神们"(100 – 101)。这个定义并没有超越英雄史诗的传统。荷马诗中的歌手同样也歌唱这两个主题,同样也企求神给予灵感,助他认识真实、歌唱真实。然而,序歌中缪斯的第一次歌唱影射荷马的神谱传统,紧接着缪斯对诗人所说的话影射奥德修斯的言语欺骗能力,这使我们很难不把序歌与荷马联系起来。在正式歌唱神谱之前,赫西俄德不仅在诗神缪斯身边,也在诗人荷马身边找到了自己的位置。

> 让我们最先咏唱赫利孔的缪斯们,
> 那高岸圣灵的赫利孔山的主人。

"赫利孔的缪斯们"($Mov\sigma\acute{a}\omega v\ \acute{E}\lambda\iota\kappa\omega v\iota\acute{a}\delta\omega v$):在赫西俄德笔下,缪斯是宙斯和提坦女神谟涅摩绪涅赫的女儿(53 起,915 – 917),一共有九位,稍后将一一得到命名(77 – 79)。《劳作与时日》也提到,赫西俄德把诗歌赛会上赢得的奖杯献给"赫利孔的缪斯们"(658)。赫利孔山位于彼俄提亚(Boiotia)地区,在忒拜城西部,海拔约 1700 米。赫西俄德居住的阿斯克拉村庄就在山脚下(《劳》,639 – 640)。据斯特拉波记载,缪斯崇拜发端于色雷斯,后来迁至赫利孔(《地理志》,9.2.25,10.3.17)。缪斯以奥林波斯山为家,但赫利孔山是敬拜她们的神庙所在,也是她们流连之地。缪斯也称"奥林波斯的($\acute{O}\lambda v\mu\pi\iota\acute{a}\delta\varepsilon\varsigma$)缪斯们"(25,52,75,114,966,1022)。荷马从未把缪斯与赫利孔山连在一起,赫西俄德在诗中解释了自己这么做的原因:他在赫利孔山中遇见缪斯(22 – 34)。

在这里,缪斯是咏唱的对象;《劳作与时日》和荷马的两部叙事诗均在开篇首行呼唤缪斯,但不是为了歌颂女神,而是祈求女神吟诵别的神或英雄事迹。

[笺释] 序歌(行1–115) 163

缪斯们啊,来自皮埃里亚(Μοῦσαι Πιερίηθεν),以歌兴咏,
请来这儿叙说宙斯,赞美你们的父亲!(《劳作与时日》)
愤怒啊,女神哦(μῆνιν ἄειδε θεά),歌唱佩琉斯之子阿喀琉斯的愤怒吧……(《伊利亚特》)
请为我叙说,缪斯啊(Μοῦσα),那位机敏的英雄[奥德修斯]……(《奥德赛》)

"那高岸圣灵的赫利孔山的主人"(αἴθ' Ἑλικῶνος ἔχουσιν ὄρος μέγα τε ζάθεον):古希腊人呼唤某个神,往往提到该神的处所或庇护地,比如《伊利亚特》卷一,祭司向阿波罗祷告:"银弓之神,克律塞和神圣的基拉的保卫者,统治着特涅多斯,请听我祈祷……"(37–38)。这里虽非直接呼唤缪斯,但句型相似。连续两行重复同一地名:"赫利孔山"(αἴ θ' Ἑλικῶνος),看似诗歌之忌,却非仅此一例,比如《伊利亚特》卷二行654–655重复"罗得斯岛";《献给阿佛洛狄特的托名荷马颂诗》行257–258重复"山中的水仙"。

她们轻步漫舞,在幽幽水泉边,
伴着强大的克洛诺斯之子的圣坛。

"幽幽(ἰοειδής)水泉":含两层意思:"晦涩"(水的透明度),或"靛紫"(水色),第二种意思适合日出日落时分的海水,但不适合泉水。中译作"幽幽",取"深远"与"色暗"之意。该词在行844形容大海。

"强大的克洛诺斯之子的圣坛"(βωμὸν ἐρισθενέος Κρονίωνος):克洛诺斯之子,即宙斯,也许影射当地人在山顶举行的宙斯崇拜仪式。缪斯也颂拜宙斯(11,47,71–75;《劳》,2)。在古希腊早期诗歌里,除宙斯以外,唯有缪斯也称"奥林波斯的"。现代西文一般译Κρονίωνος为Kronide或Kroniôn,既指"最强大的"又指"克洛诺斯之子宙斯"。

5   她们沐浴玉体,在珀美索斯水、

马泉或圣洁的俄尔美俄斯河;
又翩翩而起,在赫利孔山顶,
轻盈步子变幻着美妙的圆舞。

"马泉"("Ίππου κρήνης):泉水流过马蹄之印,后来传说是神马佩伽索斯的蹄印(阿拉托斯《物象》,216–223;泡赛尼阿斯,9.31.3)。据泡赛尼阿斯记载,马泉位于缪斯林上方约20程之处,也就是现今赫利孔山顶北部的克里奥珀伽迪(Kriopogadi)泉水,终年不断,既冷且清。

"珀美索斯"(Περμησσοῖο)、"俄尔美俄斯"('Ολμειοῦ):发源于赫利孔山,汇入科巴伊湖。这些河流早在赫西俄德之前就是缪斯的圣地(斯特拉波,407)。

"圆舞"(κορός):缪斯之舞是一种圆舞,就像古希腊妇人围绕泉水和圣坛起舞(参 W. O. E. Oesterley, *The Sacred Dance*, Cambridge, 1923, pp. 88–106)。在《伊利亚特》卷十八中,赫淮斯托斯巧手在阿喀琉斯的盾牌上塑了个跳舞场:"青年和姑娘们手挽手欢快地跳着美丽的圆舞……轻快地绕圈……又重新散开,站成一行行。"(590–606;参《奥德赛》卷十八,194)托名俄耳甫斯祷歌描绘库瑞忒斯的著名战舞,也是一种圆舞:"库瑞忒斯跳跃着,踩出战歌韵律,起圆舞,脚跺地,游走丛山呼喝'欧嗬',轻快移步,奏响不和谐的竖琴音符"(31.1–3)。在《塞浦路亚》中,阿佛洛狄特、水仙和美惠神在伊达山顶起舞前,用华服和鲜花打扮自己(Cypria,残篇4–5)。

随后她们渐渐远去,裹着云雾,
10　　走在夜里,用极美的歌声颂吟——

"走在夜里"(ἐννύχιαι στεῖχον):神们走在无人之处(山巅,海上),也走在无人之时(夜间,正午)。《劳作与时日》说:"黑夜属于极乐神们。"(730;参斯塔提乌斯《诗草集》[*Silvae*],1.1.94–95;品达《皮托竞技凯歌》,3.78;阿拉托斯《物象》,117–118,135;罗得岛的阿波罗尼俄斯《阿尔戈英雄纪》,1.1225)。

"极美的歌声"(περικαλλέα ὄσσαν):在序歌中,缪斯一共歌唱过三次。这里是缪斯在赫利孔山的首次歌唱(11 – 21:开篇位置);接下来的两次歌唱分别在序歌的中间(44 – 52)和结尾(104 – 115)。此外,缪斯出生后,在走向奥林波斯的路上,也曾颂拜神王宙斯(63 – 80)。

缪斯的首次歌唱犹如一个简约的神谱,与赫西俄德的神谱传统有较大出入,更接近荷马的神谱传统。

执神盾的宙斯和威严的赫拉
那脚穿金靴的阿尔戈斯女神,

"执神盾的宙斯"(Δία τ᾽ αἰγίοχον):"神盾",即盾牌或羊皮护胸甲。宙斯是神盾的主人,但雅典娜也常持神盾(参13),其他神偶尔也用这个武器,比如《伊利亚特》卷十五中的阿波罗(229)。宙斯把武器借给他喜爱的神使用。

"阿尔戈斯的赫拉"(Ἥρην Ἀργείην):赫拉与宙斯并列,与荷马神谱传统一致。在赫西俄德笔下,赫拉只是宙斯众多妻子之一(886 – 924)。"脚穿金靴"(χρυσέοισι πεδίλοις),在荷马诗中指赫耳墨斯(《伊利亚特》卷二十四,340)或雅典娜(《奥德赛》卷一,96),在萨福笔下指黎明女神(残篇,123),恩培多克勒以穿金靴自诩(斯特拉波,274)。"阿尔戈斯"(Ἀργείην)之说,参见《伊利亚特》卷四,赫拉在与宙斯争执时说起自己有三个保护城:阿尔戈斯、斯巴达和迈锡尼(51 – 52)。

执神盾宙斯之女明眸的雅典娜,
福波斯阿波罗和弓箭女神阿尔特弥斯,
15 波塞冬那大地的浮载者和震撼者,

"明眸的雅典娜"(γλαυκῶπιν Ἀθήνην):雅典娜从宙斯的脑袋出生,

是《神谱》的重要章节(924-926)。在赫西俄德笔下,雅典娜还帮助赫拉克勒斯铲除许德拉蛇妖(318),打扮最初的女人潘多拉(573起),教给她编织技艺(《劳》,63-64),此外,木匠是"雅典娜的仆人"(《劳》,430)。

"福波斯阿波罗和弓箭女神阿尔特弥斯"(Φοῖβόν τ' Ἀπόλλωνα καὶ Ἄρτεμιν ἰοχέαιραν):勒托和宙斯的子女,在"天神的所有后代里最优雅迷人"(919)。阿波罗还与缪斯一起庇护歌手(94-95),与大洋女儿一起抚养年轻人(347)。《劳作与时日》说,"勒托在第七日生下金剑的阿波罗"(771),因此,每月第七日是上选吉日。

"波塞冬"(Ποσειδάωνα):又称"撼地神"(ἐννοσίγαιον)。下文中还将多次出现同样用法,如441,456,818,930;参《伊利亚特》卷十三,43;卷十四,357等。《伊利亚特》卷十五讲到,当初世界分成三份,波塞冬得到"灰色的大海",哈得斯得到"昏暗的冥间",宙斯得到"广阔的天宇"(190-192)。海神波塞冬、冥王哈得斯和统治天庭的宙斯三兄弟是古希腊神话的普遍说法。在本诗中,波塞冬还和赫卡忒一起庇护渔民(441),给提坦神的地下囚牢安装青铜大门(732),和安菲特里忒生下特里同(930),与墨杜萨相爱(278-279)。

> 庄严的忒弥斯、笑眼的阿佛洛狄特,
> 金冠的赫柏、美丽的狄俄涅,

"庄严的忒弥斯"(Θέμιν αἰδοίην):Θέμις即"法则,秩序",忒弥斯是正义或神义女神(《伊利亚特》卷九,156 = 298),主管人间的会议(《奥德赛》卷二,68)。在《神谱》中,她是提坦女神之一(135),宙斯的第二个妻子,生时辰女神和命运女神(901-906)。

"赫柏"(Ἥβην):"青春",也称青春女神。"金冠的"(Χρυσοστέφανον),也用来修饰福柏(136)。赫柏是宙斯和赫拉的女儿(922,953),在奥林波斯为神们斟琼液(《伊利亚特》卷四,2),后来嫁给英雄赫拉克勒斯(950-955;《奥德赛》卷二,603)。

"狄俄涅"(Διώνην),"笑眼的阿佛洛狄特"(ἑλικοβλέφαρόν τ' Ἀφροδίτην):两位女神并列在行16和行17的末尾,让人联想到在荷马诗中,阿佛洛狄特由狄俄涅和宙斯所生(《伊利亚特》卷五,370-372:"神圣的阿佛洛狄特倒在她的母亲狄俄涅的膝头上……")。赫西俄德没有提及这一亲缘关系,反而讲到阿佛洛狄特由天神乌兰诺斯的生殖器所生,狄俄涅则是三千大洋女儿之一(353)。在俄耳甫斯的神谱传统里,狄俄涅是提坦女神之一(残篇114.5)。看来,赫西俄德不是在援引自己的神谱。在本诗中,他还将详细描绘阿佛洛狄特的诞生(188-206),并提到她和阿瑞斯生下阿尔摩尼亚、普佛波斯和代伊摩斯(934-937),和美少年普法厄同相爱(989-991),和英雄安喀塞斯生下埃涅阿斯(1008-1010)。

勒托、伊阿佩托斯、狡猾多谋的克洛诺斯,
厄俄斯、伟岸的赫利俄斯、明泽的塞勒涅,

"勒托"(Λητώ):在赫西俄德笔下,她是科伊俄斯和福柏的女儿(406),为宙斯生下阿波罗和阿尔特弥斯(918-920)。在《献给阿佛洛狄特的托名荷马颂诗》中,她却是克洛诺斯的女儿(62)。勒托与伊阿佩托斯、克洛诺斯两个最典型的提坦神并列在同一行,可能与后一种说法有关。

"伊阿佩托斯"(Ἰαπετόν),"狡猾多谋的克洛诺斯"(Κρόνον ἀγκυλομήτην):荷马只称克洛诺斯"狡猾多谋",但赫西俄德还称普罗米修斯"狡猾多谋"(546;《劳》,48)。在荷马诗中,伊阿佩托斯和克洛诺斯是唯一得到命名的两个提坦(《伊利亚特》卷八,479),赫西俄德谱系里的其他提坦均具有别的身份,比如许佩里翁是太阳神或太阳神之父,瑞娅只是宙斯的母亲,等等。表面上看,赫西俄德似乎在跟从荷马的说法,其实他没有违背自己的原则:在《神谱》中,伊阿佩托斯(及其后代,尤其普罗米修斯)和克洛诺斯恰恰是两个给宙斯造成严重威胁的提坦神。

"厄俄斯……赫利俄斯……塞勒涅"(Ἠῶ τ' Ἠέλιόν...τε Σελήνην):黎

明、太阳和月亮,许佩里翁和忒娅的三个子女(371 – 374)。

20　　该亚、伟大的俄刻阿诺斯、黑暗的纽克斯,
　　还有所有永生者的神圣种族。

"该亚"(Γαῖαν)、"俄刻阿诺斯"(Ὠκεανόν)、"纽克斯"(Νύκτα):大地、大洋和黑夜,这三位神在古希腊三大神话体系中扮演了根本性的角色。在赫西俄德神谱中,该亚是"最初的神",奥林波斯神们的祖先(117 – 118);在荷马诗中,俄刻阿诺斯是"众神的始祖"(《伊利亚特》卷十四,200 – 204);在俄耳甫斯神谱传统中,纽克斯是"万物之本","孕育神与人"(祷歌3.1 – 2)。

"永生者的神圣种族"(ἀθανάτων ἱερὸν γένος αἰὲν ἐόντων) = 行105(参33)。先列出个别神名,再以统称收尾,这种列举手法参见《伊利亚特》卷二列举克里特人(645 – 649),卷十八列举涅柔斯的女儿们(37 – 49)。这里没有提到荷马神谱传统中几个重要的神,如赫耳墨斯、赫淮斯托斯、阿瑞斯等。

　　从前,她们教给赫西俄德一支美妙的歌,
　　当时他正在神圣的赫利孔山中牧羊。

"赫西俄德"(Ἡσίοδον):诗人以第三人称自称,并非让自己署名——在赫西俄德时代,写作极为罕见,没有署名意识。他写下自己的名字,很可能是出于荣誉意识,正如愤怒的阿喀琉斯曾发誓说:"总有一天阿开亚儿子们会怀念阿喀琉斯。"(《伊利亚特》卷一,240;参卷四,354;卷八,22;卷十一,761)诗人之名出现于诗中,在荷马诗中是很难想象的事。缪斯教给赫西俄德吟歌技艺,暗示了诗歌对诗人的直接启示,以及诗人与缪斯的亲密关系。从词源上看,Ἡσίοδον[赫西俄德] = Ἡσί-[派出,送出;发出声音] + -οδος[人声,话语;咏唱,神谕],这恰如其分地体现了诗人的身份。

[笺释] 序歌(行 1–115) 169

"教给……一支美妙的歌"(καλὴν ἐδίδαξαν ἀοιδήν):在《劳作与时日》中,赫西俄德讲到自己把诗歌奖杯献给赫利孔的缪斯,因为,"从前她们指引我吟唱之道"(659)。这即便不是缪斯女神的真实显现至少也暗示了一种诗歌技艺的学习过程。

"神圣的赫利孔山"(Ἑλικῶνος ζαθέοιο):这场意义非凡的相遇发生在赫利孔山:既是诗人身份转变之处(23),也是缪斯们载歌载舞的场所(2–8)。

女神们首先对我说了这些话,
25 奥林波斯的缪斯,执神盾宙斯的女儿们:

"对我说了这些话"(πρὸς μῦθον ἔειπον):从行 22 的第三人称跳跃至行 24 的第一人称,这种出人意料的做法,在文学史上具有非凡的意义。荷马诗中永无可能出现类似状况。赫西俄德接着以第一人称讲述自己与缪斯的相遇(24–34)。

"奥林波斯的缪斯,执神盾宙斯的女儿们"(Μοῦσαι Ὀλυμπιάδες, κοῦραι Διὸς αἰγιόχοιο):同行 52、966、1022。赫西俄德只在提到缪斯的言辞与咏唱时才会使用这个表述。

荒野的牧人啊,可鄙的家伙,只知吃喝的东西!
我们能把种种谎言说得如真的一般。
但只要乐意,我们也能述说真实。

"荒野的牧人,可鄙的家伙,只知吃喝的东西"(ποιμένες ἄγραυλοι, κάκ᾽ ἐλέγχεα, γαστέρες οἶον):缪斯的呵斥非常严厉,三个并列的称呼点明赫西俄德在诗人之外的另一种真实身份:穷乡僻壤、生计艰难的农夫。他不但思考属神的诗歌,也要挂虑家里那只储粮的坛子(《劳》,368 等)。

"把种种谎言说得如真的一般"(ἴδμεν ψεύδεα πολλὰ λέγειν ἐτύμοισιν

ὁμοῖα)：此行与《奥德赛》卷十九行203极为接近："他[奥德修斯]说了许多谎话，说得如真事一般。"(ἴσκε ψεύδεα πολλὰ λέγων ἐτύμοισιν ὁμοῖα)《奥德赛》卷八中，奥德修斯讲到神明把各种美质赐给人类，其中一种美质就是像他本人所拥有的言辞能力，"能把谎言说得如真的一般"，而众人对待这样的人"敬如神明"(173)。此处或在影射荷马，借缪斯之口谴责奥德修斯(也许还有荷马本人?)的言语欺骗能力。品达也曾批评奥德修斯："他的谎言因轻松的技巧显得高贵，他的机智在叙事中能够欺骗人。"(《涅墨厄竞技凯歌》，7.20-23)

"只要乐意"(εὖτ' ἐθέλωμεν)：显示神们大能的表达法，本诗中多次指赫卡忒女神(429,430,432,439)。

"述说真实"(ἀληθέα γηρύσασθαι)：如果说缪斯第一次所歌唱的荷马式神谱(11-21)是"如真的一般"的"谎言"，那么缪斯吹进诗人赫西俄德心中的神妙之歌(22)，乃至她们的第二次、第三次歌唱(44-52,71-74)，将是真正意义的"述说真实"，这里依稀隐现着从古流传至今的荷马与赫西俄德之争的影子。

伟大宙斯的言辞确切的女儿们这样说。
30　　她们为我从开花的月桂摘下美好的杖枝，

"言辞确切"(ἀρτιέπειαι)：缪斯虽言语确切，能教人叙说真实，但也能使人讲述谎言。此处仍有影射意味。

"开花的月桂"(δάφνης ἐριθηλέος)：阿波罗的象征物，尤与阿波罗神谕相关。在本诗中，阿波罗与缪斯并列出现，庇护诗人(94；参见《伊利亚特》卷十,467)。有的译本误作"橄榄"，如法文JLB本与张竹明先生和蒋平先生的译本。

"杖枝"(σκῆπτρον)：或"权杖"，既指普通手杖也指聚会上的发言人(《伊利亚特》卷一,245；卷二,279等)、祭司(卷一,15,28)、先知(《奥德赛》卷十一,90)佩带的手杖。权杖尤其是王者的象征物(《伊利亚特》卷一,279；卷二,86,100-108,186)。赫西俄德从缪斯那里收到诗歌的象征性权杖,从此确认诗人的身份,负有诗人的使命。与此同时,诗人拥有与王者同等的地位(94-96)。赫西俄德手执杖枝,而不是古代诗人常拿的竖琴,与泡赛尼阿斯所记载的某座赫西俄德坐像一致(9.30.9)。赫西俄德本是农夫,未受过歌手的职业训练,他没有竖琴,或不懂弹奏竖琴,也算自然。

并把神妙之音吹进我心,
使我能够传颂将来和过去。

"将来和过去"(τά τ' ἐσσόμενα πρό τ' ἐόντα):这种说法反映了诗歌与占卜在古希腊早期的紧密关系。由于缺少文字记录,在古希腊人看来,听见过去所发生的事,和听见将来要发生的事一样激动人心,把两者明确区分开来也确实没有必要。除神以外,只有诗人和占卜师具备这种言说将来和过去的能力,比如《伊利亚特》的卡尔卡斯(卷一,70;卷二,485。另参柏拉图《理想国》,392d,617c;《卡尔米德》,174a)。古希腊早期诗歌似乎都在叙述过去的事——赫西俄德在《劳作与时日》中提到"当前的"黑铁种族(176-201),算是一个例外。相比之下,希伯来人似乎更看重未来的预示。

她们要我歌颂永生的极乐神族,
总在开始和结束时咏唱她们!

"开始和结束"(πρῶτόν τε καὶ ὕστατον):缪斯总在开始和结束时歌唱宙斯(48)。诗人忒奥格尼斯声称,他总在开始和结束时歌唱日神阿波罗(忒奥格尼斯残篇,1-4)。赫西俄德也确实做到了在《神谱》的开始和结束时歌唱缪斯。

35　　但是,为什么还要说起这些橡树和石头?

"说起这些橡树与石头"($περὶ\ δρῦν\ ἤ\ περὶ\ πέτρην$):这句古时俗语的含义不明。橡树与石头出现在古希腊文学中,大致有如下几种用法:

第一,和言谈有关,指"无意义的言谈"。荷马与柏拉图均有过类似用法:"现在我和他不可能像一对青年男女/幽会时那样从橡树和石头絮絮谈起。"(《伊利亚特》卷二十二,126–127)"多多纳那儿的宙斯庙里那些个圣者们讲过,最初的预言是一棵橡树说的话。可见,当时的人们没有你们现代人聪明,单纯得安心听一棵橡树或一块石头说话就满足了,只要它们说的是真实。"(柏拉图《斐德若》,275b–c)

第二,从橡树与石头出生,暗喻人类起源的古老传说,其含义和起源连古人也不甚明了。"但请你告诉我你的氏族,来自何方,/你定然不会出生于岩石或古老的橡树。"(《奥德赛》卷十九,162–163)另参柏拉图《苏格拉底的申辩》,34d;《理想国》,544d;Lucillius《希腊文选》(*Anthologia Palatina*),11.253;普鲁塔克《伦语》,608c 等。后几位作者很可能都在沿袭荷马诗中的说法。

第三,指"无情",参见西塞罗,*Acad. pr*,2.101。再如,俄耳甫斯的歌唱感动了"无情的"橡树与石头(*Lucillius*,7.8–10)。

第四,巨人或马人的武器,参见柏拉图《智术师》,246a;狄奥多罗·拉尔修,4.12 等。

第五,蜜蜂栖居其中,参见 Pseudo-Phocylides,172–173。

我们倾向于第一种理解,即"无意义的言谈"。什么言谈没有意义呢?显然不是诗人与诗神缪斯的相遇。赫西俄德看来是在否认行11–21 缪斯第一次歌唱的"荷马式神谱",并暗示他将在下文中做出修改(参 West,pp. 167–169)。

> 来吧,让我们从缪斯们开始,父神宙斯
> 为之心生欢悦,在奥林波斯的住所里;

"让我们从缪斯们开始"($Μουσάων\ ἀρχώμεθα$):复述开篇第 1 行。正如行 35 所示,从无意义的言谈转入有意义的言谈,从"似真"转入"真实",赫西俄德绕了整整一大圈。言归正传,有必要复述先前的起始句。

"在奥林波斯的住所里"(ἐντὸς Ὀλύμπου):不是指山本身,而是指神们在山顶的住所(参《伊利亚特》卷一,497)。

> 她们述说现在、将来和过去,
> 歌声多么和谐;那不倦的蜜般言语
> 40　从她们唇间流出。轰隆作响的父神宙斯

"现在、将来和过去"(τ' ἐόντα τά τ' ἐσσόμενα πρό τ' ἐόντα):对观行32。缪斯教赫西俄德歌唱过去和未来,而她们自己还歌唱现在(另参《伊利亚特》卷一,68–70)。

"从……唇间流出"(ῥέει...ἐκ στομάτων):形容甜美不绝的言语,同样用法见行84、97。

> 殿堂在微笑,每当女神们百合般的歌声
> 飘扬,回荡在积雪的奥林波斯山顶
> 和永生者的殿堂。她们以不朽的和声——

"微笑"(γελᾷ):一种描绘光照的比喻手法,比如《伊利亚特》卷十九:"武器的光芒照亮了天空,整个大地在青铜的辉光下欢笑。"(362–363)

"积雪的奥林波斯山顶"(κάρη νιφόεντος Ὀλύμπου):同样用法见行62、118、953。在荷马诗中,神们的住所奥林波斯山顶从来不是"积雪的":

> 奥林波斯,传说那里是神明们的居地,
> 永存不朽,从不刮狂风,从不下暴雨,
> 也不见雪花飘零,一片太空延展,
> 无任何云丝拂动,笼罩在明亮的白光里,

常乐的神明们在那里居住,终日乐融融。(《奥》卷六,
42 – 46)

"永生者的殿堂"($δώματά\ τ'\ ἀϑανάτων$):神们在奥林波斯山顶有各自的住所,由赫淮斯托斯为他们修筑而成(参见《伊利亚特》卷一,607 – 608;卷十一,76;卷十四,166,338;卷十八,369)。宙斯的住所占据最高的山顶,正如古代迈锡尼城邦中的国王宫殿。

"以不朽的和声"($αἱ\ δ'\ ἄμβροτον\ ὄσσαν\ ἱεῖσαι$):先闻其声,才能听见缪斯们唱些什么(参见托名荷马颂诗,17.18;《献给赫耳墨斯的托名荷马颂诗》,418 – 433;托名荷马颂诗,19.19 – 47;维吉尔《埃涅阿斯纪》,6.27 起)。

最先歌咏那可敬的神们的种族,
45 从起初说起:大地和广天所生的孩子们,
以及他们的后代、赐福的神们;

"最先"($πρῶτον$):对应行 47 的"接着"($δεύτερον$)、行 50 的"最后"($αὖτις$)。缪斯的"真实"歌唱包含三大主题。

"从起初说起"($ἐξ\ ἀρχῆς$):永生神族的"起初",即最初的神(115)。同一用法在《神谱》出现七次,在《奥德赛》出现四次,但从未出现于《伊利亚特》和《劳作与时日》。

"大地和广天所生的孩子们"($οὓς\ Γαῖα\ καὶ\ Οὐρανὸς\ εὐρὺς\ ἔτικτεν$):若是歌唱最初的神,缪斯漏了浑沌卡俄斯及其后代(116,123 – 125)。因此,她们并不是在讲述完整的宇宙起源故事,而只歌唱奥林波斯神的谱系。

"赐福的神们"($ϑεοὶ\ δωτῆρες\ ἐάων$):这里区分了两代神:大地和广天所生的提坦神,以及赐福的奥林波斯天神。提坦大战将再次明确这一区分(633 – 634)。

"以及他们的后代、赐福的神们"($οἵ\ τ'\ ἐκ\ τῶν\ ἐγένοντο,\ ϑεοί\ δωτῆρες$

$\dot{\varepsilon}\dot{\alpha}\omega\nu$) = 行 111。

> 她们接着歌咏神和人的父宙斯,
> [缪斯总在开始和结束时歌唱他,]
> 在神们之间如何出众,最强有力;

"接着"($\delta\varepsilon\acute{v}\tau\varepsilon\varrho o\nu$):同样用法见行 214、310,典型的荷马叙事诗用法。缪斯既然"接着"(即中间时分)歌唱父神宙斯,又如何能够在"开始和结束"歌唱他呢? 47 和 48 两行相互矛盾,使得许多笺释者将行 48 视为后人篡插,M 本和 JLB 本均如此处理,West 也持同一意见。

"神和人的父"($\vartheta\varepsilon\tilde{\omega}\nu\ \pi\alpha\tau\acute{\varepsilon}\varrho'\ \dot{\eta}\delta\grave{\varepsilon}\ \varkappa\alpha\grave{\iota}\ \dot{\alpha}\nu\delta\varrho\tilde{\omega}\nu$):宙斯的专用修饰语,下文还将多次出现,参行 457、468、542、643。

50   她们最后歌咏人类种族和巨人族。
    这样,宙斯在奥林波斯为之心生欢悦,
    奥林波斯的缪斯,执神盾宙斯的女儿们。

"人类种族和巨人族"($\dot{\alpha}\nu\vartheta\varrho\acute{\omega}\pi\omega\nu\ \tau\varepsilon\ \gamma\acute{\varepsilon}\nu o\varsigma\ \varkappa\varrho\alpha\tau\varepsilon\varrho\tilde{\omega}\nu\ \tau\varepsilon\ \Pi\iota\gamma\acute{\alpha}\nu\tau\omega\nu$): 人类与巨人并列,大致有如下几种解释:

第一,巨人曾是人类(参见欧里庇得斯,《疯狂的赫拉克勒斯》,853)。

第二,在荷马诗中,巨人在神与人之间,比如《奥德赛》卷七的库克洛佩斯和野蛮的众巨灵(206)、卷十的莱斯特律戈涅斯人(120)。

第三,后来的奥维德称,人从巨人的血里生成(《变形记》,1.156)。在赫西俄德笔下,人类由天神所生,有可能进入英雄谱系,巨人却既无祖先亦无后代,甚至没有个体的名字——这么说来,巨人与青铜种族颇为相似,他们存在于英雄种族之前,可怕、强大、好斗,并相互残杀(《劳》,109 起)。

赫西俄德区分了两个概念:$\dot{\alpha}\nu\vartheta\varrho\omega\pi o\varsigma$[人类、男女兼有](参见行

50、100、121等)与 ἄνδρες[人,不含女性、只指男性](参见行95等)。在诗人笔下,女性只是人类存在的一种附属元素,是宙斯为了惩罚人类所造,以平衡盗火的后果(参见行570起,普罗米修斯神话和最初的女人神话)。

行51几乎完全重复行37。开始和结束连在一起,这一段落堪称环形结构的典范。

行52为自行36起的歌咏画上句号:从缪斯开始,到缪斯结束。与此同时,还对随后的缪斯诞生神话起到过渡作用,类似过渡用法亦见行115–116、232–233、264–265、336–337。

在皮埃里亚与克洛诺斯之子相爱之后,
住在厄琉塞尔山丘的谟涅摩绪涅生下她们。

"皮埃里亚"(Πιερίη):赫西俄德提及某个神,常顺带说到他(或她)的出生地,比如"荒芜大海里"的多里斯(241),"洞穴深处"的厄客德娜(297),"斯梯克斯宫殿中"的泽洛斯兄弟(384),"城垣坚固的忒拜城"的卡德摩斯子女(978),"皮埃里亚"的缪斯们(《劳》,1;另参《赫拉克勒斯的盾牌》,206;梭伦残篇,1.2)。皮埃里亚位于奥林波斯山麓,在塞萨利亚(Thessalia)平原的北边,佩涅(Pene)河水穿流而过,长久以来是缪斯的圣地之一。在荷马诗中,它是神们离开奥林波斯时的必经之地,赫拉前往利姆诺斯岛找睡神(《伊利亚特》卷十四,226),赫耳墨斯前往奥古吉埃岛传话给卡吕普索(《奥德赛》卷五,50),都经过皮埃里亚。阿波罗寻找神谕所在地时,最先想到皮埃里亚(《献给阿波罗的托名荷马颂诗》,214–216)。

"谟涅摩绪涅"(Μνημοσύνη):记忆女神,缪斯的母亲(参见阿尔克曼,8.9;欧谟卢斯,16;梭伦残篇,1.1;《献给赫耳墨斯的托名荷马颂诗》,429起)。普鲁塔克直接把缪斯当成记忆女神(743d)。泡赛尼阿斯则称最初来自赫利孔的三位缪斯名叫 Melete, Mneme 和 Aoide (9.29.2),中间的 Mneme 就是"记忆"。可见,"记忆"有时并不一定是缪斯的母亲,而是缪斯之一,另参柏拉图《游绪弗伦》275c – d。

$Mνημοσύνη$ = "记忆",诸多神名由此得来。从现代的眼光看,这就是譬喻或拟人化手法。不过,我们已无从猜想,赫西俄德当初如何观察事物并为之命名。法国文艺复兴诗人戎萨(Ronsard)曾模仿此章,写下一首颂歌《颂法国掌玺大臣米歇尔・德・罗毕达尔》:

> 记忆之神,厄琉塞尔的女王,
> 因她得到了九次欢爱,
> 丘比特使她成为母亲,
> 一下子生出九个女儿……(《颂歌》,1.10)

戎萨接着还写到,缪斯来到奥林波斯父神宙斯面前,歌唱神们和巨人之间的征战。所有这些都与赫西俄德的叙事极为相似。

"厄琉塞尔"($Ἐλευθέρος$):位于彼俄提亚地区,也有说是优卑亚的城市。据赫西俄德的说法,厄琉塞尔当地似乎有谟涅摩绪涅崇拜仪式。她是庇佑诗人和歌手的女神,在赫西俄德时代,很可能存在着某个"谟涅摩绪涅"的本地诗歌学派。

55　她们是不幸中的遗忘,苦痛里的休憩。
　　连续九夜,大智的宙斯与她同寝,
　　远离永生者们,睡在她的圣床上。

"遗忘"($λησμοσύνην$):有记忆,就有遗忘。谟涅摩绪涅是记忆女神,她的女儿们生来却是为了"忘却"不幸(54 – 55)。这种对比手法反映了缪斯的另一职能:她们不仅揭示"过去、未来和现在"(38),还能缓解人心的不幸。这也就是王者和诗人的职能,前者在缪斯的帮助之下解决争端(80 – 92),后者通过追忆古往事迹缓解人心的不幸(94 – 103)。不幸($κακῶν$)一词,还将多次出现在普罗米修斯神话中:宙斯造出最初的女人这个不幸($κακόν$),送给人类(512,527,570,585,602,

609,612)。如此说来,人类面临有死的悲惨命运,要有缪斯(诗人)的歌唱作为慰藉。

"苦痛里的休憩"($ἄμπαυμά\ τε\ μερμηράων$):古人把诗歌视为一种甜美的慰藉(亦见 98 – 103。参见《奥德赛》卷一,337;柏拉图《法义》,653d;忒奥克里托斯,11.1 起)。不过,也有持相反看法的,比如欧里庇得斯的《美狄娅》中有这样一段:

> 你可以说那些古人真蠢,一点也不聪明,保管没有错,因为他们虽然创出了诗歌,增加了节日里、宴会里的享乐,——这原是富贵人家享受的悦耳声音——可是还没有人知道用管弦歌唱来减轻那可恨的烦恼,那烦恼曾惹出多少残杀和严重的不幸,破坏多少家庭(190 – 200。另参《酒神的伴侣》,282 起;《奥德赛》卷八,83 – 92,521 – 531 等)。

"连续九夜"($ἐννέα\ γάρ\ οἱ\ νυκτὸς$):常见的神话叙事手法,出生儿的数目与交合次数一致。比如,阿尔克墨涅与宙斯、安菲特律昂结合,分别生下两个儿子(943 – 944)。在英国和印度的寓言里,双生子的诞生往往意味着母亲的不忠。有一则爱尔兰寓言讲到,某妇人分别与三兄弟交合,生下三胞胎(参见 Stith Thompson, *Motif-indix of Folk-Literature*, Copenhagen, 1957, v. 409 – 410)。在古希腊神话里,缪斯大约是数目最多的同胞姐妹。

"大智的宙斯"($μητίετα\ Ζεύς$):"充满智慧($Μῆτις$-墨提斯)的宙斯",同样用法见行 520、904、914。行 457 的 $Ζῆνά\ τε\ μητιόεντα$ 和行 520 的 $Δι ὶ\ μητιόεντι$,一并译作"大智的宙斯"。赫西俄德将在诗中通过墨提斯神话(886 – 900)解释这一专门修饰宙斯的形容语(参见 M. Detienne & J.-P. Vernant, *Les Ruses de l'intelligence. La Mètis des Grecs*, Paris, 1974)。

随着一年结束,四季回返,

随着月起月落，长日消逝，

　　行58－59＝《奥德赛》卷十行469－470（唯一差别：μάκρ'—πόλλ'）。王焕生先生译："当新的一年到来，时序轮转，岁月流逝，白天重新变长的时候。"另参《奥德赛》卷十四，293起；《献给阿佛洛狄特的托名荷马颂诗》，349起。

　　此外，行59还多次单独出现在《奥德赛》中（卷二，107a；卷十九，153；卷二十四，143）。王焕生先生译："月亮一次次落下，白天一次次消隐。"Wilamowitz本和M本删除此行。Gruppe建议两行都删除。

60　　她生下同心同意的九个女儿，
　　　　天生只爱歌唱，心中不知愁虑，
　　　　就在积雪的奥林波斯山顶旁边。

　　"九个"（ἐννέα）：下文还将重复提起（76）。缪斯一共有几个，从来没有统一说法。在《伊利亚特》和《奥德赛》的开篇，均是一个缪斯女神。古代作者从三个到八个，说法不一。"九个缪斯"在荷马诗中仅出现一次（《奥德赛》卷二十四，60）；另见欧谟卢斯残篇16。

　　　　那里有她们的闪亮舞场和华美住所。
　　　　美惠女神和伊墨若斯与之为邻，

　　行62的位置有争议。有的校勘家把它当成上一小节的结语，与行52的作用相似（如West和AB本）。有的把62和63两行连在一起读（如M本、JLB本和PB本）。M本删行65－67，理由是与前文连接不顺，突如其来，且风格拙劣。还有版本建议删行63－65。但是，无论如何，赫西俄德有必要指明缪斯们的住所，正如他在前面指出了缪斯们孕育、出生的地方一样。

　　"闪亮的"（λιπαροί）：舞场是闪亮的，让人想起涅斯托尔的王座

(《奥德赛》卷三,406-408)。

"伊墨若斯"(Ἵμερος):欲望神,还将出现在阿佛洛狄特诞生的时刻(201)。美惠神(Χάριτές)和欲望神成了缪斯的邻居,说明这些神关系亲密。美惠神和缪斯经常一起出现(萨福残篇128;忒奥格尼斯残篇,15;Bacchylides,19.3-6)。在《塞浦路亚》中,美惠神、阿佛洛狄特和水仙一起在伊达山顶歌唱(残篇5)。

65　　在节庆中。当她们口吐可爱的歌声,
　　　且歌且舞,赞美永生者们的法则和
　　　高贵习性,那歌声多么讨人喜爱啊!

"在节庆中"(ἐν θαλίῃς):缪斯中有一位叫Θαλεία[塔莱阿],美惠女神中有一位叫Θαλίν[塔利厄](909,917。参见《劳》,115;《奥德赛》卷十一,603),均与"节庆"谐音。

"法则和高贵习性"(νόμους ...ἤθεα κεδνά):荷马诗中不曾出现νόμους,赫西俄德却多次提及(74,417;《劳》,276,388等)。这里的"法则"(νόμους)也许可以理解为宙斯分配给神们的荣誉(τιμαί;参见74,112)。"高贵习性"(ἤθεα κεδνά)可能指《神谱》中多次提及的神们可敬可亲的习性(233-236,402-403,406-408,917)。话说回来,神的高贵习性不是古希腊诗歌的主题。

"歌声多么讨人喜爱"(ἐπήρατον ὄσσαν ἱεῖσαι):呼应行65的"她们口吐可爱的歌声"(ἐρατὴν δὲ διὰ στόμα ὄσσαν ἱεῖσαι)。类似用法,参见《奥德赛》卷九,30-32。

　　　于是,她们走向奥林波斯,为那妙音和
　　　不朽吟唱自喜,一路歌舞。黑色大地
70　　在四周回响轻吟,可爱的音符从脚下升起,

"于是……"(αἳ τότ'...):总结行63-67(参见635和674)。我们

的阅读时间从当下回到缪斯刚刚诞生的时候。因此，行68–75看似缪斯的又一次歌唱，实为缪斯诞生神话的一部分。神们诞生以后，首先会走到众神之间，比如阿佛洛狄特（202）。

"可爱的"（ἐρατός）：修饰缪斯们的脚步声，也形容歌声（65）。可以想见，缪斯们不是走路，而是边走边跳着某种舞步。参见 M. Emmanuel, *La Danse grecque antique*, 1896, p. 253。在《献给阿波罗的托名荷马颂诗》中，克里特人在前往德尔斐神庙的途中也边走边舞（514起）。

> 当她们向父神走去。他统治天庭，
> 手中持有雷鸣和火光灿耀的霹雳，
> 先前他用强力战胜父亲克洛诺斯，
> 又为永生者们公平派定法则和荣誉。

"强力"（κάρτει）：宙斯在众神之间最强有力（参49）。行496提及，克洛诺斯抵挡不住宙斯的技艺（τέχνῃσι）和力量（βίηφι），不过不是指宙斯与提坦之战，而是指克洛诺斯被迫吐出他所吞下去的孩子们。

"荣誉"（τιμάς）：某个神的荣誉，包含此神的全部自然特权，如"领地""名称与修饰""权力与职能"等。在这份特权之上，别的神无权侵犯，人类也必须敬拜。好的荣誉分配促成宇宙的秩序和均衡。荣誉分配似乎始于宙斯神权时代。但也有一些个别现象，比如阿佛洛狄特一出生就获得属于自己的一份荣誉（203–206）。另参112, 393（斯梯克斯）, 425–426（赫卡忒）, 885；《伊利亚特》卷十五，189等。

75　　住在奥林波斯的缪斯们吟唱这一切，
　　　伟大宙斯所生下的九个女儿：

"吟唱这一切"（ταῦτ' ἄρα...ἄειδον）：缪斯这里吟唱的内容是行71–74，即神王宙斯如何获得王权，分配荣誉，建立秩序（参见《奥德赛》卷八, 83, 367, 521）。

"伟大宙斯所生下的九个女儿"(ἐννέα θυγατέρες μεγάλου Διὸς ἐκγεγαυῖαι):此行乍看有多余之嫌,但它再次告诉我们缪斯一共有几个,并且对随后列出名字起到过渡作用。类似的过渡用法,参见148,264,907;《伊利亚特》卷七,161;卷二十四,252;《奥德赛》卷八,118等。

克利俄、欧特耳佩、塔莱阿、墨尔珀墨涅、
忒耳普克索瑞、厄拉托、波吕姆尼阿、乌腊尼亚,

在赫西俄德为九个女神分别命名之前,古希腊诗歌中只有"缪斯"这一合称。赫西俄德为什么要在此处列出缪斯们的名字呢?这些名字并不属于传统说法,而更像是诗人从诗中的叙述内容获得灵感,以各具词源意义的名称,分别象征缪斯们各自施行的职责。总的说来,缪斯们的名字代表诗歌语言的神化。

"克利俄"(Κλειώ):"赞美、给予荣耀" = ἀθανάτων κλείουσιν("赞美永生者们",67)。

"欧特耳佩"(Εὐτέρπη):"使心欢悦" = Τέρπουσι("使父神心生欢悦",37和51)。

"塔莱阿"(Θάλεια):"节庆" = ἐν Θαλίης("时有节庆",65)。

"墨尔珀墨涅"(Μελπομένη):"且歌且舞" = μέλπονται("且歌且舞",66) = ἀμβροσίη μολπῇ("一路歌舞",69)。

"忒耳普克索瑞"(Τερψιχόρη):"爱跳圆舞"(参见品达《科林斯竞技凯歌》,2.7;柏拉图《斐德若》,259c)。罗得岛的阿波罗尼俄斯称她是塞壬的母亲(《阿尔戈英雄纪》,4.895)。

"厄拉托"(Ἐρατώ):"可爱的" = 行65和70。此名从爱神爱若斯(Ἔρως)派生而出,参见柏拉图《斐德若》,259d。

"波吕姆尼阿"(Πολύμνια):"歌咏、吟唱" = ὑμνεύσαις("轻吟",70)。

"乌腊尼亚"(Οὐρανίη):"属天的" = οὐρανῷ ἐμβασιλεύει("统治天庭的",71)。赫西俄德采用这个名字,也许因为在传统说法里,缪斯不

是宙斯所生,而是天神乌兰诺斯的女儿。

还有卡利俄佩:她最是出众,
80 　　陪伴着受人尊敬的王者。

"卡利俄佩"(Καλλιόπη):"美好声音的,善于言说的" = ὀπὶ καλῇ("美好嗓音",68) = 阿尔克曼,27.1。卡利俄佩最后出现,却最为重要,相似情形还有克洛诺斯(137)、涅墨耳提斯(262)、斯梯克斯(361)等。

"王者"(βασιλεῦσιν):有卡利俄佩陪伴的王者,必然具有美好的言说能力。为什么这里提到王者?对古希腊人而言,王者并不特别地与缪斯联系在一起。原因大概有两个。首先,赫西俄德歌颂王者,很可能因为这首诗本是为了唱给王者听。其次,缪斯把言说能力的美质赐给王者,让"人们敬他如神明"(91),影射《奥德赛》卷八中任何人只要言辞巧妙就能被"敬如神明"的说法(173)。

伟大宙斯的女儿们若想把荣誉
在出世时给予哪个宙斯养育的王者,
就在他的舌尖滴一滴甘露,

"伟大宙斯的女儿们"(Διὸς κοῦραι μεγάλοιο):这里的过渡不无矛盾之处。卡利俄佩在缪斯中最出众,因为她总是陪伴受人尊敬的王者(79-80)。然而,不单单卡利俄佩,所有的缪斯们都眷顾王者。

"把荣誉给……"(Τιμήσουσι):神想把荣誉(τιμή)给某人,即眷顾某人,参见418(赫卡忒把荣誉带给人类),532(宙斯让赫拉克勒斯享有更多荣誉)。

使他从口中倾吐好言语。众人
85 　　抬眼凝望他,当他施行正义,

> 做出公平断决。他在集会上讲话,
> 迅速巧妙地平息最严重的纠纷。

"施行正义"（διακρίνοντα θέμιστας）:正义是《劳作与时日》的关键命题,赫西俄德还专门开辟章节讨论了"正义与无度"(213-285)。参见《伊利亚特》卷十六,387;卷十八,508。

"最严重的纠纷"（μέγα νεῖκος）:Mazon 指出,这是影射赫西俄德与其兄弟佩耳塞斯的纠纷(p. 8)。不过,公正的王者正是在司法判决上与民众保持最直接的联系,并获得最多的赞美。古代的司法判决最早呈现为诗歌形式,赫西俄德将缪斯与司法相连,与其说是扩大缪斯的权限,不如说是继承这一传统（参见 E. Havelock, *Preface to Plato*, Cambridge, 1963, p. 109）。

> 明智的王者们正是这样,若有人
> 在集会上遭遇不公,他们能轻易
> 90　　扭转局面,以温言款语相劝服。

"明智的王者们"（βασιλῆες ἐχέφρονες）:这三行突然指复数形式的"王者们",前后文都是单数,指受到缪斯眷顾的个别王者。

"轻易"（ῥηιδίως）:一般指神,比如涅柔斯的女儿们库摩多刻和库玛托勒革轻易地平息海上风暴(253);赫卡忒轻易使渔夫捕鱼丰收又得而复失(442-443);宙斯轻易改变人的命运(《劳》,5-7)。另参《伊利亚特》卷十六,690;卷十七,178。

"以温言款语相劝服"（μαλακοῖσι παραιφάμενοι ἐπέεσσιν）:理想的王者不仅要懂得解决争端,还要具备完美的劝服能力,以平息不满,缓和民心。

> 当他走进集会,人们敬他如神明,
> 他为人谦和严谨,人群里最出众。

这就是缪斯送给人类的神圣礼物!

"他为人谦和严谨,人群里最出众"(αἰδοῖ μειλιχίῃ, μετὰ δὲ πρέπει ἀγρομένοισιν):同《奥德赛》卷八,172(王焕生先生译:"为人虚心严谨,超越集会的人们")。

这里的说法与奥德修斯谈到神明把各种美质赐给人类时的说法相似:

> 但神明却使他言辞优美,富有力量,
> 人们满怀欣悦地凝望他,他演说动人,
> 为人虚心严谨,超越集会的人们,
> 当他在城里走过,人们敬他如神明。(《奥》卷八,170-173)

两处诗,必有一处模仿另一处。大多数笺释者的意见是荷马仿赫西俄德(Wilamowitz; Bethe, Homer, ii, 329 起; E. Schartz, Odyssee, 224, n. 1; Selleschopp, p. 49; Jacoby, p. 31)。不过,确立模仿关系似乎不能完全解决问题:荷马的说法不及赫西俄德符合传统,一个善于言辞的人,因"谦和严谨"而被人民奉若神明,似乎不如王者被奉若神明来得恰当。

> 因为缪斯,因为强箭手阿波罗,
> 95　　大地上才有歌手和弹竖琴的人,

"因为缪斯,因为强箭手阿波罗"(ἐκ γάρ τοι Μουσέων καὶ ἑκηβόλου Ἀπόλλωνος):既可以理解为某种譬喻手法也可以理解为缪斯和阿波罗的亲缘关系(后一种解释参见 336,390,869)。事实上,诗人(或歌手)一般是高古的名诗人(或名歌手)的后人,而这些名诗人(或名歌手)相传为缪斯所生,比如,俄耳甫斯是卡利俄佩(或克利俄)之子,利努斯要么是乌腊尼亚或忒耳普克索瑞之子,要么由阿波罗和卡利俄佩所生,等等。相应地,君王家族往往可以把祖先追溯到宙斯身上。在荷马诗中,缪斯常与阿波罗相唱相和,启发诗人(《伊利亚特》卷一,603-604;卷二，491—493；卷十一，218—220；卷十四，508—510）。赫西俄德赋予缪斯一种新的职权，把她们和宙斯所保护的王者联系在一起。

> 因为宙斯，大地上才有王。缪斯
> 宠爱的人有福了：蜜般言语从他唇间流出。

"因为宙斯，……才有王"($ἐκ\ δὲ\ Διὸς\ βασιλῆες$)：并不与前文"缪斯守护王者"构成矛盾。问题仅仅在于表达方式。赫西俄德是想说："卡利俄佩赋予王者说服的能力，使他们能够协调争端。这是缪斯的赐赠，缪斯同样也启发了诗人：诗人是缪斯的孩子，就好像王者是宙斯的孩子。"众所周知，王者是宙斯的孩子($διοτρεφέες\ βασιλῆες$)，连荷马也是这么说的。只不过一提起说服能力，王者也好，诗人也罢，总要和缪斯扯上关系。

> 若有人承受从未有过的心灵创痛，
> 因悲伤而灵魂凋零，只需一个歌手，
> *100* 缪斯的仆人，唱起从前人类的业绩
> 或住在奥林波斯山上的极乐神们，
> 这人便会立刻忘却苦楚，记不起
> 悲伤：缪斯的礼物早已安慰了他。

"缪斯的仆人"($Μουσάων\ θεράπων$)：同样用法见忒奥格尼斯残篇，769。在阿里斯托芬年代，这成了一种戏谑说法（《鸟》，909, 913）。有关伊利亚特式英雄和古代诗人的"仆人"形象，参见 Gregory Nagy, *Pindar's Homer*, Baltimore Londres, 1990。

"从前人类的业绩"($κλέα\ προτέρων\ ἀνθρώπων$), "住在奥林波斯山上的极乐神们"($μάκαράς\ τε\ θεούς\ οἳ\ Ὄλυμπον\ ἔχουσιν$)：人与神是古希腊诗歌的两大主题。《奥德赛》卷一说道："歌人们用它们歌颂凡人和神明们的业绩。"（338）参见《伊利亚特》卷九，189；《奥德赛》卷八，73。

"苦楚"($δυσφροσυνέων$)：赫西俄德讲到普罗米修斯受大鹰吞噬肝脏时，也用到这个词(528)。肝脏白天被啄，夜里又再长回，这种折磨没有止境、让人绝望，堪称人生苦楚的极致。

"礼物"($δῶρα$)：或"恩赐"(参93)。酒是狄俄尼索斯的礼物(《劳》,614)；睡眠是恩赐(《伊利亚特》卷七,482)。诗歌的慰藉力量，参见55。

> 　　宙斯的女儿们啊，请赐我一支动人的歌，
> 105　赞颂永生者们的神圣种族，
> 　　他们是大地和繁星无数的天空的孩子，
> 　　是黑夜纽克斯的子女和咸海蓬托斯生养的后代！

缪斯第三次歌唱。诗歌过渡至正文。赫西俄德呼唤缪斯，也就是序歌的主人公，祈求缪斯让自己完美地完成歌咏。尽管前文已有缪斯的两次歌唱，但直到这里才揭示《神谱》的真正内容。

诗人首先提到大地和天神的后代，因为，提坦神族和奥林波斯神族是本诗中最重要的主角(参见45)。此外还有两大家族谱系：卡俄斯之女夜神纽克斯($Νυκτός$)的后代、大地之子海神蓬托斯($Πόντος$)的后代。

《神谱》从这里开始进入宇宙起源叙事(对比巴门尼德残篇11；恩培多克勒残篇38)。赫西俄德不只讲述神的谱系，也讲述世界的起源。行106–107提到几个主要的神，接下来则告诉我们，诗人将从哪些方面讲述这些神。

> 　　首先请说说他们如何产生：神们和大地、
> 　　诸河流、怒涛不尽的大海、
> 110　闪烁的群星、高高的广天，
> 　　[以及他们的后代、赐福的神们。]

"神们和大地"($θεοὶ καὶ γαῖα$)：同样用法见《献给赫耳墨斯的托名

荷马颂诗》,426起。这种说法颇让人惊讶,因为,大地和后面的"河流、大海、群星"等一样是神。也许,在赫西俄德笔下,ϑεοί仅限于指那些不隶属宇宙起源叙事的神。

"诸河流"(ποταμοί):河流,包括最重要的大洋俄刻阿诺斯,后者与大地、海洋同为可见世界的组成部分。

"以及他们的后代、赐福的神们"(οἵ τ᾽ ἐκ τῶν ἐγένοντο ϑεοί, δωτῆρες ἑάων,111):同行46。原文中代词τῶν[此、那些]指前面几行中提到的名词,从"神们"到"广天"。然而,有些校勘家认为,依据希腊神谱传统,这些神的后代分别处于神谱的不同位置,行使的职能也有很大差异,不可能被划分在同一范畴,并加以笼统的概括。由于以上困难以及古语法疑难,Rzach,West等均采取删除行111的解决办法。

> [他们]如何分配世界财富,派定荣誉,
> 当初如何占领千峰万谷的奥林波斯。
> 住在奥林波斯的缪斯啊,请从头说起,
> 115　告诉我这一切,告诉我最初诞生的神!

若要在字面上较真,行112-113的说法并不符合整部神谱的内容。诸神的"财富"没有再被提起,有关"荣誉"(τιμαί)的派定,也没有类似于《伊利亚特》卷十五那样详细的描述(187-193),而仅在行885一带而过,并在个别地方提到宙斯把荣誉给予个别神(203-206,392-403,411-452)。另外,诗中只字未提"最初占领奥林波斯"的事;在大战提坦的时候,神们已住在奥林波斯山(633;参391和397)。话说回来,我们可以把宙斯获得神权视为"占领奥林波斯";而把确定某些神的职责看作"荣誉的派定"(参见121,141,215,231,346,372,903,917,926,929,935,939)。

最初的神

(行 116 – 122)

这七行诗交代最初的神。世界起初是一片浑沌,渐渐又有了几种最初的元素。"浑沌"($Xáos$)的虚无,对应"大地"($Γaῖa$)的实在。"爱若斯"($Ἔρos$)是结合的本原,少了他,繁衍将不可能。

本节虽简短,却有两个重要的疑点。

第一,行 119 的塔耳塔罗斯($Τάρταρα$)究竟是"生出"(116)的宾语(与浑沌、大地和爱若斯并列,最初的神有四个),还是"永生者们住在"(118)的宾语(与奥林波斯并列,最初的神只有三个)?

第二,$Xáos$[浑沌]含义不明。对于这个最早生出的神,赫西俄德未做任何解释。《神谱》另有两处提到(700,814),但没有提供更多的信息。

有关这两个难点的解释,参见随文笺注。

> 最早生出的是浑沌,接着便是
> 宽胸的大地那所有永生者永远牢靠的根基。

"浑沌"($Xáos$):一般又音译为"卡俄斯"。最接近的古希腊词源解释是"开口""豁口""空洞"($Xαρos$-$Xάσκω$, $Xανδάων$)或"张开的深处"($Xαίνειν$)"一个打开的口子"。我们可以把它想象为无限延伸的空间。因为,这时天地尚未产生,还没有或上或下的空间限制。这个"口子"是幽暗的(814),由它生下夜神纽克斯和虚冥俄瑞波斯(123),并处于大地之下(736 – 735, 807 – 814)。它也不排除"完全的混乱"这一抽象含义。稍后柏拉图在《高尔吉亚》中援引毕达哥拉斯派的宇宙定义,使 Cosmos 和 Chao 对立,浑沌无序,衬托宇宙的秩序(507e – 508a)。作为某种拟人化的模糊存在,浑沌是女性的——虽然该词从语法角度来看是中性词(参123)。在下文中,界于大地和塔耳塔罗斯之间的空间被称为 Χάσμα(740);当宙斯的霹雳燃烧大地和海洋时,浑沌也被征服(700)。浑沌作为地下神界的一部分,见普鲁塔克《伦语》953a,维吉尔《埃涅阿斯纪》4.510、6.265,奥维德《变形记》10.30等。有的校勘家认为,浑沌介于天地之间——然而,浑沌既然存在于天地分离以前,这个说法就不合理。到了公元前5世纪,Χάος 确实也指空气(比如 Bacchylides,5.27;阿里斯托芬《鸟》,1218;《云》,424、627;亚里士多德《物理学》,208b28 等)。但我们有必要把赫西俄德时代的用法与此区分开来。汉语中自古有"浑沌"的用法,或见《庄子·应帝王》篇末,浑沌原系"中央之帝",生七窍而死,又或系神兽名,又或可取《论衡》中"元气未分,浑沌为一"之意,无论如何似可对应这个让西方学者大伤脑筋的词语。

浑沌的基本特征是黑暗。在古希腊宇宙起源叙事中,黑暗往往是最早存在的元素。据欧德谟斯(Eudemus of Rhodes)的记载,俄耳甫斯神谱体系始于黑夜纽克斯(残篇28);缪塞俄斯从塔耳塔罗斯和黑夜说起(残篇B14);埃庇米得尼斯从天光埃忒尔(Aer)和黑夜说起(B6);阿刻西劳斯(Acusilaus)和赫西俄德一样从浑沌说起(B1 = FGrHist 2 F 6);西塞罗记载了某个廊下派哲人的神谱体系,始于虚冥和黑夜。就连阿里斯托芬笔下的鸟类们说到宇宙的起源,也是从一片幽暗谈起(《鸟》,693)。

"大地"(Γαῖα):一般又音译为"该亚",在赫西俄德神谱中占有举足轻重的地位。该亚称为"宽胸的"(εὑρύστερνος),同样用法见《塞浦路亚》残篇1.2。古代德尔斐地区(参见 Mnaseas Patara, ap. Sch = fr. 46 Muller, FHG iii, 157)和阿开亚地区(泡赛尼阿斯,7.25.13)均盛行某种名为 Eurysternos 或 Eurysterna 的大地崇拜仪式。

——永生者们住在积雪的奥林波斯山顶,
道路通阔的大地之下幽暗的塔耳塔罗斯,

[笺释] 最初的神(行116–122)

行118–119很有争议。有的校勘家理解为,行118修饰行117,行119与行117并列,最初诞生的神有浑沌、大地、塔耳塔罗斯和爱神(AB本,JLB本和L本)。有的认为,行118–119修饰行117,最初的神只有浑沌、大地和爱神,塔耳塔罗斯和奥林波斯一样是永生者的住所,不算在内(PB本)。还有的干脆删除行118–119(M本)。其实,这两行普遍存在于莎草文献中,并至少得到如下作者的肯定:Theophilus, Hippolytus, Stobaeus(119),《伊利亚特》校勘家,普鲁塔克,Cornutus,泡赛尼阿斯和达玛西乌斯。柏拉图《会饮》(178b)和亚里士多德《形而上学》(984a27)很有可能忽略了这两行,后来的作者因参照柏拉图或亚里士多德而没有提到它们。一般认为,删除这两行诗的做法始于廊下派哲人芝诺,但据West的解释,芝诺仅删除行117(如果他当时也读到行118,则删除两行),而保留了行119。

"塔耳塔罗斯"(Τάρταρα):塔耳塔罗斯和大地分别在浑沌的两边(814)。由于大地没有明确可见的下分界,浑沌和塔耳塔罗斯均可以看成与大地不可分离的部分,但比大地更深。提坦和提丰战败之后的囚牢都设在塔耳塔罗斯(851,868)。在赫西俄德笔下,塔耳塔罗斯还以人身化形象出现过一次,与大地该亚相爱结合,生下浑王提丰(822)。West认为,赫西俄德很可能一开始只写了三个最初的神:浑沌、大地和爱若斯,但写到提坦大战的时候,他意识到塔耳塔罗斯作为宇宙组成部分的重要性,于是又回过头来补充了一行(类似的事后增补,亦见139–153,154,450–452)。行119是一个完整而典型的赫西俄德的句子,据普鲁塔克(374c)、泡赛尼阿斯、达玛西乌斯的笺释,塔耳塔罗斯是最初的神之一(West, pp. 194–195)。参见缪塞俄斯残篇B14;阿里斯托芬《鸟》,693。在《斐多》(111e–112a)中,柏拉图把塔耳塔罗斯描述成一个巨大的深坑,所有河流都从它流出,又向它流进。

120 还有爱若斯,永生神中数他最美,
   他使全身酥软,让所有神所有人类
   意志和思谋才智尽失在心深处。

"爱若斯"（Ἔρος）：作为最初的神之一，爱神在此具有某种类似于创世神的力量。阿里斯托芬的《鸟》中有一段宇宙起源叙事，一般认为是迄今发现的与俄耳甫斯神谱有关的最早记载：

> 一开头只有浑沌、夜晚、黑色的虚冥和茫茫的塔耳塔罗斯；那时还没有大地，没有空气，也没有天空；从虚冥无边的怀里，黑翅膀的夜晚首先生出了风卵，经过一些时候，受尽欲求的爱若斯生出来了，他犹如旋风，背上长着灿烂的金翅；在茫茫的塔耳塔罗斯里，他夜里与浑沌交合，生出了我们，第一次把我们带进光明。起初，就在爱若斯与万物交合以前，世上并没有神们的种族：万物交会，才生出了天地、海洋和永生的神们。（694-703，杨宪益先生译文，略有改动）

我们从这段叙述中看到，爱若斯虽不是最初的神，但只有在他的结合本原的作用下，才能生出天地万物和永生的神们。另参俄耳甫斯残篇8.57；菲勒塞德斯（Pherecydes de Syros）残篇B3，A11；巴门尼德B13；恩培多克勒B17，20起。萨福同样在诗中赋予爱若斯极高的地位（残篇198）。另见亚里士多德《形而上学》，984b23。

在《神谱》里，赫西俄德没有再提及爱若斯，除在行201说到他陪伴初生的阿佛洛狄特来到神们中间；不过，"欲爱的力量"自始至终贯穿整部神谱的繁衍与生成过程。同样的，在《劳作与时日》中，赫西俄德除在行19说到，宙斯送不和女神去大地之根，以给人类带来好处，通篇未再提到她；然而，好的不和女神在人们心中唤起劳作和正义的必要，恰恰是《劳作与时日》的中心主题。据泡赛尼阿斯的记载（9.27.1），赫西俄德所生活的特斯庇亚地区（Thespiae）有一尊极为古老的爱神石像，每四年举行一次崇拜仪式，伴以体操和音乐竞技，称为Erostidia。赫西俄德在诗中给予爱若斯如此重要的地位，很可能与他那个时代的本地崇拜仪式有关，一如赫卡忒的例子（416起）。

在俄耳甫斯神谱传统里,爱若斯与最初的神普罗多格诺斯或普法纳斯混同(托名俄耳甫斯祷歌,6.2－7),占据重要地位。欧里庇得斯的《希波吕托斯》也提到,宙斯的圣地是奥林波斯,阿波罗的圣地是德尔斐,然而,像爱若斯这么重要的神却几乎没有什么圣地(535－545)。柏拉图的《会饮》通篇以爱若斯为主题。不过,值得注意的,这里的爱若斯并不能等同为柏拉图笔下与灵魂相关的哲学概念。在忒奥克里托斯(Theocritus)的牧歌里,爱神的形象已然接近罗马神话风格:一个小孩子,无知无觉,有点残忍(*Idylls*,3,19),圆嘟嘟如苹果(7,12,30),长着羽翅(15),并总是和母亲阿佛洛狄特在一起(2)。

"最美"($\kappa\acute{\alpha}\lambda\lambda\iota\sigma\tau o\varsigma$):爱若斯长得美,这是爱神的常见特征,尽管他在这里只是一种宇宙的原初力量(参见阿里斯托芬《鸟》,696－697)。

"使全身酥软"($\lambda\upsilon\sigma\iota\mu\epsilon\lambda\acute{\eta}\varsigma$):爱神的力量,亦见911(美惠女神的每次顾盼都散发"使全身酥软"的爱意),萨福残篇31。在《奥德赛》中,该词用于睡神的力量,"使全身松弛酥软"(卷四,794;卷十八,189,212)。《伊利亚特》卷十四,赫拉为了魅惑宙斯,请求阿佛洛狄特给她"用来征服不朽的天神和有死的凡人的能力"(198－199),爱情的魅力,参见《献给阿佛洛狄特的托名荷马颂诗》,2起,34起;Archilochus,118;忒奥格尼斯残篇,1388。

"思谋才智"($\epsilon\pi\acute{\iota}\varphi\rho o\nu\alpha\ \beta o\upsilon\lambda\acute{\eta}\nu$):同样用法见行906。在所有的神和人中,宙斯具有最高的思谋才智,但雅典娜"在豪气和思谋才智上与父亲相等"。

浑沌和大地
(行 123 – 132)

这里十行诗,三行交代浑沌的子女(123 – 125),七行交代大地的子女(126 – 132)。这些最初的繁衍带有宇宙起源叙事的意义:由浑沌生黑夜、白天;由大地生天、山、海。

最初的繁衍都是单性繁衍,浑沌和大地尚无配对的对象,爱欲的作用不明显。浑沌家族呈现为两两相对的形式,第二代是虚冥和黑夜两个黑暗力量,第三代是天光和白天两个光明力量。一暗一明,相辅相成,从浑沌的漆黑和无序中,产生明暗的界限和映衬。地生天,天与地等大,罩着大地,犹如大地的气态副本。又有丛山、深海,犹如大地的固态副本和液态副本。

本节中唯一一次双性繁衍,发生在第三代的黑夜与虚冥之间(125)。

虚冥和漆黑的夜从浑沌中生。

"虚冥"(Ἔρεβός):一般又音译为"厄瑞玻斯"。《神谱》提到的地方还有行 515、669。与哈得斯(455、768、774、850)、塔耳塔罗斯(682、721、723a、725、726、736、807、841、851、868)极为接近,均系与光明国度相对的阴暗所在。虚冥是神王囚禁反叛者的所在,比如乌兰诺斯囚禁百手神(669),宙斯囚禁伊阿佩托斯之子墨诺提俄斯(515)。

"夜"(Νύξ):夜神,一般又音译为"纽克斯"。夜神纽克斯在古希腊宇宙起源传统中占有重要地位(116 相关笺释)。纽克斯与其兄弟虚冥厄瑞玻斯所生的孩子随后列出,纽克斯单独生下的孩子直到行 211 才出现。赫西俄德还讲到,黑夜与白天同住地下神界,但"从不会一块儿待在住所里，总是轮番交替，一个走在宅外，穿越大地，另一个就守在家里"(748–757)。

> 天光和白天又从黑夜中生，
>
> 125　她与虚冥相爱交合，生下他俩。

"天光"(Αἰθήρ)：音译为"埃忒尔"，一般又译为"天宇，空宇"，这里似强调其光明特征：一种天上的光，至高至纯的气体。在赫西俄德笔下是男神(125)，荷马诗中则是女神(一处例外：《奥德赛》卷十九，540)。在俄耳甫斯神谱中，天光是一个重要的原初元素，从它产生了著名的卵，从卵中生成最初的神王普法纳斯。有一首托名俄耳甫斯祷歌写道：

> 你是宙斯的高高住所和不朽力量，
> 你是星辰和日月的故乡，
> 你征服万物，火的气息，点燃生命火花，
> 高处闪光的埃忒耳，宇宙最美的元素，
> 光的孩子哦，亮彩灵动，星火璀璨。(5.1–5)

"白天"(Ἡμέρη)，音译为"赫墨拉"。白天对黑夜(女神)，天光对虚冥(男神)。白天产生于黑夜，而不是黑夜产生于白天。因为前者代表生发，后者代表衰败。白天在太阳之前产生，与《圣经·创世记》说法相反：先有光，神称光为昼。这或可表明古希腊人未意识到天光与阳光其实是同一种光。

"相爱交合"(φιλότητι μιγεῖσα)：神与神之间的欢爱，模拟宇宙组成元素相互作用的均衡与联合。M 本删行 125。

> 大地最先孕育了与她一样大的
> 繁星无数的天，他整个儿罩住大地，

是极乐神们永远牢靠的居所。

"繁星无数的"($\mathit{\dot{a}\sigma\tau\varepsilon\varrho\acute{o}\varepsilon\nu\vartheta'}$):同样用法见行106,414,463,470,737,808,897。星的产生,要等到行382才有交代(黎明生下闪闪群星)。但以"繁星无数"修饰天空,是固定的表达(另参《劳》,548;《伊利亚特》卷十五,371)。赫西俄德的叙事与生成的先后无关,只表现事物的状况。

"天"($O\dot{\upsilon}\varrho\alpha\nu\grave{o}\nu$):一般音译为"乌兰诺斯"。在古希腊人眼里,$O\dot{\upsilon}\varrho\alpha\nu\acute{o}\varsigma$作为宇宙组成元素,当如一个覆盖世界的盖子,坚固而平坦(参见《伊利亚特》卷十七,425;《奥德赛》卷十五,329),而非半圆穹顶:一则迈锡尼时代后并无这种天文观;二则阿特拉斯顶着的天(517-518),只能是平的,而不可能是半圆形。天和地一样大,也一样平。等份是古希腊人宇宙观里的一个显著特点,早期希腊地理学也具有同样特点。世界往往划分为几个同等大小、同等距离的部分。在古希腊宗教和神话里,乌兰诺斯作为从大地分离而出的部分,显得远远不是那么重要。相比之下,宙斯才是真正的天神,乌兰诺斯仅仅作为第一代神王出现在神的谱系或天地分离神话、神权神话中。天空是男神,大地是女神。这与古埃及神话相反。在古埃及人眼里,天是阴性,地是阳性。从某种角度而言,古代神话往往把宇宙或世界的生成表现为"母子乱伦"的结果。

天是神们的住所,同梭伦残篇2.21。这与行118的说法有出入:"永生者们住在积雪的奥林波斯山顶。"不过,在赫西俄德笔下,天空与奥林波斯山极为接近。宙斯进攻提坦神,就是"从天空和奥林波斯山"一路扔出闪电武器(659)。在荷马笔下,神们的住所也是奥林波斯山(《奥德赛》卷六,42-46;《伊利亚特》卷五,360,367,868)。

在最初的繁衍中,只有天空乌兰诺斯的诞生叙事占三行。这呼应了天地家族的三元(3或3的倍数)繁衍形式。

大地又生下高耸的<u>丛山</u>,

130　　那是山居的水仙们喜爱的栖处。

"丛山"(οὔρεα μακρά):音译为"奥瑞亚",丛山是从大地分离而出的一个独立部分(参见679 - 680),犹如大地的一个固态副本。

"水仙"(Νυμφέων):音译为"纽墨菲"或"宁芙",从天神的血而生(187)。在荷马诗中,她们是宙斯的女儿(《奥德赛》卷十三,356 - 358;另参普林尼《自然史》,20.8)。在托名俄耳甫斯祷歌中,她们是大洋女儿:

> 水仙哦,高傲的俄刻阿诺斯的女儿们,
> 住在大地深处的岩洞,有水行路,
> 秘密奔跑,欢乐无边,巴克库斯的地下养母,
> 滋养果实,爱出没草地,纯净迂回,
> 在空气中流浪,喜爱山洞岩穴,
> 如水泉奔涌,露水为衣,步态轻盈,
> 溪谷和千花丛中若隐若现,
> 高山上和潘一同跳跃,呼喝"欧嗬",
> 岩石边奔跑呢喃,群山间漫游,
> 流连乡野、泉水和山林的女孩儿……(51.1 - 10)

水仙们居住在山上或乡间,与树、泉和流水密切相关。柏拉图的《斐德若》多次提到她们(229a,230b - c,236e,241e,242a - b,259 a等)。她们又称为泉之精灵,泉水往往带有神意,苏格拉底自称有神附体,在这些仙子的控制之下说话(238 c - d,262 d)。

> 她又生下荒芜而怒涛不尽的大海
> 蓬托斯,她未经交欢生下这些后代。接着——

"蓬托斯"(Πόντος):海神。这里形容为"荒芜的"(ἀτρύγετον),含

义不明,有说是"贫瘠、不会繁衍、不产果实"之意,但事实上,蓬托斯生养了一群蓬勃的后代,赫西俄德专辟了"海神世家"的章节(233 - 336)。还有一种解释是"永不枯竭的"(如 Clercicus)。

"未经交欢生下"($ἄτερ\ φιλότητος\ ἐφιμέρου$):指大地单独生下的全部后代,即天、山和海。对观行 125。夜神纽克斯的后代同样分成两类(213 和 124 - 125)。为何有两性结合的后代与单性自生的后代这一区分?原因不得而知。West 提出几种假设(p. 199):

第一,天空、丛山和大海均可视为地壳运动的自然产物。——但是,为什么大洋(俄刻阿诺斯)不在其中?

第二,大地此时尚无配对的异性,浑沌卡俄斯(123)、不和女神(《劳》,226)也是同样的状况。

第三,大地和天空的后代(提坦神和奥林波斯神)是诗中神话叙事的主角,属于特殊的神族,必须与大地的其他后代区分开来。

天神世家

（行133－210）

天地交合，"爱若斯"大显身手。在古人眼里，天降大雨，滋润大地，催生万物，就像是天空把生命的种子撒向大地。

天地的后代，起初有三组：提坦神、库克洛佩斯和"百手神"。后来又从天神的精血生成复仇女神厄里倪厄斯、癸干忒斯巨人族和自然神女墨利亚，从天神的生殖器生成阿佛洛狄特。

本节共计77行，叙事严谨，首尾呼应，可以分成五个部分：

（一）行133－138：提坦神族（专有名称）；

（二）行139－153：库克洛佩斯和"百手神"；

（三）行154－181：天地分离神话；

（四）行182－206：由血生成的族群和阿佛洛狄特；

（五）行207－210：提坦神族（集体名称）。

天神家族叙事至少遵守了如下三个规则：

第一，环形结构。乌兰诺斯遭到偷袭，并被割去生殖器，是本节关键。在此之前，有两组后代诞生；在此之后，同样有两组后代诞生。叙事的首尾交代提坦，开头点出十二个提坦神的专有名称，结尾则补充交代他们的集体名称。

第二，三元形式（3或3的倍数）。提坦神六男六女，三个库克洛佩斯，三个"百手神"，三个由精血生成的族群，只有阿佛洛狄特单独诞生，但有前来相伴的欲望神和爱若斯，依然是三元组合。

第三，命名方式。神名涵盖了专有名称和集体名称的诸种可能：提坦神各有名称，库克洛佩斯也是。阿佛洛狄特拥有多种名称。反过来，科托斯、布里阿瑞俄斯和古厄斯三兄弟"难以名状"，不仅因为他们可怕，还因为他们缺少一个集体名称，后来的传统称他们为"百手神"。

本节的叙事关键是天地分离神话。天地分离是古代神话最常见的命题,我国古代有盘古开天辟地之说,希伯来圣经记述神在头一日创造天地分开光暗,巴比伦神话讲到天地最初是一阴一阳、连成一体的水源,俄耳甫斯神谱传统中更有一个"最初的卵",一分为二,上成天,下成地(残篇57)……在这里,赫西俄德以拟人的笔法,把天地最初的接近描绘成一次性交行为(133),天地分离则源于天神被自己的儿子割去生殖器这个事件。在赫西俄德笔下,所有名称既代表宇宙组成元素(天、地、海、山),又是一些有生命的存在,具有如人类一般的性交行为:"联姻""交欢""做爱"等动词在古希腊文里均从词根 –ευνη[床]派生。

克洛诺斯在一片漆黑之中割下父亲乌兰诺斯的生殖器(178 – 181)。这个简单的动作有非凡的叙事意义:宇宙起源神话在此落下帷幕(天地分离,世界定形),神权神话在此吹响号角(乌兰诺斯—克洛诺斯—宙斯三代神王争夺神权)。

> 她与天神欢爱,生下涡流深沉的俄刻阿诺斯、
> 科伊俄斯、克利俄斯、许佩里翁、伊阿佩托斯、

大地和天神生下六个男神六个女神。他们各有其名,比起深海、丛山(129 – 132),有更鲜明的拟人化特征。乌兰诺斯稍后将亲自给他们一个集体名称"提坦"(207)。

赫西俄德的名单显得参差不齐,除克洛诺斯和伊阿佩托斯是典型的提坦以外,俄刻阿诺斯、瑞娅、忒弥斯和谟涅摩绪涅显然不与宙斯为敌,不可能参加"提坦大战",其他几位,如科伊俄斯、克利俄斯、许佩里翁、忒娅等,没有鲜明的提坦特色。

提坦的成员和数目,古代说法不一。在俄耳甫斯神谱中,提坦共有七男七女,比这里多了狄俄涅和福耳库斯(残篇114)。

"俄刻阿诺斯"(Ὠκεανόν):大洋神,环绕大地的大河,又称环河,与大海有别(790 – 791;《伊利亚特》卷二十一,195 – 197)。在古希腊神

[笺释] 天神世家(行 133–210)

话传统里,俄刻阿诺斯以古老著称。他的名字有几个写法,比如 Ὠκεανόν, Ὠγηνός, Ὤγενος 和 Ὠγήν,均含"古老"之意。荷马称大洋神是众神的始祖(《伊利亚特》卷十四,200–201)。Hesychius 记载过一条克里特的同名河流。大地由水环绕,这很接近古埃及人和古巴比伦人的意象。赫西俄德把大洋神列入提坦神族,也许仅仅在于他是古老的神。在古希腊神话里,俄刻阿诺斯从来不是一个"地道的"提坦:他鼓励女儿斯梯克斯最早去奥林波斯山,在提坦大战中站到宙斯的阵营(398);他在宙斯征服克洛诺斯以后充当赫拉的避难所(《伊利亚特》卷十四,200–204);他试图劝说普罗米修斯与宙斯和解(埃斯库罗斯《被缚的普罗米修斯》,283–396);当其他提坦们纷纷投身到反对乌兰诺斯的计谋中时,俄刻阿诺斯显得犹疑不决:

> 这时,俄刻阿诺斯留在宫殿里,
> 焦心自问,他的心该归向何方:
> 他是要缴除父亲的力量,残暴地伤害他,
> 与克洛诺斯和其他兄弟一起,服从母亲;
> 还是离开他们,安静地留下。
> 他心潮澎湃起伏,坐在宫殿里,
> 充满对母亲尤其兄弟们的愤怒。(残篇 135)

"科伊俄斯、克利俄斯"(Κοῖόν τε Κρεῖόν):这两位神形象模糊。我们只知道,科伊俄斯是勒托的父亲(404;《献给阿佛洛狄特的托名荷马颂诗》,62;品达残篇 33d3),赫西俄德也只提及这层关系。克里俄斯的形象更模糊,除了从普鲁塔克时代开始的拼写考证纷争外,我们对该神一无所知。把发音近似的神名放在一起,是赫西俄德的常用手法,参见 135、252–253、257、1018 等。

"许佩里翁"(Ὑπερίονά):"穿越高空",常混同为太阳神赫利俄斯。其实,许佩里翁是赫利俄斯的父亲(374,1011;《奥德赛》卷十二,176;《献给德墨特尔的托名荷马颂诗》,26,74 等)。在荷马诗中,许佩里翁

不是提坦。《伊利亚特》卷八用该词修饰太阳神：伊阿佩托斯和克洛诺斯困处在塔耳塔罗斯，不能坐下来享受"穿越高空的"（许佩里翁）太阳神的光线与和风（478 – 482；参见 19，398；《奥德赛》卷一，8，24；卷十二，133，263，346，374；《献给阿佛洛狄特的托名荷马颂诗》，369 起）。

"伊阿佩托斯"（Ἰαπετόν）：除克洛诺斯以外最典型的提坦（18）。文艺复兴时期以来，不少学者把伊阿佩托斯等同为《圣经》中的挪亚之子雅弗（Japheth = Ἰαπετός）。这两个人物主要有如下几个相似之处：

第一，名字本身。

第二，伊阿佩托斯的兄弟克洛诺斯阉割了他们的父亲克洛诺斯；据有的说法，雅弗的弟兄含也对他们的父亲挪亚做了同样的事，但《创世记》只提到含看见父亲的赤身（9:21）。

第三，与一场洪水间接相关，雅弗因其父挪亚，伊阿佩托斯则因其孙、普罗米修斯之子丢卡利翁（Deucalion，参见品达《奥林匹亚竞技凯歌》，9.49 – 53；奥维德《变形记》，1.244 – 349）。

第四，雅弗是包括小亚细亚人在内的西北方人的祖先，伊阿佩托斯则和克洛诺斯、瑞娅一起与亚洲的神相关（St. Byz. s. v.）。

不过，在赫西俄德诗中，伊阿佩托斯的重要性显然不在于此，而集中体现在他的几个儿子身上，特别是普罗米修斯和厄庇米修哥儿俩。

135   忒娅、瑞娅、忒弥斯、谟涅摩绪涅、
　　　　头戴金冠的福柏和可爱的特梯斯，

"忒娅、瑞娅"（Θείαν τε Ῥείαν）：发音近似的神名放在一起，Θεία，即"神圣的"，忒娅是日神、月神和黎明的母亲（371 – 374；参见品达《科林斯竞技凯歌》，5.1 起）。在这两位女神中，显然宙斯的母亲瑞娅要重要许多。她也不是一个"地道的"女提坦，因为，她曾保护宙斯不受克洛诺斯伤害（468 起），可能也没有参加反抗宙斯的提坦大战。

"忒弥斯、谟涅摩绪涅"（Θέμιν τε Μνημοσύνην）：这两位女提坦神同样不可能跟随克洛诺斯去反抗宙斯，因为，她们是宙斯的妻子（901，915）。

[笺释] 天神世家(行133－210)   203

"福柏"(*Φοίβην*):"光亮的"。她是勒托的母亲。在行18中,勒托与克洛诺斯、伊阿佩托斯并列,足见福柏是堪比提坦的古老女神。福柏后来成为阿尔特弥斯的别名,因此,阿尔特弥斯往往也混同在提坦之列,甚至成为女提坦的代名。在埃斯库罗斯的《报仇神》中,德尔斐女祭司把福柏排在该亚和忒弥斯之后,阿波罗和雅典娜之前(6－7)。

"特梯斯"(*Τηθύς*):传统中大洋神俄刻阿诺斯的妻子,稍后成为海洋的化身——最早见于公元前3世纪悲剧诗人吕格弗隆(Lycophron)的《亚历珊德拉》(*Alexandra*, 1069)。从《伊利亚特》卷十四看,她是众神的始母,和俄刻阿诺斯一般古老(201)。但在赫西俄德时代,人们似乎不识这种传说。注意区分谐音名"忒提斯"(*Θέτις*),那是涅柔斯的女儿、阿喀琉斯的母亲。

最后出生的是狡猾多谋的克洛诺斯,
在所有孩子中最可怕,他恼恨淫逸的父亲。

"克洛诺斯"(*Κρόνος*):十二提坦中最年轻者,他将完成兄长们无法完成的使命,获得王权。同样,宙斯也是克洛诺斯六个孩子中最小的一个(478)。不久以后,在克洛诺斯的带领下,提坦们将群起反抗宙斯,也就是一般所说的"提坦大战"。赫西俄德把克洛诺斯放到最后讲(137)。这有悖男神在前、女神在后的做法,比如蓬托斯的子女(233－239),俄刻阿诺斯的子女(337－370)。相反,克洛诺斯和瑞娅的孩子们是女神在前,男神在后(453－458)。在《劳作与时日》中,赫西俄德把黄金时代描述为克洛诺斯的统治时代(111),宙斯在征服克洛诺斯之后,还让他去统治幸福者的岛屿(169)。古希腊人在每年夏末有一个敬拜克洛诺斯和瑞娅的节庆,叫Kronia。夏末时分,正值收割结束,所以克洛诺斯也称为收割神,以镰刀为象征物(Philochorus, 328 F 97)。在赫西俄德之后,还常常出现Cronons[克洛诺斯]与Chronos[时间]的文字游戏,其实这两个词同音异义,克洛诺斯并不是什么时间之神。

"最后出生的"(*τοὺς δὲ μήθ' ὁπλότατος γένετο*):同样适用于宙斯

(478)和提丰(821)。参见赫西俄德残篇26.31;《塞浦路亚》残篇7.1。最后提到者,要么最重要,比如誓言神(231)、涅墨耳提斯(262)、斯梯克斯(361)和宙斯(457),要么为了引出下文叙事,比如缪斯(79)、不和神(225)和厄庇米修斯(511)。

"恼恨"(μνησμέε):克洛诺斯恼恨父亲,对应行156"背负父亲的憎恨"。

提坦的名单顺序并不与下文提坦后代的叙事顺序一致。伊阿佩托斯(134)写在克洛诺斯(137)之前,但伊阿佩托斯的后代(507-616)写在克洛诺斯的后代(453-506)之后,因为宙斯的诞生必须在普罗米修斯事件之前有所交代。在这里,克洛诺斯最后一个出现,则是因为他是接下来事件的主角。

> 她还生下狂傲无比的库克洛佩斯:
> *140* 布戎忒斯、斯特若佩斯和暴厉的阿耳戈斯。
> 他们送给宙斯鸣雷,为他铸造闪电。

这几行诗(包括行147-153写百手神)的位置影响了行文的连贯:乌兰诺斯"掩藏"自己的所有孩子(157),该亚要求报复,而他们最终因报复行为得到"提坦"之名(207)——换言之,提坦本应包含乌兰诺斯的所有孩子。然而,"提坦"并不包括库克洛佩斯和百手神,诗中还多次着意加以区分(参663,668-669)。另外,行155与行138相互呼应,也让读者一再对中间这几行诗的存在产生怀疑。有的笺释者干脆认为,这几行诗是后人的篡插(如Arthur Meyer, p. 60)。只是,鉴于库克洛佩斯和百手神在下文叙事中的重要性(尤其"提坦大战"),这里介绍他们的出生与天性,似乎在所难免。为此,大多数笺释者倾向于认为,赫西俄德在初稿中列出提坦名单以后,直接转入乌兰诺斯被去势的段落。写到提坦大战时,诗人意识到事先没有为库克洛佩斯和百手神的进场做铺垫,于是转回来补充了行139-153。他这么做的时候,没有考虑由此带来的行文流畅问题(H. Buse, *Quaestiones Hesiodeae et Orphicae*, pp. 27 - 28)。诗中的另一个疑问也可以通过赫西俄德的这一补漏得到解释:宙斯曾分别解救过库克洛佩斯(501)和百手神(617),因而在提坦大战中获得后者的援助。那么,库克洛佩斯和百手神何时被他们的父亲乌兰诺斯囚禁呢? 有一种解释方案是这样的:库克洛佩斯和百手神与提坦同时遭到乌兰诺斯的制约,而克洛诺斯的报复行为仅仅解救了提坦。阿波罗多洛斯提供了另一个方案:库克洛佩斯和百手神曾经两次受囚、两次获释;第一次受囚于乌兰诺斯而为提坦所释放;第二次受囚于克洛诺斯而为宙斯所释放(1.1.2,1.1.5,1.2.1)。

"库克洛佩斯"($Κύκλωπας$):"圆眼",在赫西俄德笔下是三个独眼工匠。他们为了报答宙斯,为他制造雷电(参见501-506,当时匠神赫淮斯托斯还没出生)。据俄耳甫斯神谱传统,他们还教给赫淮斯托斯和雅典娜手工制造的技艺(残篇179)。据泡赛尼阿斯记载,在科林斯地区靠近波塞冬的圣地,有一个库克洛佩斯的祭坛,但似乎不存在什么传统崇拜仪式。

"布戎忒斯"($Βρόντην$),"斯特若佩斯"($Στερόπην$),"阿耳戈斯"($Ἄργην$):三个库克洛佩斯的名字对应宙斯武器的三种称呼:$Βρόντην—βροντή$[鸣雷],$Στερόπην—στεροπή$[闪电]和 $Ἄργην—ἀργῆτος$,专用以修饰$κεραυνός$[霹雳](504-505,690-691,707,845-846)。宙斯的雷电武器,参见 C. Blinkenberg, *The Thunderweapon in religion and Folklore*(《宗教与传说中的雷电武器》), Cambridge, 1911。

"他们送给宙斯鸣雷,为他铸造闪电" ($οἵ Ζηνὶ βροντήν τ' ἔδοσαν τεῦξάν τε κεραυνόν$) = 俄耳甫斯残篇 179。参见普罗克洛《蒂迈欧注疏》,28c5-29a2。M 本删除此行。

他们模样和别的神一样,
只是额头正中长着一只眼。

"和别的神一样" ($ἄλλα θεοῖς ἐναλίγκιοι$):赫西俄德笔下的库克洛佩斯不仅和神们一样,实际也是神,他们心灵手巧,擅长手艺。相比之

下,荷马《奥德赛》卷九中的库克洛佩斯则是一群独目巨人族,疯狂野蛮,受到天神的庇护:

> 既不种庄稼,也不耕耘土地,
> 所有作物无需耕植地自行生长,
> 有大麦小麦,也有葡萄累累结果,
> 酿造酒醪,宙斯降风雨使它们生长。
> 他们没有议事的集会,也没有法律。
> 他们居住在挺拔险峻的山峰之巅,
> 或者阴森幽暗的山洞,个人管束
> 自己的妻子儿女,不关心他人事情。(108 – 115)

从荷马的这段描述看来,库克洛佩斯更像某种未开化的人类(参见《奥德赛》卷六,5;卷九,187 等),与巨人相近(卷七,205 – 206),他们中最强大的波吕斐摩斯是波塞冬和某个女海神的儿子。当初奥德修斯正是因为伤害了波塞冬的这个爱子,惹怒海神,才在海上流浪多年不得回家。

> 他们被唤作库克洛佩斯,
> *145* 全因额头正中长着一只圆眼。
> 他们的行动强健有力而灵巧。

行 144 重复行 139;行 145 重复行 143。诗歌最忌繁复,M 本为此删除这里的两行。不过,类似的重复手法在本诗中并非只此一例,比如行 590 – 591 的叠句并列:"从她产生了女性的女人种族,从她产生了害人的妇人族群。"另参 195 起,233 起。

> 该亚和乌兰诺斯还生下别的后代,
> 三个硕大无朋、难以称呼的儿子,

科托斯、布里阿瑞俄斯和古厄斯,全都傲慢极了。

"难以称呼"(οὐκ ὀνομαστοί):困难不仅仅来自三兄弟所引发的可怕印象,还因为他们缺少一个集体名称。与库克洛佩斯相比,"百手神"更具有个体性,他们没有共同名称,每次都被分别点名(617-618,714,734,817):第669行,赫西俄德统称他们为"宙斯从虚冥带回地上的三神"。荷马在《伊利亚特》卷一中直接称呼科托斯和布里阿瑞俄斯为"百手神"(ἑκατόγχειρος,402)。

"科托斯"(Κόττος):可能源自某个色雷斯神(Kotys, Kotyto 或 Kott)。

"布里阿瑞俄斯"(Βριάρεως):三兄弟里最显赫(617 和 734)。在《伊利亚特》卷一中,"布里阿瑞俄斯"是众神使用的名字,凡人们叫他"埃盖昂"(403)。神和人的语言各异,参见 831(提丰发出难以形容的言语,像在对神说话)。在《提坦大战》(Titanomachy,残篇 2)中,布里阿瑞俄斯是该亚和蓬托斯之子,住在海里,在战争中站在提坦一边;也有的说他是波塞冬之子(参见 817-819)。据 Solinus 记载(11.16),卡律斯图人(Carystus)敬拜布里阿瑞俄斯,卡尔基斯人则敬拜埃盖昂。

"古厄斯"(Γύγης):在三兄弟中,古厄斯的名字最是神秘难解。阿波罗多洛斯(1.1.1)和奥维德(Tr.,4.7.18)写作 Γύης。

150　　他们肩上吊着一百只手臂,
　　　　粗蛮不化,还有五十个脑袋
　　　　分别长在身躯粗壮的肩膀上。
　　　　这三兄弟力大无穷让人惊骇。

三个"百手神"的三百只力大无穷的手臂将在提坦大战中大显神威,他们的援助直接决定了宙斯阵营的最终胜利。

"肩上"(ἀπ' ὤμων):早期希腊人习惯于把脑袋说成长在肩膀上。参见《伊利亚特》卷二,259;卷十七,126;阿拉托斯《物象》,77。

"粗蛮不化"(ἄπλαστοι):该词还用来形容青铜种族(《劳》,148),行 152 同样用来形容青铜种族(《劳》,149),两者或有相通之处。

行 150 – 152 = 行 671 – 673(第二行略有更改)。参见《劳》,148 – 149;*Sc.* ,75 – 76。

> 原来,该亚和乌兰诺斯的所有孩子,
> 155 可怕的孩子们,从一开始便背负
> 父亲的憎恨。他们才刚刚出世,

"原来,该亚和乌兰诺斯的所有孩子"(ὅσσοι γὰρ Γαίης τε καὶ Οὐρανοῦ ἐξεγένοντο) = 行 421。该亚陆续生下提坦(其中克洛诺斯最可怕)、独眼而异常强大的库克洛佩斯、强悍可怕的百手神。换言之,天地的所有子女都是可怕的子女,而不单单指提坦。赫西俄德很有可能在补充行 139 – 153 的同时,添了 155 – 156 这两行。

"憎恨"(ἤχθοντο):一般的理解是乌兰诺斯憎恨自己的子女(出于提坦的可怕天性)。参见《奥德赛》卷十四:奥德修斯受众神憎恨。不过,鉴于在古希腊人的思维中,情感往往相互生成,不仅乌兰诺斯憎恨自己的子女,提坦神们对父亲也抱有同一情绪。荷马诗中曾用 ἤχθετο 表示"背负、负重"(《奥德赛》卷十五,477)。译文尝试保留原文语意的模棱两可:"父亲的憎恨",既是"对父亲的憎恨"也是"来自父亲的憎恨"。

> 他就不让见天日,把他们尽数掩藏
> 在大地的隐秘处,他还挺满意这恶行,
> 那天神乌兰诺斯,宽广的大地却在内心悲号,

"大地的隐秘处"(γαίης ἐν κευθμῶνι):乌兰诺斯把自己的孩子掩藏在"大地的隐秘处",从宇宙起源叙事的角度看,此时天地未开(在神话语境中则是大地和广天没有停歇地交合),最初的世界始终处于黑

暗状态(比较行157,"不让见天日";行176,"带来夜幕")。天神被阉割,以拟人的方式解释天地的分离和空间的启开——行183-184写天神的血滴入大地,也许影射了第一次黎明的绯红天光。

"那天神乌兰诺斯"(Οὐρανός):主语后置,赫西俄德在同一行中对比乌兰诺斯的自满和该亚的痛苦。

160　　深受压抑。她想出一个凶险的计谋,
　　　　很快造出一种坚不可摧的灰色金属,
　　　　制成一把大镰刀。她对孩子们说话,
　　　　心中充满悲愤,却尽力鼓舞他们:

"计谋"(τέχνην):整个神权神话都贯穿着大地该亚的计谋,她不仅在这里帮助克洛诺斯推翻乌兰诺斯的统治,接着还帮助宙斯推翻克洛诺斯的统治(453起),打败提坦神(617起),最终让宙斯使计吞下墨提斯,阻止新的神王诞生(886起),从而巩固了宙斯的王权。在赫西俄德的笔下,还有两个使"计谋"的高手:宙斯和普罗米修斯(540,555;另参547,560,770;《奥德赛》卷四,529)。

"坚不可摧的灰色金属"(πολιοῦ ἀδάμαντος):传说中的神奇金属,坚硬无比,非凡人所能及(参见239;《劳》,147。荷马叙事诗从未提起过)。相传,赫拉克勒斯的武器就是由这种金属制造(Sc.,137,231)。ἀδάμαντος是口语,意思是"坚不可摧","比什么都坚硬"。有些译本直接音译为adamas(阿达玛,该词也存在于拉丁文);由adamas派生出来的形容词adamantin也指钻石。有的译本译作"钢",但在赫西俄德时代,"钢"这种金属就技术而言是不可想象的。

　　　　我的孩子们,你们的父亲太蛮横,
165　　听我的话,惩罚他那可恶的冒犯吧,
　　　　谁让他先做出这些无耻的行径来。

"听我的话"($πείθεσθαι$):或"照我说的去做",参见《伊利亚特》卷一,涅斯托尔劝说阿伽门农和阿喀琉斯停止争执(258 和 274)。该亚只提议惩罚乌兰诺斯,但没有详细解释她的计谋。

> 她这样说,所有的孩子都害怕得发抖,
> 不敢出声,只有狡猾强大的克洛诺斯
> 有勇气用这些话回答可敬的母亲:

说话人讲罢,在场的人默不作声,一片寂静。这是荷马诗中的常见场景,比如宙斯在奥林波斯神们的会议上讲话(《伊利亚特》卷八,28 - 30);阿伽门农要求希腊人放弃攻打特洛亚坐船回乡(卷九,29 - 31,430 - 432,693 - 695);奥德修斯请求费埃克斯人帮助他回故乡(《奥德赛》卷七,154 - 155;另参卷十六,393 - 394;卷二十,320 - 321)。话中往往提出令人惊异的建议,才导致听者的寂静。

> 170 妈妈,我答应你去做这件事,
> 我瞧不起咱们那该诅咒的父亲,
> 谁让他先做出这些无耻的行径来。

克洛诺斯的回答对应了母亲的话。
行 166 = 行 172。

> 他这样说,宽广的该亚心中欢喜。
> 她安排他埋伏起来,亲手交给他
> 175 有尖齿的镰刀,又把计谋告诉他。

"埋伏"($κρύψασα λόχῳ$):参见《伊利亚特》卷六,吕西亚人给英雄柏勒罗丰布下"埋伏"(189);《奥德赛》卷四,阿伽门农赴宴,不料有十二勇士"埋伏"在旁(531)。克洛诺斯的埋伏地当在大地表面(181),不

同于提坦神们从一出生就被迫待着的大地底下的"隐秘处"(158)。

"镰刀"($\H{a}\varrho\pi\eta\nu$):天地分离神话,以一把镰刀割下天神乌兰诺斯的生殖器而得到完成。"有尖齿的"($\varkappa a\varrho\chi a\varrho\acute{o}\delta o\nu\tau a$),一般指狗的牙齿(《劳》,604,796;《伊利亚特》卷十,360;卷十三,198),赫西俄德用来形容镰刀,表明克洛诺斯的武器是一把普通的干农活用的镰刀,古代收割庄稼的镰刀往往带齿。不过,伊奥劳斯(Iolaus)帮助赫拉克勒斯杀死毒蛇许德拉时,带着一把带齿的刀(Quintus Smyrnaeus,6.215起);珀尔塞斯用一把镰刀割下墨杜萨的头(菲勒塞德斯残篇3F11);据阿波罗多洛斯记叙,宙斯对抗提丰时以镰刀为武器(1.6.3);奥维德讲到,赫耳墨斯用同样的利器砍掉了怪兽阿尔戈斯的一百个头(《变形记》,1.717);而当初俄耳甫斯也是遭到手持带齿镰刀的酒神女祭司的致命攻击(Gerhard,*Auserlesene gr. Vasenbilder*,p.156)。在古希腊神话里,镰刀是一件常用的武器,往往用来对抗怪物(俄耳甫斯除外)。这么说来,克洛诺斯是否因为这把"有尖齿的镰刀"而成为收割神,仍需商榷。

> 广大的乌兰诺斯带来了夜幕,
> 他整个儿覆盖着该亚,渴求爱抚,
> 万般热烈。那个埋伏在旁的儿子

"带来了夜幕"($\nu\acute{v}\varkappa\tau$'$\acute{\epsilon}\pi\acute{a}\gamma\omega\nu$):赫西俄德的形象说法。事实上,天空从出生起就不曾与大地分离,始终紧紧覆盖着大地,不留一丝空隙,难怪周遭一片黑暗。此时太阳尚未生成,光线来自天光埃特尔(124)。《伊利亚特》卷八有这样的说法:"太阳的亮光收入长河,引来黑夜盖覆生产谷物的田畴。"(485–486)

> 180　伸出左手,右手握着巨大的镰刀,
> 奇长而有尖齿。他一挥手割下
> 父亲的生殖器,随即往身后一扔。

"左手,右手"($\alpha \kappa \alpha \iota \tilde{\eta}, \delta \varepsilon \xi \iota \tau \varepsilon \varrho \tilde{\eta} \ \delta \grave{\varepsilon}$):在古希腊诗歌中,往往先说左手再说右手,而右手的动作一般具有决定性的重要意义。比如《伊利亚特》卷一,忒提斯左手抱住宙斯的膝头,右手摸着他的下巴,请求神王给予她的儿子阿喀琉斯应得的荣誉(500-501);卷二十一,赫拉在战场上与阿尔特弥斯交手,左手抓住狩猎女神的手腕,右手扯下她肩上的弓箭(489-490)。

"生殖器"($\mu \acute{\varepsilon} \delta \varepsilon \alpha$):赫西俄德在《劳作与时日》行733使用$\alpha \dot{\iota} \delta o \tilde{\iota} \alpha$这一委婉说法;行512则有$\mu \acute{\varepsilon} \zeta \varepsilon \alpha$,指动物的生殖器。这里的$\mu \acute{\varepsilon} \delta \varepsilon \alpha$系$\mu \tilde{\eta} \delta o \varsigma$(更常用作"计谋,主意")的复数形式,古人大概出于矜持,没有收进词典,以致后来人们渐渐丧失这些朴素用法。

"往身后"($\dot{\varepsilon} \xi o \pi \acute{\iota} \sigma \omega$):既指身后也指未来。克洛诺斯把生殖器"往身后"扔,这一奇妙的举动具有象征意味。丢卡利翁和皮拉要往身后丢石头(阿刻西劳斯 2 F35;奥维德,《变形记》,1.383);奥德修斯在抵达陆地之前,要把琉科特埃的头巾往后抛回酒色的大海(《奥德赛》卷五,350);俄耳甫斯走在黑暗的冥间,在到达人间以前不得往身后看。若是遵守法则,奇迹就会产生:往后丢的石头将变成男人和女人;奥德修斯将安全地漂泊在海上直到抵达费埃克斯的国土;俄耳甫斯死去的妻子俄瑞狄刻将重回人间;而乌兰诺斯的血滴也将生出男神和女神。

> 那东西也没有平白从他手心丢开。
> 从中溅出的血滴,四处散落,
> 大地悉数收下,随着时光流转。

乌兰诺斯被割去生殖器,由此生出了厄里倪厄斯、癸干忒斯巨人族和墨利亚。凡是神流血受伤之处,必然有新的生命诞生。这是常见的神话叙事手法,参阿尔克曼残篇441;阿刻西劳斯,2F4,14;赫西俄德残篇367;奥维德《变形记》,1.156等。

"随着时光流转"($\pi \varepsilon \varrho \iota \pi \lambda o \mu \acute{\varepsilon} \nu \omega \nu \ \delta' \ \dot{\varepsilon} \nu \iota \alpha \upsilon \tau \tilde{\omega} \nu$):季节与岁时循环轮转。同见《劳》,386。

185　生下厄里倪厄斯和癸干忒斯巨人族
　　——他们穿戴闪亮铠甲手执长枪，
　　还有广漠上的自然仙子墨利亚。

"厄里倪厄斯"(Ἐρινῦς)：复仇女神，一般有三个，无情然而公正。赫拉克利特如此形容她们的公正不阿："太阳不会超越他的尺度，否则正义神的同盟厄里倪厄斯会突袭他。"（残篇108）拉丁作者维吉尔安排她们在地下神界惩罚有罪者，但古希腊诗人更常描述她们在大地上追逐坏人，特别是杀害血亲的人，比如弑母者。古人为了避讳，在祷告时不称"复仇神"，而称"慈心神"（Eumenides；参索福克勒斯《俄狄浦斯在科洛诺斯》，486–491）。埃斯库罗斯的《报仇神》即以这群女神为悲剧题名。在古希腊神话中，阿伽门农被妻子及其情人所杀，阿伽门农之子俄瑞斯忒斯由此陷入两难困境：为父报仇，意味着弑母之罪。他去德尔斐求神谕，阿波罗授意"让该流的血流出来"。俄瑞斯忒斯杀了母亲之后，被厄里倪厄斯苦苦追赶了很长时间，不得脱身，直到雅典娜解除阿伽门农家族的诅咒。三大雅典悲剧诗人均有相关的诗剧传世。可以想象，莎士比亚笔下的哈姆雷特王子若是生在古希腊，恐怕也逃脱不了厄里倪厄斯的追逐。

"癸干忒斯巨人族"(Γίγαντας)：巨人由大地所生是一个传统说法（参见50）。这一说法后来又融入新的元素：从神血而生。巨人"超过"人类，而"次于"神灵，处在人神之间。在《奥德赛》卷七中，费埃克斯人，取"与神接近"之意（206），与巨人族极为接近；而费埃克斯人的国王阿尔基诺奥斯的祖辈恰是巨人族的王（59）。巨人从乌兰诺斯的血而生，亦见阿刻西劳斯2 F4；阿尔克曼残篇，441。在早期的文学艺术作品中，巨人往往被描绘为生来全副武装，这也许还暗示他们一出生就准备对抗天神：巨人之战是最重要的巨人神话篇章，赫西俄德直到行954才通过英雄赫拉克勒斯的"不朽功勋"暗示这场战争。

"墨利亚"(Μελίας)："梣木"。墨利亚因而又称梣木女神。在某些宇宙起源传统里，人类从树木中诞生，墨利亚似乎是人类的祖先。

在《劳作与时日》(145)中,青铜时代的人类就生于梣木(在别的起源传统里,人类由石头所生)。另外,梣木还是一种制作长枪的原料,比如阿喀琉斯的"佩利昂梣木枪",只有英雄本人能挥动起它(《伊利亚特》卷十六,142-144)。巨人们也常用这种武器。

> 话说那生殖器由坚不可摧之刃割下,
> 从坚实大地扔到喧嚣不息的大海,
> 随波漂流了很久。一簇白色水沫

190

"话说那生殖器"(μέδεα δ' ὡς τὸ πρῶτον):从这里开始阿佛洛狄特诞生的神话叙事。同样的,行617,赫西俄德开始"提坦大战"的神话叙事:"话说那布里阿瑞俄斯……"(Ὀβριαρέω δ' ὡς τὸ πρῶτα)诗篇从黑暗而残酷的复仇场景,转入美神出世的动人一幕。

俄耳甫斯神谱传统里有一种说法,与赫西俄德在这里的叙事相近:

> 乌兰诺斯的生殖器落入大海,
> 在白色水沫的涡流里飘荡。
> 随着四季变迁时光流逝,生出了
> 一个温柔的处女,竞争之神和欺骗之神
> 立即双双将她迎进他们的掌心。(残篇127)

普罗克洛斯在注疏《克拉底鲁》(406c)时还提到俄耳甫斯传统的另一种说法,即阿佛洛狄特由宙斯的精液所生:

> 某种欲望抓住了他,从伟大父神的四肢
> 溅出精液的浪花,大海悉数收下
> 伟大宙斯的播种。时间转逝而过,
> 在美丽的新叶季节里,她生下唤起
> 微笑的阿佛洛狄特,生于浪花的女神。(残篇189)

[笺释] 天神世家(行 133–210)

"白色水沫"($λευκὸς\ ἀφρὸς$):这里的泡沫不是由海浪生成,而是源于天神的生殖器。性爱女神阿佛洛狄特从乌兰诺斯的生殖器而生,耐人寻味。很可能,后来的人为了避讳,才称阿佛洛狄特从浪花中出生。

> 在这不朽的肉周围漫开。有个少女
> 诞生了,她先是经过神圣的库忒拉,
> 尔后去到海水环绕的塞浦路斯,

"神圣的库忒拉"($Κυθήροισι\ ζαθέοισι$):《伊利亚特》卷十五有同一说法(432)。库忒拉位于斯巴达附近,是希腊最古老的阿佛洛狄特圣地之一,相传岛上有一尊木雕的女神像(参希罗多德,1.105.3;泡赛尼阿斯,2.23)。

"塞浦路斯"($Κύπρον$):另一个重要的阿佛洛狄特圣地。《奥德赛》卷八中说,爱笑的阿佛洛狄特前往"塞浦路斯,来到帕福斯,那里有她的香坛和领地"(362–363)。《献给阿佛洛狄特的托名荷马颂诗》中也有详细记载(58,292)。

> 美丽端庄的女神在这儿上岸,茵草
> 195 从她的纤足下冒出。阿佛洛狄特,
> [水沫所生的女神,发环华美的库忒瑞娅,]
> 神和人都这么唤她,因她在水沫中生成;

"美丽端庄"($αἰδοίη\ καλὴ$):也形容别的女神,比如赫斯提亚(《献给阿佛洛狄特的托名荷马颂诗》,21)、阿尔特弥斯(托名荷马颂诗27.2)、雅典娜(托名荷马颂诗28.3)、德墨特尔和珀耳塞福涅(《献给德墨特尔的托名荷马颂诗》,374,486)、迈亚(《献给赫耳墨斯的托名荷马颂诗》,5)等。

"茵草"($ἀμφὶ\ δὲ\ ποίη$):性爱女神所到之处,绿草成茵。在《伊利亚特》卷十四中,宙斯和赫拉相欢爱,大地从他们身下长出了绿茵(347)。

行971,赫西俄德通过讲述地母神德墨特尔和英雄伊阿西翁在"翻过三回的休耕地上"相爱,影射古人如何利用性交仪式促使作物生长。

行196与下文重复,一般认为是后人的篡插。

"阿佛洛狄特"(Ἀφροδίτην):赫西俄德一连给了美神好几个名字(195-200),其中"阿佛洛狄特"是"神和人"(θεοί τε καὶ ἀνέρες)都称唤的名字。换言之,在某些时候,神和人的命名有所区别(参见831)。

> 或库忒瑞娅,因她从库忒拉经过;
> 或塞浦若格尼娅,因她生于海浪环护的塞浦路斯;
200 或爱阴茎的,因她从天神的生殖器生成。

"库忒瑞娅"(Κυθέρειαν):从"库忒拉"(Κύθηρα)直接派生。赫西俄德在诗中还有两次用到阿佛洛狄特的这个名字(933,1008)。行196有"发环华美的库忒瑞娅"(ἐυστέφανον Κυθέρειαν)这一习惯称呼(同《奥德赛》卷八,288;卷十八,193;托名荷马颂诗,6.175、287)。

"塞浦若格尼娅"(Κυπρογενέα):从"塞浦路斯"(Κύπρις)直接派生。参见萨福残篇22.16,134;阿尔克曼,296.9,380;梭伦残篇,20.1;忒奥格尼斯残篇,1304,1323。

"爱阴茎的"(φιλομμειδέα):本意"爱笑的",赫西俄德顺沿自己的叙事脉络,以颇不寻常的方式来解释该词。这一说法的戏谑意味,曾经让不止一个笺释者怀疑,如此玩笑是否真的出自赫西俄德这样体面庄重的诗人,他们更愿意相信这是后人的拙劣篡插。M本因此删除行196和行199-200。

在荷马诗中,阿佛洛狄特是宙斯和狄俄涅的女儿;在赫西俄德笔下,阿佛洛狄特则是Οὐρανία[乌兰诺斯的,属天的],是天神的女儿。在柏拉图的《会饮》中,泡赛尼阿斯大谈属天的阿佛洛狄特,但显然忘了镰刀和血滴(180c-185c)。赫西俄德用大量篇幅解释阿佛洛狄特的名字和来源,似乎存心想和荷马的说法区别开来。另外,这也可能是在以神话的婉转方式解释繁衍现象:"精液",也就是从人体流出的"泡沫",

如何凝固而成为一个生命。恩培多克勒曾以更抽象的方式重提这个神话,并比较了"精液"和"泡沫"。

> 爱若斯和美丽的伊墨若斯与她做伴,
> 自从她降生,随即走向神的行列。

"伊墨若斯"($\H{I}\mu\varepsilon\varrho o\varsigma$):欲望神,参见行64。古代作者未对伊墨若斯的诞生做出任何记载。泡赛尼阿斯说,在墨伽拉的阿佛洛狄特神庙有一尊伊墨若斯神像(1.43.6),他和爱若斯一样是阿佛洛狄特的传统伴从。

"走向神的行列"(...$\vartheta\varepsilon\tilde{\omega}\nu\ \tau'\ \grave{\varepsilon}\varsigma\ \varphi\tilde{v}\lambda o\nu\ \iota o\acute{v}\sigma\eta$):缪斯们也是一出生就走向奥林波斯众神行列(68)。但阿佛洛狄特从来不是只身加入神的行列:在托名荷马颂诗中,时辰女神守候着她(6.5);《奥德赛》卷八,美惠女神陪伴着她(364);俄耳甫斯残篇127,竞争之神和欺骗之神等待她。在这里,赫西俄德安排了两个很有分量的神来陪伴她:代表原初力量的爱若斯(120)和"欲望"伊墨若斯。尽管出生更早,爱若斯始终是个小孩子的形象,阿佛洛狄特反而生来就是妇人,他俩还常常被说成是一对母子。第六首托名荷马颂诗也详细描绘了阿佛洛狄特的诞生。

> 她从一开始就享有属于自己的荣誉,
> 从人类和永生神们那里得到的份额:

"荣誉"($\tau\iota\mu\grave{\eta}\nu$):神们的荣誉,参见74和112。阿佛洛狄特在这里分得的荣誉,似乎仅限于与人类生活有关的范畴。在《献给阿佛洛狄特的托名荷马颂诗》中,阿佛洛狄特的荣誉还涉及动物的世界(1–6,69–74)。

205　少女的絮语、微笑和欺瞒,
　　　享乐、甜蜜的承欢和温情。

"少女的絮语"($παρθενίους\ τ'\ ὀάρους$):在《伊利亚特》中,这个词用来指夫妻的对话(卷六,516),或情人的喁喁情话(卷二十二,128)。阿佛洛狄特主司婚姻和爱情,她的"荣誉"也必然与日常生活中的婚姻和爱情息息相关。

"微笑"($μειδήματα$):对应行 200 的($φιλομμειδής$)[爱笑的]——赫西俄德自己解释为"爱阴茎的"。阿佛洛狄特有一个常用修饰语,就是"爱笑的",参见 989;《伊利亚特》卷四,10;卷十四,211 等。

"欺瞒"($ἐξαπάτας$),"甜蜜的承欢"($γλυκερὲν φιλότητά$):有趣的是,夜神纽克斯的子女中也有"欺瞒"和"承欢"二神(224)。不过,这里应该还是指夫妻之间的小诡计、小手段。这样的说法让人想到《劳作与时日》中的叙述,潘多拉诞生以后,阿佛洛狄特"往她头上倾注魅力、让人苦痛的欲望和折磨四肢的烦恼"($πόθον...μελεδώνας$),难怪女人天生是男人眼里又爱又恨的麻烦。参见《劳》,789;《献给阿佛洛狄特的托名荷马颂诗》,7。

> 于是父亲给他们一个诨名叫提坦,
> 广大的天神恨自己所有的孩子们。

"诨名"($ἐπίκλησιν$):从阿佛洛狄特的命名转回提坦神族的命名。提坦是统一的诨名、绰号或别称,每个神又各有正式的名字。本节从提坦的命名说起,到提坦的命名结束,首尾呼应。荷马诗中也有不少诨名的用法,比如阿瑞托奥斯有个外号叫"锤兵"(《伊利亚特》卷七,138);大熊星座的绰号是"北斗"(《伊利亚特》卷十八,487;《奥德赛》卷五,273);猎户星座中有一颗人称"狗星"(《伊利亚特》卷二十二,29)。

"提坦"($Τιτῆνας$):含义不明。提坦之说要么沿袭了东方神话(《近东开辟史诗》就有相似的神话故事),要么是迈锡尼时代希腊本土的产物,总之与古代语言里的"神"的最初概念密切相关。维拉莫维茨认为(Kl. Schr. v 2,181),该词源于色雷斯语中某个指称"神"的词,因为 Thrace[色雷斯]本是某个提坦女神、克洛诺斯之妻的名字

(St. Byz. S. v.)。据 Choeuroboscus 的说法,有个色雷斯女神名叫 $Tιτίς$ (G. Choeroboscus, *Grammatici Graeci*, IV. I. 328. 12)。Pohlenz 则认为, $τιτᾶν$ 本是一个修饰 $θεός$[神]的常用表达法(*N. Jb.*, 1916, p. 577)。在赫西俄德笔下,提坦代表早一代的神(424,286),在宙斯时代困处塔耳塔罗斯(729 起,814;参见《伊利亚特》卷十四,279),不再活跃于诸神的世界。

他说,这些苗子死命地往坏里长,
210　　总有一天,他们要为此遭到报应。

这两行中各有一个"提坦"($Tιτῆνας$)的谐音字:$Tιταίνοντας$[紧张、紧绷、努力]和 $τίσιν$[代价、报应]。前一个(209)要么形容提坦的行为无度,要么形容乌兰诺斯的紧张,后一个(210)则预示"复仇时刻"。又一个精彩的文字游戏,类似《奥德赛》卷一把 $ὀδυσσεύς$ 分解成 $ὀδύρεσθαι$ 和 $ὀδύσσασθαι$(55-62)。现代语言实在无法传译。

"遭到报应"($τίσιν\ μετόπισθεν\ ἔσεσθαι$):这个说法为宙斯征服提坦并把他们囚禁在塔耳塔罗斯做好铺垫。行 470,在乌兰诺斯和该亚的指引下,宙斯蒙骗了克洛诺斯,救出那些被父亲所吞噬的弟兄,复仇之路就此展开。

夜神世家
（行 211–232）

前面说到，黑夜与虚冥结合，生下天光和白天（124–125）。黑夜还以单性繁衍的形式，生下一群邪恶的子女。在克洛诺斯偷袭父亲的背叛事件之后，邪恶应运而生，散布世间。黑夜的孩子们象征折磨人类的种种不幸，其中与死亡有关的就有厄运神、横死神、死神和命运女神等。复仇神对应天神后代里的厄里倪厄斯（185）。欺瞒神和承欢神暗合阿佛洛狄特的"欺瞒"和"承欢"两种特性（205–206），据说与赫西俄德轻视女人有关。当然，有几个神不代表邪恶势力，而只是与黑夜有关，比如睡神、梦呓神族和"夜的仙子"赫斯佩里得斯姐妹。

黑夜家族分作黑夜的子女（211–225）和黑夜的女儿不和神的子女（216–232）。从叙事结构来看，黑夜家族作为浑沌家族的唯一支系，处于大地的两个后代支系（天神家族和海神家族）之间。天神家族中发生了父子争夺神权的暴力事件，夜神家族接着讲邪恶力量在世间的生成蔓延，前后衔接很是自然。

> 黑夜生下可怕的厄运神、黑色的横死神
> 和死神，她还生下睡神和梦呓神族，

行 211–212 的句法耐人寻味。换成一个现代作者，可能会直接写道："夜神生下厄运神、黑色的横死神、死神、睡神和梦呓神族。"赫西俄德却用"生下……还生下……"（τέκε δ'... ἔτικτε δὲ），把前三个神和后两个神分开，似乎有意增进前三种死神之间的关系。类似做法参见 126 起、337 起、383 起、406 起、509 起。

"厄运神、黑色的横死神和死神"（Μόρον καὶ Κῆρα μέλαιναν / καὶ

Θάνατον）：死亡的三种称呼，但对于古诗人而言，三种说法意味着三个不同的理念。

"厄运神"（Μόρος）：音译为"摩罗斯"，现代西文译作 Doom 或 Destin，指始料不及的死亡，比如在法语中，有人意外丧生，人们会说："这是他注定的日子。"（c'est son jour）厄运神的修饰语 στυγερός（"可怕的"，而非"可恨的"），也形容不和神（226）和地下神界（739）。

"横死神"（Κήρ）：现代西文往往从古希腊文直译作 Kere 或 Fate。

"死神"（Θάνατος）：一般又音译作"塔那托斯"。欧里庇得斯称之为"死亡的王子，黑衣的塔那托斯"（《俄瑞斯忒斯》，843-845）。他常常驻守在坟墓旁边，冷酷无情，"哀求祷告不能使你感动"（托名俄耳甫斯祷歌 87.9）。阿里斯托芬这么揶揄他："在所有神里，只有塔那托斯不爱礼物。"（《蛙》，1392）

"睡神"（Ὕπνον）：一般又音译作"许普诺斯"。死神和睡神是一对著名的兄弟，赫西俄德在行 756-766 还将专门提起他们。据泡赛尼阿斯记载，斯巴达地区有死神和睡神的连体神像（3.18.1）。另参《伊利亚特》卷十四，231；卷十六，682。

"梦呓神族"（φῦλον Ὀνείρων）：一般又音译为"俄涅欧"。《奥德赛》卷十九写道，梦呓神族住在大洋之旁，靠近日神之门，他们拥有两座门，"一座门由牛角制作，一座门由象牙制成"（563），穿过象牙门的梦"常常欺骗人，送来不可实现的话语"（565），穿过牛角门的梦则"提供真实，不管是哪个凡人梦见它"（567）。

214   接着又生诽谤神、痛苦的悲哀神，
213   黑暗的夜未经交合生下他们。

行 213 有争议。有些学者把它当成篡插行删除（如 Heyne, Wolf）。West 建议对换 213 和 214 两行（另参 Hermann, *Opuscula*, viii, 52），因为，从内容来看，无论行 211-212 的死亡诸神，还是行 214 的诽谤诸神，均系夜神独自生出。如果保留原有顺序，那么行 213 仅仅补充说明

行 211 –212（M 本和 PB 本）。

"诽谤神"（*Μῶμον*）：在《塞浦路亚》的诗歌叙事中，正是诽谤导致产生了特洛亚战争的一系列起因事件。17 世纪，高乃伊和莫里哀等法国古典作家的戏剧里常有 Môme（拉丁文 Momus）这个神。

215 还有赫斯佩里得斯姐妹，在显赫大洋的彼岸
　　　看守美丽的金苹果和苹果树林。

"赫斯佩里得斯姐妹"（*Ἑσπερίδας*）："夜的仙子"。她们和夜神一样住在西方尽处（744 –745）。在别的神话传说里，赫斯佩里得斯姐妹是阿特拉斯的女儿，赫拉克勒斯完成的第十一件任务便是求取赫斯佩里得斯姐妹园子里的金苹果。赫西俄德在下文中提到，金苹果由刻托和福耳库斯所生的蛇看守（333 – 335），在古希腊瓶画中，赫斯佩里得斯姐妹的果园里总有蛇盘绕着苹果树。

"显赫大洋的彼岸"（*πέρην κλυτοῦ Ὠκεανοῖο*）：大洋彼岸是无人之地，太虚幻境，任何神奇的事情都可能在那里发生（又见 274, 294）。

　　　她还生下命运女神和无情惩罚的复仇女神。
　　　［克洛托、拉刻西斯和阿特洛珀斯
　　　为将要出世的凡人安排幸和不幸，］

"命运女神和复仇女神"（*Μοίρας καὶ Κῆρας*）：行 211 的 *Μόρον καὶ Κῆρα*［厄运神和横死神］单数转为复数，一神变多神，相应也指不同的神性概念。*Μόρος*［厄运神］是人注定的厄运；*Μοῖραι*［命运女神］则是决定人的命运的三个女神。*Κήρ*［横死神］和 *Κῆρας*［复仇女神］的区别亦然。

"命运女神"（*Μοῖραι*）：一般又音译为"莫伊拉女神"，拉丁文 Parques。赫西俄德在行 904 又说，她们是宙斯和忒弥斯的女儿。

行 118 – 119 = 行 905 – 906（参见 905 – 906 笺释）。从 Stobaeus 起，古代校勘家们均删除这里两行，不予注释，而只注释行 905 – 906。从

内容看，这两行不是指复仇女神，而是在解释命运女神。

220　　她们追踪神们和人类犯下的罪恶。
　　　　这些女神决不会停息可怕的愤怒，
　　　　直到有罪者受到应得的严酷处罚。

这里三行，在行 119 之后，接着讲复仇女神（*Κῆρας*）。这里的复仇女神有别于《伊利亚特》卷十二中的死亡女神，但很接近厄里倪厄斯（185），与报应神（223）、誓言神（231－232）也有关联。连泡赛尼阿斯也说，厄里倪厄斯是夜神所生，有时还等同于*Κῆρ*［横死神］（2.11.4）。"无情惩罚"（*νηλεοποίνους*）是复仇女神的固定修饰语。赫西俄德在下文提到如何惩罚发伪誓的永生神们的罪行（793－804），参见《伊利亚特》卷十五，204；卷二十一，412；赫拉克利特残篇 B 94。人类的命运早在出世的时候就安排好了，包括罪行惩处，这个说法叫人在意。不过赫西俄德没有因此提出，人类必须在此生还清上一轮回的罪行。

　　　　她还生下报应神，那有死凡人的祸星，
　　　　可怕的夜神啊，还有欺瞒神、承欢神、
225　　要命的衰老神和固执的不和神。

"报应神"（*Νέμεσιν*）：或惩罚女神，义愤女神，一般又音译为"涅墨西斯"，这里得到负面描绘，被说成凡人的祸星。然而，在《劳作与时日》里，她作为义愤女神，和羞耻女神（*Αἰδώς*）一起表现为人类社会良好秩序的守护神和象征者（197－200）。在埃斯库罗斯的《被缚的普罗米修斯》中，代表歌队的大洋女儿对言语傲慢的普罗米修斯说："那些向惩罚之神告饶的人才是聪明的！"（936）涅墨西斯另有一个名字叫"阿德拉斯特亚"（Adrastra）。据说，古希腊人在说了什么无礼的话后有一句口头禅："向阿德拉斯特亚告饶。"阿德拉斯特亚折磨那些放肆无度的人，有时被表现为"愤怒的正义"这一形象。

"有死凡人"($\vartheta\nu\eta\tau o\tilde{\iota}\sigma\iota\ \beta\varrho o\tau\tilde{\iota}\sigma\iota$):往往与"永生神们"并列使用,(对观296,588,967;《伊利亚特》卷一,339;卷十四,199;卷十八,404;卷二十四,259等)。

"欺瞒神"($A\pi\acute{\alpha}\tau\eta\nu$)和"承欢神"($\Phi\iota\lambda\acuteο\tau\eta\tau\alpha$):对观行205–206,阿佛洛狄特分得的荣誉包括欺瞒($\dot{\varepsilon}\xi\alpha\pi\acute{\alpha}\tau\alpha\varsigma$)和承欢($\varphi\iota\lambda\acuteο\tau\eta\tau\acute{\alpha}$),此处当指婚姻内部和夫妻之间的欺瞒和承欢,赫西俄德把她们列入"邪恶的夜神后代"这一范畴,与后文的女人话题呼应。

"衰老神"($\Gamma\tilde{\eta}\varrho\alpha\varsigma$):在古希腊陶瓶画中往往表现为一个枯瘦衰老的男子,这里形容为$o\dot{\upsilon}\lambda\acuteο\mu\varepsilon\nu o\nu$[要命的,致命的,毁灭性的],下文还提到"要命的晚年"(604),同样说法亦见《献给阿佛洛狄特的托名荷马颂诗》,246;忒奥格尼斯残篇,272,768,1012。

"不和神"($"E\varrho\iota\nu$):一般又音译为"伊里斯",既指"不和""纷争"又指"欲求"。不和神最后说到,也最重要。在夜神世家的第二代里,只有她生养后代。赫西俄德在《劳作与时日》中区分了两种不和女神:

> 原来不和神不止一种,在大地上
> 有两种。一个谁若了解她必称许,
> 另一个该遭谴责:她俩心性相异。(11—13)

这里的不和女神"滋生可怕的战争和抗斗"(《劳》,14),应受谴责。《劳作与时日》多了一个好的不和女神,代表良性竞争,"带给人类更多好处"(19)。可见,赫西俄德作诗时并不排除随文修改神族成员的可能。

> 可怕的不和神生下痛苦的劳役神、
> 遗忘神、饥荒神、哀泣的悲伤神,

"遗忘神"($\Lambda\acute{\eta}\vartheta\eta\nu$):一般意义上的"忘却"或"忽略",而不是类似于后来的俄耳甫斯教教义中对死亡的遗忘(参见俄耳甫斯残篇77.3;

柏拉图《理想国》,621a)。

"饥荒神"(Λιμόν):《劳作与时日》中的"饥荒"也是一个拟人化形象:"饥荒从不侵袭这些公正的人。"(230)饥荒神有时是男神,有时是女神,斯巴达的阿波罗神庙有该神的壁画和雕像(Athenaeus,452 b; Polyaen,2.15)。另参俄耳甫斯残篇247.14;维吉尔《埃涅阿斯纪》,6.273起。

> 混战神、争斗神、杀戮神、暴死神、
> 争端神、谎言神、抗议神、
> 230　相近相随的违法神和蛊惑神,

"混战神、争斗神、杀戮神、暴死神"(Ὑσμίνας τε Μάχας τε Φόνους τ' Ἀνδροκτασίας τε):本行与《奥德赛》卷十一行612近似:"搏斗、战争、杀戮、暴死。"(ὑσμῖναί τε μάχαι τε φόνοι τ' ἀνδροκτασίαι τε)各类形式的战争,一般视为不和的恶果(《劳》,14;参见《伊利亚特》卷四,440-441;卷十一,3-4)。《劳作与时日》对战争做了拟人化的描述:

> 不幸的战争和可怕的厮杀让他们丧生,
> 有些在七门的忒拜城下,卡德摩斯人的土地,
> 为着俄狄浦斯的牧群发起冲突;
> 还有些乘船远渡广袤的深海,
> 为了发辫妩媚的海伦进发特洛亚(161-165)。

"争端神"(Νείκεά):不和导致争端或纠纷,是《劳作与时日》中反复出现的主题(《劳》,30,33,35;另参《神》,87)。

"谎言神、抗议神"(Ψεύδεά τε Λόγους Ἀμφιλλογίας):赫西俄德更常连用λόγοι和αἰμύλιοι:宙斯"花言巧语"(αἰμυλίοισι λόγοισιν)将墨提斯吞进肚里(890);赫耳墨斯为潘多拉安排"花言巧语"(αἱμυλίους τε λόγους)的天性(《劳》,78);男人忌在"花言巧语"(ϑ' αἱμυλίους τε λόγους,《劳》,

789)。荷马很少用到Λόγος,有限用到的几处包括《奥德赛》卷一行56,卡吕普索为了使奥德修斯忘记故乡伊塔卡,用"花言巧语"媚惑他(参《伊利亚特》卷四,339;卷十五,393)。在柏拉图和亚里士多德那里,Ψεύδεας τε Λόγους成为一个哲学词汇(柏拉图《克拉底鲁》,385b;《智术师》,240e;亚里士多德《题旨》,162b3等)。

"违法神和蛊惑神"(Δυσνομίην τ' Ἄτην τε):蛊惑神又音译为"阿特",在《伊利亚特》中,阿特是宙斯的长女,专门蒙蔽神和人的心智,甚至神王宙斯一不小心也被蒙蔽,导致爱子赫拉克勒斯不得不去完成艰苦的十二个任务(参见《伊利亚特》卷九,540,512;卷十九,91,126,136)。这里指人类为此丧失节制和适度,鲁莽行事,导致不幸后果。

还有誓言神,他能给大地上的人类
带来最大灾祸,若有谁存心设假誓。

"誓言神"(Ὅρκον):在《劳作与时日》中出现两次:

誓言神随时追踪歪曲的审判。(219)

传说厄里倪厄斯在第五日照护
不和女神生下誓言神,那假誓者的灾祸。(803-804)

誓言神是毒誓的一种拟人化形象——违背誓言的人要遭到自己所发毒誓的诅咒,因此,他又和厄里倪厄斯联系在一起(参见希罗多德,6.86)。还有一种说法,誓言神负责收集立下的誓言,并惩罚那些违背誓言或发假誓的人。他飘飞在这些人的头上,时刻威胁着他们。这也是为什么违誓者被称为ἐπίορκοι,即"头上站着誓言之神的人"。总的说来,誓言对于人类是一种不幸,但它给违背誓言或发假誓的人带来不幸,因而也有积极肯定的一面。

海神世家

（行 233 – 336）

前面讲到，大地有三子：天、山和海（126 – 132）。天神家族已经交代，丛山无后，这里讲海神家族。

正如天神世家是天地交合的结晶，海神世家也缘起于地海相连（237）。大地和大海共生有五个子女。本节叙事结构如下：

（一）行 233 – 239：海神之后，共三男两女；

（二）行 240 – 264：涅柔斯的女儿们；

（三）行 265 – 269：陶马斯家族；

（四）行 270 – 336：刻托和福耳刻斯家族。

海神还有个女儿欧律比厄（239），她做了提坦神克利俄斯的妻子，赫西俄德放到提坦世家里交代（375 起）。

涅柔斯和他的五十个女儿继承了大海祖先的美好品性：救难、恩赐、开朗、诚信、美好。在古希腊，涅柔斯的女儿们不仅是常见的诗歌形象，还是重要的民间崇拜对象，名气甚至超过了她们的父亲涅柔斯。赫西俄德在这里不仅一一列出她们的名字，还精确指出她们的总数，这是一大创新，让人对这个女海神族有总体的了解，单纯列出名字不可能有类似的效果。

陶马斯的几个女儿具有快速的行动能力，暗合大海的快风快浪。伊里斯本意"彩虹"，是神们的信使，以彩虹为信，是美好的使者。哈耳皮厄姐妹像风一样迅速，但生性暴烈，在稍后的神话传统里成了破坏者。

福耳库斯和刻托本是兄妹，他们的结合造成了迅速地繁衍，直到第五代。这种现象在神话里不算少见。这个家族继承了大海祖先的负面品性：无形、无常、无序。他们是一些游离于永生和有死之间的怪物。

格赖埃姐妹一出生就白发苍苍;戈耳戈三姐妹中有两个不知死亡和衰老,最小的墨杜萨却注定命丧珀尔塞斯剑下;人面蛇身的厄客德娜生下一群妖怪:牧犬俄耳托斯、冥府的看门犬刻尔柏若斯、蛇妖许德拉、吐火的克迈拉、斯芬克斯和涅墨厄的狮子。这群妖怪最终都死于英雄手下(尤其赫拉克勒斯,这里提到他因赫拉的仇视而完成的几件任务)。出身神族,却是有死的命运,这不免让人困惑。不过,此时的世界仍在整理和完善之中。这些最初的有死者住在世界尽头、大洋彼岸,远离神和人。他们属于神的世家,他们的死亡与最初世界的秩序整顿密切相关。而在这场秩序整顿里,宙斯的英雄儿子们扮演了根本性的角色。

> 蓬托斯生下涅柔斯,诚实有信,
> 在所有孩子中最年长。人称"老者",
> 235　因为他可靠又良善,从不忘
> 正义法则,只想公正良善的事。

"涅柔斯"(Νηρέα):五个孩子里最年长,也最重要,这里占四行诗。依据赫西俄德的命名法,最重要的本该放在最后,比如缪斯中的卡利俄佩(79),提坦中的克洛诺斯(137),大洋女儿中的斯梯克斯(361)。但赫西俄德最先提起他,可能因为,他的美好品质恰与夜神家族形成反差。

"老者"(γέροντα):行1003称涅柔斯为"海中老者"(ἁλίοιο γέροντος),白浪为发,神如"老者"。老者一般是以智慧著称的人。据泡赛尼阿斯记载,在古希腊崇拜仪式中,海神总是以老者形象出现(3.21.9)。在古希腊神话中,海神的名字说法不一。在赫西俄德笔下,蓬托斯是海神,涅柔斯也是海神。《奥德赛》卷四称海神为"普罗透斯"(365,385),但荷马诗中多处没有提到海神的具体名字(《伊利亚特》卷一,358,538,556;卷十八,141;卷二十,107;卷二十四,562;《奥德赛》卷二十四,58)。格劳科斯也是海神,同样称为"老者"(γέρων,参见《阿尔戈英雄纪注疏》,2.767)。涅柔斯有时还等同为福耳库斯(吕格弗隆《亚历珊德拉》,477)。希罗多德在《历史》中提到涅柔斯的女儿们,却没有提到涅柔斯(2.50.2)。当时的希腊人或已遗忘涅柔斯,只把他看成一个来自埃及的神名,反而是他的女儿们得到广泛的敬拜。

赫西俄德强调涅柔斯的诚实,用了三个词:

——"诚实"($ἀψευδέα$,233) = 行229的谎言神($Ψεύδεα$),即"不说谎",与神谕有关。海神具备预知能力,尤其普罗透斯和格劳科斯。涅柔斯的女儿们中有几个的名字与"预知"有关。《伊利亚特》卷十八(46)还提到一个涅柔斯的女儿叫阿普修得斯($Ἀψευδές$)。

——"有信"($ἀληϑέα$,233) = 行227的遗忘神($Λήϑην$),即"不遗忘",也就是"真实,有信,忠厚"(参见《伊利亚特》卷十二,433),同样与神谕、预知有关。

——"可靠,没有过失,准确无误"($νημερτής$,235),涅柔斯的最后一个女儿涅墨耳提斯($Νημερτής$,262;另参《伊利亚特》卷十八,46)与该词同源。

"不忘正义法则"($οὐδὲ ϑεμίστων λήϑεται$,235-236):涅柔斯的女儿忒弥斯托($Θεμιστώ$,261)与$ϑεμίστων$[合乎正义、法律的]同源。据泡赛尼阿斯记载,忒弥斯托还是荷马母亲的名字(10.24.3)。$οὐδὲ ... λήϑεται$,即"他没有忘记",强调忠于祖先的正义记忆,涅柔斯一家也确实继承了祖先的美德。

> 他和该亚相爱,还生下高大的陶马斯、
> 勇猛的福耳库斯、美颜的刻托,
> 还有心硬如铁石的欧律比厄。

"陶马斯"($Θαύμαντα$):"奇迹,奇观",古希腊崇拜仪式中并无此神。有关陶马斯,最为人熟悉的莫如他的女儿伊里斯(266,参见柏拉图,《泰阿泰德》,155d)。

"福耳库斯"($Φόρκυν$):和涅柔斯一样是"海上老者"。《奥德赛》卷一称他为"大海的法则"(72)。在俄耳甫斯神谱中,他是提坦之一(残篇114,参残篇16)。品达和索福克勒斯最早写作φόρκος。阿尔克曼写作Πόρκος(1.19)。普林尼提到过一种叫 porcus 的同名海鱼(《自然史》,32.150)。

"刻托"(Κητώ):"海上怪物"。在赫西俄德笔下,她确实也生下一群怪物。据阿波罗多洛斯记载,涅柔斯有个女儿也叫刻托(1.2.7)。

"欧律比厄"(Εὐρυβίην):"广阔,强烈",这个词也常形容女海神们。欧律比厄被称作"心硬如铁石"(ἀδάμαντος ἐνὶ φρεσὶ θυμὸν ἔχουσαν),这样的说法和《劳作与时日》中的青铜种族(147)、大地最先造出的传奇金属(161)相似。欧律比厄和提坦神克利俄斯生有三个儿子(375 起)。

240　涅柔斯有一群最讨人喜爱的神仙女儿,
　　　在荒芜的大海里,她们的母亲是秀发的多里斯,
　　　环流大洋神俄刻阿诺斯的女儿。

"讨人喜爱的神仙女儿"(μεγήρατα τέκνα θεάων):涅柔斯的女儿们是一群美丽的海上仙子,具有大海的种种特征,这些特征对应了她们的名字的含义。她们和大多数海神一样具有预知能力。据亚里士多德记录,她们在得洛斯岛和格劳科斯共同主持神谕(残篇490)。古希腊人在出海前常常敬拜她们。希罗多德写到,玛哥斯人为了平息海上风暴向涅柔斯的女儿们奉献牺牲(7,191;另参普鲁塔克《伦语》,163b;泡赛尼阿斯,2.1.8 等)。在晚期希腊人的宗教信仰中,陆上的自然仙子称为Νερά[涅柔斯之女];海上的自然仙子称为"戈弋戈"(274–279)。

这里列出涅柔斯的五十个女儿,有的素以女海神之名闻名,并有专门的民间敬拜节庆(比如安菲特里忒和忒提斯),但大部分名字要么是赫西俄德沿用传统说法,要么是他本人臆造。不少名字与海洋、航海有关;有些名字与美貌相连(如阿高厄和厄拉托);还有十来个名字与美德尤其政治美德相关(勒阿革瑞、欧阿戈瑞、拉俄墨狄亚、波吕诺厄、奥托诺厄、吕西阿娜萨、忒弥斯托、普罗诺厄、涅墨耳提斯)。涅柔斯的美德在他的女儿们的名字上得到反映,这是一种常见的神话手法。

[笺释] 海神世家（行233-336）

荷马在《伊利亚特》卷十八中也列出涅柔斯的三十三个女儿(37-49)，其中有19个与这里的名单一致。俄耳甫斯神谱传统中这么描绘涅柔斯和他的女儿们：

> 你掌握大海之根，在幽蓝闪光的家中
> 看着浪花中的五十个闺女心欢悦，
> 她们逐波起舞多美丽……（祷歌23.1-3）

古代作者中还有阿波罗多洛斯(1.2.7)、维吉尔(《埃涅阿斯纪》，5.825-826)和许癸努斯(Hyginus, *Fabulae*, 8)做过相关记载。在现代作者中，夏多布里昂为《殉教者》(*Les Martyrs*)的女主人公取名库玛托勒革(252)；尤斯纳尔在《东方故事集》(*Nouvelles orientales*)里讲述一个发生在20世纪的故事，书中人物遇见了涅柔斯的女儿们。

"多里斯"($\Delta\omega\varrho\iota\varsigma$)："恩赐、礼物"，大洋女儿(350)，她和涅柔斯生有一个同名的女儿(250)。在涅柔斯之女和大洋女儿之间，还有其他类似的同名情况，如奥多若(244和360)、托厄(245和354)。如果从《伊利亚特》卷二十一中的说法来看，也就是大海是源于大洋的一条河流(196)，那么涅柔斯的女儿们由大洋女儿所生，再恰当不过。

行243-264记涅柔斯的女儿们的名单。本段的难点在于：为什么赫西俄德说涅柔斯有五十个女儿(264)，实际却列出了五十一个名字？为了解决这个问题，历代提出各种解决方案，大致总结如下：

第一，普洛托重复出现了两次(243和248)——其实，这两行提到的名字只是近似，分别为$\Pi\varrho\omega\vartheta\omega$和$\Pi\varrho\omega\tau\omega$，中译以普洛托和普罗托区分。

第二，欧阿尔涅独占一行(259)，乃后人篡插。

第三，行254的安菲特里忒(已出现一次:243)和行253的库玛托勒革仅仅作为补充说明，不能算在名单之内。

第四，行262的$N\eta\mu\varepsilon\varrho\tau\eta\varsigma$不是神名"涅墨耳提斯"，而是上一行普罗诺厄的修饰语。

第五，行 245 的 Σπειώ τε Θόη θ' Ἁλίη τ' ἐρόεσσα[斯佩俄、托厄、妩媚的哈利厄]乃 Σπειώ τε θοὴ Θαλίη τ'ἐρόεσσα[快速的斯佩俄、妩媚的哈利厄]之误，其实仅指一个神明。中译本采用最后一种解决方案。

  普洛托、欧克昂特、萨俄、安菲特里忒、
  奥多若、忒提斯、伽勒涅、格劳刻、
245 库姆托厄、快速的斯佩俄、妩媚的哈利厄，

  "普洛托，欧克昂特，萨俄"（Πρωθώ τ'Εὐκράντη τε Σαώ）：这三个神名的字面意思分别是"向前推进"，"威严的"（参见《伊利亚特》卷十八，43）和"救难，使船只平安返回"（波塞冬也称为 σωσίνεως[救难的]。参泡塞尼阿斯注疏，2.1.9；萨福残篇 5）。
  "安菲特里忒"（Ἀμφιτρίτη）：波塞冬的妻子，本诗中还将出现两次（253，930）。在荷马诗中，安菲特里忒几乎就是大海的人身化形象（《奥德赛》卷三，91；卷五，422；卷十二，60，97）。有的古代作者称，她是涅柔斯的女儿们的母亲（Arion，*Mel. Adesp.*，21）。
  "奥多若"（Εὐδώρη）："美好的恩赐"。她与行 248 的多托、行 250 的多里斯同为保佑渔民的女神。参见亚里士多德残篇，464，11M。
  "忒提斯"（Θέτις）：赫西俄德还将讲到她和英雄佩琉斯的爱情（1006）。忒提斯是英雄阿喀琉斯的母亲，曾帮助宙斯（《伊利亚特》卷一，503–504），救过赫淮斯托斯（卷十八，395–399），在奥林波斯众神中很受尊敬。她向宙斯求情，请他干预特洛亚战争，让阿喀琉斯获得应有的荣誉（卷一，500–504）。正是在她和佩琉斯的婚礼上，未受邀请的不和女神扔下"献给最美的女神"的金苹果，成为特洛亚战争的祸源。
  "伽勒涅"（Γαλήνη）："美化的，变美的"。这个美丽的女海神还出现在欧里庇得斯（《海伦》，1458）和卡利马科斯（Callimachus，《献给阿波罗的颂诗》，5.5）笔下。据泡塞尼阿斯的记载，科林斯的波塞冬神庙里有一座伽勒涅像（2.1.8）。

"格劳刻"(Γλαύκη):似与γλαυκή[微光的,黯淡的]有关,该词常用于大海(440;《伊利亚特》卷十六,34)。与行256的格劳科诺墨(Γλαυκονόμη)同词源。格劳刻这个名字多次出现于古希腊陶瓶画。

"库姆托厄"(Κυμοδόη):"快浪",也出现在荷马的名单中(《伊利亚特》卷十八,41)。

"快速的斯佩俄、妩媚的哈利厄"(Σπειώ τε θοὴ Θαλίη τ'ἐρόεσσα):有的校勘家建议读成Σπειώ τε Θόη δ' Ἁλίη τ' ἐρόεσσα[斯佩俄、托厄、妩媚的哈利厄],即把Θόη理解为某个仙子的名字,而不是斯佩俄的修饰语,"托厄"作为女神名确实存在,大洋女儿中就有托厄(354),《奥德赛》卷一中也有一个同名的海上仙子(71)。斯佩俄(Σπειώ),即"洞穴女神";哈利厄(Θαλίη)与缪斯、美惠女神的名字谐音(77,909)。

> 帕西忒亚、厄拉托、玫瑰手臂的欧里刻、
> 优雅的墨利忒、欧利墨涅、阿高厄、
> 多托、普罗托、斐鲁萨、狄纳墨涅,

"帕西忒亚"(Πασιθέη):"极圣洁的",与大洋女儿帕西托厄(Πασιθόη)谐音(352),与《伊利亚特》卷十四中的某个美惠女神同名(269)。

"厄拉托"(Ἐρατώ):与缪斯之一同名(78)。

"玫瑰手臂的欧里刻"(Εὐνίκη ῥοδόπηχυς):"胜利"。她还有一个姐妹希波托厄也称为"玫瑰手臂的"(251)。

"墨利忒"(Μελίτη),"欧利墨涅"(Εὐλιμένη),"阿高厄"(Ἀγαυή):这三个神名分别指"蜜般的"(参见《献给德墨特尔的托名荷马颂诗》,419),"举止优美"和"美貌"。阿高厄与卡德摩斯的女儿同名(976)。

行248 =《伊利亚特》卷十八行43。荷马名单里也有这四位女神。

"多托"(Δωτώ),即"恩赐者",据泡赛尼阿斯的记载,叙利亚海边有一个多托神龛(2.1.8)。"普罗托"(Πρωτώ),即"第一的,最初的",与行243的普洛托(Πρωθώ)谐音,与行249的普罗托墨狄阿(Πρωτομέδεια)

同词源。"斐鲁萨"(Φέρουσα),即"推船前行"(参见《奥德赛》卷三,300;卷十,26)。"狄纳墨涅"(Δυναμένη),即"有能力的"。

> 涅萨伊厄、阿克泰厄、普罗托墨狄阿、
> 250 多里斯、潘诺佩阿、好看的伽拉泰阿、
> 妩媚的希波诺厄和玫瑰手臂的希波托厄,

"涅萨伊厄,阿克泰厄"(Νησαίη τε καὶ Ἀκταίη):前者源于Νῆσος[海岛],后者源于ἀκταῖος[悬崖],涅柔斯的女儿们虽生活在海里,却在海边和海岛上得到敬拜(参见泡赛尼阿斯,3.26.7)。荷马也常写到她们从海里升起(《伊利亚特》卷一,359起;卷十八,68)。

"普罗托墨狄阿"(Πρωτομέδεια):"最初的守护女神",与248的"普罗托"同词源。

"多里斯、潘诺佩阿、好看的伽拉泰阿"(Δωρὶς καὶ Πανόπεια καὶ εὐειδὴς Γαλάτεια):同《伊利亚特》卷十八行45。荷马名单里也有这三位女神,唯一区别在于,荷马称伽拉泰阿为ἀγακλειτή[著名的]。这三个神名的字面意思分别是"恩赐,天赋""了然于心"和"容颜白皙"。

"希波诺厄和玫瑰手臂的希波托厄"(Ἱπποδόη... Ἱππονόη...):这两个神名谐音,均源于"马"(Ἱππο)。参见泡赛尼阿斯,2.1.8。另一个"玫瑰手臂的"女神是欧里刻(246)。

> 库摩多刻——在雾般迷蒙的海上,
> 她和库玛托勒革一起轻易地平息
> 狂风暴浪,美踝的安菲特里忒也来相助——

"库摩多刻"(Κυμοδόκη θ' ἣ κύματ'):源于κύμα[波浪、海水],即"观察、监视波浪的"。希罗多德也曾提起涅柔斯的女儿们在海上的力量(7.191)。

"和库玛托勒革一起"(σὺν Κυματολήγῃ):赫西俄德常在描述某个

神的行为时,补充还有哪些别的神和他(她)一起行动,比如大洋女儿"和阿波罗王、诸河神一起"抚养年轻人(347),赫卡忒"和赫耳墨斯一起"助长牲口繁殖(444),阿瑞斯的两个儿子和他一起在战争中溃散军心(936)。库玛托勒革(Κυματολήγη)同样源于κύμα[波浪、海水],即"平息波浪"。

255 　　库摩、厄伊俄涅、发环华美的阿利墨德、
　　　　爱笑的格劳科诺墨、蓬托珀瑞娅、
　　　　勒阿革瑞、欧阿戈瑞、拉俄墨狄亚,

"库摩、厄伊俄涅、阿利墨德"(Κυμώ τ' Ἡιόνη... θ' Ἁλιμήδη):这三个神名分别指"海浪""沙岸"和"海上守护仙子"。

"爱笑的格劳科诺墨"(Γλαυκονόμη τε φιλομμειδής):"黯淡空间的",与行 243 的格劳刻(Γλαύκη)同词源。"爱笑的"(φιλομμειδής)女神还有阿佛洛狄特(205)。在荷马笔下,这是阿佛洛狄特的专用修饰语。

"蓬托珀瑞娅"(Ποντοπόρεια):"漫长征途"。

"勒阿革瑞、欧阿戈瑞、拉俄墨狄亚"(Λειαγόρη τε καὶ Εὐαγόρη καὶ Λαομέδεια):这三个神名均与政治美德有关,暗合上文所说的涅柔斯"不忘正义的法则"(235 – 236),分别指"公开演说""善言者"和"人民的守护者"。

　　　　波吕诺厄、奥托诺厄、吕西阿娜萨、
　　　　风姿绰约、美丽无瑕的欧阿尔涅、
260 　　优雅的普萨玛忒、圣洁的墨尼珀,

"波吕诺厄"(Πουλυνόη)、"奥托诺厄"(Αὐτονόη):这两个神名与思考有关,分别指"千思万虑"和"自由思想"。

"欧阿尔涅"(Εὐάρνη):"美丽的绵羊"(参见 354;泡赛尼阿斯,

2.1.8)。欧阿尔涅独占一行,有些出人意料,M 本为此删除行259。

"普萨玛忒"($Ψαμάθη$):"沙"。赫西俄德还讲到,她和英雄埃阿科斯相爱,生下福科斯(1004)。在涅柔斯的女儿们中,除忒提斯和安菲特里忒以外,只有她生养了后代(参见《伊利亚特》卷十八,48)。

"墨尼珀"($Μενίππη$):"拴住马群",与行251的"希波诺厄和希波托厄"同词源。

涅索、欧珀摩泊、忒弥斯托、普罗诺厄、
生性如她那永生的父亲的涅墨耳提斯。
这些就是无可挑剔的涅柔斯所生下的
五十个精通技艺、无可挑剔的女儿们。

"涅索"($Νησώ$)、"欧珀摩泊"($Εὐπόμπη$):分别指"住在岛上"和"护送安全"。

"忒弥斯托、普罗诺厄……涅墨耳提斯"($Θεμιστώ\ τε\ Προνόη\ τε…Νημερτής\ \vartheta'$):最后三个神名对应行 233 – 236 的涅柔斯的品质,分别指"公正裁判""深思熟虑"和"真实可信"。赫西俄德在《列女传》中继续讲到,普罗诺厄和普罗米修斯生下丢卡利翁(残篇4)。恩培多克勒把涅墨耳提斯列入一组相互对立的人身化元素之中(残篇122)。在普鲁塔克的《伦语》中,涅墨耳提斯是一个男人的名字(230a)。

"无可挑剔的"($ἀμύμονος…ἀμύμονα$):或"无瑕的",希腊原文重复两次使用这个修饰语,不仅因为涅柔斯的女儿们美丽无瑕,而且还因为她们如其父涅柔斯一般知晓神谕。

265　　陶马斯娶水流深远的大洋女儿
　　　　厄勒克特拉,生下快速的伊里斯、

"厄勒克特拉"($Ἠλέκτρην$):"闪亮的",同行349。陶马斯的妻子和涅柔斯的妻子一样是大洋神俄刻阿诺斯的女儿,水上的神们相互联姻。

"伊里斯"(Ἶρις):"彩虹"。"奇迹"(τέρας)神陶马斯和"闪光"(ἤλεκτρον)女神厄勒克特拉生下一个"彩虹"女儿,古人的想象力可见一斑。伊里斯还将在下文出现两次(780,784)。她是神使,这与她跑得飞快有关。《伊利亚特》中只有这一个信使,多次出现(参卷二,786,790;卷五,353;卷八,409;卷二十四,77 等)。赫耳墨斯只在《奥德赛》中才成为神的使者,但也并没有替代伊里斯。伊里斯还出现在欧里庇得斯(《疯狂的赫拉克勒斯》,823,972)和阿波罗多洛斯(1.2.6)的笔下。拉丰丹的寓言多次出现"美丽的伊里斯"(6.9.12),作者还把当时的一位贵夫人,也是他的保护人德·拉·萨布里尔夫人比作美丽的伊里斯。

> 长发的哈耳皮厄姐妹:阿厄洛和俄库珀忒。
> 她们可比飞鸟,更似驰风,
> 快速的翅膀,后来也居上。

"哈耳皮厄姐妹"(Ἁρπυίας):"掠夺的、凶残的",类似于狂风。姐妹俩一个叫阿厄洛(Ἀελλώ),源自ἄελλα[暴风,旋风],一个叫俄库珀忒(Ὠκυπέτην),源自ὠκυπέτης[疾飞的,快脚的],均与快速的风有关。神使伊里斯行动飞快,所以才有哈耳皮厄这样的姐妹。据恩培多克勒的说法,彩虹和风相连(残篇50;参见 Anaxagoras 残篇 B 19)。在《伊利亚特》卷二十三中,伊里斯为风神报信(198 起)。赫西俄德之后的传说讲到,这对姐妹一边飞行一边用自己的粪便玷污敌人的食物。在阿耳戈英雄求取金羊毛的远征故事里,老人菲纽斯(Phineus)因预言未来触怒宙斯,宙斯派哈耳皮厄姐妹去玷污他的食物,使他永远也不能享用近在眼前的美食。后来,阿耳戈英雄中的俩兄弟、北风神波瑞阿斯的儿子们赶跑哈耳皮厄姐妹,解除他的痛苦(阿波罗尼俄斯《阿尔戈英雄纪》,2.178-300,426-435。参见《伊利亚特》卷十六,150;卷十九,400;《奥德赛》卷一,241;卷四,727;卷二十,66-77;泡赛尼阿斯,10.30.2;阿波罗多洛斯,1.2.6,1.9.21)。

270 　　　刻托为福耳库斯生下一双娇颜的老妇人，
　　　　　一出生就白发苍苍：她们被称为格赖埃，
　　　　　在永生神和行走在大地上的人类之间：
　　　　　美袍的彭菲瑞多和绯红纱衣的厄倪俄。

"格赖埃"($\Gamma\varrho\alpha\iota\alpha\varsigma$)："老妇人"(参见《奥德赛》卷一，438)，又称"福耳库斯之女"(Phorkyades)。在别的传说里。格赖埃姐妹共有三个，这里只有两个。她们一出生就是头发花白的老妇人，但赫西俄德赋予她们娇美的容颜：童颜鹤发，很有超现实的神话韵味。格赖埃姐妹一共只长有一只眼和一颗牙，轮流使用。她们住在最遥远的大洋彼岸，终日不见天日。菲勒塞德斯(3F,11)最早讲到这一点，赫西俄德似乎并不知道这个说法。阿波罗多洛斯(2.4)和奥维德(《变形记》,4.774)还详细描述道，英雄珀尔塞斯在赫耳墨斯的指引下找到她们，抢走她们唯一的眼睛，要挟她们说出墨杜萨的秘密。在歌德《浮士德》第二卷中，靡非斯特便是化身为格赖埃姐妹之一。

"一出生就白发苍苍"($\dot{\varepsilon}\kappa \gamma\varepsilon\nu\varepsilon\tau\tilde{\eta}\varsigma \pi o\lambda\iota\alpha\varsigma$)：波塞冬之子库克诺斯也是少年白发，他被阿喀琉斯杀死以后变成天鹅，Cycnus 在希腊文中本来就是"天鹅"的意思(赫西俄德残篇 237；Eustathius.,1968；奥维德《变形记》,12.144)。埃斯库罗斯的《被缚的普罗米修斯》中称格赖埃姐妹为 $\kappa\upsilon\kappa\nu\acute{o}\mu o\varrho\varphi o\iota$[样子像天鹅,795]，很可能暗指库克诺斯。在《劳作与时日》中，黑铁时代的人们也是一出生就白发苍苍(181)。狄奥多罗援引赫西俄德的说法来形容凯尔特人的孩子(5.32)。

"彭菲瑞多"($\Pi\varepsilon\mu\varphi\varrho\eta\delta\acute{\omega}$)、"厄倪俄"($E\nu\nu\acute{\omega}$)：分别指"贪吃的黄蜂"和"战斗"。厄倪俄作为战斗女神，两次出现在《伊利亚特》卷五，一次是战神阿瑞斯的伴侣(333)，另一次与雅典娜并列(592)。

　　　　　她还生下戈耳戈姐妹，住在显赫大洋的彼岸，
275　　　夜的边缘，歌声清亮的赫斯佩里得斯姐妹之家。
　　　　　她们是斯忒诺、欧律阿勒和命运悲惨的墨杜萨。

"戈耳戈姐妹"(Γοργούς):《塞浦路亚》残篇24最早使用复数形式,提出多个戈尔戈女神。荷马只提到一个戈耳戈女神(参见《伊利亚特》卷八,349;卷十一,36)。她们住在"大洋彼岸"(215);《塞浦路亚》称她们住在一座名叫"萨尔普多"(Sarpedon)的多石的岛上(残篇24)。荷马提及戈耳戈姐妹的地方还有《伊利亚特》卷五,741;卷八,349;卷十一,36;《奥德赛》卷十一,634。另参见阿波罗多洛斯,2.4.2–3。

"歌声清亮的赫斯佩里得斯姐妹"(ἵν' Ἑσπερίδες λιγύφωνοι):同518。赫斯佩里得斯姐妹的歌声似乎不像塞壬女妖那般诱惑人(《奥德赛》卷十二,38起),但有可能像基尔克(卷十,221–228),让人以为是在为他们而唱。迄今保存的古希腊陶瓶画只有一幅描绘了赫斯佩里得斯姐妹之一手持竖琴(Berlin 3245)。在现代希腊民间信仰中,美妙的歌声直接与代表海魂的戈耳戈姐妹相关。有关赫斯佩里得斯姐妹的歌声,参见欧里庇得斯《愤怒的赫拉克勒斯》,394;《希波吕托斯》,743;《阿尔戈英雄纪》,4.1399、1407;俄耳甫斯教辑语34.2等。

戈耳戈姐妹分别是:

"斯忒诺"(Σθεννώ):"强壮的",与"不知死亡和衰老"(277–278)有关。

"欧律阿勒"(Εὐρυάλη):"广阔海域",呼应戈耳戈姐妹的海神祖先。

"命运悲惨的墨杜萨"(Μέδουσά τε λυγρὰ παθοῦσα):"女主人",最重要的出现在最后。

> 只有她是有死的,别的姐妹不知死亡
> 也永不衰老。但也只有她与黑鬃神
> 躺在青草地上的春花里同欢共寝。

这里三行讲述了墨杜萨神话。读过奥维德的《变形记》的人,大约不会忘记那个可怕的墨杜萨形象:她的头发由无数毒蛇形成,她是如此丑陋,任何人看她一眼都要化成石头。人们几乎忘了,恋爱之中的墨杜萨非常美丽,美得连雅典娜也妒忌,才会把她变成最可鄙的女巫形象。赫西俄德在这里充满诗意和温存地描绘了她与波塞冬的爱情。

"不知死亡也永不衰老"(αἱ δ' ἀθάνατοι καὶ ἀγήρῳ):除墨杜萨的两个姐姐以外,半人半蛇的厄客德娜(305),嫁给狄俄尼索斯的阿里阿德涅(949)和完成不朽功勋的赫拉克勒斯(955)也形容为"远离死亡和衰老"。这一表达后来成为哲学用语,参见柏拉图,《斐勒布》,15d;《政治家》,273e。

"黑鬃神"(παρελέξατο κυανοχαίτης):指波塞冬。"黑鬃"之说,也见于《伊利亚特》卷二十行224。

280 当珀尔塞斯砍下墨杜萨的头颅时,
高大的克律萨俄耳和神马佩伽索斯跳将出来。
说起他俩名字的由来,一个生于大洋
水涛的边缘,另一个手握金剑出世。

"墨杜萨的头颅"(Περσεὺς κεφαλὴν):在一般认为出自赫西俄德手笔的《赫拉克勒斯的盾牌》中,有个段落描绘了盾牌,提到戈耳戈姐妹:她们的可怕头像出现在盾牌上(228-237)。唯一的不同之处:在一般神话里她们的头发由无数毒蛇形成,在盾牌上却只有两条蛇象征性地垂挂在她们腰间。荷马在描述雅典娜手持的神盾时也提到墨杜萨的头(《伊利亚特》卷二,5),事实上,墨杜萨的头像成了宙斯神盾(宙斯常把神盾借给他的子女使用,尤其雅典娜)的一个重要装饰部分。《赫拉克勒斯的盾牌》还详细描述了珀尔塞斯的英雄经历(222)。他趁着戈耳戈姐妹沉睡的时候,砍下墨杜萨的头,并带着头颅逃开惊醒的另外两个姐妹。托名俄耳甫斯祷歌也称女神为"杀戈耳戈的"(Γοργοφόνη):正是在雅典娜的帮助下,珀尔塞斯才得以完成这个任务(祷歌32.8)。

"砍下[头颅]"(ἀπεδειροτόμησεν):赫西俄德指"从脖子上砍下头颅"(ἀπὸ δειρῆς τέμνειν),荷马一般会说"砍断脖子",参见《伊利亚特》卷十,456;卷十三,546;卷十八,34;卷二十二,328;《奥德赛》卷三,449。

"高大的克律萨俄耳"(ἐξέθορε Χρυσάωρ):"金剑",下文有"手握金剑出世"之说(283)。克律萨俄耳和大洋女儿相爱,生下三个脑袋的革律俄涅(287,979)。赫西俄德把这段故事列入《神谱》篇末的"女神与英雄的爱情名册",可见克律萨俄耳虽是波塞冬之后,却不是永生的神,这与他母亲墨杜萨是个凡人有关。

"神马佩伽索斯"(Πέγασος ἵππος):Πέγασος源自复数的πηγαί[水、水流]——下文有"生于大洋水涛"之说(282-283),而不是源自单数的πηγή[某条河流的源头]。有的译本误译为"源头"。与克律萨俄耳不同,佩伽索斯似乎也远离死亡和衰老,是永生的神。

> 佩伽索斯飞离大地那盛产绵羊的母亲,
> 285　　来到永生者中,住在宙斯的殿堂。
> 他为大智的宙斯运送鸣雷和闪电。

"盛产绵羊的母亲"(μητέρα μήλων):泛指整个大地。荷马往往用来特指某个地方,比如《伊利亚特》中的伊同(卷二,696)、佛提亚(卷九,479)、色雷斯(卷十一,222),《奥德赛》中的皮洛斯(卷十五,226)。

佩伽索斯为宙斯运送由库克洛佩斯所制造的鸣雷与闪电(141),就如鸽子为宙斯运送神露(《奥德赛》卷十二,63)。参见赫提神话诗《乌利库梅之歌》(Song of Ullikummi),天神的武器也取自某个安全所在(2,3,12-13)。佩伽索斯在飞到奥林波斯宙斯的身边以前,曾是柏勒罗丰的坐骑。他们一起杀死了客迈拉(319-325),战胜了女战士阿玛宗。后来柏勒罗丰过于骄傲,想要骑着神马上到奥林波斯山,遭到神们厌弃。诗人品达最早讲起这个故事(《奥林匹亚竞技凯歌》,13.87-90;《柯林斯竞技凯歌》,7.44;另参《伊利亚特》卷六,200)。

> 克律萨俄耳和显赫的大洋神之女
> 卡利若厄生下三个脑袋的革律俄涅。
> 大力士赫拉克勒斯杀了他,

290　　就在海水环绕的厄律提厄，蹒跚的牛群边。

"卡利若厄"（Καλλιρόη）："美丽的水流"，大洋女儿（351）。

"革律俄涅"（Γηρυονῆα）：埃斯库罗斯的《阿伽门农》中有这样的描述："三身怪物革律昂，在每一种形状下死一次，这样穿上了三件泥衣服。"（870）革律俄涅有"三个脑袋"（τρικέφαλον），刻尔柏若斯有"五十个脑袋"（312；参见赫西俄德残篇153）。

"赫拉克勒斯"（Ἡρακληείη）："赫拉所成全的人"。赫西俄德说，赫拉"对勇敢的赫拉克勒斯愤怒难抑"（315）。由于赫拉的愤怒，他从一出世起就注定有苦难不凡的人生，但也由于赫拉的愤怒，他经过考验，获得永生的权利，进入奥林波斯神族（950－955）。品达的《墨涅厄竞技凯歌》称他为"英雄—神"（3.22）。本诗中还将多次提及他所完成的任务。

"赫拉克勒斯杀了他"（...τὸν μὲν ἄρ' ἐξενάριξε）：μὲν ἄρα往往用于表示注定发生在某人身上的事（尤指某人如何被杀），比如赫拉克勒斯杀许德拉（316），柏勒罗丰杀客迈拉（325），赫拉克勒斯杀涅墨厄的狮子（332）。

"海水环绕的厄律提厄"（περιρρύτῳ εἰν Ἐρυθείῃ）：Ἐρυθείη即"红色"，大洋中又一个太虚幻境般的岛屿，就如戈耳戈所住的萨尔普多岛（274），或塞壬女妖所住的安忒谟萨岛（Anthemoessa，参见赫西俄德残篇，27）。另参阿波罗多洛斯，2.5.10；希罗多德，4.8。

"蹒跚的牛群"（Βουσὶ πάρ' εἰλιπόδεσσι）：暗示赫拉克勒斯杀了革律俄涅，盗走他的羊群。在神话传统里，这是赫拉克勒斯的第十项任务。盗羊群在描写希腊古风时代的文本中颇为常见，并不说明英雄不讲信义，反而似乎突出他的能力。

> 当时，赫拉克勒斯赶着这群宽额的牛
> 去往神圣的梯林斯，他刚刚穿过大洋，
> 刚刚杀了俄耳托斯和牧人欧律提翁，
> 在显赫大洋的彼岸，幽暗的牧场中。

[笺释] 海神世家(行233–336) 243

"梯林斯"(Τίρυνς'):古代迈锡尼文明的重要城邦,公元前5世纪因另一希腊城邦阿尔戈斯的侵略而亡陷。梯林斯一度被视为传说中的神奇所在,直到19世纪,德国考古学家施里曼才使其重见天日。赫拉克勒斯的大部分任务在梯林斯完成(参见530相关笺释)。

"俄耳托斯"(Ὄρϑον):革律俄涅的牧犬,也是他的堂兄弟,因为,这条牧犬是提丰和厄客德娜的后代(309),参见阿波罗多洛斯,2.5.10。传说俄耳托斯有两个脑袋(Servius 注释《阿涅阿斯纪》,7.662)。

"牧人欧律提翁"(Εὐρυτίωνα):荷马诗中提到一个同名者,却是马人欧律提翁,他因为酒醉肇事,引发了拉皮泰人和马人的战争(参见《奥德赛》卷二十一,295起;《伊利亚特》卷一,263起)。

"幽暗的牧场"(σταϑμῷ ἐν ἠερόεντι):幽暗,因为在大洋彼岸的无人之境。

行981–983复述了这个故事,比这里略为详尽。

295   她还生下一个难以制服的怪物,
       既不像有死的人也不像永生的神,
       在洞穴深处:神圣无情的厄客德娜,

行295的"她",具体指谁?Wolf 和 Preller-Robert 认为是卡利若厄,但这位大洋女儿和克律萨俄耳似乎只生有一个孩子革律俄涅(979起);Clericus 认为是墨杜萨;West 认为是刻托:因为,无论克律萨俄耳还是波塞冬都不可能像是厄客德娜的父亲,据菲勒塞德斯(3 F 7)的记载,福尔库斯正是厄客德娜的父亲。

"厄客德娜"(Ἔχιδναν):赫西俄德在提起她的名字以前(296),先说她既不像人也不像神(295),难以形容。这是描述某个怪物诞生的常见做法,比如百手神(148)、格赖埃姐妹(270)、刻尔柏若斯(310)、革律俄涅(981)。

一半是娇颜而炯目的少女,

一半是怪诞的蛇,庞大可怕,
300 斑驳多变,吞食生肉,住在神圣大地的深处。

"炯目的少女"(νύμφην ἑλικώπιδα):下文又作ἑλικώπιδι κούρῃ(307),也指美狄娅(998)。《伊利亚特》卷一中指阿伽门农之女(98)。

厄客德娜是人面蛇身的妖女。希罗多德也曾提到厄客德娜是"半女半蛇",并使计让赫拉克勒斯与她交媾,生下三个儿子(4.9-10)。

在那里,她有一个住穴在岩洞中,
远离永生的神们和有死的人类。
神们分配给她这个华美的栖处。

行301-303与行304-305很难衔接,一般有两种解决方案:第一,行301-303实际写刻托而非厄客德娜(持此观点者如West,这种写法的先例参见行60-63);第二,行304-305为后人篡插(持此观点者如Paley, Wilamowitz)。

"华美的栖处"(κλυτὰ δώματα):斯梯克斯的住所也是远离神们,也是在大地之下,同样称为"华美的寓所"(777)。

可怕的厄客德娜住在阿里摩人的地下国度,
305 这个自然仙子不知死亡也永不衰老。

"阿里摩"(εἰν Ἀρίμοισιν):荷马笔下的传奇国度,相传宙斯与提丰之战就发生在这里:"当他在阿里摩人的国境内鞭打土地时,据说提丰就睡在下面。"(《伊利亚特》卷二,781-783)但阿里摩究竟是一个民族,或是丛山(τὰ Ἄριμα),还是地名(Εἰνάριμα),历来众说纷纭(参见维吉尔《埃涅阿斯纪》,9.716;奥维德《变形记》,14.89;李维,94起;普林尼《自然史》,3.82)。有关这个问题的阐释,参见斯特拉波,626-627。一般说来,有如下几种观点:

第一，阿里摩人生活在靠近利狄亚(Lydia)、迈奇亚(Mysia)和佛里提亚(Phrygia)的某个山区。

第二，阿里摩等同于彼忒库萨(Pithecusae)地区，据菲勒塞德斯(3 F 54)的记载，它就在彼忒库萨的地下，这与提丰居住在西方的说法相符。

第三，据 Callisthenes(124 F 33)记载，先是有住在西西里的科里西亚(Corycian)洞穴中的阿里摩人，附近的丛山才被命名为阿里摩。品达和埃斯库罗斯均称提丰出生于科里西亚洞穴。

无论如何，有一点可以肯定，这里的"阿里摩"与提丰有关。

> 传说可怕恣肆无法无天的提丰
> 爱上这炯目的少女，与她做爱，
> 她受孕生下无所畏惧的后代。

"提丰"(Τυφάονα)：提丰有不少写法，除此处外，行 820 写作 Τυφωεύς(突出出生和天性)，行 812 写作Τυφών，品达和埃斯库罗斯最早写作Τυφ(《奥林匹亚竞技凯歌》,4.6;《皮托竞技凯歌》,1.17-20;品达残篇 92;《被缚的普罗米修斯》,365)。有的古代作者说他是风本身，赫西俄德则说他是各种逆风的父亲(869)。总之，这个形象渐渐与气象概念联系在一起。《可兰经》中以 toufan 称"洪水"；英文 typhoon 指热带风暴，也就是台风；拉丁文 Typheus 和法文 Typhée 也有相似含义。无论如何，提丰这个神话形象代表浑沌般的毁灭和无序，代表某种特别的恶。在柏拉图对话中，苏格拉底曾自比怪物提丰(《斐德若》,230a)。另参希罗多德,3.5.5;阿波罗多洛斯,2.3.1。

"恣肆"(ὑβριστήν)：《神谱》中恣肆无忌的还有伊阿佩托斯之子墨诺提俄斯(514)和迫害赫拉克勒斯的珀利厄斯(996)。ὕβρις[恣肆]与δίκη[正义]相对，是《劳作与时日》的重要命题。

提丰和厄客德娜都是怪物，在形体上极为相似，他们的结合本算门当户对，然而，从赫西俄德的叙述看来，提丰更像是一个疯狂追逐无辜少女的危险人物。参见奥维德的《岁时记》(Fasti)卷二，提丰追逐阿佛洛狄特(461—464)。

从下行起,记他们生下的怪物。

> 首先是俄耳托斯,革律俄涅的牧犬。
> 310　其次是难以制伏、不可名状的怪物,
> 食生肉的刻尔柏若斯、声如铜钟的冥府之犬,
> 长有五十个脑袋,强大而凶残。

"俄耳托斯"(Ὄρθον):参见293相关笺释。赫拉克勒斯有项任务是杀死俄耳托斯。

"刻尔柏若斯"(Κέρβερον):在荷马和赫西俄德的诗中,只有这里给冥府的看门狗命名。赫西俄德在下文"地下神界"再次提到它(769起),但没有点名。征服刻尔柏若斯同样是赫拉克勒斯的十二项任务之一。这条猎犬被形容为:

——"食生肉的"(ὠμηστήν):厄客德娜也"食生肉"(300)。

——"声如铜钟"(χαλκεόφωνον):五十个脑袋的狗喊起来,响声可想而知,《伊利亚特》卷五有这样的说法:"声音响亮得有如五十个人的吼叫。"(785)

——"五十个脑袋"(πεντηκοντακέφαλον):参见品达残篇93(指提丰),西蒙尼得斯残篇64(指许德拉)。刻尔柏若斯究竟有几个脑袋,说法不一(参见阿波罗多洛斯《书藏》,Frazer注疏本,2.5.12)。

——"凶残"(ἀναιδέα):呼应行770的说法:"冷酷无情,擅使阴险的诡计。"

> 第三个出生的是只知作恶的许德拉,
> 那勒尔纳的蛇妖,白臂女神赫拉抚养它,
> 315　只因她对勇敢的赫拉克勒斯愤怒难抑。

"许德拉"(Ὕδρην):由于赫拉的忌妒加害,赫拉克勒斯不得不屈辱

地听命于欧律斯透斯,完成十二件艰难的任务(《伊利亚特》卷十九,106–124)。杀许德拉发生在赫拉克勒斯襁褓之中,因此是他的第一件任务。许德拉蛇妖来自勒尔纳(Λερναίην),即阿其夫平原西南方尽头的一条河流。

《神谱》提及赫拉克勒斯的任务,除这里杀许德拉外,还有杀革律俄涅(289–294,981–983)、涅墨厄的狮子(332)、牧犬俄耳托斯(293,309,326)、啄食普罗米修斯肝脏的鹰(526–532)。诗中提到冥府看门狗刻尔柏若斯(310–312、769–774)也为赫拉克勒斯所征服(《奥德赛》卷十一,622–626)。看来,赫拉克勒斯的主要任务是杀怪物,重建秩序。赫拉仅仅迫害作为人类的赫拉克勒斯(315,328),她最终与获得永生的赫拉克勒斯和解,还把女儿嫁给他(参见951起;赫西俄德残篇,25,32)。

但宙斯之子用无情的剑杀了它,
安菲特律翁之子有善战的伊俄拉俄斯相助,
赫拉克勒斯听从带来战利品的雅典娜吩咐。

"安菲特律翁之子"(Ἀμφιτρυωνιάδης):赫拉克勒斯是安菲特律翁的养子。宙斯趁安菲特律翁出征在外,幻化成他的模样,与他的妻子阿尔克墨涅结合,生下赫拉克勒斯。荷马诗中两次影射这个事件,一次在《奥德赛》卷十一(265–267),一次在《伊利亚特》卷五(392)。赫西俄德的佚作《列女传》有更详尽的相关记录。赫拉克勒斯因此有一个生父,一个养父。厄庇克泰特提到,赫拉克勒斯既是宙斯之子,又是安菲特律翁之子,这象征了人类同时具有的人性和神性。据希罗多德记载,古希腊人不忘赫拉克勒斯的双重身份,要么以英雄崇拜仪式纪念他,要么以敬神仪式纪念他(2.44)。

行316–318的句首同指一人,却采取三个不同的称呼:宙斯之子(Διὸς υἱός)、安菲特律翁之子(Ἀμφιτρυωνιάδης)和赫拉克勒斯(Ἡρακλέης)。这种用法还在《神谱》中出现过两次,都是指赫拉克勒斯

$(526-527,950-951)$。

"伊俄拉俄斯"($Ἰολάῳ$):忒拜英雄,赫拉克勒斯的侄子。《赫拉克勒斯的盾牌》多次提到他帮助赫拉克勒斯完成这第二项任务(残篇74,77,78,102,118,323,340,467),品达在《奥林匹亚竞技凯歌》(8.84)和《科林斯竞技凯歌》(4)中也提到他。另参奥维德《变形记》,9.394。

"带来战利品的雅典娜"($Ἀθεναίης ἀγελείης$):在荷马诗中,雅典娜埋怨父神宙斯忘了她"多次拯救他的儿子,在欧律斯透律王用苦难折磨他的时候"(《伊利亚特》卷八,362起)。雅典娜帮助赫拉克勒斯擒拿并驱逐冥府的三头狗(和赫耳墨斯一起。《奥德赛》卷十一,626),赶走特洛亚的海怪(《伊利亚特》卷十一,20起)。这里的修饰语 $ἀγελείης$ [带来战利品]是雅典娜的专用称号之一。West认为(p.254),依照公元前4世纪的用法(Hesperia,7,p.5,l.90),$ἀγελείης$ 源自 $ἀγελάα$,不是指"攫取战利",而应指"指挥战争"(Leader of the war-host,参925)。

> 她还生下口吐无敌火焰的客迈拉,
> 320　可怕而庞大,强猛又飞快。
> 它有三个脑袋:一个眈眈注目的狮头、
> 一个山羊头和一个蛇头或猛龙头。

第319行的"她"又指谁?一般认为是厄客德娜(阿波罗多洛斯,2.3.1),但也有说客迈拉由许德拉所生(Tzetzes, Theogony,166)。古代笺释家意见不一。

"客迈拉"($Χίμαιραν$):在现代西文里,chimera(英语)、chimère(法语)或 Chimäre(德语)是"空想""虚幻"的代名词。赫西俄德运用祷歌的常见手法,把客迈拉的几个常用修饰语汇串起来。"口吐无敌火焰"($πνέουσαν ἀμαιμάκετον πῦρ$) = "口吐火焰的"($πῦρ πνείουσα$) + "无敌的"($ἀμαιμάκετος$);客迈拉的两个常用修饰语合而为一。"可怕而庞大"($δεινήν τε μεγάλην τε$),也指厄客德娜(299)。

"三个脑袋"($τρεῖς κεφαλαί$):分别是狮子、山羊和蛇。按《伊利亚特》卷六(180–184)的描绘,这三个脑袋不是齐齐长在脖子上,而应该是狮子头长在脖子上,山羊头长在背部中间,蛇头长在尾巴末梢。据奥维德《变形记》(9.647)和阿波罗多洛斯(2.3.1)的记载,只有中间的山羊头口吐火焰。客迈拉最怪异之处就在于这个山羊头形象,因为,古代神话里常有狮身怪物(比如《奥德赛》卷十一,611),或蛇身怪物。

> [它头部是狮,尾巴是蛇,腰身是羊,
> 嘴里喷出燃烧一切的火焰的威力。]

325　英勇的柏勒罗丰和佩伽索斯杀了它。

行 323–332 =《伊利亚特》卷六行 181–182。大部分校勘家删除了这两行。

"柏勒罗丰"(Βελλεροφόντης):在荷马诗中,神马佩伽索斯并没有参与杀死客迈拉:"柏勒罗丰信赖众神显示的预兆,把它杀死……"(《伊利亚特》卷六,183)

> 她受迫于俄耳托斯,生下毁灭
> 卡德摩斯人的斯芬克斯和涅墨厄的狮子,
> 宙斯的高贵妻子赫拉养大这头狮子,
> 让这人类的灾祸住在涅墨厄的山林。

行 326 的"她"又指谁?古代笺释者们依然说法不一。阿波罗多洛斯指厄客德娜(2.5.1,2.3.8。另参欧里庇得斯《腓尼基妇女》,1018;Hyginus, Fabulaes,151),但也有认为是客迈拉(如 Tz., Th.,169)。倘若是厄客德娜,那么她就抛弃了伴侣提丰,与其子俄耳托斯同欢,这在神话里并非一种正常现象。《神谱》中唯一的母子结合发生在大地和天神、海神之间,但后两者均没有父亲。相比之下,客迈拉和俄耳托斯是兄妹或叔侄关系,兄妹结合在《神谱》中极为常见(参见 125,270,337,374,404,453,912,921),叔侄结合可以参见 507;《奥德赛》卷七,

63－66。这里的说明当与行 319 笺释放在一起理解。

"受迫"(ὑποδμηθεῖσα)：我们尝试用"受迫"来表达古希腊文中所带有的某种无可争议的暴力意味。这里暗示男性对女性的粗暴征服，与《神谱》往往委婉表达两性的繁衍行为大相径庭。再以行 374 为例，"受迫于"和"爱"这两个语意对立的表达连用，一个很暴力，一个很温情，不免突兀。不过，充满暴力的表达用语也许是为了显示爱之强烈。同样的说法还用于克洛诺斯对瑞娅的爱情(453)。

"斯芬克斯"(Φῖκ')：原是彼俄提亚地区传说中的怪物(参《赫拉克勒斯的盾牌》,33)，狮子身，女人头，带有翅膀，稍后人们将它混同为俄狄浦斯神话里的斯芬克斯。斯芬克斯与俄耳托斯的父子关系，参见 Palaephatus.,4,7；埃斯库罗斯《报仇神》,924,1054；《阿伽门农》,136 等。

"卡德摩斯人"(Καδμείοισιν)：卡德摩斯是忒拜城的奠基人，因此卡德摩斯人又称忒拜人。阿佛洛狄特和阿瑞斯的女儿阿尔摩尼亚嫁给了卡德摩斯(937,975)。《劳作与时日》谈论古代英雄的战争，以七将攻忒拜为例："丧生在七门的忒拜城，卡德摩斯人的土地，为了俄狄浦斯的牧群发生冲突。"(163－164)另参《伊利亚特》卷四,385,388；卷五,804；希罗多德,5.57 起。

"涅墨厄的狮子"(Νεμειαῖόν τε λέοντα)：据托名 Epimenide 的残篇记载(2)，涅墨厄狮子每次现身，都是从月亮下来。它由宙斯的高贵妻子赫拉养大，住在涅墨厄(Νεμέα)山林(329,331)。

330　　它在那儿杀戮本地人的宗族，
　　　　称霸涅墨厄的特瑞托斯山和阿佩桑托斯山，
　　　　最终却被大力士赫拉克勒斯所征服。

"涅墨厄的特瑞托斯"(Τρητοῖο Νεμείης)：位于涅墨厄东南边的一座山，在泡赛尼阿斯的时代，传说狮子的洞穴就在此山中(参见阿波罗多洛斯,2.5.1；Frazer,泡赛尼阿斯注疏,3,pp.85－88)。——据古代无名氏之作《荷马与赫西俄德之争》，赫西俄德得到德尔斐神谕的指示：

他必死在涅墨厄这个地方。

"阿佩桑托斯"(Ἀπέσαντος):有可能是涅墨厄东北边的最高峰,此山现今叫做福卡山(Phoukas)。参见泡赛尼阿斯,2.15.3;D. Musti & M. Morelli 注疏,*Pausanias*:*Guida della Grecia*,*II*,*La Corinzia e l'Argolide*(《泡赛尼阿斯"希腊见闻":科林斯与阿尔戈斯》),Pise,1986。

  刻托和福耳库斯交欢生下最后的孩子,
  一条可怖的蛇妖,在黑色大地的深处,
335 世界的尽头,看守着金苹果。
  这些就是福耳库斯和刻托的族系。

最后回到刻托和福耳库斯(始句为行270)。为什么赫西俄德把这条无名蛇当作最后一个子女呢?从叙事逻辑来看,它和厄客德娜相似,本可以放在一起。或许是诗人事后所加。又或许首尾呼应构成环形叙事。

"世界的尽头"(πείρασιν ἐν μεγάλοις):直译为"它的极限",即"大地的极限"(参见622)。原文还有另一种读法:σπείρησιν μεγάλης(描述蛇的身躯)。

"金苹果"(παγχρύσεα μῆλα):据阿波罗多洛斯的记载(2.5.11),这条蛇妖后来也被赫拉克勒斯所杀,但赫西俄德使用动词"看守"(φυλάσσει)的现在式,似乎表明它始终活着。在一般的神话故事中,金苹果等传奇宝物都由蛇看守。Artemidorus(2.13)还说,梦见蛇是财富的象征。另一种解释是,由蛇看守意味着获取宝物是一项艰难而危险的工作,只有英雄能够完成。

"福耳库斯和刻托的族系"(Κητοῦς καὶ Φόρκυνος γένος ἐστίν):这个族系无一例外全是怪物(270-336)。他们并非都永生不死,戈耳戈姐妹中的两个年长者(277)和厄刻德娜(297)被称为ϑεῖη,客迈拉则是ϑεῖον γένος(《伊利亚特》卷六,180)。有死的那些妖怪有一个共同的命运,也就是在赫拉克勒斯为首的英雄们手下丧命。古希腊神话里的妖怪家族叙事,数赫西俄德的《神谱》最生动完整。

提坦世家

（行 337—616）

我们已经知道，提坦神族是天神世家里一个最重要的支系（133起），提坦神中的克洛诺斯推翻天神乌兰诺斯的统治，成为第二代神王。与此同时，十二个提坦神彼此联姻，或在表亲的海神家族中选择伴侣，生养后代，迅速形成一个显赫无比的王族世家。提坦世家的鼎盛状况，只有后来的奥林波斯神族可以相比拟。古希腊人称提坦神族为"老一代神"，称奥林波斯神族为"新一代神"，犹如历史上百姓称呼新旧两代王朝……

提坦家族叙事占据了《神谱》通篇的中心位置，上下近三百行，浩浩荡荡，有条不紊，依次记叙了如下六个提坦家族：

（一）行 337—370：俄刻阿诺斯和特梯斯家族；

（二）行 371—374：许佩里翁和忒娅家族；

（三）行 375—403：克利俄斯家族；

（四）行 404—452：科伊俄斯和福柏家族；

（五）行 453—506：克洛诺斯和瑞娅家族；

（六）行 507—616：伊阿佩托斯家族。

这里的叙事顺序有别于提坦神的诞生顺序（133—138）。长子大洋神俄刻阿诺斯的家族最先出场，衔接前文的海神家族，承前而启后。大洋家族人丁兴旺，共有三千个大洋女儿和三千个河神。许佩里翁家族也很出众，有太阳、月亮和黎明，黎明又生风神和群星。前两个家族叙事关乎流水、星辰、风月，依然带有宇宙起源神话的风格。

克利俄斯家族有三兄弟，从中引出斯梯克斯神话。斯梯克斯本是大洋女儿，和克利俄斯之子帕拉斯联姻，她的事迹因此放在第三个家族中讲。斯梯克斯的故事为宙斯吸收盟友、战胜提坦、获得神权埋下伏笔。不仅如此,斯梯克斯作为"神们的重大誓言",还预示了宙斯统治天庭、重建法则的权力。她的四个孩子,荣耀、胜利、权利和力量,从此与宙斯相伴相随。除赫西俄德以外,古代作者再无相似的记录。

第四个家族是科伊俄斯家族,生有勒托姐妹,但叙述重点在第三代的赫卡忒身上,表明赫西俄德对这位女神的特殊虔敬。赫卡忒不仅保留提坦时代的旧特权,还获得宙斯时代的新特权,这在《神谱》中绝无仅有。这些特权不仅表明赫卡忒在神的世界享受尊敬,更与人类世界息息相关。赫卡忒处于神和人之间,以神的形象在人类社会裁决公断,慷慨施善。在赫西俄德笔下,人类社会的生活状况第一次在诗歌中得到相对细致的刻画,并隐约带出了社会生活的幸与不幸、社会分工、社会活动等问题,以至于法国学者杜梅齐尔(G. Dumézil)和维尔南(J.-P. Vernant)从中得出了印欧社会三职能模式理论……

最后是克洛诺斯家族和伊阿佩托斯家族。赫西俄德围绕两个根本主题来叙述提坦世家:神权的确立和人神的分离。其中神权主题在克洛诺斯家族叙事中达到高潮,人神分离主题在伊阿佩托斯家族叙事中得到解决。

克洛诺斯家族是真正的王室家族。先有克洛诺斯又有宙斯。宙斯将战胜父亲,夺取王权。克洛诺斯为了逃避被废黜的命运,把自己的子女吞进肚里。但宙斯迫他吐出来,最后吞下的最先出来。在提坦大战之前,宙斯先把世界颠覆了一回,给父亲一个狠狠的下马威:这是在替祖父乌兰诺斯报仇,实现"厄里倪厄斯"所暗含的复仇预示(472)。不仅如此,从父亲肚里解救出来的兄弟姐妹,责无旁贷成为宙斯大战提坦的正规军。

普罗米修斯是伊阿佩托斯家族的灵魂人物。他挑战神王宙斯,并为人类盗取火种;作为还击,宙斯送给人类一件不幸的礼物,也就是最初的女人。普罗米修斯神话揭示了与人类起源相关的诸种问题:人神的分离、女人的诞生、火的使用、祭祀、婚姻、劳作……不仅是本节的关键,也是全诗的重点。如果说克洛诺斯家族的未来指向宙斯治下的奥林波斯诸神的世界,那么,伊阿佩托斯家族的未来则延伸为直面有死的必然的人类世界,赫西俄德从中引申出的对人类生存状况的哲学沉思,直至今天依然有效。

1. 俄刻阿诺斯和特梯斯家族(行 337 – 370)

> 特梯斯为俄刻阿诺斯生下骚动的诸河之神:
> 尼罗斯、阿尔费俄斯、旋流深沉的厄里达诺斯、
> 斯特律门、马伊安得洛斯、水流清丽的伊斯托斯。

在大洋家族中,男神均系大地上的河流之神(有些受到民间崇拜),女神均系泉水或林泽之神。所有这些河流和泉水从大洋流出,因为,大洋是"各条河流和所有大海、一切泉流和深井的源泉"(《伊利亚特》卷二十一,195 – 197)。整个大洋家族曾聚集在宙斯的宫殿,"除了大洋,没有一条河流不会到,也没有一个女神不会到,无论是生活在优美的丛林、河流的源头或多草的泽地"(卷二十,7 – 9)。

赫西俄德在这里列出二十五条河流,体现了非常模糊的地理概念。名单没有先后顺序,缺了不少重要河流,甚至没有诗人家乡彼俄提亚的河流。除了尼罗斯、厄里达诺斯、普法希斯(流入黑海)这三条大河以外,其余河流都在希腊境内,有一半在小亚细亚或塞萨利亚,而其中七条特洛亚附近的河流也出现在《伊利亚特》卷十二(20 – 22)中。它们是:斯卡曼得若斯、西摩乌斯、埃塞浦斯、赫瑞索斯、赫普塔珀鲁斯、诺狄攸斯和格赖尼科斯。一般认为这是赫西俄德对荷马的援引,但也有的研究者认为,荷马诗中这几行乃后人增补,是对赫西俄德的借用(West, p. 260)。

"尼罗斯"(Νεῖλον):尼罗河,《奥德赛》卷四称之为"神明灌注的埃及河流"(Αἴγυπτος,477 = 581,参 258;梭伦残篇 6)。

"厄里达诺斯"(Ἠριδανόν):传说中的河,后等同为波河(菲勒塞德斯残篇 3F 74)或罗纳河(埃斯库罗斯残篇 73 N = 107 M)。《伊利亚

特》卷十六中的"环海"(Ὠκεανοῖο,151)可能指它。赫西俄德残篇在提及普法厄同和琥珀的产生时说到它(311)。希罗多德说起过一条带来琥珀的河,但并不相信它真的存在(3.115;参斯特拉波,215)。此外,它还是雅典城外伊利索斯河的一条分流(参见柏拉图《克里蒂亚》,112a;斯特拉波,397;泡赛尼阿斯注疏,1.19.5)。

"斯特律门"(Στρυμόνα):与赫拉克勒斯的任务有关(阿波罗多洛斯,2.5.10)。

340　普法希斯、赫瑞索斯、银色涡流的阿刻罗伊俄斯、
　　涅索斯、荷狄俄斯、哈利阿克蒙、赫普塔珀鲁斯、
　　格赖尼科斯、埃塞浦斯、神圣的西摩乌斯。

"普法希斯"(Φᾶσιν):传说中的河,还出现在《列女传》残篇241,与阿尔戈英雄历险有关。

"赫瑞索斯"(Ῥῆσον):特洛亚河(参见斯特拉波,602-603;普林尼《自然史》,5.124)。

"银色涡流的阿刻罗伊俄斯"(Ἀχελῷόν τ' ἀργυροδίνην):《伊利亚特》两次提到它(卷二十一,194;卷二十四,616)。索福克勒斯笔下也有它的影子(《特剌喀斯少女》,9)。希腊有不少同名河流,赫西俄德应该是指阿卡尔纳尼亚(Acarnania)地区的阿刻罗伊俄斯河,从长度和流量来说,这条河堪称希腊之最,在民间宗教仪式和神话传说中也有重要的地位。

"哈利阿克蒙"(Ἀλιάκμονα):马其顿河,据普鲁塔克记载,又称 Argive Iachus(《论河》,18.1)。

"赫普塔珀鲁斯"(Ἑπτάπορον):据斯特拉波记载,这条河又称 Polyporos(602)。

"格赖尼科斯、埃塞浦斯"(Γρήνικόν τε καὶ Αἴσηπον):特洛亚河,也出现在《伊利亚特》卷十二(21)。相传黎明女神厄俄斯之子门农(984)葬于埃塞浦斯河畔(斯特拉波,587),他的兄弟厄玛提翁(985)则在格

赖尼科斯河边与水仙幽会（Quintus Smyrnaeus, 3.302）。

> 珀涅俄斯、赫耳莫斯、水浪滔滔的卡伊科斯、
> 宏伟的珊伽里乌斯、拉冬、帕耳忒尼俄斯、
> 345　欧厄诺斯、阿耳得斯科斯和神圣的斯卡曼得若斯。

"珀涅俄斯、赫耳莫斯、水浪滔滔的卡伊科斯"（Πηνειόν τε καὶ Ἕρμον ἐυρρείτην τε Κάϊκον）：珀涅俄斯是塞萨利亚地区的河。后两条河在埃奥尼亚的库莫附近，也就是赫西俄德父亲曾经居住的地区。卡伊科斯河很有可能也出现在《列女传》的佚文之中（参见斯特拉波，615）。

"珊伽里乌斯"（Σαγγάριον）：荷马提到这条河时，也提到佛提亚人（参见《伊利亚特》卷三，187；卷十六，719）。

"拉冬"（Λάδωνα）：有两条同名河流，一条在阿卡提亚地区，另一条是塞萨利亚地区的佩涅伊奥斯河的分流，赫西俄德说的应该是前一条河。在神话故事中，拉冬还是达芙妮的父亲（参见泡赛尼阿斯，8.20；阿波罗多洛斯，2.5.3）。据泡赛尼阿斯的记载，拉冬泛指一般意义的河神（8.25.13；参8.20.1）。

"帕耳忒尼俄斯"（Παρθένιον）：《伊利亚特》卷二提到这条河（854）。参见 Quintus Smyrnaeus, 6.466–467。

"欧厄诺斯"（Εὔηνον）、"阿耳得斯科斯"（Ἀλδῆσκον）：前一条河参见阿波罗多洛斯，1.7.8。后一条河从名称来看是塞萨利亚地区的河（参见希罗多德，4.92）。

"神圣的斯卡曼得若斯"（θεῖον τε Σκάμανδρον）：《伊利亚特》卷十二有同样的说法（21）。荷马诗中更常以"神圣的，或神样的"（θεῖον）形容人，比如《奥德赛》中的奥德修斯（卷六，217）和传奇歌人（卷八，87；卷十三，27）。

> 她还生下一个少女神族，在大地上
> 和阿波罗王、诸河神一起抚养年轻人，

宙斯分派给她们这样的任务。

"少女神族"(Κουράων ἱερὸν γένος):旧时读作 θυγατέρων ἱερὸν γένος(M本)。事实上,这很可能是大洋女儿的正式称谓,类似于格赖埃姐妹(271)、戈尔戈姐妹(274)、时辰女神(901)、美惠女神(907)等等。至少在赫西俄德时代,大洋女儿还不叫 Ὠκεανίδες[大洋女儿],而称为 Κουράι[少女]或 Νύμφαι[仙子]。《奥德赛》卷六用 Κουράι[少女]指奥德修斯遇见的费埃克斯公主和她的侍女(122起)。这里的 Κουράων 还呼应行347的 κουρίζουσι[抚养年轻人],暗示女神们的职责,时辰女神的写法与此相似(901—903)。

"抚养年轻人"(κουρίζουσι):或"抚养,教养",动词源自 Κουρά[剪发,剃发]。按古希腊风俗,年轻人在成年时要绞下一绺头发,敬献给本地河神或水仙。《伊利亚特》卷二十三中,阿喀琉斯留着一绺头发,本是为了在安全回故乡以后献给斯佩尔赫奥斯河神,再行上祭献大礼,后来他自知必将战死沙场,就把头发放在死去的好友手里(141起)。参见泡赛尼阿斯,1.37.3、8.20.3、8.41.3(Frazer注疏本)。阿波罗"抚养年轻人",参见《奥德赛》卷十九阿波罗眷顾奥德修斯之子特勒马科斯(85起),此外赫卡忒(450)、时辰女神中的厄瑞涅(902;《劳》,228)也有相同的职责。

赫西俄德在这里列出四十一位大洋女儿。在这些名字中,有的与父系河神相关,比如卡利若厄(351)、俄库诺厄和安菲洛(360);有的与河流源头相关,如欧罗巴(357)、亚细亚(359);还有的涉及各种具体概念,比如普路托(355)、波吕多拉(354)、墨罗波西斯(354)、托厄(354)暗含"丰饶"之意,刻耳刻伊斯(355)暗含"劳作"之意。正如涅柔斯的女儿们继承了涅柔斯的美德,这里有三个大洋女儿,欧律诺墨,墨提斯和忒勒斯托,继承了大洋神的君王特征(358)。有的名字已经出现在别的名单中,比如多里斯(350,250)、厄托(354,245)与涅柔斯的女儿同名,乌腊尼亚与缪斯之一同名(350,78)。梯刻(360)似乎与大洋神在起源神话里的角色相连,赫西俄德也许想到了某些极为古老的宇宙起源神话,在这些神话里,大洋神是万物存在之源。卡吕普索(359)在《奥德赛》里扮演了相当重要的角色,但荷马把她说成阿特拉斯的女儿。有几个名字还出现在《献给德墨特尔的托名荷马颂诗》中,这些仙女与珀耳塞福涅一起采花(418 – 424),由此进一步证实了赫西俄德对这些晚期托名荷马颂诗的影响。现代诗歌里经常出现大洋女儿的形象,比如,魏尔兰的诗中有克吕墨涅(351),席勒的《解放了的普罗米修斯》中有亚细亚。

> 她们是佩托、阿德墨忒、伊安忒、厄勒克特拉、
> 350　多里斯、普律摩诺,神样的乌腊尼亚、
> 希波、克吕墨涅、荷狄亚、卡利若厄。

"佩托"(Πειθώ):"有说服力,令人信服",可能与行 347 的"抚养年轻人"这一职责有关。佩托又称"魅惑女神",在《劳作与时日》中和美惠女神一起装扮潘多拉(73)。另参阿尔克曼,64。

"阿德墨忒"(Ἀδμήτη):"未驯服女子,未婚女子",呼应"少女神族"的称号(Κουράων),大约是和阿尔特弥斯一样热爱山林野趣的少女神。

"伊安忒"(Ἰάνθη):从字面上理解,是个"青色泉水"(κρήνη ἰοειδής)的仙子。

"厄勒克特拉"(Ἠλέκτρη):"闪亮的"。她和海神家族的陶马斯联姻,是神使伊里斯和哈耳皮厄姐妹的母亲。厄勒克特拉与迈锡尼某条溪流(泡赛尼阿斯,4.33.6)、克里特某条水流(Ptol.,3.15.4)同名。普勒阿得斯姐妹(Pleiad)中也有一个同名女神(赫西俄德残篇,169.1)。

"多里斯"(Δωρίς):涅柔斯的妻子,为他生下五十个海上仙子(240)。涅柔斯有个女儿也叫多里斯(250)。

"普律摩诺"(Πρυμνώ):"丛山脚下",或指某处山泉。

"乌腊尼亚"(Οὐρανίη):与缪斯同名(78)。

"希波"(Ἱππώ):"马",也许是《神谱》开篇提到的"马泉"仙子

(Ἵππου κρήνη,6)。但凡水仙,无论泉水、河水还是海水,常以马的形象出现,或与马有关。涅柔斯有两个女儿叫希波诺厄和希波托厄(251)。

"克吕墨涅"(Κλυμένη):"出色的,卓越的"。她是伊阿佩托斯的妻子,生下普罗米修斯等四个儿子(508起)。在荷马诗中,克吕墨涅是涅柔斯的女儿(《伊利亚特》卷十八,47)。

"荷狄亚"(Ῥόδεια):"玫瑰",想来是以美貌著称的水仙子。

"卡利若厄"(Καλλιρόη):"美丽的水流"。她和克律萨俄耳生下三个脑袋的革律俄涅(288,981)。相传雅典城中有同名的喷泉。

宙克索、克吕提厄、伊底伊阿、帕西托厄、
普勒克骚拉、伽拉克骚拉、可爱的狄俄涅、
墨罗波西斯、托厄、漂亮的波吕多拉。

"宙克索"(Ζευξώ):"枷锁",也许与"婚姻"(ζυγία)有关,和赫拉、阿佛洛狄特一样主司婚姻。

"克吕提厄"(Κλυτίη):"著名的"。

"伊底伊阿"(Ἰδυῖα):"聪慧,博学"。她是埃厄忒斯的妻子,美狄娅的母亲(960起)。有的古代校勘家认为应读作Εἰδυῖα(《阿尔戈英雄纪》,3.243、269;阿波罗多洛斯,1.9.23)。行960的读法略有不同:Ἰδυῖαν,即"灵巧",与少女神族的形象相符。

"帕西托厄"(Πασιθόη):与涅柔斯的女儿帕西忒亚(Πασιθέη,246)谐音。

"普勒克骚拉、伽拉克骚拉"(Πληξαύρη τε Γαλαξαύρη):后缀同为-αύρη[水],可能从某个形容水的古字(如ἄναυρος)派生而来。普勒克骚拉,即"闪电—水",或指水流湍急而清澈;伽拉克骚拉,即"奶—水",或指水质醇厚(参见泡赛尼阿斯,3.24.7)。

"可爱的狄俄涅"(ἐρατή τε Διώνη):也出现在序歌的缪斯第一次歌唱中(17)。只有在多多那圣地,狄俄涅才算重要的女神。多多那圣地有宙斯的神谕清泉,从著名的橡树下流出,而狄俄涅是宙斯的伴侣,在荷马诗中,她与宙斯生下阿佛洛狄特(《伊利亚特》卷五,370-372)。据菲勒塞德斯记载,狄俄涅是多多那的水仙(3F 90)。

"墨罗波西斯"($M\eta\lambda\delta\beta o\sigma\iota\varsigma$):与$E\pi\iota\mu\eta\lambda\iota\delta\varepsilon\varsigma$同源,是个保护牧群的山林仙子。传说中克里特岛的库瑞忒斯(Kouretes)也保护牧群。

"托厄"($\Theta\delta\eta$):"迅速的",或指水流之快。

"波吕多拉"($\Pi o\lambda\upsilon\delta\omega\varrho\eta$):"千万恩赐",和下行的普路托一样给人类带来好处:有好水流过之地,自然富泽周遭住户。

355 妩媚的刻耳刻伊斯、牛眼睛的普路托、
　　　珀尔塞伊斯、伊阿涅伊拉、阿卡斯忒、克珊忒、
　　　灵秀的珀特赖亚、墨涅斯托、欧罗巴。

"刻耳刻伊斯"($K\varepsilon\varrho\varkappa\eta\iota\varsigma$):"战栗",或指水波荡漾的动人模样,因而是"妩媚的"。

"牛眼睛的普路托"($\Pi\lambda o\upsilon\tau\omega\ \tau\varepsilon\ \beta o\tilde{\omega}\tau\iota\varsigma$):"财富"。她应该是个赐给人类财富的女神,就像《劳作与时日》中漫游在大地上的慷慨精灵(121-126)。《劳作与时日》还说:"财富不可强求,最好由神恩赐。"(320)参见梭伦残篇1.9;忒奥格尼斯残篇197。在《伊利亚特》中,"牛眼睛"($\beta o\tilde{\omega}\tau\iota\varsigma$)一般专指赫拉,只有几处例外,分别指克吕墨涅(卷三,144)、费洛墨杜萨(卷七,10)和涅柔斯之女哈利埃(卷十八,40)。赫西俄德只在这里用到这个修饰语。

"珀尔塞伊斯"($\Pi\varepsilon\varrho\sigma\eta\iota\varsigma$):她是太阳神赫利俄斯的妻子,基尔克和埃厄忒斯的母亲(957起)。基尔克和另一位大洋女儿卡吕普索一样在《奥德赛》中扮演了重要的角色。不过,在荷马诗中,基尔克的母亲叫佩尔塞(卷十,139)。

"伊阿涅伊拉"($I\acute{a}\nu\varepsilon\iota\varrho\alpha$):"强有力",在荷马诗中是涅柔斯的女儿(《伊利亚特》卷十八,47)。

"阿卡斯忒"($A\varkappa\acute{a}\sigma\tau\eta$):"槭树",槭树仙子。

"克珊忒"($\Xi\acute{a}\nu\vartheta\eta$):"栗色(头发)的"。

"珀特赖亚"(Πετραίη):"岩石,石头"。这里形容为"灵秀的"(ἐρόεσσα),大约与石头的神谕能力有关。大洋女儿和她们的父亲大洋神一样具备预言能力。

"墨涅斯托"(Μενεσϑώ):"稳固的,坚定的"。

"欧罗巴"(Εὐρώπη):据卡利马科斯记载(残篇630),欧罗巴是多多那圣地的一眼泉水。这里的欧罗巴与下文的亚细亚(359)并非大陆名称的并举,而只是巧合(何况这两个名字也未并列)。类似于大陆名称这样的概念,要到埃斯库罗斯的《波斯人》才开始出现。在《献给阿波罗的托名荷马颂诗》(251)中,欧罗巴代表希腊的大陆部分,与伯罗奔半岛区分开来。

墨提斯、欧律诺墨、绯红纱衣的忒勒斯托、
克律塞伊斯、亚细亚、非常诱人的卡吕普索、
360　奥多若、梯刻、安菲洛、俄库诺厄,
还有在她们中最受尊敬的斯梯克斯。

"墨提斯"(Μῆτις):"才智,思虑",宙斯的第一个妻子。她继承了父亲大洋神的智慧。墨提斯神话是本诗的一个重要篇章(参见886起)。古希腊人崇尚μῆτις[才智]这一精神品质,这在神话里得到很好的体现,尤其在赫西俄德的《神谱》中。

"欧律诺墨"(Εὐρυνόμη):"广阔的空间",宙斯的第三个妻子,美惠女神的母亲(907起)。在荷马诗中,她是忒提斯的女伴,很可能是涅柔斯的女儿(《伊利亚特》卷十八,398)。芝诺在评注《奥德赛》卷四时也提到她(366)。据泡赛尼阿斯记载,她在费伽里亚地区有一个神庙,每年有敬拜节庆,本地人把她表现为美人鱼的形象,还把她等同为阿尔特弥斯(8.41.4)。在俄耳甫斯神谱中,她是克洛诺斯之前的神王俄斐安(Ophion)的妻子(残篇29 =《阿尔戈英雄纪》,1.503)。

"忒勒斯托"(Τελεστώ):"完成,实现",也许体现大洋神的预言能力。

"克律塞伊斯"(Χρυσηίς):"金色的",或指水流的色泽。

"亚细亚"(Ἀσίη):据希罗多德记载,亚细亚后来成为普罗米修斯的妻子(4.45.3);但也有说她是伊阿佩托斯的妻子(吕格弗隆《亚历珊德拉》,1283;阿波罗多洛斯,1.2.3;《阿尔戈英雄纪》古代注疏,1.444)。

"非常诱人的卡吕普索"(ἱμερόεσσα Καλυψώ):"掩藏,包裹",另见1017-1018,《奥德赛》的重要人物,从开篇第一卷就出场:她把英雄奥德修斯挽留在自己的小岛上,尽力阻止他回家乡。不过,在荷马笔下,卡吕普索的父亲不是俄刻阿诺斯,而是阿特拉斯(卷一,52;卷七,245)。阿波罗多洛斯称她是涅柔斯的女儿(1.2.7)。《列女传》卷三中也提到她(残篇150.31)。

"奥多若"(Εὐδώρη):"美好恩赐",又一位施恩人类的女神。

"梯刻"(Τύχη):含义不明,或指"财富,成功"(参见托名荷马颂诗9.5;阿尔克曼,64),或指"机运"(Archilochus, 8)。梯刻是古希腊人广泛敬拜的女神。在《献给德墨忒尔的托名荷马颂诗》中,她和别的大洋女儿们一起见证了冥王哈得斯劫持珀耳塞福涅的过程(420)。在托名俄耳甫斯祷歌中,梯刻与阿尔忒弥斯混同,既能赏赐财富,也能带来贫困(72.1-10)。荷马从未提过她。

"安菲洛、俄库诺厄"(Ἀμφιρώ Ὠκυρόη):最后列出的两个名字体现了大洋的特征,前者为"双浪",后者为"激浪"。

"斯梯克斯"(Στύξ):"荣誉"。最重要的总在最后出现。赫西俄德还将两次讲到斯梯克斯的故事,一次讲她和子女最早支援宙斯征战提坦神(383-403),一次讲她担当永生神的重大誓言司命官(775-806)。

> 这些是俄刻阿诺斯和特梯斯的
> 长女们。此后还有众多神女出世,
> 总共有三千个细踝的大洋女儿。
> 365　她们分散于大地之上和海浪深处,
> 聚所众多,女神中最是出色。

"三千个"(τρὶς γὰρ χίλιαί):对应"三千个"河神(367),泛指大洋神家族生养众多,大地上的江河水流数不胜数。不过,赫西俄德不说"两千"或"四千",而说"三千",或为遵循天神家族成员的三元(3 或 3 的倍数)叙事规则。

"大洋女儿"(Ὠκεανῖναι):赫西俄德还用Ὠκεανίνη[大洋女儿]指斯梯克斯(389)、克吕墨涅(507)和珀尔塞伊斯(956)。女儿沿用父名,并以-ίνη结尾,是一个常见做法,比如《伊利亚特》卷五"阿德瑞斯托斯的女儿"(Ἀδρηστίνη,412)和卷九"欧埃诺斯的女儿"(Εὐηνίνη,557);另参卡利马科斯残篇 302(Δνώίνη),残篇 352(Νωνακρίνη)等。

"海浪深处"(βένθεα λίμνης):大海已然是涅柔斯的女儿们的住所,为了有所区别,这里可以理解为所有相通的水流。参见《伊利亚特》卷三,21 和 32;卷二十四,79;《奥德赛》卷三,1。

> 此外还有三千个水波喧哗的河神,
> 威严的特梯斯为俄刻阿诺斯所生的儿子。
> 细说所有河神名目超出我凡人所能,
> 370　不过每条河流岸边的住户都熟知。

"三千个"(τρὶς γὰρ χίλιαί):同 364。

"细说所有河神名目超出我凡人所能"(τῶν ὄνομ᾽ ἀργαλέον πάντων βροτὸν ἄνδρα ἐνισπεῖν):从这句话来看,赫西俄德似乎列出了自己所知道的全部河流名称(337 – 345)。赫西俄德在这里承认自身认知能力的有限,在《劳作与时日》中,他还讲起自己对航海的认知:

> 我将告诉你咆哮大海的节律,
> 虽说我不谙航海和船只的技艺。
> 我实在从未乘船到无边的大海。(648 – 650)

赫西俄德承认自己不谙航海,但却不妨碍他教给弟弟海上的知识。相比之下,荷马诗中的几处引文反而更符合这里的说法:

> 女神啊,你们是天神,当时在场,知道一切,
> 我们则是传闻,不知道,请告诉我们……
> (《伊利亚特》卷一,485-486)

> 其他的特洛亚人在各垒门勇猛攻击,
> 我难以像神明那样把战斗一一诵吟。
> (《伊利亚特》卷十二,175-176)

> 我们还忍受过许多其他难忍的苦难,
> 世人中有谁能把它们一件件说清楚?
> (《奥德赛》卷三,113-114)

2. 许佩里翁和忒娅家族(行371-374)

> 忒娅生下伟岸的赫利俄斯、明泽的塞勒涅
> 和厄俄斯——她把光带给大地上的生灵
> 和掌管广阔天宇的永生神们。
> 忒娅受迫于许佩里翁的爱,生下他们。

许佩里翁家族的三个成员,太阳、月亮和黎明,曾并列出现在序歌中缪斯的第一次歌唱之中(19)。

"赫利俄斯"(Ἡλιον):在传统说法里,许佩里翁一直是太阳神的父亲(参见134相关笺释)。不过,忒娅作为太阳神的母亲却不常见。

"塞勒涅"(Σελήνην):月亮总与太阳并列。月亮女神塞勒涅在古希腊宗教中并不占有重要的位置——在荷马诗中,她甚至不是一个受到崇拜的神。

"厄俄斯"(Ἡῶ):日月之外,还有黎明,下文别称Ἠριγένεια(381)。本来,黎明很可以与白天(Ἡμέρη,124)凑成一对。但在赫西俄德笔下,

她俩一个属于大地家族,一个属于浑沌家族。黎明把光带给大地上的人和永生的神,这也是《伊利亚特》中的常见说法(参见卷十一,1-2;卷二,48-49)。赫西俄德在这里说神们"掌管广阔天宇",光芒照耀着神的世界(天宇)和人的世界(大地),但不照耀死者的世界,也就是哈得斯的幽暗冥间。在《奥德赛》卷十二中,太阳神抗议奥德修斯的同伴杀了他的牛,威胁地说道:

> 他们狂妄地宰杀了我的牛,我非常喜欢
> 那些牛,无论我升上繁星密布的天空,
> 或是在我从天空返回地面的时候。
> 如果他们不为我的牛做相应的赔偿,
> 我便沉入哈得斯,在那里照耀众魂灵。(382-386)

黎明女神的后代要在克利俄斯家族里才有交代。

3. 克利俄斯家族(行375-403)

375　最圣洁的欧律比厄与克利俄斯因爱结合,
　　　生下高大的阿斯特赖俄斯、帕拉斯,
　　　还有才智出众的佩耳塞斯。

"欧律比厄"(Εὐρυβίη):海神蓬托斯和大地该亚的女儿(139),嫁给提坦神,这是海神家族与天神家族的一个绝好的联姻例子。

"克利俄斯"(Κρείω):他是第一个没有娶自家姐妹为妻的提坦神,由于忒弥斯和谟涅摩绪涅注定要成为宙斯的妻子,其余四个女提坦神均有配偶,所以,克利俄斯和伊阿佩托斯必然要在家族以外另觅佳偶。克利俄斯的三个儿子都不算重要的神话人物,但他家的女眷却很出众,赫西俄德花了不少笔墨记述她们:老大的伴侣是黎明女神厄俄斯,老二娶科伊俄斯家的女儿、表亲阿斯忒里亚为妻,生下赫卡忒,老三的妻子是斯梯克斯。

"阿斯特赖俄斯"(Ἀστραῖον):"群星之父",他和厄俄斯确实生下群星(381 – 382)。奥维德在《变形记》中最早写作 Astraea(1.150)。

"帕拉斯"(Πάλλαντά):在托名荷马颂诗中,他是月亮塞勒涅的父亲(《献给赫耳墨斯的托名荷马颂诗》,100);但在赫西俄德笔下,他和月亮是表亲。奥维德的《变形记》提到某个神叫 Pallantias,或 Pallantis,似乎就是这里的帕拉斯(9.421;15.191、700)。雅典娜杀死的巨人也叫帕拉斯。另外,在阿提卡和阿尔卡底地区均有同名英雄。

"佩耳塞斯"(Πέρσην):赫卡忒的父亲(410 – 411)。赫西俄德赞美他"才智出众"(ἰδμοσύνῃσιν),莫非要和自己那个不争气的同名兄弟区别开来?

> 厄俄斯为阿斯特赖俄斯生下强壮的风神:
> 吹净云天的泽费罗斯、快速的玻瑞厄斯
> *380* 和诺托斯——由她在他的欢爱之床中所生。

黎明是风的母亲。在古人眼里,风的起落与黎明相关。《劳作与时日》中有一句:"每当北风正紧,黎明总是彻寒。"(547;另参《阿尔戈英雄纪》,1.519 起,4.885 起;亚里士多德《论问题》,933a27,944a10 起,947a25 起)

"强壮的风神"(ἀνέμους... καρτεροθύμους):古希腊人在必要时刻会敬拜风神(参见希罗多德,7.189、191)。在《伊利亚特》卷二十三中,阿喀琉斯敬拜波瑞阿斯和泽费罗斯(194 起)。《劳作与时日》亦有诗句如下:"面朝着清新无比的西风,从长流不歇的山泉汲取三分净水,掺入一分美酒。"(594 – 596)这里三个风神,有别于提丰的后代,为害人间的疾风(869 – 880)。

"泽费罗斯"(Ζέφυρον):西风神。赫西俄德专以"吹净云天"(ἀργεστής)修饰西风(870)。《伊利亚特》也用来形容南风(卷一,306;

卷二十一,334)。公元前4世纪起,这个修饰语专用于东风。赫西俄德的风神只有三个:3是《神谱》中的完美数字。东西南北风一起出现,参见《奥德赛》卷五,295。

"玻瑞厄斯"(Βορέην):北风神(870;《劳》,553)。在风神中以"迅速"(αἰψηροκέλευϑον)著称(参见《伊利亚特》卷十四,17;卷十五,620)。柏拉图对话《斐德若》中提到,雅典城外有北风神的祭坛,并且讲到玻瑞厄斯拐带雅典国王女儿的传说(229c)。

"诺托斯"(Νότον):南风神(870)。《劳作与时日》中说起"冬日里诺托斯的可怕狂风翻搅海面"(675–676)。

"由她在他的欢爱之床中所生"(ἐν φιλότητι ϑεὰ ϑεῷ εὐνηϑεῖσα):这里指风神的父母,厄俄斯和阿斯特赖俄,直译为"女神在其欢爱之床中所生"(同样用法见405,634)。

最后,黎明女神又生下厄俄斯福洛斯,
　　以及天神用来修饰王冠的闪闪群星。

"黎明女神"(Ἠριγένεια):音译为"厄里戈涅亚";在《奥德赛》中出现两次(卷二十二,197;卷二十三,347)。黎明做启明星的母亲当之无愧,她还生下紧随启明星出现的其他星辰。

"厄俄斯福洛斯"(Ἐωσφόρον):"启明星"。其实是金星,这也是公元前4世纪以前唯一出现在古希腊作品中的行星,它比最亮的恒星和土星亮二十倍,比最近的木星和火星亮六倍。人们在夜里看不见它,只能在日落以后或日出以前的短暂时刻里看到它。有关厄俄斯福洛斯实乃金星,最早发现的人是伊庇科斯(残篇50)、毕达戈拉斯(普林尼《自然史》,2.37)或巴门尼德(Aetius.,2.15.7)。

"群星"(ἄστρα):同110。群星点缀天空,诗中多次出现"繁星闪烁的天空"这一说法(128相关笺释;参见《伊利亚特》卷十八,485)。

大洋女儿斯梯克斯与帕拉斯结合,

> 在她的宫殿生下泽洛斯和美踝的尼刻,
> 385 克拉托斯和比阿,出众的神族后代。

"泽洛斯"($Z\tilde{\eta}\lambda o\nu$):"渴望荣耀",这里的荣耀不是贪欲,而是一种想望。赫西俄德在《劳作与时日》中使用了同一个字,不过带有贬义:当人类种族走向毁灭,羞耻和义愤两位女神离开人间,取而代之统治人类世界的就是"贪欲之神"($Z\tilde{\eta}\lambda o\varsigma$)——"贪欲神将紧随这些不幸的人,他说话尖酸又喜恶,一副可厌面目"(195 – 196)。荷马诗中没有这个神。由此派生的动词 $\zeta\eta\lambda\acute{o}\omega$ 最早出现在《劳作与时日》(23,312)和《献给德墨特尔的托名荷马颂诗》(168,223)。

"尼刻"($N\acute{\iota}\kappa\eta\nu$):胜利女神。据泡赛尼阿斯记载,奥林匹亚圣殿中有出自名匠斐狄亚斯(Phidias)之手的宙斯巨像,神王的右掌中托着胜利女神。在古代群雕中,胜利女神总与宙斯相伴,在宙斯的王座下翩翩起舞(2.4.6)。

"克拉托斯和比阿"($K\rho\acute{\alpha}\tau o\varsigma\ \mathring{\eta}\delta\grave{\epsilon}\ B\acute{\iota}\eta\nu$):威力神和暴力神。在埃斯库罗斯的《被缚的普罗米修斯》序幕中,他们是宙斯统治策的两大施行者,奉宙斯之命,把普罗米修斯押到大地边缘,交给赫淮斯托斯。据泡赛尼阿斯的记载,科林斯地区有克拉托斯和比阿的崇拜仪式(2.4.6)。他们有时也和阿波罗在一起。

> 他们远离宙斯就没有家也居无定所,
> 除了父神引领的道路,哪里也不去。
> 他们无时无刻不在雷神宙斯的身边。
> 长生的大洋女儿斯梯克斯意愿如此。

这四行诗写斯梯克斯的四个孩子与宙斯相随相伴:荣耀、胜利、权利和力量,也预示宙斯将在提坦大战中取得胜利,从克洛诺斯手中夺得王权。

"斯梯克斯意愿如此"($\dot{\epsilon}\beta o\acute{\upsilon}\lambda\epsilon\upsilon\sigma\epsilon\ \Sigma\tau\grave{\upsilon}\xi$):赫西俄德常常提到"宙斯

的意愿如此",但在宙斯以外的神中,只有斯梯克斯享有同样的表述。

390　　有一天,奥林波斯的闪电神王
　　　　召集所有永生神们到奥林波斯山,
　　　　宣布任何神只要随他与提坦作战,
　　　　将不会被剥夺财富,并保有
　　　　从前在永生神们中享有的荣誉。
395　　在克洛诺斯治下无名无分者
　　　　将获得公正应有的财富和荣誉。

　　这里七行诗交代提坦大战的前期状况,新一代神在奥林波斯山准备与老一代神提坦作战。在"提坦大战"一节中,叙事时间直接进入战争第十年(617 起)。

　　这段叙述也初步展示了宙斯的政治能力。为了在战争中团结一切可以团结的神,他当众表明自己的执政策略,做出承诺。

　　"荣誉"($\tau\iota\mu\dot{\eta}\nu$):参见 74 相关笺释。作为呼应,下文讲到赫卡忒,她同时享有克洛诺斯时代和宙斯时代的双重荣誉(413 起)。

　　　　长生的斯梯克斯最先来到奥林波斯,
　　　　和孩子们一起,遵循她父亲的建议。
　　　　宙斯给她荣誉,加以额外的恩赐。

　　"和孩子们一起"($\sigma\grave{v}\nu\ \sigma\varphi o\tilde{\iota}\sigma\iota\nu\ \pi\alpha\iota\delta\varepsilon\sigma\sigma\iota$):前面说到,斯梯克斯的四个孩子分别代表荣耀、胜利、权利和力量。在一场战争中,再没有什么比胜利和力量更根本的援助了。斯梯克斯支援宙斯,就是派出这些子女,把他们交给宙斯。除赫西俄德以外,古代作者再也没有提到过这个典故(卡利马科斯曾影射过赫西俄德的这段叙述,见颂诗 1.67)。

　　"父亲的建议"($\mu\acute{\eta}\delta\varepsilon\alpha\ \mu\alpha\tau\varrho\acute{o}\varsigma$):大洋女儿斯梯克斯最先声援宙斯,这是父亲的建议。作为提坦神之一,俄刻阿诺斯在提坦大战中的立场显得模棱两可(参见133相关笺释)。

400   他任命她监督神们的重大誓言,
        她的孩子们从此永远和他住在一起。
        就这样,他履行了全部的承诺,
        并掌有最高王权,主宰一切。

"誓言"(ὅρκον):斯梯克斯监督诸神的誓言,类似于夜神家族里的誓言神(Ὅρκος)监督人类的誓言(231－232)。神们立誓,并不是要指斯梯克斯之名,而是以斯梯克斯之水为誓(775－806)。"指着斯梯克斯为誓"本来或是人类的立誓仪式,因为古老,才有了神也这么做的说法。人类立誓与神灵立誓有一些相似之处:立誓者要召唤地下神灵力量,誓言神有可能等同于复仇女神(参见《劳》,804)。《伊利亚特》两次详细描绘阿伽门农立誓的过程,他指着宙斯、赫利俄斯、大地和"在下界向伪誓的死者报复的神"立誓(卷三,278;卷十九,250)。另外,立誓一般都在泉边或水边进行,因为泉水边是地下神祇出没之处。

此处谈及宙斯履行的承诺(390－396)关系到所有经历新旧两代神权的神们的荣誉和财富,在诸神立过的所有重大誓言中,堪称最重大的誓言。宙斯实现誓言的方式很巧妙,就是任命斯梯克斯监督誓言:通过重用这位最先支援他的功臣元老及其眷属,宙斯确实实现了自己在奥林波斯当众立下的誓言。

斯梯克斯神话以强调宙斯的绝对王权为结尾,这是赫西俄德经常采用的手法,比如宙斯神话结尾(506),普罗米修斯神话结尾(613－616),等等。

4. 科伊俄斯和福柏家族(行404－452)

    福柏走近科伊俄斯的爱的婚床,

405　　她在他的情爱中受孕生下
　　　身着黑袍的勒托,她生性温柔,
　　　对所有人类和永生神们都友善。
　　　她生来温柔,在奥林波斯最仁慈。

　　科伊俄斯家族有两个女儿。长女勒托与克洛诺斯家族的宙斯联姻,生下阿波罗和阿尔特弥斯。次女阿斯忒里亚与克利俄斯家族的佩耳塞斯联姻,生下赫卡忒。

　　"勒托"($\Lambda\eta\tau\omega$):参见行18相关笺释。在这里,赫西俄德没有像通常做法,着力赞美勒托的一对出色子女(918-920),而是颂扬了女神本身。

　　"身着黑袍"($\kappa\nu\alpha\nu\delta\pi\varepsilon\pi\lambda\sigma\nu$):献给勒托的托名俄耳甫斯祷歌如此开篇:"黑袍勒托,双生孩儿的威严母亲,科伊俄斯的女儿。"(35.1-2)一般说来,黑色与哀伤、悼念有关:人用$\mu\varepsilon\lambda\alpha\varsigma$;神用$\kappa\nu\alpha\nu\varepsilon\sigma\varsigma$。《伊利亚特》卷二十四,忒提斯正为儿子阿喀琉斯必死的命运而痛苦,突得宙斯召唤,在动身以前,她"拿起一条黑面纱——再没有比这件更黑的衣饰"(93-94);德墨特尔为失踪的爱女哀恸,同样身着黑袍(《献给德墨特尔的托名荷马颂诗》,183、319、360、374)。黑衣也常与夜神(Bacchylides,3.13)、欧里庇得斯《伊翁》,1150)、死神(欧里庇得斯《阿尔刻提斯》,843)、厄里倪厄斯(埃斯库罗斯《报仇神》,370)等联系在一起。但勒托似乎和这层意思扯不上关系。

　　"生性温柔"($\mu\varepsilon\iota\lambda\iota\chi\sigma\nu$):行406和行408重复使用该词,强调女神勒托的美德。柏拉图的《克拉底鲁》中也有这么一段:"勒托之所以叫这个名字,是因为她是一位仁慈的女神,愿意满足我们的要求,她的名字也许叫勒娑,外乡人常常这么称呼她,似乎是指她和蔼可亲、平易近人和从容的行为方式。"(406a)

　　　她还生下美名遐迩的阿斯忒里亚,佩耳塞斯
410　　有天引她入高门,称她为自己的妻子。

"阿斯忒里亚"(Ἀστερίην):"星辰满布"。克利俄斯家族有个阿斯特赖俄斯(Ἀστραῖος,即"群星之父"),是她的表兄,也是其夫佩耳塞斯的兄弟。她之所以是勒托的姐妹,大概与得洛斯岛原名也是Ἀστερία有关,正如我们所知,得洛斯是在勒托生下阿波罗以后才改的名。参见品达残篇33c6,52e,42;卡利马科斯颂诗4.36 – 40、197 – 316;普林尼《自然史》,4.66;阿波罗多洛斯,1.4.1。

"美名遐迩的"(εὐώνυμον):行171的"该诅咒的,恶名昭彰的"(δυσωνύμου)的反义词(指天神乌兰诺斯),也形容阿尔特弥斯。

"入高门"(ἐς μέγα δῶμα):μέγα既是高大又是高贵,这里译作"高门",取"显贵人家"之意,如《史通·邑里》:"且自世重高门,人轻寒族。"提坦世家是当之无愧的"高门"。

"称她为自己的妻子"(φίλην κεκλῆσθαι ἄκοιτιν):这种描述婚配的方法在整部《神谱》绝无仅有,大概与赫西俄德对赫卡忒女神的重视有关(参见《伊利亚特》卷三,138;卷十四,268;《献给德墨特尔的托名荷马颂诗》,79)。缪塞俄斯同样提到赫卡忒由阿斯忒里亚所生,但父亲不是珀尔塞斯,而是宙斯(残篇16)。在卡利马科斯和品达(残篇52,33起)的版本中,阿斯忒里亚为了逃避宙斯的追逐跳入大海,赫西俄德可能对这个说法并不知情。

> 她受孕生下赫卡忒,在诸神之中,
> 克洛诺斯之子宙斯最尊重她,给她极大恩惠:
> 她在大地和荒海拥有自己的份额,
> 在繁星无数的天空同样获得荣誉,
> 因而在永生神中享有最高尊崇。

415

"赫卡忒"(Ἑκάτην):阿波罗和阿尔特弥斯最亲的表姐妹。阿波罗也称为Hekatos,有关他的一些描述和赫卡忒极为相似,甚至超过阿尔特弥斯。埃斯库罗斯的《乞援人》称赫卡忒为Ἄρτεμις ἑκάτα [阿尔特弥斯—赫卡忒](676)。在希腊化时代,这两个女神更是常混同在一起,

[笺释] 提坦世家(行337—616)

在分别献给这两个女神的托名俄耳甫斯祷歌(1和31)中,有许多相同的修饰语,比如"狩猎女神""处女神""夜的流浪女儿"等。赫卡忒在俄耳甫斯神谱传统中也是重要的女神:第一首祷歌就献给了她。

在这里,赫西俄德专门安排了一首献给赫卡忒的长篇祷歌,共计四十多行,这是相当不寻常的做法。在诗人笔下,赫卡忒经历了提坦和奥林波斯两代神的演变,宙斯对她的敬重胜于其他神,她享有超越时间(克洛诺斯时代和宙斯时代)和空间(大地、海洋和天空)的荣誉。西方古典时代的作者们常把她描写成女巫,莎士比亚的《麦克白》就是一例,但赫西俄德不可能了解赫卡忒女神的这张面孔。不过,话说回来,赫卡忒的权限不局限于某个领域,这并不意味着她具有全能的力量。许多神享有类似的自由,只是没有像这样详加说明。

> 直到今天,凡是大地上的人类
> 依礼法向神们敬献美好的祭品,
> 呼唤赫卡忒,便有万般荣誉
> 轻松而来,只要女神乐意接受他的祈求。
420 她赐给这人财富,她恰有这种能力。

"依礼法"(κατὰ νόμον):在赫西俄德时代,敬神仪式必须定期执行。"敬拜永生者,为极乐神们的圣坛献上祭品",这"本是人类应行的礼法"(《劳》,135—137)。《劳作与时日》还提到,每日至少献祭两次:

> 尽你所能去敬拜永生神们,
> 神圣无垢,焚烧上好腿肉;
> 平常要奠酒焚香求神保佑,
> 每逢睡前和神圣的天光再现。(336—339)

"呼唤"(κικλήσκει):古希腊人在祭神或祷告过程中要呼唤某些神的名字,赫卡忒是可能被呼唤到的一个。阿里斯托芬的《蛙》(865)诙谐地提到两大悲剧诗人埃斯库罗斯和欧里庇得斯如何在竞赛之前敬拜缪斯女神。赫西俄德在句中用"凡是大地上的人类"(416),可见呼唤赫卡忒并非绝对必要。但如果祷告的人呼唤她,她必然会听见。

> 原来,该亚和乌兰诺斯的所有孩子
> 从各自的荣誉中分给她一份。
> 克洛诺斯之子从不伤害她,不拿走
> 她在提坦那当初的神中的份额,
> 425　她依然拥有起初分配的一切。

"原来,该亚和乌兰诺斯的所有孩子"(ὅσσοι γὰρ Γαίης τε καὶ Οὐρανοῦ ἐξεγένοντο):同行154,指天神家族的所有成员,尤其是提坦神。赫卡忒最初的荣誉,被说成提坦神"从各自的荣誉中分给她一份",一来提坦是王族世家,足以代表老一代王朝的最高势力,二来提坦世家中有大洋家族,有日月星辰的许佩里翁家族,更有与大地上的人类息息相关的伊阿佩托斯家族,确实保证赫卡忒同时在大地、海洋和天空(413-414)分得一份。

赫卡忒拥有双重的荣誉,一次是提坦时代,一次是宙斯时代。在她身上,新旧相连,最初和最终合而为一。宙斯没有剥夺她原有的荣誉(421-425),这与他之前对神们的承诺一致:任何神只要随他与提坦作战,将保留旧的荣誉,并获得新的财富(392-394)。值得一提的是,古希腊神话极少提及赫卡忒的功绩,她并不像斯梯克斯那样做出特殊的贡献,却获得极大威信。

> 身为独生女儿,女神并不缺少荣誉:
> [她同时在天上、地上和海上分得一份,]
> 由于宙斯的敬重,她反而得到更多。
> 429　她带给她欢喜的人极大庇护和帮助。

[笺释] 提坦世家(行 337 – 616) 275

"独生女儿"(μουνογενής):同行 448。《劳作与时日》提到"独生儿子"(376),参见《阿尔戈英雄纪》,3.847。这里的意思是,独生女儿,没有兄弟保护,可能受到不公正对待(89),但赫卡忒虽无兄弟,仍得到极大荣誉。希罗多德强调了古希腊妇女对兄弟的依靠(3.119)。索福克勒斯的《安提戈涅》也提出同一个问题(904 起)。

行 427 一般认作后人篡插。也有的校勘家对换行 426 和行 427 的位置。

"欢喜"(ἐθέλῃ):诗人多次重复"赫卡忒欢喜某人"(参 429, 430, 432 和 439),强调女神赐福人类的力量。

"庇护和帮助"(παραγίνεται ἠδ᾽ ὀνίνησιν):同行 436。《伊利亚特》卷十五,宙斯从伊达山顶派阿波罗去"庇护和帮助"赫克托尔(255)。神明不会远远地帮助凡人,而是来到他身旁(参见 434;Sc.,325 起;《伊利亚特》卷五,116;卷十,285;萨福残篇 1,5)。

434 　在法庭上,她坐到尊严的王身旁,
430 　使她所欢喜的人在集会中超群出众。
　　　当人类拿起武器在战争中互相杀戮,
　　　女神会在那里帮助她所欢喜的人,
433 　使胜利充斥其心,荣耀归于其身。
439 　她还慷慨地帮助她所欢喜的骑兵。
435 　在竞技赛场上,女神也会慷慨
　　　带给竞争的人极大庇护和帮助,
　　　凭能力和威力获胜的人满心欢喜
438 　轻松赢回头奖,把荣耀带给父母。

我们对这里十行诗(430 – 439)的顺序做了调整:参照 Schoemann 的做法,行 434 移至行 429 之后,行 439 移至行 433 之后。这样一来,叙事脉络更加清晰,赫卡忒庇护的人依次是王者、骑兵、竞技者,还有下文中的渔人(440 – 443)和牧人(444 – 447)。他们是不同社会分工的人,

也是不同社会等级的人。一般说来,他们代表了三个社会阶层:王者、战士(骑兵、竞技者)和农夫(渔人、牧人)。从某种程度而言,这段叙事刻画了赫西俄德时代人类社会的生存状况。

"在集会中超群出众"(ἀγορῇ λαοῖσι μεταπρέπει):单指某个王者。行 429 是泛称,指赫卡忒欢喜的所有人;行 430 是特称,指女神欢喜的"某个王者"。两行之间的跳跃很是突兀,有点儿类似于行 88 – 90("王者们")夹在单指某个王的上下文之间。据 Schoemann 的建议,把行 434 移至两行中间,确实比原先更妥当。

"慷慨"(ἐσθλή):赫卡忒女神给人类带来许多好处,这个词在本节重复使用多次(435,439,444)。另参 972(指普路托斯);《劳》,123;《奥德赛》卷十六,263。

"骑兵"(ἱππήεσσι):赫西俄德提到骑兵,可能与卡尔基斯贵族发起的勒朗提诺(Lelantine)战争有关。《劳作与时日》提到的安菲达玛斯王,便是战死在这次骑兵战中(655)。

"凭能力和威力"(βίῃ καὶ κάρτει):对观行 385 的克拉托斯和比阿(Κράτος ἠδὲ Βίην),即威力神和暴力神。这两个神很可能也陪伴着赫卡忒。同样说法亦见《奥德赛》卷十三,143;卷十八,139。

440　　那些在翻腾而黯淡的海上谋生的人,
　　　　向赫卡忒和喧响的撼地神祈求庇护,
　　　　高贵的女神能轻易赐他捕鱼丰收,
　　　　又能凭着喜好轻易使他得而复失。

"翻腾而黯淡的海上"(γλαυκὴν δυσπέμφελον):两个形容语连用,往往指某种神秘不明的事物,比如行 161,该亚所造的坚不可摧的灰色金属。这里的两个词都常用于大海。"黯淡的"(γλαυκός)与涅柔斯的两个女儿的名字同源:格劳刻(Γλαύκη:"微光的",244)和诺墨格劳刻(Γλαυκονόμη:"黯淡空间的",256)。

"喧响的撼地神"(ἐρικτύπῳ Ἐννοσιγαίῳ):波塞冬(同 456,930;赫西

俄德残篇17a15）。渔人一般只向波塞冬（或其他海神）祷告，参见路吉阿诺斯《渔夫》，47。波塞冬的主要象征物三叉戟也是渔人打鱼的工具。在厄琉西斯秘仪中，入会者向赫卡忒奉献一种小红鱼（参见Athenaeus，325b–d）。这里的赫卡忒似乎等同于阿尔特弥斯。

赫卡忒可以帮助渔人，也可以不帮，神的力量在于能够随心所欲地造成截然不同的局面。同样说法参见447；《劳》，3–6；《伊利亚特》卷二十，242；卷二十四，343–344；《奥德赛》卷十，22；卷十六，212；恩培多克勒，111.3–8等。

"轻易"（ῥεῖα）：参见《伊利亚特》卷十六，689 = 卷十七，177："他可以轻易地使一个勇敢的人惶悚。"

> 她还和赫耳墨斯在牧棚里使牲口繁殖：
> 445　　成群的奶牛，大批的山羊
> 　　　　和众多绵羊，全凭她心里乐意，
> 　　　　她可以从少变多，又从多变少。

"赫耳墨斯"（Ἑρμῆ）：赫耳墨斯是牧人的守护神。在赫西俄德笔下，他是迈亚和宙斯之子（938–939），出生在第四日（参《劳》，770），他参与塑造潘多拉，给她声音和狡诈的心性（《劳》，77–80），并把她送到厄庇米修斯那里（83–85）。除此以外，他还是奥林波斯神们的信使，死者的向导，演说者、商人、小偷和旅者的保护神（参见《献给赫耳墨斯的托名荷马颂诗》，567–571）。牧人敬拜赫卡忒和赫耳墨斯，参见Porphyry, *De Abstinentia ab Esu Animalium*, 2.16。

> 　　　　赫卡忒虽是她母亲的独生女儿，
> 　　　　却在永生者中拥有一切荣誉。
> 450　　克洛诺斯之子派她抚养年轻人，在她之后，
> 　　　　他们看见把万物尽收眼底的黎明之光。
> 　　　　她从起初就抚养年轻人，享有这个荣誉。

行 448 – 449 呼应行 426 – 428。有的校勘家建议把行 450 – 451 移至行 448 之前,但这很有可能是赫西俄德事后所加(参 West,p. 289)。

"抚养年轻人"(κουροτρόφον):许多神明有这一职责,比如阿波罗、大洋女儿等(参见 347 相关笺释)。托名俄耳甫斯祷歌中也称赫卡忒"魅诱群山、抚养青年的水泽神女"(1.8)。参见《阿尔戈英雄纪》,3.861。萨摩斯妇女在十字路口敬拜某个抚养年轻人的神女,很有可能就是赫卡忒(托名希罗多德,《荷马传》,30)。

"把万物尽收眼底的黎明之光"(φάος πολυδερκέος Ἠοῦς):在古人的想象中,黎明通过自身的光芒看见万物,正如太阳一般。白天带来黎明,因此也有同一说法(755)。

"从起初抚养年轻人"(ἐξ ἀρχῆς κουροτρόφος):重复行 450,却与行 450 相互矛盾。一方面,赫卡忒出生在提坦大战之前,她从起初就抚养年轻人,也就是在提坦大战以前就已经享有这个特权,但当时宙斯未得王权,不可能给赫卡忒任何特权或任务。另一方面,在某些神话里,人类和神们一般古老,在赫卡忒之前已有人类,那么她不可能从起初就抚养年轻人。这个表达法有可能是后人篡改的结果。

5. 克洛诺斯和瑞娅家族(行 453 – 506)

> 瑞娅被克洛诺斯征服,生下光荣的后代:
> 赫斯提亚、德墨特尔和脚穿金靴的赫拉。

克洛诺斯家族是王室家族,连续出现几代神王。克洛诺斯和瑞娅一共生下三女三男(同样与数字 3 有关)。三兄弟中,除神王宙斯以外,哈得斯(冥王)和波塞冬(海王)也是各自领域的首领。

"赫斯提亚"(Ἱστίην):"家"或"家火",一般也写作 Ἑστία(如柏拉图《斐德若》,247a)。在克洛诺斯家族中,她是唯一的处女神。古代作者很少记载赫斯提亚女神,荷马诗中不曾出现这个神明,但在《奥德

赛》卷十四,回到故土的奥德修斯曾向牧猪奴说:

> 我现在请众神之主宙斯、这待客的餐桌
> 和我来到的高贵的奥德修斯的家灶做见证。(158–159)

诗中的"家灶",其实就是赫斯提亚。因为,赫斯提亚女神掌管人类家庭的灶火。托名俄耳甫斯祷歌中有一首献给她,称她"在家宅中央守护伟大不灭的火"(84.2;另见《献给阿佛洛狄忒的托名荷马颂诗》,22–23)。柏拉图的《斐德若》称她"留守神们的家"(247a)。赫斯提亚作为纯洁的处女神,象征宇宙的永恒中心,或静止的家,排除于一切运动之外。法国学者古朗日在《古代城邦》(La Cité antique)中揭示家火对古代希腊罗马人的重要意义。

"德墨特尔"($\Delta\acute{\eta}\mu\eta\tau\varrho\alpha$):地母神。她和赫拉一样,既是宙斯的姐妹也是宙斯的妻子,为宙斯生下后来成为冥后的珀耳塞福涅。在赫西俄德笔下,她还与英雄伊阿西翁相爱,生下普路托斯(969–971)。她是《劳作与时日》出现次数最多的神明之一,对于整年辛劳的农夫而言,收获"德墨特尔的谷物"($\Delta\eta\mu\acute{\eta}\tau\varrho\varepsilon o\varsigma\ \dot{\alpha}\varkappa\tau\acute{\eta}\nu$)无疑是最大的希望和慰藉(参见32,300,391–394,465–466,597–599)。在托名俄耳甫斯祷歌中,她是"万物的母亲神"(40.1),在大地上的影响力,大约只有涅柔斯在海洋中可以相抗衡。

"和脚穿金靴的赫拉"($\varkappa\alpha\grave{\iota}\ {}^\tau\!H\varrho\eta\nu\ \chi\varrho\upsilon\sigma o\pi\acute{\varepsilon}\delta\iota\lambda o\nu$):同样说法见行12,952(同赫西俄德残篇25.29;赫西俄德残篇229.9;《奥德赛》卷十一,604)。在赫西俄德笔下,她是宙斯的最后一个妻子(921),和宙斯生下赫柏、阿瑞斯和埃勒提伊阿(922),和宙斯怄气而独自生下赫淮斯托斯(928–930)——赫拉和宙斯怄气似乎是古代神话诗人们最钟爱的主题之一。在《伊利亚特》卷四中,她是克洛诺斯最小的女儿(59),在这里反倒成了宙斯的姐姐。

455　　强悍的哈得斯，驻守地下，冷酷无情，
　　　　还有那喧响的撼地神，

"强悍的哈得斯"(ἴφθιμόν τ' Ἀΐδην)：同样说法见行768；《奥德赛》卷十，534。哈得斯是掌管地下亡灵的冥王，托名俄耳甫斯祷歌称他为"地下的宙斯"：

　　心如坚石的神哦，你住在地下居所，
　　住在幽深无光的塔耳塔罗斯草地，
　　执权杖的地下宙斯……（祷歌18，1-3）

在古代神话中，冥王的形象一如既往：冷酷而无情，强大又静默。赫西俄德还提到，他娶德墨特尔的女儿珀耳塞福涅做他的王后（913-914）。他与宙斯不同，只有这一个妻子，相当专情。"地下神界"一节中不可避免地提到冥府。在宙斯大战提丰时，哈得斯和地下的提坦神们一起心惊胆战（850）。

"喧响的撼地神"(ἐρίκτυπον Ἐννοσίγαιον)：波塞冬。参见行15相关笺释。在《伊利亚特》中，波塞冬是宙斯的弟弟（参见卷十三，355；卷十五，166等）。

　　和大智的宙斯，神和人的父，
　　他的霹雳使广阔的大地也战栗。

"大智的宙斯"(Ζῆνά τε μητιόεντα)：宙斯是最小的孩子，占最后两行诗，与克洛诺斯的写法一致（137-138）。他是整部《神谱》的绝对主角，在正式交代他的出生和家世之前，赫西俄德已经无数次提到他。这两行中的三个修饰语颇有讲究："霹雳"是宙斯的武器，指向力量，"大智的"指向心智（参见行56相关笺释），"神和人的父"指向地位和权力。

强大的克洛诺斯囫囵吞下这些孩子,
460 　当他们从神圣的母腹落到膝上。
他心里恐怕,在天神的可敬后代里,
另有一个在永生者中获享王权。

"囫囵吞下"($\kappa\alpha\tau\acute{\epsilon}\pi\iota\nu\epsilon$):从字面理解为"喝下,咽下",赫西俄德想强调"未经咀嚼",这在神话叙事中很重要,也说明为什么这些孩子还能从父亲的肚子里逃出来。另外,克洛诺斯吞下取代宙斯的石头,也才说得通。比较行156-157,天神乌兰诺斯把自己的孩子藏在大地深处。克洛诺斯和父亲的做法一样:遏制后代的生存发展空间,以确保王权。

"神圣的母腹"($\nu\eta\delta\acute{\upsilon}o\varsigma\ \acute{\epsilon}\xi\ \iota\epsilon\varrho\tilde{\eta}\varsigma\ \mu\eta\tau\varrho\acute{o}\varsigma$):古希腊妇人是跪着分娩的,婴儿由产婆、妇人的母亲或女仆接住。大地该亚在宙斯诞生时扮演了这个角色(476)。另参《献给阿佛洛狄特的托名荷马颂诗》,117-118(勒托分娩);泡赛尼阿斯,8.48.7。

"另有一个……获享王权"($\mathring{\alpha}\lambda\lambda o\varsigma...\mathring{\epsilon}\chi o\iota\ \beta\alpha\sigma\iota\lambda\eta\dot{\iota}\delta\alpha\ \tau\iota\mu\acute{\eta}\nu$):诗中第一次明确指出,克洛诺斯是神王,赫西俄德似乎把这一点当成听众已然知道的事实。

大地和繁星无数的天空告诉过他,
命中注定他要被自己的儿子征服,
465 　哪怕他再强大:伟大宙斯的意愿如此。
他毫不松懈地窥伺,保持警戒,
吞下了自己的孩子。瑞娅伤痛不已。

"大地和繁星无数的天空"($\Gamma\alpha\acute{\iota}\eta\varsigma\ \tau\epsilon\ \kappa\alpha\grave{\iota}\ O\mathring{\upsilon}\varrho\alpha\nu o\tilde{\upsilon}\ \mathring{\alpha}\sigma\tau\epsilon\varrho\acute{o}\epsilon\nu\tau o\varsigma$):该亚和乌兰诺斯做出预言,他们还将向瑞娅预言克洛诺斯父子之争(475),向宙斯预言新一代神王的诞生(891)。在别的地方,乌兰诺斯并没有预言能力,但传说该亚是德尔斐神谕的最早主人(参见埃斯库

罗斯《报仇神》,2;普鲁塔克《伦语》,402c,433e;泡赛尼阿斯,10.5.5)。在这里,乌兰诺斯很有可能只是作为对该亚的补充,类似于他们建议宙斯吞下墨提斯(891)。

"命中注定他要被自己的儿子征服"(οὕνεκά οἱ πέπρωτο ἑῷ ὑπὸ παιδὶ δαμῆναι):同样的事情还将重复发生。到了宙斯执政的时代,他的妻子墨提斯"注定要生下绝顶聪明的孩子","一个狂傲无比的儿子,人和神的王"(894 - 900)。

"伟大宙斯的意愿如此"(Διὸς μεγάλου διὰ βουλάς):这句话多次出现在赫西俄德笔下(同《劳》,122;《奥德赛》卷八,82),尤其在普罗米修斯神话叙事中。从常理来看,此处显得有点儿可疑:宙斯如何能够在出生之前就决定世界的命运?《神谱》中类似的自相矛盾的例子不止一处。赫西俄德似乎难以协调自己对宙斯的信仰和诗歌本身的主题,亦即神族家谱的代代延续。他让宙斯的意愿存在于宙斯的神话生成之前,并在一定程度上使这种意愿等同于命运。

"瑞娅伤痛不已"(Ῥέην δ' ἔχε πένθος ἄλαστον):当初大地深受天神的压抑时,也有同样的情绪:"宽广的大地却在内心悲号"(159),"心中充满悲愤"(163)。

> 然而,当神和人的父宙斯
> 快要诞生时,她去恳求自己的
> *470* 父母,大地和繁星无数的天空,
> 一起出计谋,使她不为人知地
> 生下这个儿子,为她父亲报仇,
> 也为强大狡猾的克洛诺斯吞下的孩子们。

"然而,当……"(ἀλλ' ὅτε...):宙斯诞生叙事起始于一个转折句。这是神话的常见手法。出于某种命中注定的例外,秘密生下的孩子必将成就不凡的事业。希伯来圣经中的摩西诞生故事与此不谋而合。

"为她父亲报仇"(τείσαιτο δ' ἐρινῦς πατρὸς ἑοῖο):即"实现她父亲对

[笺释] 提坦世家(行337–616) 283

他的诅咒",也就是乌兰诺斯对克洛诺斯的诅咒。乌兰诺斯在遭到埋伏袭击之后说,"总有一天,他们要为此遭到报应"(210),同样说法也用于雅典娜对阿瑞斯说的话(《伊利亚特》卷二十一,412)。这里的"诅咒"(ἐρινῦς),与复仇女神厄里倪厄斯是同根词(参185及相关注释),遭到不公对待的人都会生成某种形式的诅咒(或复仇)。

  他们听亲爱的女儿说完,答应了她,
475 他们告诉她所有注定要发生在
  神王克洛诺斯和他的强大儿子身上的事。

赫西俄德没有立即讲出那注定要发生的事(475–476),而是留到后文,这种叙事手法同样见于大地该亚报复乌兰诺斯的计谋(175),尽管当时克洛诺斯手握镰刀,埋伏在旁,但听者所了解的故事情节不会比这里更多。

  他们送她去吕克托斯,在丰饶的克里特,
  就在那天她生下最小的儿子,
  伟大的宙斯。宽广的大地接收这孩子,
480 在辽阔的克里特抚育他长大。

"吕克托斯"(Λύκτον):克里特七大城市之一(《伊利亚特》卷二,646–648)。除赫西俄德以外,古代作者再没有把吕克托斯与宙斯的出生联系起来。不过,吕克托斯周边确有不少传说中的神圣洞穴(参483)。据别的传统说法,宙斯出生于克里特岛西部伊达山的洞穴。赫西俄德坚持这里的说法(并重复强调:477,482),很有可能是因为,在他那个时代,人们对宙斯出生地有争议,他在诗中表明自己的看法——一般情况下,赫西俄德总是为最古老的传统发声。

"最小的儿子"(ὁπλότατον παίδων):宙斯和克洛诺斯都是最小的儿子(137,478),ὁπλότερος派生自-ὁπλόν[工具,武器]。这个词源关系也许意味着,神王的至高无上的权力,不仅来自王族谱系的身份,而且得益于他们的有力武器。最后一个孩子的诞生是神权神话的常见主题:宙斯不久以后将要统治的世界,此时正如同一个摇篮般环护着他。

"伟大的宙斯"($Z\tilde{\eta}\nu\alpha\ \mu\acute{\varepsilon}\gamma\alpha\nu$):宙斯的另一种修饰说法,未见于荷马诗中。克里特岛民间敬拜宙斯的仪式,似乎就被称为 $\mu\acute{\varepsilon}\gamma\alpha\varsigma\ Z\acute{\alpha}\nu$(参见 Cook, *Zeus*, ii, 344 起)。

"接收"($\dot{\varepsilon}\delta\acute{\varepsilon}\xi\alpha\tau o$):在《献给阿波罗的托名荷马颂诗》中,得洛斯岛"接收"初生的阿波罗(64),在托名荷马颂诗中,水仙们"接收"初生的狄俄尼索斯(16.4)。据早期的克里特神话,宙斯由大地该亚所生,但也有可能,瑞娅被等同为大地母亲这一拟人化形象。

> 她怀着他,穿过飞速消逝的黑夜,
> 来到吕克托斯。她亲手把他藏在
> 神圣大地深处的一个隐秘巨穴里,
> 就在那林木繁茂的埃该昂山中。

"怀着"($\varphi\acute{\varepsilon}\rho o\upsilon\sigma\alpha$):一般译为"抱着,带着",但这里更接近"把胎儿怀在腹中"的意思。因为,倘若宙斯已经出生,被抱在怀里,赫西俄德的叙事就有一个细节出入:既然宙斯出生于吕克托斯(478)又怎么会被重新带到这同一个地方(482)呢?这里的"她"当指宙斯的母亲瑞娅,而不是大地该亚。我们可以把行 477-480 当成天地的计谋,从行 481 起为实际发生的事件。

"飞速消逝的黑夜"($\vartheta o \acute{\eta} \nu\ \delta\iota\grave{\alpha}\ \nu\acute{\upsilon}\kappa\tau\alpha\ \mu\acute{\varepsilon}\lambda\alpha\iota\nu\alpha\nu$):同一说法参见《伊利亚特》卷十(394, 468 等)。有些校勘家认为,此句当理解为"飞速穿过暗夜"(比如 AB 本,参 Buttmann, *Lexilogus*, pp. 365-370)。

"林木繁茂的"($\pi\varepsilon\pi\upsilon\kappa\alpha\sigma\mu\acute{\varepsilon}\nu\varphi$):克里特岛的山上一度长满了柏树和松树,低谷则密布着柏树和橄榄树。这个说法未见于荷马诗中。

"埃该昂山"($A\dot{\iota}\gamma\alpha\acute{\iota}\varphi$):在古代作者中,唯有赫西俄德提到这座山。

[笺释] 提坦世家(行 337 – 616) 285

485　　然后,她把一块大石头裹好,交给
　　　天神之子,那强大的统领,当初的神王。
　　　他一把手抓过石头,吞进肚里。

"把一块大石头裹好"(σπαργανίσασα μέγαν λίθον):相传克洛诺斯是在佩特拉库斯悬崖吞下了石头(参见泡赛尼阿斯,9.41.6)。阿尔卡底人流传有一个波塞冬的故事与此相似:瑞娅生下波塞冬以后,交给克洛诺斯一头马驹让他吞下(同上,8.8.2)。这块替代宙斯的石头后来成为圣物,参见行 498–500 相关笺释。

"天神之子"(Οὐρανίδη):或"乌兰诺斯之子",此处单指克洛诺斯。行 502 指库克洛佩斯(Οὐρανίδαι)。《伊利亚特》卷五行 898 指提坦(Οὐρανίωνες)。

"吞进肚里"(ἑὴν ἐσκάτθετο νηδύν):克洛诺斯吞下替代宙斯的石头的动作,与先前"囫囵吞下"其他的孩子们略有不同(459),而与宙斯吞下墨提斯的动作一致(890 和 899;参见残篇 343,7)。神王对付真正具有威胁性的后代,果然有别于对待其他子女。

　　　这倒霉蛋! 他没曾想,亏得这石头,
　　　他那战无不胜、无所挂虑的儿子
490　　得了救,不久将凭力量和双手打败他,
　　　剥夺他的名号,当上诸神的王。

"没曾想"(οὐδ' ἐνόησε):指致命的无知或忽略。骄傲的阿喀琉斯没曾想及伴侣们的友爱(《伊利亚特》卷九,630));佩涅洛佩的仆从没曾想到叫醒她,以阻止年幼的儿子出门冒险(《奥德赛》卷四,729)。

"力量和双手"(βίῃ καὶ χερσί):赫西俄德很快又说,宙斯战胜克洛诺斯不仅靠力量,还靠"技巧"(τέχνῃσι,496)。两处说法有所出入,有些校勘家建议删除行 496(如 Lattimore 本)。在荷马诗中,墨涅拉奥斯和帕里斯也曾相互攀比"力量和双手",不过是为了美人海伦而攀比

(《伊利亚特》卷三,431)。

> 那以后,这王子的气力和出众体格
> 很快长成了。随着时光流逝,
> 在大地该亚的提议下,他受蒙骗。

"很快"($καρπαλίμως$):神的孩子总是很快就长大。阿波罗一出世就能说话(《献给阿波罗的托名荷马颂诗》,241 起);赫耳墨斯清晨出世,中午弹奏齐特拉琴,夜里偷走了阿波罗的牛群(《献给赫耳墨斯的托名荷马颂诗》,17 起)。

"大地该亚的提议"($Γαίης\ ἐννεσίῃσι$):这里的建议面向瑞娅或宙斯,克洛诺斯是计谋的实施对象。大地不仅和天神一起出谋划策(463 相关笺释),还单独给出不少建议,比如让宙斯释放百手神以支援提坦大战(626),让奥林波斯诸神推选宙斯作神王(884)。M 本删行 494。

495　　吐出腹中之物,狡猾强大的克洛诺斯,
　　　　他敌不过自己儿子的技巧和力量,
　　　　最先吐出那块最后吞下的石头。

"吐出腹中之物"($γόνον\ ἂψ\ ἀνένκε$):吐出先前吞下去的孩子们,也就是赫斯提亚、德墨特尔、赫拉、哈得斯、波塞冬和替代宙斯的石头。

"技巧和力量"($τέχνῃσι\ βίηφί$):宙斯凭借力量战胜父亲,参见 73 和 490。但宙斯战胜父亲还凭借技巧,这可能与迫使克洛诺斯吐出肚里的子女有关,赫西俄德没有说明。据阿波罗多洛斯记载,宙斯用了某种催吐剂(1.2.1);诺努斯把整个故事简化为单纯的催吐效应(《狄俄尼索斯纪》,12.50 - 51,25.557 - 562,41.68 - 76);普罗克洛在注疏柏拉图的《蒂迈欧》(35 b 4 - 6)时,记录了俄耳甫斯神谱传统中的一种说法:

在俄耳甫斯那里,纽克斯向宙斯提出了用蜜作计的建议:"你在橡树高高的叶下看见他,昏醉于嗡嗡作响的蜜蜂的产物,你就抓住他。"这就是克洛诺斯所遇到的一切。他被抓住,被割去生殖器,和乌兰诺斯一样。(残篇154)

克洛诺斯——吞下自己的子女(石头最后),又被迫把他们一一吐出,或生出(石头为先)。这个过程带来了双重的秩序颠倒:克洛诺斯的男性腹部变成女性子宫;最小的孩子变成长子。宙斯通过迫使克洛诺斯吐出原先吞进的东西,颠倒了世界秩序。

> 宙斯将它立在道路通阔的大地上,
> 帕尔那索斯山谷,神圣的皮托,
> 500　成为永恒的信物,世间的奇观。

"神圣的皮托"($Πυθοῖ\ ἐν\ ἠγαθέῃ$):同一说法亦见《奥德赛》卷八,80;托名荷马颂诗14.2。《献给阿波罗的托名荷马颂诗》对皮托和德尔斐这些名字的来龙去脉做了解释。泡赛尼阿斯曾记录,他在公元2世纪环游希腊,在德尔斐神殿中心看见宙斯所立的这块石头。据说这块石头并不大,每日被施以油膏,节日更被饰以羊绒披挂(10.24.6)。一般认为这是有关陨石的最早记述:在古代世界里,陨石从天而降,往往被视为圣物。圣石的油膏和披挂仪式,参见 Frazer 的泡赛尼阿斯注疏;Cook, Zeus, iii, 888, 898, 906, 918, 922;另参托名俄耳甫斯,《宝石录》(Lithica), 360 起。

> 他还释放了他父亲的兄弟们,
> 天神之子,被其父疯狂缚在可恨的枷锁中。
> 他们不忘这善举,想要答谢他,

"他父亲的兄弟们"($πατροκασιγνήτους$):指库克洛佩斯。看来克洛诺斯当初释放了科托斯、布里阿瑞俄斯和古厄斯三个百手神（617 - 623），却没有释放库克洛佩斯（参见 504 和 141）。赫西俄德没有说出他们的名字，颇出人意料。不过，在叙述普罗米修斯盗火以前——还有后续的大战提坦（687 起）和提丰（853 起），诗人必须让宙斯拥有雷电武器。这段文字确实必不可少。

行 420 的"其父"（πατήρ），指库克洛佩斯的父亲乌兰诺斯，而不是宙斯的父亲克洛诺斯，参见诗人指称百手神布里阿瑞俄斯的父亲（617）。

> 送给他闪电、燃烧的霹雳和鸣雷，
> *505* 从前这些由宽广的大地收藏。
> 这使他做了人类和永生者的统领。

"闪电、燃烧的霹雳和鸣雷"（βροντήν ήδ᾽ αίθαλόεντα κεραυνόν/καί στεροπήν）：宙斯的制胜武器，诗中多次提到，参见 141，690 - 691，707，845 - 846。

"由大地收藏"（Γαῖα κεκεύθει）：本来闪电、霹雳和鸣雷由库克洛佩斯所造（141），这里却改变说法：这些武器原本就有，只是为大地所藏。赫西俄德可能想到了火山或地震等自然现象。库克洛佩斯是大地的孩子，因此，这两种说法（505 和 141）还不至于太矛盾，关键在于这些武器从前并不属于克洛诺斯。

"人类和永生者的统领"（θνητοῖσι καὶ ἀθανάτοισινἀνάσσει）：依旧以强调宙斯绝对王权结束本段神话叙事。

6. 伊阿佩托斯家族（行 507 - 616）

> 伊阿佩托斯娶美踝的大洋女儿
> 克吕墨涅。他俩同床共寝，

生下刚硬不屈的阿特拉斯。

赫西俄德把伊阿佩托斯家族放到最后才讲,一来这段叙事篇幅最长也最重要,二来在讲这些神话之前必须先交代宙斯的出生。伊阿佩托斯有四个儿子,其中三个反叛宙斯,第四个却"缺心眼儿"。

"克吕墨涅"(Κλυμένην):伊阿佩托斯和克利俄斯一样,没法娶个女提坦做妻子(375)。克利俄斯与海神家族联姻,阿佩托斯则与大洋家族联姻(351)。

"阿特拉斯"(Ἄτλαντα):《奥德赛》卷一称他为"诡诈的"(ὀλοόφρων,52),并说他是卡吕普索的父亲。在赫西俄德笔下,卡吕普索是大洋女儿,但阿特拉斯有别的女儿,也就是普勒阿得斯七姐妹(《劳》,383),其中迈亚与宙斯生下赫耳墨斯(《神》,938 – 939)。古希腊早期诗人并没有特别讲到阿特拉斯谋反。有些晚期神话学家把他当成提坦之一,克洛诺斯的兄弟,甚至还是提坦的反叛领袖(Hyginus, *Fabulae*, 150)。在俄耳甫斯神谱传统中,阿特拉斯是把狄俄尼索斯撕成碎片的提坦之一(残篇215)。赫西俄德在本诗中只说他被迫在大地边缘支撑着天(517 – 520, 746 – 747)。

510　　她还生下显傲的墨诺提俄斯、狡黠的
　　　　普罗米修斯和缺心眼的厄庇米修斯。

"显傲的墨诺提俄斯"(ὑπερκύδαντα Μενοίτιον):据阿波罗多洛斯记载(1.2.3),他参加了提坦大战。他的名字更像是人而不是神。有趣的是,普罗米修斯和厄庇米修斯也更接近人而不是神。他无子无后,最终下场是被宙斯打入虚冥(515)。

"普罗米修斯"(Προμηθέα):"先行思考"。伊阿佩托斯家族特点是反对神王宙斯,尤以普罗米修斯著称。他在神和人面前公开挑战宙斯(535起),又为人类从天庭盗走火种(565起)。他以"狡黠"(ποικίλον)著称(521, 546, 559, 616;《劳》,48, 54;也形容赫耳墨斯),用计谋挑战

宙斯,这与乌兰诺斯和克洛诺斯时代的暴力反叛有着天壤之别。在赫西俄德笔下,普罗米修斯的狡黠终究不敌宙斯的意志,这个最初的反叛者没有逃脱囚困的命运(613-616)。

"厄庇米修斯"($Ἐπιμηϑέα$):"后来思考,等到太迟了才思考"。赫西俄德再次显示了高超的命名技巧:"厄庇米修斯"显然为了对应"普罗米修斯"而存在,犹如普罗米修斯的影子。在赫西俄德笔下,人类世界起源于厄庇米修斯的一个"缺心眼儿"的动作:他稀里糊涂地接受了宙斯的礼物,也就是最初的女人潘多拉,从而给人类带来致命的不幸。从某种层面上说,他更像一个有死的凡人,而不是神。他也出现在别的人类起源神话版本里,与人类的始祖丢卡里翁关系紧密。

> 他从一开始就是吃五谷人类的不幸,
> 最先接受宙斯造出的女人:
> 一个处女。[远见的宙斯把恣肆的墨诺提俄斯]

这里两行半的诗(512-514),讲到最初的女人神话。赫西俄德采用一种奇特的倒叙手法:先讲神话的结果,即厄庇米修斯接受最初的女人,在相隔近六十行以外,也就是在普罗米修斯神话之后,再从头讲宙斯如何下令造出最初的女人,赫淮斯托斯和雅典娜如何装扮她,宙斯又如何把她带到神和人的面前(570-589)。行513之后,《神谱》再也没有提起厄庇米修斯。《劳作与时日》(42-105)讲到同一个神话故事,更详细地补充描绘了厄庇米修斯接受潘多拉的场面(84-89)。

"造出"($πλαστὴν$):其实是宙斯命令赫淮斯托斯造出(571;《劳》,61,70),但这里的说法也不算错:主谋者即作者。

"女人"($γυναῖκα$)、"处女"($παρϑένον$):本是相互对立的两个命题,这里连用,很是奇特。在神话叙事语境里,宙斯最初造出一个处女,而不是一个女人(571);直到与厄庇米修斯结合,成为人妻,她才是名副其实的"最初的女人"(590)。厄庇米修斯接受最初的女人,这使他在某种意义上成为最初的男人。人类的历史似乎便是在宙斯的计谋"得逞"那一瞬间开始了。

  [一个处女．]远见的宙斯把恣肆的墨诺提俄斯
515 抛入虚冥，用冒烟的霹雳打他，
    只因他的傲慢和勇气无与伦比。

  "恣肆的墨诺提俄斯"（ὑβριστήν δὲ Μενοίτιον）：墨诺提俄斯和提丰很有些相似之处：都恣肆无忌（307），都遭到宙斯的雷电袭击（853－860），都被打入地下世界（868）。不同的是，墨诺提俄斯最终只是简单地消失了，他的毁灭没有在世界上留下什么痕迹。
  "虚冥"（ἔρεβος）：厄瑞玻斯（参见行 123 相关笺释）。这里可以指塔耳塔罗斯，也可以指哈得斯，完全取决于赫西俄德把墨诺提俄斯当成神或人：神在塔耳塔罗斯，人在哈得斯。在《献给德墨特尔的托名荷马颂诗》中，厄瑞玻斯等同于哈得斯（335）。
  "傲慢和勇气无与伦比"（ἀτασθαλίης τε καὶ ἠνορέης ὑπερόπλου）：百手神受到惩罚，仅仅因为"超凡的傲气、相貌和高大身材"（619 起）；阿特拉斯被迫支撑着天，似乎也只是因为他"刚硬不屈"（κρατερόφρονα，509）。执权者惩治反叛者，从来不单纯因为他们的行为。

    阿特拉斯迫不得已支撑着无边的天，
    在大地边缘，面对歌声清亮的赫斯佩里得斯姐妹，
    他站着，不倦的头颅和双臂［托着天］。
520 大智的宙斯分派给他这样的命运。

  "支撑着无边的天"（οὐρανὸν εὐρὺν ἔχει）：同行 746。希罗多德记道，非洲有座山名叫"阿特拉斯"，在古人眼里，高山支撑广天，是自然而然的意象（4.184.3）。据泡赛尼阿斯记载，奥林匹亚的宙斯像周围，有些同样出自斐狄亚斯手笔的装饰画，表现了阿特拉斯支撑天地的场面（5.11.5，18.4）。在荷马诗中，阿特拉斯似乎住在海里（参见《奥德赛》

卷一,52-54)。

行 517-518(前半行) = 俄耳甫斯残篇 215。

行 519 一度被当成行 747 的误移而遭到删除(Guyet)。

> 他还用牢固的绳索缚住狡黠的普罗米修斯,
> 用无情的锁链,缚在一根柱子上,
> 又派一只长翅的鹰停在他身上,啄食
> 他那不朽的肝脏:夜里它又长回来,
> 525 和那长翅的鸟白天啄去的部分一样。

同样是倒叙手法:先讲普罗米修斯的下场,再讲他如何反抗宙斯(535 起)。

"缚在一根柱子上"($μέσον\ διὰ\ κίον'\ ἐλάσσας$):或"将锁链穿过柱子正中",把锁链缠在柱子上,以加固束缚。有译本理解为柱子穿过普罗米修斯的身体(如 L 本;张竹明先生和蒋平先生译作:"用长矛剖开胸膛")。这根柱子也许就是阿特拉斯支撑的天柱(517),换言之,普罗米修斯被缚之处,正是阿特拉斯支撑天的所在。到了埃斯库罗斯时代,普罗米修斯被缚于高加索山(似乎有别于现实中的同名山)。

"啄食不朽的肝脏"($ἧπαρ\ ἤσθιεν\ ἀθανάτον$):啄食肝脏的折磨,参见《奥德赛》卷十一,提梯奥斯被两只秃鹰啄食肝脏(578 起);《伊利亚特》卷二十四,赫卡柏声称恨不得抓住阿喀琉斯的肝脏吃掉它,以解丧子之恨(212 起)。从埃斯库罗斯起,古希腊人把肝脏视为欲念的器官。据更早的说法,肝脏是灵魂和智慧的器官。

"夜里"($νυκτός$):白天的劳作在夜里得到开释,参见《奥德赛》中,佩涅洛佩在等待奥德修斯的十年之中,白天织布,夜里拆开(卷二,110等)。埃斯库罗斯的《被缚的普罗米修斯》中称,鹰每隔一日来一次,肝脏第一天被啄,第二天恢复如前:

> 那时候宙斯的有翅膀的狗,那凶猛的鹰,会贪婪地把你的肉撕

[笺释] 提坦世家(行337–616)

成一长条、一长条的,它是个不速之客,整天地吃,会把你的肝啄得血淋淋的。(行1022)

阿特拉斯与生俱来的力气反过来折磨他本人,普罗米修斯的肝脏不断恢复是为了不断再被吞噬。这样的处境可谓人类生存状态的写照。伊阿佩托斯家族成员的结局在不同程度上反映了人类的命运和困境。

> 美踝的阿尔克墨涅的勇敢儿子
> 赫拉克勒斯杀了这鹰,免除这不幸,
> 伊阿佩托斯之子才脱离残忍的苦楚。

这里记叙英雄赫拉克勒斯的又一次任务:斩杀大鹰(526–534),其他任务见289–294、314–318、332等。

"美踝的阿尔克墨涅的勇敢儿子"($Ἀλκμήνης\ καλλισφύρου\ ἄλκιμος\ υἱὸς$):同950。古希腊诗人提到某人或某神,往往给出父亲之名,但这里仅仅给出母亲之名,比较罕见,类似用法似乎仅仅适用于宙斯的孩子们。

"伊阿佩托斯之子"($Ἰαπετιονίδῃ$):专指普罗米修斯(543,559,614;《劳》,54)。

赫西俄德只说赫拉克勒斯杀了鹰,而没有说普罗米修斯重获自由。赫拉克勒斯解救普罗米修斯是后来才有的说法。

> 统治天庭的奥林波斯宙斯同意这么做,
> 530　为了使出生忒拜的赫拉克勒斯
> 在丰饶大地上享有比以往更大的荣誉。

"出生忒拜"($Θηβαγενέος$):赫拉克勒斯出生在忒拜,但在梯林斯完成大部分任务(参见289和316相关笺释)。

"更大的荣誉"(τίμα ἀριδείκετον):也就是"做最好的,最优秀的"(ἀριστεύειν)。英雄赫拉克勒斯再好不过地代表了古风时期的贵族理念。

> 他心里如此盘算,敬重他的高贵儿子。
> 尽管心里恼火,还是捐弃了先嫌:
> 愤慨的克洛诺斯之子曾连连遭谋反。

"敬重"(ἁζόμενος):神们彼此敬重,未必出于恐惧,比如宙斯"不想得罪"夜神(《伊利亚特》卷十四,261);雅典娜"敬畏"波塞冬对奥德修斯的愤怒(《奥德赛》卷六,329)。赫拉克勒斯此时尚未变成神,宙斯的敬重是神对人的敬重,最接近的用法莫如托名俄耳甫斯的《宝石录》(604 起;敬重宙斯之子珀尔塞斯)。

"连连谋反"(βουλὰς ἐρίζετο):动词过去时,要么普罗米修斯连连谋反,要么谋反没有成功。这里两者兼而有之。

行 526–528 与行 613–616 说法似有出入,是个解读的难点:赫拉克勒斯既然解救了普罗米修斯,为何又有"逃脱不了坚实的枷锁"之说(616)?赫拉克勒斯可能只是杀了大鹰,免除普罗米修斯被啄的苦楚,却没有帮他脱离枷锁的束缚。按照宙斯的意愿,赫拉克勒斯铲除一头怪物,完成一项英雄任务,从而也挣得新的荣誉。若在宙斯的允许下解救某人某神,则毫无英雄意味可言。何况,宙斯也没有原谅普罗米修斯,照旧要惩罚他。据菲勒塞德斯记载(3F17),赫拉克勒斯仅仅杀了鹰,而普罗米修斯作为答谢,指点他如何前往赫斯佩里得斯姐妹的花园。后来的版本才说赫拉克勒斯解救了普罗米修斯(比如埃斯库罗斯《被缚的普罗米修斯》,872,1020 起;阿波罗多洛斯,2.5.11;泡赛尼阿斯,5.11.6 等)。普罗米修斯后来在雅典受到敬拜,不可能被视为一个囚徒,或宙斯之敌。同样,在《劳作与时日》中,克洛诺斯成为幸福岛的统治者,似乎也表明宙斯原谅他,释放了他和别的提坦(169)。

535　　当初神们和有死的人类最终分离在
　　　　墨科涅,为了蒙蔽宙斯的心智,
　　　　普罗米修斯殷勤地分配一头大牛。

　　从这里开始普罗米修斯神话。在古代作者中,荷马注释家赫拉克利图斯(*Q. Hom.*,41)和品达的注疏者(《涅墨厄竞技凯歌》,9.123)也提起这个神话。但赫西俄德的叙事自有独到之处:他把人类放进神话之中。神和人的聚会在祭祀产生以前,那时的世界还是古老的世界,神人共同生活,一起用餐。自普罗米修斯的计谋起,神与人开始走向分裂。

　　"分离"(ἐκρίνοντο):本意"合理地解决纷争,做个了断"。比如行882,奥林波斯神和提坦神用武力"解决纠纷"(κρίναντο);《劳作与时日》行35,赫西俄德与弟弟在诉讼案上"做个了断"(διακρινώμεϑα)。在时机来临时,神和人之间也要做个了断,即双方的最终分别。

　　"墨科涅"(Μηκώνη):据称为伯罗奔半岛的北方城市希库昂(Σικυών)的古名,该城距科林斯三十多公里(参品达的《涅墨厄竞技凯歌》注疏,9.123;斯特拉波,382 等)。据泡赛尼阿斯记载,在希库昂往南不远处有个地方叫做 Titane,传说以太阳神的某个提坦兄弟命名(2.11.5)。但我们并不能肯定这个提坦神就是普罗米修斯。在阿尔戈斯城,盗火者是另一个英雄福洛诺斯(Phoroneus),他还是赫拉敬拜仪式的创立者,本地人把普罗米修斯当成英雄而不是神(参见泡赛尼阿斯,2.19.5–8)。

　　　　一堆是牛肉和丰肥的内脏,他却
　　　　裹在牛皮中,外面用牛肚藏好;
540　　另一堆是白骨,他出于诡诈的计谋
　　　　整齐堆起,用光亮的脂肪藏好。

　　"用牛肚藏好"(καλύψας γαστρὶ βοείῃ):牛肚本身没肉,一般用来填

塞羊血和肥油(参见《奥德赛》卷十八,44-45;卷二十,26-27)。这里的描述展现了古希腊人的饮食状况。两堆分配物的准备过程中出现了同一个动词:藏(καλύψας,539和541),普罗米修斯的计谋就在于掩藏。

"诡诈的计谋"(δολίη ἐπὶ τέχνῃ):亦见行547、555,参见行160。普罗米修斯为什么在分配中偏向人类？赫西俄德没有解释。总之,宙斯没有选中的一份,将归给人类。行552起,宙斯的愤怒不只针对普罗米修斯,也针对人类。

"整齐堆起"(εὐθετίσας):这似乎是说,在古希腊人的祭祀仪式中,白骨必须整齐地堆好。不过,骨头最终要焚烧掉,好使香气升向上空,让受祭的神们享用(556-557)。类似说法再也没有出现于荷马诗中或赫西俄德诗中。

古代作者对普罗米修斯分配牛肉有不同说法,埃斯库罗斯《被缚的普罗米修斯》的注疏者指出,他给宙斯白骨,给别的神牛肉和内脏;或者他给宙斯白骨,给别的神内脏,自己吃牛肉(1022)。这些说法在一定程度上沿袭了赫西俄德的叙事,但往往未提宙斯的戏责,以及他其实可以自由选择(参见路吉阿诺斯,《普罗米修斯》,3)。

> 这时,人和神的父对他这样说:
> "伊阿佩托斯之子,最高贵的神明,
> 老朋友,你分配得多么偏心啊!"
> 545　宙斯这般戏责,他的计划从不落空。

"神明"(ἀνάκτων):本意"庇护者"。赫西俄德不直接用"永生者"(ἀθανάτων)或"永生神"(ἀθανάτων θεῶν)指称普罗米修斯,大概是为了避免把他放在与人类直接对立的阵营。

"偏心"(ἑτεροζήλως):或"分配不均"。普罗米修斯分配不平,影射宙斯平分世界和荣誉的政治策略(534),从而让宙斯陷入两难的境地:在不平等的两部分之间选择,无论选择哪一份,都是在违背自己的平等法则。从某种程度而言,普罗米修斯以"隐藏"(539,541)的方式,"澄清"宙斯自身的不平等和矛盾。换言之,以"平等"定义奥林波斯世界秩序或宙斯的正义,想来是不够的。

"戏责"(κερτομέων):不是开玩笑,而是不快的表现(参见《伊利亚特》卷二,256;《奥德赛》卷二,323)。

"他的计划从不落空"(Ζεὺς ἄφθιτα μήδεα εἰδώς):并非宙斯的常见修饰语(同样出现于行550、561)。赫西俄德似乎想要强调,在普罗米修斯的计谋之上,还笼罩着一层更大更有力的政治计谋,即宙斯的意愿和计划。

> 这时,狡猾多谋的普罗米修斯回答,
> 他一边轻笑,心里想着那诡诈的计谋:
> "至上的宙斯,永生神里最伟大者,
> 请遵照你心里的愿望,挑选一份吧。"

"狡猾多谋的"(ἀγκυλομήτης):一般用来形容克洛诺斯(18,137)。

"遵照你心里的愿望"(ἐνὶ φρεσὶ θυμὸς ἀνώγει):普罗米修斯之所以轻笑,在于这一次宙斯不可能实现心里的愿望,而将掉进他的陷阱。伊阿佩托斯之子的讽刺溢于言表。但他没想到,天外有天,宙斯还有终极的计谋和目的。或者说,普罗米修斯的机智本就是宙斯计划的一部分。

> 550　他心怀诡计这样说,但宙斯计划从不落空,
> 面对骗术心下洞然。他心里考虑着
> 有死的人类的不幸,很快就会付诸实现。

"面对骗术心下洞然"(γνῶ ῥ' οὐδ' ἠγνοίησε δόλον):在晚期作者的叙事中,宙斯发现漂亮外表下的白骨,感到失望(Hyginus, *Poetica Astronomica*, 2.15;路吉阿诺斯《普罗米修斯》,3)。相比之下,赫西俄德的说法更高明,宙斯假装失望,实际却对诡计了如指掌,并将计就计。一切皆因为,"宙斯的意愿如此"(此句在465、572、730反复出现,另参"神

们的意愿",960,993)。

"不幸"(κακά)、"有死的人类"(θνητοῖς ἀνθρώποισι):这似乎已经在暗示,宙斯将使人类面临死亡,对应行548"永生的"(αἰειγενετάων)神。全体人类都将承受普罗米修斯反抗带来的惩罚。两份分配不均的牛肉,对应两种不同的命运:不死—有死。神之不死,在于他们不吃东西;人类分到可食用的牛肉,从此也就走上有死的路。

> 于是,他用双手拿起那堆白色的脂肪,
> 不由得气上心头,怒火中烧,
> 555 当他看见牛的白骨,那诡诈的计谋。

细看前面三行(550 – 552),宙斯这里的反应明显有诈:既然心下洞然,为什么还要气上心头?真相大白并不在宙斯拿起"白色的脂肪"并发现它空有光鲜的外表的那一瞬间。在宙斯的意志里,真相早已大白。如果说洞察诡计不妨碍宙斯勃然大怒,那么原因只能有两个:首先,宙斯的愤怒是政治家的手段,是佯怒。其次,宙斯不为上当而愤怒,但为普罗米修斯让他陷入自相矛盾的困境愤怒(554)。如果说宙斯的愤怒只是逢场作戏,那么宙斯充当平均原则的捍卫者也更像是一种佯谬。

> 从那以后,生活在大地上的人类
> 在馨香的圣坛上为永生者焚烧白骨。

神王宙斯的选择代表了所有永生神们。人类在圣坛上焚烧白骨献给神,这是祭祀的起源。从行535至此,也可以叫做祭祀起源神话。从根本上来说,祭祀的特点就在于不公平地分配祭品:神获得焚烧祭品的馨香,人食用剩下的祭品。相比之下,古老世界里的墨科涅聚会体现了一种神人之间没有差别的平均准则。

"生活在大地上的人类"(ἐπὶ χθονὶ φῦλ' ἀνθρώπων):依然强调人与

聚云的宙斯心中不快这样说：
"伊阿佩托斯之子啊，你谋略超群，
560 老朋友，你至今还是没忘那诡计！"
他这样激动说罢，宙斯计划从不落空。

某些校勘家对行 558–561 表示质疑，若无这几行看似重复前文的诗，行文会更通畅。然而，宙斯的愤怒必须得到再次强调。赫西俄德面临叙事结构的挑战：如何从不同角度讲同一个故事？重复是一种可行做法，有助于行文前进。

行 558 与《劳作与时日》行 53 极为相似，不同之处在于用 $\chi o \lambda \omega \sigma \acute{\alpha} \mu \varepsilon \nu o \varsigma$[恼恨]代替这里的 $\mu \acute{\varepsilon} \gamma' \grave{o} \chi \vartheta \acute{\eta} \sigma \alpha \varsigma$[心中不快，也指被得罪了的受伤感]。

行 559 =《劳作与时日》行 54（亦参见行 543）。

"谋略"（$\mu \acute{\eta} \delta \varepsilon \alpha$）：可能与普罗米修斯（$\Pi \varepsilon \pi \mu \eta \vartheta \acute{\varepsilon} \alpha$）的名字有关。

从此，他时时把愤怒记在心里，
不再把不熄的火种丢向梣木，
给生活在大地上的有死凡人使用。

火的起源神话与树木有关，最初的人类通过摩擦木材生火。维吉尔则说，火藏在火石之中（《农事诗》，1.135；参《埃涅阿斯纪》，6.6）。在古人的思维里，一切元素均隐藏于万物之中，Anaxagoras 以火为例说明这一点（另参卢克莱修，1.871）。

"梣木"（$\mu \varepsilon \lambda \acute{i} \eta \sigma \iota$）：参见行 187 的 $M \varepsilon \lambda \acute{i} \alpha \varsigma$[自然神女墨利亚]。"把火丢向梣木"似乎意味着，在此之前，宙斯把天上的火赐给人类，都是通过雷电击打梣木而产生火，换言之，人间的火均以雷电的形式产生。这里的梣木之说在古希腊作品中堪称绝无仅有。古人并不特别把这种树木与火联系在一起。有的笺释者认为这里的梣木泛指一切树木。宙斯不再把火丢向梣木，目的也许在于阻止人类用火煮熟分配中得到的牛肉。

565　　但伊阿佩托斯的英勇儿子蒙骗他，
　　　　盗走那不熄的火种——火光远远可见，
　　　　藏在一根空阿魏杆里。在天上打雷的
　　　　宙斯心里似被虫咬，愤怒无比，
　　　　当他看见人间的火——火光远远可见。

另一个神话命题：盗火。在古人眼里，火不属于大地，而属于天空。这大概因为天上有太阳，有光。赫西俄德的盗火神话不仅解释人类如何获得这一有用的元素，也追溯了火为什么在一开始属于天空，而在大地上禁用。作为神话中的盗火者，普罗米修斯后来在雅典和赫淮斯托斯一起受到铁匠们的敬拜，他有时也被描绘成匠神。《劳作与时日》有同一盗火神话叙事(47－50)。

"伊阿佩托斯的英勇儿子"($εὺς\ πάις\ Ἰαπετοῖο$)：在《劳作与时日》的盗火叙述中，赫西俄德也是这么称呼普罗米修斯(50)。据Servius注疏维吉尔《牧歌》的记载(6.42)，萨福(残篇207)和赫西俄德曾说过，普罗米修斯从太阳那里盗火。柏拉图的《普罗塔戈拉》提到，火是从赫淮斯托斯和雅典娜的工场里偷走的(321e)。

"藏在一根空阿魏杆里"($ἐν\ κοίλῳ\ νάρϑηκι$)：亦见《劳作与时日》行52。阿魏是一种灌木，高达1~3米，与大茴香植物相似(旧时译作"茴香杆")。杆的切面呈椭圆状，半径2~3厘米，表皮厚实，内有干髓，与接骨木相似，烧起来很慢，且不易烧透表皮。直到公元前1世纪，古希腊人还在使用阿魏杆做的火把(参见普林尼《自然史》,13.126)。

"远远可见"($τηλέσκοπον$)：行566和行569重复使用，一次指天上的火，一次指人间的火。在两个"远远可见"之间，差异已然埋下。天上的火一经被盗，就失去了原本的神奇力量，只能运用于人类的日常生活。这是宙斯对人类(和普罗米修斯)的一个回击。他没有夺回火种，而是贬低了火的作用。作为人类生存的必要元素,火意味着人和神之间的根本分离。从此,人间的火与天上的火互相区别。

570　　他立刻造给人类一个不幸以替代火种。
　　　　显赫的跛足神用土塑出一个
　　　　含羞少女的模样:克洛诺斯之子的意愿如此。

　　这里开始最初的女人神话叙事。
　　"替代火种"(ἀντὶ πυρός):同一说法见《劳作与时日》行57。ἀντί颇难传译,有"达成平衡"之意。宙斯制造的不幸,既惩罚人类接受普罗米修斯所盗的火种,也抵消人类从火种得到的好处。这种善恶相混的观点将在诗中多次出现(参602,609)。
　　"显赫的跛足神"(περικλυτὸς Ἀμφιγυήεις):赫淮斯托斯。同一称呼在荷马诗中一共出现七次,均集中在《伊利亚特》卷十八他为阿喀琉斯制造盾牌的过程,以及《奥德赛》卷八他当场抓获偷欢的阿佛洛狄特和阿瑞斯。在赫西俄德笔下,他是赫拉独自生下的孩子,"技艺最出众"(927-929),他在宙斯的吩咐下造出潘多拉,他的妻子是美惠女神中的阿格莱娅(945-946)。
　　"用土塑出"(γαίης γὰρ σύμπλασσε):同一说法见《劳作与时日》行61、70。用土造人的往往是匠神,比如这里的赫淮斯托斯,还有普罗米修斯本身(参阿波罗多洛斯,1.7.1;奥维德《变形记》,1.81;贺拉斯《颂歌》,1.16.13;泡赛尼阿斯,10.4.4)。
　　行571-573同《劳作与时日》行70-72。
　　"含羞少女"(παρθένῳ αἰδοίῃ):这是女人的最初形象,同一说法见《伊利亚特》卷二行514(指阿斯提奥克)。对观《创世记》中夏娃的诞生(2:21-25)。
　　"克洛诺斯之子的意愿如此"(Κρονίδεω διὰ βουλάς):同一说法还出现在行465、730。最初的女人的诞生取决于宙斯的意愿,而不再是以该亚为起源的自然力量。从此,生命的诞生超越了原有的自然原生状态,而归属于宙斯的秩序。

> 明眸女神雅典娜为她系上轻带
> 和白袍,用一条刺绣精美的面纱
> 575 亲手从头往下罩住她:看上去神妙无比!
> [帕拉斯·雅典娜为她戴上
> 用草地鲜花编成的迷人花冠。]

"雅典娜"($A\vartheta\acute{\eta}\nu\eta$):女神亲自打扮最初的女人。在《劳作与时日》中,宙斯命她教给潘多拉编织技艺(63),还为潘多拉"系上轻带"(76)。

"白袍"($\dot{\alpha}\varrho\gamma\upsilon\varphi\acute{\epsilon}\eta\;\dot{\epsilon}\sigma\vartheta\tilde{\eta}\tau\iota$):新娘的传统服饰,这里也称为婚姻起源神话。雅典娜打扮最初的女人,很像古代诗人里女神或女人梳妆打扮的场面,比如《伊利亚特》卷十四的赫拉(179,181,183,187)、卷三的海伦(158,160,180)、《奥德赛》卷八(364-366)和《献给阿佛洛狄特的托名荷马颂诗》的阿佛洛狄特(86-90;托名荷马颂诗6.5-13)。

"面纱"($\varkappa\alpha\lambda\acute{\upsilon}\pi\tau\varrho\eta\nu$):在荷马诗中,妇人们无论已婚未婚,都戴面纱。女神中也有类似装扮,比如《奥德赛》卷五的卡吕普索(230起)。赫西俄德在这里演示了一番古希腊人着装的顺序,先是紧身衣服、长袍,然后是面纱,最后才是鞋子。

"罩"($\varkappa\alpha\tau\acute{\epsilon}\sigma\chi\epsilon\vartheta\epsilon$):神们之间的计谋与反计谋,与"掩藏"($\varkappa\alpha\lambda\acute{\upsilon}\psi\alpha\varsigma$)真相有关:普罗米修斯用牛肚藏牛肉(539),用脂肪藏白骨(541);宙斯向人类藏起火种;普罗米修斯盗火,用阿魏杆藏火(567);宙斯造出的不幸,却是掩藏在轻纱下的女人(575)。

576-577 两行乃后人篡插。最明显的理由,帕拉斯·雅典娜已提到,无须重复名字。在《劳作与时日》中,为潘多拉戴上花冠的是时辰女神(75)。荷马诗中不曾提起鲜花做成的头冠,但在《塞浦路亚》中,水仙和美惠女神都戴这种花冠(残篇5)。

> 她还把一条金发带戴在她头上,

那是显赫的跛足神的亲手杰作,
580 他巧手做出,以取悦父神宙斯。

"金发带"($στεφάνην\ χρυσέην$):也是阿佛洛狄特的装束(参托名荷马颂诗,6.1 和 7)。古希腊有 $στεφάνη$ 与 $ἄμπυξ$ 之分:试把前者译为"发带",后者译为"发冠"(比如 916,指缪斯的发饰)。$στεφάνη$[发带]是一种金属制的箍带,扁平状,戴在前额上,以固定发型或面纱位置。这里很可能为了固定刚刚戴上的面纱。参见赫柏(17)、福柏(136)所带的金冠($χρυσοστέφανος$)。这条金发带上的雕饰,让人想起在雅典发现的一件公元前8世纪的陪葬金带,上面雕有狮子、公羊等野生动物(参见 D. Ohly, *Griechische Goldbleche des 8 Jahrhunderts vor Chr.*, Berlin, 1953, p. 106)。

那上头有缤纷彩饰:看上去神妙无比!
陆地和海洋的许多生物全镂在上头,
成千上万——笼罩在一片神光之中:
宛如奇迹,像活的一般,还能说话。

"像活的一般"($ζωοῖσιν\ ἐοικότα$):或"活生生的"。《伊利亚特》卷十八中,赫淮斯托斯所制作的黄金使女也"栩栩如生"(418)。最初的女人的诞生场景常常拿来对比黄金使女的制作过程。

赫西俄德在《劳作与时日》叙述了同一场面(60-85)。在那里,最初的女人有一个名字:潘多拉($Πανδώρη$),即所有神们的礼物。《劳作与时日》的叙述更为详尽,分成宙斯的吩咐(56-58)和实际操作(60-68)两部分,并有更多神的参与。除了雅典娜和赫淮斯托斯,还有媚惑女神、美惠女神、时辰女神、阿佛洛狄特和赫耳墨斯。这似乎意味着诸神群起响应人类的抗争。另外,《劳作与时日》没有金带的冗长描述,而强调潘多拉的"言说和欺骗"(78)。

585　　宙斯造了这美妙的不幸,以替代好处,
　　　　他带她去神和人所在的地方,
　　　　伟大父神的明眸女儿把她打扮得很是神气。

最初的女人一造好,没有直接送去厄庇米修斯那里(《劳》,83 - 85),而是由宙斯带到神和人面前——墨科涅之后,神人依然住在一起吗？参见托名荷马颂诗中阿佛洛狄特梳妆之后的场景(14 - 18)。

"美妙的不幸"($καλὸν κακὸν$):红颜,祸水也(《劳》,57 - 58)。回到宙斯与普罗米修斯的计谋,普罗米修斯把好东西藏在平常外表里,宙斯却反过来把不幸藏在一个诱人的外表下,不但欺骗了人的眼睛,更欺骗了智慧和感情,看来神王确实高明多了。

　　　　不死的神和有死的人无不惊叹
　　　　这专为人类而设的玄妙的圈套。

"不死的神和有死的人"($ἀθανάτους τε θεοὺς θνητούς τ' ἀνθρώπους$):两个表达法首次并列使用。直到最初的女人出现,神和人的区别才得到清楚的揭示:不死和有死。

"玄妙的圈套"($δόλον αἰπύν, ἀμήχανον$):同样出现于《劳作与时日》行 83。$αἰπύν$含"高而深"之意,$ἀμήχανον$含"难解"之意,这里译为"玄妙",取《淮南子·览冥》:"玄妙深微,知不能论,辩不能解。"最初的女人确实有这么一种耐人寻味的意思。圈套($δόλος$),亦见《奥德赛》卷八,赫淮斯托斯为了捉奸,造了一个精致的网为圈套(276);另见上文的"计谋"($δολίη$;540,550,555)。

590　　从她产生了女性的女人种族,
　　　　从她产生了害人的妇人族群。

在《神谱》中,最初的女人始终没有名字。直到《劳作与时日》中,

她才叫潘多拉(80)。女人神话讲罢,紧接着是一段人生感悟(592-612),评价现实生活的婚姻与家庭。在赫西俄德笔下,伊阿佩托斯家族叙事已然超越神族世家的范围,延伸到人的世界,乃至讨论起寻常人生的得与失。

"女性的女人种族"($γένος\ ...\ γυναικῶν\ θηλυτεράων$):参见赫西俄德残篇30.34;《奥德赛》,卷十一,386;卷二十三,166。这一表达法看似重复,在古代诗人笔下却颇为常见,一般为中性词,不带贬义。

这两行的连续性历来受到质疑,有的校勘家建议删除行590(Heyne和M本),也有的建议删除行591(Schoemann, West和AB本)。

> 女人如祸水,和男人一起过日子,
> 熬不住可恨的贫穷,只肯享富贵。

"熬不住可恨的贫穷,只肯享富贵"($οὐλομένης\ πενίης\ οὐ\ σύμφοροι,\ ἀλλὰ\ κόροιο$):$κόρος$或译"富足,满足"。在古希腊人的想象中,贫穷和富贵是两个神,进入哪个人家,就住下来,并相应给这家带来贫穷或富贵(参见《劳》,377;《献给德墨特尔的托名荷马颂诗》,488;萨福残篇,148.1;忒奥格尼斯残篇,351-354;希罗多德,7.102;阿里斯托芬,《财神》,437;柏拉图《法义》,679b)。贫穷和妻子都算是不受欢迎的"房客"。以$οὐλομένης$[可恨的]修饰贫穷,参见《劳》,717。

> 　　这就好比在蜜蜂的巢房里,工蜂
> 595　供养那些个处处打坏心眼的雄蜂。
> 　　它们整天忙碌,直到太阳下山,
> 　　日日勤勉不休,贮造白色蜂房。
> 　　那帮家伙却成日躲在蜂巢深处,
> 　　拿别人的辛劳成果塞饱自己肚皮。

这六行诗(594-599)采用比喻手法补充说明,在赫西俄德诗中并不多见,相似段落参见行702起,以天地相撞比喻提坦大战的激烈状况;行862起,以金属熔化比喻提丰大战中大地起火的景象;《劳作与时日》行304起,以雄峰比喻懒人。荷马诗中甚少有关蜜蜂的比喻(参《伊利亚特》卷二,87;卷十二,167起)。

"蜜蜂的巢房"($σμήνεσσι$):既可能指人工建起的蜂巢也可能是蜜蜂在岩石或树木中自然生成的巢穴(参见《劳》,233;《伊利亚特》卷二,88;卷十二,168;《阿尔戈英雄纪》,1.880等)。人工蜂巢何时开始存在,不得而知。《奥德赛》卷十三(103起)有一段相关描述。

"辛劳"($κάματον$):《劳作与时日》使用了同样的比喻"工蜂的辛劳"(305),另见黑铁时代的辛劳(177)。

600 对男人来说,女人正是这样的不幸,
     在天上打雷的宙斯造出她们,处处惹
     麻烦。他又一次传播不幸以替代好处,
     若有谁逃避婚姻和女人带来的麻烦,
     一辈子不成家,直到要命的晚年,
605 孤独无依。他若活着不愁吃穿,
     死后必要遭远亲瓜分财产。

行602的断句有争议。按M、PB和JLB本,602行以句号结束,603行重新起句。断句非常明确。此处从West(p.333)和AB本,把两行连在一起,即宙斯把不幸带给那些逃避婚姻、晚年孤独的人。

"孤独无依"($χήτει\ γηροκόμοιο$):或"老无所依",与女人不相干,指无子女的侍奉。有一个独子,才有可能得到幸福(参见《劳》,378)。

"远亲瓜分财产"($διὰ\ κτῆσιν\ δατέονται\ /\ χηρωσταί$):参见《伊利亚特》卷五,158。远亲($χηρωσταί$)当指在没有直系亲属的情况下的法定继承人,在赫西俄德时代很可能没有遗嘱之说(参见普鲁塔克《梭伦传》,21.3)。

这里六行诗写没有女人(没有婚姻)的人生的悲哀(601-606),接

着六行诗写有女人(有婚姻)的人生的无奈(607－612)。

> 话说回来,若有谁进入婚姻生活,
> 又碰巧遇见称心如意的贤妻,
> 那么终其一生,他的幸与不幸
> 610　混杂不休;若碰上胡搅的家眷,
> 那么苦难要一世伴随他胸中的
> 气血五脏,这般不幸无从弥补。

"话说回来"($α\~υτε$):话题回到已婚男人的命运。情况一分为二:有个好妻子,好坏参半;否则后患无穷。宙斯给人安排的命运,要么福祸混合,要么全是灾祸,不可能只有福善(585;亦见609－610;《劳》,179;参《奥德赛》卷十五,488;Bacchylides,5.50－55)。《伊利亚特》卷二十四,阿喀琉斯把人类的命运比作宙斯的两个土瓶:

> 宙斯的地板上放着两只土瓶,瓶里是
> 他赠送的礼物,一只装祸,一只装福,
> 若是那掷雷的宙斯给人混合的命运,
> 那人的就有时候好,有时候坏;
> 如果他只给人悲惨的命运,那人便遭辱骂,
> 凶恶的穷困迫使他在神圣的大地上流浪,
> 既不被天神重视,也不受凡人尊敬。(527－532)

"胡搅的家眷"($γενέθλης$):一般认为指"恶妻"(West,p.335),有的译本(JLB 本和 AB 本)则认为,倒霉的人不是碰见恶妻,而是生养了一些淘气胡搅的孩子。

"无从弥补"($ἀνήκεστος$):《伊利亚特》卷五,赫拉被赫拉克勒斯的箭所伤,"受够无法形容的沉重痛苦"(394);卷十五,波塞冬声称与宙斯的"怨隙不可弥合"(217)。参见 Archilochus,7.5。在赫西俄德时

代,离婚也许存在,但极为罕见。科林斯、雅典和其他一些城邦的法律均有相关条例。

>   宙斯的意志难以蒙骗,也无法逃避,
>   就连伊阿佩托斯之子,好助人的普罗米修斯
> 615 也逃脱不了他的愤怒,反倒是被制伏,
>   困在沉重的锁链里,足智多谋也无用。

"好助人的普罗米修斯"(ἀκάκητα Προμηθεύς):ἀκάκητα从字面理解为"非害人的;非带来不幸的",也用来形容赫耳墨斯(比如《伊利亚特》卷十六,185;《奥德赛》卷二十四,10;泡赛尼阿斯,8.26.10)。事实上,这两个神还挺有共通之处,天性都灵敏狡黠,都与火的发现有关。

"困在"(ἐρύκει):动词现在时,并不与前文赫拉克勒斯解救普罗米修斯矛盾(参527-528及相关注释)。在信仰宙斯的人心里,神的惩处必不可免,普罗米修斯永远受困在高崖之上,这就好比在基督徒心里,耶稣永远在十字架上受难。

《劳作与时日》这么总结普罗米修斯和潘多拉的神话叙事:"没有什么办法能躲避宙斯的意志。"(105)在这里,强调宙斯的绝对王权,不仅为伊阿佩托斯家族叙事,也为整个提坦世家叙事画上句号,并隐约预示着以宙斯为首的奥林波斯新一代神族世家的时代就要来临。

提坦大战
(行 617–719)

宙斯使计逼迫父亲克洛诺斯吐出肚里的子女,为祖父乌兰诺斯报了仇,也救了哥哥姐姐们,这三代之间的家事算是有个了断(494–497)。但宙斯与克洛诺斯之争不是寻常的家庭纠纷,而是古希腊神族史上最重大的政治变故。父子相争升级为权力斗争,最终爆发了两代王朝之间的暴力冲突,也就是"提坦大战"。

神的战争是古代神话的常见主题。除赫西俄德以外,古代作者中还有缪塞俄斯(残篇 B8)、埃庇米得尼斯(残篇 B24)和菲勒塞德斯(残篇 B4)描绘过提坦大战。荷马《伊利亚特》卷二十和卷二十一中也叙述了神的战争。最初,提坦大战和巨人大战是两场不同的战争,但后来却慢慢混为一谈。比如,阿波罗多洛斯在《书藏》中提及巨人大战时,就援引了提坦大战的相关传说(1.6.1)。

在埃斯库罗斯的《被缚的普罗米修斯》中,提坦大战更像是某种形式的民主政治:诸神之间起了政见分歧,有的想保老王,有的想立新王。普罗米修斯不仅站在宙斯一边,还发挥了关键性的作用:

> 当初神们动怒,起了内讧。有的想把克洛诺斯推下宝座,让宙斯为王;有的竭力反对,不让宙斯统治众神。……由于我的策略,老克洛诺斯和他的战友们全部被囚在塔耳塔罗斯幽深的牢里。(201–203)

这个说法当然与赫西俄德相去甚远,不过有一点却基本一致:宙斯王权未立,提坦大战是新神反对老神的革命。后来也有作者说,宙斯当时已登王座,被黜的克洛诺斯起而反抗(如 Hyginus, *Fabulae*, 150)。总之，不同的说法是为了适应不同的叙事需求。

在赫西俄德笔下，提坦大战历时十年，胜负难定。这时，大地向宙斯建议，释放百手神，以争取援助（147）。本节从第十年开始讲起，荷马的《伊利亚特》也是从特洛亚战争第十年开始讲起（卷二，329）。不过，赫西俄德的战争叙事着眼于整体场景，不像荷马那样强调英雄之间的斗争细节。除宙斯和百手神以外，诗中并没有特别突出哪个参战的神。我们既看不到像阿喀琉斯、赫克托尔这样的生动人物，也看不到埃阿斯大战赫克托尔之类的精彩场面。诗中大量篇幅用于描绘战争中的整个世界：大地、广天、海洋……一切又回到原始的浑沌状态。这场改朝换代的神族战争，目的似乎就在于颠覆创世以来的既有秩序。

百手神与宙斯在冗长的外交对话之后建立联盟。百手神的助阵，结束了这场长达十年的战争：三兄弟用三百块巨石淹没了提坦神，把他们赶下塔耳塔罗斯，并看守住他们。百手神的参战具有如此有力的效用，以至于连宙斯也显得多余——有的校勘家甚至把行 687-710 描述宙斯的段落当作后人篡插（详见笺释）。然而，在任何神话战争叙事中，比如《伊利亚特》的战争叙事，神王永远是主角，永远要清晰地凸显在群体混战的背景之上，三兄弟的三百只手臂在赫西俄德笔下恰恰构成了混战的群体。大战提坦之后，宙斯在王权道路上又向前迈进了一大步。

> 话说那布里阿瑞俄斯，当初父亲妒恨他，
> 还有科托斯和古厄斯，用坚实的锁链捆住他们。
> 他顾忌他们超凡的傲气、相貌
620　和高大身材，把他们藏在道路通阔的大地之下。

"话说那布里阿瑞俄斯"（Ὀβριάρεῳ δ' ὥς）：话题转换。从宙斯制裁普罗米修斯，转到乌兰诺斯制约百手神。这种过渡方式有些出人意料，但不是绝无仅有，希罗多德在《历史》卷三中讲波斯王冈比西斯的故事，突然插进一段萨摩斯人的叙述（3.39-60）。

"当初"(πρῶτα):赫西俄德的叙事时间回到了乌兰诺斯时代。在荷马诗中,这种时间的回溯并不存在:在不得不以先后顺序描绘同时发生的事件时,荷马一般就会把这些事件看成如先后发生的一般。行 711 再次运用这种叙事手法。

"父亲"(πατήρ):天神乌兰诺斯(参见 147 起)。

"用坚实的锁链捆住他们"(δῆσεν κρατερῷ ἐνὶ δεσμῷ):参见《伊利亚特》卷五,386。乌兰诺斯囚禁百手神,见行 139 - 153 相关注释。赫西俄德没有说明他们具体被关在什么地方,下文称宙斯把他们"从虚冥送到阳光"(669;参 620 - 622,652 - 653,658 - 660),而不说是从塔耳塔罗斯,大概因为塔耳塔罗斯是囚禁敌人的处所,但百手神不是敌人。

> 在那儿,他们在地下住所里苦不堪言,
> 受困于世界的尽头,广袤大地的边缘,
> 长久以来历尽折磨,心灵饱受创伤。

"广袤大地的边缘"(μεγάλης ἐν πείρασι γαίης):同一说法亦见行 731。阿特拉斯也在"大地的边缘"支撑着天(518)。

"心灵饱受创伤"(κραδίῃ μέγα πένθος ἔχοντες):百手神因父亲的折磨而伤心。无独有偶,《奥德赛》中两次使用这个说法,均体现了父子关系:卷十七,特勒马科斯看见父亲受到打击,心中忧伤(489);卷二十四,奥德修斯看见年迈的父亲,伤感涌上心头(233)。

> 然而,克洛诺斯之子和所有永生神们——
> 625　秀发的瑞娅和克洛诺斯因爱生下的孩子们,
> 在大地该亚的忠告下,使他们重见天日。
> 因为,她从头告诉神们所有真相:
> 他们与三神联手将获得胜利和辉煌的荣耀。

"秀发的瑞娅和克洛诺斯因爱生下的孩子们"(οὕς τέκεν ἠύκομος Ῥείη Κρόνου ἐν φιλότητι):指行 624 所说的宙斯和奥林波斯永生神们。这样一来,新旧两代神得到区分。此行与行 634 仅一字之差:οὕς τέκεν ἠύκομος Ῥείη Κρόνου εὐνηθεῖσα[秀发的瑞娅和克洛诺斯同欢生下的孩子们]。

"在大地该亚的忠告下"(Γαίης φραδμοσύνησιν):或"大地的智谋",大地的预见能力,前文已多次提到(463,494),下文还将继续强调(884,891)。这里的说法与巨人大战中相似:大地告诉诸神,只有在某个有死的凡人(即赫拉克勒斯)的帮助下,他们才能战胜巨人(参见品达《涅墨厄竞技凯歌》注疏,1.101;阿波罗多洛斯,1.6.1)。

"从头告诉所有真相"(ἄπαντα διηνεκέως κατέλεξε):在预言未来方面,大地该亚似乎没有告诉克洛诺斯"所有"真相,参见行 463-465。

629 他们苦战多年,历尽辛劳,
631 双方对峙,激战连绵,
630 提坦神们和克洛诺斯的孩子们,
632 高傲的提坦们在俄特吕斯山,
　　　　赐福的神们在奥林波斯山——
　　　　秀发的瑞娅和克洛诺斯同欢生下的孩子们。

"多年"(δηρόν):行 636 具体指为"十年"。

"提坦神们和克洛诺斯的孩子们"(Τιτῆνές τε θεοὶ καὶ ὅσοι Κρόνου ἐξεγένοντο):同行 668。行 630 与行 631 对调是普遍认可的读法(West, pp. 339-340)。

"俄特吕斯山"(Ὄθρυος):塞萨利亚平原西南方,海拔 5660 英尺;奥林波斯山则位于平原北方。两山之间的平原恰成一个天然战场。古代神话战争常以真实地名为战场,比如巨人大战发生在佛勒格拉平原(Phlegra);提丰大战在小亚细亚;爱尔兰神话里神族战斗在杜瑞德平原(Tured)。相形之下,挪威神话里的神族战斗均发生在虚幻的平原或海岛上。在本诗中,提坦大战设在塞萨利亚平原,与奥林波斯山的位置有关;俄特吕斯山之所以成为提坦的所在地,就在于这是与奥林波斯山相对的一座主峰。一般说来,直到被新一代神赶走以前,提坦们都住在奥林波斯山(参见 112–113;《劳》,110–111;埃斯库罗斯《被缚的普罗米修斯》,148;《阿尔戈英雄纪》,1.503 起,2.1232)。俄特里斯("Οϑρυος)还有可能源于克里特方言里的"山"这个词(参见 Hesychius, s. v. όϑρυν 和 όϑρυόεν)。

635 　彼此为敌,心中愤怒难消散,
　　他们苦战不休已整整十年,
　　这场恶战难以脱身也看不到头,
　　双方势均力敌,天平上难定成败。

行 635–636 是对行 629 的迂回重复,曾有校勘家建议删这两行(如 Friederichs)。

"整整十年"(δέκα πλείους ἐνιαυτούς):看来,在古希腊神话中,一场大战往往持续十年。荷马讲述特洛亚战争时,用了一个蛇吞食麻雀母子的神谕,并借先知卡尔卡斯之口如此解释:"我们也将在那里打这么多年的战争,第十年我们将攻下那个宽大的都城。"(《伊利亚特》卷二,328–329)在下文中,发伪誓的神也要受惩十年(803)。

"天平上难定成败"(ἴσον δὲ τέλος τέτατο πτολέμοιο):以天平譬喻命运,最让人印象深刻的莫若《伊利亚特》卷八,宙斯在伊达山顶衡量特洛亚人和阿开亚人的胜负:他"平衡一架黄金的天平,在秤盘上放上两个悲伤的死亡命运",最终,"阿开亚人的注定的日子往下沉"(66–77),特洛亚战争的结局就此决定(另参见 711;《伊利亚特》卷十二,436 = 卷十五,413)。

　　但是,当他给他们合宜之物,
640 　只供神们食用的琼浆玉液,

当他们胸中重新涌起豪气,
[在吃过琼浆和甜美的玉液之后,]
人和神的父对他们说道:

"琼浆和玉液"($\nu\acute{\varepsilon}\kappa\tau\alpha\varrho\ \tau'\ \dot{\alpha}\mu\beta\varrho o\sigma\acute{\iota}\eta\nu$):一般以为,琼浆($\nu\acute{\varepsilon}\kappa\tau\alpha\varrho$)是固状,玉液($\dot{\alpha}\mu\beta\varrho\acute{o}\sigma\iota o\varsigma$)是液状,但这种区分在荷马和赫西俄德时代并不明显。阿尔克曼(残篇42)和Anaxandrides(残篇57)称琼浆是"神们的吃食",言下之意当是固态。玉液则时而是固态(比如《伊利亚特》卷五,777;《奥德赛》卷五,93;《献给阿波罗的托名荷马颂诗》,124),时而是液态(比如《伊利亚特》卷十九,38,347;《奥德赛》卷九,359)。

百手神吃琼浆玉液是一个具有象征意义的仪式。从此,他们消解了长期的惩处,回到神的行列。正如行795-804所示,犯了错的神不得食用琼浆玉液,是惩罚之一。珀耳塞福涅在哈得斯的冥间和在母亲德墨特尔身边的食物,也有所区别。荷马诗中常有这样的描述,主人迎接客人的第一件事,就是准备食物给对方享用,神们之间也是如此,比如忒提斯到奥林波斯得到诸神的招待(《伊利亚特》卷二十四,95起),卡吕普索招待远道而来的赫耳墨斯(《奥德赛》卷五,85起)。奥德修斯能言善辩,曾大谈食物对准备作战的战士的好处(参见《伊利亚特》卷十九,155起)。

行642有不同读法:Guyet和M本、PB本建议删除,Hermann和Bergk把它当成行640的排比,Goettling则建议移至行640前(参见West,p.343)。

听我说,该亚和乌兰诺斯的出色儿子,
645 我要告诉你们心里的话。
大家相互作对实在太久了,
为了胜利和权力,天天打个不停,
提坦神和我们这些克洛诺斯的后代。
你们有强大的威力和不可征服的手臂,

650　　在苦战中对付提坦吧,好好展示出来。
　　　　莫忘了我们的友好情谊,从前你们
　　　　困在残酷的锁链里,如今得见天日,
　　　　全靠我们的好意才从幽暗的阴间得救。

　　这里十行诗,宙斯争取百手神的支援,话中既有赞美和鼓励又有暗示和压力,充分施展了神王的外交手段。在《神谱》中,宙斯再也没有说过这么长的话。其中,行 646 – 648 提起作战双方对峙不休,呼应行 629 – 631 的说法:"他们苦战多年,历尽辛劳,双方对峙,激战连绵。"

　　"听我说"(κέκλυτε μευ):用于针对多人的谈话的开场白,《伊利亚特》中多次出现,比如卷三赫克托尔转达帕里斯的话(86)、阿伽门农对特洛亚人说话(456)、卷七安特诺尔和普里阿摩斯在会上发言(348,368)、卷八宙斯在奥林波斯大会上说话(5),等等。

　　"提坦神和我们这些克洛诺斯的后代"(Τιτῆνές τε θεοὶ καὶ ὅσοι Κρόνου ἐκγενόμεσθα):本节多次重复这一说法,强调提坦神和奥林波斯神的区分(630,668)。

　　　　他说罢,无懈可击的科托斯回答道:
655　　"哎呀,好神王,你说的咱们都懂。
　　　　我们老早就晓得,论才智和见识你比谁都强。
　　　　你是永生者逃离冰冷厄运的救星。
　　　　亏得你明智,我们才能离开幽暗的阴间,
　　　　扭转自己的命运,摆脱无情的锁链,
660　　意想不到地回到这里,克洛诺斯的王子啊!
　　　　所以,我们认真想过,拿定了主意,
　　　　要强力支援你们这场苦斗,
　　　　和那些提坦展开连绵激战。"

　　科托斯(655 – 663)表明态度和决心,呼应宙斯的话(644 – 653),

正如上文克洛诺斯(170 – 172)呼应该亚的话(164 – 166)。不过,克洛诺斯以相同的顺序复述该亚的话,科托斯却是以相反的顺序复述宙斯的话(类似情形参见《阿尔戈英雄纪》,4.1318 – 1329 和 1347 – 1362)。宙斯的话有十行,科托斯比神王少一行,计九行。

"无懈可击的科托斯"(Κόττος ἀμύμων):科托斯代表三个百手神发言,原因不明。在别的地方,三神中最出众者总是布里阿瑞俄斯(617, 817 – 819)。

"好神王"(Δαιμόνι'):宙斯的旧称,在荷马诗中另作别用,比如宙斯称呼忒提斯(《伊利亚特》,卷一,561:"好女神")或赫拉(卷四,31:"好女神"),带有轻微的非难口吻。

"亏得你明智,我们才能离开幽暗的阴间"(σῇσι δ' ἐπιφροσύνῃσιν ὑπὸ ζόφου ἠερόεντος):呼应行 653:"全靠我们的好意才从幽暗的阴间得救。"科托斯的答复果然"无懈可击"(654),非常得体。

"摆脱无情的锁链"(ἀμειλίκτων ὑπὸ δεσμῶν ἠλύθομεν):呼应行 652 的"困在残酷的锁链里"。

"克洛诺斯的王子"(Κρόνου υἱέ):在《伊利亚特》卷十三中指宙斯和波塞冬(345)。除此以外,荷马诗中再没有称宙斯为克洛诺斯的"王子",而是"克洛诺斯之子"。

  他说罢,赐福的神们称许
665 这些话,他们的心渴望作战,
  比先前更强烈,他们发起可怕战争,
  所有的男神和女神,就在那一天,
  提坦神们和克洛诺斯的孩子们,
  还有宙斯从虚冥送到阳光里的三神。

"那一天"(ἤματι κείνῳ):指决定性的时刻。提丰"那一天"差点儿推翻宙斯的王权(836);阿伽门农相信"那一天"希腊人能够攻下特洛亚城(《伊利亚特》卷二,37)。

"(带出)虚冥"(Ἐρέβευσφιν):"厄瑞玻斯",参见 515 和 618 相关笺释。

670　　他们强大可怕,气力无与伦比。
　　　　他们肩上吊着一百只手臂,
　　　　全都一样,还有五十个脑袋
　　　　分别长在身躯粗壮的肩膀上。
　　　　他们深入战场,与提坦苦战,
675　　用粗壮有力的手扔投巨石。

行 671–673 = 行 150–152。唯一差别在于,行 151 是"难以名状"(ἄπλαστοι),行 672 则是"全都一样"(πᾶσιν ὁμῶς)。百手神的武器就是他们的一百只手,不是后天制作,而是天然生成,就像马人或巨人,或癸干忒斯巨人族(186)。赫西俄德可能想在这里强调,当百手神们扔巨石时,一次不是扔两块石头,而是一百块,威力可想而知(715)。

"巨石"(πέτρας ἠλιβάτους):专指巨大无比的岩石,比如《奥德赛》卷九巨人用来堵山洞洞口的石头:"那巨石大得即使用二十二辆精造的四轮大车也难以拉动。"(241–242)

　　　　提坦们在对面也加强战线,
　　　　双方使出浑身解数全力以赴。
　　　　一时里,无边的海浪鸣声回荡,
　　　　大地轰然长响,连广天也动撼
680　　呻吟。高耸的奥林波斯山底
　　　　在永生者们重击之下颤动。强烈的振鸣
　　　　从他们脚下传到幽暗的塔耳塔罗斯,
　　　　还有厮杀混战声,重箭呼啸声。

"在永生者们重击之下"(ῥιπῇ ὕπ' ἀθανάτων):同行 849。

"从脚下……混战声"(ποδῶν, αἰπεῖα ἰωή):有的校勘家(Paley, Evelyn-White 和 Mazon)读成 $ποδῶν\ τ'\ αἰπεῖα\ ἰωή$[沉重的步履声],与行 683 连在一起。神的战争不仅影响天上地上,也深入到地下神界(参见 700,841,850 起)。

>   双方互掷武器,引起呜咽不绝。
> 685 两军呐喊,呼声直冲上星天。
>   短兵相接,厮杀与喧嚷不尽。

"呜咽"($στονόεντα$):指武器相互撞击的声音,参见《伊利亚特》卷十七,374。

这一段描绘百手神参战以后的周遭环境:海洋、大地、天空、山峰,直到地下的塔耳塔罗斯,无不受到影响。诗中第一次完整地呈现世界构成的地理概况。在宙斯出场以前,战争对世界的影响以声响和颤动为主,与《伊利亚特》卷十四颇有异曲同工之处:"两军发出巨大的喧嚷冲杀到一起……"(393 起)宙斯带着雷电出场之后,对世界的描写转而侧重光亮和热浪。

>   这时,宙斯不再抑制内心的激情,
>   顿时胸中充满豪气,便要使出
>   浑身解数。他同时从天空和奥林波斯山
> 690 一路接连不断地扔出闪电。串串霹雳
>   直中目标,伴随电光雷声从他矫健的手中
>   频频飞出,引着火焰处处盘旋,

先写宏观战争场景,再写宙斯。宏观场景叙述又分为百手神参战以前(629 – 639)和参战以后(664 – 686)两部分。这是叙事手法,并不表示宙斯直到此时才现身。宙斯参战场景与下文大战提丰(839 – 849)颇有相似之处。

"同时从天空和奥林波斯山"($ἄμυδις...ἀπ'\ οὐρανοῦ\ ἠδ'\ ἀπ'\ Ὀλύμπου$):奥

林波斯是一座山,但此处"同时"($ἄμυδις$)把它和天空并列在一起,似乎暗示了奥林波斯与天空之间有着某种完全平等的关系(参见 128 相关笺释),类似情形见《伊利亚特》卷五:"广大的天空和奥林波斯把天门交给时光女神掌管(790)。

    浓烈无比——周遭孕育生命的大地轰然长响,
    燃烧不尽,无边的森林也在火中大声怒哮。
695 整个大地一片沸腾,还有大洋的流波
    和荒芜的深海。至于别的……灼热的蒸汽困住
    地下的提坦;大火蹿升至神圣的云天,
    他们再强壮,还是被刺瞎了双眼,
    鸣雷闪电的光亮实在太强烈。

  "地下的提坦"($Τιτῆνας\ χθονίους$):以 $χθόνιοι$ 形容提坦,含义不甚明确,历来颇多争议。有些译本作"大地之子"($χθονίους = γηγενέας$,持此观点者有 Guyet, Wolf, Goettling, Schoemann, Mazon 和 Backès 等),另一些译本作"大地上的"($χθονίους = ἐπιχθονίους$,持此观点者有 Van Lennep, Schwenn 和 Pizzagalli 等),与从天上抛掷雷电的宙斯形成对比。目前更通用的解释为"地下的"($χθονίους = ὑποχθονίους$),预示提坦被征服并打入地下的命运(参 717)。

700 漫漫灼热席卷了整个浑沌世界。
    举目看那火光,侧耳听那声响,
    仿佛大地和高高的广天撞在一起:
    大地若崩溃于天空下,或天空
    坍塌在大地上,声响也不过如此。

  这一段采取譬喻写法,参见 594–599 相关笺释。
  "浑沌世界"($χάος$):在宙斯的闪电霹雳之下,整个世界仿佛回到

了原初的浑沌状态(参见116相关笺释),天与地仿佛还没有分离,还紧紧相连在一起。从赫西俄德的说法看,天地撞在一起,似乎确曾发生过,或至少是想象得到的事。托名俄耳甫斯的《宝石录》中讲到,乌兰诺斯被割去生殖器之后,曾试图坍塌在大地之上,以摧毁一切,消灭克洛诺斯的未来王国(645 – 651)。

> 705　　神们鏖战也发出一样大的声响。
> 　　　　大风同时震摇地面,搅乱尘烟,
> 　　　　还有响雷、闪电和燃烧的霹雳,
> 　　　　伟大宙斯的箭矢。大风传送厮杀与喧嚷,
> 　　　　在两军之间的阵地,可怕的轰隆声
> 710　　响彻这场殊死之战,双方力以尽竭。

行 705 – 710 又是一个争议点。Friederichs 和 Schwenn 建议删除这六行。

"大风"(ἄνεμοι):在提丰大战中,大风引起的混乱更为显著,参见 846 相关笺释。

"箭矢"(κῆλα):一般指神的武器和力量,凡人的肉眼看不见,比如《伊利亚特》卷一中阿波罗的箭矢(53,383)。另参《献给阿波罗的托名荷马颂诗》,444;品达《皮托竞技凯歌》,1.12;托名俄耳甫斯《阿尔戈英雄纪》(Argonautica),10。

> 　　　　这时战局渐显端倪。在此之前,
> 　　　　双方不停地相互攻击,激战连绵。

行 711 – 712 过渡痕迹很重。赫西俄德不得不从写宙斯的神勇转为写百手神的神勇,因为,依据大地的预言,奥林波斯神得以击败提坦,全凭百手神的援助(628)。我们也许可以这么理解,起初宙斯参战扭转了战争局势,但紧接着双方再次陷入势均力敌的状态,直到百手神参

战,才最终打败提坦,结束战事。有些校勘家(如 Goettling, Meyer, Aly 和 Mazon)倾向于认为,写宙斯的整个段落(678 – 712)均系后人篡插,然而,赫西俄德的写作本意就在颂扬宙斯,全删似不妥。

    然而,三神在最前线重新发起猛攻,
    科托斯、布里阿瑞俄斯和好战的古厄斯,
715 他们强壮的大手抓着三百块巨石,
    接二连三扔出去,铺天盖地困住
    提坦,在道路通阔的大地之下
    囚禁他们,捆绑在无情的锁链里。
    提坦们再胆气十足,终不敌这些神手——

"三百块巨石"(τριηκοσίας πέτρας):并非泛指多数,而真的是三个百手神抓住"三百块"石头(675 相关笺释)。拉丁诗人们提到布里阿瑞俄斯,曾称他的一百只手上握有一百柄剑,比如维吉尔《埃涅阿斯纪》,10. 565—568;Claudian, *De raptu Proserpinae*, 3. 345(另参柏拉图《游叙弗伦》,299c 等)。

"铺天盖地"(κατὰ δ' ἐσκίασαν):形容百手神用石头密密麻麻困住提坦。希罗多德在《历史》卷七中有相似的说法:"射箭的时候可以把天上的太阳遮盖起来。"(226)参见阿里斯托芬残篇,199. 7 – 8。

"无情的锁链"(δεσμοῖσιν ἐν ἀργαλέοισιν):同一用法亦见 522。事实上,提坦们被囚禁在青铜大门和一道高墙之内(参 732 起)。

地下神界

(行 720 – 819)

神族在俄特吕斯山和奥林波斯山之间一战,惊天泣地,整个世界几乎回到原始的浑沌状态(700)。最终,提坦神溃败,被关禁在幽暗的塔耳塔罗斯。百手神以看守的身份,一块儿回到地下。光明的奥林波斯山再也不是老神的家园。我们也随着诗人的笔触,借机在地下神界游历了一番。

本节一百行诗,专记地下神界。其真伪性曾引起诸多争议,有校勘家以今臆古,视作后人篡插全部删除(如 M 本;参见 West, pp. 356 – 359; Schoemann, pp. 320 – 339; Jacoby, pp. 22 – 27; Schwenn, pp. 15 – 36 等)。然而,描绘天地之外的世界,未尝不是古代叙事诗的常见主题。古代作者菲勒塞德斯记述宇宙的起源,同样提到地下神界。

从《神谱》全篇的叙事结构看,本节不可或缺。它提及地下的各个所在,补充了前文,此前诗中只交代地上的神族世家,倘若缺了这里的叙事,赫西俄德完整描绘世界的计划将大打折扣。此外,描绘地下神界还为塔耳塔罗斯之子提丰出场打下铺垫(820 起),并从某种层面上揭示宙斯在战后如何重整世界秩序。

本节叙事同样严格遵循环式结构,这也是证明其原创性的一大理由。我们可以把整段诗文分成六个部分:

(一)行 720 – 743:提坦的囚禁地;万物的源头和尽头;

(二)行 744 – 757:阿特拉斯;黑夜和白天;

(三)行 758 – 766:睡神和死神;

(四)行 767 – 774:哈得斯;冥府看守犬;

(五)行 775 – 806:斯梯克斯之水;

(六)行 807 – 819:万物的源头和尽头;提坦的囚禁地。

[笺释] 地下神界(行720–819)

在古人的地理理解中,天地之外的世界,要么是垂直的,也就是在地下的某些处所,要么是水平的,也就是在世界的边缘,或大洋之外。在赫西俄德笔下,地下神界与世界边缘同样混淆在一起。白天和黑夜、死神和睡神的住所,以及阿特拉斯站立的地方,显然不在提坦的塔耳塔罗斯囚牢之中,而更像在世界的边缘,或大洋之外。在提坦世家中,我们已经知道大洋家族的情况(337–370),赫西俄德在这里专门补叙大洋神本身。大洋是一条环流大河,围绕人类的世界(大地和海洋)一圈,最终回流到源头(776,790–791)。斯梯克斯作为大洋神的长女(789),流到地下神界的黑暗深处(786–788)。换言之,整个大地被一条大河环绕,如同一条腰带,大河的第十个支流往下流动。我们从中更清楚地了解到赫西俄德眼里的世界格局。

昼夜交替,太阳东起西落,睡神经游地面,死神驻守冰冷的地下殿堂,这些说法与人类生活的时间和空间息息相关。斯梯克斯神话则与前文呼应(383–403),在宙斯的安排下,诸神以斯梯克斯之水为誓,发伪誓的神必得重惩。相隔四百行,诗文遥遥呼应,神权神话和世界秩序的重整再次联系在一起。

720 　从那里到地面和从天到地一样远,
　　因为,从大地到幽暗的塔耳塔罗斯也一样远。
　　一个铜砧要经过九天九夜,
　　第十天才能从天落到地上。
723a　从大地到幽暗的塔耳塔罗斯也一样远。
　　一个铜砧也要经过九天九夜,
725 　第十天才能从大地落到塔耳塔罗斯。

这七行诗解释了塔耳塔罗斯的精确方位,与提坦之战中整个世界的浑沌状态(700)恰成对比,同时在提坦的溃败和地下神界的描绘之间起到很好的过渡作用。

这几行诗在古代抄件中写法不一。一般的读法是,行721呼应行

723a,721－723 三行与 723a、724－725 三行对仗(类似手法参见《劳》，293－297;《伊利亚特》卷十八,595－698;卷二十,226－229;卷二十四,629－632;《奥德赛》卷九,29－32)。但是,底本的抄写人很可能犯了一个常见的错误:混淆行 722 和行 724(两行近似),从而漏抄 722、723b、724 三行;后来,他发现遗漏,在当页下方补抄出来。在后来转抄底本的人中,只有一人遵照底本的原样,有些人把遗漏的三行诗直接抄回本来的位置,更多的人干脆漏抄。在我们今天所能看到的不同古代抄本里,这几行诗的写法差异,恰恰反映它们出自同一个底本,只不过不同抄写人以各自的方式转录了同一底本。

"铜砧"($\chi\acute{\alpha}\lambda\kappa\epsilon o\varsigma\ \mathring{\alpha}\kappa\mu\omega\nu$):亚里士多德在《物理学》(216a13)中提到,物体越重,坠落速度越快,古希腊人普遍具有这种认识。《伊利亚特》卷十五,宙斯为了惩罚赫拉,用两个铁砧挂在她脚上,把她吊在太空和云气里(19－20)。有的笺释者把这里的铜砧理解为陨石——$\mathring{\alpha}\kappa\mu\omega\nu$ 往往用来指陨石(498－500),但陨石不可能是铜质,也不可能从地面落到塔耳塔罗斯。

"九天九夜"($\dot{\epsilon}\nu\nu\acute{\epsilon}\alpha\ \gamma\grave{\alpha}\rho\ \nu\acute{\nu}\kappa\tau\alpha\varsigma\ \tau\epsilon\ \kappa\alpha\grave{\iota}\ \mathring{\eta}\mu\alpha\tau\alpha$):在《伊利亚特》卷一中,宙斯曾把赫淮斯托斯抛出天门,"整天脑袋朝下地坠落,直到日落时才坠到利姆诺斯岛"(591－593)。路吉阿诺斯笔下的人物被吹到月亮上,历时七天七夜(《真实的故事》,1.10)。

> 塔耳塔罗斯四周环绕着铜垒,三重夜幕
> 蔓延圈着它的细颈,从那上面
> 生出了大地和荒凉大海之根。

赫西俄德的地下神界不仅没有对应的真实所在,也不可能有对应的地图或模型。那个时代的古人并不像我们今天从地理学或拓扑学出发理解世界。我们不能够以今天的标准来衡量诗中的空间描述,以免把复杂的东西简单化。赫西俄德把地下神界想象成一个四层的所在,最底层是塔耳塔罗斯,提坦和提丰的囚禁地,由高高的铜墙围住,这里是大地和大海的"根"(728,736-739)。在塔耳塔罗斯和大地之间还存在某个想象的浑渊(χάσμα,740),如张开的大口(χάος,814),其中蔓延着三重夜幕(726-727)。整个地下神界的入口有一个锃亮的大门和青铜门槛(811)。

"铜垒"(χάλκεον ἕρκος):以金属形容宇宙的构成。参见733,750,811(青铜大门);《伊利亚特》卷八,15(塔耳塔罗斯的铜质门槛);维吉尔《埃涅阿斯纪》,6.280、552、554、630-631。《伊利亚特》卷五还提到,战神阿瑞斯被困在铜瓮里达十三个月(387)。

"细颈"(δειρή):赫西俄德把塔耳塔罗斯描绘得像一只瓶子,最顶端是狭窄的瓶颈,宇宙的根源从此流出。整个世界便成就于这地下的大口之上,包括大地和海洋,就好像插在瓶上的一束鲜花。这个意象给人极为深刻的印象(742-743)。

"根"(ῥίζαι):同为大地和大海之根。在赫西俄德的想象中,大地和大海的边界也许最终消失在地下的浑渊之中。由于浑沌是最早生成的宇宙元素(116),这个说法近似于某种一元的宇宙起源观。恩培多克勒也把土、火、水、气四种基本元素称为πάντων ῥίζώματα。"大地之根"的说法亦见《劳作与时日》,19;埃斯库罗斯《被缚的普罗米修斯》,1047。托名俄耳甫斯祷歌中称哈得斯的地下世界位于"大地之根"(18.11),称涅柔斯"掌有大海之根"(23.1)。"根"的说法也可能只是譬喻,与古人把世界比作一棵树有关。埃及、巴比伦、克尔特、挪威、芬兰、爱沙尼亚和亚洲的古代神话均有相似说法,古希腊神话里的相关说法参见菲勒塞德斯残篇,A.11,B.2;品达《皮托竞技凯歌》,9.8。

> 在那里,幽暗的阴间深处,提坦神们
> 被囚困住,聚云神宙斯的意愿如此,
> 在那发霉的所在,广袤大地的边缘。

730

战败的提坦被扔进地下神界。《伊利亚特》卷八,宙斯警告诸神,若不服从他,将会受到"可耻的打击":

>   或是由我捉住,扔到幽暗的塔耳塔罗斯,
>   那地方远得很,是地下的深坑,大门是铁的,
>   门槛是铜的,它与冥土的距离之远,
>   有如天在大地之上。(11 – 16)

荷马诗中的世界分成三层:从天空到大地,从大地到塔耳塔罗斯,再从塔耳塔罗斯到冥土。这与赫西俄德把地下神界想象成一个四层空间有异曲同工之处。塔耳塔罗斯的入口同样有金属制作的大门和门槛。

"幽暗的阴间"(ζόφῳ ἠερόεντι):百手神原本也被父亲乌兰诺斯关闭在"幽暗的阴间"(653,658)。下文说到,他们在帮助宙斯打败提坦之后又回到老地方。

"发霉的所在"(χώρῳ ἐν εὐρώεντι):把地下神界比作一个阴暗凄凉的所在。又见739;《劳》,153("冰冷的哈得斯的发霉住所");《奥德赛》卷十,512等。在现代希腊文学中,哈得斯被形容为"满布蜘蛛网"(ἀραχνισμένος)。

>   他们再也不能出来:波塞冬装好
>   青铜大门,还有一座高墙环绕四周。
>   在那里,住着古厄斯、卡托斯和大胆的
> 735 布里阿瑞俄斯,持神盾宙斯的忠实护卫。

"波塞冬"(Ποσειδέων):作为撼地之神,波塞冬出现在"大地之根",安装青铜的守护大门,再恰当不过。在荷马笔下,他和阿波罗一起修筑了特洛亚城墙(《伊利亚特》卷七,445起)。

百手神在打败提坦们之后依然住在塔耳塔罗斯(734 – 735),这与行815 – 819称他们"住在大洋最深处的住所"相悖。相比之下,后一种说法更合乎情理,毕竟塔耳塔罗斯是囚犯的牢狱,而百手神明明是宙斯的盟友,提坦大战中的英雄。行734 – 735很有可能是后人篡

插,否则只好这么理解:百手神在战争之后,自愿回到原先的住所,并担任囚牢的看护;他们住在宙斯的下界,正如从前住在乌兰诺斯和克洛诺斯的下界一样;奥林波斯山上没有他们的住所。

> 在那里,无论迷蒙大地还是幽暗的塔耳塔罗斯,
> 无论荒凉大海还是繁星无数的天空,
> 万物的源头和尽头并排连在一起。
> 可怕而发霉的所在,连神们也憎恶。

行 736 – 739 同行 807 – 810。

"在那里"(ἔνϑα):地下神界的某个所在,各个处所在这里找到"源头",也找到"尽头"(738,809)。这个神奇的所在称作"浑渊"(χάσμα,740),与χάος[浑沌]同根,是一个无方向的"非—空间"(740 – 743),不存在任何通常的方位标识。这还是一个禁闭的空间,有重重大门和门槛(741,811)。这个地方就是塔耳塔罗斯吗?出于两个原因我们认为不大可能。首先,提坦"住在黑暗的浑渊彼岸"(814);其次,塔耳塔罗斯是空间之一,与大地、海洋、天空同类,大海和天空的尽头在塔耳塔罗斯交接(736,807)。我们可以假想,这里的"浑渊"是原始浑沌留下的,由于诸神力量的诞生、世界秩序的重整,原始浑沌受到挤压和限制。无论如何,本节中的"在那里"似乎是各种处所的总和,共同构成了地下神界;同一说法亦见729,734,736,758,767,775,811。

"万物的源头和尽头"(πάντων πηγαὶ καὶ πείρατ'):在赫西俄德的笔下,大地、塔耳塔罗斯、大海和天空构成一个完整的可见世界,也就是这里所说的"万物"。"源头和尽头"之说,呼应行728 的"大地和大海之根"(另参亚里士多德《论天》,353a34 起;柏拉图《斐多》,111 – 112;路吉阿诺斯,1.230;普鲁塔克《道德论丛》,4c)。那么,塔耳塔罗斯与天空如何相连在一起?这个挑战现代思维的问题再次证明,古人的想象不能以现代眼光妄加臆断。

"可怕而发霉的所在,连神们也憎恶"(ἀργαλέ' εὐρώεντα, τά τε

στυγέουσι θεοί περ): 此行与《伊利亚特》卷二十行 63 近似,"可怕、死气沉沉、神明都憎恶的去处", 只是 ἀργαλέα 改为 σμερδαλέα。荷马说的是哈得斯冥府,可见神们厌恶塔耳塔罗斯就像厌恶哈得斯一般。

740 无边的浑渊,哪怕走上一整年,
　　从跨进重重大门算起,也走不到头。
　　狂风阵阵不绝,把一切吹来吹去,
　　多么可怕,连永生神们也吃不消。

"浑渊"(χάσμα):源自 χάος [浑沌]。参见行 736 相关笺释、行 116 相关笺释;《伊利亚特》卷四,182;普鲁塔克《道德论丛》,167a。普罗克洛斯在注疏柏拉图的《帕默尼德》(137d6-8)时援引了俄耳甫斯神谱传统中的一种说法:

> 遵照永生准则,不老的时间之神孕生了
> 埃忒耳和巨大奇妙、四处延伸的浑渊。(残篇 66)

"走上一整年"(πάντα τελεσφόρον εἰς ἐνιαυτὸν):这种说法也见于荷马诗中:帕特罗克洛斯的尸体哪怕躺上一整年也不会腐烂(《伊利亚特》卷十九,32);一片浩渺的大海哪怕飞鸟一年也难以穿越(《奥德赛》卷三,319)。行 740-744 是否出自赫西俄德本人的手笔,遭到一致质疑:前面已经说过,铜砧从地面落到塔耳塔罗斯需要九天九夜(724-725),即便这里说的是人而不是铜砧。

"重重大门"(πυλέων):既然神们会被扔进塔耳塔罗斯,想必那是有入口的。这个门,大约就是行 811 的 μαρμάρεαί τε πύλαι [锃亮的大门],而不是行 732 的 θύρας ...χαλκείας [青铜大门]。一般说来,大门往往与哈得斯的住所、死者进入阴间联系在一起;进入大门就是进入一个新的国度。哈得斯的大门出现在下文行 773。这句话的意思或是,从进塔耳塔罗斯(的门)开始算起,走上一整年也走不出去,回不到地面。

[笺释] 地下神界(行 720–819)

在《伊利亚特》卷八中,塔耳塔罗斯被形容为没有风,没有光线(480–482)。但柏拉图的《斐多》(112b)和这里的说法一致,"风和水流的方向一样"(另参菲勒塞德斯残篇B5)。倘若这几行真的不是赫西俄德手笔,那么,篡插作者想必是联系行727,把塔耳塔罗斯想象成一个封闭的瓶子,有一股风在里面盘旋飞转,并吹动一切落进其中的东西,使之永无可能到达底部。篡插作者不再关心提坦的事,但仍不忘描写他们在黑暗的浑渊里永无休止地忍受风暴。

何等奇观! 幽深的夜叫人害怕的家
745 　裹着黑色的云雾隐隐矗立在那里。

一般认为,这两行诗比行 740–743 的篡插年代更晚,属于篡插中的篡插。

"何等奇观"(τοῦτο τέρας):补充上行,有悖史诗文风。τέρας[奇观]是后来才有的用法。夜神即将正式出现在下文(748 起),这里突然出场亮了个相,有碍行文流畅。另外,行 743 像是段落的结语,不该再有续行。篡插作者的用意很明显:承接下文,阿特拉斯站在夜神的家门前。

"幽深的夜"(Νυκτὸς ἐρεμνῆς):另一种读法是 Νυκτὸς δ' ἐρεβεννῆς (Rzach),与"虚冥"(厄瑞玻斯)有关,大约因为虚冥和黑夜同为浑沌所生(123–125),又一起生下天光和白天(123–125)。欧里庇得斯的《俄瑞斯忒斯》(179)中也曾一并提到这两个神:黑夜来自虚冥。这里从 West 读法。

夜神的住所,一般认为在西方的尽头。由此引出下面的几段神话叙事。首先是阿特拉斯支撑天穹。其次是白天与黑夜。第三是睡神和死神。第四,从死神的描绘引出冥府哈得斯的描绘,再自然不过。最后,说起哈得斯,就不能不想到冥府的斯梯克斯水流。

在那前面,伊阿佩托斯的儿子支撑着天,

> 他站着,不倦的头颅和双臂[托着天],
> 巍然不动,黑夜和白天在此相会,
> 彼此问候,在青铜的门槛上交班:

"在那前面"($τῶν\ πρόσθ'$):撇开行 744 – 745 这些有争议的文字不算,此处应理解为,阿特拉斯站在行 732 – 733 所说的塔耳塔罗斯的青铜大门前,而不是夜神之家前。

"伊阿佩托斯的儿子"($Ἰαπετοῖο\ πάις$):阿特拉斯本在大地的边缘,靠近大洋彼岸的赫斯佩里得斯姐妹(517 起),现在又说成在地下神界。这种看似矛盾的说法,进一步证明赫西俄德在诗中混淆地下世界和世界边缘。同样,百手神的地下住所也在"世界的尽头,广袤大地的边缘"(622)。

行 747 同行 519。

"黑夜和白天"($Νύξ\ τε\ καὶ\ Ἡμέρη$):或音译为"纽克斯和赫墨拉",她们本是一对母女,来自浑沌家族(参见 124 相关笺释)。

"青铜的门槛"($οὐδὸν\ /\ χάλκεον$):这里的青铜门槛想来有别于行 811 的青铜门槛。门槛与门具有相同的象征含义(741 相关笺释)。这里的门槛属于白天和黑夜共同的家,因此,行 744 – 745 称"黑夜的家",更进一步证明是后人篡插的口吻。

> 750　一个降落进门,另一个正要出门。
> 　　她俩从不会一块儿待在家里,
> 　　总是轮番交替,一个走在宅外,
> 　　穿越大地,另一个守在家里,
> 　　等待轮到她出发的时候来临;

这里采用拟人化的说法,描绘昼夜交替的自然现象。正如我们所知,黑夜是母亲,白天是女儿。在赫西俄德的想象中,先有黑夜,才有白天(124 – 125)。

755 　一个给大地上的生灵带来把万物尽收眼底的光，
　　　另一个双手拥抱死亡的兄弟睡眠：
　　　那就是裹在云雾中的可怕的夜神。

"把万物尽收眼底"($πολυδερκὲς$)：指黎明的光,白天最先引来黎明。赫卡忒抚养的年轻人也"在她之后,看见把万物尽收眼底的黎明之光"(451)。

"睡眠"($Ὕπνον$)：睡神,又音译为"许普诺斯"。他和死神同为夜神之子(212)。在紧接下来的段落中,夜神的儿子们不再是被抱在怀里的小孩,而是强大活跃的神。

　　　在那里还住着幽深的夜的儿子们,
　　　睡眠和死亡,让人害怕的神。
760　灿烂阳光从不看照在他们身上,
　　　无论日升中天,还是日落归西。

"睡眠和死亡"($Ὕπνος καὶ Θάνατος$)：这里的笔调像是第一次提到这兄弟俩,其实不然(211-212)。《伊利亚特》卷十六称他们"快捷的引路神,孪生兄弟"(671-672)。维吉尔也曾提到冥府门前的夜神子女(《埃涅阿斯纪》,6.273起)。

"看照"($ἐπιδέρκεται$)：太阳看照着大地上的万物,这是古希腊人的普遍想法。参见《奥德赛》卷十一,16；《伊利亚特》卷三,277。

　　　他们一个漫游在大地和无边海上,
　　　往来不息,对人类平和又友好；
　　　另一个却心如铁石性似青铜,
765　毫无怜悯。人类落入他手里
　　　就逃脱不了,连永生神们也恼恨他。

"心如铁石性似青铜"(σιδηρέη μὲν κραδίη, χάλκεον δέ οἱ ἦτορ):譬喻用法。指心硬无情,一般用铁(比如《伊利亚特》卷二十二,357;卷二十四,205,521;《奥德赛》卷四,293;卷五,191;卷十二,280;卷二十三,172),或传说中的金属(239),但很少用铜。死神当然冷酷无情,参见212 相关笺释。不仅有死的凡人害怕死神,连不死的神们也恼恨他。

睡神和死神的对比写法,呼应《劳作与时日》中两个不和女神的说法(11-24);睡神"漫游在大地和无边海上",呼应各种疾病漫游人间、横行白天和黑夜(《劳》,101-102);"对人类平和又友好",呼应勒托的温和性情(406-408)。这些呼应之处有助于证实本节确实出自赫西俄德手笔。

> 在那前面有地下神充满回音的殿堂,
> 住着强悍的哈得斯和威严的珀耳塞福涅,
> 一条让人害怕的狗守在门前,
> 770　冷酷无情,擅使阴险的诡计。

从死神讲到冥府,过渡自然。哈得斯在某些时候也就是死神,或死者的王。

"地下神"(θεοῦ χθονίου):哈得斯也称"冥府的宙斯"(Ζεὺς χθόνιος)。比如《劳》,465;《伊利亚特》卷九,457;索福克勒斯《俄狄浦斯在科洛诺斯》,1606;托名俄耳甫斯祷歌,18.3,41.7,70.2;埃斯库罗斯《乞援人》,156-158,230-231;《阿伽门农》,1386-1387 等。

"住着强悍的哈得斯和威严的珀耳塞福涅"(ἰφθίμου τ' Ἀΐδεω καὶ ἐπαινῆς Περσεφονείης):同行 774。一般认为,此行乃后人篡插。ἐπαινῆς[威严的]专用来修饰和哈得斯在一起时的冥后珀耳塞福涅。

冥府的看门犬,其实就是海神家族中的厄客德娜与提丰生下的刻尔柏若斯(310-312)。

> 它摇耳又摆尾,逢迎人们进来,

[笺释] 地下神界(行720-819)

> 却阻止他们折回去。它窥伺着,
> 抓住并吃掉那些企图夺门逃走的人——
> [那里]住着强悍的哈得斯和威严的珀耳塞福涅。

这里描绘冥府看门犬的贪婪性情,实喻死神的特质:笑迎来客,却决不放他们离开(参埃斯库罗斯《波斯人》,688-690)。

"摇耳又摆尾"(σαίνει ὁμῶς οὐρῇ τε καὶ οὔασιν ἀμφοτέροισιν):参见《奥德赛》卷十七,老狗阿尔戈斯认出主人奥德修斯:"不断摆动尾巴,垂下两只耳朵。"(302)刻尔柏若斯假意奉承来者,参见索福克勒斯残篇687(珀尔塞斯进入哈得斯);贺拉斯《颂歌》,2.13.33。

> 775　在那里住着永生者们憎恶的女神,
> 　　　可怕的斯梯克斯,环流大洋神的
> 　　　长女。她远离神们,住在华美的寓所,
> 　　　巨大的岩石堆砌成拱穹,
> 　　　银柱盘绕而起直上云霄。

从这里开始斯梯克斯神话叙事,呼应行383-403。据《奥德赛》卷十,斯梯克斯是冥府的一条河(514),出现在冥府之后,显得自然不过。柏拉图对话也多次援引这种说法(《斐多》,112e)。不过,在赫西俄德笔下,斯梯克斯还代表另一种特殊身份,即监督神们的重要誓言。誓言不是一句话,而是一种存在,是伊里斯取来的斯梯克斯水,神们对着这水立誓(780-781,784-785)。前文也已提到,宙斯派斯梯克斯主管神们的誓言(400)。诗中的斯梯克斯极有可能是阿尔卡底亚地区的一条同名水流。有关这条水流的记载很多,最早是公元前6世纪希罗多德的记录(另参泡赛尼阿斯,8.17.6-8.18.6):

> 他还想把阿尔卡底亚的首脑任务带到挪纳克里斯城去,要他们凭着斯梯克斯河的河水发誓。据阿尔卡底亚人的说法,则在这

个城邦的附近就有斯梯克斯河的河水,而这种河水的性质有如下述:它看起来不过是岩石流向洼地的一股小小的水流,在洼地的四周有一道圆形的石壁。这个水泉所在的挪纳克利斯是阿尔卡底亚地方离培涅俄斯不远的一个城邦。(6.74)

"环流大洋神"(ἀψορρόου Ὠκεανοῖο):大洋神俄刻阿诺斯。相同说法参见《伊利亚特》卷十八,399。大洋环绕着陆地,环流一圈,最终入归源头(参见790–791)。

"华美的寓所"(κλυτὰ δώματα):参见行303(厄客德娜的住所),也可能指洞穴。《伊利亚特》卷十四,赫拉称俄刻阿诺斯和特梯斯有一个住所(δέμοι,202);《奥德赛》卷四,卡利普索的家被称为μέγαρα(557)。水仙或河神住在水里或河边。参见埃斯库罗斯《被缚的普罗米修斯》,133,300,396(俄刻阿诺斯);维吉尔《埃涅阿斯纪》,8.65;奥维德《变形记》,8.560(阿刻劳斯)。

"银柱"(κίοσιν ἀργυρέοισι):斯梯克斯河水极其冷冽,这里的银柱很可能是冬日冻在河上的冰柱。

"直上云霄"(πρὸς οὐρανὸν ἐστήρικται):同样说法见《伊利亚特》卷四,443(伊里斯);欧里庇得斯《酒神的伴侣》,1083。水流从地下神界直冲上天,想来有些不可思议。不过,这也呼应了前面"塔耳塔罗斯与天空相连"的说法(参736起)。作为神话题材,赫西俄德大可自由发挥想象。斯梯克斯河的源头在大洋(789),经由悬崖落入地下(786–788)——伊里斯必须穿过大海去取其河水(781),这样看来,这些冰柱有可能位于世界的边缘,与顶天柱的说法相关(522)。

780　　陶马斯之女,捷足的伊里斯很少
　　　　在无垠的海面上来往传信。
　　　　然而,每当永生者中起争吵和冲突,
　　　　住在奥林波斯山的某个神撒了谎,
　　　　宙斯就派伊里斯去找神们的重大誓言,

785　　从大老远取来这著名的水,盛在金杯里,
　　　　那是一股冰冷的水,从巨崖高高淌下。

"传信"(ἀγγελίην):暗示宙斯对斯梯克斯的召唤,伊里斯是彩虹女神(266),神们的信使。这个神话的起源也许与彩虹的预兆有关。

"神们的重大誓言"(θεῶν μέγαν ὅρκον):也就是下行斯梯克斯的"著名的水"(785,805;参见400相关笺释)。

"金杯"(χρυσέῃ προχόῳ):据泡赛尼阿斯记载(8.18.5),斯梯克斯水连金子也能腐蚀穿透。伊利斯受宙斯委派,带着金杯去汲取斯梯克斯河水,与古希腊女孩儿被派去汲水相似。

据行786的说法,斯梯克斯水从高高的峭壁落下,可谓最令人敬畏的自然景观之一。

　　　　远远的,在道路通阔的大地之下,
　　　　它源自神圣的大河,流过黑色的夜,
　　　　俄刻阿诺斯的一个分支,第十支流:
790　　另外九条支流环绕着大地和无垠的海面,
　　　　银色的涡流最终汇合于咸涩的浪中。
　　　　只这支流从崖石淌下,是神们的大灾祸。

这几行诗描绘了大洋的方位,以及斯梯克斯作为分流的状况。我们知道,在神话叙事中,斯梯克斯正好是大洋女儿。

"神圣的大河"(ἱεροῦ ποταμοῖο):"神圣的"(ἱερός)一般指河流,比如《伊利亚特》卷十一中的阿尔费奥斯(726)。大洋俄刻阿诺斯(Ὠκεανός)在所有河流中最神圣。斯梯克斯河和大洋俄刻阿诺斯的共同之处在于,它们都流淌在人的视野以外,不仅如此,在赫西俄德以外的版本里,它们都与死者的世界有关,比如在柏拉图的《斐多》中,它们均属于冥府四大河流(112e)。

"分支"(κέρας):本意"牛角",这个譬喻说法可能与古人把河流比

作牛有关(欧里庇得斯《俄瑞斯忒斯》,1378),河流的"角",即分支(希罗多德,4.91;维吉尔《农事诗》,4.319)。

"九条"(ἐννέα)支流:赫西俄德的意思应该是,斯梯克斯水流量占大洋十成中的一成。维吉尔做出别的理解,在《埃涅阿斯纪》卷六中说,大洋环绕大地九圈(mouies Styx interfusa)。这个说法误导了不少后来的校勘家。俄耳甫斯神谱传统中也有如下说法:

> 神学家们指出,环河是各种形式的运动之源。他们说,环河喷涌着十大支流,前九条支流通往大海,因为它们是有形的运动,只有最后的运动属于与躯体区别开来的存在。这一点我们在《法义》(10,894c4 起)已经看到了。(残篇 116)

若有谁以这水浇奠并故意发伪誓
——拥有积雪的奥林波斯山顶的永生者,
795　便要断了呼吸,躺倒整整一年,
不得接近琼浆和玉液为食。

"浇奠"(ἀπολλείψας):通过祭奠仪式,立誓与女神斯梯克斯联系在一起。一旦有哪个神立下伪誓,斯梯克斯就会判惩(231 和 400)。在立誓的时候奠酒,是常见做法(参见欧里庇得斯《腓尼基妇女》,1240;阿里斯托芬《阿开奈人》,148)。柏拉图的《克里蒂亚》(120a–b)中说,祭奠人必须喝下一部分酒,有笺释者因此把下文伪誓者的昏迷理解为酒后的状态(Schoemann, p. 235)。无论如何,水是最古老的祭奠用品。

行 794 同行 118。出于语序原因,本行译法与行 118 略有不同。

"整整一年"(τετελεσμένον εἰς ἐνιαυτόν):同样说法亦见《劳作与时日》行 561。在《伊利亚特》卷五中,阿瑞斯被阿洛欧斯的儿子们关了十三个月,与一年之说相近。一年昏迷,也许只是确定此神发了伪誓,接下来的九年考验才是真正的惩罚(800 起)。《吠陀经》也把生病当作对神的惩罚,比如月神违背对众生之主(Prajāpati)的誓言,得了顽疾日渐憔悴(Rājayakshma)。

> 他要没声没气地躺倒在
> 床榻上,不祥沉睡笼罩全身。
> 这病要捱完长长一年才算数,
> 800　更严酷的新惩罚又相继而来。

"沉睡"(κῶμα):现代西语的"昏迷—植物人"(coma)源于该词。这里当指神出于某种意图而造成的神奇的睡眠,比如宙斯在赫拉的魅力诱惑下陷入沉睡(《伊利亚特》卷十四,359);佩涅洛佩祈求阿尔特弥斯赐给她如死的睡眠(《奥德赛》卷十八,201;另参阿尔克曼,7.2;萨福残篇,2.8;品达《皮托竞技凯歌》,1.12)。修饰语καλύπτει[笼罩,包裹]在荷马笔下往往用于死亡的黑暗,或挨打而丧失知觉,如见《伊利亚特》卷二十四(20)。

> 他要和永生神们断绝往来九年,
> 不得出席议会,参加欢宴,
> 如此整整九年,到第十年才重回
> 奥林波斯山顶的永生者的聚会。
> 805　神们这样以长生的斯梯克斯水立誓,
> 那流经丛石之地的古老的水。

"九年"(εἰνάετες):赫淮斯托斯被赫拉丢出天庭,欧律诺墨和忒提斯收留他九年(《伊利亚特》卷十八,394)。宙斯威胁雅典娜和赫拉不要一味支持阿开亚人,否则她们将受到雷击,伤口十年内无法痊愈(卷八,404)。《劳作与时日》中写道:"九岁公牛力气最足。"(436)

"长生的斯梯克斯水"(Στυγὸς ἄφθιτον ὕδωρ):无论神话里的斯梯克斯,还是现实中阿尔卡底亚的斯梯克斯,都不会简单称为Στύξ,而会像这里一样称为"斯梯克斯水"(Στυγὸς ὕδωρ)。形容语"长生的"

(ἄφθιτος)还在本诗中出现两次,同样指斯梯克斯(389,397)。这可能因为斯梯克斯水也被视为一种神奇的长生不老水,当初忒提斯为了使儿子阿喀琉斯获得永生,把他全身浸在神水里,除脚踝以外。在现代的阿尔卡底亚还存在着一种民间说法:在一年当中的某个日子里喝下斯梯克斯水,就能长生不老(参见 C. T. Schwab, *Arkadien*, 1852, p. 16)。

> 在那里,无论迷蒙大地还是幽暗的塔耳塔罗斯,
> 无论荒凉大海还是繁星无数的天空,
> 万物的源头和尽头并排连在一起。
> *810* 可怕而发霉的所在,连神们也憎恶。

行 807 – 810 同行 736 – 739。参看上文相关笺释。

> 在那里有锃亮的大门和青铜门槛,
> 门槛巍然不动,有连绵的老根,
> 浑然如天成。在那前面,众神之外
> 住着提坦们:就在黑暗的浑渊彼岸。

"青铜门槛"(χάλκεος οὐδός):门槛、大门之说,均系对宇宙构造的一种形象化表述。荷马也提起过德尔斐的阿波罗圣坛的门槛,参见《伊利亚特》卷九,404;《奥德赛》卷八,80。巴门尼德则提及白天和黑夜的住所门槛(749)。

"众神之外"(θεῶν ἔκτοσθεν ἁπάντων):指那些远离奥林波斯山顶、住在边缘地带的神们,比如厄客德娜(302)和斯梯克斯(777)等。

行 813 – 814 呼应行 729 – 735(被囚的提坦);行 815 – 819 呼应行 725 – 735(百手神)。这几行诗作为总结,完满地为"地下神界"画上句号。

815 雷声轰轰的宙斯那些闻名遐迩的盟友

> 住在大洋最深处的住所里——
> 科托斯和古厄斯；布里阿瑞俄斯生来英勇，
> 发出巨响的撼地神选他做女婿，
> 把女儿库墨珀勒阿许给了他。

"科托斯和古厄斯"(Κόττος τ' ἠδὲ Γύης)：百手神住在大洋深处，对观前文说他们"看守塔耳塔罗斯"(734 – 735)。

"布里阿瑞俄斯"(Βριάρεων)：百手神中最出色的一个。这里单独提起，并与海神密切相关(参见149相关笺释)。

"库墨珀勒阿"(Κυμοπόλειαν)："出没浪间的"，除赫西俄德以外，古代作者再无记录这个名字。库墨珀勒阿与涅柔斯的女儿们极为接近，比如库姆托厄(245)、库摩多刻(252)、库玛托勒革(253)等。老神布里阿瑞俄斯与新神波塞冬的女儿，又一件典型的政治联姻，宙斯重整世界秩序的结果。

提丰大战
(行 820－880)

提坦被黜,不料又出了个提丰。这回,宙斯与他单打独斗。提丰看似年轻,辈分却很高。他是大地的最小儿子,父亲是塔耳塔罗斯。在赫西俄德笔下,他与海神家族的厄客德娜生育了一群怪物,比如刻尔柏若斯、许德拉(306－331)。古希腊和古巴比伦神话里流传着一个传统故事,讲到一群怪物在蛇妖(厄客德娜,299)的率领下反叛诸神(参见菲勒塞德斯残篇,B4),不过在本诗中,这群怪物并没有参加提丰大战。

古希腊神话中有许多提丰的传说。仅从赫西俄德相仿的年代看,提丰的说法大约有四种:

第一,荷马《伊利亚特》卷二:"当他在阿里摩人($εἰν\ Ἀρίμοισιν$)的国境内鞭打土地时,据说提丰就睡在下面"(782－783)——除宙斯鞭打提丰以外,这个说法似乎与赫西俄德没有什么关系。

第二,埃庇米得尼斯讲到:提丰趁宙斯睡着,占领神王的宫殿;宙斯以雷电击毙他(残篇8)。——宙斯在击败提丰之前已是神王,拥有宫殿,与赫西俄德的说法相反。

第三,《献给阿波罗的托名荷马颂诗》:雅典娜诞生,赫拉大怒,因为她只有一个孩子赫淮斯托斯,还成了跛子。于是,她去求大地和广天,生下提丰这个和宙斯一样强大的儿子。她把提丰交给皮托的蛇养育,后来阿波罗杀了这条蛇,至于提丰的结局,诗中未交代(305－355)。——提丰由赫拉所生,且在雅典娜以后(886－929),说法与这里尽然不同。

第四,斯特西科卢斯(Stesichorus,残篇62):与赫西俄德的叙事接近。

到了希腊晚期,提丰传说渐渐变得多样化,还融入各种异域元素,有的干脆等同为古埃及的塞特神(Hecataeus,1 F 300;希罗多德,2.144;埃斯库罗斯《乞援人》,560)。

本节可以大致分成三个部分：

(一)行820—835：提丰概述；

(二)行836—868：宙斯大战提丰；

(三)行869—880：提丰的后代。

在整部《神谱》中,提丰大战是最受争议的章节(参见 West,pp.381—382),曾有不少译本认定它是后人篡插,予以删除,理由大致总结如下：

第一,下文中讲到宙斯称王："极乐的神们辛苦操劳完毕,用武力解决了与提坦的荣誉纷争。"(881—882)只提提坦大战,不提提丰大战。

第二,与提坦大战有叙事重复乃至模仿之嫌。

第三,大地生出一个宙斯的天然敌人,有悖她在《神谱》中援助宙斯的一贯立场。

第四,本节写提丰,与前文行306起写提丰,区别很大,就连名字的拼法也不一样。

第五,塔耳塔罗斯做了提丰的父亲(行822),是个人身化形象,但在诗中其余地方仅仅是地名。

第六,本节叙事风格与整部《神谱》不符。

然而,提坦大战与提丰大战在叙事结构和语言风格上的相似,恰恰表明了它们出自同一作者的手笔。虽有几处说法自相矛盾,但这在神话叙事中屡见不鲜。行869—880写提丰生下的各种狂风,呼应《劳作与时日》中有关航海的说法(618起),也进一步证明它不可能全是伪作。何况,从神权神话的叙事逻辑来看,提丰大战不可或缺。通过打败提丰,宙斯完善了在时间和空间意义上的征战：他先战胜天神之子提坦,又战胜塔耳塔罗斯之子提丰,从而收服天上地下的整个世界；他先征服前一代神,又淘汰比他晚的年轻一代的挑战,从而成为面向未来的绝对王权。

820　　　宙斯把提坦们赶出天庭之后，
　　　　　宽广的该亚生下最小的孩子提丰，
　　　　　金色的阿佛洛狄特使她和塔耳塔罗斯相爱。

"最小的孩子"(ὁπλότατον παῖδα)：大地该亚的后代包括最初生成的天、山、海(126 - 132)、天神世家(133 - 153, 包括提坦)和海神世家(233 - 239)。因此，从辈分上看，提丰仅次于天神、海神和丛山。行820写赶走提坦，行821写生下提丰，两行之间带有某种对照。

"金色的阿佛洛狄特"(χρυσῆν Ἀφροδίτην)：同一说法参见行962，975，1005；《劳作与时日》，65。在《神谱》中，阿佛洛狄特还另外安排下几宗情事：大洋女伊底伊阿和埃阿忒斯(962)，大洋女儿卡利若厄和克律萨俄耳(980)，涅柔斯的女儿普萨玛忒和英雄埃阿科斯(1005)，基尔克和奥德修斯(1014)。

"塔耳塔罗斯"(Ταρτάρου)：在诗中其余地方仅仅是一个地名，尽管它也可以像大地、天空一样人身化。行822可能是后人的篡插。一般说来，提丰没有父亲，《献给阿波罗的托名荷马颂诗》也说赫拉独自生下他(334 - 339)。不过，塔耳塔罗斯作提丰的父亲，也不是毫无旁据可考，参见 Hyginus, *Fabulae*, 152；阿波罗多洛斯，1.6.3；埃斯库罗斯《被缚的普罗米修斯》注疏，351。

　　　　　他有干起活来使不完劲的双手和
　　　　　不倦的双脚：这强大的神。他肩上
825　　　长着一百个蛇头或可怕的龙头，
　　　　　口里吐着黝黑舌头。一双双眼睛映亮
　　　　　那些怪异脑袋，在眉毛下闪着火花。
　　　　　[他的每个注视在所有脑袋上喷溅火光。]

提丰和厄客德娜及其子女们一样生得怪异。他有一百个头，是怪物中的王。相比之下，革律俄涅(288)和客迈拉(321)只不过有三个脑袋,百手神(151,672)和刻尔柏若斯(313)有五十个脑袋。此外,古代作品中提起提丰,都会写到他的双手强壮有力。参见《阿尔戈英雄纪》,2.1211起;奥维德《变形记》,3.303;阿波罗多洛斯,1.6.3等。

"舌头"($\gamma\lambda\acute{\omega}\sigma\sigma\eta\sigma\iota\nu$):描写蛇,必要提到舌头,参见《伊利亚特》卷十一,阿伽门农的胸甲装饰(26)。

"那些怪异脑袋"($\vartheta\varepsilon\sigma\pi\varepsilon\sigma\acute{\iota}\eta\varsigma\ \kappa\varepsilon\varphi\alpha\lambda\tilde{\eta}\sigma\iota\nu$):强调提丰不止一个脑袋,也不止一双眼睛。下文行856称:"所有脑袋。"

行828重复行826-827。Ruhnken建议删行828。这三行很有可能均系伪作。Fick指出,行830本应紧接在行825之后,中间几行均系后人篡插(West,p.386)。

> 每个可怕的脑袋发出声音,
> 830　说着各种无法形容的言语,
> 　　时而像在对神说话,时而又
> 　　如难以征服的公牛大声咆哮,
> 　　时而如凶残无忌的狮子怒吼,
> 　　时而如一片犬吠:听上去奇妙无比,
> 835　时而如回荡于高高群山的呜咽。

这七行诗写提丰的声音,很不同寻常。埃斯库罗斯的《被缚的普罗米修斯》中提到一种"嘶嘶声"(351,355),阿波罗多洛斯在《书藏》中提到一种"尖哨声"(1.6.3)。在赫西俄德笔下,提丰声音多变(参Nicander.残篇59;诺努斯《狄俄尼索斯纪》,1.157-162,2.250-257、367-370),与早期神话里提丰变形为各类动物有关。古埃及神话里的塞特就和其随从一起变幻成狮子、蛇、河马、鳄鱼。变形是神话的常见主题,这里提到的公牛、狮子、猎犬、蛇,都是常见的变形动物。

"像在对神说话"($\H\omega\sigma\tau\varepsilon\ \vartheta\varepsilon o\tilde{\iota}\sigma\iota$):这是提丰最平常的声音。他发出的声音,与人的喉咙发出的声音一样(诺努斯《狄俄尼索斯纪》,2.256-257),只不过他说的是神的语言。古希腊人普遍认为,神说一种专门的语言,正如不同社会的人乃至动物有各自的语言一样。荷马诗中常有同一事物的两种命名(神的命名和人的命名),比如百手神(《伊利亚特》卷一,402 起)、特洛亚城外山岗(卷二,813 起)、鸣鸟(卷十四,291)、大河(卷二十,290 起)、药草(《奥德赛》卷十,305)、悬崖(卷十二,61),等等。柏拉图的《斐德若》中提到爱若斯的两个名称:"凡人叫他展翅飞翔的爱若斯,神们却叫他飞客,因为长翅膀的必然。"(252b)俄耳甫斯神谱则记道:"他又孕生了另一个无边的大地,永生神们称之为塞勒涅,地上的凡人则称墨涅,那里有许多高山、许多城市和许多住所。"(残篇91)参见品达残篇,33c4 - 6,96;菲勒塞德斯残篇 B12;奥维德《变形记》,11.640。

> 那一天,无可挽回的事差点儿来临,
> 提丰差点儿统治人类和永生者,
> 若不是人和神的父亲及时察觉。

"那一天"($ἤματι\ κείνῳ$):宙斯与提坦的决战同样也发生在"那一天"(667)。这里指宙斯察觉提丰的存在之日,也许就是提丰诞生之日。

"无可挽回的事差点儿来临"($καί\ νύ\ κεν\ ἔπλετο\ ἔργον\ ἀμήχανον$):这种叙述手法与《伊利亚特》卷八中狄奥墨得斯大战赫克托尔时的场景描述接近(卷八,130;卷十一,310)。

"统治人类和永生者"($θνητοῖσι\ καὶ\ ἀθανάτοισιν\ ἄναξεν$):诗中还有一次相似用法,指宙斯,他释放了库克洛佩斯,从对方那里得到闪电、燃烧的霹雳和鸣雷,"这使他做了人类和永生者的王"(506)。

"若不是人和神的父亲及时察觉"($εἰ\ μὴ\ ἄρ'\ ὀξὺ\ νόησε\ πατὴρ\ ἀνδρῶν\ τε\ θεῶν\ τε$):同《伊利亚特》卷八,132(同样是狄奥墨得斯大战赫克托尔的场景描述)。

> 他打雷,猛烈又沉重。周遭大地

840 发出可怕回响,还有高高的广天、
大海、大洋和大地深处的塔耳塔罗斯。

行839起,宏观战争场面描绘,对应提坦大战叙事中行678起。

"大地深处的塔耳塔罗斯"(Τάρταρα γαίης):塔耳塔罗斯作为大地的一部分,参见119相关笺释。俄耳甫斯神谱传统也有类似说法,比如普罗克洛斯注疏《蒂迈欧》(40e6–41a1)时的援引:

当乌兰诺斯明白他们有毫不容情的心和无法无天的本性,他就把他们扔进了大地深处的塔耳塔罗斯。(残篇121)

这三行诗中提到世界的主要组成部分:大地、广天、大海、大洋和塔耳塔罗斯。

崇高的奥林波斯山在神王进攻时
不朽的脚下震颤,大地随之呻吟。
从双方散出的灼热,笼罩着幽深大海:
845 这方鸣雷闪电,那方怪物喷奇火,
举目但见灼热的风和燃烧的霹雳。

"幽深大海"(ἰοειδέα πόντον):大海是最不容易燃烧的元素(参见《伊利亚特》卷十一,298;《奥德赛》卷十一,107)。《伊利亚特》卷二十一,赫淮斯托斯大战克珊托斯,一火一水,与此处颇有相似之处(另见诺努斯《狄俄尼索斯纪》,23–24;路吉阿诺斯《海神对话》,4)。

"火"(πυρός):不是提丰一百双眼睛里喷出的火花——这种火花不会燃烧,而是从提丰身体喷出的火(参见859)。正因为这里的描述,后来的作家们才说,提丰天生能口吐烈火(参见埃斯库罗斯《被缚的普罗米修斯》,370–372;《七将攻忒拜》,493;阿波罗多洛斯,1.6.3)。战火的描绘,对观提坦大战中行700起。

"灼热的风和燃烧的霹雳"(πρηστήρων ἀνέμων τε κεραυνοῦ τε φλεγέθοντος):似乎不能简单地一分为二,把灼热的风归给提丰,燃烧的霹雳归给宙斯。稍后的作者确实把风当作提丰的武器(参见阿里斯托芬《云》,336;品达《皮托竞技凯歌》注疏,1.34)。但是,宙斯也同样能挑起强风打击对手(埃斯库罗斯,《被缚的普罗米修斯》,1043 起);在诺努斯的版本里,宙斯迎战提丰时,大风推动着他的战车(《狄俄尼索斯纪》,2.423)。据 West 的解释,这里的风和霹雳均系宙斯所为,与提丰无关;提丰生下狂风是在被摧毁以后的事,眼下他还只是一个强大的怪兽。

> 整个大地一片沸腾,还有天空和海洋。
> 长浪从四面八方翻腾而起直扑悬崖,
> 在永生者们重击之下,颤动久久难息。
> 850　下界掌管亡灵的哈得斯也心惊胆战,
> 还有和克洛诺斯一道住在塔耳塔罗斯的提坦:
> 争战如此激烈,呐喊之声延绵不绝。

"整个大地一片沸腾"(ἔζεε δὲ χθὼν πᾶσα):同行 695。提丰大战与提坦大战有不少相似之处。

"在永生者们重击之下"(ῥιπῇ ὕπ' ἀθανάτων):同行 681。

"下界掌管亡灵的哈得斯"(Ἀΐδης, ἐνέροισι καταφθιμένοισιν ἀνάσσων):参见《伊利亚特》卷十五,波塞冬回忆三兄弟当初如何分配治理权(188)。神们的战争如此剧烈,连地下神界也担心受到侵扰(参见《伊利亚特》卷二十,61-65)。

"和克洛诺斯一道住在塔耳塔罗斯的提坦"(Τιτῆνές θ' ὑποταρτάριοι, Κρόνον ἀμφὶς ἐόντες):赫西俄德一笔带过这些老一代王朝的代表人物,暗示他们已然彻底退出天庭的政治舞台。

> 于是宙斯凝聚浑身气力,紧握武器

[笺释] 提丰大战(行 820–880) 347

鸣雷、闪电和燃烧的霹雳,
855   从奥林波斯山跃起,猛力进攻,
     遍烧那可怕怪物的所有怪异脑袋。

行 853 起,宙斯拿起武器,显示他的实力,对应提坦大战中行 687 起宙斯的出场。

据阿波罗多洛斯记载,在这场战斗中,提丰一度占上风,牵制住宙斯的手足力气,甚而把神王拖到科里西亚洞穴(参见 Oppius, *His.*, 3.15–23;诺努斯,《狄俄尼索斯纪》,1.482–516)。在古代赫提神话里,西方神与大龙(Illuyanka)之战也有类似情节:大龙挖走西方神的眼睛和心,后来,西方神的儿子和龙女相恋结婚,取回父亲的眼睛和心,最终战胜了大龙。不过,赫提神话传入希腊是在希腊化时代。在赫西俄德笔下,宙斯重振雄风,并非他先前失利,而是战争叙事进入第二个阶段,战局已见端倪。

"从奥林波斯山跃起"(ἀπ' Οὐλύμποιο ἐπάλμενος):提坦大战也是先写宏观战争场面,再写宙斯从天空和奥林波斯山出场(参 689 起)。

"怪异脑袋"(θεσπεσίας κεφαλὰς):同一说法见行 827。荷马诗中出现两次,均指戈尔戈女神墨杜萨的可怕脑袋(《伊利亚特》卷五,741;《奥德赛》卷十一,634)。赫拉克勒斯铲除蛇妖许德拉,也是烧掉了后者的全部脑袋,单单砍掉是不够的,还会再长出来。宙斯在这里的做法相似。

     宙斯连连把他鞭打得再无还手之力,
     遍身残疾,宽广的大地为之呻吟。
     这浑王受雷电重创,浑身喷火,
860   倒在阴暗多石的山谷里,
     溃败不起。无边大地整个儿起火,

行 859 起,对手被烧,四处火起,对应提坦大战(693 起)。

"宽广的大地为之呻吟"($\sigma\tau\varepsilon\nu\acute{\alpha}\chi\iota\zeta\varepsilon$ $\delta\grave{\varepsilon}$ $\gamma\alpha\tilde{\iota}\alpha$ $\pi\varepsilon\lambda\acute{\omega}\varrho\eta$):和《伊利亚特》卷二宙斯鞭打提丰之说(782-783)一样,这可能与地震的某种神话描述有关。另外,大地该亚是提丰的母亲,为自己孩子的创伤而痛苦,就算是人身化叙事,也很说得通。

"浑王"($\tauο\tilde{\iota}o$ $\check{\alpha}\nu\alpha\kappa\tauο\varsigma$):同一说法见行493(指宙斯,故译为"王子")。另参《伊利亚特》卷十一,322;《奥德赛》卷三,388;卷二十一,62(中译本作"神样的")。一般说来,$\check{\alpha}\nu\alpha\kappa\tauο\varsigma$与$\vartheta\varepsilon\acute{o}\varsigma$相连:提丰也是神,参见543和824相关笺释。

"阴暗多石的山谷"($\dot{\varepsilon}\nu$ $\beta\acute{\eta}\sigma\sigma\eta\sigma\iota\nu$ $\alpha\iota\delta\nu\tilde{\eta}\varsigma$ $\pi\alpha\iota\pi\alpha\lambda\omicron\acute{\varepsilon}\sigma\sigma\eta\varsigma$):$\alpha\iota\delta\nu\tilde{\eta}\varsigma$的含义不明,原意是"阴暗的,昏暗的",曾见于阿里斯托芬残篇750、《阿尔戈英雄纪》1.389等。但有不少校勘家建议把它读成现实中某座山的名称:Etna($A\check{\iota}\tau\nu\eta\varsigma$),因为,埃斯库罗斯的《被缚的普罗米修斯》(351)的注疏者曾称,提丰就在Etna山底下,而这个典故有可能出自赫西俄德。

> 弥漫着可怕的浓烟,好比锡块
> 被棒小伙儿有技巧地丢进熔瓮里
> 加热,又好比金属中最硬的铁块
> 865 埋在山谷中经由炙热的火焰锤炼,
> 在赫淮斯托斯巧手操作下熔于神圣土地。
> 大地也是这么在耀焰的火中熔化。
> 宙斯盛怒之中把他丢进广阔的塔耳塔罗斯。

这几行诗采用譬喻的写法,参见蜜蜂的譬喻(594起),天地相撞的譬喻(702起)。

"棒小伙儿"($\alpha\iota\zeta\eta\tilde{\omega}\nu$):指干不同工作的年轻人,比如犁地的农人(《劳》,441)、行军的士兵(《伊利亚特》卷五,92)、强壮的农人(卷十七,520)、驱车的青年(卷二十三,432)等。

"丢进熔瓮"($\dot{\varepsilon}\nu$ $\varepsilon\dot{\upsilon}\tau\varrho\acute{\eta}\tauο\iota\varsigma$ $\chi\omicronά\nuο\iota\sigma\iota$):古时锡常用来提炼铜。这里专门提到匠神赫淮斯托斯(866)。无独有偶,《伊利亚特》卷十八讲到他

为阿喀琉斯铸盾牌，与这里的说法相似：

> 二十只风箱一起对着熔瓮吹动……
> 他把一块坚硬的铜和锡扔进火里，
> 又扔进去令人珍惜的黄金和白银，
> 然后把巨大的砧板牢牢安上基座，
> 一只手抓起重锤，一只手抓起大钳。(470－478)

"神圣土地"(χϑονὶ δίῃ)：同一说法亦见《劳作与时日》，479；《伊利亚特》卷二十四，532；托名荷马颂诗，3.3。古希腊人为了提炼铁矿石里的铁，在地里挖一些简单的洞，用兽皮风箱和木炭点火。迄今仍有原始部落采用这种方法。

"广阔的塔耳塔罗斯"(ἐς Τάρταρον εὐρύν)：提丰由塔尔塔罗斯所生，最终又回归塔耳塔罗斯。提坦也是一样的下场(717 起)。

> 从提丰产生了各种潮湿的疾风，
> 870　不算诺托斯、玻瑞厄斯和吹净云天的泽费罗斯：
> 他们属于神族，给人类极大的好处。

"诺托斯、玻瑞厄斯和吹净云天的泽费罗斯"(Νότου Βορέω τε καὶ ἀργέστεω Ζεφύροιο)：这三个风神由黎明女神厄俄斯和阿斯特赖俄所生(379 相关笺释)。

"神族"(ἐκ ϑεόφιν γενεήν)：言下之意，其他狂风们不属于神族，提丰本是神(824)，莫非他被宙斯鞭打，遭到贬黜，从而影响了后代的地位？

> 别的全是些横扫海面的狂风。
> 他们骤然降临在云雾迷蒙的海上，
> 激起无情的风暴，真是人类的大灾祸。

875　　他们时时出其不意,覆灭船只,
　　　　殃及水手。出海的人若遭遇
　　　　这些狂风,便无法逃脱灾难。
　　　　他们还侵袭繁花的无尽大地,
　　　　败坏生于大地的人类的美好劳作:
880　　农田覆满尘土,造成恼人的混乱。

　　狂风不属于神族,他们的活动也仅限于人类的世界。这里九行诗描述他们对人间的危害,他们不仅在海上,也在大地上,是"人类的大灾祸"($πῆμα\ μέγα\ θνητοῖσι$)。狂风原来是提丰这样让人生畏的怪物之后,我们从中可以觉察到赫西俄德对大海的不信任。这种情感在《劳作与时日》(618 起)里得到体现:"各种狂风必将开始肆虐"(621),"狂风肆虐海上"(645),"诺托斯的可怕狂风翻搅海面"(675–676)……

　　作为大地的最小儿子,提丰是对原始的浑沌和无序的回归,一出现便危及宙斯刚刚整顿的世界秩序。宙斯把他赶出天庭,这似乎意味着原始的浑沌和无序终于被赶出了神的世界。但是,这种力量化身为狂风,却进入人的世界。从此,人类面临着如狂风般的有死命运。从某种意义而言,提丰大战叙事是普罗米修斯神话的延续和补充。

奥林波斯世家
（行881－1018）

战争结束，天庭确立新一代神权。"奥林波斯的极乐神们"从此成为古希腊神话中永恒的天庭当朝者。奥林波斯世家叙事结构如下：

（一）行881－929：宙斯王朝；

（二）行930－962：奥林波斯神族；

（三）行963－1018：女神的凡间爱情。

宙斯当上诸神之王，第一个举措就是"为神们重新公正地分配了荣誉"，换言之，新政府立即组阁。神王紧接着以十次政治联姻巩固王权，并生养众多身世显赫的奥林波斯新神，成就独一无二的宙斯王朝。

宙斯首先娶代表智慧的墨提斯为妻，并用计独自生下雅典娜，这次联姻保证再也不会有新一代神王出现取代宙斯，从而终结了自乌兰诺斯以来的"反叛"传统。宙斯再娶代表法则的忒弥斯，生下时辰女神和命运女神，进一步巩固王权的秩序和稳定，显示王朝的繁荣。其余几次联姻交代新一代神的诞生，比如欧律诺墨生美惠女神，德墨特尔生珀耳塞福涅，勒托生阿波罗和阿尔特弥斯，赫拉生阿瑞斯和赫柏等。

在宙斯的十个妻子中，有五个和他同代，墨提斯、欧律诺墨是大洋女儿，勒托是科伊俄斯之女，均系宙斯的表亲，德墨特尔和赫拉则是他的同胞姐妹。忒弥斯和谟涅摩绪涅是乌兰诺斯的女儿，提坦女神，比宙斯早一辈。迈亚是阿特拉斯之女，比宙斯晚一辈。塞墨勒是卡德摩斯和阿尔摩尼亚之女，阿瑞斯和阿佛洛狄特的孙女，辈分更晚。这样，宙斯通过联姻取得了对过去、现在和未来的掌控。

宙斯不仅和女神联姻，还和人类世界的女子联姻，他和塞墨勒生狄俄尼索斯，和阿尔克墨涅生赫拉克勒斯。他的许多子女也以守护人类为职。这保证了宙斯王权无所不在，在神的世界和人的世界都有效。

第二部分交代以波塞冬为首的奥林波斯神族：宙斯当上神王，他的同族兄弟自然成了皇亲国戚。在宙斯的姐妹中，德墨特尔、赫拉做了他的妻子，赫斯提亚是处女神，没有婚配和后代。兄弟中，宙斯把女儿珀耳塞福涅许配给哈得斯，从而保证天庭和地府的友好往来。波塞冬与大洋女儿联姻，驻守海底宫殿。奥林波斯神族以宙斯的子女为主，也有赫利俄斯这样老提坦世家的本亲。家谱中主要交代那些传统里有稳定婚姻、有后代的神：阿瑞斯、赫淮斯托斯、狄俄尼索斯和赫拉克勒斯，其余如没有婚配的处女神雅典娜和阿尔特弥斯、处处留情的阿波罗等，则略过不提。

第三部分讲述十例女神与凡间男子的爱情事件，对应宙斯的十次联姻。赫西俄德再好不过地证明了一个道理：婚姻是政治的，爱情是哲学的。女神们的爱情不仅打破了人神的分界，也开拓了诗歌的空间：人类的生存处境再次进入诗人的沉思范畴。女神与凡间男子的后代，往往与人类世界某个地区或民族的起源神话有关。在这些地区或民族的背景下，他们受孕，诞生，展开幸或不幸的人生命运。诗中提到的地方有克里特（971）、卡德摩斯的忒拜（978）、埃厄忒斯的伊俄尔科斯（997）、特洛亚的伊达山（1010），乃至大地和海洋（972）、岛屿（983，1015）、群山（1001,1010），甚而神殿（990）。它们有的实际存在，有的在我们今天看来只能算是想象：古风时代的英雄远征常提起这些所在，一如世界的边缘，大洋之滨，如神奇的厄律提厄岛（983）和埃提奥匹亚（985）。诗人还提到埃提奥匹亚人（985）、图伦尼亚人（1016）等民族及其创立者。稍后，《列女传》将做出呼应，重述这些英雄。

有关本节诗行的真伪性问题，校勘家们历来意见不一。但有一点似乎达成共识，整节诗文并非完全出于赫西俄德的手笔，后来的作者在赫西俄德文本上续加了一些内容。至于原创部分和后续部分的分界何在，说法不一，有的说是行929（Aly，Jacoby，Schwenn），有的说是行939（Wilamowitz），有的说是行962（Goettling，Paley，Mayer，Schwartz），有的说是行964（Heyne，Robert，Bethe，Mazon），还有的说自行900以后均系伪作（West，p.398）。

1. 宙斯王朝(行 881–929)

话说极乐的神们辛苦操劳完毕,
用武力解决了与提坦的荣誉纷争,
他们推选出统治永生者们的王,
奥林波斯远见的宙斯:在该亚的忠告下。
885 他为神们重新公正地分配了荣誉。

宙斯建立王权,分配荣誉。这五行诗存在两个难点。首先,只提宙斯战败提坦,不提刚被击溃的提丰;其次,整部《神谱》都在为宙斯最终获得神权做铺垫,这里的描述因而极其重要,相形之下篇幅过于简短。

第一个难点也许可以这么解释:这里是说宙斯从提坦神克洛诺斯那里夺取神权,因而与提丰无关;至于分配荣誉,提丰从来也不曾有过什么特权荣耀。

第二个难点则可以从前文几处相关段落得到弥补,尤其斯梯克斯神话(383–403)、赫卡忒颂诗(411–452),这些章节已经比较详尽地说明了新王权如何建立公正的秩序。

众神之王宙斯最先娶墨提斯,
她知道的事比任何神和有死的人都多。

从这里开始墨提斯神话。神话里常有这样的主题:神王注定要让位给比自己更强大的儿子。在某些神话中,尤其东方神话,神会自愿接受这种安排。但更常见的情况是他努力抵抗,试图通过毁灭自己的后代来摆脱这种命运。因此,乌兰诺斯囚禁子女,克洛诺斯吞噬后代。轮到宙斯,大地和天空警告他——他们从始至终都在为权力问题提供建议,他的头一个妻子墨提斯将生下智慧而强大的孩子。宙斯听从忠告,吞下墨提斯,不仅遏止了潜在的威胁,也获得了妻子的智慧。

"最先"($\pi\varrho\omega\tau\eta\nu$):赫西俄德并没有给宙斯的妻子们排定座次。除了墨提斯,忒弥斯是"第二个妻子"(901),赫拉是最后一个(921)。其余几位均未提及次序(参见阿波罗多洛斯,2.1.1)。

"娶墨提斯"($\H{\alpha}\lambda o\chi o\nu\, \vartheta\acute{\varepsilon}\tau o\, M\tilde{\eta}\tau\iota\nu$):宙斯几次娶妻,每回动词都不一样。宙斯的第一个妻子是大洋女儿(358),墨提斯($M\tilde{\eta}\tau\iota\varsigma$),即"思考,机智,审慎",尤指知识、见识或实用性的智慧(887 和 900)。从这个字派生出来的 $\mu\eta\tau\acute{\iota}\varepsilon\tau\alpha$ [大智的] 是宙斯的常见修饰语(参见 56 相关笺释)。在古希腊人眼里,墨提斯所代表的"智慧,审慎"往往接近计谋、机智,奥德修斯便是一个绝好的例子。

> 可她正要生下明眸神女雅典娜,
> 就在那时,宙斯使计哄她上当,
> 890　　花言巧语,将她吞进了肚里,
> 在大地和繁星无数的天空的忠告下。

"花言巧语"($\alpha i\mu\upsilon\lambda\acute{\iota}o\iota\sigma\iota\,\lambda\acute{o}\gamma o\iota\sigma\iota\nu$):看来神王只要愿意,也可以像缪斯们所说,"把种种谎言说得如真的一般"(27)。"花言巧语"还是诸神赐给最初的女人潘多拉的礼物之一(参见 229 相关笺释)。

"使计哄她上当"($\delta\acute{o}\lambda\varphi\,\varphi\varrho\acute{\varepsilon}\nu\alpha\varsigma\,\grave{\varepsilon}\xi\alpha\pi\alpha\tau\acute{\eta}\sigma\alpha\varsigma$):墨提斯是大洋女儿,和所有水仙一样具有超凡的化身能力。宙斯诱骗墨提斯,让人不由想起《奥德赛》卷四,墨涅拉奥斯用计谋抓住连连变幻的老海神普罗透斯——他先后变成狮子、野猪、流水和大树(453-460)。我们不妨设想,宙斯哄骗墨提斯变成最易受到攻击的水流,趁机一口把她喝进了肚里(参见阿波罗多洛斯,1.3.6)。

"吞进了肚里"($\grave{\varepsilon}\acute{\eta}\nu\,\grave{\varepsilon}\sigma\varkappa\acute{\alpha}\tau\vartheta\varepsilon\tau o\,\nu\eta\delta\acute{\upsilon}\nu$):宙斯吞下墨提斯的动作,与当初克洛诺斯吞下替代宙斯的石头一模一样:神王通过吞噬的方式,以肚子取代女性的子宫,改变传统繁衍方式,从而避免儿子篡夺王权。不过,宙斯比克洛诺斯高明,他不是改变带来威胁的儿子的诞生,而是从根本上遏制了这种诞生的可能性。

"在大地和繁星无数的天空的忠告下"(Γαίης φραδμοσύνησι καὶ Οὐρανοῦ ἀστερόεντος.)：克洛诺斯当初吞下自己的子女，也是在大地和天空的忠告下(463)。

> 他们告诉他这个办法，以避免王权
> 为别的永生神取代，不再属于宙斯。
> 原来，她注定要生下绝顶聪明的孩子：
> 895　先是一个女儿，明眸的特里托革涅亚，
> 在豪气和思谋才智上与父亲相等；

"注定"(εἵμαρτο)：在行464和行475，赫西俄德用πέπρωτο表示"命中注定"，而克洛诺斯最终也确实被黜。这里注定的事，最终却没有实现。该词在荷马叙事诗中出现了三次：《伊利亚特》卷二十一，阿喀琉斯与河神相斗，以为自己注定难逃被大河淹没的命运(281)；《奥德赛》卷五，奥德修斯哀叹自己注定要遭受海上风暴的悲惨毁灭(312)；卷二十四，阿喀琉斯叹息阿伽门农没有像英雄一般战死沙场，却注定要遭到家人陷害悲惨地死去(34)。

"绝顶聪明"(περίφρονα)：在《献给德墨特尔的托名荷马颂诗》中指珀耳塞福涅(2,370)。这里用意模糊：墨提斯注定生下的绝顶聪明的孩子若是指雅典娜，则强调女神的聪明智慧；若是指雅典娜的兄弟，则强调其狂傲(ὑπέρβιον,898；参见埃斯库罗斯《乞援人》,757)。

"特里托革涅亚"(Τριτογένειαν)：专指雅典娜。这个名字的来源不详(West, p.494)。古代校勘家有的理解为"出生于一个月的第三天"，有的理解为"出生于特里同河边"(赫西俄德残篇12)。

"豪气"(μένος)：一般指精神上的勇气，而非气力(688)。雅典娜并不具有宙斯的力量，但有相等的豪气。

> 但接着，看吧，她还将生下一个儿子——
> 神和人的王，一个狂傲无比的儿子。

> 可是,宙斯抢先把她吞进肚里,
> 好让女神帮他出主意,分辨好坏。

900

墨提斯神话(886-900)将在"宙斯王朝"叙事末尾继以雅典娜诞生神话(924-926):雅典娜本该由墨提斯所生,结果却是从宙斯的脑袋生出。

赫西俄德笔下的墨提斯神话,具有如下几层意义:

第一,依照古希腊人的信仰,宙斯不可征服。然而,根据神王代代相替的传统,宙斯又必然被其后代征服。赫西俄德提供了解决这个难题的一种方案。除此之外,有的古代作者写到,宙斯及时发现潜在的威胁,放弃了与墨提斯联姻的打算(参见埃斯库罗斯《被缚的普罗米修斯》,755起,907起;品达《科林斯竞技凯歌》,8.27起;《阿尔戈英雄纪》,4.800起)。在《献给阿波罗的托名荷马颂诗》中,这个潜在的威胁是提丰,宙斯抓住时机消灭了他(338起)。

第二,为雅典娜诞生神话打好铺垫。雅典娜从宙斯的脑袋出生,这个说法在古希腊神话中毫无争议。宙斯既然吞下墨提斯,很有可能也把母腹中的雅典娜一并吞下,这样一来,雅典娜的诞生显得合乎情理。克律萨俄耳和神马佩伽索斯从墨杜萨的头颅出生,是最为相似的诞生方式(280-281)。

第三,墨提斯由此可以被视为雅典娜的母亲。宙斯父女均以"智慧"著称,和这位女神大有关系:腹中的墨提斯保证了宙斯的智慧、计谋和洞见(参见 Chrysippus 残篇 908;Hesychius 残篇 343;《献给阿波罗的托名荷马颂诗》,307起)。

> 第二个,他领容光照人的忒弥斯入室,生下时辰女神,
> 欧诺弥厄、狄刻和如花的厄瑞涅,
> 她们时时关注有死的凡人的劳作;

从这里开始交代宙斯与女神的另六次婚姻及相关后代。除欧律诺

墨(907－911)以外,每一次联姻与诞生叙事均占三行诗——我们一再提到数字 3 在整部《神谱》的叙事结构中的重要意义。不仅如此,宙斯的子女们几乎都呈现为三个一组(时辰女神、命运女神、美惠女神,赫拉的三个孩子),或九个一组(缪斯)。

"第二个"(δεύτερον):品达称忒弥斯是宙斯的第一个妻子(残篇 30)。有些校勘家以此为理由,建议删除行 886－900 的墨提斯神话(Wilamowitz, Jacoby, Solmsen)。然而,品达的文本仅余残篇,不能作为诗人未提墨提斯的证据。

"容光照人的忒弥斯"(λιπαρὴν Θέμιν):忒弥斯是提坦女神,宙斯母亲瑞娅的姐妹,在行 135 与瑞娅并列出现。她和宙斯并列出现在《奥德赛》卷二行 68。"容光照人的"(λιπαρὴν)也用来修饰缪斯的舞场(参见 63 相关笺释),或女神(参 Bacchylides, 7.1)。

"时辰女神"(Ὧραs):旧译"荷赖女神",又称时序神或时光神。她们是季节的人身化形象,象征生命与成长的季节(泡赛尼阿斯,9.35.2)。她们常和阿佛洛狄特、美惠女神在一起(《劳》,73－75;《献给阿波罗的托名荷马颂诗》,194－196;托名荷马颂诗,6.5－13;《塞浦路亚》残篇4)。她们和忒弥斯的母女关系,亦见品达残篇 52a5－6。时辰女神有三个,而不是按我们今天的季节划分为四个。这是因为,古希腊人依据月亮运行划分月份,与我们今天的日历不一样,在那些古远的诗人笔下,一个季节代表一年的三分之一,而不是四分之一(《献给德墨特尔的托名荷马颂诗》,398－403,445－447 等)。因此,一年可以大致分为春季(三月到六月)、夏季(七月到十月)和冬季(十一月到二月)。

赫西俄德在这里为三个时辰女神命名,是一大创举。时辰女神最初本是人类劳作(ἔργα,903)的庇护神。在诗人笔下,人类的劳作又取决于社会的稳定和政制的公正(《劳》,225－247)。因此,三个时辰女神也相应成为诸种社会政治气候的化身。

"欧诺弥厄"(Εὐνομίην):"法度,秩序"。这个词在荷马诗中出现过一次:《奥德赛》卷十七,神明们常会装扮成外乡人,"探察哪些人狂妄,哪些人遵守法度"(487)。《劳作与时日》专门提到"法度"这个命题(249-255)。在希腊晚期,这个词已然成为政治术语。参见托名荷马颂诗,30.11;阿尔克曼,64;亚里士多德《政治学》,130636;斯特拉波,362。

"狄刻"(Δίκην):"正义"。《劳作与时日》中的根本命题(213起,256起)。古希腊有不少重要的狄刻敬拜仪式(Deubner, *Roscher*, iii, 2131起)。她与忒弥斯的相似之处,参 Harrison, *Themis*, p. 516起。她与欧诺弥厄(法度)的关系,参见 Bacchylides,15.55;品达《奥林匹亚竞技凯歌》,13.6-8。

"如花的厄瑞涅"(Eίρήνην τεϑαλυῖαν):"和平"。和平的城邦必然繁荣,故有"如花"之说(《劳》,225起)。她与欧诺弥厄(法度)的关系,参见 Bacchylides,13.186起。据普鲁塔克记载,公元前465年,雅典有敬拜厄瑞涅的圣坛(*Cim.*,13);参伊索克拉底,15.109。

> 还有命运女神,由大智的宙斯赋予至高荣耀,
> 克洛托、拉刻西斯和阿特洛珀斯,
> 为有死的人类安排种种幸与不幸。

905

"命运女神"(Μοίρας):一般又音译为"莫伊拉女神"。行905-906=行217-218。在前文中,她们是夜神的女儿,与这里说法有出入。从古代起,校勘家们一致倾向于把这两行诗放到这里。莫伊拉女神不仅是宙斯的女儿,还从宙斯那里获得荣誉分配。命运与时辰互为姊妹,合情合理。据泡赛尼阿斯记载,在墨伽拉的宙斯圣殿里,宙斯神像的上方就有这两组女神(1.40.4,3.19.4);在忒拜城中,命运女神的圣坛与忒弥斯、宙斯的圣坛比邻(9.25.4)。命运女神同样有三个。在托名俄耳甫斯祷歌中,她们是夜神的女儿,与宙斯一道掌握人类的命运:

> 能力无限的莫伊拉,黑夜的心爱女儿,
> 听我祈祷,住在天湖的千名女神……

> 唯有莫伊拉能洞察我们的人生，
> 积雪的奥林波斯山顶再无他神做得到，
> 宙斯的无瑕的眼除外。凡尘种种，
> 莫伊拉和宙斯的意志随时知晓一切。(59.1-2、11-14)

"克洛托"($Κλωθώ$)："执线者"，在《奥德赛》卷七中，主司命运的女神直接称为"克洛托"(197)。

"拉刻西斯"($Λάχεσίν$)："抽签，注定命运"。

"阿特洛珀斯"($Ἄτροπον$)："不可动摇的"。柏拉图的《理想国》卷十讲述了一个大地神话，其中提到命运三女神的分工：

> 她们是必然的女儿，命运三女神，身着白袍头束发带。她们分别名叫拉刻西斯、克洛托、阿特洛珀斯，和海妖们合唱着。拉刻西斯唱过去的事，克洛托唱当前的事，阿特洛珀斯唱未来的事。(617c)

> 美貌动人的大洋女儿欧律诺墨
> 为他生下娇颜的美惠女神，
> 阿格莱娅、欧佛洛绪涅和可爱的塔利厄，
> 910　她们的每个顾盼都在倾诉爱意
> 使全身酥软，那眉下眼波多美！

"欧律诺墨"($Εὐρυνομη$)：大洋女儿($Ὠκεανοῦ κούρη$)，她和墨提斯并列出现在行358。赫西俄德但凡再次提起行349-361中的某个大洋女儿，均指称为$Ὠκεανοῦ κούρη$[大洋女儿](288,383,507,776,956,979)。唯一的例外是墨提斯(886)。

"美惠女神"($Χάριτας$)：古希腊最著名的美惠女神神庙由俄尔喀墨涅的俄特奥克洛斯(Eteoclus)所建(参见残篇71)，俄尔喀墨涅还是

传说中赫西俄德的尸骨存埋地。离美惠女神神庙不远,有狄俄尼索斯神庙和阿佛洛狄特的圣泉。美惠女神崇拜仪式称 Charistesia,一般有歌咏比赛和夜间舞蹈活动。美惠女神在雅典、斯巴达、埃利斯等地也得到敬拜。据泡赛尼阿斯记载,雅典人称她们为 Auxo 和 Hegemmone(9.35.2)。荷马诗中多次提到美惠女神,但说出具体名字只有一次。《伊利亚特》卷十四,赫拉允诺睡神,把帕西特娅许给他做妻子(269)。在赫西俄德笔下,帕西特娅却是涅柔斯的女儿(246)。

"阿格莱娅"($Ἀγλαΐην$):"光彩夺目",最年轻的美惠女神,嫁给了赫淮斯托斯(945)。

"欧佛洛绪涅"($Εὐφροσύνην$):"美好性情"。参见《劳作与时日》,560,775;俄耳甫斯残篇 200。

"塔利厄"($Θαλίην$):"节庆",与缪斯(77)和涅柔斯的女儿(245)谐音。

"使全身酥软"($λυσιμελής$):同 121(爱若斯)。这里同样修饰"爱意",而不是美惠女神本身。在托名俄耳甫斯祷歌中,美惠女神散播幸福,是"欢乐"之母:"可爱友善纯净",她们"化影无数,永不衰老,为世人所爱"(60.4–5)。

这里共五行诗,有别于宙斯婚姻叙事的三行模式。有的校勘家提出,若要遵守统一写法,最好的解决方案是删除首尾两行(908,911),保留中间三行。

> 他又和生养万物的德墨特尔共寝,
> 生下白臂的珀耳塞福涅,她被哈得斯
> 从母亲身边劫走,大智的宙斯应允这桩事。

"德墨特尔"($Δήμητρος$):克洛诺斯和瑞娅的女儿,宙斯的姐妹(454 相关笺释)。

"珀耳塞福涅"($Περσεφόνην$):哈得斯劫持珀耳塞福涅,把她带回冥府做王后,其实是宙斯的安排。从某种意义而言,天真美好的珀耳塞福涅嫁给阴沉无情的哈得斯,是一桩意味深长的政治婚姻。《献给德墨特尔的托名荷马颂诗》中详细细述了这个传说。在俄耳甫斯神谱传统中,珀耳塞福涅并非永远住在冥间,每年她在春天时分回到大地,与母亲德墨特尔生活在一起,直到秋天收获的季节才到哈得斯身边。在献给普鲁同的托名俄耳甫斯祷歌中还有一段记载:

> 从前你娶走纯洁德墨特尔的闺女,
> 你在草原上引诱她,穿越大海,
> 驾着四马快车深入阿提卡的洞穴,
> 在厄琉西斯境内,有哈得斯的入口。(18.12–15)

奥维德的《变形记》卷五也有相关描绘(294–571)。赫西俄德提到珀耳塞福涅和哈得斯的地方还有行768、774。

915　　他还爱上秀发柔美的谟涅摩绪涅,
　　　生下头戴金冠的缪斯神女,
　　　共有九位,都爱宴饮和歌唱之乐。

缪斯诞生神话在序歌中已经讲过了(参看53起及相关笺释)。九个缪斯的名字未再列出(77–79),一则没有必要重复,二则列出九个神名,势必要占三行以上。

赫西俄德接着讲到与缪斯密切相连的阿波罗。

　　　勒托生下阿波罗和神箭手阿尔特弥斯,
　　　天神的所有后代里数他们最优雅迷人,
920　　她在执神盾宙斯的爱抚之中生下他们。

"勒托"($\Lambda\eta\tau\dot{\omega}$):科伊俄斯和福柏的女儿,宙斯的表亲,以温和宽仁著称(404–409)。她在得洛斯岛生下阿波罗,《献给阿波罗的托名荷马颂诗》中有详细描绘。《奥德赛》卷六影射到勒托当初停靠的一株棕榈树：

> 我去过得洛斯，在阿波罗祭坛旁见到
> 一棵棕榈的如此美丽的新生幼枝……(162–165)

献给勒托的托名俄耳甫斯祷歌有如下几行诗：

> 命中注定你要为宙斯生下美丽的孩子，
> 你要生下福波斯和神箭手阿尔特弥斯，
> 她在俄耳梯癸，他在多石的得洛斯。(35.3–5)

俄耳梯癸在以弗所附近，阿尔特弥斯最著名的神庙就在那里。另参贺拉斯《歌集》，1.21,4.3。有关勒托这对子女的延伸神话，参见尼俄柏骄傲受惩罚的传说（《伊利亚特》卷二十四，602–613；奥维德《变形记》，6.146–312）。

> 最后，他娶赫拉做娇妻。
> 她生下赫柏、阿瑞斯和埃勒提伊阿，
> 在与神和人的王因爱结合之后。

"赫拉"($^{"}H\varepsilon\eta\nu$)：克洛诺斯和瑞娅的小女儿，宙斯的姐妹。这里赫拉的几个孩子不像是传统说法，而像是拼凑在一起。赫柏是希腊神，阿瑞斯是色雷斯神，埃勒提伊阿是克里特神，除同属奥林波斯年轻一代的神以外，彼此毫无共同之处。

"赫柏"($^{"}H\beta\nu$)：参见17。下文还将讲到她和赫拉克勒斯的婚礼（952；参见《奥德赛》卷十一，604；残篇25.29,229.9)。据泡赛尼阿斯记载，她和阿瑞斯都是赫拉的孩子(2.13.3)。在荷马诗中，赫柏曾为阿瑞斯沐浴，这是兄妹俩唯一同时出现的一次（《伊利亚特》卷五，

905)。

"阿瑞斯"(Ἄρης):战神。在古希腊诗人们的笔下,阿瑞斯的形象似乎很不讨喜。《劳作与时日》讲起青铜时代的人类,受阿瑞斯影响,有暴戾的心,为命运驱使,永不停息地互起战争(143-155)。荷马讲特洛亚战争,本该给战神一个最重要的位置,但阿瑞斯只是神族的一员,荒唐(比如《奥德赛》卷八讲他与阿佛洛狄特私通,被赫淮斯托斯设计报复)又有弱点(比如《伊利亚特》卷五讲他为两个凡人英雄所困,差点儿死去),他是"人类的灾难",是"血腥的",在阿波罗和雅典娜面前显得软弱无力,连宙斯也不喜欢他,声称"在所有奥林波斯神中最恨[阿瑞斯]这个小厮"(卷五,888-898)。托名俄耳甫斯祷歌更是直言不讳地请求战神转向和平(65.7-9)。埃斯库罗斯笔下的战神同样没怎么得到美化(参见《七将攻忒拜》,106,244,341-344,910)。

赫拉是阿瑞斯的母亲,同样见于《伊利亚特》卷五,892。奥维德在《岁时记》中说,赫拉生宙斯的气,独个儿生下阿瑞斯,而不是赫淮斯托斯(5.229-258)。也许因为这层母子关系,赫拉的形象总带有某种尚武特质,这在民间敬拜仪式里尤为明显,比如阿尔戈斯城的赫拉庆典(Aspis)有阅兵仪式和竞技会,胜者得到铜盾作奖品(Farnell,1.23)。

"埃勒提伊阿"(Εἰλείθυιαν):《伊利亚特》卷十一以复数形式提到这些掌管分娩的女神:

> 那是司产痛的埃勒提伊阿,赫拉的女儿们,
> 派给产妇,她们司掌剧烈的痛感。(270-271)

赫拉本身通常也是主司分娩的女神,并得到民间崇拜。她曾先后影响了阿波罗(《献给阿波罗的托名荷马颂诗》,97-116)、赫拉克勒斯和欧律斯透斯(《伊利亚特》卷十九,119)的诞生。另参品达《涅墨厄竞技凯歌》,7.1;泡赛尼阿斯,1.18.5等。

除行922("赫柏、阿瑞斯和埃勒提伊阿")以外,整部《神谱》再无把男神和女神并列写在同一行。

> 他独自从脑袋生出明眸的雅典娜,
925 可怕的女神,惊起战号又率领大军,
> 不倦的女王,渴望喧嚷和战争厮杀。

"明眸的雅典娜"(γλαυκώπιδα Ἀθήνα):另有一种读法γλαυκώπιδα Τριτογένειαν[明眸的特里托革涅亚]。参见行 13 相关笺释。

宙斯生下无母的雅典娜,作为对应,赫拉生下无父的赫淮斯托斯。后来,这两个神常在一起,同为手艺人的保护神,不是没有渊源。宙斯家族从雅典娜的诞生(行 888)写起,以雅典娜的诞生结束(行 926),体现了严格的环形叙事结构。

> 赫拉心里恼怒,生着自家夫君的气,
> 她未经相爱交合,生下显赫的赫淮斯托斯,
> 天神的所有后代里属他技艺最出众。

"赫淮斯托斯"(Ἥφαιστον):在荷马诗中,他是宙斯和赫拉的孩子(《伊利亚特》卷一,578;卷十四,338;《奥德赛》卷八,312)。据说这里这么写是为了避免宙斯成为跛子的父亲(Wilamowitz, *Glaube d. Hell.*, i,332)。其实,赫西俄德很有可能想加强雅典娜与赫淮斯托斯的关系对比,在古代阿提卡地区,这两个神经常一起得到敬拜(参见 Farnell, v. 377; Rapp., *Roscher*, i, 2069)。廊下派哲人克吕西普斯(Chrysippus)曾援引过一段六步格诗,诗中写到,宙斯与赫拉发生争执,赫拉一怒之下,没经过宙斯帮忙,独个儿生下赫淮斯托斯。于是,宙斯跑去和墨提斯好,又把她吞到肚子里,当时墨提斯怀着雅典娜,宙斯就从自己的脑袋把雅典娜生出来(残篇 908 = Hesychius 残篇 343)。这段文字与赫西俄德的说法基本一致,唯一出入在于时间先后:宙斯吞墨提斯在先,娶赫拉在后。宙斯与赫拉之争,几乎是古代神话诗人们最常咏唱的话题。

2. 奥林波斯神族（行930–964）

930　　安菲特里忒和喧响的撼地神
　　　生下高大的特里同，他占有大海
　　　深处，在慈母和父王的身边，
　　　住在黄金宫殿：让人害怕的神。至于阿瑞斯，

"安菲特里忒"(Ἀμφιτρίτης)：涅柔斯的女儿(243，254)。

"喧响的撼地神"(ἐρικτύπου Ἐννοσιγαίου)：波塞冬(15，441，456，818)。在克洛诺斯家族中，仅剩波塞冬未做交代。公元前570年的某个希腊陶瓶（命名为François Vase，现存于佛罗伦萨博物馆）表现了阿喀琉斯的父母佩琉斯和忒提斯的婚礼场景，画中宙斯和赫拉同乘一辆车，在他们后面是波塞冬和安菲特里忒的车，与这儿的叙事顺序一致。

"特里同"(Τρίτων)：本诗中头一回出现，称为"高大"(μέγας)而"让人害怕"(δεινός)。West主张这是某位无名诗人的篡插手笔。若由赫西俄德本人来写，想必会把克里同列入海神家族，和涅柔斯、陶马斯、福耳库斯、刻托和欧律比厄在一起(233–239)。反过来，波塞冬有个女儿库墨珀勒阿(819)，这儿却给漏掉了(p. 414)。

"大海深处"(ὅστε θαλάσσης πυθμέν')：在荷马诗中，阿特拉斯(《奥德赛》卷一，52)和普罗透斯(卷四，385)也住在大海深处。参埃斯库罗斯《被缚的普罗米修斯》，1046–1047；品达残篇207；柏拉图《斐多》，109c，112b。πυθμέν'，本意是"根"，一般指树根（参见《奥德赛》，卷十三，122，372；卷二十三，204）。

"黄金宫殿"(χρύσεα δῶ)：神的住所由黄金筑就。参见品达《科林斯竞技凯歌》，3.78。《伊利亚特》卷十三提到波塞冬在盖埃的住所："那里的海渊建有他的金光闪灿的永不腐朽的著名宫殿。"(21–22)

　　　毁盾神，库忒瑞娅为他生下普佛波斯和代伊摩斯，

935　　这可怕的兄弟让坚固的士兵阵队也溃散，
　　　　和毁城者阿瑞斯一起，在使人心寒的战争中；
　　　　另有阿尔摩尼亚，勇敢的卡德摩斯娶了她。

"毁盾神"（$ῥινοτόρῳ$）：阿瑞斯的别称。参见《伊利亚特》卷二十一，392。

"库忒瑞娅"（$Κυθέρεια$）：阿佛洛狄特（197－198）。她从辈分上是"乌兰诺斯的女儿"（188－206），实际却属于奥林波斯神族。在荷马诗中，她和阿瑞斯要么是兄妹（《伊利亚特》卷五，359；卷二十一，416），要么是情人（《奥德赛》卷八，267）。在《奥德赛》中，她的结发丈夫是赫淮斯托斯（卷八，268），但在《伊利亚特》中，赫淮斯托斯的妻子却是美惠女神之一（卷十八，382）。从公元前 6 世纪起，古希腊艺术开始表现她和阿瑞斯的婚礼场景（参见泡赛尼阿斯，5.18.5）。

"普佛波斯和代伊摩斯"（$Φόβον$ $καὶ$ $Δεῖμον$）："溃逃"和"恐慌"。这两个神在《伊利亚特》中多次并列出现（卷四，440；卷十一，37；卷十五，119），卷十三也称普佛波斯为阿瑞斯之子（299）。据普鲁塔克记载，尚武的斯巴达有普佛波斯的敬拜仪式（《克勒奥墨涅斯传》，8－9）。

"阿尔摩尼亚"（$Ἁρμονίην$）："和谐"，无愧为战神和爱神的结晶。这几行诗结构冗长，不易理解。阿尔摩尼亚的加入，使阿瑞斯和阿佛洛狄特的子女同样符合"三元"结构。正如她的两个兄弟肖似父亲阿瑞斯，阿尔摩尼亚肖似母亲阿佛洛狄特（975）。在《献给阿波罗的托名荷马颂诗》中，她和阿佛洛狄特、赫柏、美惠女神、时辰女神一起翩翩起舞（195）。据菲勒塞德斯记载，阿玛宗女战士的母亲也叫 Harmonia（残篇 3F15），想来有别于这里的阿尔摩尼亚。她是忒拜英雄卡德摩斯（$Κάδμος$）的妻子，生下塞墨勒等子女（975－978；普鲁塔克《佩洛皮达斯传》，19.2）。下文将讲到塞墨勒为宙斯生下狄俄尼索斯（940－942），衔接自然。

[笺释] 奥林波斯世家(行 881–1018)

> 阿特拉斯之女迈亚在宙斯的圣床上
> 孕育了光荣的赫耳墨斯,永生者的信使。

与宙斯结合的最后三位女子(迈亚、塞墨勒和阿尔克墨涅),写在波塞冬家族和阿瑞斯家族之后。这一叙事顺序大约与她们不是女神,不算宙斯的"合法妻子"有关。迈亚是水仙,塞墨勒和阿尔克墨涅是凡人女子。但尽管如此,数字 3 还是清楚可见:三个女子,生下三个孩子。《列女传》开篇有一些残缺的诗句,提到宙斯与凡间女子的结合:

> 那从前最高贵的女子……
> 解开腰带……
> 与神结合……
> 从前,他们在同一宴席上欢庆,
> 不死的神和有死的人……
> 奥林波斯之神、雷鸣的克洛诺斯之子与她们结合,
> 最先孕育了受人尊敬的国王种族……

"阿特拉斯之女迈亚"($Ἀτλαντὶς\ Μαίη$):《神谱》没有提及伊阿佩托斯四个儿子的婚配和后代,《列女传》中应有所交代(参见残篇 2,169)。传说迈亚是普勒阿得斯七姐妹($Πληιάδες$,即昴星座)之一,她们代表了七个地区的水仙,出现在古代各地的英雄谱系之中,迈亚是阿卡底亚地区的水仙(参见《劳》,383)。

"赫耳墨斯"($Ἑρμῆν$):参见行 444 相关笺释。

940　卡德摩斯之女塞墨勒与宙斯因爱结合,
　　　生下出色的儿子,欢乐无边的狄俄尼索斯。
　　　她原是凡人女子,如今母子全得永生。

"卡德摩斯之女塞墨勒"($Καδμείη ... Σεμέλη$):塞墨勒本人的诞生

要到下文行976才交代。类似叙事状况同样发生在涅柔斯的女儿多里斯(241,350)、大洋女儿卡利若厄(288,351)和大地之子提丰(306,821)身上。传说宙斯爱上美丽的塞墨勒,嫉恨的赫拉诱使她去请求宙斯,让她看见神王的本真面目。然而,人不可能靠近神的真实,否则会被那难言的光芒所灼烧。塞墨勒在看见宙斯的瞬间化为灰烬。宙斯救出了塞墨勒怀着的婴孩,放在自己的大腿内,使他在五个月后顺利出生,也就是狄俄尼索斯。参看欧里庇得斯《酒神的伴侣》,1-42;阿波罗多洛斯,3.4.3;奥维德《变形记》,3.257-313。托名俄耳甫斯祷歌同样讲到这段传说:

> 美丽的塞墨勒,卷发迷人,胸怀深沉,
> 执酒神杖的欢乐无边的狄俄尼索斯的母亲。
> 火的灿光将她抛入分娩的苦楚,
> 克洛诺斯之子永生宙斯意愿使她燃烧。(44.2-5)

"欢乐无边的狄俄尼索斯"(Διώνυσον πολυγηϑέα):《神谱》第一次提到他,下面还将讲到他和阿里阿德涅的故事。《劳作与时日》影射了他的酒神身份(614)。参见《赫拉克勒斯的盾牌》,400;残篇70.6;品达残篇2.29.5,153。在俄耳甫斯神谱传统中,他是宙斯之后的神王。他还是希腊晚期俄耳甫斯教的神主,据称由宙斯和珀耳塞福涅所生,有多首托名祷歌题献给他,而且称呼各异:狄俄尼索斯(30)、双年狄俄尼索斯·巴萨勒斯(45),利克尼特斯(46),佩里吉奥尼俄斯(47),利西俄斯·勒那伊俄斯(50),双年庆神(52)和周年庆神(53)等。Anacréon在颂诗里塑造了一个大腹便便、酷爱酒宴和玫瑰的酒神形象。另参忒奥克里托斯,*Epigrammata*,12.17;*Idylls*,2.17。

> 阿尔克墨涅生下大力士赫拉克勒斯,
> 在她与聚云神宙斯相爱结合之后。

"阿尔克墨涅"(Ἀλκμήνη):国王安菲特律翁的妻子,参见317相关笺释。诗中同样先写赫拉克勒斯的事迹(参见289相关笺释)再写他的诞生。赫拉克勒斯诞生是《列女传》的重要叙事篇章(残篇193.19 - 23;残篇195 = Sc., 1 - 56)。

945 显赫的跛足神赫淮斯托斯娶阿格莱娅,
　　 最年轻的美惠女神,做他的如花娇妻。

"阿格莱娅"(Ἀγλαΐην):美惠女神之一(909)。在《伊利亚特》卷十八中,赫淮斯托斯的妻子叫卡里斯(383);而在《奥德赛》中则是阿佛洛狄特(卷八,266)。

　　 金发的狄俄尼索斯娶弥诺斯的女儿,
　　 栗发的阿里阿德涅做他的如花娇妻,
　　 克洛诺斯之子赐她远离死亡和衰老。

"阿里阿德涅"(Ἀριάδνην):弥诺斯的女儿,她曾帮助英雄忒修斯走出克里特迷宫,迄今人们还常引用"阿里阿德涅的线团"这个典故。荷马两次提到她:一次在《伊利亚特》卷十八,神匠代达洛斯在克诺索斯城为她建了一个舞场(592);一次在《奥德赛》卷十一,奥德修斯在阴间遇见阿里阿德涅的亡魂:

　　……弥诺斯的美丽女儿阿里阿德涅,
　　忒修斯想把她从克里特岛带往神圣的雅典城的丘冈,
　　但他未能享有她,受狄俄倪索斯的怂恿
　　阿尔特弥斯把她杀死在环水的狄埃岛。(321 - 325)

赫西俄德似乎接过了荷马的话头,把故事讲完整:在狄俄尼索斯的计谋下,阿尔特弥斯杀死阿里阿德涅,致使忒修斯无缘带回美人;后来她从宙斯那里获得永生,成为狄俄尼索斯的妻子(参见赫西俄德残篇,298)。到了拉丁时代,奥维德在《变形记》中如此总结古希腊作者们的说法:

> 埃勾斯的儿子[忒修斯]靠弥诺斯的女儿阿里阿德涅姑娘的帮助,绕着一球线,找到了以前从来没有人能找到的入口,他立刻抢了姑娘,乘船到狄阿岛,到了那里他不讲情义把姑娘抛弃了。阿里阿德涅正在大声恸哭,巴克科斯把她抱在怀里,给她帮助,他把姑娘头戴的冠抛到天上,好让它变成星座,永放光明。(8.152－162,杨周翰译文)

晚期作者还提到狄俄尼索斯和阿里阿德涅的后代,参见《阿尔戈英雄纪》注疏,3.997;阿拉托斯《物象》注疏,636;泡赛尼阿斯,1.3.1;Hyginus, *Fabulae*, 14.10、19。

950　美踝的阿尔克墨涅的勇敢儿子、强大的
　　　赫拉克勒斯在完成艰辛任务后,迎娶赫柏,
　　　伟大的宙斯和脚穿金靴的赫拉之女,
　　　做他端庄的妻,在积雪的奥林波斯山顶。
　　　——多么快活,他立下了不朽功勋,
955　从此生活在永生者中,远离苦难和衰老!

狄俄尼索斯(947－949)和赫拉克勒斯(950－955)的婚配并列在一起。他们均系宙斯之子,由凡间女子所生,却都获得永生。狄俄尼索斯似乎一开始就是神,赫拉克勒斯在完成任务以后进入奥林波斯世界。《伊利亚特》卷十八的说法与这里相悖:"强大的赫拉克勒斯也未能躲过死亡。"(117)阿提卡陶瓶画常表现英雄在雅典娜的陪伴下进入奥林波斯世界。但古希腊人把赫拉克勒斯当成神来崇拜,是在赫西俄德以后(参泡赛尼阿斯,1.15.3,1.32.4;Aristides.,40.11)。这里九行诗是

否出自赫西俄德本人手笔,没有定论(West, pp. 416 – 417)。

"赫柏"(Ἥβην):赫拉之女(17,922)。这场婚姻表明赫拉与赫拉克勒斯前嫌尽释,因而只能发生在所有任务完成以后。阿波罗多洛斯在《书藏》中提到了赫柏和赫拉克勒斯的后代(2.7.7)。《奥德赛》卷十一中也有相似的说法:

> ……力大无穷的赫拉克勒斯,
> 一团魂影,他本人正在不死的神明们中间
> 尽情饮宴,身边有美足的赫柏陪伴,
> 伟大的宙斯和脚穿金靴的赫拉之女。(601 – 604)

行 952 = 赫西俄德残篇 25.29 = 229.9 =《奥德赛》卷十一,604。

"不朽功勋"(ἀθανάτοισιν ἀνύσσας):也许暗示赫拉克勒斯参加巨人之战。依据该亚的指示,宙斯只有在某个凡人的帮助下才能打败巨人(阿波罗多洛斯,1.6.1)。这一功勋与赫拉克勒斯升入神界直接有关(参见品达《涅墨厄竞技凯歌》,1.67;塞涅卡,*Hercules CEtaeus Hercules. OEtaeus.*,87 起;诺努斯《狄俄尼索斯纪》,4.45 起)。巨人之战,见前文的癸干忒斯巨人族(186)。

> 不倦的赫利俄斯和显赫的大洋女儿
> 珀尔塞伊斯生下基尔克和国王埃厄忒斯。

"赫利俄斯"(Ἡελίῳ):在许佩里翁和忒娅家族中,月亮塞勒涅没有婚配,黎明厄俄斯随文记叙(378 起,984 起),只剩太阳赫利俄斯没有交代。

"珀尔塞伊斯"(Περσηίς):大洋女儿(356)。

"基尔克"(Κίρκην):"红隼"(鸟名)。《奥德赛》的主要人物之一(卷十起)。正是她把奥德修斯的同伴们变成猪,但也是她最后帮助英雄回到故乡伊塔克。卷十一,奥德修斯讲述女神基尔克的身世,与这里

的说法基本一致：

> 我们来到海岛艾艾埃，那里居住着
> 美发的基尔克，能说人语的可怖的神女，
> 制造死亡的埃厄忒斯的同胞姐妹，
> 两人都是给人类光明的赫利俄斯所生，
> 母亲是佩尔塞，俄刻阿诺斯的爱女。(135 – 139)

《奥德赛》卷十二开篇提到，基尔克的住所艾艾埃海岛就在太阳升起的地方。

"埃厄忒斯"(Aἰήτην)：即"艾艾埃的"，与基尔克的住所同名。据弥诺姆斯记录(Mimnermus 残篇 11.2)，传说中的金羊毛所在地就是艾艾埃。欧谟卢斯记载(Eumelus 残篇，2 – 3 Kink)，在古代科林斯的传统中，埃厄忒斯和阿洛俄斯(Aloeus)是赫利俄斯的一双儿子，前者成为科林斯国王，后者则统治埃索帕斯(Asopos)的水域。

> 给凡人带来光明的太阳之子埃厄忒斯
> 娶环流大洋神俄刻阿诺斯的女儿，
> 960　美颜的伊底伊阿，遵照神们的意愿。
> 她在欢爱中生下美踝的美狄娅，
> 金色的阿佛洛狄特帮助他征服了她。

行 959 = 行 242（指多里斯）。

"伊底伊阿"(Ἰδυῖαν)：大洋女儿(352)。从字面意思看，伊底伊阿(Ἰδυῖα："聪慧，博学")做美狄娅(Μήδεια："周密计划")的母亲，再恰当不过。

"美狄娅"(Μήδειαν)：赫西俄德在谱系末尾写太阳神赫利俄斯的后代(956 – 962)，既是为了弥补前文未做交代的空缺，也是为了引出基尔克、美狄娅两位女神的凡间爱情故事(997 – 1002, 1011 – 1016)。

[笺释] 奥林波斯世家(行 881 – 1018) 373

就此再会吧,居住在奥林波斯的神们!
还有坚实的岛屿、陆地及环绕的咸海!

"居住在奥林波斯的神们"(Ὀλύμπια δώματ' ἔχοντες):诗人向整部诗篇的主要叙述对象,也就是居住在奥林波斯的神们道别,这是典型的收尾方式,托名荷马颂诗里最为常见。不妨想象,歌手唱罢一曲,揣测听众的反映,要么到此为止,要么继续吟咏一个新的故事。

"坚实的岛屿、陆地及环绕的咸海"(νῆσοί τ' ἤπειροί τε καὶ ἁλμυρὸς ἔνδοθι πόντος):本行亦是难点之一。在整部神谱中,大海并不占有重要位置;至于岛屿和陆地,诗人在叙事中仅仅略提一二:岛屿如库特拉(198)、塞浦路斯(199)和克里特(480,971)等;陆上的地名则有皮托(499)、墨科涅(536)、奥林波斯山和俄特吕斯山(632)。诗人为什么在篇末专门提到它们,不免令人困惑。历代校勘家提供了各种解决方案,其中最稳妥的方法,还是从赫西俄德的文本出发来加以理解。"岛屿、陆地和大海"可能代表了现有的整个世界(West, pp. 420 – 421)。这两行诗呼应开篇行 107 – 110("神们和大地、诸河流、怒涛不尽的大海、闪烁的繁星、高高的广天")。看来,赫西俄德不仅想记下神的谱系,还想解释宇宙的起源。阿里斯托芬不也借鸟之口说过类似的话吗?——"来跟我们学习一切玄妙道义,关于鸟类的天性,诸神的谱系,关于江河、冥荒、浑沌。"(《鸟》,691)ἤπειροί[陆地]头一回采用复数形式。这个词一般用来表示欧洲和亚洲的并列,参见埃斯库罗斯《被缚的普罗米修斯》,790;索福克勒斯《特剌喀斯少女》,101;残篇 881。

3. 女神的凡间爱情(行 965 – 1018)

965 现在,再来咏唱女神们吧,言语甜蜜的
奥林波斯的缪斯、执神盾宙斯的女儿们!
这些女神和有死的男子结成姻缘,

> 为他们生下如神一样的美丽子女。

行 966 = 行 25 = 行 52 = 行 1022。赫西俄德只在提到缪斯的言辞与咏唱时才会使用这个表述。

在《奥德赛》卷五中，神使赫耳墨斯前去劝阻卡吕普索留住奥德修斯不让他返回故土，卡吕普索抱怨女神与凡间男子的爱情如何难以实现：

> 神明们啊，你们太横暴，喜好嫉妒人，
> 嫉妒我们神女公然同凡人结姻缘，
> 当我们有人为自己选择凡人做夫婿。(118 – 120)

卡吕普索接着还举例说，与女神结亲的男人均难逃死命，比如猎人奥里昂因与黎明女神的爱情，被阿尔特弥斯射死（121 起），伊阿西翁因与德墨特尔的爱情被宙斯亲手击毙（125 起）。同样，在《献给阿佛洛狄特的托名荷马颂诗》中，安喀塞斯也被告诫不要透露曾与阿佛洛狄特女神同欢，否则难逃宙斯的雷电轰击（286 – 288）。不过，在赫西俄德笔下，这些凡间男子并没有因为与女神相爱而遭遇不幸。在古希腊神话中，凡间男子倒是常与水仙联姻，比如阿巴尔巴瑞娅和布科利昂（《伊利亚特》卷六，21），另参阿波罗多洛斯，1.3.3，1.7.3，1.7.6，1.9.6 等。

> 最圣洁的女神德墨特尔生下普路托斯，
> *970* 她得到英雄伊阿西翁的温存爱抚，
> 在丰饶的克里特，翻过三回的休耕地上。

"普路托斯"（Πλοῦτον）："财富"。阿里斯托芬的喜剧《财神》以此为标题。在古人眼里，财富很大程度上取决于土地的收获，因此，普路托斯也被看成珀耳塞福涅的丈夫，与"普鲁同"（哈得斯的别称）混同

[笺释] 奥林波斯世家(行 881—1018) 375

(参见残篇注疏 273；阿里斯托芬《财神》,727；柏拉图《克拉底鲁》,403a；斯特拉波,147；路吉阿诺斯《提蒙》,21)。德墨特尔母女主管土地的丰收,普路托斯则统治地下神界,也被称为"地下的宙斯"。《献给德墨特尔的托名荷马颂诗》这么说到德墨特尔母女：

> 在大地上的人类中,她们选来庇护的人有福了！她们会派上一位客人去这人的家里：给有死的人类带来极大财富的普路托斯。(486 起)

托名俄耳甫斯祷歌中有两行诗则是这样的：

> 普鲁同,你看守整个大地的秘钥,
> 散播财富,给人类带来一年果实收成。(18.4—5)

诗中没有明确说普路托斯是神。但从下文看来,他从大地到海洋四处流浪,随处施善,应该是神。德墨特尔"在克里特的休耕地上"孕育这个带给人类丰饶富裕的孩子,这使人直接联想到赫西俄德在《劳作与时日》里强调的观点,即辛勤的劳作带来美好的收获。

"伊阿西翁"(Ἰασίῳ)：《奥德赛》卷五提及德墨特尔和伊阿西翁的爱情：

> 美发的德墨特尔爱上了伊阿西翁,
> 在翻过三回的休耕地里同他结合,
> 享受欢爱,宙斯很快知道了这件事,
> 抛下轰鸣的闪电霹雳,把他击毙。(125—128)

伊阿西翁由宙斯亲自击毙,大约与德墨特尔是神王的妻子有关。《列女传》提到伊阿西翁的诞生(参见残篇 185.6)。哈得斯和珀耳塞福涅也出现在这段文字里,但看不出与这位英雄的关系(另参 Eetion 残篇

177.8–12)。

"克里特"(Κρήτης):在《献给德墨特尔的托名荷马颂诗》中,地母神假称自己被强盗从克里特岛带到厄琉西斯;哈得斯劫走珀耳塞福涅,据说也发生在克里特岛。可见克里特文明对敬拜德墨特尔的厄琉西斯秘仪影响深远。有人说伊阿西翁是克里特国王弥诺斯的孙儿(《奥德赛》注疏,5.125);但也有说他是宙斯之子(阿波罗多洛斯,3.12.1)。

"翻过三回的休耕地"(νειῷ ἔνι τριπόλῳ):这里的神话叙事与古代农耕作息有关。休耕地一般在夏天要翻两到三次(《劳》,462),再耕犁和播种。这正是古希腊人敬拜德墨特尔和地下宙斯的时节。从古人的譬喻看,犁地和播种与性交行为极其相似,这里的说法因此很有几分民间信仰意味,比如厄琉西斯秘仪就包含性交仪式,参见 Jane Harrion, *Prolegomena to the Study of Greek Religion*, p. 535 起。

> 他处处慷慨,漫游在大地和无边海上。
> 他若遇见谁,碰巧降临在谁的手上,
> 这人就能发达,一辈子富足有余。

"漫游在大地和无边海上"(ἐπὶ γῆν τε καὶ εὐρέα νῶτα θαλάσσης):睡神也"漫游在大地和无边海上,往来不息对人类平和又友好"(762–763)。普路托斯像看不见的精灵一样,四处漫游,好比睡神、疾病(《劳》,102–104)、狄刻(同上,222–224)和人类的三万守护神(同上,252–255)。

975　　金色阿佛洛狄特之女阿尔摩尼亚为卡德摩斯
　　　　生下伊诺、塞墨勒、美颜的阿高厄、
　　　　奥托诺厄——长髯的阿里斯泰俄斯娶她为妻,
　　　　还有波吕多洛斯,就在城垣坚固的忒拜。

"金色阿佛洛狄特之女阿尔摩尼亚"(Ἁρμονίη, θυγάτηρ χρυσέης Ἀφροδίτης):

[笺释] 奥林波斯世家(行881–1018) 377

从天性而言,阿尔摩尼亚更亲近母亲,而不是父亲阿瑞斯(937;欧里庇得斯《腓尼基妇女》,7;埃斯库罗斯《七将攻忒拜》,140)。

"伊诺"(Ἰνώ):她还出现在赫西俄德残篇70.1–7。《奥德赛》卷五说到她从凡人变为仙子:

> 卡德摩斯的女儿、美足的伊诺看见他,
> 就是琉科特埃,她原是说人语的凡人,
> 现在在大海深处享受神明的荣耀。(333–335)

"塞墨勒"(Σεμέλην):狄俄尼索斯的母亲,参见940–942相关笺释。

"美颜的阿高厄"(Ἀγαυὴν καλλιπάρηον):与涅柔斯的女儿同名(247;《伊利亚特》卷十八,42)。阿高厄及其子成了欧里庇得斯在《酒神的伴侣》中的主角。

"奥托诺厄"(Αὐτονόην):与另一个涅柔斯的女儿同名(258)。

"长髯的阿里斯泰俄斯"(Ἀρισταῖος βαθυχαίτης):阿波罗之子,《列女传》中记录了他的出生(残篇215–217)。参见品达《皮托竞技凯歌》,9.59起;《阿尔戈英雄纪》,2.506。

"波吕多洛斯"(Πολύδωρον):古希腊神话中似乎有两个波吕多洛斯。除赫西俄德提到的卡德摩斯之子、忒拜国王以外,还有一个是特洛亚国王普里阿摩斯的爱子,在特洛亚战争中死于阿喀琉斯的长枪下(《伊利亚特》卷二十,419)。欧里庇得斯的《赫卡柏》则讲到,波吕多洛斯逃出沦陷的特洛亚城,随身携带众多财富,不幸为人所杀,赫卡柏最终为爱子报了仇。

> 　　大洋女儿与顽强不屈的克律萨俄耳
> 980　相爱结合,在金色阿佛洛狄特的安排下,
> 　　卡利若厄生下一个儿子,在凡人中最强大:
> 　　革律俄涅,但大力士赫拉克勒斯杀了他,

就在四面环海的厄律提厄,蹒跚的牛群边。

革律俄涅的出生及其为赫拉克勒斯所杀,前文已经讲过(287－294及相关笺释)。有的注家认为叙事上的重复进一步证明这几行诗不是赫西俄德的手笔。克律萨俄耳和卡利若厄作为凡人和女神联姻的例子,实在很有争议:克律萨俄耳的母亲墨杜萨虽是凡人,但他的同胞弟兄佩伽索斯明明属于神族(285－286)。

行980＝赫西俄德佚作《大荷埃俄》(参见残篇253.3)。

行983 与290 接近。

厄俄斯为提托诺斯生下戴铜盔的门农

985　　那埃提奥匹亚人的王,和王子厄玛提翁。

"提托诺斯"(Τιθωνῷ):从《伊利亚特》卷二十来看,他是特洛亚王族后裔,拉奥墨冬之子,普里阿摩斯之兄(237)。荷马仅有两处提到厄俄斯和提托诺斯的结合,并且写法完全一致:"当黎明女神从高贵的提托诺斯身边起床"(《伊利亚特》卷十一,1;《奥德赛》卷五,1)。提托诺斯以俊美著称,故而吸引了黎明女神。《献给阿佛洛狄特的托名荷马颂诗》长篇描绘了他被厄俄斯劫走的过程(218－238)。

"戴铜盔的门农"(Μέμνονα χαλκοκορυστήν):Μέμνων 即"坚定不移"。他继承了父亲提托诺斯的俊美(《奥德赛》卷十一,522)。他是米利都人阿克提努斯(Arctinos de Milet)的诗作《埃提奥匹亚》(Aethiopis)的主人公,带领本族人民参加了特洛亚战争。χαλκοκορυστήν[戴铜盔的]在《伊利亚特》中出现九次,大都指赫克托尔。

"埃提奥匹亚人"(Αἰθιόπων):"被灼烧的脸"(对黑皮肤的一种表述),神话中以敬畏神明著称的人类,有别于现今的埃塞俄比亚这个国家,直到希腊晚期才被等同为埃及南部(Hecateaeus,1 F326－327)。在《列女传》中,埃提奥匹亚人是波塞冬的后代(残篇150.17－19)。荷马则说,他们住在大地尽处,大洋的彼岸,并分为两个群落,一个住在日落之处,一个住在日出之处,他们生来爱和神们一同享用宴饮(参《伊利亚特》卷一,423起;《奥德赛》卷一,22起)。

"厄玛提翁"(Ἠμαθίωνα):据菲勒塞德斯的记载(3F73),赫拉克勒斯在寻找金苹果的途中杀了厄玛提翁;这个故事发生在西方(F17 =《阿尔戈英雄纪》古代注疏,4.1396),因此,我们不妨理解为,门农和厄玛提翁一东一西,分别统治着处于大地两极的埃提奥匹亚人(另参阿波罗多洛斯,2.5.11)。

> 她还为刻法罗斯生下一个光荣的儿子,
> 强悍的普法厄同,虽是人类却有如神样。
> 他还处在令人钦羡的如花年华,
> 还是纯真少年,爱笑的阿佛洛狄特
> *990* 捉住他,让他住在她的神殿里,
> 做夜里的守卫,神圣的精灵。

"刻法罗斯"(Κεφάλῳ):"有玫瑰色手指的"黎明女神厄俄斯大约是最多情的女神之一,除此处两起爱情事件以外,她还劫走过奥里昂(《奥德赛》卷五,121)和克勒托斯(卷十五,250)等美少年。泡赛尼阿斯曾记录过与此处完全一致的故事(1.3.1)。在欧里庇得斯的《希波吕托斯》(455)中,刻法罗斯是赫耳墨斯和赫尔塞(Herse)的儿子,他没有生下普法厄同,而生下普法厄同的父亲提托诺斯(另见阿波罗多洛斯,3.14.3)。

"普法厄同"(Φαέθοντα):"光明的",旧译为"法厄同",最初是太阳神的名字和修饰语(760)。在许多神话中,普法厄同是太阳神赫利俄斯之子的名字。我们今天常常听到的普法厄同神话是这样的:他是太阳神和克吕墨涅的儿子,有一天要求替父驾驭太阳车,却给大地带来了巨大的火灾,自己也丧了命。赫西俄德可能在《列女传》或《天象》中讲过这个故事(参见残篇311)。奥维德后来在《变形记》中留下了非常优美的描绘(卷二开篇起)。在荷马诗中,赫利俄斯有个女儿叫法厄图萨

(Phaethusa)(《奥德赛》卷十二,131),普法厄同则成了厄俄斯的两匹快马之一(卷二十三,246)。欧里庇得斯说,他是某个遥远国度的王子,在大地的最东边,大洋的彼岸(残篇771;773.66)。

在赫西俄德笔下,普法厄同成了阿佛洛狄特的神殿祭司。在《伊利亚特》卷二,雅典娜养育大地所生的埃瑞克透斯,使他住在雅典城中自己的神殿里,后来雅典人杀公牛和绵羊祭他(547-551)。伊菲格涅亚在死后成了阿尔特弥斯的神殿祭司(欧里庇得斯,《伊菲格涅亚在陶洛人里》,34)。这些神话很有可能都影射了神殿祭司死后被当成英雄埋葬的仪式(参见 Farnell, *Hero cults*, p. 17)。尽管我们不知道古希腊社会是否存在某种普法厄同崇拜仪式,但他的神化过程显然与被日光火焰击毙有关(参见狄俄尼索斯的神化过程)。欧里庇得斯在某部佚失的戏剧残篇里写道,普法厄同在和某个女神结婚的当天遭到雷击,尸体出人意料地开始腐烂……很有可能,阿佛洛狄特将出现在我们如今看不到的剧末,把普法厄同的残骸保留在她的神殿里(残篇786)。

"精灵"(δαίμονα):在赫西俄德的时代,δαίμονες[精灵]与ϑεοί[神]同义,主要指那些掌管人类时运的守护神。《劳作与时日》里说到,黄金时代的人类死后成了精灵:"有死人类的守护者,赐予财富,看察各种审判和恶行。"(121-126)他们曾是生活在大地上的人类,如今具有一定的神力(参见欧里庇得斯《波斯人》,620;忒奥格尼斯残篇,1348)。

> 宙斯宠爱的国王埃厄忒斯之女
> 被埃宋之子——遵照神们的意愿——
> 从埃厄忒斯身边带走,在完成艰辛任务后。
> 995 这些任务发自傲慢无比的国王,
> 恣肆的珀利厄斯,疯狂又残暴。

"埃厄忒斯之女"(κούρην δ' Αἰήταο):美狄娅(956-962)。这里把美狄娅当成女神(参阿尔克曼,163;品达《皮托竞技凯歌》,4.11;Musaeus of Ephesus,455F2)。但事实上,她更像女巫,而非永生的神:她和人

[笺释] 奥林波斯世家(行 881–1018) **381**

类生活在一起,据说她的坟墓在忒斯普洛提亚(Thesprotia;参见 Gellius 残篇 9;Solin,2.30)。罗得岛的阿波罗尼俄斯在《阿尔戈英雄纪》第三至四卷中详细描绘了美狄亚帮助伊阿宋取得金羊毛的经过。欧里庇得斯的《美狄娅》讲述了随后发生的悲剧:伊阿宋爱上了科林斯国王克瑞翁的女儿克瑞乌萨,美狄娅无法忍受这样的背叛,便利用巫术烧毁克瑞翁的王宫,烧死克瑞乌萨(也有说用毒药)。她还当着伊阿宋的面杀死他们共同生下的两个孩子。诗人忒奥克里托斯曾对美狄娅的巫术做过专门描绘,参见 *Idylls*,2("巫女")。

"遵照神们的意愿"($βουλῆσι\ θεῶν$):美狄娅的父母、埃厄忒斯和伊底伊阿的婚姻同样是神的意愿(959)。

"恣肆的珀利厄斯"($ὑβριστὴς\ Πελίης$):提丰(307)和墨诺提俄斯(514)同样也是"恣肆的"(参见 Mimnermus,11.3)。赫西俄德也许是影射珀利厄斯在伊俄尔科斯篡夺权位,并把真正的王位继承人伊阿宋派去取金羊毛(参见品达《皮托竞技凯歌》,4.106–116;泡赛尼阿斯,4.2.5)。

在此之后,他历尽苦难回到伊俄尔科斯,
乘着快船,身旁是那炯目的少女。
埃宋之子娶她做如花的娇妻,
1000 她为人民的牧者伊阿宋所征服,
生下墨多俄斯,由菲吕拉之子喀戎
在山里养大:伟大宙斯的意志就此实现。

"人民的牧者伊阿宋"($Ἰήσονι\ ποιμένι\ λαῶν$):同一说法见《伊利亚特》卷七,569。"牧者"之说,普遍存在于古代近东地区,参见 G. J. Gadd, *Ideas of Divine Rule in the Ancient East*,1948,p.38 起;另参看 Fraenke 注疏埃斯库罗斯的《阿伽门农》,795。

"墨多俄斯"($Μήδειον$):从 $Μήδεια$ [美狄娅]派生而来,又与小亚细亚的美地亚人(Mede)同名。传说他就是美地亚人的王(参见埃斯库罗斯《波斯人》,765;阿波罗多洛斯,1.9.28;Hyginus, *Fabulae*,27),这从墨多俄斯的"家谱"可以得到验证:母亲美狄娅住在东方,祖母珀尔塞伊斯(957)与波斯人(Persians)同名。古代美地亚是波斯帝国的前身,起源于近东阿塞拜疆一带,即今天伊朗西北部。公元前8—前7世纪,美地亚人起事,颠覆亚述王朝,并先后征服了阿富汗、叙利亚和小亚细亚西部地区,成为与希腊对峙的近东强权。古希腊人知道美地亚人不会早于这个时期。据希罗多德的记载(7.62),大约在公元前7世纪上半叶,有个叫戴奥凯斯(Deioces)的酋长统一六个部落,建立最早的美地亚王朝(但据亚速人Dayaukku的记录则发生在前8世纪末)。古希腊诗人如阿尔基劳斯、弥诺姆斯、萨福和阿耳刻俄斯,都仅限于提到吕底亚人,直到伊比科斯才开始说及美地亚人(残篇39)。据泡赛尼阿斯的记载,西尼松(Cinaethon残篇2)曾提到墨多俄斯的诞生,以及有一个姐妹叫Eriopis(2.3.9)。

"菲吕拉之子"(Φιλυρίδης):喀戎的父亲是克洛诺斯。一般情况下,在名字前只提母亲,要么因为父亲是神,并且常常是宙斯,比如阿尔克墨涅之子赫拉克勒斯(526,950),赫拉的女儿埃勒提伊阿(《伊利亚特》卷十一,271;另参残篇78);要么因为没有父亲,比如大地之子提梯奥斯(《奥德赛》卷七,324;卷十一,576)。此外,"克洛诺斯之子"专指宙斯;"宙斯之子"仅指阿波罗和赫拉克勒斯。女神往往和母亲更亲近,阿尔摩尼亚(975)不能称为"阿瑞斯之女",否则会让人误解为阿玛宗女战士(《伊利亚特》卷二十四,804a);埃勒提伊阿是"赫拉之女",而不是"宙斯之女"(922)。

"喀戎"(Χείρων):人面马神,天性善良,充满智慧,尤通医术。传说赫拉克勒斯不小心使他身中毒箭,箭上涂有蛇妖许德拉之血,为了免除痛苦,他情愿放弃永生的权利。喀戎是众多英雄的老师,包括阿喀琉斯(赫西俄德残篇204.87;《伊利亚特》卷十一,832;品达《皮托竞技凯歌》,6.2;《涅墨厄竞技凯歌》,3.57)、伊阿宋(残篇40;品达《皮托竞技凯歌》,4.102)、阿斯克勒皮奥斯(《伊利亚特》卷四,219;品达《涅墨厄竞技凯歌》,3.54)和赫拉克勒斯(忒奥克里托斯注疏,13.9)。相传出自赫西俄德之手的《喀戎训谕》,是喀戎对阿喀琉斯的教诲记录(泡赛尼阿斯,9,31,5)。在这里,墨多俄斯成为他的学生,大概因为在传统说法里他从未出现在伊俄尔科斯。荷马的《伊利亚特》里两次提到他(卷十一,832;卷十六,143)。索福克勒斯的《特剌喀斯少女》描述了喀戎之死(715)。忒奥克里托斯也讲过一段喀戎和赫拉克勒斯的故事(*Idylls*,7)。

  在海中长者涅柔斯的女儿们中,
  最神圣的普萨玛忒生下福科斯,
1005 金色的阿佛洛狄特使埃阿科斯爱抚她。

  "海中长者涅柔斯的女儿们"(Νηρῆος κοῦραι, ἁλίοιο γέροντος):同样用法见《奥德赛》卷二十四,58。参见 233 相关笺释。

  "普萨玛忒"(Ψαμάθη):涅柔斯的女儿(260)。为了逃避埃阿科斯变身为海豹(参见阿波罗多洛斯,3.12.6;欧里庇得斯《安德洛玛克》注疏,687;品达《涅墨厄竞技凯歌》,5.12)。后来她成了海神普罗透斯的妻子(参见欧里庇得斯《海伦》,6-7)。

  "福科斯"(Φῶκον):"海豹",很可能与母亲的变形有关。泡赛尼阿斯称他为福西安人(Phocians)的祖先(2.29.2,10.1.1,10.30.4;《伊利亚特》卷二注疏,517),也有说他由西绪福斯之子 Ornytus(或 Ornytion)所生。《列女传》记录了他的婚姻和子女(残篇 58.7)。古代佚失史诗《阿尔克迈翁纪》(*Alcmaeonis*)提到他被佩琉斯和特拉蒙谋杀的经过(残篇 1)。

  "埃阿科斯"(Αἰακοῦ):宙斯之子,埃基纳(Aigina)的第一个同时也是最后一个国王(残篇 215)。他的儿子佩琉斯和特拉蒙杀了福科斯以后,不得不逃亡他乡:前者去了忒撒利,后者去了撒拉米(参见《阿尔戈英雄纪》,1.90-94)。佩琉斯的儿子就是大名鼎鼎的阿喀琉斯,《伊利亚特》中常以"埃阿科斯之孙"称呼这位英雄(比如卷二,860,874 等)。下文讲到佩琉斯和忒提斯生阿喀琉斯,衔接自然。

  银足女神忒提斯被佩琉斯所征服,

生下冲破军阵的狮心的阿喀琉斯。

"银足女神忒提斯"(θεὰ Θέτις ἀργυρόπεζα):涅柔斯的女儿们没有鱼尾,而是如女子般游水,或驾驭海豚、河马等(参见《伊利亚特》卷九,410;卷十八,127,146)。《列女传》(残篇 210 - 211)和《塞浦路亚》(残篇 1 - 3)均记录了忒提斯和佩琉斯的婚礼。

"佩琉斯"(Πηλεῖ):佛提亚国王,埃阿科斯之子,忒提斯的丈夫,阿喀琉斯的父亲。他曾参与伊阿宋、赫拉克勒斯等英雄求取金羊毛的远征。特洛亚战争爆发时,他已经年老,无力参战(《伊利亚特》卷十八,433 - 434)。

"冲破军阵的狮心的阿喀琉斯"(Ἀχιλλῆα ῥηξήνορα θυμολέοντα):《伊利亚特》的主要人物,史诗从阿喀琉斯的愤怒讲起,直到他杀死特洛亚英雄赫克托尔,为好友帕特罗克洛斯举行葬礼。忒提斯为了让爱子长生不死,抓住他的脚踝,把他浸在斯梯克斯水中。阿喀琉斯的脚踝成为全身唯一致命的弱点,最终被帕里斯的箭射中,结束了年轻而美好的生命。荷马诗中多次称他"如狮子一样",参见《伊利亚特》卷七,228;卷十三,324;卷十六,146,575;《奥德赛》卷四,5。

> 美冠的库忒瑞娅生下埃涅阿斯,
> 她得到英雄安喀塞斯的温存爱抚,
> 1010 在林木繁茂而崎岖的伊达山顶。

"美冠的库忒瑞娅"(ἐυστέφανος Κυθέρεια):阿佛洛狄特(196)。
"埃涅阿斯"(Αἰνείαν):特洛亚将领。《伊利亚特》卷二十提到他将在特洛亚陷落以后继承王位:

> 普里阿摩斯氏族已经失宠于宙斯,
> 伟大的埃涅阿斯从此将统治特洛亚人,
> 由他未来出生的子子孙孙继承。(306 - 308)

阿尔刻提努斯(Arctinus)在诗作《洗劫特洛亚》(Ἰλίου πέρσις)中讲到,埃涅阿斯在伊达山逃亡(参见索福克勒斯残篇,373)。他出生入死,均因神们的干预而幸免于难。早期的传说里也有提到他在别处建立新城邦。最早把他当成罗马建城者的作者是赫拉尼库斯(Hellanicus 残篇4F84)。据赫拉尼库斯记载,他和奥德修斯一起从色雷斯去了罗马。埃涅阿斯还是拉丁诗人维吉尔的十二卷长诗《埃涅阿斯纪》的主人公。

行 1009 与行 970(德墨特尔得到伊阿西翁的温存爱抚)近似。

"英雄安喀塞斯"(Ἀγχίση ἥρωι):《献给阿佛洛狄特的托名荷马颂诗》描绘了他和女神的爱情故事。在荷马诗中,他在牧牛的时候遇见了阿佛洛狄特(《伊利亚特》卷五,303)。《伊利亚特》卷二写道:

> 埃涅阿斯……一个女神同凡人结合,
> 美神在伊达山谷里为安喀塞斯王所生。(820 - 821)

阿喀琉斯和埃涅阿斯的出身并举,参见《伊利亚特》卷二十埃涅阿斯在阵前对阿喀琉斯所说的话(200 - 209)。

> 许佩里翁之子赫利俄斯的女儿基尔克,
> 钟情于坚忍的奥德修斯,生下
> 阿格里俄斯和完美强大的拉提诺斯。

"基尔克"(Κίρκη):赫利俄斯之女(957)。《奥德赛》卷十描绘了这位神女如何诱惑奥德修斯。他们在一起生活了整整一年,"每天围坐着尽情享用丰盛的肉肴和甜酒"(467 - 468),夜幕降临的时候,英雄就"登上基尔克的无比华丽的卧床"(480)。不过,荷马诗中没有提到他们的后代。在一部署名为 Eugammon of Cyrene 的《特勒戈诺斯》(Telegony)中,奥德修斯和基尔克之子特勒戈诺斯(1014)前往伊塔卡寻父,却错杀了奥德修斯。基尔克使整个家族获得永生。最后的结局很是让人咋舌:特勒戈诺斯娶佩涅诺佩,特勒马科斯则娶基尔克(参见 Nosti 残篇9)!这里提到的两个儿子,使我们可以把奥德修斯的流浪位置大致定在西方,虽然从《奥德赛》卷十二来看,基尔克居住的海岛在遥远的东边(3 – 4)。

"坚忍的奥德修斯"(Ὀδυσσῆος ταλασίφρονος):惟其"坚忍",才注定历尽苦难的命运。在荷马诗中,这几乎成了奥德修斯的专用修饰语,参见《伊利亚特》卷十一,466 等。《奥德赛》共出现 11 处。

"阿格里俄斯"(Ἄγριον):"野蛮人"。这个名字的来源不明。有的校勘家认为,这是虚构的名字(Wilamowitz, *Hermes*,34,1899,p. 611)。有的认为,这与色雷斯的阿格里阿涅(Agrianes)同名,从而进一步表明赫西俄德在地理认知上的巨大缺陷(Hartmann)。有的尝试在伊塔卡历史或地方志中寻找阿格里俄斯的踪影,并将其等同为拉提诺斯的孙子或伊塔卡国王(Durante)。还有的认为他是自然神 Faunus(等同于古希腊神话里的潘神)——据诺努斯的记载(《狄俄尼索斯纪》,13. 328 – 332,35. 57),自然神是波塞冬和基尔克的儿子。

"拉提诺斯"(Λατῖνον):拉提姆(Latium)部落的王。除这里以外,古代早期作者再没有提到过这个名字。直到公元前 350 年前后,有个托名 Scylax 的作者才说起他(残篇 8)。据 Hyginus(*Fabulae*,127)的记载,拉提诺斯是特勒马科斯和基尔克的儿子。维吉尔也证实基尔克是他的母亲(《埃涅阿斯纪》,12. 164)。

[还有忒勒戈诺斯,在金色阿佛洛狄特的安排下。]
1015 他们在遥远的神圣岛屿的尽处,
统治着光荣无比的图伦尼亚人。

"忒勒戈诺斯"(Τηλέγονον):意大利历史传说中的建城者,参见 Dionysius Halicarnassensis, 4. 45;贺拉斯《颂歌》,3. 29. 8;奥维德《岁时记》,3. 92)。有关晚期长诗《特勒戈诺斯》,参上文"基尔克"相关笺释。

"遥远的神圣岛屿的尽处"(τῆλε μυχῷ νήσων ἱεράων):从这句话中,我们可以了解诗人的地理认知。他知道,希腊西北部有很多岛屿,并且想象奥德修斯当初就漂泊在这片区域。他不知道意大利属于大

[笺释] 奥林波斯世家(行 881–1018)

陆,而将其想象为岛屿。类似的地理认知在赫西俄德时代相当普遍。我们可以想象,向一个古希腊农人打听五十里外的地方都是件难事。在当时,想要了解地中海地形而没有地图、没有个人航海经验,绝无可能。有关传说中的太虚岛屿,参见斯特拉波,215。

"图伦尼亚人"(Τυρσηνοῖσιν):在公元前 5 世纪以前的古希腊作品中,再无第二处提到这个民族。一般认为,他们就是最早的意大利人,即伊特鲁里亚人(Etruscan),这正好符合拉提诺斯(Latinus,1013)作为统治者的说法。希腊人和伊特鲁里亚人从公元前 8 世纪起开始通商,公元前 6 世纪中叶产生利益纠纷(参见希罗多德,1.165–167)。伊特鲁里亚人于公元前 510 年占领拉提姆城邦,公元前 500 年进入鼎盛时期,很有可能也是在这个时期为古希腊人所熟知。

> 圣洁的神女卡吕普索和奥德修斯相爱结合,
> 生下瑙西托俄斯和瑙西诺俄斯。

诗人遵循《奥德赛》的叙事顺序,在基尔克之后,交代卡吕普索为奥德修斯所生的后代。

"卡吕普索"(Καλυψώ):大洋女儿(359)。

"瑙西托俄斯"(Ναυσίθοον):"快舟"。他是费埃克斯人的第一个王(《奥德赛》卷六,7;卷七,55)。在荷马诗中,他是波塞冬和巨人公主佩里波娅的孩子。在这里,费埃克斯人成为奥德修斯和卡吕普索的后代,与荷马的说法不同。据 Iamblichus 记录,最早的毕达戈拉斯门人是某个叫做瑙西托俄斯的费埃克斯人(《毕达哥拉斯生平》,127,267)。

"瑙西诺俄斯"(Ναυσίνοον):"泛舟的"(类似的谐音名并列,亦见 251)。费埃克斯人以航海著称(《奥德赛》卷七,39)。《奥德赛》卷八列出了一系列费埃克斯年轻人的名字,虽没有此处的兄弟俩,却有"瑙透斯、瑙西利波斯"等谐音名(111 起)。

结　语
(行 1019 – 1022)

严格说来,《神谱》最后四行诗并不能算真正意义的诗歌结语。

首先,这四行诗更像是"女神的凡间爱情"的叙事结尾,对应其开篇四行诗(965 – 968),奥林波斯女神与凡间男子的叙事从呼唤缪斯开始,以呼唤缪斯结束,形成一个完满的环形结构。

其次,这四行诗还是从《神谱》到《列女传》的过渡。《列女传》迄今仅存 245 个残篇,其开篇两行(Oxyrrhynchos 莎草文献,编号 2354)正好也是《神谱》的结尾两行:

> 现在,咏唱凡间的女子吧,言语甜蜜的
> 奥林波斯的缪斯、执神盾宙斯的女儿们!

有些手抄件只抄到行 1020。不少注家认为,行 1021 – 1022 不属于《神谱》,而是某个古代校勘家为解释下一首诗的开篇所做的援引(Jacoby, p. 29;Schwartz, *ps. -Hesiodeia*, p. 435),同样,古代校勘家(Townley)也在《伊利亚特》结尾援引了后续诗篇《埃提奥匹亚》(*Aethiopis*)的开篇几行。还有一种可能:某个古代抄写者在《神谱》古卷的末端录入这两行诗,以提示读者后续内容在哪一卷,后来的人却把这两行诗当成正文抄进了《神谱》。

> 　　　以上这些女神和有死的男子结成姻缘,
> 1020　为他们生下如神一样的美丽子女。
> 　　　现在,咏唱凡间的女子吧,言语甜蜜的

奥林波斯的缪斯、执神盾宙斯的女儿们!

行 1019 – 1020 与行 967 – 968 近似,唯一差别是 ὅσσαι δὴ 换成 αὗται μὲν。

行 1021 – 1022("咏唱凡间的女子吧")呼应行 965 – 966("咏唱女神们吧")。

390 神谱

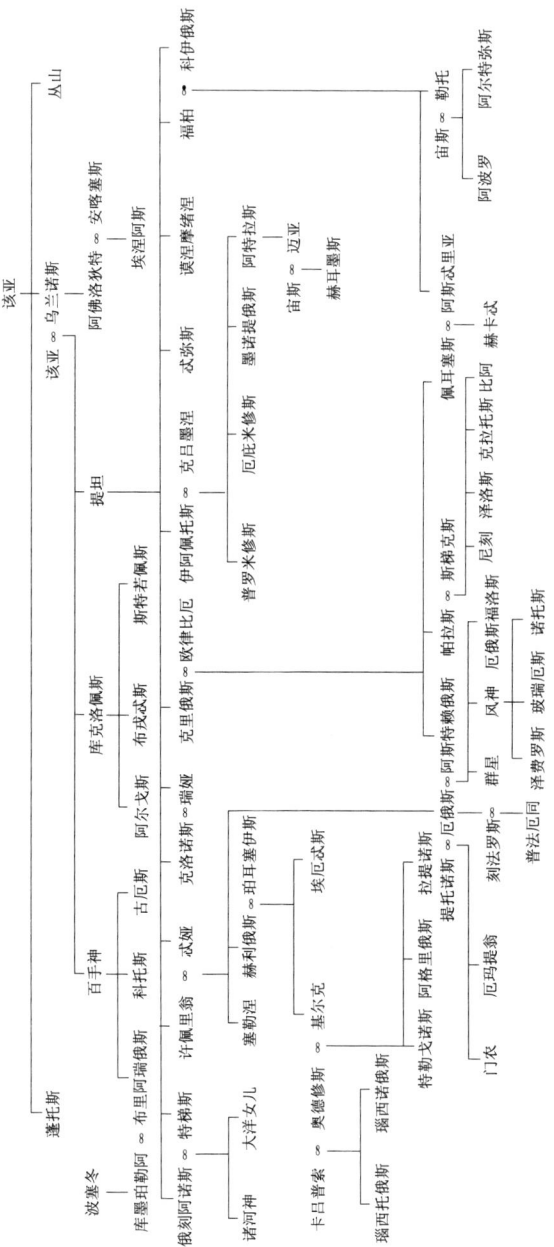

神谱图 391

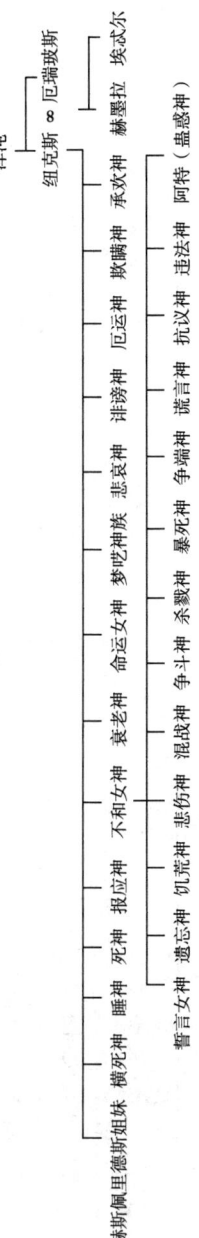

392 神谱

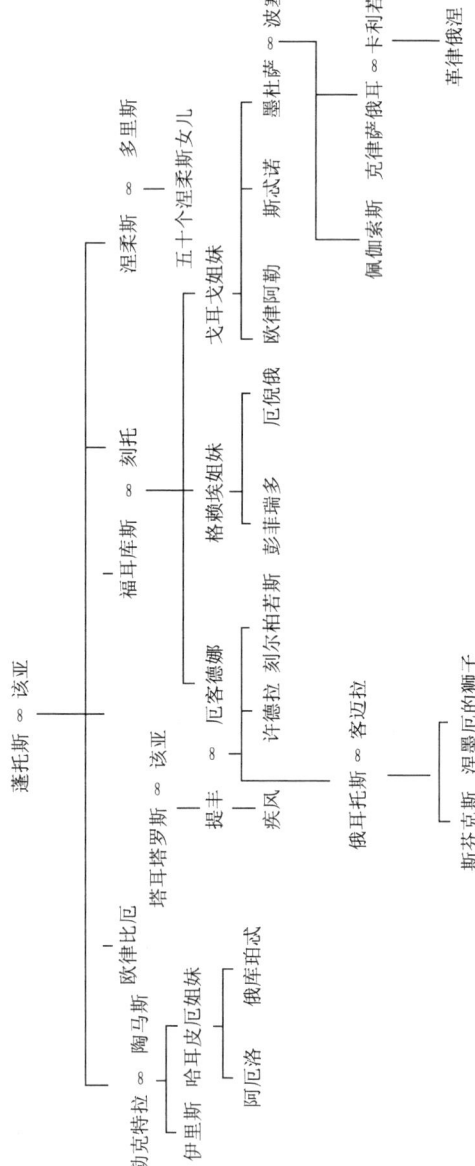
海神家谱

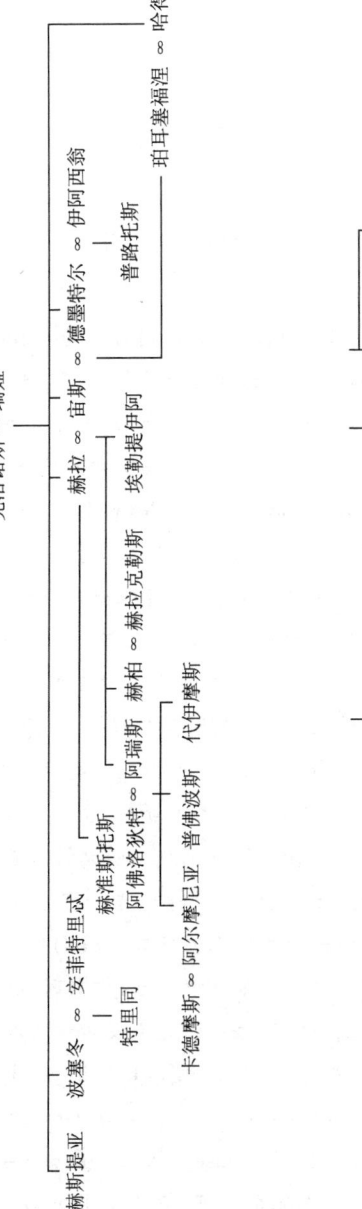

奥林波斯神谱

附录

对　驳

古希腊无名氏作

[**译按**]《对驳》(Ἀγών)，拉丁文通用标题为 Certamen Homeri et Hesiodi，又译"荷马与赫西俄德之间的辩论"。这篇出自古希腊无名氏手笔的短文有几份莎草抄件传世，其中包括一份有关荷马生平的抄件(Laurentianus,56.1)，另一份公元前3世纪初的埃及抄件中也有类似风格的诗文残篇(Papyrus Flinders Petrie, XXV,1)。由于文中提及哈德良皇帝求问德尔斐神谕，因而抄写年代不会早于公元2世纪。依据尼采的考订，此文的成文时间要早得多，很可能出自公元前4世纪的作者阿尔西达马斯，随后在不同时代的流转中几经添补。文中借荷马与赫西俄德之名展开的问答，确乎让人想到古典时期智术师之间的典型的对驳话题。此外，公元前421年上演阿里斯托芬的《和平》，剧中影射诗人之争，因而也有人推断，彼时雅典人已知此文的存在。

文中关乎荷马与赫西俄德的生平资料，主要依据《劳作与时日》的诗人自述，同时也汲取后世的传说记载。两大诗人在文中吟诵的诗文，有一些是我们熟知的，出自《伊利亚特》《奥德赛》和《劳作与时日》，还有一些出处不详，可能是托名诗人的佚文。我们今天读此文，与其强调其传记史实价值，更重要的莫如从中了解，古典时期的作者如何看待比之早几个世纪的诗人，如何从今人问题出发讨论古人之争。

笔者早前依据法文本译出此文(Philippe Brunet, *Hésiode. La théogonie, les travaux et les jours... suivis de La dispute entre Homère et Hésiode*, Librairie Générale Française,1999, pp. 315 – 329)，刊载于"经典与解释"第3辑《康德与启蒙》(北京:华夏出版社,2004年)。此次作

为附录重刊,主要依据两份勘本重做订正(Paola Bassino, *Certamen Homeri et Heisodi Introduction, Critical Edition and Commentary*, Durham theses, Durham University, 2013; T. W. Allen ed. , *Homeri Opera Tomus V: Hymnos Cyclum Fragment Margiten Batrachomyomachian Vitas Continens*, Oxford, 1912),特此说明。

谁不想说神圣的诗人荷马和赫西俄德是自己的同乡呢？赫西俄德在诗中记下故乡的名,这才打消了各种争议。他说他的父亲——

> 定居在赫利孔山傍的惨淡村落
> 阿斯克拉,冬寒夏酷没一天好过。(《劳》,639 – 640)

荷马却不一样。几乎所有希腊城市及其住民都声称亲见荷马的诞生。最早是士麦那人说,诗人的父亲是墨雷斯(Meles)——从他们城中穿流而过的河之神,母亲是水仙克勒忒伊斯(Cretheis),还说诗人本名叫墨雷希格涅(Μελησιγενῆ),即"莫雷斯河神之子",后来双目失明,便如当时的盲人们一样被称作荷马。希俄斯人说,诗人乃是他们的同乡,传下的后人被称作荷马里德斯(Ὁμηρίδα),即"荷马的后裔"。柯洛封人更是找出了荷马从前授业之处,说他在那儿开始作诗,并完成最早的诗篇《马尔吉特斯》。

关于荷马的父母是谁,争议最大。赫拉尼科斯和克里安忒斯说他的父亲是玛伊翁(Maeon),欧革翁说是墨雷斯,卡里克勒斯说是玛萨格拉斯(Mnesagoras),特洛曾的德谟克利托斯说是人称为"精灵"(Δαήμονα)的商人,有人说是塔米拉斯(Thamyras),埃及人说是祭司墨涅马库斯(Menemachus),还有人甚至说是奥德修斯之子特勒马库斯。至于诗人的母亲,一会儿说是墨提斯、克勒忒伊斯、特米斯托(Themista)或俄涅托(Eugnetho),一会儿说是某个被腓尼基人贩卖为奴的伊塔卡女人,一会儿又说是缪斯中的卡利俄佩或涅斯托尔之女波吕卡斯特

(Polycasta)。

至于诗人的名字,有的说是墨雷斯,有的说是墨雷希格涅,还有的说是奥勒忒斯(Altes)。后来被称为荷马,是因为他的父亲曾被赛普勒斯人当做人质送往波斯,也有人说是因为他失明了。伟大的哈德良皇帝去向皮提亚的女先知问及荷马的身世,得到如下六音步诗行作为答案:

> 你问我那长生的塞壬的神秘身世和故乡?
> 他的故土在伊塔卡,
> 特勒马库斯和涅斯托尔之女波吕卡斯特
> 生养了他,令他拥有最高的智慧。

单单从问答双方的身份来看,这则神谕就显得不容置疑,何况诗人确乎在诗中出色地歌唱过他的祖父奥德修斯。

有人说,赫西俄德早于荷马出世。也有人说,他比荷马晚生,而且和荷马是同族。有人列出他们的族谱:阿波罗和波塞冬之女埃丢斯(Aethusa)生利努斯(Linus),利努斯生皮埃鲁斯(Pierus),皮埃鲁斯和水仙墨托纳(Methone)生俄阿格罗斯(Oeager),俄阿格罗斯和卡利俄佩生俄耳甫斯,俄耳甫斯生俄尔特斯(Ortes),之后几代为哈尔摩尼得斯(Iadmonides)、费洛特佩斯(Philoterpes)、俄斐穆斯(Euphemus)、厄庇弗拉德斯(Epiphrades)、美拉诺普斯(Melanopus),美拉诺普斯生狄俄斯(Dius)①和阿佩里奥多斯(Apelles),狄俄斯和阿波罗之女庇西墨德(Pycimedes)生赫西俄德和佩耳塞斯,阿佩里奥多斯生玛伊翁,玛伊翁和河神墨雷斯之女生荷马。

有人说,荷马和赫西俄德在同一年代取得盛名,还在优卑亚岛上的卡尔基斯城相逢。彼时荷马写完《马尔吉特斯》,在不同城邦之间行

---

① 据说这与赫西俄德在诗中称佩耳塞斯为"神的孩子"($\delta \tilde{\iota} o \nu\ \gamma \acute{\varepsilon} \nu o \varsigma$;《劳》,299)有关。

吟。他到德尔斐,问自己出生何地,女祭司回答他:

> 伊奥斯岛,你母亲的故乡等你归返,
> 死亡在那里:当心年轻人的谜语。

荷马听了神谕,不敢去伊奥斯岛,就在当地留了下来。那时卡尼托尔(Ganyctor)为其父优卑亚王安斐达玛斯办葬,设下丰厚的奖品,邀请当时所有力量和速度过人的人前来竞技,所以才智和学问超群的人前来对驳。传说两位诗人因此机缘巧合在卡尔基斯城相遇。卡尔基斯显贵们坐在先王的兄弟帕纳得斯(Paneides)身边,充当裁判。赫西俄德在这场精彩的辩论中取胜。他走到人群中,向荷马接二连三地提问,由荷马作答。

赫西俄德

> 墨雷斯之子荷马,诸神赐给你智慧。
> 请告诉我,对人类来说什么最好?

荷马

> 不要出生,这是最好的。
> 一旦出生,越快踏进冥府大门越好。

赫西俄德

> 请告诉我,神样风采的荷马啊,
> 对一颗有死的心来说什么最美?

荷马

> 满城人人心中浸着喜悦,
> 王宫里宾客聆听歌人

> 不歇的吟唱,宴席上琳琅
> 摆满肉食和面饼,侍者
> 捧起酒樽,斟满所有酒杯,
> 对一颗有死的心来说此时最美。①

传说,荷马吟出这几行诗,在场的希腊人感到妙不可言,称颂他口吐金子般的话语。直至今天的节庆,在奠酒祈神和欢享盛宴之前,人们还会吟诵这几行诗。荷马受此厚爱,赫西俄德沉不住气,继续提出刁钻的问题。

> 诗神啊,过去、现在和未来之万物,
> 你全都不要对我唱起,请说点别的。

荷马巧妙地避开陷阱。

> 克洛诺斯之子的坟墓四周②
> 你看不见为胜利战斗的马车队列。

荷马漂亮地一一应对赫西俄德所抛出的一连串隐晦含糊的诗句。赫西俄德先说上句,荷马要对出下句。赫西俄德的上句有时是一行诗,有时是两行诗。

赫西俄德

> 于是他们吃牛的肉,还有马的脖子——

---

① 出自《奥》,9.6-11。
② 诸神即永生,"宙斯的坟墓",乃是诗人似真地述说不可能存在之事。

荷马

被他们拴住,那马浑身汗,在战斗中耗尽力气。

赫西俄德

佛律癸亚人,①在船上最优秀的人类族群——

荷马

在搁浅的船上,他们强夺了海盗的好食物。

赫西俄德

为了空手把箭掷向致死命的巨人——

荷马

赫拉克勒斯扔下他那弧线完美的弓。

赫西俄德

生养这位英雄的父亲勇敢而柔弱——

荷马

是他的母亲:对所有女人来说战争太艰难。

赫西俄德

你父亲和端庄的你母亲为了你而结合——

---

① 古代佛律癸亚人生活在内陆并不靠海,这里反称他们为"在船上最优秀的人类族群"。

荷马

为了在可爱的阿佛洛狄特的庇护下孕育你。

赫西俄德

狩猎的阿尔忒弥斯向婚姻低头——

荷马

以一支银箭刺穿了卡里斯托①。

赫西俄德

他们这样欢庆一整日,不吃不喝——

荷马

随身带的粮食,做了伟大的阿特柔斯之子的客人。

赫西俄德

他们进过食,从燃烧的余烬中
捡拾起白骨,那是克洛诺斯之子宙斯——

荷马

光荣儿子死去了,那高贵的萨尔佩冬!②

赫西俄德

好吧:我们坐在西莫埃斯平原上,

---

① 卡里斯托(Callisto)是神话中的水仙,阿尔忒弥斯的女伴,因与宙斯的情事而变形为星辰(见奥维德《变形记》,2.401-496)。阿尔忒弥斯是处女神,这里反说她"向婚姻低头"。

② 萨尔佩冬之死,参见《伊》,16.419-507。

现在继续赶路吧,就在肩头——

荷马

扛着坚锐的剑和强劲的长枪。

赫西俄德

勇敢的少年呵,双手从海浪中——

荷马

拉起飞快的船,豪气千万丈。

赫西俄德

科尔基斯到了,埃厄忒斯王子①——

荷马

被远远抛开,那礼法和宾客的大敌。
赫西俄德
他们斟满并喝下了,海浪——

荷马

等在那里,只等他们乘舟破浪。

赫西俄德

阿伽门农盼望他们在海上遭遇死亡——

---

① 科尔基斯(Colchide)是传说中阿耳戈英雄寻找金羊毛的地方。埃厄忒斯(Aietes)是科尔基斯王,美狄亚之父。参看《神》,992 – 1000。

荷马

并且人人幸免于难,于是他说——

赫西俄德

客人啊,吃吧喝吧!但愿无人
回返他们的父辈的甜美家园——

荷马

有丝毫受损,但愿人人安全回故乡!

荷马漂亮地对出了所有的句子。赫西俄德又提出一个新问题:

请你再告诉我一件事:
多少阿开亚人陪伴着阿特柔斯之子?

荷马以一道算术题作为回答:

设若有五十只燃烧的火盆,
每个火盆放有五十支铁叉,
每支铁叉上有五十小块肉,
阿开亚人数是肉块数的三乘三百倍,

如此得出一个庞大的数字……五十只火盆共有两千五百支铁叉,也即十二万五千块肉。荷马又一次占上风。

赫西俄德

墨雷斯之子,缪斯果真给你荣耀,

高贵的克洛诺斯之子的女儿们？
请告诉我，我渴望倾听你述说，
对有死者来说什么最好什么最坏？

荷马

狄俄斯之子赫西俄德，我愿听从你，
把发自内心的答案告诉你。
对好人最好亦是对坏人最坏，
莫如以自身为衡量一切的标准。
现在尽情提问让你的心欢悦吧。

赫西俄德

何谓城邦的最好政府又如何实践？

荷马

拒绝以不当方式获利，
尊敬好人，向不义者显正义。

赫西俄德

有死者首先应向诸神祈求什么？

荷马

但求日日夜夜与自己达成一致。

赫西俄德

请以最短的句子说出最好的德性。

荷马

我认为是：男子气的身体里有高贵的心灵。

赫西俄德

公正和勇气有何等建树?

荷马

以个人受苦为代价,服务共同利益。

赫西俄德

究竟何谓有死者的真正智慧?

荷马

懂得判断当下,以正确方式行动。

赫西俄德

在何种情况下可以借钱给人?

荷马

当风险也为借的人所承担时。

赫西俄德

我们应如何理解幸福一词?

荷马

经验最多的欢乐和最少的忧伤。

此番回合之后,在场的希腊人一致认为荷马理当获胜。但帕纳得斯王要求两位诗人吟诵各自最美的诗行。先是赫西俄德:

> 阿特拉斯之女昴星在日出前升起时

开始收割,在她们沉落时耕种。
她们在四十个黑夜白天里
隐没不见,随着年岁流转
头一回重现身,正是磨砺铁具时。
这是平原上的规则,同时适合
傍海而居的人家,或在逶迤深谷
远离汹涌海洋、土地肥沃的
人家。赤身播种,赤身耕作,
赤身收割,按时应付德墨特尔的劳作。①

再是荷马:

他们立即在两个埃阿斯周围布起
强大的阵势,甚至连战神阿瑞斯或是
好催人作战的雅典娜见了也不敢轻慢。
他们是军中挑选出的将士,投枪林立,
盾牌连片,等待特洛亚人和赫克托尔到来。
战斗队列紧密得一片圆盾挨圆盾,
头盔挨头盔,人挨人,只要他们一点头,
戴缨饰的闪光头盔便会盔顶碰盔顶,
手中的长枪稍一抖动就会被扭弯……
屠人的战场上密麻麻地竖立着无数
刺肉的长枪,不可胜数的灿烂头盔、
斜靠肩头的光亮盾牌和精心擦抹得
光闪的铠甲一起发出炫目的铜辉。
谁看到这样的场面欣喜而不悲痛,

---

① 《劳》,383-392。

那他真是一副无动于衷的硬心肠。①

在场的希腊人赞叹不已,荷马在英雄诗唱中超越了自己,胜利的荣耀理应归他。然而,君王把桂冠判给赫西俄德,并当众声称,提倡农业与和平的诗人理应胜过描绘战争与屠杀的诗人。传说赫西俄德得了头奖,捧走一只三足铜鼎。他把奖品献给缪斯女神,有铭文如下:

赫西俄德敬献给赫利孔的缪斯女神,
他在卡尔基斯凭一支歌胜了神样的荷马。

那次聚会以后,赫西俄德去了德尔斐,一则求神谕,二则把获胜的诗作献给阿波罗神。传说当他靠近神庙时,女先知的心中忽有神灵感应:

向我的神庙走来的人有福了,
受神圣缪斯喜爱的赫西俄德呵!
他的荣耀将如朝霞之光长在,
但他要避开涅墨亚宙斯圣林,
命运女神安排他在此地丧生。

听了神谕的赫西俄德有意避开波罗奔半岛,以为阿波罗神说的涅墨亚在那里。他去了洛克雷德的欧诺城(Oenoe),住在斐格乌斯(Phegeus)之子安斐普法尼斯(Amphiphanes)和卡尼埃托尔(Ganyetor)家中。他误解了神谕。其实此地即被称为涅墨亚宙斯神庙的所在地。他在欧诺人那里住了一段时间,本地青年怀疑赫西俄德与他们的姊妹有染,杀了他,把尸体丢进海中。那大海隔着洛克雷德和优卑亚。第三日,海豚负着赫西俄德的尸体游至陆地。当地正在举办阿里阿德涅的纪念庆

---

① 《伊》,13. 126 – 134、339 – 344。

典。人们赶到海边，认出诗人，为他治丧，给他厚葬，并开始查找凶手。杀他的年轻人害怕乡人愤怒，乘坐一条渔船向克里特逃跑。依据阿尔西达玛斯在《藏书》(*Mouseion*)中的记载，半途中宙斯用雷电把他们击毙在海上。埃拉托斯特尼斯在《赫西俄德传》中记载，卡尼埃托尔之子克提墨努斯(Ctimenus)和安提福斯(Antiphus)因为杀害赫西俄德，遭占卜者俄瑞克勒(Eurycles)割喉献祭给庇护待客之道的诸神。他们的姊妹受了赫西俄德在路上的伙伴德墨德斯(Demodes)的玷污，后来自缢了。德墨德斯亦为兄弟俩所杀。奥尔霍迈诺斯人后来将赫西俄德的遗体迁葬至他们城里，墓志铭如下：

> 他的故乡是丰饶的阿斯克拉，
> 他长眠在米利阿斯人的马群繁荣的大地，
> 这是赫西俄德，他的荣耀超过世人，
> 他的智慧常驻，直至海枯石烂。

这就是关于赫西俄德的一切。至于荷马，他在诗歌赛会上失利，继续在一个个城市游历，吟唱他自己的诗篇，特别是七千行的英雄诗唱《忒拜伊德》(*Θηβαίδα*)，开篇第一句为："女神啊，请歌唱那干涸的阿耳戈斯，王者纷纷逃离之地……"此外还有七千行的英雄诗唱《厄庇格努斯》(*Θηβαίδα*)，开篇第一句为："缪斯啊，让我们歌唱那将来的英雄吧……"有人说这些英雄诗唱全部出自荷马。米达斯之子卡珊托斯(Xanthus)和格尔格斯(Gorgus)听到诗人的吟唱，邀请他在父亲的坟前作一首诗。米达斯的坟前伫立着一座处女铜像，哀泣英雄之死。以下是荷马的诗句：

> 米达斯的铜处女守在坟上。
> 任细水长流，花开花败，
> 河汐涨起，海潮又落，
> 日月交替，时光斯逝，

我依然在此,泪水长伴坟冢,
对路人轻诉,王已安息。①

荷马收到一罐白银作为答谢,他拿去献给德尔斐的阿波罗神,有铭文如下:

福波斯王啊,荷马向你献礼,
因你给我智慧。请赐我不死的荣耀。

此后,他作了一万二千行的《奥德赛》。在此之前他已作了一万五千行的《伊利亚特》。传说诗人离开德尔斐,去了雅典,成为墨东王的座上宾。有一日,天气很冷,议事厅上生了火。诗人唱出如下诗句:

子女是凡人的王冠,塔楼给城市加冕。
平原有马群装点,海上有船只。
一个民族群起抗敌多么可贵,
更可珍贵的是火光闪耀的人家,
在某个冬日,当宙斯降下大雪。

之后他去了柯林斯,一路吟唱,得到极大的荣耀。他在阿尔戈斯吟咏了《伊利亚特》:

那些占有阿尔戈斯、墙高的提任斯、
赫尔弥奥涅、环抱深海湾的阿西涅、特罗曾、
埃伊奥奈斯、盛产葡萄的埃皮道罗斯的人,
那些占有埃吉那岛和马赛斯城的
阿开亚青年由擅长呐喊的狄奥墨得斯

---

① 柏拉图的《斐德若》中援引了这里的铭文(264d)。

和闻名的卡帕纽斯之子斯特涅洛斯率领。
　　和他们一起来的第三个将领欧律阿洛斯,
　　神样的战士,是塔拉奥斯之孙,墨基斯透斯之子;
　　擅长呐喊的狄奥墨得斯统率全军。
　　有八十艘黑色船在他们的带领下前来。①

　　阿耳戈斯的统治者很欢喜最负盛名的诗人荷马也来歌唱他们的家族。他们送给他丰盛的礼物,为他筑了一座纪念铜像。他们立下法令,要在城中为诗人举行日祭、月祭和年祭献礼。另一个五年一次的献祭庆典则在希俄斯举行。那座纪念铜像上有铭文如下:

　　神样的荷马唱出有翼飞翔的歌,
　　为世人传说英勇的伊利昂战争,
　　尤其那为海伦复仇的阿尔戈斯人,
　　他们摧毁了城墙高耸的特洛亚。
　　伟大的阿尔戈斯城的人民心存感戴,
　　以这座神样尊贵的铜像向他献礼。

　　荷马在阿耳戈斯城停留数日,随后去了得洛斯岛,参加当地的集会。他站在得洛斯的有角祭坛上,唱起《阿波罗颂诗》,开篇第一句为:"我要再说起那神圣的弓箭手阿波罗……"②
　　因为这曲颂诗,伊奥尼亚人将荷马封为其所有城市的荣誉住民。得洛斯人将这几行诗刻在白色石板上,供奉在阿尔忒弥斯神庙。那次集会之后,荷马去了伊奥斯岛,在科勒俄斐罗斯(Creophylus)那里生活了一段时间。此时诗人已老。传说他坐在岸边,问打渔归来的青年:
　　"捕捉海中兽的人呐,你们捉到了什么?"

---

① 《伊》,2.559 – 568。
② 出自第三首托名荷马颂诗。

他们回答他:

"捉到的,我们丢下了;捉不到的,我们带着。"

他没听明白,向渔夫们问究竟。他们告诉他,他们没捕到鱼,就一起捉虱子。捉到的虱子,他们扔了;捉不到的虱子继续留在他们身上。荷马想起多年以前的神谕,明白生命走到了尽头。他为自己写下墓志铭。他离开人群,滑进海泥中,侧身摔倒。传说他死在三天后。人们把他葬在伊奥斯岛。他的墓志铭如下:

> 在这里,一张神圣的嘴被黄土淹没,
> 那是诗人荷马,古代英雄的非凡整理者。

译名与索引

［说明］本索引依据 Paul Mazon 译本（Les Belles Lettres, 1928）的人名译名索引，笔者加了中文译名（译名尽可能贴近希腊文的发音和音节，约定俗成的译名除外），随后的数字指该词在诗中出现的行数（《劳》，指《劳作与时日》）。

Ἀγαυή-Agauë 阿高厄 247, 976

Ἀγλαΐη-Aglaia 阿格莱娅 909, 945

Ἄγριος-Agrios 阿格里俄斯 1013

Ἀδμήτη-Admete 阿德墨忒 349

Ἀελλώ-Aëllo 阿厄洛 267

Ἀθήνη-Athena 雅典娜 13, 573, 577, 888;《劳》,63, 72, 76; 又作 Ἀθηναίη（带来战利品的）雅典娜 318;《劳》,430

Αἰακός-Aiakos 埃阿科斯 1005

Αἰγαῖον (ὄρος)-Aigaion 埃该昂山 484

Ἀίδης-Hades 哈得斯 311, 455, 768, 774, 850;《劳》,153; 又作 Ἀιδωνεύς - Aïdoneus 913

Αἰδώς-Aidos 羞耻女神;《劳》,200

Αἰήτης-Aietes 埃厄忒斯 957, 958, 992, 994

Αἰθήρ-Aither 埃忒尔（天光）124

Αἰθίοπες-Ethiopians 埃提奥比亚人 985

Αἰνείας-Aineias 埃涅阿斯 1008

Αἴσηπος-Aisepos 埃塞浦斯 342

Αἰσονίδης-son of Aison 埃宋之子（指伊阿宋）993, 999

Ἀκάστη-Akaste 阿卡斯忒 356

Ἀκταίη-Aktaië 阿克泰厄 249

Ἄλγεα-Alyea 悲伤神 227

Ἁλιάκμων-Haliakmon 哈利阿克蒙 341

Ἁλίη-Halia 哈利厄 245

Ἁλιμήδη-Halimede 阿利墨德 255

Ἀλκμήνη-Alkmene 阿尔克墨涅 526, 943, 950

Ἀλφειός-Alpheios 阿尔费俄斯 338

Ἀμφιγυήεις-Limping God 跛足神（指赫淮斯托斯）571, 579;《劳》,70

Ἀμφιλλογίαι-Amphillogiai 抗议神 229

Ἀμφιρώ-Amphilo 安菲洛 360

Ἀμφιτρίτη-Amphitrite 安菲特里忒 243, 254, 930

Ἀμφιτρυωνιάδης-Son of Amphitryon 安菲特律翁之子(指赫拉克勒斯)317
Ἀνδροκτασίαι-Androktasiai 暴死神 228
Ἀπάτη-Apate 欺瞒神 224
Ἀπέσας-Apesas 阿佩萨斯 331
Ἀπόλλων-Apollo 阿波罗 14,94,347,918;《劳》,771
Ἀργεϊφόντης-Slayer of Argus 弑阿尔戈斯的神(指赫耳墨斯);《劳》,68,77,84
Ἄργη-Arges 阿耳戈斯 140
Ἀρδησκος-Ardeskos 阿耳得斯枯斯 345
Ἄρης-Ares 阿瑞斯 922,933,936;《劳》,145
Ἀριάδνη-Ariadne 阿里阿德涅 947(中译本见行 948)
Ἄριμοι-Arimoi 阿里摩人 304
Ἀρκτοῦρος-Arcturus 牧夫星;《劳》,556,610
Ἁρμονίη-Harmonia 阿尔摩尼亚 937,975
Ἁρπυῖαι-Harpies 哈耳皮厄姐妹 267
Ἄρτεμις-Artemis 阿尔特弥斯 14,918
Ἀσίη-Asia 亚细亚 359
Ἄσκρη-Ascra 阿斯克拉;《劳》,640
Ἀστερίη-Asteria 阿斯忒里亚 409
Ἀστραῖος-Astraios 阿斯特赖俄斯 376,378
Ἀτλαντίς-Daughter of Atlas 阿特拉斯之女 938;又作Ἀτλαγενεῖς(参Πληιάδες)-Daughters of Atlas 阿特拉斯之女(参普勒阿得斯);《劳》,383
Ἄτλας-Atlas 阿特拉斯 509,517

Ἄτροπος-Atropos 阿特洛珀斯 218,905
Αὐλίς-Aulis 奥利斯;《劳》,651
Αὐτονόη-Autonoë 奥托诺厄 258,977
Ἀφροδίτη-Aphrodite 阿佛洛狄特 16,195,822,962,975,980,989,1005,1014;《劳》,65,521
Ἀχαιοί-Achaeans 阿开亚人;《劳》,651
Ἀχελώιος-Acheloios 阿刻罗伊俄斯 340
Ἀχιλλεύς-Achilleus 阿喀琉斯 1007

Βελλεροφόντης-Bellerophon 柏勒罗丰 325
Βίη - Bia(Force) 比阿 385
Βορέης-Boreas 玻瑞厄斯 379,870;《劳》,506,518,547,553
Βριάρεως-Briareos(参Ὀβριάρεως) 布里阿瑞俄斯 149,714,817
Βρόντης-Brontes 布戎忒斯 140

Γαῖα-Gaia 该亚(大地)20,45,117,126,147,154,158,159,173,176,184,238,421,463,470,479,494,505,626,644,702,821,884,891;又作Γῆ 106
Γαλαξαύρη-Galaxaura 伽拉克骚拉 353
Γαλάτεια-Galateia 伽拉泰阿 250
Γαλήνη-Galene 伽勒涅 244
Γῆρας-Geras 衰老神 225
Γηρυονεύ-Geryon 革律俄涅 287,309,982
Γίγαντες-Giants 巨人族 50,185

译名与索引

Γλαύκη-Glauke 格劳刻 244
Γλαυκονόμη-Glaukonome 格劳科诺墨 256
Γοργώ-Gorgons 戈耳戈 274
Γραῖαι-Graiai 格赖埃 270,271
Γρήνικος-Grenikos 格赖尼科斯 342
Γύης-Gyes 古厄斯 149,618,714,734,817

Δεῖμος-Deimos 得伊摩斯(恐慌)934
Δημήτηρ-Demeter 德墨特尔 454,912,969;《劳》,32,300,393,465,466,597,805
Δίκη-Diké 狄刻(正义) 902;《劳》,220,256
Διώνη-Dione 狄俄涅 17,353
Διώνυσος-Dionysos 狄俄尼索斯 941,947;《劳》,614
Δυναμένη-Dynamene 狄纳墨涅 248
Δυσνομίη-Dysnomie 违法神 230
Δωρίς-Doris 多里斯(大洋女儿)241,350
Δωρίς-Doris 多里斯(涅柔斯之女)250
Δωτώ-Doto 多托 248

Εἰλείθυια-Eileithyia 埃勒提伊阿 922
Εἰρήνη-Eirene 厄瑞涅(和平)902
Ἑκάτη-Hekate 赫卡忒 411,418,441
Ἑλένη-Helene 海伦;《劳》,165
Ἐλευθήρ-Eleutherian 厄琉塞尔 54
Ἑλικών-Helihon 赫利孔 2,7,23;《劳》,639
Ἑλικωνιάδες (Μοῦσαι)-Helikonian (Muses) 赫利孔的(缪斯)1;《劳》,658
Ἑλλάς-Hellas 希腊《劳》,653
Ἐλπίς-Hope 希望《劳》,96
Ἐννοσίγαιος-Earth Shaker 撼地神(指波塞冬)441,456,818,930
Ἐννώ-Enyo 厄倪俄 273
Ἐπιμηθεύς-Epimetheus 厄庇米修斯 511;《劳》,84,85
Ἑπτάπορος-Heptaporos 赫普塔珀鲁斯 341
Ἐρατώ-Erato 厄拉托 78,246
Ἔρεβος-Erebos 厄瑞玻斯(虚冥) 123,125,515,669
Ἐρινύς-Erinyes 厄里倪厄斯 185;《劳》,803
Ἔρις-Eris 不和女神 225,226;《劳》,11,16,24,28,804
Ἑρμῆς-Hermes 赫耳墨斯 444,938;又作 Ἑρμείης;《劳》,68
Ἕρμος-Hermos 赫耳莫斯 343
Ἔρος-Eros 爱若斯 120,201
Ἐρυθείη-Erytheia 厄律提厄 290,983
Ἑσπερίδες-Hesperides 赫斯佩里得斯 215,275,518
Εὐαγόρη-Euagore 欧阿戈瑞 257
Εὐάρνη-Euarne 欧阿尔涅 259
Εὔβοια-Euboea 优卑亚;《劳》,651
Εὐδώρη-Eudora(涅柔斯之女)奥多若 244
Εὐδώρη-Eudora(大洋女儿)奥多若 360
Εὐκράντη-Eukrante 欧克昂特 243
Εὐλιμένη-Eulimene 欧利墨涅 247
Εὐνίκη-Eunike 欧里刻 246

Εὐνομίη-Eunomia 欧诺弥厄(法度女神)902
Εὐπόμπη-Eupompe 欧珀摩泊 261
Εὐρυάλη-Euryale 欧律阿勒 276
Εὐρυβίη-Eurybia 欧律比厄 239,375
Ευρυνόμη-Eurynome 欧律诺墨 358,907
Εὐρυτίων-Eurytion 欧律提翁 293
Εὐρώπη-Europa 欧罗巴 357
Εὐτέρπη-Euterpe 欧特耳佩 77
Εὐφροσύνη-Euphrosyne 欧佛洛绪涅 909
Ἔχιδνα-Echidna 厄客德娜 297,304
Ἑωσφόρος-Eosphoros 厄俄斯福洛斯 381

Ζευξώ-Zeuxo 宙克索 352
Ζεύς-Zeus 宙斯 11,13,25,29,36,41, 47,51,52,56,76,81,96,104,285, 286,316,328,348,386,399,412, 428,457,465,468,479,498,513, 514,520,529,537,545,548,550, 558,561,568,580,601,613,669, 687,708,730,735,784,815,820, 853,884,886,893,899,904,914, 920,944,952,966,1002,1022; 《劳》,2,4,8,36,47,51,52,53,69, 79,87,99,104,105,122,138,143, 158,168,180,229,239,245,253, 256,259,267,273,281,333,379, 416,483,488,565,626,638,661, 668,676,724,765,769;又作 Ζεὺς χϑόνιος;《劳》,465

Ζέφυρος-Zephyros 泽费罗斯 379,870; 《劳》,594
Ζῆλος-Zelos 泽洛斯 384

Ἥβη-Hebe 赫柏 17,922,950
Ἥλιος-Helios 赫利俄斯 19,371,760, 956,958,1011
Ἱόνη-Eïone 厄伊俄涅 255
Ἠλέκτρη-Elektra 厄勒克特拉 266,349
Ἡμαϑίων-Emathion 厄玛提翁 985
Ἡμέρη-Hemera 赫墨拉(白天)124,748
Ἡρακλέης-Herakles 赫拉克勒斯 318, 527,530,951;又作 Ἡρακληείη 289, 315,332,943,982
Ἥρη-Hera 赫拉 11,314,328,454,921, 927,952
Ἠριγένεια-Erigeneia 黎明女神(参厄俄斯)381
Ἠριδανός-Eridanos 厄里达诺斯 338
Ἡσίοδος-Hesiod 赫西俄德 22
Ἥφαιστος-Hephaistos 赫淮斯托斯 866, 927,945;《劳》,60
Ἠώς-Eos 厄俄斯(黎明)19,372,378, 451,984;《劳》,610

Θάλεια-Thaleia 伊莱阿(缪斯)77
Θαλίη-Thalia 塔利厄(美惠女神)909
Θάνατος-Thanatos 塔那托斯(死神)212, 756,759
Θαύμας-Thaumas 陶马斯 237,265,780

Θεία-Theia 忒娅 135, 371
Θέμις-Themis 忒弥斯 16, 135, 901
Θεμιστώ-Themisto 忒弥斯托 261
Θέτις-Thetis 忒提斯 244, 1006
Θήβη-Thebes 忒拜 978;《劳》, 162
Θοή-Thoë 托厄 354
Θρήκη-Thrace 色雷斯;《劳》, 507
Ἰάνειρα-Ianeira 伊阿涅伊拉 356
Ἰάνθη-Ianthe 伊安忒 349
Ἰαπετιονίδης-Son of Iapetos 伊阿佩托斯之子 528, 543, 559, 614;《劳》, 54
Ἰαπετός-Iapetos 伊阿佩托斯 18, 134, 507, 565, 746;《劳》, 50
Ἰασίων-Iasion 伊阿西翁 970
Ἰωλκός-Iolkos 伊俄尔科斯 997
Ἴδη-Ida 伊达 1010
Ἰδυῖα-Idyia 伊底伊阿 352, 960
Ἰήσων-Jason 伊阿宋 1000
Ἵμερος-Himeros 伊墨若斯(愿望)64, 201
Ἰνώ-Ino 伊诺 976
Ἰόλαος-Iolaos 伊俄拉俄斯 317
Ἱπποθόη-Hippothoë 希波托厄 251
Ἱππονόη-Hipponoë 希波诺厄 251
Ἵππου κρήνη-Hippokrene 马泉 6
Ἱππώ-Hippo 希波 351
Ἶρις-Iris 伊里斯 266, 780, 784
Ἱστίη-Histia (又作 Ἑστία) 赫斯提亚 454
Ἴστρος-Istros 伊斯托斯 339

Καδμεῖοι-Kadmeians 卡德摩斯人 326
Κάδμος-Kadmos 卡德摩斯 937, 975;又作 Καδμείη 940
Κάϊκος-Kaïkos 卡伊科斯 343
Καλλιόπη-Kalliope 卡利俄佩 79
Καλλιρόη-Kallirhoë 卡利若厄 288, 351, 981
Καλυψώ-Kalypso 卡吕普索 359, 1017
Κέρβερος-Kerberos 刻尔柏若斯 311
Κερκηίς-Kerkeïs 刻耳刻伊斯 355
Κέφαλος-Kephalos 刻法罗斯 986
Κήρ-Ker 横死神 211, 217
Κητώ-Keto 刻托 238, 270, 333, 336
Κίρκη-Circe 基尔克 957, 1011
Κλειώ-Kleio 克利俄 77
Κλυμένη-Klymene 克吕墨涅 351, 508
Κλυτίη-Klytia 克吕提厄 352
Κλωθώ-Klothos 克洛托 218, 905
Κοῖος-Koios 科伊俄斯 134, 404
Κόττος-Kottos 科托斯 149, 618, 654, 714, 734, 817
Κράτος-Kratos 克拉托斯 385
Κρήτη-Crete 克里特 477, 480, 971
Κρῖος-Krios 克利俄斯 134, 375
Κρονίδης-Kronide 克洛诺斯之子 53, 412, 423, 450, 572, 624;《劳》, 18, 71, 138, 158, 168, 239, 247;又作 Κρονίων 4, 534, 949;《劳》, 69, 242, 259, 276
Κρόνος-Kronos 克洛诺斯 18, 73, 137, 168, 395, 453, 459, 473, 476, 495, 625, 630, 634, 648, 660, 668, 851;

《劳》,111,169

Κυανοχαίτης-Dark haired 黑鬃神(指波塞冬)278

Κυθέρεια-Kythereia 库忒瑞娅 196,198,934,1008

Κύθηρα-Kythera 库忒拉 192,198

Κύκλωπες-Kyklopes 库克洛佩斯 139,144

Κυματολήγη-Kymatolege 库玛托勒革 253

Κύμη-Cyme 库莫;《劳》,636

Κυμοδόκη-Kymodoke 库摩多刻 252

Κυμοθόη-Kymothoë 库姆托厄 245

Κυμοπόλεια-Kymopoleia 库墨珀勒阿 819

Κυμώ-Kymo 库摩 255

Κυπρογενής-Kyprogeneia 塞浦若格尼娅 199

Κύπρος-Cyprus 塞浦路斯 193,199

Λάδων-Ladon 拉冬 344

Λαομέδεια-Laomedeia 拉俄墨狄亚 257

Λατῖνος-Latinos 拉提诺斯 1013

Λάχεσις-Lachesis 拉刻西斯 218,905

Λερναίη("Ύδρη)-Lerna('s Hydra) 勒尔纳(的许德拉)314

Λεαγόρη-Leagore 勒阿革瑞 257

Λήθη-Léthé 遗忘神 227

Ληναιών-Leneon 勒纳伊昂月;《劳》,504

Λητώ-Leto 勒托 18,406,918;《劳》,771

Λιμός-Limos 饥荒神 227

Λύκτος-Lyktos 吕克托斯 477

Λυσιάνασσα-Lysianassa 吕西阿娜萨 258

Μαίη-Maia 迈亚 938

Μαίανδρος-Maiandros 马伊安得洛斯 339

Μάχαι-Machai 争斗神 228

Μέδουσα-Medusa 墨杜萨 276

Μελίαι(Νύμφαι)-Meliai(Nymphs)墨利亚(自然仙子)187

Μελίτη-Melite 墨利忒 247

Μελπομένη-Melpomene 墨尔珀墨涅 77

Μέμνων-Memnon 门农 984

Μενεσθώ-Menestho 墨涅斯托 357

Μενίππη-Menippe 墨尼珀 260

Μενοίτιος-Menoitios 墨诺提俄斯 510,514

Μήδεια-Medeia 美狄娅 961

Μήδειος-Medeios 墨多俄斯 1001

Μηκώνη-Mekone 墨科涅 536

Μηλόβοσις-Melobosis 墨罗波西斯 354

Μῆτις-Metis 墨提斯 358,886

Μίνως-Minos 弥诺斯 948(中译本见行 947)

Μνημοσύνη-Mnemosyne 谟涅摩绪涅 54,135,915

Μοῖραι-Moirai 莫伊拉(命运女神)217,904

Μόρος-Moros 厄运神 211

Μοῦσαι-Muses 缪斯 1,25,36,52,75,93,94,96,100,114,916,966,1022;《劳》,1,658,662

Μῶμος-Momos 诽谤神 214

Ναυσίθοος-Nausithoös 瑙西托俄斯 1017
Ναυσίνοος-Nausinoös 瑙西诺俄斯 1018
Νείκεα-Neikea 争端神 229
Νεῖλος-Neilos 尼罗斯 338
Νεμειαῖος (λέων)-Nemeian('s Lion) 涅墨厄(的狮子) 327
Νεμείη-Nemeia 涅墨厄 329,331
Νέμεσις-Nemesis 涅墨西斯(报应,惩罚) 223;《劳》,200
Νέσσος-Nessos 涅索斯 341
Νημερτής-Nemertes 涅墨耳提斯 262
Νηρεύς-Nereus 涅柔斯 233,240,263,1003
Νησαίη-Nesaië 涅萨伊厄 249
Νησώ-Neso 涅索 261
Νίκη-Nike 尼刻(胜利) 384
Νότος-Notos 诺托斯 380,870;《劳》,675
Νύμφαι-Nymphs 自然仙子 130, 187
Νύξ-Night 纽克斯(黑夜) 20,107,123,124, 211, 213, 744, 748, 757, 758;《劳》,17

Ξάνθη-Xanthe 克珊忒 356

Ὀβριάρεως-Obriareos 指布里阿瑞俄斯(参Βριάρεως) 617,734
Ὀδυσ(σ)εύς-Odysseus 奥德修斯 1012,1017
Ὄθρυς-Othrys 俄特吕斯山 632

Οἰδίπους-Oedipus 俄狄浦斯;《劳》,163
Οἰζύς-Oizys 悲哀神 214
Ὀλμειός-Olmeios 俄尔美俄斯 6
Ὀλυμπιάδες-Olympia 奥林波斯的 25,52, 966,1022;又作Ὀλύμπιος 75,114,390, 529,783,804,884,963;《劳》,81,87, 110,128,245,474
Ὄλυμπος-Olympos 奥林波斯 37,42,51, 62,68,101,113,118,391,408,680, 689,794,842;《劳》,139,197,257; 又作Οὔλυμπος 397,633,855,953
Ὄνειροι-Oneiroi 俄涅欧(梦呓神族) 212
Ὄρθος-Orthos 俄耳托斯 293,309,327
Ὅρκος-Oath 誓言神 231;《劳》,219;804
Οὐρανίδης-Son of Ouranos 天神之子 486; 502
Οὐρανίη-Ourania 乌腊尼亚 78,350
Οὐρανίωνες-Ouranians 天神的后代 461, 919,929
Οὐρανός-Ouranos 乌兰诺斯 45,106,127, 133,147,154,159,176,208,421, 463,470,644,702,891
Οὔρεα-Ourea 奥瑞亚(丛山) 129

Πάλλας-Pallas 帕拉斯 376,383
Παλλάς-Pallas 帕拉斯(雅典娜) 577 (中译本见行 578);《劳》,76
Πανδιονίς-Pandion 潘狄翁的女儿《劳》, 568
Πανδώρη-Pandora 潘多拉;《劳》,81

Πανέλληνες-Hellenes 希腊;《劳》,528
Πανόπεια-Panopeia 潘诺佩阿 250
Παρθένιος-Parthenios 帕耳忒尼俄斯 344
Παρνησσός-Parnassos 帕尔那索斯 499
Πασιθέη-Pasithea 帕西忒亚 246
Πασιθόη-Pasithoë 帕西托厄 352
Πειθώ-Peitho 佩托 349;《劳》,73
Πελίης-Pelias 珀利厄斯 996
Πεμφρηδώ-Pemphredo 彭菲瑞多 273
Περμησσός-Permessos 珀美索斯 5
Περσεύς-Perseus 珀尔塞斯 280
Περσεφόνεια-Persephone 珀耳塞福涅 768,774; 又作 Περσεφόνη 913
Περσηίς-Perseis 珀尔塞伊斯 356,957
Πέρσης-Perses 佩耳塞斯(神名)377, 409
Πέρσης-Perses 佩耳塞斯(赫西俄德的弟弟);《劳》,10,27,213,274,286, 299,397,611,633,641
Πετραίη-Petraië 珀特赖亚 357
Πήγασος-Pegasos 佩伽索斯 281,325
Πηλεύς-Peleus 佩琉斯 1006
Πηνειός-Peneios 珀涅俄斯 343
Πιερίη-Pieria 皮埃里亚 53;《劳》,1
Πληιάδες-Pleiades 普勒阿得斯姐妹《劳》,383,572,615,619
Πληξαύρη-Plexaura 普勒克骚拉 353
Πλοῦτος-Ploutos 普路托斯 969
Πλουτώ-Plouto 普路托 355
Πλωτώ-Ploto 普洛托 243
Πολυδώρη-Polydora 波吕多拉 354

Πολύδωρος-Polydoros 波吕多洛斯 978
Πολύμνια-Polymnia 波吕姆尼阿 78
Πόνος-Ponos 劳役神 226
Ποντοπόρεια-Pontoporeia 蓬托珀瑞娅 256
Πόντος-Pontos 蓬托斯 107,132,233
Ποσειδάων-Poseidon 波塞冬 15;《劳》, 667; 又作 Ποσειδέων 732
Πουλυνόη-Poulynoë 波吕诺厄 258
Προμηθεύς-Prometheus 普罗米修斯 510, 521,546,614;《劳》,48,86
Προνόη-Pronoë 普罗诺厄 261
Πρυμνώ-Prymno 普律摩诺 350
Πρωτομέδεια-Protomedeia 普罗托墨狄阿 249
Πρωτώ-Proto 普罗托 248
Πυθώ-Pytho 皮托 499

Ῥέη-Rheia 瑞娅 467; 又作Ῥεία 135;Ῥείη 453,625,634
Ῥῆσος-Rhesos 赫瑞索斯 340
Ῥόδεια-Rhodeia 荷狄亚 351
Ῥόδιος-Rhodios 荷狄俄斯 341

Σαγγάριος-Sangarios 珊伽里乌斯 344
Σαώ-Saö 萨俄 243
Σείριος-Sirius 天狼星;《劳》,417,587, 609
Σελήνη-Selene 塞勒涅(月亮)19,371
Σεμέλη-Semele 塞墨勒 940,976

Σθεννώ-Sthenno 斯忒诺 276
Σιμοῦς-Simoeis 西摩乌斯 342
Σκάμανδρος-Skamandros 斯卡曼得若斯 345
Σπειώ-Speio 斯佩俄 245
Στερόπης-Steropes 斯特若佩斯 140
Στρυμών-Strymon 斯特律门 339
Στύξ-Styx 斯梯克斯 361, 383, 389, 397, 776, 805

Τάρταρος-Tartaros 塔耳塔罗斯 682, 721, 725, 736, 807, 822, 868; 又作 Τάρταρα 119, 841
Τελεστώ-Telesto 忒勒斯托 358
Τερψιχόρη-Terpsichore 忒耳普克索瑞 78
Τηθύς-Tethys 特梯斯 136, 337, 362, 368
Τηλέγονος-Telegonos 特勒戈诺斯 1014
Τιθωνός-Tithonos 提托诺斯 984
Τίρυνθα-Tiryns 梯林斯 292
Τιτῆνες-Titans 提坦 207, 392, 424, 630, 632, 648, 650, 663, 668, 674, 676, 697, 717, 729, 814, 820, 851, 882
Τρητός-Tretos 特瑞托斯山 331
Τριτογένεια-Tritogeneia 特里托革涅亚（雅典娜）895, 924
Τρίτων-Triton 特里同 931
Τροίη-Troy 特洛亚;《劳》, 165, 653
Τυρσηνοί-Tyrsenians 图伦尼亚人 1016
Τυφάων-Typhaön 提丰 306; 又作 Τυφωεύς 821, 869

Τύχη-Tyche 梯刻 360

Ὑάδες-Hyades 猎户星;《劳》, 615
Ὕδρη-Hydra 许德拉 313
Ὑπεριονίδης-Son of Hyperion 许佩里翁之子 1011
Ὑπερίων-Hyperion 许佩里翁 134, 374
Ὕπνος-Hypnos 许普诺斯（睡神）212, 756, 759
Ὑσμῖναι-Hysminai 混战神 228

Φαέθων-Phaeton 普法厄同 987
Φᾶσις-Phasis 普法希斯 340
Φέρουσα-Pherousa 斐鲁萨 248
Φίξ-Sphinx 斯芬克斯 326
Φιλότης-Philotes 承欢神 224
Φιλυρίδης-Son of Phylira 菲吕拉之子 1002（中译本见行 1001）
Φόβος-Phobos 普佛波斯（溃逃）934
Φοίβη-Phoibe 福柏 136, 404
Φοῖβος-Phoibos 福波斯（阿波罗）14
Φόνοι-Phonoi 杀戮神 228
Φόρκυς-Phorkys 福耳库斯 237（中译本见行 238）, 270, 333, 336
Φῶκος-Phokos 福科斯 1004

Χαλκίς-Chalcis 卡尔基斯;《劳》, 655
Χάος-Chaos 卡俄斯（浑沌）116, 123

Χάριτες-Charites (Craces) 美惠女神 64,
907, 946;《劳》, 73
Χίρων-Cheiron 喀戎 1001
Χίμαιρα-Chimaira 客迈拉 319
Χρυσάωρ-Chrysaor 克律萨俄耳 281, 287,
979
Χρυσηίς-Chryseis 克律塞伊斯 359

Ψαμάθη-Psamathe 普萨玛忒 260, 1004
Ψευδεῖς Λόγοι-Psedeis Logoi 谎言神 229

Ὠκεανίνη-Ocean 俄刻阿诺斯（大洋）
364, 389, 507, 956；又作 Ὠκεανός 20,
133, 215, 242, 265, 274, 282, 288,
292, 294, 337, 362, 368, 383, 695,
776, 789, 916, 841, 908, 959, 979;
《劳》171, 566
Ὠκυπέτης-Okypete 俄库珀忒 267
Ὠκυρόη-Okyroe 俄库诺厄 360
Ὧραι-Horae 时辰女神 901;《劳》, 75
Ὠρίων-Orion 猎户座;《劳》, 598, 609,
615, 619

后　记

　　2003年冬天，我从索邦图书馆找出一本老旧的赫西俄德希法对照本时，并没有想到，赫西俄德会走进我的生命，并且再也没有走出。

　　六年之间，我们穿越时空，朝夕相处。最初的生涩已然过去，渐渐地，我真正理解了赫西俄德的精彩。这个两千多年前的希腊农夫，成了我的看不见的亲人。我想象他的背影有点沉重，但高大实在，足以倚靠。他古远却纯真、审慎而慧黠、深刻又有远见，让我倾倒，甘愿做他精神的女奴。每天，我也学着他的样子，老老实实走向我的劳作的田间，埋头干活，闷声不响。从遭遇缪斯的神话，到家中一罐粮食的现实，并没有我先前以为的遥远。因为赫西俄德，我领悟了认命的真实、孤寂的快乐、沉默的充足。

　　起初我先试译出《神谱》和《劳作与时日》诗文，不足四万字，粗糙而不自信。几年来，循西文笺注本和诸译本逐字逐行识读、领会、推敲，最终变成现在的样子。由于篇幅原因，《劳作与时日笺释》别行。书中不当之处，但盼方家指正。

　　在此，我要感谢我的看得见的亲人，在虚无的暗夜给我启发和安慰，我把本书献给他。

吴雅凌
2009年冬天

再版记言

此次再版仅限于订正《神谱笺释》中的讹误,删改不能满意的表述并规范格式。除将古代无名氏著的一篇《对驳》旧译收为附录之外,未做内容上的增补。

重读赫西俄德,似看见了从前未看见的格局贯通与诗文细节,心动处也不复一样,且放一放,留待日后究竟。

吴雅凌
2021 年秋天

图书在版编目（CIP）数据

神谱 /（古希腊）赫西俄德(Hesiod)著；吴雅凌译.
-- 北京：华夏出版社有限公司，2022.11（2025.10重印）
（西方传统：经典与解释）
ISBN 978-7-5222-0400-0

Ⅰ.①神… Ⅱ.①赫… ②吴… Ⅲ.①史诗－古希腊 Ⅳ.①I545.22

中国版本图书馆CIP数据核字(2022)第148551号

神 谱

作　　者	[古希腊]赫西俄德
译　　者	吴雅凌
责任编辑	王霄翎
责任印制	刘　洋
出版发行	华夏出版社有限公司
经　　销	新华书店
印　　刷	北京汇林印务有限公司
装　　订	北京汇林印务有限公司
版　　次	2022年11月北京第1版 2025年10月北京第4次印刷
开　　本	880×1230　1/32开
印　　张	13.75
字　　数	376千字
定　　价	98.00元

华夏出版社有限公司　　　　地址：北京市东直门外香河园北里4号
邮编：100028　　电话：(010) 64663331（转）　网址：www.hxph.com.cn
若发现本版图书有印装质量问题，请与我社营销中心联系调换。

西方传统：经典与解释
Classici et Commentarii
HERMES
刘小枫◎主编

古今丛编

欧洲中世纪诗学选译　宋旭红 编译
克尔凯郭尔　[美]江思图 著
货币哲学　[德]西美尔 著
孟德斯鸠的自由主义哲学　[美]潘戈 著
莫尔及其乌托邦　[德]考茨基 著
试论古今革命　[法]夏多布里昂 著
但丁：皈依的诗学　[美]弗里切罗 著
在西方的目光下　[英]康拉德 著
大学与博雅教育　董成龙 编
探究哲学与信仰　[美]郝岚 著
民主的本性　[法]马南 著
梅尔维尔的政治哲学　李小均 编/译
席勒美学的哲学背景　[美]维塞尔 著
果戈里与鬼　[俄]梅列日科夫斯基 著
自传性反思　[美]沃格林 著
黑格尔与普世秩序　[美]希克斯 等著
新的方式与制度　[美]曼斯菲尔德 著
科耶夫的新拉丁帝国　[法]科耶夫 等著
《利维坦》附录　[英]霍布斯 著
或此或彼（上、下）　[丹麦]基尔克果 著
海德格尔式的现代神学　刘小枫 选编
双重束缚　[法]基拉尔 著
古今之争中的核心问题　[德]迈尔 著
论永恒的智慧　[德]苏索 著
宗教经验种种　[美]詹姆斯 著
尼采反卢梭　[美]凯斯·安塞尔-皮尔逊 著
舍勒思想评述　[美]弗林斯 著
诗与哲学之争　[美]罗森 著

神圣与世俗　[罗]伊利亚德 著
但丁的圣约书　[美]霍金斯 著

古典学丛编

赫西俄德的宇宙　[美]珍妮·施特劳斯·克莱 著
论王政　[古罗马]金嘴狄翁 著
论希罗多德　[古罗马]卢里叶 著
探究希腊人的灵魂　[美]戴维斯 著
尤利安文选　马勇 编/译
论月面　[古罗马]普鲁塔克 著
雅典谐剧与逻各斯　[美]奥里根 著
菜园哲人伊壁鸠鲁　罗晓颖 选编
《劳作与时日》笺释　吴雅凌 撰
希腊古风时期的真理大师　[法]德蒂安 著
古罗马的教育　[英]葛怀恩 著
古典学与现代性　刘小枫 编
表演文化与雅典民主政制
　　[英]戈尔德希尔、奥斯本 编
西方古典文献学发凡　刘小枫 编
古典语文学常谈　[德]克拉夫特 著
古希腊文学常谈　[英]多佛 等著
撒路斯特与政治史学　刘小枫 编
希罗多德的王霸之辨　吴小锋 编/译
第二代智术师　[英]安德森 著
英雄诗系笺释　[古希腊]荷马 著
统治的热望　[美]福特 著
论埃及神学与哲学　[古希腊]普鲁塔克 著
凯撒的剑与笔　李世祥 编/译
伊壁鸠鲁主义的政治哲学
　　[意]詹姆斯·尼古拉斯 著
修昔底德笔下的人性　[美]欧文 著
修昔底德笔下的演说　[美]斯塔特 著
古希腊政治理论　[美]格雷纳 著
神谱笺释　吴雅凌 撰
赫西俄德：神话之艺　[法]居代·德拉孔波 编

赫拉克勒斯之盾笺释　罗逍然 译笺
《埃涅阿斯纪》章义　王承教 选编
维吉尔的帝国　[美]阿德勒 著
塔西佗的政治史学　曾维术 编

古希腊诗歌丛编
古希腊早期诉歌诗人　[英]鲍勒 著
诗歌与城邦　[美]费拉格、纳吉 主编
阿尔戈英雄纪（上、下）
[古希腊]阿波罗尼俄斯 著
俄耳甫斯教祷歌　吴雅凌 编译
俄耳甫斯教辑语　吴雅凌 编译

古希腊肃剧注疏
欧里庇得斯的现代性　[法]德·罗米伊 著
自由与僭越　罗峰 编译
希腊肃剧与政治哲学　[美]阿伦斯多夫 著

古希腊礼法研究
宙斯的正义　[英]劳埃德-琼斯 著
希腊人的正义观　[英]哈夫洛克 著

廊下派集
剑桥廊下派指南　[加]英伍德 编
廊下派的苏格拉底　程志敏 徐健 选编
廊下派的神和宇宙　[墨]里卡多·萨勒斯 编
廊下派的城邦观　[英]斯科菲尔德 著

希伯莱圣经历代注疏
希腊化世界中的犹太人　[英]威廉逊 著
第一亚当和第二亚当　[德]朋霍费尔 著

新约历代经解
属灵的寓意　[古罗马]俄里根 著

基督教与古典传统
保罗与马基安　[德]文森 著
加尔文与现代政治的基础　[美]汉考克 著
无执之道　[德]文森 著
恐惧与战栗　[丹麦]基尔克果 著

托尔斯泰与陀思妥耶夫斯基
[俄]梅列日科夫斯基 著
论宗教大法官的传说　[俄]罗赞诺夫 著
海德格尔与有限性思想（重订版）
刘小枫 选编
上帝国的信息　[德]拉加茨 著
基督教理论与现代　[德]特洛尔奇 著
亚历山大的克雷芒　[意]塞尔瓦托·利拉 著
中世纪的心灵之旅　[意]圣·波纳文图拉 著

德意志古典传统丛编
黑格尔论自我意识　[美]皮平 著
克劳塞维茨论现代战争　[澳]休·史密斯 著
《浮士德》发微　谷裕 选编
尼伯龙人　[德]黑贝尔 著
论荷尔德林　[德]沃尔夫冈·宾德尔 著
彭忒西勒亚　[德]克莱斯特 著
穆佐书简　[奥]里尔克 著
纪念苏格拉底——哈曼文选　刘新利 选编
夜颂中的革命和宗教　[德]诺瓦利斯 著
大革命与诗化小说　[德]诺瓦利斯 著
黑格尔的观念论　[美]皮平 著
浪漫派风格——施勒格尔批评文集　[德]施勒格尔 著

巴洛克戏剧丛编
克里奥帕特拉　[德]罗恩施坦 著
君士坦丁大帝　[德]阿旺西尼 著
被弑的国王　[德]格吕菲乌斯 著

美国宪政与古典传统
美国1787年宪法讲疏　[美]阿纳斯塔普罗 著

启蒙研究丛编
论古今学问　[英]坦普尔 著
历史主义与民族精神　冯庆 编
浪漫的律令　[美]拜泽尔 著
现实与理性　[法]科维纲 著
论古人的智慧　[英]培根 著

托兰德与激进启蒙　刘小枫 编
图书馆里的古今之战　[英]斯威夫特 著

政治史学丛编
驳马基雅维利　[普鲁士]弗里德里希二世 著
现代欧洲的基础　[英]赖希 著
克服历史主义　[德]特洛尔奇 等著
胡克与英国保守主义　姚啸宇 编
古希腊传记的嬗变　[意]莫米利亚诺 著
伊丽莎白时代的世界图景　[英]蒂利亚德 著
西方古代的天下观　刘小枫 编
从普遍历史到历史主义　刘小枫 编
自然科学史与玫瑰　[法]雷比瑟 著

地缘政治学丛编
地缘政治学的起源与拉采尔　[希腊]斯托杨诺斯 著
施米特的国际政治思想　[英]欧迪瑟乌斯/佩蒂托 编
克劳塞维茨之谜　[英]赫伯格-罗特 著
太平洋地缘政治学　[德]卡尔·豪斯霍弗 著

荷马注疏集
不为人知的奥德修斯　[美]诺特维克 著
模仿荷马　[美]丹尼斯·麦克唐纳 著

品达注疏集
幽暗的诱惑　[美]汉密尔顿 著

阿里斯托芬集
《阿卡奈人》笺释　[古希腊]阿里斯托芬 著

色诺芬注疏集
居鲁士的教育　[古希腊]色诺芬 著
色诺芬的《会饮》　[古希腊]色诺芬 著

柏拉图注疏集
挑战戈尔戈　李致远 选编
论柏拉图《高尔吉亚》的统一性　[美]斯托弗 著
立法与德性——柏拉图《法义》发微　林志猛 编
柏拉图的灵魂学　[加]罗宾逊 著
柏拉图书简　彭磊 译注

克力同章句　程志敏 郑兴凤 撰
哲学的奥德赛——《王制》引论　[美]郝兰 著
爱欲与启蒙的迷醉　[美]贝尔格 著
为哲学的写作技艺一辩　[美]伯格 著
柏拉图式的迷宫——《斐多》义疏　[美]伯格 著
苏格拉底与希琵阿斯　王江涛 编译
理想国　[古希腊]柏拉图 著
谁来教育老师　刘小枫 编
立法者的神学　林志猛 编
柏拉图对话中的神　[法]薇依 著
厄庇诺米斯　[古希腊]柏拉图 著
智慧与幸福　程志敏 选编
论柏拉图对话　[德]施莱尔马赫 著
柏拉图《美诺》疏证　[美]克莱因 著
政治哲学的悖论　[美]郝岚 著
神话诗人柏拉图　张文涛 选编
阿尔喀比亚德　[古希腊]柏拉图 著
叙拉古的雅典异乡人　彭磊 选编
阿威罗伊论《王制》　[阿拉伯]阿威罗伊 著
《王制》要义　刘小枫 选编
柏拉图的《会饮》　[古希腊]柏拉图 等著
苏格拉底的申辩（修订版）　[古希腊]柏拉图 著
苏格拉底与政治共同体　[美]尼尔森 著
政制与美德——柏拉图《法义》疏解　[美]潘戈 著
《法义》导读　[法]卡斯代尔·布舒奇 著
论真理的本质　[德]海德格尔 著
哲人的无知　[德]费勃 著
米诺斯　[古希腊]柏拉图 著
情敌　[古希腊]柏拉图 著

亚里士多德注疏集
《诗术》译笺与通绎　陈明珠 撰
亚里士多德《政治学》中的教诲　[美]潘戈 著
品格的技艺　[美]加佛 著
亚里士多德哲学的基本概念　[德]海德格尔 著

《政治学》疏证　[意]托马斯·阿奎那 著
尼各马可伦理学义疏　[美]伯格 著
哲学之诗　[美]戴维斯 著
对亚里士多德的现象学解释　[德]海德格尔 著
城邦与自然——亚里士多德与现代性　刘小枫 编
论诗术中篇义疏　[阿拉伯]阿威罗伊 著
哲学的政治　[美]戴维斯 著

普鲁塔克集
普鲁塔克的《对比列传》　[英]达夫 著
普鲁塔克的实践伦理学　[比利时]胡芙 著

阿尔法拉比集
政治制度与政治箴言　阿尔法拉比 著

马基雅维利集
解读马基雅维利　[美]麦考米克 著
君主及其战争技艺　娄林 选编

莎士比亚绎读
莎士比亚的罗马　[美]坎托 著
莎士比亚的政治智慧　[美]伯恩斯 著
脱节的时代　[匈]阿格尼斯·赫勒 著
莎士比亚的历史剧　[英]蒂利亚德 著
莎士比亚戏剧与政治哲学　彭磊 选编
莎士比亚的政治盛典　[美]阿鲁里斯/苏利文 编
丹麦王子与马基雅维利　罗峰 选编

洛克集
上帝、洛克与平等　[美]沃尔德伦 著

卢梭集
致博蒙书　[法]卢梭 著
政治制度论　[法]卢梭 著
哲学的自传　[美]戴维斯 著
文学与道德杂篇　[法]卢梭 著
设计论证　[美]吉尔丁 著
卢梭的自然状态　[美]普拉特纳 等著
卢梭的榜样人生　[美]凯利 著

莱辛注疏集
汉堡剧评　[德]莱辛 著
关于悲剧的通信　[德]莱辛 著
智者纳坦（研究版）　[德]莱辛 等著
启蒙运动的内在问题　[美]维塞尔 著
莱辛剧作七种　[德]莱辛 著
历史与启示——莱辛神学文选　[德]莱辛 著
论人类的教育　[德]莱辛 著

尼采注疏集
尼采引论　[德]施特格迈尔 著
尼采与基督教　刘小枫 编
尼采眼中的苏格拉底　[美]丹豪瑟 著
动物与超人之间的绳索　[德]A.彼珀 著

施特劳斯集
苏格拉底与阿里斯托芬
论僭政（重订本）　[美]施特劳斯 [法]科耶夫 著
苏格拉底问题与现代性（第三版）
犹太哲人与启蒙（增订本）
霍布斯的宗教批判
斯宾诺莎的宗教批判
门德尔松与莱辛
哲学与律法——论迈蒙尼德及其先驱
迫害与写作艺术
柏拉图式政治哲学研究
论柏拉图的《会饮》
柏拉图《法义》的论辩与情节
什么是政治哲学
古典政治理性主义的重生（重订本）
回归古典政治哲学——施特劳斯通信集
　　　　　　＊＊＊
论源初遗忘　[美]维克利 著
阅读施特劳斯　[美]斯密什 著
施特劳斯与流亡政治学　[美]谢帕德 著
驯服欲望　[法]科耶夫 等著

施特劳斯讲学录
斯宾诺莎的政治哲学
施米特集
宪法专政 [美]罗斯托 著
施米特对自由主义的批判 [美]约翰·麦考米克 著
伯纳德特集
古典诗学之路（第二版） [美]伯格 编
弓与琴（重订本） [美]伯纳德特 著
神圣的罪业 [美]伯纳德特 著
布鲁姆集
巨人与侏儒（1960-1990）
人应该如何生活——柏拉图《王制》释义
爱的设计——卢梭与浪漫派
爱的戏剧——莎士比亚与自然
爱的阶梯——柏拉图的《会饮》
伊索克拉底的政治哲学
沃格林集
自传体反思录
朗佩特集
哲学与哲学之诗
尼采与现时代
尼采的使命
哲学如何成为苏格拉底式的
施特劳斯的持久重要性
迈尔集
施米特的教训
何为尼采的扎拉图斯特拉
政治哲学与启示宗教的挑战
隐匿的对话
论哲学生活的幸福

大学素质教育读本
古典诗文绎读 西学卷·古代编（上、下）
古典诗文绎读 西学卷·现代编（上、下）